# 제3인류

# 제3인류

2 BERNARD WERBER

베르나르 베르베르 장편소설
이세욱 옮김

LES MICRO-HUMAINS
by BERNARD WERBER

프레데리크 살드만에게

# 제2부 초소형 인간

이 이야기는 절대적인 시간이 아니라 상대적인 시간 속에서 펼쳐진다.

당신이 이 소설책을 펼쳐 읽는 순간으로부터 정확히 10년 뒤에 이야기가 시작된다.

한 존재의 탈바꿈은 진화의 몇 단계를 잇달아 겪으며 이루어진다.
첫 단계는 의식이 각성되어 변화의 의지를 갖는 것이다.
둘째 단계에서는 충분히 자란 애벌레처럼 과거에서 벗어나 스스로를 정화해야 한다. 변화를 앞둔 존재는 격렬한 복통과 설사, 구토 같은 증상을 겪는다. 고통스럽지만 반드시 거쳐야 하는 정화 과정이다.
그렇게 깨끗해지고 가벼워진 애벌레는 머리를 아래로 두고 나뭇가지에 매달리고 실을 토하여 제 몸을 감쌀 고치를 짓는다. 그런 다음 강렬한 빛과 남의 시선을 막아 주는 그 두껍고 불투명한 장막 뒤에 숨어서 다음 단계를 준비한다. 고치를 가르고 성충이 되어 세상으로 나갈 때를 기다리는 것이다.
애벌레와 성충의 중간 단계에 있는 번데기는 숨을 늦추고 움직임을 멈춘다. 마치 번들거리는 미라 같은 모습이다. 그런데 번데기는 외부의 공격에 매우 취약하다. 적들의 관심을 끌지 않기 위해 주위 환경에 맞춰 되도록 눈에 띄지 않는 모습을 취한다. 색깔뿐 아니라 생김새까지 열매나 이파리나 꽃눈처럼 보이게 하는 것이다. 이 시기에 번데기는 앞을 전혀 보지 못하고 외부에서 무슨 일이 벌어지느냐에 따라 운명이 달라진다. 외부 사건에 영향을 미칠 수도 없고 그것들에 맞서 스스로를 지킬 수도 없다. 성충이 되기 위해 반드시 거쳐야 하지만 무사히 통과하기가 매우 어려운 단계이다. 어떤 우연이 작용하느냐에 따라 번데기는 살아남기도 하고 사라지기도 할 것이다.

에드몽 웰스, 『상대적이며 절대적인 지식의 백과사전』 제7권

# 제1막 번데기의 시대

# 급증의 시기

## 1

어떤 대가를 치르더라도 반드시 해내고 싶다.

그녀는 몸을 뒤틀며 팔다리에 힘을 잔뜩 모은다. 강한 힘에 내리눌리는 기분이 든다. 나아가려고 애를 쓸수록 점점 옹색하게 갇히는 느낌이다. 내벽의 돌출부에 살갗이 스친다. 그녀는 한참을 더 나아가 마침내 그 좁다란 통로를 빠져나간다. 몸을 일으키고 팔다리의 긴장을 푼다. 얼마나 더 가야 하는지 알 수 없지만, 위험한 구간 하나를 또 통과하고 나니 마음이 뿌듯하다. 하지만 잠시도 지체할 수 없는 상황이다. 그녀는 눈앞에 보이는 캄캄하고 더 넓은 터널 속으로 나아간다. 가장 어려운 구간은 이제부터 시작되는 것이다. 그녀는 헬멧에 달린 이맛등의 희미한 불빛으로 앞을 비추며 비탈을 타고 계속 내려간다. 이따금 바윗돌이 막아서면 피켈처럼 생긴 연장을 꺼내 들고 바윗돌을 힘껏 내리쳐서 길을 틔운다.

내려가는 길이 예상했던 것보다 훨씬 길다. 어느새 전지가 다 닳아서 이맛등의 불빛이 점차 희미해지더니 아예 꺼져버린다. 그에 아랑곳하지 않고 악착스러운 탐사자는 칠흑 같은 어둠 속을 계속 나아간다.

가파른 통로가 너무 좁아져서 엉금엉금 기다시피 하며 내려갈 수밖에 없다.

그때 갑자기 바닥이 무너져 내린다.

그녀는 아래로 떨어지다가 몸에 묶여 있는 쇠줄 덕분에 마치 와이어 액션을 하는 배우처럼 허공에서 대롱거린다. 시계추처럼 왔다 갔다 하던 몸이 한쪽 내벽에 세게 부딪친다.

뼈가 부러진 듯 한쪽 어깨에서 딱 하는 소리가 나고 격렬한 통증이 번져 간다. 그녀는 반대쪽의 성한 팔로 윗옷 주머니에서 라이터를 꺼내 그 불빛으로 주위를 비춘다.

발아래에서는 아득한 심연이 입을 벌리고 있다. 다친 팔에서는 피가 흐른다.

너무 아프다. 이번엔 실패야. 포기해야지 더는 안 되겠어. 돌아가자.

그녀는 돌아갈 양으로 밧줄을 타고 도로 올라간다. 그러다가 동작을 멈춘다. 자기 능력이 닿는 데까지 해보지 않았다는 느낌 때문이다.

하느라고 했지만 일 자체가 너무 어려워. 객관적으로 보면 불가능한 일이라고 말할 수도 있어.

그녀는 두 다리로 허공을 차며 진자 운동을 하여 맞은편 바위에 올라선다. 그러고는 고통을 잊으려고 애쓰면서 다친 팔에 지혈대를 대고 꽉 동여맨다. 그러는 동안 머릿속에서 한 가지 생각이 맴돈다.

나는 해낼 수 있어. 중요한 건 포기하지 않는 거야. 버텨야 해.

그녀는 턱을 앙다물고 침을 삼키더니 비탈진 통로 속으로 다시 내려간다. 눈앞의 천장이 점점 낮아지고 있지만 물러서지 않는다. 통로는 훨씬 더 좁아지고 단단한 암벽은 빛깔이 더욱 누레질 뿐만 아니라 냄새도 더 강해진다. 그녀는 이따금 위쪽 암벽에 머리가 쓰적거리는 것도 아랑곳하지 않고 다시 나아간다.

이 누르스름한 물질은 분명 구리 광석일 거야. 좋은 징조야. 이 광산의 주된 갱도로 접근하고 있는 게 틀림없어.

팔의 상처가 욱신거리지만, 그녀는 통로에 정신을 집중한다. 통로는 이제 너무 좁아져서 엉덩이가 내벽에 긁히지 않고 빠져나가는 것조차 쉽지 않다.

이윽고 통로의 끝에 다다른다. 암벽 뒤쪽에서 고통에 겨운 거친 숨소리가 들려온다.

그녀는 배낭에서 어렵사리 폭약을 꺼내 암벽에 부착하고 멀찌감치 물러나서 기폭 장치를 작동시킨다.

폭약이 터졌다. 하지만 파인 구멍은 별로 깊지 않다. 그녀는 여전히 칠흑 같은 어둠 속에서 배낭에 담아 온 작은 착암기를 꺼내어 작업을 계속한다. 한쪽 팔을 다친 탓에 작업이 더디지만, 내벽 너머에서 들려오는 거친 숨소리가 더욱 분명해진다. 그녀는 힘을 내어 계속 파 들어간다. 드디어 내벽이 와르르 무너져 내린다.

해냈다.

그녀는 칠레의 광부들이 갇혀 있는 구덩이 속으로 들어간다. 어떤 광부들은 의식을 잃은 채 쓰러져 있고, 다른 광부들은 신음 소리를 내며 기신기신 움직인다. 악취가 진동한다.

그녀, 신장 17센티미터의 초소형 인간 에마 103이 갱도 붕괴 사고로 땅속에 갇혀 있던 1백여 명의 광부들을 구해 낸 것이다. 그녀는 자기보다 열 배나 큰 그 사람들이 아직 숨 쉬고 있음을 확인하고 헬멧에 달린 마이크를 통해 알린다.

「임무 완료.」

그러고는 상처의 고통을 잊고 덧붙인다.

「이곳 공기는 별로 신선하지 않지만, 그들은 살아 있습니다. 이제 위치를 확인했으니, 그들을 땅속에서 구출할 수 있습니다.」

## 2

그들은 나를 땅덩어리 또는 지구라고 부른다.

그들은 나를 하나의 행성, 공 모양으로 생긴 거대한 암석 덩어리로 여긴다.

그들은 내가 진정 누구인지를 잊고 있다. 내가 살아 있을 뿐만 아니라 지력과 의식을 지니고 있으리라고는 상상조차 하지 않는다.

내 쪽에서 보면 그들은 나에게 빌붙어 사는 대단치 않은 입주자들일 뿐이다. 내가 보기에 그들은 너무 어리고 너무 연약한 종이다. 개체 수는 지나치게 많고 자기들의 중요성을 과도하게 확신한다. 나는 숱한 입주자들이 내 표면에 살다가 사라지는 것을 보아 왔다. 공룡들 역시 스스로를 대단한 존재로 여겼고 저희가 발을 붙이고 있는 행성이 생각하는 능력을 지니고 있으리라고는 상상하지 못했다.

어쨌거나 내 나이는 46억 살이다. 세상에 나타난 지 기껏해야 7백만 년밖에 되지 않은 종이라면 그런 점에서라도 나에게 존경을 바쳐야 마땅하지 않은가.

## 3

……〈지구 속 여행〉의 믿기지 않는 결말입니다. 칠레 북부 산호세 광산에서 갱도 붕괴 사고가 난 뒤에 에마 103이라는 이름의 초소형 인간이 여기저기가 무너져 내린 갱도의 미로

속으로 혼자 내려가서 광부 133명이 갇혀 있던 피난소에 도달했습니다. 채굴 작업 도중 갑자기 위쪽 갱도에서 낙반 사고가 발생하여 퇴로가 차단당한 채 갱도에 갇혀 버린 광부들은 통풍구가 뚫려 있는 피난소로 대피하여 보름 전부터 소량의 비상식량과 물만으로 목숨을 이어 가고 있었습니다. 그동안 지상에서는 그들을 구출하기 위한 활동이 진행되었습니다. 초기의 한 구조대는 굴뚝을 내듯 수직으로 구멍을 파고 내려가서 광부들을 구출하려고 했습니다. 그런데 다시 낙반 사고가 일어나 구멍이 막히는 바람에 구조를 포기하지 않을 수 없었습니다. 그쯤 되자 사람들은 갱도 입구에서 3킬로미터 떨어진 곳에 갇힌 133명의 광부들을 구출할 방도가 더 이상 없다고 생각했습니다. 그때 — 일본 후쿠시마 원전 사고 때에 그랬던 것처럼 — 실험실에서 만들어진 그 작은 사람들, 즉 에마슈들을 투입하자는 의견이 나왔습니다.

그리하여 에마 103은 마지막 희망이 걸린 임무를 한 몸에 지고 땅속으로 들어갔습니다. 작디작지만 위대한 이 대원은 지름이 몇 센티미터밖에 되지 않는 좁다란 통로로 내려갈 수 있었습니다. 보통 크기의 사람들은 도저히 지나갈 수 없는 구멍도 그녀에게는 길이 되었던 것입니다. 광부 133명이 갇혀 있던 피난소 근처에 다다르자, 이 에마슈는 훈련받은 대로 내벽을 폭파한 다음 착암기로 구멍을 내어 광부들의 구출을 가능케 하는 길을 열었습니다. 그럼으로써 광부들은 사지에서 구출되어 코피아포의 가장 가까운 병원으로 수송될 수 있었습니다. 조금 전에 들어온 소식에 따르면, 그들 모두가 응급 치료를 받고 위험한 상태에서 벗어났다고 합니다.

이제 세간의 관심을 모으고 있는 다른 소식들을 전해 드리겠습니다.

### 축구

프랑스 축구의 새 사령탑에 조제프 팔콘 감독이 선임되었습니다. 그는 취임 제일성으로 프랑스 대표 팀에서 〈너무 귀염을 받은 아이들처럼 제멋대로 까탈을 부리는〉 악습을 없애 버릴 생각이라고 선언했습니다. 그것의 첫 단계로 팔콘 감독은 선수들이 개별적으로 언론을 상대하지 못하게 했고, 개인적인 후원사의 상표가 찍힌 옷을 공공연히 입고 다니는 행위를 금지했습니다. 또한 부와 성공을 과시하는 선수들의 생활 방식을 둘러싼 온갖 소문을 근절시키기 위한 조치를 실시했습니다. 그에 따라 선수들은 앞으로 자가용 비행기와 초호화 승용차를 타고 이동할 수 없다고 합니다. 한편으로 팔콘 감독은 은디아프 선수를 계속 주장으로 기용하리라는 뜻을 표명했습니다. 현재로서는 은디아프 선수가 프랑스에서 가장 훌륭한 선수로 보이기 때문이라는 것입니다. 저희 취재진은 그 말이 나온 즉시, 현재 스위스에 거주하고 있는 은디아프 선수에게 연락을 취했습니다. 은디아프 선수의 말입니다. 〈지금까지 우리에게는 운이 따라 주지 않았습니다. 하지만 이번에는 우리가 우승하리라고 확신합니다.〉

### 코쿤족

국립 인구 센터의 사회학적 분석에 따르면, 새로운 세대는 마치 고치를 짓는 누에처럼 자기들 세계에 갇힌 채 개인적인 안락을 추구하는 〈코쿤족〉이 되어 가고 있습니다. 이 젊은이들은 대개 자기들 방에 틀어박혀 지내고, 부모를 비롯해 어느 누구의 간섭도 받지 않으려고 합니다. 컴퓨터와 인터넷을 통해 외부 세계와 연결되어 있는 이들은 방 안에 앉아서도 세상에 관한 정보를 얻고 온라인 게임을 함께 즐기거나 소셜 네트워크 서비스를 이용해서 서로 소통하며, 영화를 보거나 책을 읽기도 하고 안락의자에 죽치고 앉아 음악을 듣기도 합니다. 그러다가 배가 고프면 피자나 햄버거나 초밥 따위를 배달시킵니다. 밖에 나가지 않고도 삶을 이어 나갈 방도가 있는 것입니다. 최근의 연구 결과를 보면, 이런 경향은 갈수록 뚜렷하게 나타나고 있습니다. 고치 속에 갇혀 사는 그런 삶에 만족하는 젊은이들이 점점 늘어나고 있다는 것입니다. 그런데 의사들은 그렇게 운동도 제대로 하지 않고 폐쇄된 환경에서 살다 보면 젊은이들의 건강에 심각한 부작용이 생기리라 우려하고 있습니다.

### 중동

이라크 중부 카르발라시 근처에서 일군의 시아파 무슬림들이 수니파 순례자들을 학살하는 참사가 또 벌어졌습니다. 살인자들은 경찰관으로 변장하고 가짜 검문소를 설치한 뒤에, 순례자들을 태우고 메카로 가던 버스 네 대를 정지시키고 승객들을 내리게 한 다음 한 사람씩 살해했습니다. 여자와 노인과 아이도 학살을 모면할 수 없었습니다. 피살자는 430명이 넘는 것으로 집계되고 있습니다. 그 장면은 동영상으로 촬영된 뒤에 인터넷을 통해 유포되었습니다. 영상에 딸려 있는 메시지는 이 학살이 아슈라라는 종교 행사와 관련되어 있음을 분명하게 언급하면서, 680년 우마이야 왕조의 칼리프 야지드 1세가 보낸 군대가 카르발라 전투에서 이맘

후세인을 살해한 것에 대한 복수임을 천명하고 있습니다. 동영상의 내레이션에는 이런 말이 나옵니다. 〈이 희생 제물들은 시아파 순교자들의 불같은 분노를 달래기 위해 바쳐진 것이다. 우리가 모든 수니파 개를 죽여 그들의 피가 강물처럼 흐르게 하지 않는 한, 과거의 그 원한은 결코 씻기지 않을 것이다.〉

### 과학

화성의 표면과 대기를 분석하는 임무를 띤 새 탐사선 〈스카우트〉가 화성 착륙에 성공했습니다. 20억 달러 이상의 비용이 투자되었다는 이 우주 탐사 사업이 또 한 차례의 성공을 거둔 것입니다. 미국의 납세자들이 낸 세금, 그리고 이 프로젝트에 함께 참여하여 첨단 장비를 제공한 프랑스와 영국과 독일 같은 나라들의 지원에 힘입어 우주 탐사 분야에서 한 걸음의 진전이 이루어졌습니다. 반면에 캐나다의 억만장자 실뱅 팀시트가 주도하는 민간 프로젝트는 심각한 난항을 겪고 있습니다. 그들이 건조한 〈우주 나비 2호〉는 별들의 광선에서 추진력을 얻는 거대한 우주 범선으로서 태양계를 벗어나 1천 년 넘게 우주 공간을 날아갈 수 있는 성능을 갖추었다고 합니다. 그런데 몇 가지 기술적인 장애에 봉착하여 어쩔 수 없이 이륙을 또다시 연기했습니다…….

## 4

그가 손가락으로 리모컨을 누르자 그다음 뉴스들이 나오던 텔레비전 화면이 꺼진다. 그는 얼키설키한 덩굴무늬를 상감 기법으로 새겨 넣은 탁자에 손을 올린다.

「이제 우리가 할 일은 뭐요?」

스타니슬라스 드루앵 대통령은 창문을 연다. 그러고는 엘리제궁의 정원에서 바쁘게 움직이는 정원사들을 물끄러미 내려다본다. 정원사들은 잔디밭과 화단을 가꾸고 있다.

「어느덧 1년이 지났습니다. 그동안 우리 에마슈들은 세계 도처에서 기적을 이루어 냈고 우리 기업은 번창하고 있습니다. 대통령님, 기자들을 초청해서 〈피그미 프로덕션〉을 구경시킬까 하는데 허락해 주시겠습니까?」

나탈리아 오비츠의 물음에 대통령은 눈썹을 찡그린다. 희끗희끗한 머리, 조금 불룩한 배, 네모꼴 안경 때문에 나이가 더 들어 보인다. 그를 마주하고 있는 쉰 살의 오비츠 대령은 여전히 머리가 검고 표정에 활기가 넘친다. 언제든 현장으로 다시 내려가 임무를 수행할 준비가 되어 있는 첩보 요원의 모습이다.

「기자들을 초청한다고? 대체 그런 엉뚱한 생각이 어디에서 나온 거요?」

「기자들이 그것을 요구하고 있습니다. 그리고 제가 생각하기에, 에마 103이 칠레에서 임무를 완수한 뒤인 만큼 이제는 우리가 얼마나 큰 성공을 거두었는지 밝혀도 되지 않을까 싶습니다.」

대통령은 열의를 보이기는커녕 심드렁한 표정을 짓는다.

「아니오, 허락하지 않겠소.」

「왜 안 된다고 하시는지요?」

대통령은 등을 돌린 채 대답한다.

「세상 사람들의 눈에 우리를 드러내는 것에 무슨 이점이 있소? 행복하고자 한다면, 그리고 효과적으로 활동하고자 한다면, 숨어 살아야 하오.」

오비츠 대령은 침착성을 잃지 않고 맞받는다.

「이 단계에서 상표의 가치를 높이지 않는다면, 우리 사업의 발전에 지장이 생길 수 있습니다. 대중 매체를 통해 우리를 드러내는 것은 우리에게 유리한 결과를 낳으리라 생각합니다.」

「대중 매체를 믿지 마시오. 기자들은 당신들에 대한 평판을 나쁘게 만들려고 할 거요. 그게 그들의 일이오. 그들은 남의 약점을 물고 늘어지는 하이에나들이오.」

「대통령이시니까 그렇게 말씀하시는지 모르겠습니다만, 저는 기업의 대표일 뿐입니다. 저로서는 홍보와 광고가 필요합니다.」

드루앵 대통령은 창문 너머로 아내 베네데타를 살핀다. 영부인은 정원 벤치에 앉아서 휴대용 컴퓨터를 무릎에 올려놓고 스마트폰으로 통화를 하고 있다.

「비밀 활동가에서 사교계 인사로 변신하겠다는 거요?」

「그보다는 저희가 선택한 일에 대해서 책임을 지겠다는 것입니다.」

대통령은 창가를 떠나 책상 앞에 가서 앉는다. 쿠션을 댄 안락의자에 앉아 있으니 상대가 더 순순하게 자기 말을 따를 것 같은 기분이 든다.

그는 서랍 하나를 열고 상아를 상감해서 장식한 상자를 꺼낸다. 탄자니아 대통령이 선물한 이 상자에는 코카인 봉지와 은 대롱 같은 그의 애용품이 들어 있다. 그는 봉지에서 꺼낸 가루를 세 줄로 늘어놓고 은 대롱을 사용해서 코로 훅훅 들이마신다. 독성이 강한 물질이 콧속을 아리게 하면서 혈액

속으로 들어간다. 목구멍이 후끈거리고 머릿속이 간질간질해지면서 사고의 속도가 더욱 빨라지는 기분이 든다.

「따지고 보면 〈피그미 프로덕션〉은 이제 민영 기업이 아닌가요? 이 회사의 지분 가운데 우리 지분, 아니 국가의 지분은 49퍼센트밖에 되지 않으니까요.」

그는 콧구멍을 닦는다. 여느 때와 마찬가지로 이 물질은 무엇이든 할 수 있을 것 같은 자신감과 더없이 깊은 고독감을 아울러 불러일으킨다. 〈나는 이 세계의 왕이다〉라고 선포하고 싶은 욕구와 자살 충동이 동시에 생겨난다. 하긴 그가 중독에서 헤어나지 못하는 진짜 이유는 바로 그 모순의 짜릿함에 있다.

「저는 대통령님께서 동의해 주시기를 바랐습니다. 인간을 소형화하는 프로젝트의 출발점에 대통령님이 계시니까요.」

「이건 그냥 궁금해서 하는 말인데, 극비리에 운영하던 우리 실험실을 대중에게 공개하는 데에 이점이 있다면, 어떤 것이 있는지 말해 주겠소?」

오비츠 대령은 대통령이 키가 작은 그녀의 편의를 생각해서 의자의 엉덩받이와 등받이에 미리 놓아 준 비단 쿠션에 의지해서 몸을 곧추세운다.

「우리 회사는 1년 전에 설립되었고 증권 거래소에 상장되어 있습니다. 우리가 좋은 조건에서 성장하기 위해서는 고객들뿐만 아니라 투자자들도 있어야 합니다. 우리는 자본주의 체제에 의존하고 있고, 이 체제에서는 〈미래의 첨단 과학 기술 기업〉인 우리 회사에 관한 홍보 활동이 중요합니다.」

드루앵은 코카인 가루를 길게 들이마시고 나서 나직하게

말한다.

「정히 원한다면 그렇게 해도 좋아요. 내가 허락하겠소. 그러나 내가 당신을 여기에 불러들인 것은 성장에 관한 얘기를 하기 위함이 아니오. 그건 당신도 잘 아는 바요.」

대령은 머쓱한 표정으로 눈길을 떨군다.

「나탈리아…… 예전에 당신은 미래에 관한 전망을 내게 제시했고, 나는 그것이 마음에 들었소. 이제 당신은 내가 여기로 맞아들이는 여느 기업인들처럼 말하고 있다는 느낌이 드오. 그들은 나를 찾아와서 돈이나 대중 매체의 지원을 요구하기도 하고, 자기네 기업을 살리겠다면서 대량 해고의 정당성을 주장하는가 하면…….」

「저희는 오히려 인력을 더 고용해야 하는 단계에 와 있습니다.」

대통령은 코카인을 더 흡입할까 말까 망설이다가 마음을 추스르고 창가로 돌아간다. 그의 아내는 자리를 떴고, 대신 농업부 장관이 교육부 장관과 이야기를 나누다가 상대의 면전에 서류를 내민다.

「나탈리아…… 나탈리아…… 예전에 당신이 이 집무실에 올 때면 나에게 비밀 임무에 관한 얘기를 했고, 인류에게 닥칠 수 있는 미래의 일곱 가지 길을 놓고 꿈을 꿀 수 있게 해주었소.」

그는 정원에서 만나고 있는 두 장관을 살핀다. 곧 내무부 장관이 그들에게 가더니 셋이서 함께 몇 가지 도표를 비교하며 이야기를 나눈다.

「그때 나는 이렇게 느꼈소. 내 동료들은 하나같이 근시들이라서 당장 눈앞에 닥칠 일들밖에 보지 못하지만, 나는 나탈리아 당신 덕분에 더 멀리 내다볼 수 있다고 말이오. 유권자들이 아니라 다음 세대들을 생각한다는 건 현기증이 날 정도로 매혹적인 일이었소.」

오비츠 대령은 대꾸하지 않는다.

「나탈리아, 왜 이제는 그 일곱 가지 길에 대해서 이야기하지 않는 거요?」

대통령은 몸을 돌려, 대답을 기다리는 기색을 눈에 가득 담은 채 그녀에게 바싹 다가간다.

이윽고 그녀가 대답한다.

「이런 방법이 있지 않을까 싶습니다. 얄타 체스라는 것이 있는데, 들어 보셨습니까?」

「얄타 회담에 대해서는 잘 알고 있소. 1945년 2월, 제2차 세계 대전의 승리를 눈앞에 둔 연합국의 지도자 루스벨트, 스탈린, 처칠이 나치 독일의 처리 문제를 놓고 의견을 나눈 역사적인 사건이지요. 그것과 관계가 있는 거요?」

「그렇습니다. 얄타 회담에 세 나라의 지도자가 참여한 데서 얄타 체스라는 이름이 나왔습니다. 두 기사가 흑과 백으로 나뉘어 대결하는 게임이 아니라, 세 기사가 검은색과 흰색과 빨간색 진영으로 나뉘어 벌이는 게임이죠.」

대통령은 천천히 안락의자에 도로 앉아 상대방에게 설명을 이어 가라고 이른다.

「얄타 체스의 판은 사각형이 아니라 육각형입니다. 마름모 세 개가 저마다 다른 마름모들과 두 변을 맞대고 맞물려 있는 형상이죠. 셋이서 게임을 하는 것인 만큼, 아군과 적군의 대결이 아니라, 서로 동맹을 맺은 사람들과 그것에 실패한 사람의 대결이라는 양상을 띠게 됩니다.」

「그러니까 대국 초반에는 너무 두드러지게 우세를 보이지 않도록 해야겠군요. 혼자서 너무 앞서 가면 다른 기사들이 겁을 먹고 동맹을 맺어 공격해 올 테니까요.」

「그렇습니다. 알타 체스를 둘 때는 보통의 체스를 둘 때보다 더욱…….」

「영악하게 두어야 하오?」

「더 교묘하고 치밀하게 두어야 합니다. 그런데 저는 이 삼색 체스의 아이디어를 발전시켜 또 다른 체스를 개발할 수 있다고 생각했습니다. 셋이 아니라…… 일곱 기사가 두는 체스를 개발할 수 있겠다 싶습니다.」

나탈리아는 눈을 반짝인다.

「미래의 일곱 가지 길이 한데 어우러져 경쟁을 벌이는 체스 말이오?」

「맞습니다! 인류가 걸어갈 가능성이 있는 일곱 가지 발전 경로를 대표하는 일곱 진영을 하나의 체스 판에 담겠다는 것입니다. 그러면 우리는 마치 체스 한 판의 수를 기록하듯이, 각 진영의 움직임과 전진 양상을, 각 진영의 성공과 실패를 기록할 수 있을 것입니다. 일곱 기사가 동시에 게임에 참가할 수 있는 체스 판을 만들어야겠어요.」

대통령은 미소를 짓는다.

「나탈리아, 전략과 미래 연구에 관한 당신의 천부적인 감각이 놀랍소. 하지만 그런 체스 판을 어떻게 만들겠다는 것인지 잘 모르겠소.」

오비츠 대령은 올라앉아 있던 안락의자에서 내려온다.

「그러시다면 더 기다리실 필요가 없습니다. 제가 그 새로운 체스 판을 당장 만들어 보이겠습니다. 직원들에게 연락하셔서 스프레이 페인트와 두껍고 평평한 목판과 펠트펜을 구해 오라고 하십시오.」

대통령은 흥미를 느끼며 요구에 따른다. 물건들이 도착하고 몇 분이 지나자, 그녀는 기하학적 도형이 그려진 목판을 보여 준다.

「무엇을 그린 거요? 하나의 다각형 같소. 변이 일곱 개이고 내부는 흰색과 검은색의 칸들로 채워져 있군요.」

「맞습니다. 일곱 개의 변으로 이루어진 칠각형입니다. 두 명이 두는 체스 판에는 예순네 개의 칸이 있으므로 한 사람당 서른두 칸이 있는 셈입니다. 그래서 기사가 일곱 명일 때는 7×32, 즉 224칸이 필요하리라고 생각했습니다.」

대통령은 궁금증을 느낀다.

「그럼 말들은 어떻게 되는 거요? 경기자가 일곱 명이니 말들이 많이 필요하겠는걸.」

나탈리아는 직원이 가져다준 펠트펜을 사용해서 말들에 색을 칠한다.

「검정, 하양, 빨강…… 파랑, 초록, 노랑, 연보라.」

그녀는 그렇게 색칠한 말들을 칠각형 체스 판에 배열한다. 먼저 폰들을 한 줄로 늘어놓은 다음, 그 뒷줄 가운데에 킹과 퀸을 놓고 좌우에 나머지 말들을 놓는다.

「자, 이렇게 일곱 세력을 대표하는 말들이 진을 쳤습니다. 이 일곱 진영은 미래의 일곱 가지 길을 상징하는 것으로 볼 수 있습니다.」

「각각의 색깔이 어느 진영에 대응하지요?」

「색깔은 제가 주관적으로 선택한 것입니다.

첫째, 하양은 자본주의와 대량 소비 체제의 길입니다. 미국과 중국이 경쟁적으로 선도하는 길이라고 볼 수 있습니다.

둘째, 초록은 온 세상 사람들을 신앙인으로 만들고 싶어 하는 종교 세력의 길입니다. 현재는 이란 사람들과 사우디아라비아 사람들이 중심에 서 있습니다.

셋째, 파랑은 기계와 로봇과 컴퓨터의 길입니다. 예컨대 프리드먼 박사와 한국의 기술자들이 발전시키고 있는 길이죠.

넷째, 검정은 실뱅 팀시트의 〈우주 나비 2호〉 프로젝트처럼 우주 공간으로 도망치려는 자들의 길입니다. 화성 탐사를 지속하는 것도 여기에 포함시킬 수 있지 않을까 싶습니다.

다섯째, 노랑은 클로닝과 장기 이식을 통해서 수명을 연장하는 길입니다. 제라르 살드맹 박사와 첨단 의학의 전문가들이 선택한 길이죠.

여섯째, 빨강은 여성화의 길입니다. 오로르 카메러와 아마존들뿐만 아니라 지구상의 모든 페미니스트가 지지하고 있습니다.

일곱째, 연보라는 소형화의 길입니다. 다비드 웰스와 그의 피그미 친구들이 선택한 길인데, 이제는 에마슈들이 가세하고 있습니다.」

오비츠 대령은 체스 판 위로 몸을 기울인다.

「만약 우리가 오늘 대국을 시작하기로 결정한다면, 저는 이 수를 두겠습니다.」

그녀는 연보라색 킹 앞에 놓인 폰을 한 칸 밀어 올린다.

「칠레에 파견된 에마슈가 임무를 완수했다고 해서 그 수를 두는 거요? 당신이 보기엔 그것이 연보라색 진영의 1보 전진인가요? 좋소, 그럼 다른 진영의 수는 뭐요?」

그는 그녀를 따라 체스 판을 내려다본다.

「다른 진영들에 대해서는 뉴스를 통해 정보가 들어오는 대로 말들을 움직일 것입니다.」

그녀는 홀로 전진해 있는 연보라색 폰을 바라본다.

「우리가 칠레에서 거둔 성공이 첫 행마라면, 〈피그미 프로덕션〉을 대중 매체에 공개하는 것은 또 한 걸음의 전진이 되리라고 생각합니다.」

그녀는 또 하나의 연보라색 폰을 만진다.

드루앵 대통령은 그 폰을 집어 들고 천천히 살펴본다.

「연보라색 진영의 성공이 다른 진영들을 화나게 하지 않겠소?」

「앞서 말씀드렸듯이 이 게임은 동맹을 바탕으로 전개됩니다. 우위를 차지하되 너무 표가 나지 않게 해야 합니다.」

「그렇다면 왜 기자들을 〈피그미 프로덕션〉의 내부로 불러들이려는 거요? 그건 비밀을 유지하기 위한 전략과는 거리가 멀지 않소?」

「다른 기사들의 화를 돋우지 않는 가장 좋은 방법은 아무 수도 두지 않는 것입니다. 하지만 그들이 반응을 보이도록 유도하기 위해서 전진을 해야 할 때가 옵니다. 물론 전진을 하더라도 늘 신중하게 행동해야 합니다. 또한 한 가지 늘 명심해야 할 것이 있습니다. 우리가 마주하고 있는 여섯 명의 기사들은 결코 우리에게 도움이 되는 쪽으로 움직이지 않는다는 사실입니다.」

대통령은 체스 판을 들여다보다가 책상 위에 놓인 지구의로 눈길을 돌린다.

「그러고 보니 초록색 진영에서도 한 수를 둔 것으로 볼 수 있겠구려. 카르발라의 대학살 말이오. 친(親)이란 시아파 무슬림들이 수니파 신자들 430명을 죽였소. 내가 보기엔 이것도 하나의 행마요. 비록 파괴적인 힘이긴 하지만 자기들의 힘을 과시한 거요.」

그녀는 고개를 끄덕이며 초록색 폰 하나를 전진시킨다.

대통령은 자기 자리로 돌아가서 코카인 봉지와 은 대롱을 상자에 담아 서랍에 도로 넣어 둔다.

「알면 알수록 흥미로워 보이는군요. 당신의 그 칠각형 체스 말이오. 대국의 추이를 내게 계속 알려 주리라 믿소, 나탈리아.」

오비츠 대령은 그러겠다고 대답한 다음, 잠시 망설이다가 체스 판과 색칠한 말들을 그대로 두고 집무실을 나선다. 그와 똑같은 체스 판을 따로 만들어서 일곱 가지 길의 경쟁 양상을 차분하게 따져 봐야 하리라고 생각한 것이다.

지구적 차원의 전략적인 안목을 갖추되, 그 전망이 〈객관적〉이어야 해. 언론의 논평이나 사설, 기자들과 정치인들의 편견에 휘둘리지 말고 객관성을 유지해야 하는 거야.

## 5

「제 곁에서 멀어지지 않으시기를 부탁드립니다. 무엇에도 손을 대지 마시고 발 디디는 자리를 잘 살펴 주십시오. 이제 견학을 시작하실까요?」

두 기자를 상대하는 다비드 웰스는 행사의 성격에 맞춰서 하얀 가운을 차려입고 가슴에 〈웰스 박사〉라고 적힌 명찰을 달았다.

「저는 조르주 샤라스 기자입니다. 이 친구는 카메라 기자

귀스입니다.」

그들은 반갑게 악수를 나눈다. 기자들은 안내자를 찬찬히 살펴본다. 키가 1미터 70센티미터쯤 되는 과학자인데 키 높이 구두를 신고 있다. 얼굴은 통통하고 아주 동그랗다. 동그스름하기는 코끝도 마찬가지다. 훤한 이마도 구체를 연상시킬 만큼 둥글다. 입술은 도톰하고 눈빛은 주위의 작은 움직임 하나도 놓치지 않을 듯 형형해 보인다.

「두 분을 뵙게 되어 기쁩니다. 〈피그미 프로덕션〉에 오신 것을 환영합니다. 먼저 가운을 걸치시고 필터가 달린 마스크를 쓰셔야 합니다. 위생을 위한 수칙입니다.」

「우리가 묻혀 온 세균들로부터 에마슈들을 보호하기 위한 것인가요?」

「오히려 그 반대입니다. 에마슈들은 두 분에 비해 훨씬 효과적인 면역 체계를 가지고 있습니다. 그들이 자기들의 세균을 두 분에게 옮길 수 있으므로 그것을 막으려는 것이죠.」

두 기자는 조금 놀란 기색을 보이며 순순히 지시에 따른다.

「두 분은 모든 것을 보시고 모든 것을 이해하시게 될 겁니다. 처음으로 우리의 연구에 관해 모든 것을 아시게 되리라는 것입니다.」

기자들이 준비를 끝내자 다비드가 설명을 시작한다.

「먼저 우리 사업이 어떻게 시작되었는지 말씀드리겠습니다. 처음엔 〈피그미 프로덕션〉이 존재하지 않았습니다. 한 사람의 막연한 구상이 있었을 뿐입니다. 왜소한 몸으로 군 정보기관에서 중요한 역할을 하던 그녀는 키가 작은 첩보원들로 이루어진 특수 부대를 만들고자 했습니다. 나탈리아 오비츠가 바로 그 사람입니다. 이 모든 사업의 기원에는 그녀가 있습니다. 나탈리아는 그런 구상을 하던 중에 두 과학자를 만났습니다. 두 과학자는 오로르 카메러와…… 바로 저입니다. 오로르는 인류가 여성화하는 쪽으로 진화한다는 믿음을 가지고 있었고, 두 분의 안내자인 저는 사람들의 키가 작아지는 것이 진화의 방향이라고 믿었습니다. 우리 세 사람은 국립 농업 연구원 건물인 바로 여기에서 비밀 연구 팀을 구성했습니다. 우리는 한낱 상상에서 출발하여 크기가 줄어든 새로운 인류를 어떻게 만들 수 있는지 그 실제적인 방안을 찾는 것으로 나아갔습니다.」

세 남자는 보조를 맞춰 정문 앞에 다다른다.

예전에 퐁텐블로 국립 농업 연구원의 정문이었던 출입문의 인방(引枋) 위쪽에는 합각머리처럼 생긴 부분이 있고 그 한복판에는 검은 바탕에 연보라색과 흰색의 커다란 글씨로 〈피그미 프로덕션〉이라는 회사 이름이 씌어 있다. 그것의 바로 위에는 국립 농업 연구원의 상징이었던 밀 이삭 대신 회사의 로고에 해당하는 그림이 들어가 있다. 레오나르도 다빈치의 유명한 소묘 작품 「비트루비우스적 인간」을 복제한 그림인데, 원화와 한 가지 다른 점은 원 안에서 팔다리를 뻗고 있는 인간 형상의 내부에 또 하나의 인간이 들어 있다는 것이다. 배꼽 부위에 추가된 이 형상은 그것을 품고 있는 인간과 생김새가 똑같지만 크기는 10분의 1로 줄어든 모습이다. 이 그림의 아래에는 〈피그미 프로덕션〉의 표어 〈우리보다 작지만 우리에게 늘 필요한 에마슈〉가 길게 적혀 있다. 라퐁텐이 「사자와 쥐」, 「비둘기와 개미」 같은 우화를 통해 말한 교훈을 연상시키는 슬로건이다.

카메라 기자가 꼼꼼하게 촬영을 해나가는 동안, 기자는 보도에 필요한 정보들을 메모한다.

다비드는 그들이 일하는 것을 가만히 지켜보다가 정원으로 그들을 안내한다.

이제 정원 한복판에는 후쿠시마에서 희생된 에마슈들의 시신이 쌓여 있는 모습을 형상화한 조각상이 들어서 있다. 조각상 꼭대기에 올라선 청동 에마슈는 지렛대 하나를 치켜들고 있다.

「저 지렛대는 에마슈들이 원자로 속으로 들어가 냉각수 밸브를 돌릴 때 사용했던 바로 그 지렛대입니다. 조각가가 진짜 지렛대를 작품 속에 포함시킨 것이죠. 작품의 얼개를 짤 때, 그는 제리코의 그림 〈메뒤즈호의 뗏목〉에서 영감을 얻었다고 합니다. 죽은 사람들과 죽어 가는 사람들이 한데 뒤엉켜 더미를 이루고 가장 끈질기게 버틴 사람이 그 꼭대기에 올라앉아 있는 모습에서 착상을 얻었다는 것이죠. 또한 그는 후쿠시마 작전의 감동이 더욱 생생하게 전해지도록 에마슈들을 방호복 차림이 아니라 특공대 복장을 한 모습으로 나타냈습니다. 에마슈들의 작은 몸이 방사선에 저항하는 유일한 요새였다는 느낌을 주고 싶었답니다. 저 동판에 이 작품의 제목이 새겨져 있습니다. 아드 아우구스타 페르 앙구스타, 〈좁은 길을 통해 위대한 결말로〉라고 번역할 수 있는 라틴어죠.」

예전에 오로르에게 깊은 인상을 주었던 대외 안보 총국의 표어가 그 거대한 조각상의 제목으로 쓰인 것이다.

「우리 에마슈들이 후쿠시마 원전 폭발을 막는 데에 성공한 뒤로, 개인 투자자들과 정부가 거액의 비용을 대주었고,

그 덕분에 우리는 〈피그미 프로덕션〉이라는 회사를 만들어 새롭게 도약할 수 있었습니다. 저를 따라오십시오. 이제 우리 시설을 보여 드리겠습니다.」

기자들은 그를 따라간다. 눈앞에 버티고 선 ㄷ자 건물이 햇빛을 받아 번쩍거린다.

「우리는 건물 전체를 새롭게 단장했습니다. 독감이 대유행하던 때에 총격전이 벌어지면서 생겨났던 총알 자국들은 이제 찾아볼 수 없고, 에마슈에 반대하는 사람들이 우리에게 던져 보냈던 빨간 페인트의 흔적도 남아 있지 않습니다.」

기자는 고개를 끄덕이며 다비드의 말을 받아 적는다.

「기억납니다. 제가 당시에 그 사건들을 취재했죠. 정말 무시무시했습니다.」

「우리는 원래 건물의 오른쪽 날개에 박물관을 설치했습니다. 〈피그미 프로덕션〉을 찾아오시는 고객들이나 견학 손님들은 이 박물관에서 인간의 소형화에 관한 연구의 초기 기록들을 보실 수 있을 뿐만 아니라, 이란에서 벌인 〈반지의 여전사들〉 작전을 생생하게 증언하는 사진들이며 UN 본부 회의장의 단상에서 외계의 대사 행세를 했던 에마 109의 사진들, 후쿠시마 원자로의 노심을 냉각시키기 위해 목숨을 바쳤던 스물네 명의 에마슈에 관한 기록들도 접하실 수 있습니다. 1년 넘게 다른 에마슈들이 갖가지 악조건을 무릅쓰고 수행했던 수많은 임무와 관련된 사진들도 보실 수 있고요.」

샤라스 기자는 최근 사진들을 가리킨다.

「저건 갱도 붕괴 사고로 땅속에 갇힌 칠레 광부들을 구출했을 때의 사진이로군요.」

「우리가 칠레에서 광부들을 구출한 것은 저 때가 세 번째입니다. 첫 번째나 두 번째보다 더 접근하기 어려운 곳으로 들어가서 임무를 수행했죠.」

견학은 다음 공간으로 이어진다.

「우리 건물의 왼쪽 날개에는 알을 부화하고 어린 에마슈들을 보육하기 위한 시설이 마련되어 있습니다. 엄밀하게 말하면 초소형 인간들의 생산은 바로 여기에서 이루어지는 것입니다.」

다비드는 그들을 첫 번째 방으로 데려간다. 방 안에 설치된 수조에서 헤엄치는 동물이 보인다. 오리너구리다.

「우리는 유일한 난생 포유동물인 오리너구리들을 관찰한 덕분에 태생이 아닌 난생의 방식으로 초소형 인간들을 만들어 내는 방법에 착안했습니다. 저 오리너구리의 이름은 노틸러스입니다.」

「최초의 에마슈를 창조하는 데 기여한 바로 그 오리너구리인가요?」

「아뇨. 그 오리너구리는 죽었습니다. 말하자면…… 늙어서 죽었죠.」

다비드는 독감이 창궐함에 따라 대다수 사람들이 기아에 허덕이던 시절 오리너구리를 잡아먹었던 일을 떠올리며 마른침을 삼킨다.

「우리는 쥘 베른의 소설에 나오는 잠수함의 이름을 저 오리너구리에게 붙여 주었습니다. 사실 저 녀석은 네모 선장의 잠수함과 닮은 점이 있습니다. 잠수함의 밸러스트 탱크와 같은 구실을 하는 기관이 있어서 물속으로 깊이 내려갈 수 있을 뿐만 아니라 무시무시한 무기들을 갖추고 있죠.」

카메라 기자는 오리너구리를 영상에 담고 기자는 다비드

의 설명을 적어 둔다.

다비드는 도마뱀붙이들이 들어 있는 유리 상자를 가리킨다. 도마뱀붙이들은 꼼짝달싹도 하지 않고 두 눈을 번갈아 뜨면서 그들을 살핀다.

「그다음에 우리는 동물의 세계에 한 가지 놀라운 현상이 존재한다는 것을 알게 되었습니다. 동물들 가운데 어떤 종들은 스트레스가 많은 환경에 놓이면, 암컷의 비율이 90퍼센트에 달할 만큼 성비가 달라집니다. 도마뱀붙이의 하나인 레피도닥틸루스 루구브리스의 경우에는 암컷이 태풍에 휩쓸려 홀로 낯선 섬에 떨어지면 생식 방법에 변화가 일어나 수컷 없이 알을 낳는데, 이 알들을 깨고 나온 새끼들은 모두 암컷일 뿐만 아니라 아비가 없이 한 어미에게서 나왔음에도 서로 다른 유전적 특성을 지니고 있습니다.」

샤라스 기자가 묻는다.

「스트레스가 많은 환경이라고 하셨는데, 혹시 에마슈들에게 일부러 스트레스를 주시나요?」

「특공대원으로 선발된 에마슈들은 우리 군대의 많은 병사들을 파랗게 질리게 할 만한 훈련을 받습니다. 나탈리아 오비츠 대령이 그들을 혹독한 방식으로 훈련시키죠. 〈우리를 죽이지 않는 것은 우리를 더 강하게 만든다〉라는 진화의 원칙에 따라서 말입니다.」

「〈미트리다테스 만들기〉라고도 불리는 항독 면역법을 생각나게 하는군요.」

「사실 우리는 고대 폰투스 왕국의 미트리다테스 6세를 기리는 뜻으로 그 용어를 사용합니다. 그 군주는 적군의 독살 기도에 대비하여 매일 조금씩 비소를 복용했다고 합니다.」

다비드는 초록색 광선을 알들에게 쬐어 주고 있는 부화실을 가리킨다.

「우리는 저 알들에게 알파선, 베타선, 감마선, 그리고 엑스선을 조사(照射)합니다. 알 속에 들어 있는 에마슈들을 방사선에 익숙하게 만들어서 저항력을 높여 주려는 것입니다. 우리는 조사량을 아주 조금씩 늘려 나갑니다. 더러 에마슈들이 죽기도 합니다. 그래도 살아남은 에마슈들은 어느 정도 면역이 된 것으로 보입니다.」

「그건 태아에게 치명적인 방사선을 쬐는 것과 진배없는 일인데, 너무 잔인하지 않습니까?」

「티베트에는 태어난 지 얼마 되지 않은 아기를 얼음처럼 차가운 개울물 속에 집어넣는 풍습이 있습니다. 아기가 장차 추위를 견디며 살아갈 수 있는지를 확인하기 위한 것이라고 합니다. 젊은 세대를 단련시키는 것은 그들의 삶을 성공으로 이끌기 위한 한 가지 요소입니다.」

기자는 의심을 떨치지 못한 기색이다.

「에마슈들에게 가하는 그런 시련이 실제로 효과가 있습니까?」

「이제 두 번째 세대의 에마슈들은 첫 세대에 비해 20분의 1쯤 더 많은 방사능을 견디어 냅니다.」

조르주 샤라스는 놀란 표정을 지으며 묻는다.

「그 말씀은 후쿠시마 원전 사고 같은 것이 또 발생하면 에마슈들이 더 오래 버틸 수 있으리라는 뜻인가요?」

「아마도 그럴 겁니다.」

카메라 기자는 초점을 조절하여 알들을 촬영한다. 기자가 다시 묻는다.

「모든 에마슈가 시험관 수정을 통해 생겨났나요?」

「아닙니다. 첫 세대에 속하는 1천 명만 그런 방식으로 생겨났습니다. 이제는 여자 에마슈들이 자연적으로 알을 낳습니다. 그 알들을 거두어 여기로 옮겨 놓은 다음 〈과학적인 방법으로〉 부화를 시키고 저항력을 높여 주기 위한 다양한 처리를 하죠. 그런 과정을 거쳐서 저항력이 강한 에마슈들이 생겨나고, 그들은 특별한 훈련을 받은 뒤에 갖가지 임무를 수행합니다.」

기자는 카메라 기자에게 신호를 보내어 실내를 구성하는 여러 요소를 찍게 한다.

「그런데 모성 본능이라는 것이 있지 않습니까? 여자 에마슈들은 자기들이 낳은 알들을 직접 품고 싶어 하지 않나요?」

기자는 다비드의 얼굴에 당황한 기색이 어리는 것을 보고, 자기가 미묘한 문제를 건드렸다고 느낀다.

「소수의 에마슈들에게는 직접 알을 품는 것이 허용됩니다. 하지만 그렇게 부화된 에마슈들은 임무에 투입되지 않습니다.」

「그럼 그들은 무슨 일을 하죠?」

「에마슈들의 도시인 〈마이크로 랜드 2〉를 관리하거나 들일을 하거나 건물을 짓거나 수공업에 종사하죠. 생식에 참여하는 남자들 역시 그렇게 어머니가 직접 품어서 부화한 에마슈들입니다.」

기자는 마이크를 바싹 들이댄다.

「생식에 참여하는 남자 에마슈들이라고요?」

「고객들이 어떤 임무를 수행해 달라고 요청할 때 우리는 여자 에마슈들만 파견합니다. 여자들의 이름은 모두 에마인데 거기에 번호를 붙여서 서로 구별하죠. 에마라는 이름은 최초의 여자 에마슈인 〈미크로 오로르〉의 머리글자 MA를 프랑스어 알파벳 이름으로 읽은 것입니다. 남자 에마슈들은 〈미크로 다비드〉의 머리글자 MD의 발음을 부르기 쉽게 조금 바꿔서 아메데라고 하는데, 현재만 놓고 보면 이들의 역할은 생식 활동에 국한되어 있습니다.」

다비드는 벽에 붙어 있는 남자 에마슈들의 사진을 가리킨다. 카메라 기자가 말을 받는다.

「소들의 경우에 씨를 받기 위해 기르는 종우가 있는 것과 비슷하군요. 말들에게는 종마가 있고 닭들에게는 씨닭이 있죠.」

다비드는 설명을 이어 간다.

「남자 에마슈들은 여자들에 비해 조금 연약합니다. 방사능이나 세균에 오염된 악조건 속에서 위험한 임무를 수행하라고 하면 제대로 버티지 못할 겁니다.」

세 남자는 다른 방으로 옮겨 간다. 낳은 지 더 오래된 알들이 역시 푸르스름한 빛 속에 잠겨 있다.

「우리 〈피그미 프로덕션〉은 마치 용역 회사가 고객의 필요에 맞춰 일꾼을 알선하듯이, 구체적인 임무에 맞게 에마슈들을 〈대여〉합니다. 에마슈들은 일한 시간에 따라 보수를 받습니다. 우리가 그들을 파는 경우는 절대로 없습니다. 에마슈들은 모두 번호가 매겨져 있습니다. 우리는 임대 기한을 엄격하게 정해 놓고, 그 한도 내에서만 에마슈들을 빌려 줍니다.」

기자가 묻는다.

「하지만 고객이 직접 에마슈들의 자식을 만들어 내려고

한다면, 무슨 수로 그것을 막죠?」

「바로 그 때문에 우리가 남자 에마슈들을 통제하는 겁니다. 남자 에마슈들은 전체의 10퍼센트입니다. 그들은 절대로 여기에서 나가지 않습니다. 그런 점에서 우리의 진짜 보물이죠.」

세 남자는 또 다른 방에 다다른다. 이 방에 있는 알들은 모두 에그 컵처럼 생긴 받침대 위에 놓여 있고 빨간 전등 불빛이 그 줄느런한 알들을 비추고 있다.

「여기는 성숙 단계에 도달한 알들이 첫 번째로 거쳐 가는 포란실입니다.」

다비드는 알 하나를 집어 엑스선 촬영 장치 안에 넣는다. 그러자 알 속에 들어 있는 배아의 형상이 화면에 나타난다. 크기가 알 전체 부피의 10분의 1쯤 되는 생명체다.

「바로 여기까지가 새로운 인류를 만들어 내는 공정의 첫 단계입니다.」

「이건 정말이지…….」

기자는 자기 마음에서 일어나는 감정을 정확하게 나타내려 애쓴다.

「……안쓰럽고도 감동적이군요.」

이어서 다비드는 두 기자를 데리고 더 진한 베이지색 알들이 나란히 놓여 있는 방으로 옮겨 간다. 그러고는 다시 알 하나를 집어 엑스선 촬영 장치 안에 넣는다. 이번에는 알 전체 부피의 4분의 3 가까이를 차지하는 태아가 화면에 나타난다.

「여기에 있는 알들은 부화할 준비가 되어 있습니다.」

그다음 방에서 세 남자는 어린 에마슈들이 알껍데기를 깨고 나오는 장면을 목격한다.

다비드가 나직하게 말한다.

「시원의 알에서 만물이 생겨나듯, 한 생명이 알을 깨고 나옵니다.」

기자는 작은 팔들이 알을 싸고 있는 막을 밀어 알껍데기를 깨는 모습을 분명하게 확인한다.

카메라 기자는 눈에 띄게 흥분한 기색을 보이며, 알껍데기가 완전히 깨지고 그 속에 있던 생명체가 나오는 모습을 찍는다. 아직 투명하고 끈적끈적한 물질에 덮여 있는 어린 에마슈는 분홍색 스펀지 매트리스 위로 떨어지더니 벌써 매트리스 주위의 보호 유리판 쪽으로 기어가기 시작한다.

「우리는 알을 깨고 나온 에마슈들을 씻긴 다음 발목에 고리를 채우고 번호를 붙이고 목록에 기입한 뒤에 휴식실로 데려갑니다.」

그 말을 확증하기라도 하듯, 하얀 가운 차림의 여자가 마스크를 쓴 채로 나타나더니, 새로 부화한 에마슈들을 조심스럽게 잡아 부드러운 헝겊으로 문질러 점액을 닦아 낸 다음, 발목에 플라스틱 고리를 채우고 한 줄로 늘어놓은 작은 침대들에 하나씩 내려놓는다. 침대들 위쪽에는 감시 카메라가 한 대씩 설치되어 있다.

다비드가 설명한다.

「이분은 오로르 카메러 박사이십니다. 저와 함께 초소형 인간을 어떻게 만들어 낼 수 있는지 처음으로 연구하신 분이죠.」

젊은 여자는 마스크를 내리고 카메라를 향해 인사를 보낸다. 기자는 비로소 드러난 여자의 미모에 당혹감을 느낀다. 그녀의 눈은 금빛에 가까운 색깔을 띠었고, 갈색 머리는 얼굴을 둥그렇게 에워싸면서 어깨까지 내려와 있다. 살짝 미소를 머금은 표정으로 선이 고운 입술을 조금 내밀고 있으니 은근한 공모의 기색마저 느껴진다.

샤라스 기자는 즉시 그 매력에 빠져든다. 그가 오로르에게 묻는다.

「이게 어떻게 된 거죠? 이제 막 알을 깨고 나온 아기들이 보고 듣고 기어다닐 수 있으니 말입니다.」

「사실 우리 호모 사피엔스의 정상적인 임신 기간은 18개월이 되어야 할 것입니다. 하지만 여자들의 골반이 좁기 때문에 우리는 모두 충분히 성장하기 전에 어머니 배 속에서 나옵니다. 반면에 우리가 호모 메타모르포시스라고 명명한 초소형 인간들은 알 속에서 자라기 때문에 어머니의 골반이 어떠하든 영향을 받지 않습니다. 알은 에마슈들이 그 속에서 온전히 성장할 수 있을 만큼 부피가 큽니다. 그러니까 에마슈들은 우리로 치면 18개월에 해당하는 기간을 알 속에서 자랄 수 있는 것이지요.」

기자는 완벽한 소리를 얻을 수 있도록 마이크를 그녀에게 더 가까이 들이댄다.

「제가 제대로 이해한 거라면, 갓 부화한 에마슈는 우리의 생후 9개월 된 아기에 해당한다는 얘기인데, 맞습니까?」

「그래요, 생후 9개월 된 아기와 비슷합니다. 혼자 서 있거나 걸음마를 하지는 못해도 기어다니는 것은 잘합니다. 머리털도 많이 나 있고 시각과 청각도 충분히 발달해 있어요.」

기자는 그녀의 인상적인 금빛 눈을 줌인으로 촬영하도록 카메라맨에게 신호를 보낸다.

「그렇다 해도 포란에 18개월이 걸리는 것은 아니죠?」

「맞습니다. 에마슈들의 성장에 필요한 시간은 우리와 비교해서 대략 10분의 1정도라고 생각하시면 됩니다. 에마슈의 알은 우리의 태아가 자라는 것보다 열 배 빠르게, 그러니까 한 달 보름 남짓이 지나면 부화합니다.」

알에서 갓 나온 에마슈 하나가 호기심을 보이며 그들을 바라본다. 카메라 기자는 그 사랑스러운 얼굴로 카메라를 돌려 줌을 당긴다.

기자가 다시 묻는다.

「〈피그미 프로덕션〉의 생산량은 얼마나 됩니까?」

다비드가 설명을 이어 간다.

「현재는 매일 열두 명이 알을 깨고 나오는 수준이지만, 시장의 형편에 따라서 그 수치를 조정해 나갈 것입니다. 우리는 임차 수요가 크게 증가할 것으로 보고 있습니다. 그러나 너무 많은 에마슈를 파견하는 것은 원치 않습니다. 수가 너무 많아지면 통제하기가 어려워질 수도 있으니까요. 어느 정도가 적당한지는 〈피그미 프로덕션〉의 이사들이 상업적인 발전을 고려하여 결정할 것입니다.」

「말이 나왔으니 얘긴데요, 웰스 박사님, 〈피그미 프로덕션〉의 그 이사들이 누구죠?」

「이사회의 구성을 보면, 먼저 창설자 여섯 명이 있습니다. 사장을 맡고 있는 나탈리아 오비츠 대령, 부사장을 맡고 있는 마르탱 자니코 중위, 오로르 카메러 박사, 누시아 누시아, 펜테실레이아 케시시안, 그리고 저입니다. 그다음으로 정부를 대표하는 이사 한 명과 개인 투자자들을 대표하는 바쇼씨가 있습니다. 이사회의 의사 결정은 과반수의 찬성으로 이루어지지만, 일반적으로 우리는 회사의 발전에 관해 모두가 똑같은 의견을 가지고 있습니다.」

그들은 포란이며 부화와 관련된 구역을 벗어나, 다른 방의 문을 밀고 들어간다. 여기에서는 간호사 복장을 한 에마슈들이 정성스럽게 아기들을 돌보고 있다. 젖가슴을 드러내고 아기들에게 젖을 먹이는 유모 에마슈들도 보인다. 기자는 그 광경을 홀린 듯이 바라본다.

다비드가 나선다.

「놀라신 모양이군요. 이들은 포유동물이고, 포유동물은 말 그대로 어미가 새끼에게 젖을 먹이는 동물입니다. 오리너구리나 돌고래의 암컷들과 마찬가지로 여자 에마슈들은 유방이 있고 젖을 분비합니다.」

「혹시…… 에마슈의 젖으로 요구르트를 만들겠다는 생각은 안 해보셨나요?」

카메라맨은 그렇게 묻고 나서야 제풀에 자기 질문이 생뚱맞다는 것을 깨닫고, 대답할 필요가 없다는 뜻으로 손을 내젓는다.

두 기자의 탐방은 소녀 에마슈들이 앉아 있는 작은 교실을 구경하는 것으로 이어진다. 기자는 소녀들 사이에 드문드문 소년 몇 명이 앉아 있음을 알아차린다.

「부모가 직접 포란해서 부화한 아이들과 다른 아이들이 같은 교실에서 교육을 받는군요.」

다비드는 에마슈들만이 사는 도시가 따로 마련되어 있음을 알려 주고 두 기자를 그곳으로 이끈다.

그들은 건물의 오른쪽 날개를 빠져나오다가 마르탱 자니코 중위와 마주친다. 마르탱은 외바퀴 손수레를 이용해 에마슈들의 도시에서 매일같이 생겨나는 쓰레기를 치우는 중이다. 이 거인은 평소의 버릇대로 신종 머피의 법칙이 적힌 티셔츠를 입고 있다.

17. 이론이 있으면 일은 잘 돌아가지 않아도 그 이유는 알게 된다. 실천을 하면 일은 돌아가는데 그 이유는 모른다. 이론과 실천이 결합되면 일도 돌아가지 않고 그 이유도 모르게 된다.

마르탱의 외바퀴 손수레에는 크기가 아주 작은 검은 비닐봉지들이 단단히 봉해진 채로 가득 들어 있다.

다비드가 설명한다.

「저게 하루치 쓰레기입니다. 오늘은 마르탱이 당번이죠.」

「아, 파리와 뉴욕의 쓰레기도 저런 식으로 쉽게 치울 수 있으면 좋으련만.」

기자의 탄식에 마르탱이 말끝을 단다.

「우리 인간이 배출하는 쓰레기의 양을 생각하면, 미래에는 쓰레기들이 뭉쳐서 대서양과 태평양에 떠 있다는 그 여섯째 대륙과 일곱째 대륙이 더 커지지 않을까 걱정돼요.」

다비드는 문득 떠오른 직감에 이끌려 말을 받는다.

「그래도 쓰레기를 우주에 내다 버리는 길이 있긴 하죠. 지구의 모든 쓰레기를 달에 버린다고 상상해 보세요. 그러면 우리의 노천 쓰레기장들이 사라질 거예요.」

기자는 그 아이디어를 메모해 둔다.

「상상력이 정말 풍부하시군요, 웰스 박사님. 하지만 그런 얘기는 SF에나 어울려요.」

다비드는 기자들 쪽으로 몸을 돌린다.

「현재 우리는 보시다시피 수공업적인 방식으로 쓰레기를

치웁니다. 하지만 머지않아 이 도시에 하수도 직결식 수세 장치를 설치해서 폐수와 쓰레기를 하수도로 배출할 겁니다. 한창 준비하는 중이니까 곧 실현되리라고 봅니다.」

이윽고 그들은 창고처럼 생긴 건물 앞에 다다른다. 건물 벽에는 검은 바탕에 연보라색과 흰색의 커다란 글자로 〈마이크로 랜드 2〉라는 말이 적혀 있다.

다비드는 문을 열기 전에 걸음을 멈추고 말한다.

「당연한 얘기지만, 이곳은 두 분이 신문에서 보셨고 조금 전에 박물관에서 보셨던 최초의 에마슈 도시 〈마이크로 랜드 1〉의 뒤를 잇는 도시입니다.」

카메라맨은 렌즈를 바꾼다. 적당한 접사 렌즈를 사용해서 그 미니 세계를 완벽하게 영상에 담을 채비를 하는 것이다.

「우리는 수요가 증가할 것으로 예상하고 생산량을 늘리는 동시에 도시의 규모를 확장했습니다.」

다비드가 칩이 부착된 카드를 대어 문을 열자, 그들의 눈앞에 비행기 격납고와 비슷한 거대한 창고의 내부가 펼쳐진다.

기자들은 그 넓은 공간의 한복판에 아크릴 유리로 둘러싸인 거대한 테라리엄이 있음을 알아본다.

「아크릴 유리로 덮여 있는 도시입니다. 너비 50미터, 길이 50미터에 높이가 5미터입니다. 가까이 다가가셔도 됩니다. 다만 한 가지 부탁드릴 것은 벽을 만지시지 말라는 것입니다.」

그리하여 기자와 카메라맨은 한 도시가 움직이는 모습을 보게 된다. 이 도시는 크기를 10분의 1로 줄여 놓았다는 점만 빼면 분명 사람들이 살아가는 도시다.

테라리엄 내부에서는 누시아와 나탈리아와 펜테실레이아가 마치 릴리퍼트의 소인들 사이에 있는 걸리버 같은 모습으로 중앙 정원에 분재처럼 작은 나무들을 심고 있다. 그녀들은 천천히 몸을 움직이고 조심스럽게 발걸음을 옮긴다. 몸을 한 번 움직일 때마다, 발을 한 걸음 옮길 때마다 무언가 또는 누군가를 다치게 할 염려가 있기 때문이다. 그녀들은 발을 디딜 자리에 아무것도 없다는 것을 확인하고 나서야 걸음을 옮긴다.

「제가 아까 〈피그미 프로덕션〉을 함께 만든 다른 연구자들에 관해서 말씀드렸습니다. 보시다시피, 우리 연구자들 모두가 도시를 관리하는 일에 일상적으로 참여하고 있습니다.」

「저희도 테라리엄, 아니 마이크로 랜드 안에 들어갈 수 있을까요?」

다비드는 내부로 들어가기 전에 거쳐야 하는 투명한 위생 점검실로 그들을 안내한다. 거기에서 신발에 보호 장비를 씌운 다음에야 마이크로 랜드 안으로 들어갈 수 있는 것이다. 다비드는 그들에게 무엇을 조심해야 하는지 일러 주고, 아주 특별한 보행 방법을 가르쳐 준다.

「우리가 다니는 길은 모놀륨을 깔아서 따로 내놓았으니까 그 길로만 다니셔야 합니다. 길의 경계가 표시되어 있으니, 어떤 사정이 있더라도 그 표지를 벗어나시면 안 됩니다.」

두 남자는 그러겠다고 약속한다. 카메라맨은 나무를 심는 데 열중해 있는 사람들을 찍는다.

새로 온 사람들이 아크릴 유리로 지은 도시 안으로 들어서자마자 에마슈들이 달려와서 그들의 발치에 엎드린다.

기자가 놀라서 소리친다.

「이게 뭐죠?」

벌써 에마슈 한 무리가 공물을 품에 안고 그들 쪽으로 몰려온다.

기자가 다시 묻는다.

「이들은 누구죠? 열렬한 숭배자들인가요?」

「우리는 에마슈들을 통제하기 위해서 거인들을 언제나 존경하도록 가르쳤습니다. 때로는 그렇게 가르치는 것에 그치지 않고 한발 더 나아가…….」

「종교를 만들어 주었다는 건가요? 에마슈들이 당신들을 신처럼 숭배하도록 가르쳤군요!」

「우리는 도덕이나 선악의 미묘한 점들을 에마슈들에게 설명할 시간이 없었습니다. 종교에는 한 가지 이점이 있어요. 군중의 에너지를 빠르게 한 방향으로 결집시킬 수 있는 〈사고의 틀〉로 기능한다는 것이죠.」

「자연히 생겨난 것이 아니라 하나에서 열까지 인위적으로 만들어 낸 다신교로군요!」

기자는 그렇게 경탄하더니 자기 말이 그럴싸하다는 듯 그대로 적어 둔다. 그러고는 신전들이 눈에 들어오자 카메라맨에게 손짓을 한다. 카메라맨은 서둘러 신전들을 클로즈업으로 촬영한다.

다비드는 자기 앞에 엎드려 있는 에마슈들을 가리키며 설명한다.

「에마슈들의 신앙은 점차 분화하고 개인적으로 차이를 보이게 되었습니다. 여기 이들은 내 신전에 자주 오는 에마슈들입니다. 나를 특히 숭배하는 자들이죠. 사실 나는 이들에게 기계 제작법을 가르칩니다. 그러니까 이들은 대부분 엔지니어이거나 특수 기술의 전문가이거나 건축가입니다.」

「이를테면 헤파이스토스 신의 역할을 맡으신 건가요?」

「그보다는 불카누스입니다. 나는 로마 신화의 이름을 더 좋아합니다. 내 동료들 역시 로마 신화에 나오는 신들의 역할을 차용했습니다.」

다비드는 열렬한 태도로 무릎을 꿇고 있는 에마슈들을 살펴본다.

「때로 우리 숭배자들은 직업적인 진로에 따라서 신을 바꾸기도 합니다.」

「예를 들어 한 에마슈가 의학에 관심을 가지고 있다가 그것에 싫증을 느껴 엔지니어로 일하고 싶어 한다면, 카메러 박사에 대한 숭배를 그만두고 당신의 숭배자가 된다는 뜻인가요?」

샤라스 기자는 웃음이 터져 나오려는 것을 참는다. 그런 종교적 관행이 무척 재미있게 여겨지는 모양이다. 그러더니 카메라맨을 시켜 화려한 빛깔의 제의를 입은 에마슈 사제들을 촬영하게 한다.

「전체적으로 보면 각각의 신을 따르는 신도의 수가 비슷비슷합니다. 여섯 신들이 저마다 비슷한 수의 직업들을 관장하고 있으니까요.」

다비드는 겸허한 태도로 그렇게 말한 다음, 그들을 대성당과 비슷하게 생긴 건물로 이끈다. 건물 중앙에 솟아 있는 탑의 꼭대기에는 알 모양의 장식물이 올라앉아 있다.

교주 에마 666이 다홍색 법의를 차려입고 그들을 맞으러 나온다. 그녀가 들고 있는 법장의 끄트머리는 금빛 알로 장식되어 있다. 에마 666이 그들에게 절을 올린다.

「에마 666은 최초의 범죄자였지만, 우리의 인도를 받아 다시 바른 길로 돌아왔습니다. 지옥과 천국을 번갈아 경험한 끝에 과오와 죄의식과 책임의 개념을 깨달았고, 그 뒤로 우리의 가장 훌륭한 대변인이 되어 우리의 철학과 지침을 에마슈들에게 전달하고 있습니다.」

그때 에마 666이 갑자기 새된 목소리로 소리치자, 기자는 녹음기를 가까이 들이댄다.

「이 에마슈가 뭐라고 하는 거죠? 무슨 말인지 알아들을 수가 없군요.」

「음…… 기자님이 공동묘지를 밟고 있다네요.」

기자는 얼른 한쪽 발을 옮기고 자기가 디뎠던 자리를 살펴본다. 그저 비석 몇 개를 쓰러뜨렸을 뿐이라 그나마 다행이다.

그는 어색해진 분위기를 바꿔 볼 양으로 묻는다.

「우리가 이 에마슈를 인터뷰해도 될까요?」

다비드는 속에서 짜증이 치미는 것을 내색하지 않고 말한다.

「기자님이 부주의하게 실수를 하시는 바람에 이 에마슈가 무척 언짢아하고 있습니다. 일단은 여기를 떠나는 게 낫겠어요.」

그들은 마이크로 랜드를 빠져나간다. 다비드는 몇몇 건물을 가리킨다.

「여기에서 촬영을 하시면 되겠군요. 이렇게 나와 있으면 에마슈들에게 해를 끼칠 염려가 없죠. 저기 보이는 파란 건물은 에마슈들이 읽기와 쓰기를 배우는 학교입니다.」

「에마슈에게 한 살은 우리로 치면 열 살에 해당합니다. 초등학교를 마치고 중학교에 들어갈 나이죠. 그렇다면 에마슈들은 두 살 때 대학교 과정을 시작하겠군요. 맞습니까?」

샤라스 기자는 미소를 지으면서 그렇게 묻는다.

「맞습니다. 저기 빨간 건물이 보이죠? 체육관입니다. 여기 보이는 이 건물은 공연장이고, 저기 있는 것은 축구 경기장입니다.」

그들은 창고를 나선다. 다비드는 〈피그미 프로덕션〉 건물의 응접실에 가서 음료를 한잔 마시자고 권한다.

샤라스 기자는 응접실 벽에 걸린 화면에서 이 기업의 매출 동향을 보여 주는 도표를 발견하고 묻는다.

「〈피그미 프로덕션〉의 성장률은 어떻습니까?」

「현재는 회사를 설립한 지 1년밖에 되지 않았습니다. 에마슈들의 총수는 4천 명인데, 우리는 시간당 1백 유로를 받고 매일 1백 명가량을 빌려 주고 있습니다. 주로 부유한 고객들이 다른 방식으로는 해결하기 어려운 임무들을 맡기죠. 위험이 따르는 임무들의 경우에는 비용이 세 배로 올라가기도 합니다.」

「예를 들어 방사능에 오염된 지역이나 밀폐된 환경에서 수행해야 하는 임무를 말하는 것인가요? 그런 것 말고 다른 임무는 뭐가 있나요?」

젊은 과학자는 자기네 에마슈들의 활약상을 보여 주는 사진첩을 가리킨다.

「근래에는 의료 분야에서 특별한 요청이 들어옵니다. 호모 메타모르포시스의 가는 손가락들이 정확하고 민첩해서 대개는 호모 사피엔스의 굵은 손가락보다 효과적이라는 것을 외과 의사들이 알아차린 것입니다.」

사진 속의 에마슈들은 하얀 마스크를 쓴 채로 벌어진 상처의 가장자리에 앉아 수술을 하고 있다.

「아시다시피 에마슈들은 감염을 두려워하지 않습니다. 방사능뿐만 아니라 세균과 바이러스에도 강한 저항력을 보이죠. 그런 점에서 의료계에서도 에마슈들을 고맙게 생각합니다. 호모 사피엔스가 목숨을 잃을까 저어하며 피하는 임무를 수행하는 〈대리인들〉을 얻게 되었으니까요.」

기자는 경탄 어린 표정으로 고개를 끄덕이며 그 말을 받아 적는다.

「의료 분야 말고 또 뭐가 있나요?」

「최근에는 정밀 기계 분야에서도 요청이 들어옵니다. 스위스의 시계 제조업자들은 곧 에마슈들이 손과 초소형 도구를 사용해서 부속을 만들고 조립한 손목시계들을 출시할 것입니다.」

다비드는 유리 상자에 들어 있는 손목시계를 가리킨다. 카메라맨은 조명을 켜고 그 손목시계를 촬영한다.

「제가 생각하기에 앞으로 몇 달 지나면 우리 에마슈들을 필요로 하는 다른 종류의 임무들이 쏟아져 들어올 것입니다. 그리고 솔직히 말씀드리자면, 에마슈들은 스스로의 한계를 극복하도록 요구하는 새로운 임무에 참가하는 것을 좋아합니다. 언젠가 매우 까다로운 뇌 수술에 참여하고 돌아온 외과 수술 전문 에마슈들의 대화를 들은 적이 있습니다. 그녀들은 자기네가 얼마나 어려운 일을 해냈는지 이야기하면서 호흡기 질환 분야에서 일하는 동료들에게 깊은 인상을 주려고 애쓰더군요.」

다비드는 몇 장의 사진을 보여 준다. 외과 수술 전문 에마슈들이 분홍색 아몬드 반죽처럼 생긴 신체 기관에 들어가서 작업하는 장면을 찍은 사진들이다. 한 에마슈는 방금 뇌 조직에서 떼어 낸 검은 종양을 들어 올린 채 카메라를 향해 승리의 신호를 보내고 있다.

「에마슈들이 집단적인 경쟁심 같은 것을 느끼고 있다는 뜻인가요?」

「에마슈들은 무엇에든 호기심을 느끼고 새로운 경험을 갈망합니다. 끊임없이 자신들을 더 나은 상태로 끌어올리고 싶어 하죠.」

「젊은 종답게 성취동기가 강하군요. 우리 늙은 종은 그것을 잃어버렸는데…….」

「이제 볼 만한 것은 다 보신 것 같습니다. 제가 할 일이 많아서, 괜찮으시다면 이것으로 인터뷰를 끝낼까 합니다.」

다비드가 그렇게 말하자, 조르주 샤라스는 자기 동료에게 카메라를 끄라고 신호를 보낸다. 그런 다음 두 기자는 감사를 표하고 다비드와 악수를 나눈다. 다비드는 두 사람을 정문까지 배웅한다.

그들이 멀어져 가는 것을 바라보고 있는데, 누시아가 다가오며 묻는다.

「그들이 알고 싶어 하는 것을 다 말해 줬어?」

「거의 다.」

누시아는 그의 기색을 살피다가 말을 잇는다.

「하기야 우리는 감출 게 없지.」

「거의 그렇지.」

누시아는 그의 한 손을 잡아 자기 가슴에 대고 묻는다.

「다비드, 무슨 걱정 있어?」

「마음이 편치 않아.」

「모든 게 잘 돌아가는데 왜 그래? 우리 사업은 날로 번창하고 있어. 재정이 든든해서 비로소 마음 편하게 일하고 있잖아. 나는 콩고의 우리 부족을 보호하는 단체에 돈을 보낼 수 있게 되었어. 펜테실레이아는 튀르키예와 이란에 사는 자기 자매들을 도울 수 있고.」

젊은 피그미는 자기 동반자에게 바싹 다가든다.

「그런데 뭘 걱정하는 거야? 음…… 내가 맞혀 볼게…… 에마 109?」

다비드는 고개를 떨군다.

「리야드를 향해 쏘아 올린 미사일을 추락시킨 게 바로 에마 109인데, 사람들은 감사를 표하기는커녕 그녀를 잡겠다고 미친개들을 풀어놓았어. 그녀가 경찰에 쫓겨 뉴욕의 하수도로 숨어든 지 1년이 지났어.」

「다비드, 나는 에마 109가 쥐들과 고양이들과 개들을 피해 거기에서 살아남을 수 있었으리라고 생각하지 않아. 상처를 입은 채 그녀와 함께 달아났던 에마슈가 먼저 죽었을 것이고, 그다음엔 그녀가 죽음을 맞았을 거야. 우리는 그녀들의 시신을 결코 찾아내지 못할걸.」

다비드는 골똘한 상념에 잠긴 얼굴로 그녀를 바라보다가 다정한 손짓을 보인다.

「자꾸 마음 약하게 굴어서 미안해. 하지만 모든 일이 너무 빨리 지나갔어. 우리는 우리가 해낸 일의 결과를 제대로 따져 보지 못했어.」

「너에게 위안을 줄 방법이 하나 있지. 마조바 의식을 다시 해보자.」

그는 피그미 부족의 처방에 따라 덩굴과 뿌리의 혼합물을 처음으로 삼키고 전생으로 돌아갔던 일을 떠올린다. 그 전생들 중에서 특히 중요한 것은 8천 년 전에 아틀란티스에서 보낸 최초의 삶이다.

그가 미소로 대답하자, 누시아는 그의 전생 여행을 도와줄 갈색 혼합물과 피그미 부족 전래의 담뱃대를 꺼낸다.

## 6

### 백과사전: 영아 살해

피임이라는 것을 몰랐던 고대에는 대다수 문명이 자기들 나름의 방법을 고안하여 〈인구 문제〉에 대처하고자 했다.

고대 로마에서는 갓 태어난 아기를 아버지의 발치에 가져다 놓는 풍습이 있었다. 아버지는 아기를 살펴보고 나서 자기의 성을 아기에게 줄지 말지를 결정했다.

만약 아기가 장애가 있는 것처럼 보이거나 못난이라면, 또는 아기가 딸이라면(그래서 나중에 지참금을 마련하기 위해 추가 비용을 부담하기가 싫다면), 아버지는 아기에게 자기 성을 주지 않겠다고 결정할 수 있었다. 자기가 진짜 아버지라는 사실에 의심이 생기는 경우나 이미 낳은 아이들만으로도 자식이 충분하다고 생각하는 경우에도 마찬가지였다.

그러면 아버지에게 인정을 받지 못한 신생아는 이른바 〈유기〉의 시련을 겪었다. 유기란 아기를 가장 가까운 갈림목의 쓰레기 더미 위에 놓아두는 것이었다. 그렇게 버려진 아기들은 운이 좋으면 행인들의 눈에 띄어 다른 집안에 입양될 수도 있었지만, 대개는 노예 상인들이나 포주들이나 앵벌이 대장들의 차지가 되었다. 포주들은 주워 온 아이들을 교육시켜 매춘을 하게 만들었고, 앵벌이 대장들은 아이들을 장애인으로 만들어 구걸을 시켰다. 만약 버림받은 아기들에게 아무도 관심을 갖지 않으면, 이 아기들은 쓰레기 더미 위에서 굶주림과 추위에 시달리다 죽어 버리거나 개들과 쥐 떼의 먹이가 되었다.

그 시대에는 기독교인과 유대인만이 자식들의 생김새나 성별이나 건강 상태가 어떠하든 모든 자식을 거두어 보육하는 습속을 가지고 있었다. 이런 관행은 로마인들의 경멸을 샀다. 로마인들은 자식을 선별하지 않는 그런 행동을 〈원시적인〉 풍속으로 여겼다.

중세의 일본에도 신생아들을 선별하는 풍속이 있었다. 사실 일본은 경작지가 적은 나라여서 백성들이 기아에 허덕이는 때가 많았다. 그래서 일부 쇼군들은 농업 생산력에 비추어 3천만 명 정도가 일본의 적정 인구라 여기고 그 수준을 유지하는 쪽으로 백성들을 이끌었다.

인구가 너무 늘어나는 것을 막으려는 목적에서 일본에서는 두 가지 풍속이 생겨났다. 하나는 생산 활동에 종사할 수 없는 노인이나 병자를 산속에 내다 버리는 풍속이었다(이마무라 쇼헤이의 영화 「나라야마 부시코」를 참조할 것). 또 하나는 〈마비키〉[1]라 불리는 풍속이었다. 고대 로마에서와 마찬가지로 에도 시대의 일본에서도 갓 태어난 아기를 살리느냐 죽이느냐는 아버지의 결정에 달려 있었다. 만약 아기가 살림을 더 쪼들리게 만들 군식구로 간주되면, 사람들은 갖가지 방식으로 아기를 살해했다. 물에 적신 창호지로 아기의 얼굴을 덮어 버리는 자들이 있었는가 하면, 아기의 입 안에 찹쌀밥 한 덩이를 욱여넣고 두 콧구멍에도 작은 덩어리를 쑤셔 넣은 뒤에 아이가 숨이 막혀 죽을 때까지 손으로 입과 코를 계속 막고 있는 아비들도 있었다.

에드몽 웰스, 『상대적이며 절대적인 지식의 백과사전』 제7권

1 間引き. 〈솎아 내기〉라는 뜻.

## 7

왕 에마 2세는 심호흡을 하고, 다홍색 제의를 입은 여사제들이 모여 있는 곳으로 가서, 법장을 높이 들고 있는 교주에게 말을 건넨다.

「보시기에, 방금 다녀간 낯선 거인들은 누구인 것 같습니까?」

「기자들입니다.」

「거인들의 발길이 너무 잦아지면 곤란합니다. 예전부터 있던 이들이야 우리가 잘 알고 있지만, 새 거인들은 우리에게 좋지 않은 충격을 안길 수 있으니까요.」

에마 666은 자기 법장을 살펴보다가 대답한다.

「현재로서 중요한 것은 우리 계획을 추진하되 거인들이 전혀 눈치채지 못하게 하는 것입니다.」

왕은 입술을 깨문다.

「그들이 우리의 비밀을 알아차리면 어쩌지요?」

「그들은 알아차리지 못할 겁니다.」

「무슨 근거로 그렇게 확신하십니까?」

「거인들은 우리를 과소평가합니다. 그게 바로 우리의 힘이고 우리 계획을 성공으로 이끌기 위한 최상의 조건입니다.」

교주는 환한 미소를 지어 보이고 덧붙인다.

「그리고 그런 상황은 쉽게 달라지지 않을 겁니다.」

## 8

연기가 콧속으로 훅 파고들자, 안개에 휩싸인 듯 머릿속이 혼미해진다. 그는 윗몸을 뒤로 젖힌다.

눈꺼풀이 얇은 장막처럼 드리우며 현실의 무대를 가린다. 다비드 웰스는 어느덧 친숙해진 무대로 옮겨 간다.

누시아가 카운트다운을 하다가 〈제로〉를 외치는 순간, 그는 전생으로 들어가는 문들이 죽 늘어선 복도에 다다른다. 문들에 붙어 있는 동판에는 남자 또는 여자의 이름이 새겨져 있다.

그는 자기가 죽 거쳐 온 전생들을 다시 대면하기 위해 길을 멈추지 않고 곧장 맨 끝에 있는 문으로 간다. 지상에서 보낸 최초의 생애로 되돌아가는 문이다.

문을 열자 밧줄을 엮어 만든 다리가 나타난다. 그는 안개를 뚫고 뻗어 있는 다리를 성큼성큼 나아가 또 다른 시공간으로 들어간다.

이제는 사라진 섬 아틀란티스에 살던 그 자신의 모습이 다시 보인다.

그는 아슈콜라인이다. 자기 아내 은미얀과 사랑을 나누고 있다. 그때 갑자기 위험을 알리는 소라고둥 소리가 들려온다.

두 사람은 즉시 옷을 입고 하멤프타시의 중앙 대로로 내려간다.

그는 이 경보가 지구에 접근하는 소행성 때문에 발령된 것이 아니라 다른 종류의 경보임을 직감한다.

벌써 여러 사람이 항구를 향해 달려간다.

배 한 척이 돌아왔다. 그는 그 배를 알아본다. 자기 아들 케찰코아틀이 타고 나갔던 배이다.

배에 올라가 보니 사망자들과 부상자들이 한데 뒤엉킨 채 쓰러져 있다. 그들의 몸에는 작은 화살들이 밤송이의 가시들처럼 박혀 있다. 선장 케찰코아틀 역시 피 칠갑을 한 채 쓰러져 있다. 가슴과 등에 여남은 대의 화살이 박혀 있지만, 그래도 아직 숨은 끊어지지 않았다.

아슈콜라인은 아들을 치료소로 데려간다. 그런 다음 은미얀의 도움을 받아 화살들을 신속하게 뽑아낸다.

아들의 몸이 신열로 불덩어리가 되자, 어머니는 물약을 먹인다. 그사이에 아버지는 상처에 약초를 달여 만든 고약을 붙여 준다.

이윽고 탐험가 케찰코아틀은 기력을 되찾고 자기가 겪은 일들을 이야기한다.

그와 열두 명의 탐험가들은 서쪽 대륙의 해안에 상륙했다. 키가 아주 작은 사람들 수천 명이 언덕바지에서 그들을 기다리고 있었다.

탐험가들은 대화를 시도했지만, 소인들은 일제히 화살을 쏘는 것으로 응답했다. 탐험가들이 달아나자 소인들은 그들을 추격했고, 그들이 다시 배에 오르는 사이에 화살을 퍼부었다.

케찰코아틀은 그래도 운이 좋은 편이었다. 소인들의 공격에서 살아남은 사람은 그 말고도 세 친구가 더 있었지만, 그 친구들은 귀항 도중에 상처가 악화되어 결국 죽음을 맞았던 것이다.

샤먼은 그 봉변을 매우 중대한 사태로 여기고 즉시 현자위원회의 긴급회의를 소집한다.

아슈콜라인은 그 위원회의 일원이다. 한 시간이 지나자, 예순네 명의 현자들이 모여 크게 원을 그리며 둘러앉는다.

샤먼의 요구에 따라, 〈공격적인 소인들이 창궐하는 대륙들을 계속 탐험해야 하는가?〉라는 근본적인 물음에 대한 토론이 시작된다.

9백 세를 넘긴 한 노파가 발언에 나선다.

「우리 젊은이들을 다시는 보내지 말아야 합니다. 개죽음을 당할 뿐입니다. 소인들이 무슨 짓을 했는지 보십시오! 그야말로 야만인들입니다!」

1천 년을 훨씬 넘게 산 것으로 보이는 남자가 의견을 낸다.

「우리 탐험가들이 무장을 하기만 하면 문제가 없을 겁니다.」

「무장을 해서 뭐 하게요? 죽이는 자들을 죽이라는 겁니까?」

한 노인이 그렇게 퉁을 놓자 샤먼이 거든다.

「우리가 살생을 하는 경우는 먹을 것을 구하기 위해서 또는 우리 목숨을 지키기 위해서입니다. 그 밖의 목적으로 남을 죽이는 것은 우리의 근본 원칙에 어긋납니다.」

한 여자가 말끝을 단다.

「어쨌거나 우리가 창조했고 우리가 없었다면 존재하지 않았을 그 소인들을 우리 손으로 학살할 수는 없지요.」

아슈콜라인이 나선다.

「그렇다면 그들을 올바르게 교육해야 합니다. 우리는 두 가지 길 중에서 하나를 선택할 수밖에 없습니다. 그들을 없애 버리든지 교육하든지 양자택일을 해야 합니다. 이방인들과 소통하는 다른 방식, 전쟁이 아닌 평화로운 소통 방식을 그들에게 가르칠 수 있다고 확신합니다.」

「그들을 교육한다고요? 그들에게 접근할 수 있어야 교육이든 뭐든 하지 않겠습니까? 우리 탐험가들은 대화를 해보기도 전에 공격을 당했습니다.」

샤먼이 그렇게 상기시키자 9백 세를 넘긴 노파가 다시 목청을 높인다.

「가장 좋은 방법은 우리 섬을 벗어나지 않는 거예요. 그 야만인들은 저희끼리 싸우다 죽든 말든 우리가 상관할 필요 없어요.」

그때 젊은 케찰코아틀이 회의장 안으로 들어온다. 그는 지팡이에 의지하여 휘청거리는 몸을 어렵사리 가누고 발언권을 청한다. 얼굴은 핼쑥하고 다리는 서 있기가 어려울 만큼 부들거린다.

「우리는 어떠한 경우에도 포기하면 안 됩니다. 그 소인들과 관계를 유지해야 합니다. 오늘날 우리가 향유하고 있으나 그들은 갖지 못한 이 안락한 삶이 어떻게 가능하게 되었는지 그들에게 가르쳐 주어야 합니다. 그러면 그들은 폭력이 그저 막다른 골목이라는 것을 깨닫게 될 것입니다.」

「다른 사람도 아니고 자네가 그런 말을 해?」

9백 세를 넘긴 노파는 놀란 기색으로 말을 잇는다.

「자네는 함께 탐험을 떠났던 친구들이 아무런 이유도 없이 모두 학살당하는 것을 보았잖아.」

케찰코아틀은 안락의자에 털썩 주저앉는다. 그러고는 노파를 향해 손을 내밀며 대답한다.

「바로 그렇기 때문에 드리는 말씀입니다. 공포에 굴복하면 안 됩니다. 우리는 그들을 두려워할 이유가 없습니다. 그들을 도와줄 방도를 찾아내야 합니다. 그들은 상처를 입은 개들과 비슷합니다. 자기들에게 먹이를 주려는 손을 물어 버립니다.」

「그래, 미친개들이야……. 미친개들에게 가까이 가면 안 되지.」

여러 현자가 목청을 돋운다.

「우리 자식들은 소중합니다. 철학적인 원리를 내세우며 그들을 사지로 보낼 수는 없습니다.」

「모든 관계를 끊어야 합니다. 우리와 함께 살면서 필요한 경우에 우주 비행사 노릇까지 해주는 소인들은 개명한 자들입니다. 무엇보다 그들이 대륙에 사는 야만적인 무리와 접촉하는 것을 막아야 합니다.」

「그래도 로켓을 쏘아 올리기 위해서는 석유가 필요하고 핵폭탄을 만들기 위해서는 우라늄이 필요하니, 어떻게든 다시 대륙에 가서 에너지 자원을 가져와야 합니다.」

샤먼은 표결을 진행하자고 제안한다.

「대륙 탐험을 계속해야 한다고 생각하시는 분은 거수해 주십시오.」

스물세 명이 손을 든다.

「대륙 탐험을 중단해야 한다고 생각하시는 분은?」

이번엔 스물여섯 명이 손을 든다.

「열다섯 분은 의견을 표명하시지 않았습니다.」

그 기권자들 중에는 아슈콜라인도 들어 있다.

젊은 탐험가 케찰코아틀은 지팡이를 짚으며 자리에서 일어선다.

「어르신들은 중대한 실수를 범하시는 겁니다. 우리는 이 섬에 고립된 채로 살아갈 수 없습니다. 온 세상의 대륙들에는 우리가 모르는 신인류, 우리가 경멸하는 신인류가 번창하고 있습니다. 이런 판국에 그들과 관계를 끊겠다고 하는 것은 긴 안목에서 볼 때 도저히 견지될 수 없는 퇴보적인 견해입니다.」

「어째서 그렇지?」

「그들은 자식을 많이 낳고 우리는 자식을 거의 낳지 않습니다. 그들은 광대한 영토를 가지고 있고 우리는 이 섬에 갇혀 있습니다. 만약 우리가 이 섬을 떠나지 않고 우리끼리만 산다면 종당에는 소멸하고 말 것입니다.」

샤먼이 말을 자른다.

「우리는 자네의 분노를 이해하네. 그러나 현자들의 위원회가 표결한 일이야. 다른 명령이 떨어지지 않는 한 이제 어떤 배도 대륙으로 떠나지 않을 걸세. 그리고 우리에게 순종하는 소인 우주 비행사들이 대륙으로 도망친 자기네 종족에게 무슨 일이 벌어졌는지 알지 못하도록 만전을 기해야만 하네.」

아슈콜라인은 아들을 위로하려고 하지만, 아들은 마지막 남은 기력을 모아 아버지를 밀어낸다. 아슈콜라인은 집으로 돌아와 은미얀에게 회의에서 오간 이야기와 탐험을 중단하기로 결정한 사실을 전해 준다.

「케찰코아틀은 독립적인 성격을 지니고 있어요. 그리고 용감하죠. 그 애는 자기가 원하는 일을 할 것이고 그걸 막을 수 있는 사람은 아무도 없을 거예요. 그게 그 애의 힘이자…… 약점이죠.」

은미얀은 그렇게 말하고 남편에게 입을 맞춘다. 다른 자녀들, 즉 오시리스와 이슈타르는 부모의 대화를 듣고 상황을 이해했지만, 가타부타 의견을 말하지 않고 각자 자기 방으로 돌아간다.

부부도 자기들 방으로 간다. 은미얀은 남편의 품에 안겨 몸을 웅크린다. 아슈콜라인은 마음의 평안을 얻는다.

눈을 감고 있는데 멀리서 수를 세는 소리가 들려오는 듯하다. 〈……5, 6, 7, 8, 9…… 10!〉

다비드는 눈을 뜬다. 누시아가 묻는다.

「무슨 일이 있었어? 막판에 이상한 표정을 짓고 있던데.」

그는 숨을 고른다.

「일이 어떻게 돌아간 건지 알게 되었어. 도망친 미니 인간들은 모든 대륙에서 빠르게 인구를 불려 나갔어.」

젊은 피그미 여자는 경탄 어린 표정으로 말한다.

「아틀란티스에서 살았던 네 삶이 점점 분명하게 보이는가 봐. 어쩌면 네 덕분에 우리가 과거의 실수를 되풀이하지 않을 수도 있을 거야.」

「내 생각은 달라. 오히려 우리가 옛날의 시나리오를 그대로 답습하고 있다는 느낌이 들어. 그 시나리오의 결말…….」

누시아는 그의 입술에 손가락을 대고, 그가 부정적으로 말을 맺기 전에 뒷말을 잇는다.

「……오늘날 우리가 도달해 있는 바로 이 상태야.」

## 9

그건 8천 년 전의 일이었다.

한쪽에는 평균 신장이 17미터에 달하는 거인들이 있었다. 그들은 대양 한복판에 자리한 섬에서 성장과 소비를 지혜롭게 관리하고 있었다. 다른 쪽에는 그들이 창조해 낸 미개한 소인들이 있었다. 신장이 1미터 70센티미터가량 되는 이 소인들은 서로에게 폭력을 사용하는 것 말고는 인구 조절에 전혀 신경을 쓰지 않고 모든 대륙에서 수를 불려 가고 있었다.

늙은 현자들의 권고에도 아랑곳하지 않고 젊은 탐험가 케찰코아틀은 〈야만적인 소인들〉이 우글거리는 대륙들을 계속 탐험했다. 그는 어떻게든 그들과 소통하기를 바랐다.

나는 케찰코아틀이 실패하리라고 예상했지만, 그는 곤경을 잘 헤쳐 나갔고 상황이 어떠하든 적절한 대응책을 찾아냈다.

그러던 중에 케찰코아틀은 탐험대를 이끌고 현재의 멕시코만에 해당하는 지역에 도달했다. 야만적인 소인들이 화살을 쏘아 댈 틈도 주지 않고, 그는 공이며 폭발물이며 불꽃놀이 화약이며 거울 따위를 이용해서 마술을 펼쳐 보였다.

원주민들은 여느 때처럼 적대적이고 불신에 찬 태도를 보이더니, 곧 경악과 찬탄을 넘어 물건들을 나타나게 하기도 하고 사라지게 할 수도 있는 이 거인의 공연에 홀딱 반하게 되었다.

케찰코아틀은 그들의 호기심과 흥미를 끄는 데 성공하자마자 그들의 존경과 복종심을 불러일으켰다. 그는 그들을 쉽게 다스릴 수 있도록 자기 언어를 그들에게 가르쳤다.

케찰코아틀은 그들과 대적하는 대신 그들의 순진성과 미신에 기대를 걸었다. 그는 하나의 종교를 창안하여 그들이 그것을 믿도록 만들었다.

그는 그 강력한 〈심리적〉 도구를 활용하여 원시적인 존재들에게 영향을 미칠 수 있었다. 자기들이 진정 누구인지, 자기들이 어디에서 왔는지 잊어버린 그 피조물들은 그를 숭배하기에 이르렀다.

그는 야만적인 소인들 중에서 몇 명을 골라 사제로 임명했다. 또한 자기를 위해 피라미드 모양의 신전을 건설하라고 요구했다. 그럼으로써 본국의 피라미드 속에 있는 동료들과 텔레파시를 통해 소통할 수 있기를 바랐다. 피라미드가 완성된 뒤에 시도해 보니, 그가 원했던 대로 소통이 원활하게 이루어졌다.

케찰코아틀은 지배를 공고히 하기 위해 자기 자신과 열두 명의 동행자들에 관한 전설을 지어냈다. 그는 자신이 빛과 어둠의 혼인에서 생겨났다고 주장했다. 또한 신들이 자기들의 모습으로 길가메시를 창조했기에 길가메시의 후손인 그들이 비록 크기는 작아도 자기와 생김새가 비슷한 것이라고 말했다. 길가메시가 떠나온 낙원의 이름이 하멤프타라는 사실도 알려 주었다.

이어서 그는 복종의 예식을 고안했다.

케찰코아틀은 한 가지 중요한 사실을 깨달았다. 그 원시적인 소인들은 성격이 매우 까다로운 것처럼 보이지만 〈자유〉라는 개념을 거추장스럽게 여긴다는 사실이었다. 자유를 요구하는 자들은 소수에 지나지 않았다. 침묵하는 다수는 스스로 생각하기를 좋아하지 않았고, 무엇에 대해서든 어떻게 생각해야 하는지 가르쳐 주는 것을 더 좋아했다(그 가르침이 옳고 그르고는 나중 문제였다). 그들은 스스로 결정을 내리기보다 우두머리에게 순종하는 것을 더 좋아했다. 일이 잘못 돌아가서 상황이 재앙으로 변하면, 그들은 우두머리를 교체했다. 그들은 틀에 둘러싸이는 것을 좋아했다. 국경선은 그들에게 안도감을 주었고, 금기는 행동반경을 분명하게 해주었으며, 법률과 형벌은 그들의 삶에 하나의 의미를 부여했다.

케찰코아틀은 그 야만적인 소인들이 책임지기를 싫어한다는 사실도 알아차렸다. 무슨 일이 벌어지든 그것의 책임은 우두머리나 운명이나 우연이나 신에게 있었다. 따라서 그들은 개인적으로 후회를 하거나 자책감에 빠질 필요가 없었다. 그들은 현실에서 도망치기 일쑤였고, 관찰과 실험을 활용하기보다는 세계를 교의에 비추어 해석하거나 마법적인 이야기로 둔갑시키는 것을 더 좋아했다.

케찰코아틀은 그들이 자기를 거인이라 불렀기 때문에 그 말을 사용해서 이렇게 선언했다. 〈거인들은 너희의 창조주이며 거인들에게 순종하는 것은 너희 모두의 의무이다.〉 이 율법에 의심을 품는 자들은 누구든 고발과 처형을 피할 수 없었다.

케찰코아틀은 간단하고 알아듣기 쉽게 말하는 〈신〉이었고 소인들은 그를 열렬히 숭배했다.

그는 그들을 하나의 민족으로 총칭할 필요가 생기자 그들에게 〈마야인〉이라는 이름을 붙였다.

그는 〈군중 심리학〉의 재능을 한껏 발휘하여, 〈야만적인 소인들에게 죽임을 당하지 않는 방법〉뿐만 아니라 〈그들을 온전히 지배하는 방법〉을 터득했다.

그는 섬으로 돌아가서 남동생 오시리스와 누이동생 이슈타르에게 자기 경험을 전수했다.

그는 동생들에게 말했다. 〈소인들을 겁내지 마. 그들을 이끌어 주면 돼. 그들은 지도받는 것을 무척 좋아하거든.〉

오시리스는 동쪽 대륙으로 탐험을 떠나 형의 방법을 그대로 적용하고 오시리스 교를 만들어 냈다. 이 종교는 케찰코아틀의 종교와 구별되도록 전설과 예식에 약간의 차이를 두어 만들어진 것이었다. 그는 〈지방색〉을 가미하기 위해 따오기나 고양이나 하마 같은 동물들의 가면을 예식에 사용하기로 결정했다.

오시리스는 형이 했던 것처럼 섬의 동료들과 소통할 수 있도록 피라미드들을 건설하게 했다. 그리고 자기를 숭배하는 백성들을 〈이집트인〉이라고 불렀다. 그건 〈동쪽 사람들〉이라는 뜻이었다.

또한 오시리스는 형과 마찬가지로 백성들에게 자기 언어를 가르쳤다. 그리하여 마야인들과 이집트인들은 모두가 거인들의 언어를 말하게 되었다.

이슈타르 역시 자기가 탐험한 지역에서 종교를 창설하고, 자기를 숭배하는 백성들의 나라를 〈북동쪽 나라〉라는 뜻으로 〈수메르〉라 불렀다.

그녀는 오라비들과 마찬가지로 백성들에게 거인들의 언어와 문자를 가르쳤고, 바벨이라는 도시에 피라미드를 건설하게 했다.

섬의 현자들은 아슈콜라인과 은미얀의 세 자녀가 성공을 거뒀다는 소식을 접하자 북쪽의 추운 땅으로 다른 배들을 보내는 데에 동의했다. 그리하여 토르라는 거인이 새로운 탐험대를 이끌고 떠났고, 얼마 지나지 않아 토르를 숭배하는 북방 문명이 생겨났다.

유대 지방의 해안 근처 어딘가에서는 탐험대의 배가 난파하여 한 명의 거인만 살아남았다. 그래서 이 거인은 신이 하나밖에 없는 종교를 창설할 수밖에 없었고, 이로써 최초의 유일신 종교가 생겨났다. 혼자 살아남은 그 거인의 이름은 야훼였다.

인도에서는 한 탐험대가 아무 탈 없이 상륙하여 인도 문명의 기틀을 잡고 힌두교를 만들어 냈다. 그 탐험대를 이끈 선장의 이름은 브라만이었다.

그리스에서는 제우스라는 거인이 이끄는 탐험대가 아주 복잡한 다신교 신앙을 고안했다.

상황이 그쯤 되자, 거인들은 세계 곳곳에서 수를 불려 가고 있는 작은 피조물들을 더 이상 두려워하지 않게 되었다.

## 10

에마슈들의 도시 〈마이크로 랜드 2〉를 품고 있는 아크릴 유리 감옥 안에 초미니 성당의 요란한 종소리가 울려 퍼지고 주민들이 잠에서 깨어난다.

왕 에마 2세는 벌써 왕궁 정원에 나와 조깅을 하고 있다. 교주 에마 666은 아침 기도와 통회의 기도를 바친다.

중앙 병원에서는 여자들이 자갯빛 알을 낳고, 세심한 간호사들이 귀중한 진주 같은 그 알들을 거두어 분류한다. 대부분의 알들은 라벨이 붙여지고 상자에 담긴 뒤에 트럭에 실려 경유 센터로 보내진다. 그러면 모두가 알고 있듯이, 신들이 와서 알들을 가져가 포란과 부화를 책임질 것이다.

어린 에마슈들은 연보라색과 흰색의 교복을 차려입고 학교에 갈 준비를 한다. 이들은 학교에서 언어와 종교, 역사, 거인들의 공학을 배운다.

들판에서는 농사일을 하는 여자 에마슈들이 남들보다 먼저 일어나 분재처럼 작은 나무들에서 열매를 딴다. 곡식이나 채소를 거두는 에마슈들도 보인다.

왕 에마 2세는 왕궁 앞의 광장 한복판에서 에마 666을 만난다.

「일이 어떻게 돌아가고 있습니까?」

왕의 물음에 에마 666이 대답한다.

「현재 여덟 명이 팀을 이루어 땅굴을 파고 있는데, 아직 창고 구역을 벗어나지 못했습니다. 토질이 매우 단단하고 땅 파는 소리가 자꾸 울립니다.」

「급할 건 없어요. 중요한 건 마이크로 랜드에서 되도록 먼 곳에 이를 때까지 땅굴을 파는 것입니다. 또한 비밀을 철저하게 유지하는 것도 중요합니다. 우리 가운데 누구 하나라도 배신을 하면 안 됩니다.」

「만약 거인들한테 들키면 어쩌지요?」

「그러면 현장에서 붙잡히는 우리 백성들에게 끔찍한 형벌이 내려지겠지요.」

「현재로서는 우리가 신들의 어떤 계율도 어기지 않았습니다. 호기심은 죄가 아니니까요.」

「정말 그렇게 생각하십니까?」

왕은 불안한 기색을 보이며 이마에 한 가닥 주름을 잡는다. 교주가 묻는다.

「무엇을 두려워하시는 것인지요?」

「모르겠어요. 예감이 좋지 않아요. 유리 감옥에 갇혀 산다는 게 견디기 어려운 제약인 것은 사실이지만, 알고 보면 우리가 밖에서 발견하게 될 것이 훨씬 더 무시무시할 수도 있어요.」

교주는 금빛 알로 끄트머리를 장식한 자신의 법장을 물끄러미 바라본다.

「바깥세상은…….」

「에마 666, 당신은 바깥세상을 보지 않았던가요?」

「네, 비록 술에 취해 있기는 했지만 본 적이 있습니다. 제 눈에는…… 모든 게 상상을 초월하는 것처럼 보였어요.」

왕은 한숨을 내쉰다.

「임무를 띠고 나갔다 돌아온 일꾼들도 그와 비슷한 증언을 합니다. 무엇보다…… 매우 복잡해 보인다는 얘기가 많더군요.」

「그건 현실을 제대로 담지 못한 말입니다.」

「당신은 바깥세상에서 무엇을 느꼈습니까?」

「현기증과 함께 경이감을 느꼈습니다.」

왕은 눈을 들어 하늘을 보며 중얼거린다.

「판유리 너머의 세계…….」

그 말에 교주가 중얼거림으로 응답한다.

「감옥의 바깥세상이죠…….」

이들 두 에마슈의 위쪽에서는 카메라 한 대가 돌아가고 있다. 이 카메라는 귀머거리 감시자처럼 영상을 찍기만 할 뿐 소리를 감지하지는 못한다. 〈마이크로 랜드 2〉에 설치된 다른 카메라들 역시 이 작은 도시의 내부에서 펼쳐지는 일상적인 행위들을 감시한다. 그러나 두 에마슈는 알고 있다. 한 건물의 지하실에서 에마슈들이 팀을 이루어 바깥세상으로 나가기 위한 땅굴을 파고 있지만, 어떤 카메라도 그것을 탐지하지 못하리라는 것을.

## 11

### 백과사전: 〈캥거루〉의 어원

〈캥거루〉라는 말은 그 유래가 기이하다.

제임스 쿡 선장이 이끄는 탐사대의 일원이었던 영국의 박물학자 조지프 뱅크스가 육아낭이 달린 그 기이한 동물을 보고 한 원주민에게 〈이 동물의 이름이 무엇입니까?〉라고 물었다. 원주민은 〈강 구루〉라고 대답했다. 때는 1770년 6월 25일이었다. 박물학자는 더 조사해 보지 않고 그 말을 기록했다. 그가 〈Kan gooroo〉 또는 더 간단하게 〈Kanguru〉라고 표기한 이 말은 나중에 〈Kangaroo〉로 조금 변형되어 그 동물을 통칭하는 이름으로 공식적인 인정을 받았다.

훨씬 나중에 가서야 사람들은 쿡 선장의 탐험대가 만났던 구구 이미디르 부족의 토속어에 관심을 갖게 되었고, 그 결과 〈강 구루〉라는 말이 〈무슨 소리를 하는지 모르겠다〉라는 뜻의 문장임을 알게 되었다.

에드몽 웰스, 『상대적이며 절대적인 지식의 백과사전』 제7권

## 12

〈마이크로 랜드 2〉의 내부를 찍은 무음 영상은 여러 곳으로 전송된다. 〈피그미 프로덕션〉의 이사회가 열리는 회의실도 그런 곳들 가운데 하나다.

계란형 탁자를 둘러싸고 회사 창립자 여섯 명과 프랑스 정부의 대표자(다름 아니라 이 프로젝트에 갑자기 열의를 갖게 된 대통령 영부인 베네데타 드루앵), 그리고 개인 투자자들을 대표하는 올리비에 바쇼가 앉아 있다. 올리비에 바쇼는 표정이 진지하고 정장에 넥타이를 맨 품새가 명문 비즈니스 스쿨에서 곧장 걸어 나온 사람 같다.

나탈리아 오비츠 대령은 휴대용 컴퓨터를 켜고 벽면에 설치된 프로젝터에 연결한다. 그러자 중앙 화면에 매출의 상승세를 보여 주는 도표가 나타난다.

「우리는 현재 매달 27퍼센트의 성장을 보이고 있습니다.

이런 성장은 일반적인 산업, 특히 프랑스 기업들 쪽에서 보면 매우 드문 일입니다. 국가들과 기업들이 우리 에마슈들의 잠재력을 조금씩 알아보는 것이라 생각됩니다.」

「좋은 소식이군요. 노력한 보람이 있어요.」

오비츠 대령은 바쇼의 말에 대답하지 않고 도표들을 잇달아 보여 준다.

「방사능에 노출되거나 세균에 감염될 가능성이 높은 작전, 외과 수술이나 정밀 기계 분야에서 성공을 거두는 것에 그치지 않고, 우리는 현재 새로운 시장에 진출하여 쾌거를 올리고 있습니다.」

그녀는 슬라이드 쇼를 작동시킨다. 도쿄의 어느 거리에서 찍은 사진들이 화면에 나타난다.

「일본 사람들은 아마도 후쿠시마 원전 사태를 겪은 뒤라서 그렇겠지만, 에마슈들을 보내 달라는 주문을 많이 하고 있습니다. 이스라엘 사람들과 사우디아라비아 사람들도 마찬가지입니다. 이 또한 우리가 이란의 핵미사일 공격을 저지하는 데 성공한 덕분입니다. 이들 세 나라에서는 우리에게 〈고마움을 표시하기 위한〉 소비가 행해지고 있다고 말할 수 있습니다. 우리가 보낸 에마슈들은 딱히 어떤 임무를 수행하기보다 그냥 공식 행사나 화려한 축제에 귀빈으로 참석하는 경우도 종종 있습니다.」

「그런 게 있는 줄 몰랐네요.」

베네데타 드루앵은 그렇게 말하면서 태블릿 컴퓨터에 메모를 한다.

바닷속을 찍은 다른 사진들이 나타난다.

「에마슈들은 해저 잠수를 우리보다 잘 견딥니다. 심해 잠수정을 타고 아주 깊은 곳까지 내려가기도 하죠. 심해 생물에 관한 일련의 다큐멘터리를 제작하는 일에 우리 대원 열두 명이 참가하고 있습니다. 또한 에마슈들은 몸이 가벼워서 태양열 비행기 프로젝트를 발전시키는 데 기여하고 있습니다.」

알바트로스처럼 생긴 비행기가 화면에 나타난다. 기다란 날개가 태양 전지로 덮여 있다.

베네데타 드루앵이 손을 든다.

「마침 잘됐어요. 우리 군에서 주문한 것을 여러분께 전달해야겠군요. 군 사령부는 초소형 잠수함과 미니 비행기에 탑승할 에마슈들을 원하고 있어요.」

그러자 올리비에 바쇼도 나선다.

「저는 민간 영역의 연구자들에게서 주문을 받았습니다. 그 연구자들은 보통의 인간이 접근할 수 없는 환경을 탐사하고 싶어 합니다. 이참에 〈탐사 전문 에마슈들〉의 분과를 만들면 어떨까 싶습니다.」

다비드가 일어선다.

「저는 〈마이크로 랜드 2〉에 세워진 새 건물의 내장 공사를 막 끝냈습니다. 이 건물을 활용해서 그런 종류의 전문가들을 양성하는 대학을 설립할 수 있을 것입니다.」

모두가 동의한다.

「연예계에서도 주문이 오고 있습니다.」

오로르 카메러가 말문을 연다.

「티보르라는 유명한 마술사를 다들 아실 겁니다. 텔레비전에서 한두 번쯤 보셨을 테니까요. 그가 자기 공연에 에마슈들을 사용하고 싶어 합니다.」

오로르는 포스터 한 장을 펼쳐 보인다. 실크해트를 쓴 차림으로 눈을 반짝이는 남자의 모습이 담겨 있다.

「어떤 식으로 사용하겠답니까?」

「자기 모자의 이중 안감 속에 에마슈를 숨기겠다는 것입니다.」

「토끼나 비둘기를 감추듯이 말인가요?」

「티보르에게는 다른 아이디어도 있습니다. 예를 들어 자기 옷소매나 호주머니에서 에마슈들을 꺼내 보이는 공연을 하겠답니다. 또한 에마슈들을 연체 곡예사로 훈련시켜서 마술에 활용하겠다는 생각도 하고 있습니다.」

「재미있군요.」

나탈리아 오비츠는 선선히 인정하고 말을 잇는다.

「미처 생각하지 못했는데, 에마슈들이 등장하게 되면 마술계가 발칵 뒤집어지겠는걸요. 에마슈들이 연체 곡예사라면 더더욱 그러하겠어요. 좋아요! 티보르의 주문을 받아들입시다. 관중의 박수갈채를 받으면 에마슈들도 좋아할 겁니다.」

중앙 화면의 양옆에 설치된 화면에서는 감시 카메라들에서 전송되는 에마슈들의 모습을 볼 수 있다. 거인들이 모여 앉아 에마슈들의 새로운 도전 과제를 준비하고 있지만 정작 에마슈들은 그 사실을 모르는 채로 일상적인 일에 몰두해 있다.

오로르의 보고가 이어진다.

「더 광범위한 대중을 상대로 하는 예술 장르 쪽에도 수요가 있습니다. 특히 영화계 쪽에요. 할리우드의 캐스팅 담당자 한 사람이 지난주에 다녀갔습니다. 이미지를 합성해서 만든 인물들을 에마슈 배우들로 대체할 생각이라서 적당한 에마슈들을 선발하고 싶답니다. 그의 생각에 따르면 대중은 〈꼭두각시〉 같은 인물들에 싫증을 내면서 진짜 살아 있는 인물들을 보고 싶어 합니다. 그런데 〈살아 있는 진짜 얼굴, 진정한 인격을 담은 시선은 그 무엇으로도 대신할 수가 없습니다.〉 이건 그 사람 자신의 말입니다.」

오로르는 진중한 어조로 캐스팅 담당자의 말을 인용했다. 올리비에 바쇼가 호기심을 보이며 묻는다.

「어떤 역할을 맡기겠다고 하던가요?」

「다음에 나올 〈피터 팬〉에서 팅커 벨, 그리고 〈피노키오〉의 새로운 버전에서 귀뚜라미 지미니 역을 맡기겠답니다.」

회의 참석자들은 반색을 하며 에마슈들을 출연시켜 다시 찍을 만한 영화들을 나열한다. 「반지의 제왕」, 「걸리버와 소인국 사람들」, 「줄어드는 남자」, 「개구쟁이 스머프」.

그들은 그렇게 목록을 만들다가 제풀에 즐거워하며 웃음을 터뜨린다.

「그런데 그게 다가 아니에요. 에마슈의 이야기를 가지고 영화를 만들 예정이랍니다. 그 이야기의 주인공은 바로…….」

오로르는 목소리를 낮춘다.

「……에마 109입니다.」

참석자들의 얼굴이 굳어진다.

「그 아이디어는 스필버그에게서 나왔답니다. 스필버그가 이렇게 말했다더군요. 〈에마 109는 반항적이고 용감하고 독립적인 여성의 본보기이다. 온갖 시련과 신장의 핸디캡을 극복하고 자기 삶의 진정한 주인이 되었다.〉」

「스필버그라고요? 그는 나이가 좀 많지 않나요? 지난번에 텔레비전에 나온 것을 보니까 지친 기색이 역력하던걸요. 내 눈에는 1백 살 가까이 되어 보였어요.」

「그렇게 나이가 많지는 않고요. 여전히 할리우드에서 크게 인정받고 있어요.」

다비드가 얼굴에 그늘을 드리우며 묻는다.

「에마 109 얘기가 나왔으니 말인데요, 그녀에 관한 소식이 있습니까?」

나탈리아는 고개를 가로젓는다.

「아시다시피 우리는 할 만큼 했어요. 대중 매체를 통해서 숱한 메시지를 보내어 그녀 스스로 어디에 있는지 알려 줄 것을 권고했어요. 그 뒤로 10개월이 넘게 흘렀지만 아무 소식이 없네요.」

「아마 그 메시지를 접하지 못했을 겁니다.」

다비드가 그렇게 추측하자, 에마 109를 만난 적이 없는 올리비에 바쇼가 끼어든다.

「아니면 죽었을지도 모르죠. 그럴 개연성이 가장 높아요.」

한참이 지나도록 침묵이 감돈다. 그러다가 베네데타 드루앵이 오로르를 돌아보며 묻는다.

「에마 109 역을 어떤 배우가 맡으면 좋을지 생각해 보셨어요?」

「음…… 사실 저희는 이미 1차 캐스팅을 실시해서 에마 1527을 선발했습니다.」

「1527이요? 마이크로 랜드 왕립 극단에 소속되어 있는 그 에마슈 말인가요?」

「맞습니다. 그 배우는 이미 에마슈 관객들을 대상으로 한 〈로미오와 줄리엣〉이나 코르네유의 〈르 시드〉 같은 고전극에 출연한 적이 있습니다. 본인에게는 아직 알려 주지 않았지만, 저는 그녀가 거인 관객들을 위해 에마슈 역을 연기한다는 사실에 매우 만족해하리라고 확신합니다.」

「아주 훌륭한 선택이에요. 그 배우는 생김새가 에마 109와 비슷하죠. 뿐만 아니라 운동도 아주 잘하기 때문에 위험하고 아슬아슬한 장면, 특히 이란의 벙커에 잠입하거나 난바다에서 물고기들과 싸우는 장면에서 완벽한 연기를 보여 줄 겁니다.」

펜테실레이아의 촌평이다. 에마 109가 겪은 시련들을 생생하게 떠올리고 있는 것이다.

「스필버그는 에마 109가 실제로 겪은 것보다 더 영화적인 결말을 예정하고 있답니다. 에마 109가 자신의 몸에 비해 한 마리 용만큼이나 큰 도베르만과 싸워서 그 경찰견을 죽이지만 결국엔 부상을 이겨 내지 못하고 숨을 거두면서 이렇게 말한다는 겁니다. 〈이제부터는 그 어느 것도 예전과 같지 않으리라.〉」

그들 주위로 사육장에서 빠져나온 나비들이 갑자기 날아든다. 파란 나비 한 마리가 오로르의 손가락에 내려앉는다.

오로르는 나비를 바라보면서 말을 잇는다.

「그들은 프랑스에서 109(*cent neuf*)와 새로운 피*sang neuf*의 발음이 같다는 점을 활용해서 영화 제목을 〈상 뇌프(새로운 피)〉로 정했습니다.」

「좋아요, 좋아요……. 오로르, 예술계 쪽에서 온 다른 주문은 없나요?」

나탈리아의 물음에 오로르가 대답한다.

「음반 제작자 한 사람이 우리의 가수 에마 1721을 데려가고 싶어 합니다. 그녀의 가늘고 조금 날카로운 목소리가 인간의 어떤 목소리도 닮지 않았다는 것입니다. 굳이 비교하자면 케이트 부시가 〈워터링 하이츠〉를 부르던 때를 생각나게 한다는군요.」

「아, 저도 다른 음반 제작자한테서 연락을 받았어요.」

누시아가 알린다.

「에마슈들의 합창대를 구성해서 피그미들의 다성 음악과 비슷한 것을 실현해 보겠다는 것입니다. 그래서 저 나름대로 서른 명을 선발해 보았습니다.」

누시아는 자기 스마트폰을 꺼내어 음악 재생 기능을 작동시킨다. 화음이 아주 좋은 노래가 스피커에서 흘러나온다.

바쇼가 나직하게 중얼거린다.

「세상에! 이런 목소리는 들어 본 적이 없어요. 정말 놀랍네요…….」

베네데타 드루앵이 묻는다.

「누가 만든 노래죠?」

「어느 남자 에마슈가 작곡했습니다.」

「남자 에마슈가요?」

「네. 귀뚜라미의 경우에도 그렇듯이, 수컷들은 암컷들을 감동시킬 만한 멜로디를 만들어 내는 데에 천부적인 재능이 있는 게 아닌가 싶습니다.」

「귀뚜라미요? 그거 재미있군요.」

베네데타 드루앵은 웃음을 지으며 말을 잇는다.

「내 기억이 정확한지 모르지만, 처음에 이 사업의 프로젝트를 짤 때 곤충의 세계에서 영감을 얻었다면서요?」

오비츠 대령이 확인해 준다.

「다비드는 인류를 개미의 특성에 가까운 쪽으로, 그러니까 더 작은 몸으로 연대 의식이 강한 대공동체를 이루어 살아가는 쪽으로 진화시키고 싶어 했습니다. 오로르는 인류를 꿀벌들 쪽으로, 그러니까 여성성을 높이고 호르몬의 화학을 최고도로 발전시켜 치유와 저항력 강화에 활용하는 쪽으로 진화시키려고 했고요.」

「그리고 이제 누시아는 우리 에마슈들이 귀뚜라미를 본받는 쪽으로 진화하기를 바라는 거로군요.」

파란 나비 두 마리가 과일 그릇 위쪽에서 팔랑팔랑 맴돈다. 사람들이 있어서 과일에 내려앉지를 못하는 듯하다.

베네데타 드루앵이 다시 묻는다.

「오비츠 대령 당신도 곤충을 관찰하면서 깨달은 진화의 관점을 가지고 있었나요?」

「저보고 곤충의 세계에서 진화의 모델을 선택하라고 한다면, 저는…… 흰개미 모델을 고르겠습니다. 지하 도시와 알 낳는 여왕에 대한 숭배에 흥미를 느낍니다.」

올리비에 바쇼는 그들이 무슨 이야기를 하고 있는지 모르겠다는 표정으로 안달을 낸다.

「자, 본론으로 돌아갑시다. 수요가 증가하고 있으니, 회사 건물은 물론이고 〈마이크로 랜드 2〉도 확장하는 것이 타당하지 않을까 생각합니다. 에마슈들에게 더 넓고 더 많은 인구가 살 수 있는 도시를 지어 주어야 합니다. 〈마이크로 랜드 1〉이 가로 10미터에 세로 10미터, 〈마이크로 랜드 2〉가 가로 50미터에 세로 50미터이니까, 〈마이크로 랜드 3〉은 가로 1백 미터에 세로 1백 미터로 늘어나야 하지 않겠습니까?」

베네데타 드루앵은 주위로 날아다니는 나비들을 살핀다. 다비드가 나선다.

「저는 동의하지 않습니다.」

「그 이유가 뭐죠?」

「더 큰 도시의 건설을 계획하기에는 때가 너무 이릅니다. 〈마이크로 랜드 2〉는 그 잠재력을 충분히 활용하지 않았습니다. 도시란 생명력을 지닌 조직체이고, 이런 조직체는 여러 단계를 거치면서 차츰차츰 진화합니다. 나아가다가 멈춰 서서 요모조모 따져 보고, 그런 다음에야 다시 나아가는 것입니다. 성장하는 것도 좋지만, 제대로 통제되지 않는 성장을 향해 무조건 돌진하다 보면 〈과열〉의 위험이 따릅니다.」

「유생에서 성체로 변하는 탈바꿈은 일종의 위기이고 변화의 속도가 빨라지는 시기입니다.」

베네데타 드루앵은 그렇게 운을 떼고는 바쇼를 거든다.

「자연계에서 벌어지는 일들을 보면, 변화의 속도가 갑자기 빨라져도 아무런 문제를 일으키지 않는 경우가 종종 있습니다.」

퍼스트레이디는 집게손가락을 내민다. 나비 한 마리가 그 손톱에 내려앉는다. 바쇼가 다시 목청을 돋운다.

「우리 주주들은 이익이 빠르게 증대하기를 기대합니다. 제가 너무 앞서 가는지는 모르지만, 저는 이미 이윤을 추산해서 그들에게 제시했고, 그 결과로 그들은 투자액을 늘렸습니다. 만약 그 목표가 빠르게 달성되지 않는다면, 그들은 투자를 줄이는 쪽으로 돌아설 것입니다.」

다비드가 맞받는다.

「세상사가 돈줄을 쥔 사람들의 뜻대로만 돌아가는 것은 아닙니다. 그들이 우리 기업의 발전 속도를 좌지우지하는 것도 아니고요.」

대통령 영부인은 한마디 덧붙이는 게 좋겠다 싶어 다시 나선다.

「정부도 여러분을 믿고 있습니다. 공공 투자를 했으니 성과를 기대하는 것은 당연합니다. 지금 속력을 내지 않으면…… 정체할 수도 있습니다.」

다비드는 다시 자리에서 일어선다.

「저는 이렇게 말씀드리고 싶습니다. 시간을 존중하면서 건설하지 않은 것은 시간을 견디지 못합니다. 너무 빨리 가다 보면 불필요한 위험을 안게 됩니다.」

베네데타 드루앵이 묻는다.

「무슨 위험이 있다는 거죠?」

다비드는 턱을 앙다문다. 최초의 전생에서 아틀란티스 섬을 탈출한 소인들 때문에 겪었던 문제들을 이야기하고 싶지만, 그럴 수는 없다.

「에마 109 사건을 기억해 보십시오.」

「그거야 이제 다 해결된 일이에요. 에마 109의 삶은 영화의 소재가 되었고, 그럼으로써 추가적인 수입원이 되었어요.」

이번에는 오로르가 일어선다.

「제가 보기에 다비드는 성공을 두려워하는 것 같아요.」

다비드는 아연한 표정으로 그녀를 바라본다.

「아니, 전혀 그렇지 않아, 오로르. 잘 알면서 왜 그래? 나는 그저 모든 게 너무 빨리 진행된다고 느낄 뿐이야. 우리는 조금 여유를 갖고 이것저것을 따져 볼 새도 없이, 반복적인 실패에서 갑작스런 성공으로 옮아왔어. 한때는 사람들이 우리 보고 에마슈들을 모두 죽이라고 요구했어. 그러더니 이제는 생산을 늘리고 도시를 확장하라고 요구해.」

올리비에 바쇼는 자기가 나서는 게 좋겠다고 판단한다.

「자본의 증가와 그에 따른 생산량의 증가를 감안하여 우리는 몇 가지 시설 투자를 계획했습니다. 먼저 〈마이크로 랜드 3〉의 건설입니다. 이를 통해 에마슈들의 공동체는 큰 마을의 단계에서 한 도시의 수준으로 올라설 수 있습니다. 이 도시는 성장이 최고조에 달하면 50만 명까지 수용할 수 있을 것입니다.」

펜테실레이아가 놀라서 묻는다.

「50만 명이요!? 현재 우리가 거느리고 있는 에마슈들은 제1세대 천 명에다 제2세대 3천 명인걸요.」

바쇼는 서류 가방에서 관련 자료를 꺼내고 USB 플래시 드라이브 하나를 프로젝터의 포트에 꽂는다. 한 도시의 설계도가 화면에 나타난다.

「우리는 도시 계획을 전문으로 하는 기업에 설계를 의뢰했고, 그 기업의 설계자들은 대로와 행정 건물, 주거, 넓은 공원 등을 고루 갖춘 초현대식 에마슈 도시를 구상했습니다.」

그는 레이저 포인터를 집어 든다.

「여기는 포란과 부화를 위한 시설입니다. 보시다시피 공간을 널찍하게 잡았습니다.」

그는 슬라이드 쇼를 작동시켜 대담하게 디자인한 건물들의 스케치를 보여 준다.

「지금 보시는 것은 초등학교, 중고등학교, 대학, 대성당, 왕궁, 병원, 시청입니다. 규모가 훨씬 방대해진 축구 경기장이며 여러 층으로 이루어진 도서관, 복합 영화관도 있습니다. 어느 건물이든 현재 있는 것들에 비해 훨씬 넓을 뿐만 아니라 더 기능적이고 생산적입니다. 저는 사업을 안전하게 추진하기 위해 우리의 수공업적인 기업을 2차 범주의 산업 복합 단지로 변화시키는 것에 대한 주주들의 의견을 들었습니다. 기쁜 소식을 전해 드리자면, 주주들 모두가 이 프로젝트의 수익성을 기대하면서 새로 투자할 준비를 하고 있다는 것입니다.」

바쇼는 의기양양한 미소를 지어 보인다.

「저는 든든한 원군을 청하는 심정으로 미래 예측 전문가들에게 〈마이크로 랜드 3〉과 관련된 기본 자료들을 제시하고 평가를 의뢰했습니다.」

그의 몸짓에는 자신감이 넘쳐 난다.

「그들은 매우 낙관적입니다. 건설 다음 해에는 임대 시장이 자그마치 1만 명 수준으로 확대될 것이라고 합니다.」

나탈리아가 놀란 표정으로 묻는다.

「한 달에 1만 명의 에마슈가 일을 맡게 되리라는 건가요?」

「아니요, 일일 평균이 그렇게 되리라는 겁니다. 그리고 우리 기업의 성장세가 이어져 세계 전역에서 30만 명의 임대 에마슈가 활동하게 되리라고 합니다.」

다비드는 자리에 도로 앉아서 동료들을 살펴본다. 그들은 중앙 화면에 나타나 있는 그래프와 수치를 보며 놀라움을 감추지 못하고 있다.

「그 미래 예측 전문가들은 우리 〈피그미 프로덕션〉이 앞으로 매년 43퍼센트씩 성장할 것으로 내다보고 있습니다.」

몇 사람이 나직하게 찬탄의 소리를 낸다. 그런 전망에 마음이 든든해지는 것이다. 베네데타 드루앵이 말을 받는다.

「저는 바쇼 씨의 제안을 보완할 만한 주문을 한 가지 받았습니다. 문화부 장관의 아이디어인데, 우리 시설을 테마파크로 만들자는 것입니다. 아이들이 작은 요정들로 가득 찬 도시를 보면 무척 즐거워하리라는 것이죠.」

대통령 영부인은 프로젝터에서 USB 플래시 드라이브를 빼내어 주인에게 돌려준 다음 자기 것을 꽂는다. 즉시 놀이 공원의 이미지들이 화면에 나타난다.

「우리는 미래의 〈마이크로 랜드 3〉 주위에 온갖 종류의 상점들이 들어서는 것을 상상할 수 있을 것입니다. 그 상점들에서는 에마슈들이 출연한 영화들을 팔 것이고, 누시아가 말한 다성 음악을 비롯한 에마슈들의 음악이며…….」

「그만하십시오!」

다비드가 다시 일어서며 소리쳤다.

「제가 보기에는 지금 우리가 무슨 일을 벌이고 있는지 아무도 깨닫지 못하는 것 같습니다. 우리는 새로운 인류를 놓고 이야기하는 중입니다.」

베네데타 드루앵은 놀란 기색으로 묻는다.

「그래서요?」

「에마슈들은 장난감처럼 우리 마음대로 다룰 수 있는 존재들이 아닙니다. 우리는 그간의 경험을 통해 그들에게 심리적인 문제가 생길 수 있다는 사실을 알고 있습니다.」

「여러분이 교육과 종교를 통해 그 문제들을 완벽하게 해결한 것으로 아는데요. 그 점에 관해서 특히 웰스 박사 당신을 치하하고 싶었어요.」

나탈리아는 회의 분위기가 심상치 않게 돌아가는 것을 걱정하며 담배에 불을 붙인다. 그런 다음 담배를 아주 천천히 물부리에 끼우고 다비드를 향해 묻는다.

「웰스 박사, 대체 뭘 두려워하는 거죠?」

「미시시피 붉은귀거북들이 우리 나라의 호수들과 강들을 점령해 버린 사실을 아시죠? 저는 우리 에마슈들이 그 붉은귀거북들처럼 아무런 통제도 받지 않고 증식해 나가는 것을 두려워합니다. 우리는 생명을 가지고 장난을 치면 안 됩니다. 에마슈들은 로봇이 아닙니다. 우리는 그들을 온전히 통제하지 못합니다.」

오로르가 반박에 나선다.

「우리는 그들을 통제하고 있어요. 생식 능력이 있는 남자 에마슈들을 완벽하게 관리하고 있을 뿐만 아니라, 필요하다면 언제 어느 때라도 포란실에 있는 알들을 파괴할 수 있잖아요.」

「여러분은 모두 미쳤어요!」

베네데타 드루앵은 차분하게 맞받는다.

「그건 논거가 되지 못합니다.」

다비드는 흥분을 이기지 못하고 회의실을 나가 버린다. 그가 문을 쾅 닫는 서슬에 방 안에 날아들었던 나비들이 커튼 뒤로 숨는다.

「저는 다비드를 압니다. 요즘에 조금 과민하게 굴고 있지만 곧 괜찮아질 겁니다.」

나탈리아 나름대로는 설명이 필요하겠다 싶어서 한 말이다.

「제가 나가서 진정시킬게요.」

그러면서 누시아가 뒤따라 나간다.

오비츠 대령은 물부리에서 나오는 푸르스름한 연기를 물끄러미 바라본다. 공중으로 피어오른 연기가 덧없는 형상을 지었다가 가뭇없이 사라진다.

바쇼가 다시 말문을 연다.

「그러니까 아이들을 위한 테마파크를 만들고 에마슈들을 요정으로 분장시켜 거기에 풀어놓자는 건가요? 제가 보기엔 아주 훌륭한 생각입니다. 상점들을 내서 단순한 문화 상품뿐만 아니라 파생 상품도 팔 수 있겠다 싶어요.」

「어떤 상품을 염두에 두고 하는 말인가요?」

「에마슈들의 수공업 제품 말입니다. 분재, 손목시계, 장난감 같은 거요.」

바쇼는 자기가 말한 것을 태블릿 컴퓨터에 기록한다. 베네데타 드루앵이 말을 잇는다.

「대통령께서 개인적인 주문을 전해 달라고 하셨습니다. 에마슈들이 〈혁신하는 프랑스〉를 상징하는 만큼, 엘리제궁에 에마슈 직원들을 두시고 싶다는 것입니다.」

「에마슈들을 직원으로 쓰시겠다고요?」

나탈리아는 놀란 표정으로 대통령 집무실의 내부를 머릿속에 그린다.

「여자 에마슈들을 스무 명쯤 데려다가 제복을 입혀서 각종 업무를 보좌하는 직원으로 쓰면 좋겠다고 생각하신 겁니다. 낮과 밤을 가리지 않고 무슨 일을 시키든 척척 해내는 일꾼들이 되지 않겠느냐고 하시더군요.」

나탈리아는 회의적인 표정으로 다시 묻는다.

「에마슈들이 정확하게 어떤 일을 할 수 있으리라 생각하시는 건가요?」

「초미니 비서들이 되는 것이죠. 예를 들면 전화를 받을 수도 있을 것이고, 만년필을 내밀어 주거나 어질러진 책상을 깨끗하게 정돈할 수도 있을 겁니다. 대통령께서는 내방하는 국가 원수들에게 깊은 인상을 심어 주리라고 기대하십니다. 말하자면 엘리제궁의 명물이 되리라는 것이죠. 물론 그 임대 비용은 정부가 지불할 것이고요.」

나탈리아는 자리에서 일어나, 회의를 이쯤에서 끝내는 게 좋겠다는 뜻을 알린다.

「저는 성장을 겁내지 않습니다. 다비드와 달리 저는 오늘 이야기된 프로젝트들에 대해서 전혀 두려움을 느끼지 않습니다. 하지만 한 가지 점에서는 다비드가 옳다고 생각합니다. 혁신을 자주 하는 것이 능사가 아니라, 하나의 혁신을 충분히 소화한 뒤에 다음 혁신으로 넘어가는 것이 바람직합니다. 오늘 회의는 이것으로 마치고 식당으로 자리를 옮겨서 함께 저녁 식사를 하시는 게 좋겠다 싶습니다. 오로르가 푸짐한 향연을 준비해 놓은 것으로 알고 있습니다. 카술레라는 아주 특별한 요리로…….」

모두가 일어선다. 나탈리아는 오로르의 손목을 잡는다.

「잠깐만요. 하고 싶은 말이 있어요.」

오로르는 그대로 멈춰 선다.

「우리는 한 가족이나 다름없어요. 외부 사람들 앞에서 다투는 일이 없었으면 좋겠어요.」

「냉정을 잃었던 사람은 제가 아닌 것으로 아는데요…….」

나탈리아는 잡은 손목을 놓지 않는다.

「우리는 그 사람들 앞에서 하나 된 모습을 보여 줘야 해요. 그들이 우리 연구자들의 공동체에 균열이 생겼다고 느끼면, 장담하건대 그들은 주저 없이 우리를 서로 대립하게 만들 거예요. 그러면 우리는 모든 것을 잃고 말아요.」

나탈리아는 손아귀에 더욱 힘을 준다. 오로르는 얼굴을 찡그리며 손을 빼내려고 하지만 소용이 없다.

「다비드가 자기 생각을 말할 권리가 있듯이, 나도 내가 생각하는 바를 표명할 권리가 있어요. 우리가 한 가족이나 다름없는 것은 맞지만, 그렇다고 해서 나탈리아 당신이 내 어머니인 것은 아니에요!」

오로르는 손을 뿌리치려고 하지만, 나탈리아는 갈고리처럼 그러쥔 손가락들을 펴지 않는다.

「당신과 다비드 사이에는 뭔가 석연치 않은 것이 있어요.」

「왜 그런 말을 하는 거죠?」

「처음엔 과학자들 간의 경쟁심 때문이려니 생각했어요. 그런데 그보다 복잡한 문제가 있는 것처럼 보여요. 다시 가족에다 비유하자면, 두 사람은 서로 적대하는 남매 같아요.」

「정말 알고 싶으세요? 다비드가 나한테 사랑을 고백한 적이 있어요. 나는 그것을 받아 주지 않았고요. 나는 다비드에 대해서 아무런 느낌이 없어요.」

나탈리아는 그제야 아귀힘을 빼고 오로르의 손목을 놓아준다. 오로르는 어깨를 한 번 들먹이고 회의실을 나선다.

나탈리아는 회의실에서 나가 창고로 가더니, 유리 벽을 마주하고 서 있는 다비드에게 다가간다. 다비드는 어두운 표정을 짓고, 작은 도시 안에서 부지런히 움직이는 에마슈들을 살피고 있다.

나탈리아가 한숨을 내쉬며 말한다.

「에마슈들은 아이들 같아요.」

「그러게요. 아이들이 자라면 어떻게 변할지 모르는 것처럼, 우리는 저들이 나중에 어떻게 될지 알 수 없어요.」

「첫 세대는 이미 어른이 되었는걸요.」

「개인들을 놓고 보면 그렇죠. 하지만 저들의 문명은 이제 걸음마 단계예요.」

그들은 말없이 그 작은 존재들을 바라본다. 가로수 길을 따라 거닐거나 서로 이야기를 나누기도 하고, 재미있는 놀이를 하거나 욕설을 주고받으며 싸우는 모습이 여느 인간 공동체와 다를 것이 없다. 그들은 전혀 알지 못한다. 바깥세상의 거인들이 무슨 일을 꾸미고 있는지, 저희의 세계가 장차 어떻게 변화할지.

몇몇 에마슈가 그들을 알아보고 유리 벽으로 다가와 머리를 조아린다.

「우리는 부모로서 저들을 사랑할 의무가 있어요.」

다비드의 말에 나탈리아가 대답한다.

「우리는 신으로서 저들을 이끌 의무가 있죠.」

「나는 신의 역할에 그토록 막중한 책임이 따르는 줄 몰랐어요.」

「두려운가요?」

「네, 아버지로서가 아니라 창조주로서 실수를 저지르지 않을까 두려워요. 우리의 선택 하나하나가 에마슈 문명의 역사에 중대한 영향을 미칠 수 있어요.」

「그 영향이 우리에게 되돌아오지 말라는 법도 없을 테고요.」

나탈리아는 젊은 과학자의 손을 잡는다.

「아무 일도 하지 않는 사람들을 빼면 누구나 실수를 하게 마련이에요. 우리는 완벽한 신들이 되지 않을 권리가 있어요.」

다비드는 경기장에서 달리기를 하고 있는 에마슈들을 바라본다.

「언젠가는 저들에게 모든 것을 말해 줘야 할 거예요. 저들은 순수하고 결백하며 폭력과 이기주의로 얼룩진 과거와 무관해요. 저들은 존재하게 해달라고 요구하지 않았어요. 나는 저들에게 어떻게 설명해야 할지 모르겠어요. 자기네 신들이 경제적 성공에 눈이 멀어서…… 미래의 전망을 놓고 열광하다가 실수를 저질렀다고 생각해 보세요. 그들에게 그런 사실을 어떻게 얘기할 수 있을까요?」

나탈리아는 가슴에 알을 품고 가는 어머니 에마슈를 관찰한다. 이 에마슈는 알을 에그 컵과 비슷하게 생긴 배낭에 담아서 지고 가는 다른 어머니와 마주친다. 두 에마슈는 이야기를 나눈다. 배낭을 진 에마슈는 배낭이 아주 편리하다면서 같은 방법을 사용하도록 상대를 설득한다.

더 멀리, 경기장에서는 열띤 응원 속에서 한판의 경기가 벌어지고 있다.

「다비드, 지나친 자책감은 금물이에요.」

「나는 내 행동의 결과를 따져 보고 있어요. 만약 에마슈들이 자기들의 머리 위쪽에서 무슨 일이 꾸며지고 있는지 안다면 엄청난 공포에 사로잡힐 거예요.」

나탈리아는 더 멀리에 있는 에마슈 무리를 바라본다. 그들은 집 한 채를 지어 놓고 나서 이웃을 불러 잔치를 벌이고 있다. 모두가 쾌활하고 평온해 보인다. 자기들의 세계에 사는 것이 마냥 행복한 모양이다.

## 13

### 백과사전: 가정

우리 조상이 살던 집들은 실내가 어두웠다. 투명한 창유리가 비싸서 대개는 기름 먹인 종이로 창문을 가렸기 때문이다.

옛날 집들은 추웠다. 일반적으로 벽난로가 유일한 열원이었다. 대부분의 벽난로는 굴뚝의 배연 성능이 좋지 않아서 연기가 밖으로 빠져나가지 않고 실내로 퍼져 나가기가 일쑤였고, 그래서 거주자들은 연기에 질식하지 않기 위해 수시로 창문을 열어 놓아야 했다. 18세기 문헌들의 보고에 따르면, 당시 백성들은 실내에서도 외투를 입고 지냈다. 햇볕이 좋은 겨울날에는 집 안이 바깥보다 훨씬 추웠다고 한다.

새로 집을 짓거나 어떤 건물의 일부에 새로 주거를 마련하면 벽난로에 쇠로 만든 톱니 막대를 매달고 여기에 솥단지를 걸었다(이 톱니 막대를 〈크레마예르〉라 불렀고, 이 말에서 〈집들이를 하다〉라는 뜻의 표현 〈크레마예르를 매달다〉가 나왔다). 그 솥단지는 매우 무거웠기 때문에 사람들은 그것을 떼어 내어 깨끗이 씻는 것을 게을리했다. 그래서 솥단지 바닥에는 앞서 끓여 먹은 스튜의 찌꺼기가 남아 있기 십상이었고, 그 찌꺼기 때문에 새로 끓인 음식에서 특별한 맛이 나곤 했다. 사람들은 솥단지에 담긴 것을 먹은 다음, 거기에 다시 물을 부어서 수프를 만들고 그 수프에 빵을 적셔 먹었다. 여자들은 불을 피워 놓은 벽난로 가까이에서 요리를 했고, 그러다 보면 불똥이 튀어 폭이 넓은 치마에 불이 붙기가 일쑤였다. 화재는 출산에 이어 두 번째로 여자들의 목숨을 많이 앗아 가던 사망 원인이었다.

산업 사회가 도래하자 부르주아 가정에서는 주방과 식당을 분리하여 서로 멀리 떨어지게 하는 것이 유행했다. 하인들의 귀를 의식하지 않고 자유롭게 대화하면서 식사하기를 원했기 때문이기도 하고, 대개 주방에 쓰레기 배출 시설이 갖춰져 있지 않아 악취가 진동하기 때문이기도 했다.

하인을 부리는 것이 비싸고도 드문 일이 되어 감에 따라 부르주아 가정의 안주인들이 직접 요리를 하기 시작했고, 그에 따라 주방과 식당의 거리가 다시 가까워졌다.

수도가 없던 시절에는 물장수가 집집마다 물을 길어다 주었다. 1700년 무렵 파리에는 3만 명이 넘는 물장수가 있었다. 물이 필요할 때는 거리를 향해 휘파람을 불기만 하면 그들이 물지게를 지고 달려왔다고 한다.

전기를 사용하기 시작하면서 일상생활에 혁명적인 변화가 일어났다. 방 안에 불을 환히 밝히자 벽난로와 촛불의 희미한 빛 속에서는 보이지 않던 찌든 때가 눈에 들어왔다. 그리하여 사람들은 벽이며 천장을 깨끗하게 닦기 시작했다. 전깃불은 사람들, 특히 부자들의 활동 시간에도 변화를 가져왔다. 그전에 사람들은 초를 아끼기 위해 해가 뜨면 일어나고 해가 지면 잠자리에 들었다. 또 어둠 속에서 괴한의 공격을 당할까 두려워 밤에는 거의 외출하지 않았다. 그랬는데 전등이 보급되고 거리에 가로등이 생기면서 야간 파티며 잔치가 빈번해지고 연극이나 오페라를 보러 나가는 일이 잦아졌다.

20세기 후반 집집마다 텔레비전을 갖추게 되면서 가정의 풍속도가 딴판으로 달라졌다. 텔레비전은 대개 거실 벽의 한복판을 차지하고 그 불빛은 벽난로의 장작불과 같은 옛날의 불을 대신하여 가족을 한자리에 모은다. 그러면 모두가 침묵을 지키며 오락 프로그램이나 드라마나 영화나 뉴스를 본다. 특히 텔레비전 뉴스는 가깝거나 먼 주위 세계의 사건들을 전해 주는 무한히 열린 창이다. 그 사건들이 무서우면 무서울수록 가족은 그 불빛 앞에서 더욱 강한 결속력을 느끼고 한 덩어리로 굳게 뭉치게 된다.

에드몽 웰스, 『상대적이며 절대적인 지식의 백과사전』 제7권

## 14

카메라들의 적색 발광 다이오드가 꺼진다. 제네바에 모인 G20 국가 원수들은 서로 악수를 나눈다.

미국 대통령 프랭크 윌킨슨은 프랑스 대통령 스타니슬라스 드루앵에게 다가간다.

「훌륭해요, 스탄, 당신네 에마슈들 말이오. 프랑스의 무역수지를 개선하는 데도 도움이 될 것 같군요. 그런 산업 혁신이 돌파구가 되어 약간의 성장이 이루어진다 해도 놀랄 일이 아닐 겁니다.」

「아마 당신이 나였다고 해도 똑같은 일을 했을 겁니다, 프랭크.」

「아닙니다, 우리는 서로 다른 카드들을 가지고 있어요. 당신네 프랑스 사람들은 아무도 예상하지 못한 그 이상한 카드를 써서 승리를 거뒀어요. 훌륭합니다. 군사 전략의 측면에서 나는 주로 전쟁 억제력이 강한 고성능 무기들을 개발하는 데 투자했습니다. 비싸지도 않고 외과 수술처럼 정확한 작전을 수행할 수 있는 그런 작은 첩보원들에게 투자할 생각은 전혀 못 했지요. 도대체 그런 아이디어를 어디서 얻으셨습니까?」

「그냥 직감을 따른 겁니다. 어쩌면 〈애들이 줄었어요〉 같은 영화들을 보고 영향을 받았는지도 모르죠.」

「겸손하게 말씀하시지 않아도 됩니다, 스탄. 그건 천재적인 발상이었어요. 테크놀로지의 정교함과 복잡함을 추구하는 대신 유기체를 소형화하겠다는 생각을 하다니요! 나는 왜 그런 생각을 못 했을까요? 나 자신이 원망스럽다 못해 당신을 시샘하기까지 했습니다.」

그들은 G20 정상 회의가 열린 초특급 호텔의 복도를 나란히 걸어간다.

「가장 놀라운 사실을 말씀드릴까요? 그 모든 일의 출발점에는 한 여자가 있습니다. 제2차 세계 대전 때 나치 수용소에서 박해를 당한 가문 출신의 소인입니다. 그 뒤에 또 한 여자가 그녀를 신뢰하도록 나에게 압력을 넣었습니다. 바로 내 아내입니다.」

「베네데타가요?」

「그 발상의 잠재력을 단박에 알아차린 것이지요.」

두 대통령은 경호원들의 수행을 받으며 미국 대통령의 객실로 간다. 헤어지기 전에 마지막으로 술을 한잔 마시려는 것이다. 객실에 들어서자 두 남자는 재킷을 벗고 푹신한 안락의자에 털썩 앉는다.

「아, 우리의 여자들…… 그녀들이 없다면 우리는 뭐가 될까요?」

프랭크 윌킨슨은 손가락으로 따닥 소리를 낸다. 즉시 검은 안경을 쓴 경호원 한 사람이 다가온다.

「빌, 그들을 들여보내.」

몇 분 뒤, 고혹적인 복장을 한 젊은 여자 네 명이 나타난다.

두 대통령은 아무렇지도 않게 옷을 벗고 나란히 놓인 두 침대에 눕는다. 여자들은 즉시 그들의 몸에 라벤더 기름을 바르고 안마를 시작한다.

「스탄, 솔직히 말하겠습니다. 당신을 만나면 한 가지 알려 주고 싶은 게 있었어요.」

「지난번에 그런 식으로 운을 떼셨을 때는 독감이 대유행하리라는 사실을 미리 알려 주시면서 그 비밀이 새어 나가지 않도록 기자들과 과학자들을 단속하라고 권고하셨지요. 그 뒤 실제로 독감이 창궐해서 20억 명이 목숨을 잃었고요. 이번에는 무슨 말씀을 하실지 맞혀 볼까요? 새로 전쟁이 터져서 30억 명의 사망자가 발생할 수도 있다는 얘기를 하시려는 겁니까?」

「아닙니다. 경제 위기에 관한 얘기입니다.」

「곧 대공황이 닥치리라는 것인가요?」

「우리는 이미 그와 다름없는 상황에 놓여 있습니다. 다만 공황이 천천히 진행되고 있을 뿐이지요.」

「아닌 게 아니라 미국이나 우리나 처지가 비슷한 것 같습니다. 실업률은 상승하고 무역 수지 적자는 늘어나고 빈부 격차는 갈수록 커지고 재정 적자를 메우기 위해서 세수를 증대시켜야 합니다.」

「나는 곧 과감한 정책을 시도할 생각입니다. 세수를 줄이고 동시에 금리를 낮추려고요.」

「프랭크, 진심으로 하는 말입니까? 경제적으로 파산할 위험에 처한 나라, 중국과 아랍 국가들의 돈을 많이 가져다 쓴 나라들은 지출을 늘리기보다 절약을 하려고 애씁니다. 미국과 프랑스도 그런 경우에 속하지 않나요?」

미국 대통령은 손을 뻗어 시가 통을 잡더니, 시가 하나를 꺼내어 불을 붙이고 뿌연 연기를 뱉어 낸다. 한 안마사는 참으려고 애를 쓰다가 기침을 터뜨린다.

「우리 미국에서는 대개 이런 식으로 생각합니다. 사람들이 소비를 많이 하면 할수록 산업이 호황을 누리고 국민 각자에게 돌아가는 이익이 더 많아진다. 중국인들과 아랍인들에게 빚을 많이 지고 있는 것은 사실이지만, 설령 이자가 점점 비싸진다 하더라도 그들이 빌려 주는 돈을 활용해야죠.」

「더 높이 뛰기 위해서 뒤로 물러서자, 우리 자녀들이 나중에 갚을 것이다, 이런 얘긴가요? 만약 모두가 지금보다 더 많이 소비하게 된다면, 머잖아 자원이 고갈되고 말 겁니다. 계속 그런 길로 나아가면 인구 과잉과 천연자원의 고갈을 피할 수가 없어요. 1970년대에 나온 〈소일렌트 그린〉이라는 영화 보셨죠? 나는 그 영화를 보고 충격을 받았어요. 환경 오염, 불도저를 동원한 시위 진압, 노령 연금이나 의료 혜택도 받지 못한 채 안락사를 당한 뒤에 패스트푸드 회사에 의해 단백질을 강화한 칩으로 변해 버리는 노인들.」

「아! 내가 가장 좋아하는 배우 찰턴 헤스턴이 주연을 맡았죠. 〈소일렌트 그린〉! 아주 훌륭한 영화예요.」

「그건 이제 SF 영화에만 나오는 이야기가 아니에요. 만약 수단과 방법을 가리지 않고 수익성과 이윤만 탐하는 대기업들이 성공을 거두게 되면, 인류는 실제로 지구의 자원을 고갈시키고 말 겁니다.」

미국 대통령은 예쁜 안마사들의 손길에 따라 굼실굼실 일어나는 쾌감의 물결에 빠져들며 미소를 짓는다.

「나는 오히려 이렇게 말하고 싶군요. 프랑스의 대미 수출을 늘리시라고 말입니다. 우리는 돈이 더 많아질 것이기 때문에 그 대금을 지불하는 데 어려움이 없을 겁니다. 당신네 핸드백, 향수, 포도주, 치즈, 요리사, 콜걸, 에마슈, 요컨대…… 프랑스가 가장 자랑하는 것들을 보내세요. 그러면 당신네 무역 수지를 개선하는 데 도움이 될 겁니다.」

그는 시가 연기를 내뿜는다. 한 안마사가 그의 건장한 어깨를 주무른다.

「프랭크, 정말 우리가 〈계속 더 많이〉라는 전략으로 위기를 극복할 수 있으리라 생각하십니까?」

「그럼요, 물론이죠.」

그러면서 미국 대통령은 손가락으로 따닥 소리를 내며 돌아눕는다. 그러자 한 안마사가 그의 등에 올라서서 두 발로 밟기 시작한다. 그는 황홀한 표정을 지으며 시가 연기를 내뿜는다.

「진지하게 묻는 겁니다, 프랭크. 미래를 어떻게 보십니까?」

「이렇게 말하면 놀라실지 모르지만, 나는 모든 게 점점 좋아질 수 있으리라 생각합니다. 평온하고 더디지만 규칙적인 성장이 이루어지라 예상합니다. 경제적으로 또는 정치적으로 이따금 작은 위기가 닥치겠지만 충분히 극복될 수 있으리라 봅니다. 의술과 농업은 더욱 발달할 것이고 모두가 더욱 안락한 삶을 살게 될 것입니다.」

그는 웃음을 터뜨린다. 그 서슬에 안마사가 몸의 균형을 잃고 옆으로 뛰어내리더니, 죄송하다고 말하면서 얼른 제자리로 돌아간다.

프랭크 윌킨슨은 그 여자에게 신호를 보내어 더 〈육감적인〉 안마로 넘어가자는 뜻을 알린다. 여자는 순순히 응한다. 그는 시가를 눌러 끄고 다른 안마사에게 마리화나 담배를 말아 달라고 부탁한다.

그리하여 두 대통령은 이제 반라의 몸이 된 네 여자의 안마를 받으며 마리화나 담배를 함께 피운다.

「그건 조금…… 유토피아적인 전망인 것 같군요.」

「천만에요. 과거를 돌이켜 보세요. 숱한 문제들이 있었지만 결국 잘 해결되지 않았습니까? 자본주의, 개인들의 진취적이고 주도적인 태도, 금융업자들, 기업가들 덕분에 가능했던 일입니다. 사람들은 원칙을 들먹이며 자본주의와 자본가들을 비판하지만, 그건 그들을 시샘하기 때문입니다. 현재도 문제는 남아 있고 앞으로도 새로운 문제가 생기겠지만, 모든 게 개선되고 있다는 점을 인정해야 합니다. 학자들과 연구자들이 보수를 받으면서 해결책을 찾아내고 있으니까요.」

「나는 세상사를 그런 식으로 보지 않습니다.」

「이 점을 인정하세요, 스탄. 우리는 부모 세대보다 잘 살고 있고 우리 자식들은 우리보다 잘 살아갈 것입니다.」

프랑스 대통령은 회의적인 표정을 짓는다. 그러자 미국 대통령은 몸을 일으키더니 마리화나 담배를 피우면서 상대방의 어깨를 툭 친다.

「진실을 외면하지 마세요. 패배주의적인 견해와 의기를 저하시키는 이론에서 벗어나, 우리 주위에서 벌어지는 일을 있는 그대로 바라보세요. 식생활도 좋아지고 의술이 진보해서 모두가 덕을 보고 있어요. 편의 시설이 늘어나고 위생 상태가 개선되는가 하면, 자유와 정의가 확대되고 있어요. 사람들은 더 많은 쾌락과 섹스를 향유하고 있어요. 사는 게 더 즐거워지고 있다 이겁니다!」

안마를 하는 젊은 태국 여자는 자기 가슴을 그의 두 다리에 착 갖다 대더니 천천히 아랫배 쪽으로 올라온다.

「대중 매체들은 우리에게 무시무시한 사설과 논평을 쏟아냅니다. 사람들이 공포의 아드레날린에 중독되어 있다는 것을 알기 때문이죠. 하지만 객관적으로 보면 모든 게 잘 돌아가고 있습니다. 다음 세대들은 훨씬 나은 세상에서 살게 될 겁니다.」

여자들의 손길은 이제 애무의 양상을 띠어 간다.

두 남자는 웃음을 터뜨리고 헛기침을 한다. 그러다가 연기를 빨아들여 몽롱한 기분에 젖은 채 자기들의 막중한 책임감에서 벗어난다.

「스탄, 당신은 미래를 어떻게 보십니까?」

프랑스 대통령은 눈을 감고 잠시 생각하다가 얼굴을 찡그린다.

「장기적으로 보면 인류는 파멸을 피할 수 없으리라 생각합니다. 아마도 얼마 동안은 더 성장하겠지요. 더 많이 소비하면서 수를 불리고 더 강력한 기세로 이 행성을 지배할 것입니다. 하지만 오래지 않아 정점에 도달할 것이고 그러고 나면 빠르게 붕괴할 것입니다.」

「정말 그럴까요?」

「우리는 그저 피할 수 없는 그 붕괴의 과정을 늦추고 있을 뿐입니다. 당신과 나는 그 파국을 목격할 만큼 오래 살지는 못할 것입니다. 그러니 살아 있는 동안 우리가 할 수 있는 모든 일을 하면서 삶을 최대한 누려야죠.」

「전망이 너무 어둡군요, 스탄.」

「나는 관찰을 하고 그것을 바탕으로 일반적인 사실을 추론합니다. 내 안에 있는 어떤 것이 분명하게 말하고 있어요. 모든 게 피할 수 없는 혼돈을 향해 미끄러지고 있다는 것을. 그건 열역학 법칙의 하나인 엔트로피 증가의 법칙으로 설명할 수도 있어요. 모든 생명 형태는 그냥 내버려 두면 스스로를 파괴하는 쪽으로 나아갑니다. 한 동물 종이 지구상에 살아 있는 기간은 평균적으로 3백만 년이라고 합니다. 우리 인류는 바로 그 나이에 도달했습니다. 질서 정연한 구조를 이루고 있는 지구와 우주조차 혼돈과 해체를 향해 가고 있어요.」

「순전히 편집증적인 생각입니다. 코카인을 상용하시더니 탈이 난 모양입니다. 정말 그런 건가요?」

프랑스 대통령은 아무 말 없이 고개를 끄덕인다.

「나는 위스키를 더 좋아합니다. 위스키는 낙관적인 생각을 갖게 하죠. 우리는 저마다 자기의 마약에 영향을 받고 있는 것 같습니다.」

「각자가 즐기는 게임의 영향을 받기도 하죠. 경제 위기의 와중에 소비를 증대시키고 싶어 하신다는 말씀을 들으니 당신이 포커 게임을 하고 있다는 느낌이 들더군요. 반면에 나는 체스를 두죠.」

그는 나탈리아가 개발한 칠각형 체스를 떠올린다.

「중국인들은 바둑을 두고요. 상대의 돌들을 에워싸서 잡아 버리고 서로 자기 집을 넓히면서 승부를 겨루는 놀이 말입니다. 나는 위스키-포커, 당신은 코카인-체스, 그리고 중국인들은 아편-바둑, 이렇게 되나요?」

「원하신다면 그렇게 비교하셔도 좋습니다. 어쨌거나 게임의 전략과 지도자들의 마약이 무엇이든 간에 결국에는 정글과 야만 상태로 돌아갈 것입니다. 우리는 그저 그 피할 수 없는 미래가 닥치는 것을 늦추고 있을 뿐입니다.」

미국 대통령은 그를 뚫어져라 바라보다가 웃음을 터뜨린다.

「스탄, 당신은 대통령 노릇을 할 자격이 없어요. 너무 비관적이거든요.」

「나탈리아 오비츠라는 친구가 말하더군요. 〈낙관주의자들이란 그릇된 정보를 갖고 있는 사람들〉이라고.」

「대통령이 되고자 하는 사람들에게는 한 가지 시험을 치르게 해야 하지 않을까 싶네요. 미래를 너무 어둡게 보지 않는지 확인하기 위해서 말입니다. 우리가 더 나은 세계를 건설할 수 있으려면 비록 어리석은 믿음일지언정 세계가 더 나아지리라는 믿음이 있어야 합니다.」

그는 연기를 다시 빨아들인다. 안마사들은 이제 매우 대담한 자세를 취한다.

스타니슬라스 드루앵이 대답한다.

「때로는 나도 순진해지고 싶어요. 리얼리즘은 우리를 피곤하게 하니까요.」

미국 대통령은 안마사들을 물러가게 하고 마리화나 담배를 내려놓은 다음 침대에서 일어선다. 그러고는 위스키병을 잡아 두 개의 크리스털 잔에 가득 따른다.

「낙관주의적인 대통령들을 위해 건배합시다!」

두 대통령은 술잔을 들어 올린다.

드루앵 대통령은 일곱 명의 기사가 함께 두는 칠각형 체스판을 머릿속에 그리고, 흰색 킹 앞에 있는 폰을 밀어 올린다. 이 수는 그가 방금 얻은 정보, 즉 〈강제적인 소비 활성화〉에 해당한다.

그는 위스키를 홀짝이면서 생각한다. 어쩌면 자기의 비관적인 전망이 틀릴지도 모른다고.

윌킨슨 대통령이 말끝을 단다.

「두고 보십시오. 보시면 무척 놀라실 수도 있지만, 당신이 말하는 엔트로피 증가의 법칙은 물리학에서만 통합니다. 모든 게 〈자연스럽게〉 해결될 겁니다.」

## 15

날카로운 앞니가 그녀의 넓적다리에 박힌다. 에마 109는 급히 몸을 빼내어 전속력으로 달아난다. 그러다가 갑자기 몸을 돌려 자기를 공격하던 쥐를 마주 보고 정확한 동작으로 놈의 목을 창으로 찌른다. 우두둑 소리와 함께 연골과 뼈가 부서진다. 그녀는 재차 공격을 가하여 쥐의 목숨을 끊는다. 그제야 한숨을 돌리고 다리쉼을 하면서 상처에 헝겊 조각을 댄다. 그렇게 응급조치가 끝나자 비로소 단검을 꺼내어 쥐의 넓적다리 살을 잘라 낸 다음 가방에 담는다.

사냥을 할 때면 늘 긴장과 불안을 느끼지만, 그래도 자꾸 하다 보니 미립이 트이고 반응 속도가 매우 빨라졌다.

에마 109는 고기를 작은 냉장고에 넣은 다음, 컴퓨터를 켜고 인터넷에 접속한다.

그녀는 넓적다리에 붕대를 두르면서 얼굴을 찡그린다.

그녀는 온갖 것을 배우면서 어느덧 한 해를 보냈다.

뉴욕의 하수도 속으로 숨어든 이 작디작은 로빈슨 크루소는 쥐나 바퀴벌레나 거미 같은 동물 무리와 싸우면서 힘겨운 생존의 시기를 보낸 뒤에 자기 나름의 생활 규범을 만들어 충실하게 지켜 왔다.

그녀는 안전한 보금자리를 만들고 싶었다. 그래서 시멘트와 콘크리트를 사용하는 건축술을 공부하고 모래며 자갈이며 석회며 도토 따위를 혼합하는 기술을 터득하여 널찍하고도 튼튼한 집을 지었다.

집 주위에는 담을 두르고 담 안쪽의 빈터에는 정원을 꾸몄다. 하수도 속의 거처이지만 이 정원에는 인공 태양의 빛이 환하게 비쳐 든다. 하수도의 알전구가 바로 인공 태양이다.

에마 109는 마당 한편에 축사를 지어 길들인 쥐들을 가축으로 기른다. 그녀는 햄이나 소시지와 비슷한 가공식품을 얻기 위해 이 가축들을 사슬에 묶어 놓고 거세를 시키고 살을 찌운다.

그녀는 다양한 크기의 버섯들을 재배하기도 한다. 이 버섯들은 섬유질과 비타민의 공급원이다.

건물 내부는 몇 칸으로 나누어, 침대 하나를 갖춘 아늑한 침실과 거실과 주방을 만들었다. 방 한 칸은 욕실로 꾸미고 뉴욕의 수도관에 샤워기를 연결했다.

가구는 직접 만들기보다 하수도에 굴러다니는 물건들 중에서 대용품을 구했다. 에마 109는 온갖 종류의 물건들을 주워다가 여기저기에 배치해 놓았다. 무엇보다 반가운 것은 전자 제품이다. 현재로서는 그것을 직접 만들 수가 없기 때문이다.

그녀는 뉴욕시의 통신망에 접속하는 방법을 알아내고 거기에 휴대용 컴퓨터를 연결했다. 이 컴퓨터의 화면은 그녀보다 더 크다.

그녀는 집 한쪽에 작업용 공간을 따로 꾸며 놓고 거기에 〈통제실〉이라는 이름을 붙였다. 거기에서 거인들의 모든 텔레비전 채널을 수신하고 인터넷 백과사전 사이트에 접속하여 에드몽 웰스의 백과사전에서 얻은 단편적인 지식들을 보완한다. 그럼으로써 거인들의 역사를 점철하는 기이한 사건들이나 동물들, 조리법, 정치사상, 유토피아 사상 등에 관한 정보를 얻는다.

그녀는 스마트폰용의 키보드 하나를 쓰레기 더미에서 수거해서 그것을 이용해 문서를 작성한다. 어느 날인가는 자신의 삶에 관한 책을 써보자는 생각도 하게 되었다.

처음에는 그 책에 〈큰 세계 속의 작은 삶〉이라는 제목을 붙이고 이란에서 임무를 수행할 때 겪은 일들과 UN 본부에서 벌어진 일을 이야기하는 것으로 만족했다. 그러고 나니 텔레비전에서 본 바깥세상의 사건들을 언급하고 자기의 개인적인 견해를 곁들여서 그 이야기들을 더욱 풍부하게 만들고 싶은 욕구가 일었다.

당연한 얘기지만, 에마 109는 후쿠시마에서 에마슈들이 목숨을 바쳐 대재앙을 막은 뒤에 거인들의 여론이 돌변하는 것을 지켜보았다. 나탈리아와 오로르와 다비드가 드디어 거인들의 인정을 받고 영예를 누리게 되었다는 사실도 확인했다. 자기 형제자매들이 배척의 대상에서 호기심과 흥미를 끄는 존재로 바뀌어 가는 것도 보았다. 자기에게 더 이상 숨어 지내지 말고 밝은 세상으로 나오라고 권고하는 메시지도 들었다.

사실 에마 109는 어떻게 할지를 놓고 망설였다. 밖으로 나가서 벗들을 다시 만나고 싶은 마음도 없지 않았다. 하지만 한 가지 예감이 왕년의 첩보원인 그녀의 발길을 가로막았다. 나탈리아는 예전에 그녀에게 〈직감〉이라는 내면의 목소리에 귀를 기울여야 한다고 가르친 바 있었다.

에마 109는 자기가 자유로운 상태로 남아 있어야 더 쓸모가 있으리라 생각했다. 바깥세상의 그 모든 소음과 소동으로부터, 너무나 변덕스러운 거인들로부터 멀리 떨어져 있는 편이 나을 듯했다.

그녀는 스스로 신이라 주장하는 그 존재들이 진정 누구인지, 에마슈들이 알에서 깨어난 그곳이 어떤 세계인지 알고 싶었다. 그리고 에마슈들이 무슨 연유로 세상에 생겨났는지, 에마슈들이 창조됨으로써 실제로 세상에 어떤 변화가 일어날 수 있는지 알고 싶었다.

그런 문제들을 찬찬히 따져 보기 위해서는 혼자서 조용하게 지낼 필요가 있었다. 에마 109는 자기 생각을 분명하게 정리하기 위해 글을 썼다. 이 글은 갈수록 좋아졌다. 그녀는 자신에 대해서 말하기보다 에마슈들의 미래에 관한 생각을 적어 나갔다. 책의 제목은 〈우리는 왜 여기에 있는가?〉로 바뀌었다.

그녀는 부족한 지식을 보완하기 위해 인터넷을 활용했고, 사유의 결실을 자기 글에 반영했다. 책의 제목은 다시 〈다음 인류〉로 바뀌었다.

드디어 원고가 어느 정도 마무리되자 그녀는 저자 이름을 정하기로 하고, 자기의 삶을 다룬 영화의 제목을 따서 〈상 뇌프(새로운 피)〉를 필명으로 삼았다.

그녀는 원고를 꼼꼼하게 다시 읽는다. 원고는 제사로 인용한 웰스의 이런 문장으로 시작된다. 〈언젠가 더 나은 세계가 도래하기 위해서는 이미 그런 세계를 상상하고 설계하기 시작한 사람이 어딘가에 있어야 한다.〉

에마 109는 마지막 페이지를 다시 읽어 보고 자기 생각을 조금 더 발전시켜 나간다. 미래에는 구인류인 거인들이 뒤로 밀려나고 신인류가 대신 주도권을 잡게 되리라는 것이 그녀의 생각이다. 그녀는 두 인류 사이의 협력을 상상해 본다. 그

협력은 스스로를 신으로 여기는 거인들의 온정주의적인 지배 아래에서 이루어지는 것이 아니라, 대등한 두 인류의 상호 보완이 되어야 할 것이다.

그녀는 새로운 장을 할애하여 에마슈들을 거인들과 대등한 존재로 인정받을 수 있게 하는 혁명의 필요성을 논한다.

〈거인들은 폭력적이다. 그들은 힘과 전쟁만을 존중한다. 그들의 모든 문명은 그런 식으로 건설되었다. 그들의 국경선은 그렇게 생겨났다. 우리 에마슈들은 그런 단계를 피할 수 없을 것이다. 우리 에마슈들이 무기를 들어야 하는 때, 심지어는 우리가 다른 인간들과 대등한 존재임을 인정받기 위해 살인까지 해야 하는 때가 반드시 올 것이다.〉

에마 109는 자기의 무기 창고 쪽을 돌아본다. 그러면서 생각한다. 자기 책은 훨씬 대담해야 하고, 에마슈들의 권리를 바로 세우기 위한 자기의 계획은 훨씬 역동적이어야 하리라고.

몇 시간 내리 글을 쓰고 나니 무척 피곤하다. 그녀는 자기가 직접 만든 소파에 털썩 주저앉아, 기름진 쥐고기 조각을 먹는다. 그런 다음 텔레비전 소리를 키운다.

광고가 나오고 있다.

## 16

개수대의 배수관이 막혔나요? 머리털 뭉치가 배수관을 막고 있는 것 같은데 그게 어디쯤에 있는지 알아낼 수 없다고요?

배수관을 부식시키는 염산을 붓는 대신 동굴 탐사를 전문으로 하는 에마슈를 부르십시오. 우리 에마슈는 배수구로 들어가서 막힌 곳까지 내려간 뒤에 이물질을 제거하여 여러분의 배수관을 시원하게 뚫어 드릴 것입니다.

동굴 탐사 에마슈들은 정글 칼을 사용해서 뭉쳐 있는 머리칼을 제거하고, 휴대용 착암기로 덕지덕지한 물때를 지우는가 하면, 팔꿈치 모양으로 굽은 파이프 속으로 들어가 여타의 방법으로는 도달할 수 없는 구석까지 청소합니다.

동굴 탐사 에마슈, 생각해 보신 적 있나요? 우리 에마슈는 여러분이 생각하시는 것보다 덜 비싸고, 다른 일꾼을 부르거나 다른 방식을 사용할 때는 기대할 수 없는 세심한 서비스를 제공합니다.

보웬 여사의 말씀을 들어 보십시오. 이제 여러분은 도처에서 이런 말을 듣게 될 겁니다.

〈물론 예전에는 압축기를 사용해서 뚫어 보려고 애를 썼지요. 그러다가 안 되면 눈이 따끔거리는 것을 참고 배수관이 부식되건 말건 염산을 부었어요. 그 방법도 통하지 않아서 배관공을 부르면 돈을 어찌나 비싸게 받아먹던지. 동굴 탐사 에마슈들을 써보니까 주방과 욕실의 골칫거리가 깨끗하게 사라졌어요. 게다가 에마슈들은 정말 귀엽더라고요. 집 안을 더럽히는 일 없이 조용히 일만 하죠. 그것도 보통의 배관공보다 훨씬 저렴한 비용을 받고 말이에요.〉

## 17

### 축구

월드컵 유럽 지역 예선에서 프랑스가 덴마크를 맞아 한판 승부를 겨룹니다. 프랑스 대표 팀 주장 은디아프 선수의 각오를 들어 보기 위해 모나코에 있는 그의 새 아파트로 우리

기자가 찾아갔습니다. 최근에 록 음반을 내고 향수와 고급 의류 사업을 시작한 은디아프 선수는 프랑스가 승리하도록 최선을 다하겠다고 말했습니다. 그러나 어떤 전략을 펼칠 것인가에 대해서는 프랑스 팀의 공보 담당자나 홍보 부서에 문의하라면서 대답을 피했습니다. 그가 급성 아킬레스건 염을 앓고 있다는 소문이 돌고 있지만 그것을 부인하는 발표가 아직 나오지 않은 상황이라서 축구 팬들 사이에 불안감이 퍼져 가고 있습니다. 한편 조제프 팔콘 감독은 은디아프 선수를 절대적으로 신뢰한다고 단언하면서, 모든 선수에게 엄격한 규율과 강도 높은 훈련을 부과하는 것에 두 사람 모두 전적으로 동의한다고 밝혔습니다.

### 오염

파리의 공기 오염도가 관측 이래 가장 위험한 수준에 도달했습니다. 환경부 장관의 주장에 따르면, 그것은 시내를 주행하는 자동차들의 수가 크게 증가한 결과라고 합니다. 환경부 장관의 말입니다. 〈시내로 들어오는 자동차들의 수를 감소시켜야 합니다. 출퇴근 시간이면 파리 시문들 주변에 수십 킬로미터에 걸쳐 교통 체증이 빚어지고 있습니다. 허가를 받은 차에 한해서만 파리 시내를 주행할 수 있게 하고, 그 수를 제한해야 합니다. 특히 허파 꽈리에 달라붙는 미세 먼지를 배출하는 디젤 자동차들의 수를 제한해야 합니다.〉 반면에 산업부 장관은 〈시민들의 자유를 제한하는 것은 있을 수 없는 일이며, 시민들은 자동차를 샀으므로 타고 다닐 권리가 있다〉고 반박하면서, 자동차 산업에 종사하는 노동자가 수십만 명에 달하는 만큼 만약 자동차 운행을 제한한다면 실업자 수가 증가하게 되리라고 경고했습니다. 환경부 장관이 내놓은 해결책은 오염 물질을 많이 배출하는 대형 자동차에 세금을 매기고 파리 시내에서는 이산화탄소를 적게 배출하는 소형 자동차에 한해서 운행을 허가하자는 것입니다. 하지만 이 제안은 중재에 나선 총리에 의해 거부되었습니다.

### 국방 예산

중국 지도부는 제조업의 성장에 따른 막대한 이익을 활용하여 국방 예산을 30퍼센트 증액한다고 발표했습니다. 이로써 중국은 군비 부문에 가장 많은 돈을 쏟아붓는 나라가 되었습니다. 국방 예산을 늘리는 이유에 대해 중국 공산당 총서기는 〈돈이 충분하니 해야 할 일을 하는 것〉이라고 간략하게 말했습니다. 한편 프랑스 외무 장관은 중국의 군사 지원이 현재로서는 〈세계의 가장 잔인한 독재자들, 특히 아프리카와 중동의 극악한 독재 정권〉을 원조하는 데에 집중되어 있다고 유감을 표시했습니다.

### 경제

미국에 본사를 두고 있는 다국적 복합 기업 글로벌 일렉트릭이 자발적인 구조 조정을 거쳐 1백여 개의 독립 기업으로 분할된 뒤에 경제적 진화의 양상이 달라지고 있다는 분석이 나오고 있습니다. 한때는 집중을 추구하던 기업들이 점차 분산을 지향하리라는 것입니다. 미래에 웃을 수 있는 기업은 관리하기가 쉽지 않은 거대한 복합 기업과 트러스트가 아니라, 모든 종업원이 서로 알고 지낼 뿐만 아니라 권력을 둘러싼 내부 갈등 때문에 에너지를 낭비하지 않는 작은 기업들인 것으로 보입니다. 글로벌 일렉트릭 벤저민 웨이츠 사장의 말입니다. 〈우리는 우리 기업이 가진 에너지의 60퍼센트가 재화를 생산하기 위해서가 아니라 내부 갈등을 관리하기 위해 사용된다는 사실을 확인하게 되었습니다. 그래서 우리 기업을 분할하기로 결정한 것입니다.〉

### 성 추문

미국 대통령이 풍속 저해 사건에 휘말려 곤경을 치르고 있습니다. 케네디나 클린턴 같은 민주당 출신의 저명한 선임자들과 마찬가지로 성 추문의 당사자가 된 것입니다. 『뉴욕 타임스』의 한 기자가 폭로한 바에 따르면, 그는 이탈리아 총리가 보내 준 젊은 여자들과 섹스 파티를 벌였는데, 스스로 성인이라고 주장했던 이 여자들이 사실은 미성년자들이었습니다. 난교 파티를 좋아하는 것으로 널리 알려진 이탈리아 총리는 그 여자들을 〈미국의 추수 감사절을 맞아 칠면조 고기 대신〉 보냈다고 합니다. 기자의 주장에 따르면, 이 충격적인 표현은 이탈리아 총리가 직접 손으로 쓴 메모에서 인용한 것입니다. 이 보도에 대해서 미국 대통령은 〈선거를 앞두고 나의 이미지를 손상시키려는 중상모략일 뿐〉이라고 반박했습니다. 퍼스트레이디 앤절라 윌킨슨은 남편과 굳게 결속되어 있음을 강조하면서 그 사악한 이야기를 전혀 믿지 않는다고 말했습니다. 그녀의 주장에 따르면 이 추문은 야당에 의해서 완전히 날조된 것이며 〈대통령 선거를 겨냥한 음해 공작〉이라고 합니다.

## 우주 나비

제3천년기 노아의 방주라고 할 만한 우주선을 타고 지구를 떠나겠다는 캐나다 억만장자 실뱅 팀시트의 야심만만한 프로젝트에 다시 차질이 생겼습니다. 격납고와 장비에 대한 파괴, 그리고 여러 차례에 걸친 기술자들의 파업에 이어 이번에는 국제단체들이 제동을 걸고 나섰습니다. 이 단체들은 〈우주 나비 2호〉 프로젝트가 온갖 역경에도 계속 진척되는 것을 보고, 14만 4천 명의 탑승자를 선발할 때 모든 나라와 모든 종교의 대표자들을 반드시 포함시켜야 한다고 요구합니다. 인구 비례에 따라서 각 나라와 각 종교의 대표자들을 선발해야 한다는 것입니다. 실뱅 팀시트는 자기 역시 그런 선발 방식을 검토해 보았지만, 그런 방식을 적용할 수 없다는 사실이 이내 드러났다고 설명했습니다. 〈우리는 UN이 아닙니다. 국가들의 다양성을 존중할 생각도 없고, 특혜와 부정부패로 서로 얽혀 있는 크고 작은 나라들 간의 관계를 고려할 생각도 없습니다. 우리의 선발 기준은《우주 나비 2호》의 내부에서 남들과 사이좋게 살아갈 능력이 있는가 하는 것입니다. 우리가 선발하려는 탑승자들은 평화를 추구하는 성향이 아주 강한 사람들, 1천2백 년 동안 이어질 우주여행 도중에 인류가 과거에 저지른 잘못을 되풀이하지 않을 사람들입니다. 우리는 종교적 광신이나 어리석음이나 폭력을 우주의 다른 곳으로 수출하고 싶지 않습니다. 또한 우리 우주선의 탑승자들은 건설자의 재능을 가지고 있어야 할 것입니다. 외계의 행성에 인간이 살아갈 만한 새로운 정착지를 건설해야 하니까요. 우리에게 필요한 사람들은 종교인이 아니라 과학자이고, 정치인이 아니라 농부이며, 부패한 정부를 지지하는 이기적이고 편협한 자들이 아니라 선량하고 관대한 사람들입니다. 나로서는 국가들의 다양성을 존중할 이유가 전혀 없습니다. 내가 바라는 것은 우리 우주선이 긴 여행을 견디고 살아남은 승객들을 태운 채 무사히 외계 행성에 도달하는 것입니다. 나는 민영 기업의 책임자로서 내 종업원들을 선택할 권리가 있다고 생각합니다.〉

### 이라크

시아파 무슬림과 수니파 무슬림 사이에 다시 긴장이 고조되고 있습니다. 복면한 남자들의 특공대가 카르발라 근처에 있는 시아파 사원을 급습하여 모든 신도를 감금한 채 사원에 불을 질렀습니다. 현재까지 알려진 바로는 1백여 명의 시아파 신자가 목숨을 잃었다고 합니다. 이 공격은 지난번 아슈라 축제 때 벌어진 학살에 대한 보복의 성격을 지닌 것으로 보입니다. 그런 관점에서 가장 과격한 수니파 단체의 대표인 셰이크 알리에게 의심의 눈길이 쏠리고 있습니다. 그는 아슈라 축제 때 희생된 수니파 신자들의 원수를 갚아 주겠다고 맹세한 바 있습니다. 하지만 정작 셰이크 알리 자신은 그런 의심이 자기네 단체의 평판을 떨어뜨리기 위한 또 하나의 도발이라면서, 그 공격은 자기와 무관하다고 선언했습니다.

### 파키스탄

이슬람 무장 조직들이 인도에서 잇달아 테러를 범한 것을 두고 인도 정부는 그 무장 조직들이 파키스탄에서 훈련을 받았다는 점을 들어 파키스탄 정부를 공개적으로 비난했습니다. 그러자 파키스탄 정부는 군사적 억지력을 과시하기 위한 작전의 일환으로 지하 핵 실험을 실시했습니다. 인도 정부는 그에 질세라 핵융합 기술을 사용하는 전략 핵폭탄의 폭발 실험을 감행했습니다. 그에 대한 파키스탄 총리의 성명입니다. 〈인도는 불을 가지고 장난을 친다. 그러다가 그 불에 델 수도 있다.〉

### 쿠르츠 사건

오스트리아에서 성형외과 전문의의 아들인 14세 소년 빌프리트 쿠르츠가 놀라운 행위를 벌여 갑자기 유명해졌습니다. 소년은 아버지가 의원에서 조수로 부리고 있는 외과 수술 전문 에마슈들에게 신체적인 고통을 가하여 그 가운데 몇 명을 죽음에 이르게 하였습니다. 그뿐 아니라 그 학대 장면을 찍은 동영상에 〈피 흘리는 인형들〉이라는 제목을 붙여 인터넷에 올렸습니다. 이 동영상에는 소년이 일부러 고문실처럼 꾸며 놓은 방에서 에마슈들을 갖가지 방식으로 괴롭히는 장면이 담겨 있습니다. 이미 수많은 누리꾼들이 유튜브를 통해서 이 동영상을 보았습니다. 〈피그미 프로덕션〉의 대표 이사인 나탈리아 오비츠 대령은 즉시 대응에 나서 소년의 아버지 쿠르츠 박사를 고소했습니다. 소년이 미성년자라서 법적으로 책임을 질 수 없기 때문에 아버지에게 책임을 물은 것입니다.

### 주식 시장

프랑스의 주가 지수 CAC 40이 1.2퍼센트 상승으로 장을 마감했습니다. 농산물 가공업과 정보 산업과 부동산 분야의 주가가 견실하게 안정세를 유지하고 있는 것이 상승을 뒷받침한 것으로 보입니다. 〈피그미 프로덕션〉이라는 신생 기업의 눈부신 도약도 간과할 수 없는 요인입니다. 또한 뉴욕 증시의 다우 존스 지수가 큰 폭으로 오른 것도 우리 증시에 영향을 미쳤습니다. 다우 존스 지수는 미국 정부가 소비를 장려하기 위해 금리를 인하하겠다고 발표한 것에 힘입어 4.1퍼센트 상승했습니다.

## 18

저들이 또 땅껍질을 파고 들어와 핵 실험을 벌였다.

이 일을 어쩌면 좋은가? 나에게 접근해 오는 소행성들을 파괴하기 위해 저들에게 일껏 원자력 공학을 가르쳤더니, 이제 저들은 그것을 사용해서 내 거죽에 구멍을 내고 있다.

저들이 계속 이런 식으로 나간다면, 저들이 정신을 차리도록 대홍수를 일으킬 만한 비를 보내지 않을 수 없다.

그건 그렇고 내가 어디까지 했더라?

아, 그래, 8천 년 전에 섬의 거인들은 종교를 이용해서 여러 대륙의 소인들을 통제했다. 소인들은 자기네 창조주들을 숭배했다. 거인들은 소인들을 부려 천연자원을 얻었고, 소행성이 나를 향해 접근해 오는 경우에는 소인들을 우주 비행사로 활용했다.

그러던 어느 날, 바로 그 일이 벌어졌다.

내가 전혀 예상하지 못하고 있던 때에 우주 어딘가에서 갑자기 출현한 소행성이 나를 향해 돌진해 왔다. 〈테이아 7〉이 나타난 것이다.

하지만 나는 예전과 달리 불안감조차 느끼지 않았다. 소행성들의 공격에 대처하는 것은 인간들 말마따나 〈판에 박은 일〉이 되어 가고 있었다.

이번 소행성은 크기가 작았다. 지름이 수십 킬로미터밖에 되지 않았다. 일이 잘못되더라도 내 표면에 커다란 분화구 같은 구멍 하나가 생기는 것으로 그칠 것 같았다. 그건 나를 죽일 만한 소행성이 아니었다.

인간들은 그 소행성을 발견하자마자 우주선을 발사대에 세우고 출격 채비를 갖췄다. 내가 기억하기로 그 우주선은 〈림프구 21호〉였다.

우주선이 이륙했다. 경험이 많은 소인 우주 비행사들을 태운 이 우주선에는 〈테이아 7〉을 쉽게 박살 낼 수 있는 핵폭탄이 실려 있었다. 당시에 인간들은 그런 기술에 충분히 숙련되어 있었다.

그런데 우주선이 이륙한 뒤에 뜻하지 않은 일이 생겼다. 우주 비행사들 사이에 말다툼이 벌어진 것이다. 이른바 〈인간의 심리적 요인〉이 문제였다.

그들의 대화는 마이크를 통해 포착되어 무선 통신을 통해 전달되고 있었다. 내가 그 의미를 제대로 파악한 것이라면, 그건 종교에 관한 이야기였다.

우주선에 탑승한 소인들은 모두 신앙인이었다. 거인들이 그들을 통제하기 쉽도록 종교를 가르친 것이었다.

이 소인들은 소행성을 향해 날아가던 도중에 경전의 해석을 놓고 입씨름을 벌였다. 한쪽에서는 신들이 죽는다고 했고, 다른 쪽에서는 신들이 불사의 존재라고 주장했다.

종교가 있다 한들 그 뒤에 지성이 없다면 무슨 쓸모가 있는가?

과학 기술이 있다 한들 그 뒤에 의식이 없다면 무슨 쓸모가 있는가?

작은 조종실에서 견해가 다른 신앙인들 사이에 고성이 오갔다. 그들은 저마다 자기 생각이 옳다고 확신하고 있었다.

그건 내가 전혀 예상하지 못한 일이었다.

우주 비행사들은 소행성을 폭파하는 데 쓰기로 되어 있는 핵폭탄을 옆에 두고 서로 욕설을 퍼붓고 으름장을 놓더니 급기야는…… 몸싸움을 벌였다.

# 동화(同化)의 시기

## 19

오스트리아 수도 빈의 법원 입구. 정의의 신을 형상화한 조각상이 서 있다. 낙낙하고 긴 겉옷 차림의 여인이 얼굴에 미소를 머금고 눈을 가린 채로 한 손에 저울을 들고 있다. 죄인들이 저지른 잘못의 무게를 단다는 그 저울이다.

프랑스에서 빈으로 날아온 나탈리아 오비츠 대령, 다비드 웰스 박사, 그리고 오로르 카메러 박사는 택시에서 내려 무리를 짓고 있는 기자들 앞에 다다른다. 세 사람 모두 선글라스를 쓰고 있음에도 수십 명의 사진 기자들이 즉시 알아보고 플래시를 터뜨린다. 이들은 몇 시간 전부터 거기에 진을 치고 세 사람을 기다리고 있었다.

기자들이 웅장한 청사 입구에 몰려 있기 때문에 〈피그미 프로덕션〉의 세 대표자는 법원 안으로 들어가는 데 애를 먹는다. 통로를 확보하기 위해 쳐놓은 경찰 통제선도 아무 소용이 없다. 그들의 변호사와 통역이 앞장서서 빽빽한 군중을 헤치며 길을 틔우려고 애쓴다.

길을 막고 있는 사람들 사이에서 아우성과 탄성이 일어난다. 독일어로 외치는 소리라서 세 프랑스인을 성원하는 것인지 욕하는 것인지 알 수가 없다.

기자들의 질문이 쏟아지자 세 사람은 말하지 않겠다는 뜻의 신호를 보내고 사진 찍히기를 거부하는 몸짓을 보인다.

그게 구경꾼들을 더욱 흥분시킨 듯 아우성이 높아지고 사진 기자들도 더욱 극성을 부린다.

이웃고 세 프랑스인은 빈 경범 재판소의 대법정에 들어선다. 그들의 자리는 왼쪽 원고석에 마련되어 있다.

방청객들이 모두 들어오자 정리들이 문을 닫는다.

서기가 판사들의 입정을 알린다. 검은 법복을 입고 목에 하얀 장식 띠를 두른 판사들 세 명이 들어온다.

재판장은 육덕이 좋은 금발 머리 여자인데 화장이 너무 짙어서 우스꽝스러운 느낌을 준다. 그녀가 정숙을 요구하며 법봉을 두드리자 방청객들은 조용히 자리에 앉는다. 재판장의 손짓에 따라 옆쪽 문이 열리고, 피고인과 그의 변호사가 들어온다.

피고인 쿠르츠 박사는 풍채가 좋은 사람이다. 오스트리아 티롤 지방 스타일의 완벽한 정장을 입고 있다. 그는 여러 방청객을 알아보고 눈인사를 건넨다.

재판장은 한쪽 배석 판사를 향해 고개를 끄덕인다. 그러자 배석 판사는 고소장의 요지를 읽어 내려간다.

통역이 배석 판사의 말을 그대로 옮겨 준다.

「……〈피그미 프로덕션〉사의 에마슈들을 해친 혐의로 고소하였습니다. 의료 활동을 보조하게 할 목적으로 임대해 준 에마슈들을 본래의 임무에서 벗어난 사적인 용도로 사용하다가…… 심한 손상을 가함으로써 원상을 회복할 수 없게 만들어 버렸다는 것입니다. ……사건의 직접적인 당사자는 법적인 책임을 질 수 없는 미성년자라서 그 아버지가 피고인이 되었습니다. ……원고 측의 변호인에게 먼저 발언권을 드리겠습니다.」

프랑스인들의 위임을 받은 오스트리아 변호사가 자리에서 일어나 판사들을 마주 본다. 프랑스인들은 통역을 통해 그의 말을 전해 듣는다.

「말씀을 드리기에 앞서 동영상을 먼저 보여 드리겠습니다.」

그의 요구에 따라 조명이 꺼지고 프로젝터의 화면에 불이 들어온다. 그는 자기 컴퓨터를 프로젝터에 연결한다. 동영상이 나오기 시작한다.

먼저 검은 바탕에 빨간 글씨로 쓴 제목이 나타난다. 〈피 흘리는 인형들 1〉이라는 뜻의 영어다. 이어서 쿠르츠 박사의 아들이 등장하여 인사를 하고 자기소개를 한다. 그런 다음 카메라를 돌려 여러 가지 수술칼이며 집게며 칼이며 가위를 보여 준다. 이어서 나무 받침대 위에 묶어 놓은 세 명의 에마슈가 나타난다. 에마슈들은 겁에 잔뜩 질린 채 바둥거린다.

빌프리트라는 이름의 이 소년은 음악을 튼다. 바그너의 음악극 「발퀴레」에 나오는 「발퀴레의 말타기」이다. 소년은 꼼짝 못 하게 묶어 놓은 세 에마슈를 천천히 베고 째면서 고통을 가한다. 에마슈들의 날카로운 울부짖음이 관현악의 크레셴도와 뒤섞인다.

에마슈들은 목이 잘린 채 죽어 버리고 그로써 학대 장면이 끝난다. 동영상의 마지막 장면에서 빌프리트는 다시 카메라를 보며 인사를 하고, 알림판을 들어 올린다. 〈피 흘리는 인형들 2〉가 곧 나올 테니 기대하라는 뜻의 영어가 적혀 있다.

법정의 조명이 다시 들어온다. 변호사는 인터넷에 올린 이 동영상을 이미 20만 명이 보았고, 그 누리꾼들 가운데 30퍼센트 이상이 〈좋아요〉를 눌렀다고 설명한다.

재판장은 주의 깊게 듣는다. 통역은 변호사의 말을 프랑스 고객들에게 빠르게 옮겨 준다.

「……이 에마슈들은 〈피그미 프로덕션〉이 쿠르츠 박사를 믿고 파견한 외과 수술 전문가들이었습니다. 〈피그미 프로덕션〉은 임대 계약을 맺고 정해진 날짜와 시각에 맞춰 에마슈들을 쿠르츠 박사의 의원에 보냈습니다. 하지만 이 에마슈들은 의료 임무를 제대로 수행해 보지도 못하고, 가학증에 걸린 한 소년의 저열한 욕구를 충족시키는 데 사용되었습니다. 이 괴물 같은 소년은 그런 학대 행위를 또다시 자행하겠다고 예고하기까지 합니다. 소년은 도착 상태에 빠진 채 자기의 덩치와 힘을 악용하여 약자를 괴롭히고 있습니다. 소년의 행위는 야만적이고 계획적인 범죄입니다. 일벌백계 차원에서 엄한 처벌을 내려야 합니다. 소년의 법정 대리인인 아버지에게 3년의 징역형을 내릴 만합니다. 또한 살해당한 에마슈들의 소유주인 〈피그미 프로덕션〉 측에 10만 유로의 손해 배상이 지급되어야 합니다. 그와 더불어 저는 빌프리트 군에 대한 상징적인 처벌도 요구합니다. 예를 들어 소년원에 송치하여 2주 동안 교육을 받게 하는 처분을 내리되, 보호관찰을 조건으로 집행을 유예하면 될 것입니다.」

방청석에서 몇 사람이 분노를 표시하고 변호사에게 야유를 보낸다.

반면에 쿠르츠 박사의 표정은 무덤덤하다. 원고 측에서 뭐라고 주장하든 관심이 없다는 투다. 변호사가 발언하는 도중에 손톱 다듬는 줄을 꺼낸 뒤로는 그저 손톱만 꼼꼼하게 문지르고 있다.

이어서 발언권이 피고 측 변호사에게 넘어갔다. 오비츠

대령 옆에 앉은 통역은 나직한 소리로 그 변호사의 말을 옮긴다.

「……에마슈들은 신분증도 없고 국적도 없습니다. 어느 나라 가족 등록부에도 그들에 관한 기록이 없습니다. 우리는 그들의 부모가 누구인지 그들이 언제 출생했는지 알지 못합니다. 따라서 에마슈들은 우리가 키우는 동물에 가깝습니다. 그런 동물들을 죽였다는 이유로 인간을 벌할 수는 없습니다. 그 인간이 법적인 책임을 지울 수 없는 14세 소년일 때는 더더욱 그러합니다.」

방청석에서 웃음이 터져 나온다.

「만약 이 소년을 죄인으로 몬다면, 개구리들에게 폭죽을 던지며 장난을 쳤던 소년들도 벌해야 할 것입니다. 그런 행위는 가학증이나 도착에 기인한 범죄가 아니라 그저 아이들의 장난일 뿐입니다. 어린 시절에 뱀이나 도마뱀을 상대로 분풀이를 하며 장난을 쳐보지 않은 분이 있다면, 그분이 먼저 우리 빌프리트에게 돌을 던지십시오.」

방청석에서 키득거리는 소리가 인다. 뚱뚱한 금발 머리 재판장조차 미소가 번지는 것을 참지 못한다. 방청석에서 한 여자가 일어나더니 박수를 치면서 독일어로 무슨 말을 지껄인다. 그 말에 여러 방청객이 웃음을 터뜨린다.

피고 측 변호사는 그 반응을 즐기며 찬동의 수군거림이 더 일도록 뜸을 들이다가 말을 잇는다.

「저 역시 어렸을 때 개미굴에 휘발유를 붓고 불을 지르면서 놀았고, 민달팽이에게 소금을 뿌려서 그 미물들이 고통에 겨워 몸을 비비 꼬는 것도 보았습니다. 솔직히 말씀드리자면, 부모님이 키우시던 화초에 오줌을 눈 적도 있고 어항에 세제를 넣어서 금붕어들을 죽인 적도 있습니다. 심지어는 동무들과 패거리를 지어 떠돌이 개에게 돌팔매질을 하며 장난을 치다가 그 개를 죽이기까지 했습니다.」

오비츠 대령은 턱을 앙다문다. 오로르와 다비드는 냉정을 잃지 않으려고 애쓴다.

피고 측 변호사는 방청객이 모두 자기편이라는 듯 점점 느긋한 태도를 보인다.

「동물을 학대하는 것은 세계 전역에서 널리 행해지는 아이들의 장난입니다. 투우는 동물을 학대하는 대표적인 경기이지만, 몇몇 나라에서는 어른들을 위한 전통적인 공연의 반열에 올라 있습니다. 그런 나라들에서 투우사에게 벌금형이나 징역형을 내리던가요? 아닙니다. 오히려 국가 원수들이 투우장에 가서 공연을 관람하는 판국입니다. 만약 아들이 대수롭지 않은 장난을 쳤다는 이유로 쿠르츠 박사에게 벌을 내려야 한다면, 변호사들과 판사들을 포함해서 이 나라 인구의 반은 감옥에 들어가야 할 것입니다. 아이들이 자연을 배우기 위한 활동을 하다 보면 동물들을 상대로 서툴게 장난을 칠 수도 있는 법인데, 그런 자녀들을 둔 부모는 모두 죄인이 되어야 하는 셈입니다.」

다시 몇몇 방청객이 웃음을 터뜨리고 박수를 친다. 재판장은 어쩔 수 없이 법봉을 두드리며 정숙을 요구한다.

쿠르츠 박사는 여전히 태연하게 굴면서 손톱에 계속 줄질을 하고 있다.

피고 측 변호사는 방청객들의 호응을 흐뭇하게 여기며 변론을 이어 간다.

「제 요구는 간단합니다. 이건 죄가 성립되지 않는 사건입니다. 프랑스 고소인들은 고소를 취하하고 쿠르츠 박사에게 사과해야 합니다. 이 고소는 도를 넘어선 것입니다. 쿠르츠 박사는 〈피그미 프로덕션〉의 고객이고 오스트리아의 훌륭한 시민입니다. 법정에서 잘잘못을 따질 가치도 없는 사소한 일을 가지고 그의 명성에 누를 끼치려 해서는 안 됩니다.」

다시 방청석에서 지지를 표명하는 소리가 인다. 그러자 재판장은 법봉으로 그 받침이 아니라 아예 책상을 두드리면서 정숙을 요구한다. 그러더니 목소리를 높여 재판부가 충분히 숙고할 수 있는 시간을 갖기 위해 잠시 휴정하겠다고 선언한다.

〈피그미 프로덕션〉의 세 대표자는 법정에 딸린 대기실로 간다. 변호사가 뒤따라 들어오더니, 독일어 억양이 아주 강한 프랑스어로 말한다.

「걱정하지 마세요. 피고 측이 이길 가능성은 전혀 없어요. 판사들은 에마슈들이 학대당하는 장면들을 보았어요. 피고 측이 무슨 논거를 대든, 바그너의 음악을 배경으로 펼쳐지는 그 학대 장면들이 너무나 끔찍해서 아무리 무감한 사람이라도 영향을 받지 않을 수가 없습니다.」

다비드는 회의적인 표정으로 반박한다.

「방청객들이 모두 그쪽을 지지하던걸요.」

「그건 그저 쇼비니즘에서 나온 반응입니다. 쿠르츠는 이곳의 명사예요. 반면에 당신들은 이곳 사람들에게 분란을 일으키려고 하는 이방인들로 비칠 뿐이죠. 하지만 동영상을 보는 것만으로 충분합니다. 카메라 앞에서 한 소년이 냉소를 흘리면서 세 여자를 괴롭히고 있어요. 그 장면은 다른 논거들을 모두 뒤집어엎을 만한 명백한 증거예요.」

나탈리아는 대꾸하지 않는다. 그녀 역시 확신을 못 하는 눈치다. 하지만 오로르는 변호사와 생각이 같다.

「이 양반 말이 맞아요. 나는 일이 잘 돌아갈 거라고 확신해요.」

「내 눈에는 쿠르츠 박사라는 작자가 너무 태연해 보이던걸.」

다비드가 볼멘소리를 내뱉자, 변호사는 고개를 가로젓는다.

「제가 장담합니다. 아무 걱정 마세요. 동영상이 상영되는 동안 제가 판사들을 눈여겨보았습니다. 오른쪽에 앉은 판사는 그 끔찍한 장면들을 보지 않으려고 손으로 눈을 가렸어요. 왼쪽에 앉은 판사는 입술을 깨물었고요.」

오로르가 거든다.

「나도 그때 판사들을 살펴봤어요. 아닌 게 아니라 역겹다는 듯한 표정들을 짓고 있더라고요.」

얼마쯤 지나서 벨 소리가 울린다. 세 판사가 숙고를 마치고 다시 입정할 준비가 되어 있음을 알리는 소리다.

재판장이 배석 판사들을 대동하고 들어와 좌정한 뒤에 판결한다.

「양쪽의 주장을 듣고 충분히 숙고한 뒤에 우리는 이런 결론에 도달했습니다. 세 에마슈의 죽음은 법률에 비추어 살인으로 간주될 수 없습니다. 살인이 성립되려면 말 그대로 죽임을 당한 사람이 있어야 하는데, 이 사건의 경우에는 사람이 죽었다고 말할 수가 없기 때문입니다.」

그러자 몇몇 방청객이 승리의 환호성을 내지른다.

「그러나…….」

재판장은 잠시 정적이 감돌게 한 뒤에 말을 잇는다.

「우리가 분명하게 확인한 사실이 있습니다. 에마슈들은 공장에서 생산된 제품들과 비슷하다고 볼 수 있는데, 쿠르츠 박사는 이 에마슈들을 빌려다가 손상한 뒤에 법적 소유주인 〈피그미 프로덕션〉에 돌려주지 않았습니다. 따라서 수탁인으로서 보관하고 책임져야 할 재산을 의도적으로 훼손한 죄가 인정됩니다. 우리는 이와 같은 범죄에 딱 들어맞는 법률 조항을 찾아낼 수 없었기 때문에, 부득이하게 이 범죄를 〈렌터카와 유사한 임대 물품의 훼손과 미반환〉으로 규정했습니다.」

다비드는 통역을 통해 재판장의 말을 전해 듣고 벌떡 일어서며 소리친다.

「뭐라고요? 우리 에마슈들이 자동차와 비슷하다고요?」

변호사는 즉시 그를 도로 앉히고 선고가 끝나기를 기다리라고 이른다. 재판장의 말이 이어진다.

「그에 따라 우리는 에마슈 한 명의 가치를 사실상 낮은 등급의 렌터카 한 대와 비슷한 것으로 보고 그런 렌터카 세 대를 훼손한 것에 해당하는 배상금을 부과할 수 있으리라고 판단했습니다. 여기에서 말하는 훼손은 다른 고객들에게 다시 임대하기가 불가능할 만큼 완전히 파괴했다는 뜻입니다.」

방청객들은 놀란 기색을 보인다. 통역은 재판장의 다음 말을 거의 동시에 옮겨 준다.

「……그러니까 우리가 보기에 사건의 요지는 이렇습니다. 쿠르츠 박사는 〈피그미 프로덕션〉사에서 에마슈 세 명을 임차했고, 그의 아들은 이 에마슈들을 다른 고객들이 다시 사용할 수 없을 정도로 훼손했습니다. 우리는 이 범죄의 실상을 확인했고, 에마슈 한 명당 1만 유로씩 도합 3만 유로의 상업적 손실이 발생한 것으로 산정했습니다. 쿠르츠 박사는 이 금액을 〈피그미 프로덕션〉의 대표자들에게 지급해야 합니다.」

방청석에서 휘파람과 야유가 터져 나온다. 재판장은 침착하게 선고를 이어 간다.

「또한 쿠르츠 박사는 세 에마슈의 잔해를 법적인 소유주에게 돌려주어야 합니다. 소유주 측에서는 완전히 망가진 렌터카를 폐차장에 팔아 버리는 것과 유사한 재활용 방식을 생각할 수 있기 때문입니다.」

방청객들의 반응이 한층 격렬해진다. 그것을 보고 오로르가 통역에게 묻는다.

「판결이 부당하다고 항의하는 건가요?」

「꼭 그렇다고 볼 수는 없습니다. 저들은 비싼 배상금을 물리는 게 부당하다고 생각합니다.」

재판장은 다시 법봉을 두드린다. 마침내 방청석이 조용해진다.

다비드가 소리친다.

「우리는 항소하겠습니다. 이 말을 통역해 주세요!」

그러자 변호사가 말한다.

「아닙니다, 그러지 마세요. 그래 봤자 아무 소용이 없을 겁니다. 오히려 당신들에게 더 불리한 결과가 나올 수도 있어요.」

판사들은 프랑스인들의 반응을 궁금해하는 기색이지만, 통역은 침묵을 지킨다.

다비드가 다시 소리친다.

「항소합시다!」

「잠깐, 이렇게 흥분하면 안 돼요.」

나탈리아가 나서며 통역에게 아무 말도 옮기지 말라고 신호를 보낸다.

「분노에 휩쓸리면 무슨 일이든 제대로 해낼 수가 없어요. 군중의 압박에 휘둘리면 더더욱 그렇고요. 나가서 차분하게 생각합시다.」

쿠르츠 박사는 태연하게 손톱 손질 도구 세트를 챙겨 넣고 자기 변호사와 힘차게 악수를 나눈다.

그러고는 밖에 있던 아들을 다시 만나, 재판 결과에 대한 소감을 듣고 싶어 하는 기자들을 마주한다.

나탈리아의 요구에 따라 통역이 아들의 말을 옮긴다.

「쿠르츠 박사의 아들이 말합니다. 〈예술적인 표현의 자유가 검열에 맞서 승리를 거둔 것입니다. 저는 더 좋은 화질의 동영상을 만들어서 인터넷을 통해 판매할 생각입니다. 판매 동영상에는 제가 이제껏 유포하기를 망설였던 장면들이 보너스로 들어갈 것입니다.〉」

소년은 프랑스인들 쪽을 돌아보며 승리의 손짓을 보낸 다음, 기자들에게 무언가를 설명한다.

다비드가 버럭 소리를 지른다.

「저 애가 뭐라는 겁니까?」

통역은 주저하다가 말을 옮긴다.

「여러분을 고맙게 생각한답니다.」

「왜요?」

「소송이 시작된 뒤로 동영상에 접속하는 누리꾼들의 수가 다섯 배 늘었답니다. 〈피 흘리는 인형들〉의 다음 에피소드들을 보기 위해 기꺼이 돈을 내겠다면서 벌써 사전 주문을 하는 사람들도 있답니다. 주문 총액이 배상금 3만 유로를 훨씬 웃돌고 있기 때문에 남은 돈으로 비디오 장비를 더 사서 숏을 늘리고 화질을 개선할 수 있을 거랍니다.」

「우리가 녀석에게 에마슈들을 임대하는 일은 절대로 없을 거라고 말해 주세요.」

통역이 나탈리아의 그 말을 소년에게 옮긴다. 소년의 독일어 대답에 사람들이 웃음을 터뜨린다. 통역이 다시 설명해 준다.

「소년은 자기가 직접 에마슈들을 빌리지 않더라도 친구들을 통해 구할 수 있으니 문제가 없을 거라고 합니다. 그 작은 여배우들을 대신 빌려서 제공해 줄 준비가 되어 있는 사람은 얼마든지 있을 거라네요. 다시 한번 여러분에게 감사를 표한답니다.」

금발 머리 소년은 몸을 구부려 인사를 올리는 시늉을 하더니, 프랑스인들을 향해 입맞춤을 보낸다.

쿠르츠 박사는 아들의 용기와 모험심을 대견스럽게 여기며 환하게 미소를 짓는다. 그러더니 짐짓 안쓰러워하는 표정으로 세 프랑스인을 보면서 영어로 한마디 말을 내뱉는다. 통역을 거치지 않고도 알아들을 수 있으리라 확신하고 한 말이다.

「루우우우저스!」

그 순간 다비드는 자제력을 잃고 박사에게 덤벼든다. 박사는 강펀치 한 방을 맞고 허리를 꺾으며 몸을 웅크린다. 다비드는 여세를 몰아 어퍼컷을 날린다. 박사는 입술이 찢어진 채로 다시 윗몸을 일으킨다. 다리를 휘청거리면서도 쓰러지지 않고 몸을 가눈다. 방어 동작은 전혀 취하지 않는다. 그러자 다비드는 다시 덤벼들어 상대의 얼굴에 어린 미소를 박살 낸다.

사진 기자들의 플래시가 터진다.

쿠르츠 박사는 얼떨떨한 기색으로 바닥에 쓰러져 있다가 천천히 일어선다. 그러더니 터진 입술, 피범벅이 된 입으로 다시 내뱉는다.

「루우우우버브!」

다비드는 발을 내질러 상대의 갈비뼈 부위를 가격한다.

통역은 뒷걸음질을 친다. 자기는 그토록 난폭한 외국인들과 아무 상관이 없다는 것을 보여 주려는 행동이다.

경찰관들이 개입하여 〈피그미 프로덕션〉의 세 대표자를 체포한다.

이 프랑스인들은 곧 즉결 심판을 받는다. 판사는 이들이 야기한 소동을 검토하고 나서, 그들을 국경 밖으로 추방할 것과 한시적으로 오스트리아에 재입국하지 못하게 할 것을 명령한다.

## 20

에마 109는 텔레비전을 끄고 숨을 깊이 들이마신다.

이제 다른 건 몰라도 그거 하나는 분명해.

그녀는 재판장의 판결을 들었다. 그 문장이 아직 머릿속에서 울린다. 판사의 말대로라면 에마슈들을 죽이는 것은 살인이 아니다. 에마슈들은 인간이 아니기 때문이다.

그녀는 마른침을 삼킨다.

다비드신이 생존 기술에 관해서 가르칠 때 했던 말이 생각

난다. 〈시련이 우리를 나아가게 하고 우리를 더 높은 단계로 끌어올린다.〉

우리 민족은 어마어마한 시련을 겪고 있다. 그런데 무엇보다 놀라운 일은 내가 아마도 그런 사정을 진정으로 깨닫고 있는 유일한 에마슈일 거라는 사실이다.

에마 109는 이제껏 경험해 보지 못한 무언가를 느낀다. 절실하게 사무쳐 오는 어떤 감정, 씁쓸하기 이를 데 없는 어떤 감정이 머릿속을 불태운다.

우리가 인간이 아니라고?

우리가 그들을 위해서 행한 그 모든 일의 결과가 고작 이것이란 말인가! 우리는 그들의 목숨을 구하고 그들을 치료하고 그들이 그르친 일을 바로잡아 주기도 했는데, 그들은 우리가 인간이 아니라고 생각한다?

분명히 어떤 감정이 치밀어 오르는데, 그것의 실체를 규명하기가 쉽지 않다.

그때 밖에서 누가 무언가를 긁어 대는 소리가 들린다. 들쥐 한 마리가 그녀의 요새 안에 침입했다. 아마도 천장을 통해서 들어왔을 것이다. 침입자는 그녀가 사육하는 살진 쥐들을 공격했다. 에마 109는 손수 제작한 쇠뇌를 집어 들고 침입자의 정면에 자리를 잡는다.

놈이 이빨을 드러내며 식식 소리를 낸다. 그러다가 펄쩍 뛰어오른다. 에마 109는 화살을 날려 놈의 목을 정통으로 맞힌다. 들쥐는 고통에 겨워 몸을 뒤틀며 꼬리로 허공을 친다. 가느다란 가죽끈이 허공을 가를 때처럼 음산한 소리가 난다.

고통을 겪지 않고 발전하는 것이 가능할까?

내가 이 은신처에 혼자 살면서 인터넷을 통해 세상의 모든 지식을 내 것으로 만든다면 나는 더 나은 존재가 될 것이다. 하지만 세상에서 벌어지는 일들을 보고 있으면 위험을 무릅쓰고 현실에 맞서야 하리라는 생각이 든다. 현실에 맞서자면 새로운 시련들을 각오해야 한다.

우리는 행동을 통해서 경험을 얻는다. 그 과정은 지적일 뿐만 아니라 신체적이다. 행동은 우리 몸의 세포 속에 그 흔적을 남긴다. 나는 그동안 관객처럼 세상을 바라보며 사유를 해왔다. 이제는 관객 노릇을 그만두고 배우가 되어야 한다. 내가 수행해야 할 아주 중요한 일이 있기 때문이다.

내 민족을 구원해야 한다.

에마 109는 들쥐의 시체를 냉장고 쪽으로 끌고 가서 조각조각 자른다.

그 일을 마치자 자기의 가장 훌륭한 전우였던 에마 523의 팔찌를 다시 꺼내 든다. 에마 523은 이란 군인들에게 붙잡혀 고문을 당한 뒤에 하나의 전리품으로 UN 회의장에서 공개된 바 있다. 에마 109는 팔찌를 실에 매달아 목걸이처럼 목에 두른다.

그녀는 에마 523을 다시 생각한다. 그리고 쿠르츠 박사와 오스트리아 판사의 모습을 머릿속에 그린다. 그러자 마음속을 어지럽히던 감정들을 하나로 아우를 수 있는 말이 비로소 떠오른다.

그 단어는 〈분노〉이다.

그녀는 숨을 깊이 들이마신다.

이런 감정에 휩쓸리지 말고, 이것이 가져다주는 에너지를 활용해야 해.

에마 109는 무엇이든 할 수 있다는 자신감을 느끼며 컴퓨터를 켠다. 그런 다음 뉴욕과 오스트리아 빈 사이를 내왕하는 항공편에 관한 정보를 얻어 낸다.

이어서 그녀는 지상으로 나가 쓰레기장을 뒤진다. 자기 임무에 필요한 장비를 찾기 위함이다.

그녀는 센트럴 파크 한복판에 있는 에마 523의 무덤을 다시 찾아가서, 팔찌로 만든 목걸이를 꼭 쥐면서 큰 소리로 말한다.

「너한테 약속한 대로 그 일을 할 거야. 내 동생아, 원수를 갚아 줄게.」

## 21

**백과사전: 키티 제노비스 신드롬**

키티 제노비스는 뉴욕시 퀸스구의 어느 바에서 종업원으로 일하던 28세 여자였다. 1964년 3월 13일, 그녀는 근무를 마치고 집으로 돌아가던 길에 괴한의 습격을 당한다.

괴한은 칼로 그녀를 찌른다. 그녀는 있는 힘을 다해 소리친다. 〈오 마이 갓! 이 남자가 칼로 나를 찔렀어요! 도와주세요!〉

이 습격 사건은 그 뒤로 35분 동안 이어진다. 장소는 그녀가 살던 집 근처의 보도이다. 길 양쪽에는 건물들이 늘어서 있다. 피해자는 계속 소리를 치고 도움을 요청한다. 창문들에 불이 들어오고 사람들이 밖을 내다본다. 수사 결과에 따르면 범행 장면을 보고 피해자의 절규를 들은 사람이 적어도 서른여덟 명에 달한다고 한다.

어느 집 창문에서 한 남자가 머뭇머뭇 소리친다. 〈그 여자를 놔둬요!〉 범인은 그 말 한마디에 불안을 느끼고 죽어 가는 피해자를 버려둔 채 달아난다. 하지만 아무도 피해자를 도우러 가지 않고 아무도 경찰에 신고하지 않는다.

그러는 사이, 현장에서 멀어져 갔던 범인은 자기가 공연히 불안에 사로잡혔다고 생각한다. 피해자가 나중에 자기를 알아볼 수 있으리라는 데에도 생각이 미친다. 그래서 피해자를 완전히 죽일 생각으로 돌아간다. 키티 제노비스는 다시 도와 달라고 소리친다. 하지만 아무도 반응을 보이지 않는다. 범인은 여자를 칼로 더 찌르고 겁탈까지 자행한 뒤에 유유히 사라진다.

이 살인 사건은 미궁에 빠진 채 그대로 종결될 수도 있었다. 그런데 엿새 뒤에 범인이 체포되었다. 결혼해서 자식까지 둔 윈스턴 모즐리라는 남자가 강도 짓을 하다가 붙잡힌 것이다. 경찰에서 신문을 받던 도중에 범인은 키티 제노비스를 살해했다고 스스로 고백했다. 경찰관들이 그 사건에 관해서 묻지도 않았는데 자백이 나온 것이다.

「뉴욕 타임스」의 기자 마틴 갠스버그는 이 사건을 대서특필하여 단순한 살인 사건을 훨씬 넘어서는 중대한 사회 문제가 담겨 있음을 부각시킨다. 기자는 이런 질문을 제기한다. 〈어엿한 시민 서른여덟 명이 강간 살인 현장을 목격하고 도와 달라고 외치는 소리를 들었음에도 왜 아무런 행동을 하지 않았을까?〉

기자는 그 서른여덟 명의 이웃 사람들이 어떤 식으로 변명을 했는지 조사한다. 〈연인 사이인 두 남녀가 싸우는 줄 알았다〉는 사람, 〈우리 집 창문에서는 제대로 볼 수가 없었다〉는 사람, 〈남의 일에 끼어들고 싶지 않았다〉는 사람이 있었는가 하면, 심지어는 〈피곤해서 귀를 막고 침대로 돌아갔다〉는 사람도 있었다.

그 뒤에 심리학자 라터네이와 달리는 범행 장면을 목격한 사람들의 행동에 영향을 미치는 요소들을 연구하고 〈키티 제노비스 신드롬〉이라는 용어를 만들어 낸다. 그들의 연구에 따르면 범행의 목격자들은 다음과 같은 것들에 영향을 받는다.

• 자신에게 뒤탈이 생길 것에 대한 두려움. 〈살인자가 나에게 원한을 품게 해서는 안 된다.〉

• 남이 하는 대로 따라 하려는 태도. 〈먼저 남들이 어떻게 하는지 보고 그와 똑같이 하겠다.〉

• 그릇된 판단에 대한 우려. 〈눈앞에 벌어지고 있는 일을 심각한 것으로 오판하면 안 된다. 자칫하면 나 자신이 웃음거리가 된다.〉

• 책임 회피. 〈나보다 능력 있고 경험 많은 사람들이 있는데, 왜 내가 나선단 말인가?〉

그런 행동은 교정에서 쉬는 시간에 처음 생겨나는 것으로 보인다. 우리는 힘없는 아이들이 아무런 저항도 하지 못하고 난폭한 아이들에게 괴롭힘을 당하거나 돈을 빼앗기거나 구타당하는 것을 종종 보았다. 그럴 때 우리는 누구나 이렇게 자문할 수 있다. 〈만약 우리가 1964년 3월 13일에 그 거리에 있었다면, 그래서 피해자는 도와 달라고 애원하고 불이 켜진 집들의 창가에서 사람들이 내다보고 있는 것을 보았다면, 우리는 어떻게 행동했을까?〉

에드몽 웰스, 『상대적이며 절대적인 지식의 백과사전』 제7권

## 22

그리하여 우주 비행사들은 〈림프구 21호〉의 작은 조종실에서 주먹질과 발길질을 하며 서로 싸웠다.

지상의 관제 팀들은 카메라를 통해 그 소동을 알아차렸지만 원격으로 개입할 수는 없었다.

한순간, 패배감에 사로잡힌 한 우주 비행사가 총을 꺼내어 사격을 가했다. 총알은 표적을 벗어나 우주선 벽에 구멍을 뚫었다. 우주선 내부의 압력이 갑자기 저하되면서 조종실

에서 폭발이 일어나고 그들 모두가 허공으로 날아갔다. 그들의 우주복은 아직 시신을 담은 채로 우주 공간에서 떠돌고 있으리라.

막상 이야기를 하다 보니, 그 모든 일이 너무나 우스꽝스러워 보인다. 신들의 불멸성을 놓고 입씨름을 벌이다가 그토록 중요한 임무를 망치다니……. 얼마나 어리석은 일인가!

지상의 인간들은 그 사태의 결과를 즉시 알아차렸다. 다른 우주선을 보내기에는 너무 늦었다. 사실, 우주선의 성능을 개선해서 〈림프구 21호〉를 건조한 뒤에 이전의 우주선들은 쓸모가 없으리라 생각하고 모두 파괴해 버린 마당이다.

그들은 앞선 성공에 안주했다. 자기들이 미니 인간들을 완전히 통제하고 있다고 여기면서 그들의 심리적인 요인을 소홀하게 다뤘다.

이제 무슨 일이 벌어질지는 굳이 샤먼의 경고를 듣지 않더라도 누구나 예상할 수 있었다. 〈림프구 21호〉의 저지 작전이 실패로 돌아감에 따라 소행성 〈테이아 7〉은 비행을 계속하여 마침내 내 표면을 덮칠 것이었다. 그 무엇도, 그 누구도 재앙을 막을 수 없었다.

## 23

유성 하나가 보랏빛 감도는 밤하늘을 가른다.

어머니 무덤 앞에 선 다비드 웰스. 세상 부모들이 자식들에게 무어라고 가르치는지를 놓고 생각에 잠겨 있다. 부모들은 아이들을 다독여 미래로 열심히 나아가게 하고 싶어 한다. 그래서 개개인이 나아가는 방향은 당연히 성장하고 높이 올라가는 것, 부유해지고 갈수록 강력해지는 것이라는 믿음을 자식들에게 심어 주려고 한다. 성장하지 않으면 행복할 수 없다는 식이다.

그런 가르침은 너무 단순하지 않은가.

오로르 카메러가 그를 만나러 온다.

「마음이 아파.」

그 나직한 속삭임을 듣고 오로르를 바라본다. 뺨에 눈물 자국이 보인다.

「아니…… 울었어? 쿠르츠 재판 때문에 그래? 그 정도로 마음이 아픈 거야?」

오로르는 길게 늘어뜨린 머리채를 흔든다.

「펜테실레이아하고 싸웠어. 최근에 벌어진 일들 때문에 스트레스가 많았나 봐. 아무튼 우리 두 사람 사이에 갈등이 생긴 지는 오래됐어.」

오로르는 그에게 다가들어, 묘석과 테라코타 화분 속에 심어 놓은 나무를 바라본다.

「펜테실레이아는 질투심이 아주 강해. 사소한 일을 놓고 걷잡을 수 없이 화를 내. 그야말로 지킬 박사와 하이드 씨야. 어느 날은 다정하고 부드럽게 굴다가 이튿날이 되면 독살스럽게 변해서 울부짖어. 너하고 나 사이에 은밀한 묵계가 있다면서 생떼를 쓰기도 해. 때로는 그녀가 무서워.」

「갈등의 원인이 뭐야?」

「그녀의 주장으로는…… 내가 무의식적으로 남자들을 사랑한대.」

또 하나의 유성이 밤하늘을 가른다. 이번에는 더 빠르게, 더 밝은 빛을 내면서 다른 방향으로 떨어진다.

그녀가 말을 잇는다.

「내 생각에 커플이란 하나의 작은 사회야. 생겨나서 자라고 죽지. 두 사람이 만나 짝을 이루면 아주 작은 규모의 세계가 만들어지는 거야. 그런데 놀라운 것은 짝을 이룬 두 사람 사이에서 또는 가족 내부에서 폭력이 발생한다는 사실이야. 남에게는 절대로 행사하지 않는 극단적인 폭력을 가장 가까운 사람에게 휘두르기도 해.」

마침 달빛이 구름 사이로 새어 나오자, 그는 그녀를 찬찬히 살핀다. 뺨에 난 상처가 비로소 눈에 들어온다.

「둘이 치고받고 싸운 거야?」

「그녀가 술을 마셨어. 술을 마시면 강짜가 더 심해져. 꼭 편집증 환자 같아. 그녀는 너와 내가 잠자리를 했다고 확신하고 있어.」

그는 고개를 설레설레 흔들더니 그녀에게 걷자고 권한다.

그들은 〈피그미 프로덕션〉의 불빛에서 멀어져 간다.

「우리가 완전한 성공에 바싹 다가서 있는 이 마당에 사소한 일들 때문에 모든 게 무너져 내리는 것 같아. 펜테실레이아는 나를 떠나겠다 하고, 에마슈들은 며칠 전까지도 온갖 찬사를 다 받았는데 이제 분풀이 대상으로 취급되고 있어. 우리가 다시 고립되는 기분이 들어. 이제 다 되었다 싶었는데 숱한 문제들이 터져 나올 조짐이야.」

다비드는 발걸음을 멈추고 하늘을 올려다본다.

「우리에게 역경이 닥친 것은 맞지만, 잘 이겨 내야 해. 우리는 아직 패배하지 않았어.」

그들은 다시 걸음을 옮긴다.

「나탈리아가 몇 가지 조치를 내놓았어. 에마슈들을 분명치 않은 용도에 사용하는 불량 고객들을 가려내어 블랙리스트를 작성해야 해.」

「빌프리트 쿠르츠가 예고한 대로, 그런 자들은 명의 대여인을 통해서 에마슈들을 빌려 갈 거야.」

「그렇다면 임무를 띠고 나가는 모든 에마슈들에게 RFID(전파에 의한 개체 식별) 태그를 부착해서 그들이 어디에 있는지를 알아내야지.」

「사람들이 사적인 자리에서 에마슈들을 어떻게 다루는지는 결코 알아낼 수 없을 거야. 각각의 에마슈에게 무선 인식 태그가 아니라 카메라를 부착하고 사람을 따로 고용해서 감시 화면들을 지켜보게 한다면 또 모르지.」

다비드는 생각에 잠긴다. 달이 구름을 벗어나자 갑자기 은색 달빛이 그들을 흠씬 적신다.

「임대 가격을 높여야 해.」

「그러면 우리가 제일 먼저 피해를 볼걸. 고객의 수가 줄어들 테니까. 반면에 변태적인 부자들은 눈도 깜짝하지 않을 거고.」

「그럼 어떻게 하지? 우리 에마슈들을 사이코패스의 소굴에 보내서 학대를 당하게 할 수는 없는 노릇이잖아.」

오로르가 의견을 낸다.

「에마슈들을 무장시킬까?」

「고객이 다치기라도 하면 그 책임은 우리에게 돌아올 거야. 그건 단지 배상금을 무는 것으로 그칠 일이 아니지.」

오로르는 고개를 끄덕인다.

「게다가 우리는 거인에게 절대로 해를 끼치지 않도록 에마슈들에게 가르쳤어. 에마슈들로서는 그 모순을 받아들이기가 불가능할 거야.」

「하긴 그들이 독립적으로 사고하기를 기대할 수는 없지.」

「에드몽 웰스의 백과사전에서 이런 문장을 읽었어. 〈스스로 행복을 찾을 수 없는 사람, 자신의 행복이 외부의 어떤 사람에게 달려 있는 사람은 참으로 불행하다.〉 하지만 우리 에마슈들도 언젠가는 배우게 되겠지. 독립적으로 사고하고 행동하는 법을, 그리고 자기네 창조주들에게서 아무것도 기대하지 않는 법을…….」

다비드는 그 말을 하면서 에마 109를 생각한다.

오로르는 잔가지 세 개를 주워 무릎을 꿇고 앉더니 그것들을 이리저리 움직여 본다.

「그 잔가지 세 개로 네모를 만들어 보려고? 에드몽 웰스의 그 이상한 수수께끼를 떠올린 거야?」

「그래. 그 수수께끼 역시 해답을 찾기 어려운 문제야. 네가 주장한 대로 정말 해답이 있다면, 틀에 박힌 사고방식에서 벗어나야 그것을 찾을 수 있을 거야.」

다비드는 난처한 표정으로 어깨를 으쓱 들먹인다.

「솔직히 말해서 나는 어린 시절부터 수수께끼를 대하면 머릿속에 구름이 끼는 기분이 들었어. 이 수수께끼는 유난히 까다롭게 느껴져. 어쨌거나 성냥개비 세 개로 네모를 만드는 건 상식을 거스르는 도전이지.」

「우리는 이미 상식을 거스르는 일에 도전해서 성공했잖아.」

다비드는 그녀의 한 손을 잡고 그녀의 얼굴을 뚫어져라 바라본다.

「또 이런 얘기 해서 미안한데, 우리가 이미 오래전에 어딘가에서 만난 적이 있다는 느낌을 지울 수가 없어.」

오로르는 샐쭉 헛웃음을 짓는다.

「오로르, 마조바 실험을 한번 해보지 않겠어?」

「환각을 일으키는 그 약물을 먹으라고?」

「한 번만 해봐. 8천 년 전 내가 미니 인간들을 이끌던 때에 우리가 서로 아는 사이였는지 알아볼 수 있잖아?」

오로로는 그를 빤히 바라본다. 처음엔 그가 진심으로 하는 말인가 하는 표정으로 바라보더니, 다정한 미소를 지으며 그의 머리칼을 손으로 쓸어 준다.

「나는 순수하고 엄격한 과학자야. 미안해. 내가 보기에 그건 마법을 찾는 순진한 사람들한테나 어울리는 환상일 뿐이야. 우리가 에마슈들을 위해 종교를 만들어 냈다는 사실 역시 내 생각을 뒷받침하고 있어. 신비와 영성을 들먹이는 그 온갖 너스레는 정신이 허약한 사람들을 조종하기 위한 수단이야. 현실에서 벗어나 피안을 꿈꾸고 싶어 하는 사람들을 마음대로 다루기 위한 방책일 뿐이라고.」

그들은 그렇게 선 채로 한참이 지나도록 말없이 서로 바라본다. 분위기가 너무 어색해지자 다비드는 다시 말문을 열려고 한다. 그러다가 갑자기 소스라친다.

「세상에! 내가 왜 그 생각을 못 했지?」

「뭔데?」

「사실 쿠르츠의 변호사가 우리에게 해결책을 제시했어. 문제의 핵심은 바로 에마슈들의 지위야. 현재 에마슈들은 〈임대용 물품〉일 뿐이야. 바로 그 점에 문제 해결의 열쇠가 있어.」

「뭘 하려고?」

그는 머뭇거리다가 단호하게 알린다.

「내일 바티칸으로 떠나겠어.」

## 24

여행은 순조롭지 않다.

비행기의 화물칸에 계속 있으려니 추위가 여간 심하지 않다.

그래서 에마 109는 매사에 신중을 기하는 그녀답지 않게 은신처 구실을 하던 가방에서 나와 에어버스의 객실로 올라간다.

그녀는 카펫이 깔린 바닥을 기어간다. 기내식 카트가 눈앞의 통로를 막고 있다. 그녀는 식판들을 층층이 넣도록 만들어진 운반함의 한 칸으로 들어가 샌드위치를 찾아내어 먹는다. 그런 다음 더 나은 은신처를 찾는다.

그녀는 휴대 수하물 수납함에 숨는 것을 생각해 본다. 짐들이 가득 들어차 있고 공기가 잘 통하지 않을 듯하다.

몸을 숨길 만한 구석이 전혀 보이지 않는다. 비행기의 동체는 수익성을 고려하여 극도로 치밀하게 설계되어 있기 때문에 승객 수에 비해 객실이 협소하고 은신처로 쓸 만한 빈자리가 없다. 에마 109는 모 아니면 도라는 심정으로 모험을 해보리라 작정하고 한 소녀에게 다가간다. 소녀는 에마슈와 크기가 비슷한 인형들을 가지고 놀고 있다. 에마 109는 그 인형들 가운데 하나와 똑같은 자세를 취한다. 그러고 가만히 있다가 소녀가 자기 쪽으로 한 손을 내밀자 소녀에게 윙크를 한다.

소녀는 놀란 표정으로 에마 109를 살펴보더니, 어떻게 반응해야 할지 몰라 머뭇거리다가 자기 어머니의 옷소매를 잡아당긴다.

「엄마, 인형 하나가 움직여.」

「그래, 우리 예쁜이, 그렇구나.」

에마 109는 조용히 하라고 소녀에게 손짓을 하지만, 소녀는 놀라운 것을 발견했다는 사실에 너무 흥분해 있다.

「정말이야, 엄마!」

「그렇고말고, 우리 예쁜이.」

에마 109는 장난감 통으로 숨어들어 따뜻한 곳에 자리를 잡고 몸을 웅크린다. 그러고는 눈을 감으며 생각한다. 다행히도 나탈리아신이 우리에게 위장술과 돌발 사태에 즉시 적응하는 기술을 가르쳐 주었어.

그런 다음 에마 109는 서서히 의식이 흐릿해지면서 수면 상태로 빠져든다.

## 25

### 백과사전: 파라켈수스의 견해에 따른 유사 인류

스위스 의사 파라켈수스는 1537년 무렵에 집필한 『위대한 천문학』에서 이나니마툼의 종류를 논한다. 이나니마툼이란 〈영혼이 없는 인간〉을 가리키는데, 이것에는 여섯 종류가 있다.

먼저 우리 눈에 잘 띄지 않는 네 종류의 이나니마툼이 있다. 이들은 각기 4대 원소, 즉 물, 불, 공기, 흙에서 생겨났고 그 가운데 하나에 깃들여 산다. 물의 정령인 님프는 호수와 강과 바다의 딸이고, 불카누스는 불에서 나와 불에서 살며, 그노무스는 공기의 정령이고, 레무레스는 산의 땅속에 사는 흙의 정령이다(라틴어 레무레스는 자살자나 피살자처럼 비극적으로 죽음을 맞은 사람들의 혼령을 뜻하는데, 훗날 사람들이 여우원숭이에게 이 라틴어에서 나온 이름을 붙인 것은 이 동물의 생김새가 원한을 품은 망자들의 유령처럼 보였기 때문이다).

그다음으로는 거인들과 소인들이 이나니마툼에 포함된다. 이들은 주로 큰 나무가 우거진 숲의 그늘에서 살아간다.

파라켈수스의 주장에 따르면, 이 모든 존재들은 하늘에서 온 정액과 4대 원소가 결합하여 생겨났지만, 형상은 사람이로되 신성한 진흙의 비옥함을 얻지 못하여 영혼이 없다. 파라켈수스 자신의 말을 빌리자면, 〈이들은 진흙탕에서 저절로 생겨나는 곤충처럼 세상에 온다〉. 따라서 이들은 존중을 받을 자격이 없고 과학적인 관심의 대상이 되지 못한다.

에드몽 웰스, 『상대적이며 절대적인 지식의 백과사전』 제7권

## 26

바티칸 시국 산피에트로 광장.

반원형 회랑 위에 올라선 거대한 조각상들이 무심하게 광장을 내려다보고 있다. 교황청을 경비하는 스위스 근위병들의 모습이 여기저기에 보인다. 미켈란젤로가 디자인했다는 빨강과 파랑과 금색의 르네상스풍 제복을 입은 차림으로 경기관총을 높이 들고 있는 모습이다. 경기관총에는 예리한 칼날의 대검이 꽂혀 있고 유탄 발사기까지 장착되어 있다.

다비드 웰스는 이렇다 할 흥미를 느끼지 못하고 더 멀리 눈길을 보낸다.

관광객들이 길게 줄을 지어 입장권을 내고 건물 안으로 들어간다. 그들은 성스러운 유물들과 판유리로 막아 놓은 성인들의 유해를 보기 위해서, 또한 회화 작품과 프레스코화, 금실 은실로 수놓은 비단 법의, 보석을 박은 제관을 찬미하기 위해 여기에 온다.

한 기념품 가게가 눈길을 끈다. 위쪽에 예수의 얼굴이 걸려 있는 가게인데, 티셔츠며 성수며 반짝거리는 십자가는 물론이고 비디오 게임과 만화까지 할인 판매한다는 알림판이 나붙어 있다.

더 멀리에서는 성모 마리아 형상으로 만든 탄산음료 자동판매기와 역시 성모 마리아 형상으로 만든 따뜻한 음료 자동판매기가 경쟁을 벌이고 있다. 요리 포장용 은박지를 풀어내는 장치도 성모 마리아 형상이다.

카메라 앞에서 포즈를 취하고 있는 일본 관광객들도 보인다. 그들은 기념품들 옆에서 또는 궁전의 예술 작품 앞에서 서로 사진을 찍어 준다.

다비드는 그 성스러운 장소를 가로질러 계속 나아간다.

모든 것에서 호화로움과 풍요로움이 느껴진다.

감시 카메라들이 이리저리 무리를 지어 움직이는 관광객들과 순례자들을 촬영하고 있다. 다비드는 스위스 근위병들이 지키고 있는 첫 번째 출입 통제소에서 여권과 공식적인 초대장을 제시한다. 들어가도 좋다는 허락이 떨어지자, 그는 대리석 조각 작품들과 금박의 테를 두른 그림들을 따라서 나아간다. 천장에는 예수의 생애를 나타낸 프레스코화가 그려져 있다. 예수가 성전에 들어가 그곳에서 사고파는 자들을 모두 내쫓고 〈너희는 이곳을 《강도들의 소굴》로 만드는구나〉라고 소리쳤다는 일화를 형상화한 그림도 보인다. 성전 근처의 가게들과 마주 보는 곳에 그런 그림이 있다는 게 인상적이다.

조금 더 나아가자 훨씬 육중한 금박 액자에 담긴 예수의 그림이 보인다. 예수가 가난한 목수의 차림으로 땅이 아니라 하늘에 보물을 쌓으라고 가르치는 장면을 그린 작품이다.

다비드는 바티칸 궁전의 복도를 따라 계속 나아간다. 이따금 검은 수단 차림으로 휴대용 컴퓨터를 옆구리에 끼고 있는 남자들이 스쳐 지나간다.

스위스 근위병들이 다시 신분증을 요구한다. 앞서 만난 근위병들보다 무장이 더 삼엄하다. 그들이 이르는 대로 다비드는 대기실로 들어간다. 기업인으로 보이는 남자들 몇 명이 먼저 와서 기다리고 있다.

이윽고 슬릿이 있는 긴 치마를 입고 하이힐을 신은 비서가 그를 데리러 온다. 그는 비서가 안내하는 대로 계단을 거쳐 어느 방으로 들어간다. 분위기가 웅장하다는 점에서 이제껏 본 모든 것을 능가하는 방이다.

거장들의 조각 작품들과 그림들 사이에 화면들이 붙어 있고, 증권 시세를 비롯한 온갖 뉴스들이 화면에 펼쳐진다.

교황은 검은 대리석으로 만든 책상 앞에 앉아 업무를 보고 있다가 비서에게 고맙다는 뜻의 손짓을 보낸다. 여든 살을 넘긴, 풍채가 좋은 노인이다. 볼이 통통하고 혈색이 좋다. 하얀 추케토를 쓰고, 하얀 수단 위에 흰담비 털로 가장자리를 장식한 붉은색 모제타를 입은 차림이다.

그가 앉아 있는 의자의 윗부분은 교황의 세 가지 직무, 즉 군주들의 아버지, 세계의 길잡이, 예수 그리스도의 지상 대리인을 상징하는 삼중관 문장(紋章)으로 장식되어 있다.

다비드는 몸을 굽혀 절을 올리며 어줍게 말한다.

「성하를 뵙게 되어 큰 영광입니다.」

교황은 책상 앞을 떠나 그를 맞으러 나온다. 빨간 벨벳 구두를 신은 교황이 다가와 한 손을 내민다. 다비드는 조금 머뭇거리다가 교황의 반지에 입을 맞춘다.

「아닙니다, 나야말로 영광이지요. 놀라운 활동을 하고 계시더군요, 웰스 박사. 생명체 축소 분야에서 무엇을 이루어 내셨는지 알고 있습니다.」

교황은 쾌활한 미소를 지어 보인다.

「이 얘기도 해야겠군요. 최근에 우리는 당신네 회사에서 그 예쁜 일꾼 몇 명을 빌려 왔어요. 이름이 뭐였더라…… 그래, 에마슈, 참 재미있는 이름이에요. 성탄절 공연 때 케루빔 천사 역을 맡기기 위해 빌린 겁니다. 에마슈들에게 작은 날개를 달아 거룩한 구유 위쪽에 놓아두었더니 효과가 훨씬 좋아요. 작은 천사상을 아무리 그럴싸하게 만들어도 살아 있는 천사를 따라갈 수가 없습니다.」

「성하, 바로 그 문제와 관련해서 말씀을 드리려고 왔습니다. 최근 뉴스를 지켜보셨는지 모르겠습니다만, 인간 세상의 법원이, 더 정확히 말해서 오스트리아의 한 법원이 에마슈들의 지위를 실추시키는 판결을 내렸습니다. 에마슈들은 인간이 아니라면서 한 소년에게 그들을 가학증적인 방식으로 살해하는 권리를 주었으니까요. 그 판결에 따르면…….」

다비드의 숨결이 불규칙해진다. 되살아나는 분노를 제대로 삭이지 못하는 것이다.

「긴장을 풀고 편하게 얘기해 봐요, 젊은이.」

「판결을 인용하자면 이렇습니다. 〈세 에마슈의 죽음은 법률에 비추어 살인으로 간주될 수 없다. 살인이 성립되려면 말 그대로 죽임을 당한 사람이 있어야 하는데, 이 사건의 경우에는 사람이 죽었다고 할 수가 없기 때문이다.〉 재판부는 에마슈들이 인간이라기보다 임대용 재화에 더 가깝다고 판단했습니다.」

교황은 고개를 끄덕이며 보호자처럼 관대한 표정을 짓는다.

「음…… 그렇군요, 그래요, 젊은이.」

「말하자면 에마슈들을 가축이나 물건처럼 우리가 마음대로 부리거나 사용할 수 있는 존재로 여긴다는 것이죠. 그런데 저는 몇 해 전부터 에마슈들과 함께 살면서, 그들이 생겨나고 성장하는 것을 지켜보았습니다. 그들은 우리와 똑같은 언어를 사용하며 우리처럼 장난을 치고 우리처럼 일합니다. 생기발랄하고 쾌활한 어린 에마슈들은 우리 아이들과 다를 게 전혀 없습니다. 에마슈들은 읽고 쓰거나 셈을 할 줄 알고, 옷을 입거나 집을 지을 줄도 압니다. 정말이지 그들은 우리와 다른 동물이 아닙니다, 성하.」

「그렇지요, 그렇다마다요.」

「그들은 우리와 다르지 않습니다. 단지 신장이 작다는 이유로 그들이 마땅히 누려야 할 권리, 이를테면…… 우리와 똑같은 존재로 인정받을 권리를 박탈하다니요. 저로서는 그것을 이해할 수 없습니다.」

「그렇지요, 그렇다마다요.」

교황은 한참 고개를 끄덕인다. 교황의 이런 고갯짓은 찬성이나 반대의 뜻이 아니라 말을 계속하라는 격려일 뿐이다.

「오스트리아 법원의 그 판결이 나온 뒤로 에마슈들에 대한 공격이 급증하고 있습니다. 쿠르츠 박사의 아들 빌프리트는 오스트리아의 스타가 되었습니다. 소년은 자유로운 예술가를 자처하면서, 오스트리아 젊은이들이 〈하드고어 리얼리즘〉 스타일의 영상을 마음대로 제작할 권리를 수호하기 위해 프랑스의 구닥다리 도덕주의자들과 당당하게 맞섰다고 말합니다. 그 나라의 신문들조차 국수주의를 조장하는 헤드라인을 뽑고 있는 판국입니다. 지금이 나폴레옹 시대도 아닌데, 프랑스인들이 무슨 자격으로 자기네 법률을 이웃의 자유로운 국민들에게 강요하느냐! 그런 식입니다.」

「진정하세요, 진정해요, 젊은이.」

「이제 그 소년은 주위 사람들의 지지를 받아 이른바 〈빌프리트식 시청각 예술 작품〉이라는 것을 당당하게 내세우고 있습니다. 예술을 한다는 이유로 에마슈들을 학대하고 죽입니다.」

교황은 창가로 걸어간다. 거기에서는 산피에트로 광장과 세계 각지에서 찾아오는 신자들의 긴 행렬을 내려다볼 수 있다.

「음…… 그렇군요, 그래요.」

「진짜로 고통을 느끼는 존재들을 괴롭히는 것이 장난감을 가지고 노는 것보다 재미있을 수 있습니다. 만약 아이가 아무런 벌을 받지 않고 그런 짓을 할 수 있다는 것을 알고 있다면 더욱 그렇습니다. 부모들은 〈임대 물품 훼손〉에 대한 배상금만 지급하면 된다는 것을 알고 있습니다.」

교황은 이윽고 몸을 돌려 연민 어린 미소를 지으며 다비드를 바라본다.

「젊은이, 말해 봐요, 왜 나를 만나러 왔지요? 내가 무슨 일을 하면 당신에게 도움이 되겠습니까?」

「성하께서는 그 혐오스러운 일을 중단시키실 수 있습니다. 성하께서는 세계의 정신적인 길잡이십니다. 사람들은 성하의 말씀에 귀를 기울입니다. 간절히 청하옵건대, 신자들에게 말씀해 주십시오. 에마슈들에게도 영혼이 있고, 그들에게 고통을 가하는 것은 하나의 죄악이라고 말입니다.」

교황은 피로의 기색이 느껴지는 몸짓을 보이더니, 손목시계를 보고 나서 인접한 회랑 쪽으로 가서 조금 걷자고 권한다.

교황은 그를 관광객들의 발길이 끊긴 시스티나 예배당으로 데려간다.

「젊은이, 내가 보기에 그토록 미묘한 주제를 논하기에는 여기가 가장 적합한 장소인 것 같습니다.」

하더니 교황은 미켈란젤로가 그린 천장화를 가리키며 묻는다.

「저게 무엇을 형상화하고 있는지 알고 있나요?」

「인간에게 지혜를 전해 주시는 하느님을 나타낸 것으로 알고 있습니다.」

「나는 그보다 이렇게 말하고 싶군요. 아담에게 약간의 신성한 광채를 전해 주심으로써 아담을 모든 동물 위쪽으로 끌어올리시는 하느님. 이 그림은 바로 인류의 창조를 은유적으로 나타내고 있습니다.」

다비드는 매혹적인 프레스코화를 올려다본다.

「옛날에 아메리카 선주민들이 온전한 인간인지 아닌지를 놓고 논쟁을 벌인 적이 있다는 거 알고 있나요?」

교황은 두 손을 모아 하얀 수단에 대고 말을 잇는다.

「그건 1550년, 그러니까 아메리카 대륙을 발견한 지 58년이 지났을 때의 일이었습니다. 당시 스페인 국왕이자 신성 로마 제국의 황제였던 카를 5세는 신대륙 선주민들의 지위와 운명을 분명하게 가름하기 위해 위원회를 소집했습니다.

그럼으로써 스페인의 바야돌리드에 있는 산그레고리오 도미니크회 수도원에서 논쟁이 벌어졌습니다. 훗날 사람들은 그것에 〈바야돌리드 논쟁〉이라는 이름을 붙였지요.」

「그게 저의 청원과 무슨 관계가 있는 것인지요?」

교황은 바티칸 궁전 안을 더 거닐자고 권한다. 관광객들의 관람이 끝난 시각이라서 대리석이 깔린 긴 복도에는 그들밖에 없다. 벽에 걸린 일련의 회화 작품들이 성인들의 순교에 관한 이야기를 들려주고 있다.

「인간에 관한 정의라는 측면에서 관계가 있어요. 인간이란 어떤 존재인가? 바로 그 물음이 모든 것의 열쇠입니다. 사람다운 것은 무엇이고 사람답지 않은 것은 무엇인지 우리는 점점 확신을 잃어 가고 있어요. 시대가 발전할수록 의심은 더 커질 겁니다. 정치인들은 이제 어디에서 답을 찾아야 할지 모르니까 하느님의 종들인 우리보고 분명하게 선을 그어 달라고 요구합니다. 사람다운 것과 사람답지 않은 것의 경계를 우리가 누구보다 잘 알고 있으리라 생각하는 모양입니다. 만약 내가 당신에게 〈인간이란 무엇인가?〉라고 묻는다면, 뭐라고 대답하시겠습니까?」

「인간이란…… 우리입니다.」

「그게 그리 간단치 않습니다. 웰스 박사, 내가 바야돌리드 논쟁에 관해서 자세한 이야기를 들려주겠어요. 듣고 나면 깨닫는 바가 있을 겁니다. 1550년 논쟁의 대립 구도를 보자면, 한쪽에는 스페인 정복자들의 침략과 지배를 옹호하는 히네스 데 세풀베다가 있었습니다. 그는 신학자이자 철학자였고 한때는 왕자의 사부였으며 카를 5세 밑에서 사료 편찬자로 일했을 만큼 역사에도 조예가 깊은 사람이었습니다. 반대쪽에는 인디언들의 인권을 옹호하는 도미니크회 수도사 바르톨로메 데 라스카사스가 있었습니다. 그의 아버지는 콜럼버스의 아메리카 탐험대에 참가한 적이 있는 식민지 개척자였습니다. 라스카사스 자신도 아버지의 뒤를 따라 신대륙으로 건너갔고, 처음에는 자기가 받은 땅을 성공적으로 개발하는 등 여느 개척자와 다름없는 모습을 보였습니다. 하지만 사제 서품을 받고 복음을 전하러 카리브해의 섬들을 돌아다니는 동안 스페인 사람들의 인디오 학살을 목격한 뒤에는 그들을 보호하기 위한 투쟁에 나섰습니다. 이 논쟁의 심판을 맡은 위원회는 고위 성직자 네 명과 법학자 열한 명으로 이루어져 있었습니다. 그들의 임무는 지금 우리가 고민하는 문제와 비슷한 질문, 다시 말하면 〈아메리카 인디언들에게 영혼이 있는가?〉라는 물음에 대답하는 것이었습니다.」

교황은 육덕 좋은 체구에 어울리지 않게 잔걸음을 친다. 혈색이 좋은 얼굴에는 열의가 가득하다. 자기 이야기에 스스로 신명이 난 기색이다.

「바야돌리드 논쟁은 경제적으로 중대한 의미를 지니고 있었습니다. 그때까지 인간이 아닌 존재로 간주되었던 선주민들은 무한정 공짜로 사용할 수 있는 노동력을 형성하고 있었던 만큼, 논쟁이 결정적인 의미를 가질 수밖에 없었던 것이지요. 스페인 정복자들은 선주민들을 개종시키지 않았고, 그저 그들의 재산을 빼앗고 마을을 파괴하고 노예로 삼는 것에 만족했어요. 최소한의 식량만 주면서 선주민들을 공짜로 부려 먹었던 것이지요. 그랬는데 선주민들 역시 영혼을 지닌 인간이라고 판명된다면 무슨 일이 벌어질지 정복자들은 모두 짐작하고 있었어요. 선주민들을 개종시켜야 할 뿐만 아니라, 그들의 노동에 대한 보수로 진짜 임금을 지급해야 하리라는 것을 알고 있었다는 겁니다.」

교황은 어느 순교자의 모습을 그린 르네상스 시대의 회화 작품 앞에서 걸음을 멈춘다. 순교자는 하얀 천을 허리에 둘러 아랫도리만 가린 차림으로 온몸에 화살이 박힌 채 거꾸로 매달려 있다.

「논쟁이 전개되었던 1550년 9월부터 이듬해 5월 사이에는 신대륙 정복과 관련된 군사 행동이 일시적으로 중단되었습니다. 아메리카 선주민들이 인간이냐 아니냐 하는 바로 그 물음에 대한 답을 기다리던 시기였지요. 토론은 애초의 쟁점을 벗어나 매우 복잡한 양상으로 발전했습니다. 신학자 세풀베다는 선주민들이 인육을 먹고 인신을 제물로 바치며 비역질을 비롯하여 교회가 배척하는 갖가지 문란한 성 풍습에 젖어 있음을 상기시켰습니다. 또한 그는 선주민들이 폭군의 압제에 시달리면서도 스스로를 해방시킬 수 있는 능력이 없다면서, 선주민들을 도와주기 위해서라도 무력으로 정복할 필요가 있다는 식의 기이한 논리를 펼치기도 했습니다.」

다비드는 대답하지 않는다. 그저 교황이 어서 그 이야기를 끝내고 자기의 청원을 받아들일 것인지 말 것인지 대답해 주기를 기다릴 뿐이다.

「반면에 라스카사스는 신들에게 사람을 제물로 바치는 선주민들의 관습을 영혼이 없다는 증거로 여기지 않았어요. 하느님께 바치는 제물은 숭배의 증거이고, 선주민들은 자기네가 가진 가장 소중한 것, 자기네 생명, 자기네 피를 신들에게 바친 것이라고 주장했지요.」

다비드는 초조한 기색으로 묻는다.

「그래서 누가 이겼습니까?」

교황은 느긋하게 자기 생각을 좇고 있다가 방문객이 안달하는 것을 보자 그의 궁금증을 풀어 주기로 한다.

「이 논쟁에서 그들에 관해 어떤 분명한 결정이 내려진 것은 아니지만, 그들을 영혼이 없는 존재로 간주하는 세풀베다의 견해가 한동안 더 힘을 발휘했습니다.[2] 그렇다고 해서 심판을 맡은 이들이 라스카사스의 견해에 귀를 기울이지 않았던 것은 아닙니다. 그들은 정복자들이 〈정당한 권리〉라는 개념에 의해 정당화되는 경우가 아니라면 선주민들에 대한 잔혹 행위와 학살을 피해야 한다고 요구했습니다. 다만 〈정당한 권리〉라는 개념이 너무 모호해서 갖가지 해석의 가능성을 남긴 것은 사실입니다.」

「성하, 왜 저에게 그 이야기를 들려주시는 것인지요? 바티칸의 심판관들 역시 똑같은 결론에 도달할 것이니 마음의 준비를 하라는 뜻인가요?」

교황은 한숨을 내쉰다.

「아닌 게 아니라 나는 그것을 염려하고 있어요.」

「그렇다면 제가 한 가지 거래를 제안하겠습니다. 만약 성하께서 에마슈들에게 영혼이 있다는 사실을 분명하게 선언하신다면, 저는 모든 에마슈를 가톨릭으로 개종시킬 용의가 있습니다.」

교황은 놀란 눈으로 그를 바라본다.

「그들을 그 정도로 사랑하십니까?」

2 바야돌리드 논쟁의 전개 과정과 쟁점들을 깊이 있게 따져 보고 싶은 이들은 프랑스 작가 장클로드 카리에르의 소설 『바야돌리드 논쟁』(샘터사, 2007)을 참조할 것.

다비드는 눈길을 떨군다.

「저희는 에마슈들의 도시 안에 가톨릭 성당을 세우겠습니다. 이곳의 성전을 본보기로 삼아 대성당을 짓겠습니다. 에마슈들은 가톨릭교회와 똑같은 전례, 똑같은 성가, 똑같은 경전을 갖게 될 것입니다. 그들의 도시 상공에는 커다란 십자가가 걸릴 것이고, 그들 역시 성금요일에 금식을 할 것입니다. 사제가 될 만한 에마슈들을 뽑아 여기로 보낼 테니 성하께서 그들을 친견하시고 그들에게 직접 서품을 내려 주십시오.」

교황은 생각에 잠긴 표정으로 걸음을 멈춘다. 그것을 다비드는 이야기를 계속하라는 격려로 받아들인다. 그는 예수가 가난한 사람들에게 빵을 나눠 주는 장면을 나타낸 프레스코화를 가리킨다.

「만약 예수님이 지금 여기 제 앞에 계시다면, 주저 없이 그런 쪽으로 가시리라 생각합니다. 예수님은 자비로운 분이었습니다. 그분이라면 무고한 존재들이 아무런 저항도 하지 못하고 고통에 시달리는 것을 용인하시지 않을 것입니다.」

교황은 집무실로 돌아가고 싶다는 뜻을 알린다.

집무실로 돌아와 다시 의자에 앉자, 교황은 장갑을 낀 채로 깍지를 끼었다 풀었다 한다. 생각의 갈피를 잡으려 애쓰고 있다는 뜻이리라.

「당신네 에마슈들이 정확히 몇 명입니까?」

「현재 5천 명가량 됩니다. 그 신인류가 예수님의 〈너희는 서로 사랑하라〉에 당연히 포함되어 있다는 점을 천명해 주십시오. 그들은 우리처럼 살과 피와 신경을 지닌 존재들입니다. 그들은 매를 맞으면 고통을 느끼고, 어미들은 자식들을 사랑하며, 우리가 지닌 많은 능력을 똑같이…….」

「이미 한 얘기를 또 하고 있군요, 젊은이. 그들이 원자로에 들어가 폭발을 막고 땅속에 갇힌 칠레 광부들을 구했다는 것은 나도 알아요. 그들이 작은 손으로 누구도 따라갈 수 없는 외과 수술의 재능을 발휘하여 환자들의 목숨을 구하고 있다는 것도 압니다. 고백하자면 나 역시 외과 수술 전문 에마슈들에게서 심장 개복 수술을 받았으니까요. 나는 그 모든 것을 알고 있어요. 하지만…….」

「하지만, 뭐죠?」

교황은 붉은 벨벳 장갑을 여전히 벗지 않은 채로 다시 깍지를 끼었다가 푼다.

「……하지만 이걸 알아야 합니다. 설령 내가 에마슈들의 지위를 놓고 바야돌리드 논쟁과 유사한 토론회를 연다고 해도, 우리는 경제적이고 정치적인 문제들을 간과할 수가 없어요.」

「저는 에마슈들을 생산하는 회사의 이사들 가운데 한 명입니다. 제가 분명하게 말씀드릴 수 있는 것은 경제적인 관점에서…….」

그러자 교황은 몸을 앞으로 기울인다.

「당신이 나에게 무엇을 요구하고 있는지, 그것이 어떤 결과를 야기할 수 있는지 알기나 하는 겁니까?」

「바야돌리드 논쟁 때와 쟁점이 비슷하다고 생각합니다. 에마슈들이 우리와 동등한 인간임을 인정한다면, 그들에게 정당한 임금을 지급해야 하고 그들의 시민권을 보장해 주어야 할 것입니다. 따지고 보면 당시에는 세풀베다의 견해가 더 많은 사람들의 지지를 얻었을지 몰라도, 5백 년 가까이 지난 지금에 와서 보면 남미 사람들은 세계에서 가장 큰 가톨릭 공동체를 형성하고 있습니다. 이제 누가 감히 그들의 인간적인 지위를 놓고 이의를 제기할 수 있겠습니까? 세풀베다는 틀렸고 라스카사스는 옳았습니다. 역사가 그것을 입증했습니다. 지난번 성하께서 남미를 순방하셨을 때, 선주민의 무수한 후예들이 성하께 환호와 박수갈채를 보냈습니다. 반면에 유럽에서는 성하께서 어딘가를 방문하실 때 환영 인파를 모으기가 점점 어려워지는 상황이고, 성하께서는 〈시대에 뒤떨어진 낡은〉 세계의 대표자로 비치는 것 같습니다.」

교황의 의표를 찌른 말이다.

「그럴지도 모르지요. 하지만 당신네 나라 대통령이 어느 연설에서 말했듯이, 너무 일찍 옳은 생각을 하는 것은 그릇된 생각을 하는 것만 못할 수도 있어요.」

교황은 자기 생각을 요약하는 말을 찾아낸 것에 만족을 표시하며 말을 잇는다.

「세풀베다는 당대의 조건에 비추어 옳은 생각을 했어요. 자기 시대에 걸맞은 대답을 내놓은 겁니다. 오늘날 라틴 아메리카 사람들이 가장 크고 가장 역동적인 가톨릭 공동체를 이루고 있다는 점은 인정합니다만, 이런 현실은 5백 년 전에 이루어진 그런 선택의 결과일 수도 있어요.」

다비드의 머릿속에서는 〈너무 일찍 옳은 생각을 하는 것은 그릇된 생각을 하는 것만 못하다〉라는 말이 불길한 전조처럼 울리고 있다.

「시대를 앞서 가는 교황이 되고 싶지 않으십니까?」

「나는 과거와 현재의 일부를 관리합니다. 그것만으로도 대단한 일이지요. 나보고…… 미래까지 떠맡으라고요? 그건 전혀 내가 원하는 바가 아닙니다.」

「하지만 에마슈가 인간이라는 점에는 동의하시지 않나요?」

「그 〈생명체〉들은 하나에서 열까지 실험실에서 만들어졌어요. 기니피그나 배터리식 닭장에서 사육되는 병아리들처럼 증식시킬 수 있는 생명체, 다시 말하면 개체 수를 무한히 불려 나갈 수 있는 생명체라는 것이지요. 내가 보기에 몇 해 뒤에는 아마도 〈에마슈 자판기〉를 보게 될 겁니다. 공항에 있는 껌 자동판매기 같은 것을 말입니다. 이것으로 대답이 되지 않았다면, 당신의 질문에 더 분명하게 답하겠어요. 실험실에서 만들어진 동물은 〈개체의 고유성〉을 인정받지 못한다는 점에서 인간과 다릅니다. 모름지기 영혼을 가진 존재는 자기만의 특성을 지녀야 하고 다른 존재와 구별되어야 합니다. 그래야만 비로소 우리는 그 존재를 〈개체〉 또는 〈개인〉이라 부를 수 있습니다. 우리는 이미 여기에서 당신네 에마슈들과 비슷한 존재인 클론을 놓고 토론을 벌인 바 있습니다. 클론들 역시 유전자 조작을 통해 생겨나고 무한히 증식됩니다. 우리는 추기경들을 한자리에 모셔다 놓고 한 달 내내 인간 클론의 문제를 검토했고, 그 결과…….」

「클론은 인간이 아니라는 결론에 도달하신 것으로 알고 있습니다.」

「장담하건대, 내가 한발 양보해서 당신의 청원을 들어준다 하더라도, 추기경들은 내 뒤를 따르지 않을 것입니다.」

다비드는 교황을 뚫어져라 바라본다.

「만약 실험실에서 태어난 것만 문제가 되는 거라면, 이제 에마슈들은 시험관 수정이 아니라 생체 수정을 통해 자연스럽게 생식을 하기에 이르렀다는 사실을 아셔야 합니다. 에마슈 여성들은…….」

「여성들이 아니라 암컷들이죠.」

교황이 그렇게 바로잡자, 다비드가 말을 잇는다.

「원하신다면 그렇게 부르겠습니다. 에마슈 암컷들은 우리 여자들처럼 생식을 합니다.」

교황은 그저 빙그레 웃음으로써 그 논거가 설득력이 없음을 보여 준다.

「에마슈들은 마땅히 인간으로 인정을 받아야 합니다. 그런데 성하께서는 무엇 때문에 그 권리를 부정하십니까? 우리가 그들보다 우월하기 때문입니까? 그렇다면 그들이 덜 가진 것은 무엇이고, 우리가 더 가진 것은 무엇입니까?」

「먼저 크기가 너무 다릅니다. 만약 내가 추기경들을 모아 놓고 에마슈가 인간인지 아닌지 판가름해 보라고 하면 그들이 어떻게 나올지 벌써 짐작이 갑니다. 그들은 아무리 우리와 생김새가 비슷해도 크기가 너무 작다면 인간으로 인정할 수 없다고 결정할 것입니다. 인간이 되기 위해서는 최소한의 신장을 갖춰야 한다고 하겠지요.」

「최소한의 신장이라고 하면 어느 정도를 말씀하시는 건가요?」

「원하신다면 분명한 수치로 그 질문에 대답할 수 있습니다. 50센티미터입니다.」

「그런 임의적인 수치가 어디에서 나왔습니까?」

「기네스북에서요. 젊은이가 온다는 얘기를 듣고, 세계에서 가장 작은 사람으로 새롭게 등재된 인물이 누군지 일부러 찾아봤어요. 그 사람의 키가 54.6센티미터이더군요.」

「하지만 그 사람은…….」

「어쨌거나 우리 추기경들은 육신이 최소한의 부피를 지녀야 그 안에 영혼이 깃들 수 있으리라 생각할 겁니다.」

그러면서 교황은 앉음새를 고친다. 배가 더 불룩해 보이는 자세다.

「키가 문제라고요? 그것 때문에 에마슈들을 우리와 동등한 존재로 인정할 수 없다는 말씀인가요?」

「게다가…… 태생이 아니라 난생이라는 것도 문제가 됩니다. 당신이 말한 대로 에마슈들은 이제 시험관 수정을 통해 태어나지 않습니다. 하지만 그들은 알 속에서 발육하다가 껍데기를 깨고 나옵니다. 젊은이도 인정하겠지만, 그건 사도들의 가르침과 거리가 멀어요.」

「사도들의 시대에는 생물학이 존재하지 않았습니다.」

교황은 더욱 자애로운 미소를 머금는다. 다비드는 물러서지 않고 다시 묻는다.

「그렇다면 성하께서 보시기에 에마슈들은 무엇입니까?」

교황은 뜻 모를 손짓을 하고 나서 대답한다.

「일종의…… 작은 원숭이들입니다. 꼬리감는원숭이나 명주원숭이와 조금 비슷하지요. 만약 내가 당신이라면, 나는 에마슈들을 지키기 위해 동물 보호 단체들을 찾아가겠습니다. 이런 종류의 문제를 해결하는 데는 그런 단체들이 더 적합해 보입니다. 프랑스에도 동물 보호 협회가 있지 않습니까? 그 단체라면 쿠르츠 같은 무분별한 청소년들에게 맞서서 에마슈들의 권리를 수호하는 데 도움을 줄 수 있을 것입니다.」

교황은 자리에서 일어나 다비드의 어깨에 한 손을 얹는다.

「내 말대로 하세요, 젊은이. 나도 래브라도 한 마리를 기르고 있는데, 사람들이 개들을 상대로 생체 실험을 한다는 얘기를 들으면 몹시 화가 납니다. 생각만 해도 소름이 끼쳐요. 그리고 내 래브라도의 눈을 보고 있으면 때로 사람의 눈길이 느껴지기도 해요. 사람들은 내 개가 말을 못 할 뿐이지 사람만큼이나 영리하다고 말합니다. 그렇다고 해서 내 개에게 영혼이 있음을 인정하라고 요구할 수 있을까요? 나로서는 그런 생각을 못 할 것 같습니다.」

다비드는 대답할 말을 찾지만, 말이 나오지 않는다. 속에서 무언가 싸한 응어리가 치밀어 올라 목이 멘다.

## 27

나는 기억한다.

인간들의 망원경을 통해 더 자세히 살펴보니, 〈테이아 7〉은 테이아 1(4억 년 전에 달이 생겨나게 한 충돌체)보다 작았고, 테이아 3(6천5백만 년 전에 공룡을 소멸시킨 소행성)보다도 작았다. 대단치 않은 것이라는 생각마저 들었다. 그저 지름이 30킬로미터밖에 되지 않는 구체였다.

그런데 대기권을 통과할 수 있을 만큼 밀도가 높았고 접근하는 속도도 아주 빨랐다(적어도 시속 8만 킬로미터로 이동하고 있었다). 우주 공간의 암석 덩어리가 그토록 빠르게 나를 향해 날아오는 것은 일찍이 본 적이 없었다.

사정이 이러하니, 그 소행성의 접근에 따른 문제들에 답하는 것은 천문학이 아니라 탄도학이었다. 나는 탄환이 빠르면 빠를수록 관통력이 강하다는 것을 알고 있었다.

아, 〈테이아 7〉.

솔직히 말하자면, 그때 나는 내 입주자들인 인간들의 안위를 걱정하기보다 나 자신을 생각했다. 충돌이 두려웠고 그 여파로 내 기억에 구멍이 생기지 않을까 염려스러웠다. 그래서 나는 피라미드 속의 샤먼에게 계시를 내려 그들 문명의 모든 역사를 벽화를 통해 이야기하게 했다. 그럼으로써 설령 그들이 소멸한다 하더라도, 출현부터 소멸에 이르는 그들의 이야기가 암벽에 새겨진 채로 남아 있게 하려는 것이었다.

시간이 촉박했으므로, 나는 샤먼이 직접 작업을 주관하되 다른 사람들 십여 명의 도움을 받아 일을 빠르게 완수하도록 독려했다.

〈테이아 7〉은 나와 충돌하기 전에 며칠 동안 우주 공간을 비행했다. 샤먼이 이끄는 작업반은 레이저 조각칼을 가지고 밤낮으로 암벽에 자기들 역사의 중요한 장면들을 새겼다.

그렇게 그들의 파란만장한 이야기를 담은 벽화가 완성되고 나자 〈죽음의 입맞춤〉이라 불리는 그 일이 벌어졌다.

## 28

그녀는 칠각형 체스 판을 다 만들어 놓고 일곱 색깔의 말들을 물끄러미 바라본다. 그러다가 텔레비전의 뉴스 채널을 틀어 놓고 다시 체스 판 앞에 앉는다.

미국의 금리 인하와 소비 촉진 정책은 흰색 진영에서 폰 하나가 전진하는 것에 해당할 듯하다. 그녀가 자본주의적 발전의 길에서 선두를 달리고 있다고 생각하는 나라 중국이 우주 정복 분야에서 잇달아 성공을 거두고 있다는 보도가 나온다. 그것 역시 흰색 진영의 또 다른 폰이 전진한 것으로 볼 만하다.

중국인들은 소비 시장의 규모와 제조업 생산량에서 세계 1위를 달리고 있을 뿐만 아니라, 군대의 규모나 환경 오염에서도 세계 제일이야. 이제 그들은 미국인들을 앞질러 흰색 진영의 선두를 차지하고 있어.

하지만 나탈리아 오비츠는 미국 대통령이 성 추문에 휩싸인 것을 감안하여 흰색 폰 하나를 들어낸다.

미국 대통령들은 모순에 빠지기가 일쑤야. 그들은 청교도적으로 행동하면서도 섹스에 대한 집착을 버리지 못해. 그런 상황은 앞으로도 변하지 않을 거야. 반면에 중국에서는 공산당 지배 체제가 공고하기 때문에 지도자들이 성적으로 방탕한 행위를 한다 해도 비판이 뒤따르지 않아. 오히려 그런 행위를 건강의 징표로 여기는 판국이야.

그녀는 담배에 불을 붙여 비취로 만든 물부리에 끼운다. 그런 다음 담배 연기를 빨아들이면서 최근의 다른 뉴스들을 되짚어 본다. 수니파 무슬림들이 시아파 사원에 보복 공격을 가했던 일이 생각난다.

이 사건은 종교적인 길을 추구하는 진영의 일보 전진이라고 봐야 해. 그들은 뉴스의 초점이 되고 있을 뿐만 아니라 사람들에게 겁을 주고 있어. 그런 두 가지 이유로 어리석은 사람들이 그들의 사상에 동조하게 되는 거야. 종교적인 광신자들이 무용하고 맹목적인 폭력을 휘두르면 스스로 생각하는 능력이 없는 젊은이들은 그들에게 매혹되지.

나탈리아는 손끝으로 초록색 폰 하나를 밀어 올린다.

게다가 종교의 길을 추구하는 나라 파키스탄이 핵 실험을 하고 있으므로, 초록색 진영에서 공격적인 수를 하나 더 둔 셈이야.

그녀는 초록색 폰 하나를 또 밀어 올려 두 개의 폰이 나란히 가게 한다. 그러고는 폰들이 중앙을 향해 나아가고 있는 칠각형 체스 판을 바라보다가, 중대한 의미를 지닌 다른 사건들을 가려내기 위해 뉴스들을 되새겨 본다.

그래, 오스트리아 빈에서 벌어진 빌프리트 쿠르츠 사건을 빼놓을 수 없지. 그건 에마슈들에게 큰 타격이야. 변태적인 가학증 환자의 제물이 된다는 건 사람들의 호감을 얻기보다 딱한 존재로 여겨질 가능성이 많아. 사람들은 이렇게 생각할 거야. 에마슈들은 유럽의 작은 나라에 사는 한낱 여드름쟁이 소년에게 학살을 당할 수 있을 만큼 허약하기 짝이 없는 존재라고.

나탈리아는 그 타격을 반영하기 위해 연보라색 진영의 폰 하나를 들어낸다.

그녀가 알기로 그 밖의 진영들에서는 이렇다 할 움직임을 보이지 않고 있다. 그럼에도 그녀는 〈우주 나비 2호〉 프로젝트로 대표되는 검은색 진영에서 폰 하나를 들어낸다. 이 프로젝트가 파괴 공작과 파업과 잇단 소송을 겪으면서 계속 난관에 봉착하고 있기 때문이다.

이로써 잡힌 말은 세 개, 즉 연보라색 폰 하나와 검은색 폰 하나, 그리고 흰색 폰 하나이다.

나탈리아는 다시 물부리를 빨고 나서 다른 색깔의 진영들을 바라본다. 로봇의 길인 파란색 진영, 여성화의 길인 빨간색 진영, 그리고 수명 연장에서 미래의 길을 찾는 노란색 진영에서는 주목할 만한 진전이 전혀 없으므로 말들을 움직일 필요가 없다.

나탈리아는 담배 연기를 체스 판 전체로 훅 내뿜는다. 마치 진영에 상관없이 세계 도처에서 오염이 증가하고 있음을 보여 주기라도 하는 듯하다.

앞으로는 어떻게 될까? 모든 진영이 말들을 전진시켜 중앙에서 서로 만나면 어떤 일이 벌어질까? 대립은 피할 수 없는 것일까? 엔트로피 법칙에 따라 모두가 혼돈과 파괴를 향해 나아가는 것일까?

그녀는 필립 K. 딕의 소설 하나를 떠올린다. 다음과 같은 흥미로운 아이디어를 다루고 있는 소설이다.

하느님은 첫 우주인 우리의 우주를 창조해 놓고 얼마 지나지 않아 이 세계가 혼돈을 향해 가고 있음을 알아차렸다. 그 피할 수 없는 종말을 늦추기 위해 점점 더 많은 에너지를 쏟아부었지만 우주는 계속 자멸의 길로 가고 있었다. 그래서 하느님은 이 첫 번째 우주를 포기하고, 그 실패를 교훈 삼아 문제점을 개선한 두 번째 우주를 창조했다. 하느님이 첫 우주를 실패작으로 간주하고 파괴하려고 했을 때, 동생 우주가 청했다. 형이 비록 완전치는 못하지만 그냥 살려 두라고. 그래서 하느님은 그 청을 받아들여 맏이를 살려 두기는 하겠으나 더 이상 신경을 쓰지 않겠노라고 했다. 동생이 형을 구하고 싶다면 직접 맡아서 해보라는 것이었다. 그때부터 동생 우주는 때때로 〈구원자들〉을 첫 번째 우주에 보내어 폭력과 죽음의 충동을 저지하려고 애썼다. 위대한 철학자들, 위대한 과학자들, 사랑과 평화의 메시지를 전하는 예언자들이 바로 그 구원자들이었다. 하지만 그들은 대개 환영을 받지 못했다.

나탈리아는 칠각형 체스 판 주위를 돌아 연보라색 킹을 만진다.

현재로서는 드루앵 대통령이 〈소형화를 추구하는 사람들〉의 가장 훌륭한 수호자야. 그러니까 그가 연보라색 킹이고, 나는 연보라색 퀸이야. 다비드는 연보라색 비숍이고 오로르는 나이트, 마르탱은 루크야. 에마슈들 자신은 현재만 놓고 보면 그저 폰들일 뿐이야.

그녀는 조금 전에 들어낸 연보라색 폰을 집어 들고 쿠르츠 사건을 생각한다.

에마슈들은 작은 우주 속에 있고, 아크릴 유리로 완전히 둘러싸인 채 우리의 보호를 받고 있는 이 우주는 우리의 큰 우주에 포함되어 있어. 그런데 이 큰 우주는 그들의 작은 우주처럼 닫혀 있지는 않지만, 〈실패작〉으로 귀결될 가능성이 많은 허술하고 혼돈스러운 우주야. 그러나 에마슈들은 이런 사정을 상상조차 할 수 없을 거야.

그녀는 칠각형 체스 판을 골똘히 바라본다. 그러다가 문득 일곱 가지 색깔이 한데 어우러져 빚어내는 환각적인 아름다움을 발견한다.

이 게임이 지향하는 것은 복잡성이나 혼돈이라기보다 아름다움이 아닐까?

그녀는 담배 연기로 묘기를 부린다. 입에서 기다란 띠처럼 빠져나온 연기가 체스 판 위쪽에서 둘둘 말리더니 복잡한 아라베스크 무늬를 만들어 낸다.

## 29

아무것도 보이지 않는다.

에마 109는 여자아이의 장난감 통 안에 웅크린 채 입국 심사대를 통과한 뒤에 슬그머니 달아난다.

그런 다음 자신의 위치를 재빨리 파악하고, 초소형 스마트폰을 이용하여 표지판에 적힌 말들을 번역해 낸다.

어디로 가야 하는지가 분명해지자, 그녀는 어느 여행객의 가방에 찰싹 달라붙어서 버스 안으로 숨어든다. 그런 식으로 몇 가지 교통수단을 이용하여 오스트리아 수도의 공영 쓰레기 하치장에 다다른다.

에마 109는 잽싸게 몸을 놀려 이 하치장에 일종의 임시 야영장을 마련한다. 쓰레기장이 자기에게 안전한 장소라는 사실은 일찌감치 터득한 바 있고, 이제는 쥐들의 접근에도 대처할 줄 아는 터다.

숙소가 마련되었으니, 주위의 쓰레기를 뒤져 쓸 만한 물건들을 찾아내야 한다. 거인들이 사용하던 휴대폰과 배터리, 칼날 등 쓸모가 있는 물건들은 얼마든지 있다.

에마 109는 뉴욕에서 했던 것처럼, 자동차 배터리를 활용한 전기 장치를 설치한다. 그런 다음 수거한 휴대폰 한 대를 수리해서 컴퓨터와 GPS 수신기로 사용할 수 있게 만든다. 이 휴대폰에 그녀가 지니고 다니는 작은 메모리 칩을 꽂기만 하면 문서와 개인적인 정보를 불러올 수 있고 온라인 백과사전에 접속할 수 있을 뿐만 아니라 〈피그미 프로덕션〉이나 UN의 컴퓨터들에 접속할 수도 있다.

에마 109는 오스트리아에 온 첫날을 그렇게 오두막을 짓고 작업 준비를 하면서 보낸다. 그런 다음 공격 계획을 짜기 위해서 쿠르츠 박사의 성형외과 의원이 어디에 있는지 알아낸다.

그녀는 〈피 흘리는 인형들〉이라는 동영상을 올려놓은 사이트에 접속한다. 이튿날 밤 10시를 기해 제3탄을 라이브로 보여 주겠다는 예고가 나와 있다.

에마 109는 〈구글 맵스〉에서 해당 지역의 지도를 찾아내고, 다른 인터넷 사이트에서 날씨, 내원객 현황, 건물의 조명, 의원의 내부 구조 등에 관한 정보를 얻어 낸다.

그러고 나서 임시변통으로 만든 칼을 예리하게 갈아 놓고 배낭을 꾸린다. 싸움을 제대로 하자면 든든하게 먹어 두는 것도 필요하다. 그녀는 쓰레기 더미에서 아직 상하지 않은 음식을 찾아내어 먹는다.

그런 다음 에드몽 웰스의 백과사전에 접속하여 문어에 관한 항목을 다시 읽는다. 이 동물은 부모의 보살핌이나 교육을 받지 못하지만, 혼자서 모든 것을 배우고 익혀 가며 세대를 이어 간다. 에마 109는 그 점을 매우 경이롭게 여긴다.

어린 문어가 그런 것을 할 수 있다면, 나도 할 수 있어. 개인적인 재능, 곤경을 헤쳐 나가는 임기응변의 능력을 발휘해야 해. 끊임없이 직감에 귀를 기울이고, 내 스스로 결정한 방책만 신뢰하고, 기회를 놓치지 말아야 해.

에마 109는 성냥개비 세 개로 네모를 만드는 수수께끼를 발견하고, 몇 분 동안 해답을 찾아보다가 포기한다.

이런 수수께끼는 아무짝에도 쓸모가 없어.

말은 그렇게 하지만, 사실은 답을 찾아내지 못해서 화가 난 것이다.

에마 109는 눈이 따끔거릴 때까지 백과사전을 읽는다. 그날 밤 그녀는 깊은 잠을 잔다.

이튿날은 장비를 준비하고 간단한 운동으로 몸을 풀면서 시간을 보낸다. 그런 다음 쓰레기 더미의 꼭대기로 기어 올라가서 멀리 거인들의 집들이 모여 있는 곳을 바라본다. 빈은 거대한 도시인 듯하다.

자, 이제 새로운 시련이 시작된다.

## 30

유리 감옥 밑에서 땅굴을 파던 그들은 흙보다 단단한 물질에 맞닥뜨렸다. 끈질기게 그 물질을 공략하자 갑자기 악취 나는 가스가 분출하여 땅을 파던 일꾼들이 모두 중독되고 말았다. 가스 배관을 잘못 건드린 것이다. 가스는 땅굴을 타고 올라와 아크릴 유리로 둘러싸인 도시 전체를 오염시킬 기세였다. 그들은 가까스로 최악의 사태를 막았다.

「바깥세상을 탐사하겠다는 단순한 욕망 때문에 하마터면 우리 모두가 죽을 뻔했어.」

왕 에마 2세의 탄식에 교주가 대답한다.

「미지의 세계를 발견하는 것은 하나의 모험입니다. 대가가 따르기 마련이죠. 저는 방향을 바꿔서 계속 파나갈 것을 제안합니다. 설마 우리가 가스 배관에 포위되어 있는 것은 아닐 테니까요.」

그 제안대로 일꾼들은 땅굴을 계속 파다가 이번에는 땅속에 매설된 고압 전선에 맞닥뜨린다. 그래서 또다시 방향을 바꾸어 땅굴을 파나간다.

이번에는 창고의 벽까지 접근하는 데 성공했다. 그러나 감옥의 경계를 넘었다 싶었는데, 어떤 도구로도 깨뜨릴 수 없는 콘크리트 벽이 그들을 막아선다.

일꾼들은 파괴할 수 없는 장벽을 이리저리 더듬어 보고 나서 체념한 표정으로 고개를 가로젓는다.

「그러니까 그 장벽이 우리가 탐사할 수 있는 세계의 경계로구먼.」

왕의 말에 에마 666이 고개를 끄덕인다.

「아닌 게 아니라 우리는 죄수들처럼 갇혀 있습니다. 신들은 우리를 심리적으로 굴복시켰을 뿐만 아니라 신체적으로도 속박하고 있습니다.」

왕은 그렇게 맥없이 포기하고 싶어 하지 않는다.

「저 너머에 무엇이 있는지 알아낼 방도가 틀림없이 있을 겁니다.」

그러자 에마 666은 단단한 물질을 두드리며 얼굴을 찡그린다.

「설령 우리가 이 장벽을 깨뜨리는 데 성공한다 할지라도, 우리 백성들을 생각하면 걱정이 앞섭니다. 자기들을 둘러싸고 있는 세계의 실체가 무엇인지 알고자 해야 하는데, 그럴 준비가 되어 있지 않은 것 같으니 말입니다.」

## 31

다비드 웰스는 분기가 탱천해 있다.

탁자 주위에는 그와 모험을 함께 벌인 다섯 친구들과 베네데타 드루앵과 올리비에 바쇼가 앉아 있다.

「그리고 동물 보호 협회 사람들은 저한테 뭐라고 대답했는지 아십니까? 〈어쨌거나 에마슈들의 유기체는 인간의 유기체를 그대로 복제한 것이므로 우리에게는 반가운 일이네요. 연구소 사람들이 그 점에 착안해서 동물에 대한 생체 실험을 그만두고 에마슈들을 사용하게 되지 않겠어요?〉 하더라고요.」

다른 사람들의 표정은 그저 덤덤하다.

「그다음에 저는 과학 아카데미를 찾아갔어요. 더운 피가 흐르는 포유강 영장목의 호모 메타모르포시스가 호모 사피엔스와 동일한 종에 속한다는 사실을 인정하도록 하기 위해서죠. 그런데 아카데미 회원들이 뭐라고 대답했는지 아세요?」

아무도 대꾸하지 않는다. 그러자 다비드는 아카데미 회원의 목소리를 흉내 내어 말을 옮긴다.

「〈호모 메타모르포시스가 정말로 우리와 동일한 종이 되기 위해서는 우리와 성관계를 가질 수 있어야 하고 혼혈의 자식도 낳을 수 있어야 합니다. 그런데 호모 메타모르포시스와 호모 사피엔스는 서로 성교를 할 수도 없고 함께 자식을 만들 수도 없습니다. 그건 우선 물리적으로 불가능한 일입니다.〉」

다른 사람들은 눈살을 찌푸린다.

「저는 애초에 호모 메타모르포시스의 유전 암호 체계를 구성한 것은 우리의 유전자들이었다는 점을 상기시켰지만, 그들은 들은 척도 하지 않았어요.」

다비드는 분노를 가라앉히기 위해 심호흡을 하고 말을 잇는다.

「그러고 나서 대안 세계화 운동가들을 만났어요. 그들은 이렇게 말하더군요. 〈미안합니다. 우리의 신조는 먼저 제3세계 민중을 수호하는 것입니다. 착취당하는 사람들을 보호하는 일은 너무나 어렵기 때문에 우리는 당신네 《유사 인간들》을 지지하느라 시간을 낭비할 수가 없습니다.〉」

오로르는 그럴 줄 알았다는 듯 고개를 주억거린다. 다비드의 말이 이어진다.

「그 뒤에는 프랑스 공산당 간부들을 찾아가서 말했죠. 〈프롤레타리아 혁명이 구현한 이타성과 연대라는 가치들에 비추어 여러분은 에마슈들을 모른 척하시면 안 됩니다.〉 그들의 대답은 이러했습니다. 〈우리는 노동자들 편에서 생각하고 노동자들에게 도움이 되는 것을 지지합니다. 에마슈들은 사람들이 기피하는 위험하고 까다로운 작업을 수행합니다. 예전에는 여자들과 아이들이 열악한 작업 환경에서 시력을 잃고 손을 다쳐 가며 장난감을 만들었는데, 이제는 에마슈들이 그들을 대신하고 있습니다. 만약 에마슈들이 노동을 중단하면, 우리 노동자들이 다시 그런 일을 해야 할 것입니다.〉」

「아닌 게 아니라 예전에 중국 아이들을 많이 고용하던 업종에서 주문이 많이 들어오고 있어요.」

올리비에 바쇼의 촌평이다. 다비드는 흥분을 조금 가라앉히고 보고를 이어 간다.

「이어서 아나키스트들의 운동 단체를 찾아가 그들에게 말했죠. 인간을 착취하는 자본주의 체제가 에마슈들에 대한 과도한 착취를 야기했으니, 우리 작은 생명체들을 믹서처럼 갈아 버리는 냉혹한 체제를 타파하여 그들을 자유롭게 만들어 주어야 한다고 말입니다. 그들은 이렇게 대답하더군요. 〈미안합니다. 우리가 자본주의에 맞서 싸우는 것은 맞지만, 그것은 인간들을 위한 싸움이지 연구소의 실험을 돕기 위한 싸움은 아닙니다. 게다가 에마슈들은 원래 군에 소속된 국가정보기관에 의해 전쟁용으로 만들어졌습니다. 《신도 없고 지배자도 없다》는 우리의 슬로건은 인간에게만 적용됩니다.〉」

펜테실레이아가 끼어든다.

「그들이야 당연히 그렇게 말하겠지.」

다비드는 볼멘소리로 말을 잇는다.

「생태주의자들도 만났어요. 에마슈들에게는 그들의 지지가 필요하다고 말했죠. 그런데 그들은 에마슈가 자연에서 나오지 않았기 때문에 유전자 변형 유기체로 간주하고 있다면서, 관련 법률에 따라 에마슈의 생산을 철저히 금지해야 한다고 대답했습니다. 에마슈들을 더 만들어 내지 말고 이미 존재하는 개체들을 재활용하는 것으로 그쳐야 한다는 것이죠. 심지어는 실험실에서 만들어진 에마슈들의 시체가 미생물에 의해 분해되는 성질이 있는지 확인하고 싶다는 말까지 하더라고요.」

무거운 침묵이 뒤따른다. 나탈리아는 이제껏 아무런 반응을 보이지 않았다. 오로르는 포도주를 한 잔 따라서 마시기 시작한다.

다비드는 결론을 내리기 위해 다시 말문을 연다.

「사정이 이러하기 때문에 저는 이렇게 제안하고 싶습니다. 정치권이나 종교계에서 더 온정적인 반응이 나올 때까지 우리는 그냥 생산을 중단해야 합니다.」

그는 조금 머뭇거리다가 덧붙인다.

「그리고 우리가 파견한 에마슈들을 모두 여기로 불러 모아 안전하게 지켜 주면서, 우리 고객들이 〈인간애〉를 보일 때까지 기다려야 합니다.」

다들 침묵을 지키고 있는 가운데 마르탱 자니코 중위만이 재킷을 들춰 티셔츠에 적인 머피의 법칙들을 보여 주면서 반응을 보인다. 자기 나름대로는 그 법칙들이 지금 논의되고 있는 문제와 잘 맞아떨어진다고 생각하는 것이다.

48. 모든 작은 문제에는 큰 문제의 씨앗이 들어 있다.

49. 미지의 세계를 탐사할 때는 장차 무엇을 발견하게 될지 모르는 게 당연하다.

50. 혼자 배우고 깨우치는 사람은 이미 상당한 지위를 확보하고 있는 사람들의 세뇌에 시달리지 않는 행운을 누린다.

51. 돈을 내는 자가 규칙을 정한다.

중위는 말을 입 밖에 내지 않고 눈짓으로 다비드를 응원한다. 다비드가 말끝을 단다.

「만약 인류가 스스로 창조한 생명체를 존중할 줄 모른다면, 그 생명체의 도움을 받을 자격이 없습니다. 사람들이 에마슈를 곁에 둘 수 없게 해야 합니다. 에마슈들을 여기에서 내보내는 일을 중단해야 해요.」

마침내 나탈리아가 말문을 연다.

「그건 실현하기 어려운, 아니 실현하기 불가능한 요구예요. 현재 외부에 나가서 활동하는 에마슈들이 몇 명인 줄 알아요?」

「수천 명 되지 않나요? 한 5천 명쯤.」

「오늘 기준으로 정확히 7,324명입니다.」

「자동차의 어떤 부품에 결함이 있는 것으로 드러나면, 자동차 회사는 그 부품을 사용한 모든 자동차에 대하여 리콜을 실시합니다. 오스트리아 판사들이 에마슈들을 〈임대용 물품〉으로 간주하고 있으니까, 우리는 점검을 내세워 에마슈들을 불러들이면 됩니다. 그랬다가 에마슈들을 절대로 훼손하지 않겠다는 약속을 받은 뒤에 고객들에게 돌려주는 것이죠.」

침묵이 이어진다. 다들 표정이 어둡다.

오로르가 술잔을 내려놓으면서 말한다.

「그건 현실적이지 않아, 다비드.」

「어째서?」

「그런다고 달라질 게 없거든.」

오로르는 다른 사람들을 흘끗 바라본다. 이미 무슨 말이 나올지 짐작하고 있는 기색들이다.

나탈리아가 대신 나서서 설명한다.

「당신이 바티칸 방문에 이어 여러 정당과 단체를 찾아다니는 동안 일이 벌어졌어요.」

「무슨 일인데요?」

나탈리아 오비츠 대령은 물부리를 꺼내어 담배를 끼운다.

「좋은 소식 하나와 나쁜 소식 하나가 있어요. 나쁜 소식 먼저 알려 줄게요. 몇 달 전부터 중국인들이 자기네 에마슈들을 생산하고 있어요.」

「말도 안 돼! 그들에게는 남자 에마슈가 없잖아요. 정자를 제공할 남성이 없는데 에마슈들이 어떻게 생식을 한단 말입니까?」

「작년 어느 날 밤, 누가 우리 건물에 침입했던 사건을 기억하죠? 그때 우리는 도둑들이 컴퓨터를 훔치러 왔던 것으로 믿었어요.」

「사실이 그랬잖아요. 그들은 컴퓨터들을 훔쳐 갔어요.」

「컴퓨터만 훔쳐 간 게 아니에요. 그들은 남자 에마슈도 세 명이나 훔쳐 갔어요. 씨를 받을 수 있는 에마슈들을 말이에요.」

「뭐라고요?」

「우리는 최근에 인구 조사를 하다가 그런 사실을 알아차렸어요. 당신이 바티칸으로 떠난 뒤에요.」

다비드는 갑자기 맥이 탁 풀리는 기분을 느낀다.

「그러니까 이제는 우리만 에마슈들을 생산할 수 있는 게 아니라는 건가요?」

「중국인들은 우리한테서 훔쳐 간 그 〈씨 에마슈들〉을 이용해서 단기간에 번식에 성공했어요. 당연히 다른 수컷들도 만들어 냈고요. 이제 그들은 큰 농장에서, 특히 쓰촨성에 있는 농장에서 속성 사육을 하고 있습니다. 닭을 사육할 때 사용하는 기술, 다시 말하면 닭이 빨리 자라도록 낮과 밤의 순환을 빠르게 하거나 호르몬을 투여하는 기술을 그대로 적용하고 있는 것이죠. 그래서 현재 시장에는 7천여 명이 아니라 30만 명 이상의 에마슈들이 있어요. 중국인들이 모방해 낸 에마슈들은 모든 점에서 우리 에마슈들과 유사해요. 다만 영양이 부실하고 인위적으로 성장을 촉진시킨 탓에 대체로 허약하고 오래 버티지 못합니다.」

베네데타 드루앵이 고개를 끄덕인다. 나탈리아가 말을 잇는다.

「중국인들은 에마슈들을 헐값으로 시장에 내놓고 있어요. 수요가 많아서 그들이 처음으로 생산한 에마슈들은 이내 바닥이 났어요. 이제 에마슈들은 단지 정교한 손놀림이 필요한 작업들뿐만 아니라 모든 종류의 노동을 합니다. 탄광에서 보통의 광부들이 접근할 수 없는 깊은 탄맥을 찾아 채굴하기도 하죠.」

「이제 이해가 가는군요. 공산당원들과 아나키스트들과 생태주의자들과 대안 세계화 운동가들이 왜 그런 반응을 보였는지…… 그들은 그런 사정을 알고 있었던 거예요.」

나탈리아는 담배 연기를 내뿜는다. 다비드가 묻는다.

「그럼 좋은 소식은 뭐죠?」

「음…… 좋은 소식은 없어요. 그냥 오로르가 즐겨 쓰는 말을 그대로 따라서 해본 거예요.」

다비드는 충격에 휩싸인 표정으로 다시 묻는다.

「왜 나한테 알려 주시지 않았죠?」

「모든 일이 아주 빠르게 진행되었어요. 당신은 여행을 하는 동안 여기에서 무슨 일이 벌어지는지 관심을 갖지 않았어요. 불법으로 복제하여 인위적으로 성장시킨 에마슈들이 시장에 넘쳐 난다는 사실을 우리도 2주 전에 확인했어요. 당신은 그 사실을 모르는 채로 교황에게 청원을 하고 온갖 정당과 운동 단체를 찾아다니며 토론을 벌인 거죠. 다비드…… 다비드…….」

나탈리아는 그의 이름을 되뇐다. 마치 본의 아니게 어리석은 짓을 한 아이에게 말을 거는 듯하다.

다비드는 자리에서 일어나 서성거리다가 돌아와서 탁자를 주먹으로 내리친다.

「그렇다면 우리는 그들을 상대로 소송을 제기해야 합니다. 우리는 호모 메타모르포시스에 대한 독점권을 가지고 있어요. 유명 상표의 제품들을 불법으로 복제하는 경우에 그러듯이 우리는…….」

「우리가 뭘 하죠? 짝퉁들을 롤러 밑에 던져 놓고 으깨어 버릴까요?」

다비드는 숨을 깊이 들이마신다.

「일확천금을 노리는 기업가들이 우리 것을 훔쳐 갔어요.

그건 법의 제재를 받아 마땅한 범죄 행위가 아닌가요?」

「정의는 이론이고 시장 법칙은 현실이에요. 수요가 있었는데 우리는 공급을 제한했어요. 그러니까 그들이 수요를 충족시킨 거죠. 둑은 이미 무너졌어요.」

펜테실레이아가 설명을 보탠다.

「코뿔소의 뿔이나 상어 지느러미, 고래, 아프리카의 백색증 환자, 멸종 위기에 놓인 모든 동물에 대해서 그러듯이, 한쪽에는 그들을 보호해야 한다는 원칙이 있고 모두가 그것에 동의하지만, 다른 쪽에는 바로 그 원칙을 거스르기 위해 거금을 낼 준비가 되어 있는 고객들이 있어요.」

「결국 원칙을 지키는 사람들은 토론회에서 승리를 얻고 때로는 재판에서도 이기지만, 원칙을 무시하는 자들은 실전에서 이익을 취해요. 마지막에 승리를 거두는 자들은 언제나 돈을 지불하는 자들이에요. 금지는 그저 가격만을 올릴 뿐이죠.」

베네데타 드루앵이 비로소 발언에 나선다.

「쓰촨에서 생산된 에마슈들은 허약하다는 것 말고 한 가지 특성이 더 있어요. 그들은 임대되지 않고 팔려 나가요.」

다비드가 소리친다.

「뭐라고요?!」

「고객들은 상품을 샀기 때문에 에마슈들을 보살필 의무가 없어요. 그러니까 공장에서 에마슈들을 부리는 경우에는 생산비를 낮추기 위해서 그저 죽지 않을 정도로만 음식을 주죠. 에마슈들이 인간의 지위를 누리지 못하고 있으니까 자기들 마음대로 착취를 하는 겁니다.」

누시아가 상기시킨다.

「반투족의 농장에서 피그미들을 부리는 게 바로 그런 식입니다. 규모는 달라도 같은 일이 벌어지고 있는 것이죠.」

「듣고 보니 내가 엉뚱한 사람들을 만나고 다닌 것 같습니다. 노예 제도를 철폐하기 위해 싸우는 단체들을 찾아가서 도움을 청해야겠어요.」

다비드의 말에 펜테실레이아가 다시 나선다.

「당신이 벌인 교섭 활동의 결과가 어떤 것인지 알겠죠? 당신이 만난 사람들은 하나같이 우리 에마슈들을 실험용 생쥐처럼 여기면서 그 수준의 권리만 인정한 거예요.」

자니코 중위의 얼굴에도 실망한 기색이 역력하다. 다비드가 소리친다.

「빌어먹을! 사정이 그렇다면 우리는 무엇을 어떻게 하죠?」

올리비에 바쇼는 서류에 물린 클립을 만지작거린다. 베네데타 드루앵은 자기가 메모한 것을 다시 읽어 본다. 다른 사람들은 눈길을 떨군다. 다만 오로르는 다비드의 눈길을 피하지 않고 맞받는다.

「네 말대로 에마슈들을 모두 거두어들여 여기에서 보호할 수는 있겠지. 하지만 그렇게 되면 중국의 모조 에마슈들이 아무런 통제나 경쟁도 없이 시장을 석권하게 될 거야. 그건 에마슈들을 지켜 주는 일에 실패하는 것일 뿐만 아니라 경제적으로 완전히 망한다는 뜻이기도 해.」

베네데타 드루앵도 같은 생각이다.

「다른 건 몰라도 우리 에마슈들을 계속 쓰는 고객들은 교육과 위생과 건강에 대한 우리의 보증을 중요하게 생각하는 사람들이죠.」

올리비에 바쇼가 거들고 나선다.

「값이 싼 에마슈를 사는 사람들은 얼마 지나지 않아서 다른 에마슈를 사야만 할 것입니다. 값이 싼 대신 결함이 있다는 것을 알게 될 테니까요. 그렇게 사고 또 사다 보면 결국에는 돈이 더 들게 되죠. 그러니까 앞으로 마케팅을 할 때 우리 〈피그미 프로덕션〉은 품질을 강조해야 합니다. 〈고품질이 결국엔 더 싸다〉라는 식으로요.」

아무도 이의를 달지 않는다. 베네데타 드루앵이 상기시킨다.

「중국산 싸구려 에마슈들은 교육을 제대로 받지 않았고 우리 에마슈들에 비해 학력이 훨씬 낮습니다. 언어 능력도 떨어지고 진정한 노하우를 요하는 작업에서도 신통한 능력을 보이지 못합니다. 게다가 조금만 무리하면 병이 나죠.」

올리비에 바쇼가 끼어든다.

「저는 호기심이 나서 중국산 에마슈들을 샀습니다. 한 명당 1백 유로를 받고 팔더군요. 그 에마슈들은 백신도 맞지 않았어요.」

「우리는 시간당 1백 유로를 받고 빌려 주는데, 그 돈으로 에마슈를 사서 죽을 때까지 부려 먹을 수 있다고요?」

올리비에 바쇼가 말을 잇는다.

「나는 여섯 명을 사서 검사를 해봤어요. 빠르게 성장을 시킨 탓에 척추에 변형이 있고 자세가 곧지 못하더군요. 그들은 생기가 없어요. 다리는 휘고 머리털에는 윤기가 없어요. 감기에도 잘 걸리고요.」

다비드는 벌떡 일어서며 중얼거린다.

「빌어먹을! 우리가 무엇을 한 거지? ……우리가 무엇을 한 거지?」

그는 다시 책상을 친다. 그 소리가 방 안에 울려 퍼진다.

「우리가 무엇을 했느냐, 그게 문제가 아니에요.」

나탈리아는 나직한 어조로 덧붙인다.

「우리는 이제 무엇을 할 수 있는가, 그게 문제죠.」

「좋아요, 대령님, 이 상황을 전략적인 관점에서 보고 계실 테니 어디 한번 말씀해 보세요. 우리가 무엇을 할 수 있죠?」

나탈리아는 잠시 뜸을 들이다가 대답한다.

「현재는 신호를 기다리고 있어요. 위기 국면에는 어딘가에서 해법이 나타나게 마련이죠.」

「아무것도 안 하면서 그 〈신호〉만 기다리자는 건가요? 상황이 점점 나빠지는 것을 그냥 지켜보기만 할까요?」

「그 심정 이해해요, 다비드.」

「나는 에마슈들을 버려두고 싶지 않아요. 우리는 그들을 저버리면 안 돼요!」

누시아가 끼어든다.

「다비드, 고릴라를 잡을 때 네가 어떤 꾀를 썼는지 생각해 봐. 목이 좁은 단지 속에 과일을 넣어 두니까 고릴라는 그것을 놓치지 않으려고 고집을 부리다가 단지에서 손을 빼내지 못하고 붙잡혔어. 그날 네가 우리에게 설명했지. 우리는 무언가를 당연히 우리 것이라고 생각하며 포기를 하지 못하기 때문에 스스로 덫에 걸린다고.」

「그건 얘기가 달라. 에마슈들은 우리 자식이나 진배없어. 곤경에 빠진 자식을 저버리는 부모는 없어. 그 고릴라는 그저 식탐을 부렸을 뿐이야. 제가 좋아하는 것을 손에서 놓지 않으려고 오기를 부린 것에 지나지 않아.」

누시아는 한숨을 내쉰다. 무슨 말로 설득하든 그는 생각을 바꾸지 않을 듯하다. 그래서 다비드 쪽으로 몸을 숙여 귀엣말로 속삭인다.

「좋아……. 그렇다면 포기가 아닌 다른 방법을 찾아내야 해.」

다비드는 그들 한 사람 한 사람을 뚫어져라 바라본다.

「오늘은 들을 만큼 들었으니 그만하죠. 다들 어쩌면 그렇게 똑같은 소리를 해대는지 이제 싫증이 나네요.」

그는 방을 나가서 문을 쾅 닫는다.

얼마쯤 복도에서 서성거리다가 그는 〈마이크로 랜드 2〉를 품고 있는 창고 쪽으로 발걸음을 옮긴다.

투명한 벽 너머로 초소형 도시가 보인다. 다이오드를 이용한 가로등 불빛에 도시가 환하게 빛난다.

불빛들이 하나둘 꺼지기 시작한다. 에마슈들은 교육을 잘 받은 모범생들처럼 일찍 잠자리에 든다. 이른 아침부터 일을 하거나 공부를 하기 위해 심신을 늘 건강하게 유지하는 습관을 들인 것이다.

외과의를 양성하는 학교의 불빛이 마지막으로 꺼진다. 이 학교의 학생들은 거인들을 치료하는 복잡한 기술에 통달하기 위해 늦은 시각까지 열심히 공부한다.

문득 〈피 흘리는 인형들〉을 찍기 위해 잔인한 쿠르츠가 손아귀에 움켜쥐고 있는 에마슈들의 모습이 눈앞에 어른거린다. 다비드는 눈을 감는다.

에마슈들을 창조하여 어리석은 인간들의 손에 넘겨주다니. 그런 짓을 하느니 내가 세상에 태어나지 않는 편이 나았을 거야.

마이크로 랜드의 마지막 불빛이 꺼진다.

누시아가 다가와서 그의 손을 잡는다.

「마조바 할까?」

## 32

### 백과사전: 모세

모세는 기원전 1200년 무렵에 이집트 땅 고센에서 태어났다.

그는 세 개의 유일신 종교에 의해 예언자로 인정받고 있다(히브리인들은 모셰, 기독교인들은 모세, 무슬림들은 무사라고 부른다).

모세의 부모는 아므람과 요게벳이며, 이들은 이집트에서 출생한 히브리인들의 첫 세대에서 생겨났다.

성경에 따르면, 이집트의 파라오는 히브리인들이 번성하고 널리 퍼져 나가는 것을 두려워한 나머지, 히브리인들에게서 태어나는 아들은 모두 강에 던져 버리고 딸은 살려 두라고 명령한다. 요게벳은 임신하여 아들을 낳자 석 달 동안 숨겨 기르다가 왕골 바구니에 담아 강가 갈대 사이에 놓아둔다. 파라오의 딸 바티야는 강에서 목욕을 하다가 아기를 발견하고는, 아기가 히브리인의 아들임을 짐작하고서도 양자로 삼는다. 공주는 〈물에서 건져 냈다〉는 뜻으로 아기에게 모세라는 이름을 지어 준다. 공주는 아이를 이집트 왕자처럼 교육시킨다. 아이는 말을 더듬는 장애 때문에 고생을 했던 것으로 보인다. 성년에 도달한 모세는 자기가 히브리인의 아들임을 알게 된다. 어느 날 그는 피라미드 건설 공사장에 갔다가 자기 동포들이 노예처럼 강제 노동에 시달리는 것을 본다. 그때 이집트 사람 하나가 히브리인 노동자를 죽일 듯이 때리는 것을 보고, 그 이집트인을 때려 죽여서 땅에 묻은 뒤에 미디안 땅으로 도망친다. 거기에서 그는 시뽀라와 혼인하고 양치기가 된다. 모세는 인생의 대부분을 그런 식으로 보낸다.

그런데 그는 여든 살이 되어 떨기나무 한가운데에서 솟아오르는 불꽃의 계시를 받는다. 그는 떨기 한가운데에서 나오는 하느님의 음성을 듣는다. 그가 장차 무엇을 해야 하는지를 일러주는 음성이다. 그 지침에 따르면 그는 히브리인들을 노예 상태에서 해방시켜야 하고, 그들을 약속의 땅 가나안으로 이끌어야 하며, 하느님과 계약을 맺어야 하고, 율법을 가르쳐야 한다.

모세는 임무가 어려우리라 짐작하고 맡지 않으려고 하지만, 하느님은 파라오를 굴복시키기 위한 초자연적인 권능을 그에게 부여한다.

그것은 이집트에 열 가지 재앙을 내릴 수 있는 권능이다. 모세는 매번 파라오를 찾아가 이스라엘 백성들을 내보내지 않으면 재앙이 일어나리라고 경고한다. 파라오는 완고한 마음을 굽히지 않고 모세의 말을 듣지 않는다. 그리하여 다음과 같은 열 가지 재앙이 잇달아 이집트를 덮친다.

첫째, 나일강이 피의 강물로 바뀌는 것. 둘째, 개구리들의 침입. 셋째, 모기 떼의 습격. 넷째, 등에 떼의 습격. 다섯째, 집짐승들을 죽이는 지독한 흑사병. 여섯째, 이집트 온 땅에 있는 사람과 짐승에게 궤양을 일으키는 종기. 일곱째, 우박. 여덟째, 농작물은 물론이고 들판의 나무까지 모조리 먹어 치우는 메뚜기 떼의 습격. 아홉째, 사흘 동안 이집트 온 땅을 덮은 어둠(로마 시대의 역사가 플라비우스 요세푸스의 주장에 따르면 그 시기에 일식이 있었다고 한다). 열째, 이집트인들의 맏아들과 짐승의 맏배들이 모조리 죽임을 당하는 재앙.

파라오는 자기 맏아들이 그 마지막 재앙에 희생되고 나서야 굴복한다. 그리하여 히브리 노예들은 마침내 이집트 땅을 떠난다. 최근의 고고학적 발견에 따르면, 1백만 명이 넘는 히브리인들이 모세를 따라 홍해를 건너고 광야로 들어갔다고 한다.

모세는 자기 백성들을 시나이산 쪽으로 이끈다. 거기에서 그는 혼자 산봉우리로 올라가 하느님에게서 율법과 계명이 적힌 석판을 받는다. 그

계율에는 다음과 같은 십계명이 포함되어 있다.

1. 나는 너를 이집트 땅에서 이끌어 낸 주, 너의 하느님이다.

2. 너는 우상을 숭배하지 않을지라.

3. 너는 내 이름을 헛되이 부르지 않을지라.

4. 너는 엿새 동안 일하고 이렛날에는 쉴지라.

5. 너는 아버지와 어머니를 공경할지라.

6. 너는 살인하지 않을지라.

7. 너는 간음하지 않을지라.

8. 너는 도둑질을 하지 않을지라.

9. 너는 이웃에게 불리한 거짓 증언을 하지 않을지라.

10. 너는 남이 가진 것을 탐내지 않을지라.

(미래 시제를 사용한 것은 이것이 명령이 아니라 예언임을 의미한다. 말하자면, 〈언젠가 너는 사람을 죽이거나 도둑질을 하거나 남의 여자를 탐내는 것이 아무것에도 도움이 되지 않음을 깨닫게 되리라〉는 식이다.)

이집트를 떠나 약속의 땅으로 가는 동안, 금송아지 숭배 사건을 비롯한 몇 차례 반란이 일어났다. 하지만 히브리 백성들은 몸이 녹초가 되고 물과 식량이 부족한 상황에서도 계속 모세를 따라 북쪽으로 갔다.

이 여행에는 40년이 걸렸다. 성경에 따르면 하느님은 그들 가운데 어느 누구도 노예의 심성을 버리지 못한 채로 약속의 땅에 들어가는 것을 원하지 않으셨다.

모세는 120세에 모압 땅 느보산에서 죽었다. 거기에서 약속의 땅을 눈으로 바라보기는 했으나 직접 그곳으로 건너가는 것은 허락되지 않았다.

에드몽 웰스, 『상대적이며 절대적인 지식의 백과사전』 제7권

## 33

바로 저기다.

에마 109는 눈앞이 탁 트인 언덕에서 쌍안경으로 쿠르츠 박사의 의원을 식별해 낸다. 거뭇한 전나무 숲 한복판에 들어선 외딴 건물이다. 티롤 지방의 휴양지를 연상시키는 풍경이다.

체구가 작다는 점을 이용해서 정문의 살들 사이로 빠져 들어가자마자 커다란 셰퍼드가 덤벼든다.

에마 109는 끝이 두 갈래로 갈라진 창을 가까스로 내밀어 거품을 뿜는 개의 주둥이를 찌른다. 그러고는 개의 목숨을 완전히 끊어 버리기 위해 목구멍 속으로 자기가 제작한 작은 수류탄을 던져 넣는다. 둔탁한 폭음이 나자마자 그녀는 등을 돌려 시체를 숨길 만한 곳을 찾는다. 시체를 거기에 그대로 둘 수는 없는 노릇이다.

그녀는 배낭에서 미니 도르래와 강철 케이블을 꺼낸다. 그런 다음 나무줄기에 도르래를 걸고 개를 끌어 올려 무성한 수풀에 감춘다.

이제 어둠이 깊어지기를 기다려야 한다. 그녀는 스마트폰으로 빌프리트 쿠르츠의 인터넷 사이트에 접속해서 공연 시간이 얼마나 남았는지 확인한다.

카운트다운이 시작되었다. 프랑스어를 포함한 몇 개의 언어로 〈피 흘리는 인형들 제3탄, 공연 시작 23분 전……〉 하는 식으로 공연이 예고되고 있다.

에마 109는 갈고리 달린 밧줄을 던져 건물의 뒤쪽 벽을 타고 올라간다. 그러고는 미리 점찍어 둔 창문을 통해 건물 안으로 들어간다.

몇 개의 입원실과 수술실을 지나자 쿠르츠 씨네 가족의 사적인 공간이 나타난다.

스마트폰으로 확인해 보니 〈피 흘리는 인형들 제3탄〉은 11분 뒤에 시작하는 것으로 되어 있다.

에마 109는 비어 있는 침실 몇 개와 식당과 거실을 조사한다. 터럭이 희끄무레한 거인 두 명이 소파에 앉아 텔레비전으로 중계되는 축구 경기를 보고 있다.

처음에 에마 109는 거인들이 서로 비슷비슷하다고 생각했지만, 시간이 지나면서 그들을 서로 구별할 수 있게 되었다. 그녀가 알기로 털이 희끗희끗한 사람들은 나이가 들어서 늙은 사람들이다.

조사를 계속하다 보니 살짝 열린 문 하나가 눈에 들어온다. 거인 하나가 받침대 위에 놓은 비디오카메라를 들여다보며 이것저것을 조정하는 데에 몰두해 있는 듯하다. 조금 전에 본 거인들보다 몸집이 작다. 코와 귀가 더 좁아 보이고 얼굴은 더 반질반질하다.

젊은 거인이다. 내가 찾고 있는 바로 그 소년인가?

카메라 맞은편에 놓인 태블릿 PC가 〈피 흘리는 인형들 3탄〉이 7분 뒤에 시작된다는 것을 알리고 있다.

에마 109는 방 안을 세세히 관찰한다.

카메라가 설치되어 있다는 점만 빼면, 방 전체가 고대 로마의 신전을 모방한 스튜디오로 바뀌어 있다.

후경에 쳐놓은 벽걸이 천은 돌벽 같은 느낌을 준다. 옆쪽에는 에마슈들을 가둬 놓은 우리들이 있다. 에마 109는 재빨리 수를 헤아려 본다. 하얀 튜닉 차림의 에마슈 열세 명이 감금되어 있다. 그들이 심한 공포에 사로잡혀 있음은 멀리에서도 알 수 있다. 분명 〈피그미 프로덕션〉의 자매들이다.

이제 시작 5분 전이다.

젊은 거인은 커다란 투광기, 그리고 같은 장면을 모든 각도에서 촬영할 작은 보조 카메라 열 대를 꼼꼼하게 점검한다. 그런 다음 알림판에 멋을 부린 글씨체로 〈로마, 기원전 250년〉이라고 쓴다.

에마 109는 카메라와 투광기가 어디에 놓여 있는지, 그리고 방의 다른 출입구가 어디로 나 있는지 기억해 둔다.

옷장을 타고 올라가서 막 소년을 덮치려는 찰나, 갑자기 문이 열린다. 텔레비전에서 본 적이 있는 나이 많은 거인, 즉 아버지 쿠르츠다.

그는 방 안으로 들어서며 독일어로 무언가를 묻는다. 에마 109가 알아들은 것은 〈빌프리트〉라는 이름뿐이다.

그들의 표정과 몸짓으로 대화 내용을 짐작해 보니, 소음이 문제가 되고 있는 듯하다. 아버지는 아들이 너무 시끄럽게 작업을 한다고 나무라고, 아들은 조심하겠다고 약속하는 것 같다.

아버지는 〈암, 그래야지〉 하는 표정으로 한 번 더 다짐을 두고 방을 나가서 문을 닫는다.

에마 109는 축구 경기를 중계하는 텔레비전 소리가 더 커졌음을 알아차린다.

잘됐어, 그 늙은 거인이 끼어들지 않는 게 낫지.

소년은 혹시 아버지가 또 와서 방해를 할까 봐 열쇠를 두 번 돌려 문을 잠그고 열쇠를 서랍장 위에 올려놓는다.

〈피 흘리는 인형들 제3탄, 공연 시작 1분 전…….〉

소년은 촬영 준비를 마치고 주된 비디오카메라를 작동시

킨다. 즉시 카메라의 빨간 다이오드에 불이 들어온다. 이어서 리모컨으로 보조 카메라들을 작동시키고, 흘러내린 머리카락을 쓸어 올린 뒤에 카메라를 보며 인사를 하고 이번 공연의 주제와 프로그램을 독일어로 설명한다.

그러고 나서 빌프리트 쿠르츠는 우리에서 에마슈 하나를 꺼내어 고대 로마의 신전을 흉내 낸 무대의 한복판에 묶어 놓는다. 소년은 에마슈의 입에 재갈을 물리더니, 어차피 아버지의 귀에는 아무 소리도 들리지 않을 테니 누리꾼들을 위해 음향 효과를 높이는 게 낫겠다고 생각하면서 재갈을 도로 빼낸다.

소년은 붙박이장에서 고양이 세 마리가 들어 있는 우리를 꺼낸다. 고양이들의 털빛이 오렌지색인 것으로 보아 고대 원형 경기장의 사자들을 상징하는 게 분명하다. 고양이들은 일부러 굶겨 놓은 탓인지 벌써 맹렬한 기세를 보이며 쇠창살들 사이로 날카로운 발톱을 내밀어 주인이 제공한 먹이를 할퀴려고 한다.

가엾은 에마슈는 그 거인이 왜 자기에게 해를 끼치려고 하는지 여전히 이해를 못 하는 기색이다.

에마슈는 자기를 위협하는 고양이들을 겁에 질린 얼굴로 바라보다가, 비로소 사태를 알아차리고 비명을 지른다.

소년이 고양이들을 풀어 놓으려고 우리에 손을 대는 순간, 에마 109는 옷장 꼭대기에서 펄쩍 뛰어 숱이 많은 금발로 덮인 소년의 머리통에 내려앉는다. 그러고는 작은 두 손으로 꽉 움켜쥔 못을 높이 들어 올렸다가 마치 작살을 찔러 넣듯 머리통에 힘껏 박아 버린다. 뾰족한 금속은 머리털과 얇은 두피와 두꺼운 머리뼈를 지나 뇌의 말랑말랑한 분홍색 물질에 닿는다. 붉은 액체가 간헐천의 뜨거운 물처럼 분출한다.

소년은 새된 비명을 지른다. 자기에게 고통을 가하는 자를 쫓아내려고 손을 내두른다. 그러고는 못을 뽑아내고 자기 목덜미를 타고 내려온 검은 형체를 으스러뜨리려고 한다.

그러나 에마 109는 벌써 탁자로 뛰어올라 희생 제물로 바쳐진 채 계속 울부짖고 있는 젊은 포로를 풀어 준다.

소년은 힘을 내어 고양이들의 우리를 연다. 오렌지색 고양이 세 마리가 튀어나온다.

에마 109는 예상과 달리 상대가 공격을 받고도 계속 움직이는 것을 보자 못이 너무 가늘었음을 깨닫는다. 어쨌거나 이제는 다른 우리들에 갇힌 에마슈들을 풀어 주어야 한다.

촬영실이었던 방이 싸움터로 변한다. 한쪽에는 에마슈들이 있고, 반대쪽에는 그녀들보다 열 배나 큰 소년과 발톱을 모두 내민 채 미쳐 날뛰며 주위의 모든 것을 닥치는 대로 후려치는 고양이들이 있다.

이 장면은 그대로 촬영되어 누리꾼들에게 생중계된다.

에마 109는 재빨리 상황을 파악하고 속전속결이 상책이라고 결론을 내린다.

그녀의 자매들은 수술칼과 해부도를 잘 다루는 외과 수술 전문가들이지만 아직 전투에 참가할 엄두를 내지 못하고 있다. 에마 109는 유연하고 날랜 동작으로 이리저리 뛰어다니며 정확하게 타격을 가한다.

「가만히 있지 말고 뛰어!」

그녀가 에마슈들에게 소리쳤다. 고양이 한 마리가 도망치던 에마슈 한 명의 등을 발톱으로 할퀸다. 빌프리트 쿠르츠는 칼을 집어 들고 또 다른 에마슈를 찌른다.

벌써 에마슈들의 진영에 두 명의 희생자가 생겼다.

에마 109는 정면으로 맞붙어 싸우는 것을 포기해야 한다고 판단한다. 그러고는 잠깐 전술을 생각하다가 호주머니에서 후추를 꺼내 소년의 눈과 고양이들의 주둥이를 향해 뿌린다. 적들은 재채기를 하고 캑캑 소리를 낸다.

그건 마이크로 랜드에서 배운 방법이고 이미 뉴욕의 쥐들을 상대로 시도해서 성공을 거둔 기술이다.

작은 여전사는 잠깐 한숨을 돌릴 수 있게 되자, 이런 상황에 대비해서 배낭에 담아 온 못들을 생존자들에게 나눠 주고 그것들을 창으로 삼아 공격하는 방법을 보여 준다.

「자, 겁내지 말고 공격해!」

인터넷을 타고 소식이 퍼져 나가면서 몇 초 사이에 접속자들이 폭발적으로 증가한다. 소년과 고양이 세 마리가 에마슈 열 명을 상대로 전투를 벌이는 건 전례가 없는 구경거리인 것이다.

에마 109는 임기응변의 전술을 계속 생각해 낸다.

〈주위 환경을 자신에게 유리한 쪽으로 활용해야지 그것에 지배당해서는 안 된다〉고 나탈리아는 가르쳤다.

에마 109는 소년이 도망치지 못하도록 방 열쇠를 슬쩍 챙겨 넣는다. 그런 다음 커튼을 떼어 내라고 자매들에게 명령한다.

「이쪽으로 따라와! 다들 나처럼 해!」

에마슈들은 커튼을 그물처럼 사용해서 고양이들을 한 마리씩 포획한 뒤에 놈들이 꼼짝하지 않을 때까지 못들을 찔러 넣는다.

하지만 소년은 이내 기력을 되찾는다. 눈알이 벌게지고

정수리에서 피가 줄줄 흐르고 있음에도 포기할 기세가 아니다. 에마슈들은 완벽하게 손발을 맞춰 소년을 함께 공격한다.

에마 109는 이제 빨리 끝내야 한다는 것을 알고 있다. 인터넷을 통해 이 장면을 지켜보고 있는 거인들은 전투가 에마슈들의 승리로 돌아가고 있음을 알아차릴 것이다. 그들로서는 그런 결과를 용납할 수 없으리라.

소년은 칼을 마구 휘두른다. 칼날이 작은 여전사들을 아슬아슬하게 스친다.

발로 에마슈들을 짓밟아 버리려는 시도도 끊이지 않는다. 그가 욕설을 내뱉으면서 냅다 내지른 발길에 에마슈 한 명이 목숨을 잃는다.

에마 109는 소년의 눈에 다시 후추를 뿌린다. 소년은 분노에 차서 발악을 해댄다. 하지만 눈앞이 보이지 않아서 표적을 맞힐 수가 없다.

에마 109의 지시에 따라 생존자들은 커튼으로 밧줄을 만들어 이리저리 뛰어다니면서 상대의 발목을 묶는 데에 성공한다.

소년은 몸의 균형을 잃고 융단 바닥에 쓰러진다. 그 와중에도 손에서 칼을 놓지 않고 계속 허공을 가른다.

목을 공격해야 해, 그 부위가 이자의 약점이야 하고 에마 109는 생각한다. 그래서 에마슈들을 모아 다 같이 소년의 목에 못들을 찔러 넣는다. 외과 수술 전문가들답게 다들 손놀림이 정교하다.

빌프리트 쿠르츠는 호흡 곤란을 느끼며 피를 토한다.

에마 109는 적의 숨통을 완전히 끊으리라 생각하고, 기다란 못을 귀에 박은 뒤에 뇌에 이르도록 밀어 넣는다. 다시 피가 분출한다.

소년은 마지막으로 단말마의 경련을 일으킨다.

에마 109는 성냥을 그어 커튼에 불을 붙인다. 그런 다음 자매들을 통풍 장치 쪽으로 이끈다. 불이 방 안 전체로 번지는 동안 그녀들은 통풍관을 통해 달아난다.

## 34

엄지손가락이 파이프의 담배통에 담긴 당밀 빛깔의 물질을 꾹꾹 누른다. 그런 다음 집게손가락과 함께 열대 식물의 뿌리와 덩굴줄기를 혼합한 그 물질을 조금 더 넣고 매만져서 동그란 뚜껑 모양이 되게 한다.

성냥을 켜서 불을 붙이자 담배통의 물질이 오렌지 빛깔을 띤다.

누시아가 입김을 세게 불어 넣자 연기가 다비드의 콧구멍으로 들어가 허파 꽈리까지 내려간다.

다비드는 불쾌감에 이어 몽롱한 기분을 느낀다. 뇌 속에 있는 문들 몇 개가 닫히고 다른 문들이 열리는 기분이다.

누시아는 담뱃대를 내려놓는다.

「…… 3…… 2…… 1…… 제로. 거기로 들어갔어?」

「복도가 보여.」

「문들에 새겨져 있는 이름에 신경 쓰지 말고 마지막 문까지 계속 가. 그게 아틀란티스에서 보낸 첫 생애로 들어가는 문이야.」

「그 문 앞에 다다랐어.」

「문을 열어. 뭐가 보이지?」

「덩굴줄기로 만든 다리가 안개에 휩싸여 있어.」

「그 다리를 건너.」

다비드는 눈을 감은 채 가쁘게 숨을 쉰다. 누시아는 몇 초를 기다리다가 묻는다.

「건넜어?」

「그래, 건넜어.」

「뭐가 보이지?」

다비드는 눈앞에 보이는 장면을 세세한 것도 놓치지 않으려고 정신을 집중한다. 그의 숨결이 한결 차분해진다.

그는 하멤프타 시내의 어느 거리에서 자기의 모습을 본다. 그는 자기 집을 향해 걸어가는 중이다. 그때 위험을 알리는 소라고둥 소리가 들려온다. 모두가 소식을 듣기 위해 중앙 광장에 모인다.

천문학자들이 알려 준다. 지구에 접근하고 있는 소행성이 대기권을 통과할 수 있을 만큼 빠르다는 것이다. 그들의 계산에 따르면 소행성은 서해안에서 50킬로미터쯤 떨어진 바다에 떨어질 것이고, 그로 인해 큰 파도가 일어 섬을 덮칠 수도 있으리라고 한다. 충돌은 한 시간 이내에 일어날 것으로 예상된다.

경악의 순간이 지나가고 공포가 군중을 사로잡는다.

첫째 무리는 섬을 굽어보는 중앙의 큰 화산 쪽으로 달아난다. 높은 곳으로 올라감으로써 해일을 피할 수 있으리라 기대하는 것이다.

둘째 무리는 되도록 빨리, 그리고 되도록 멀리 도망치기 위해 항구로 달려가서 배에 올라탄다.

끝으로 셋째 무리는 체념한 사람들로 이루어져 있다. 이들은 도망가지 않고 재앙을 그냥 맞아들이기로 결정한다.

아슈콜라인과 은미얀은 이 마지막 부류에 속한다. 그들은 파도가 해변으로 밀려들기를 기다린다. 같은 선택을 한 수백 명의 사람들과 함께 부부는 모래가 고운 백사장에 앉는다.

## 35

무시무시한 일이 벌어졌다.

〈테이아 7〉은 아침 햇살이 모피처럼 내 표면을 덮은 숲을 어루만지던 시각에 대기권으로 진입했다. 우주에서 빠른 속도로 돌진해 온 이 암석 덩어리에 불이 붙고 흰색의 긴 꼬리가 하늘에 나타났다. 하지만 소행성의 거죽만 불에 타고 핵은 그대로 남아 있었다. 시속 8만 킬로미터에 달하는 속도도 그대로였다.

〈테이아 7〉은 구름을 가르고 마침내 엄청난 굉음을 내며 바다에 떨어졌다. 내 땅거죽에 떨어지지 않은 것이 그나마 다행이었다. 만약 땅에 떨어졌다면 거대한 구멍이 생겨났을 텐데, 바닷물이 충격을 부분적으로 완화해 주었다.

그렇긴 해도 〈테이아 7〉은 운동 에너지를 거의 잃지 않고 깊은 바닷물을 뚫고 들어가 해저에 충격을 가했다.

그때까지 나는 탄도학적인 문제를 간과했고 구경이 큰 탄환들을 두려워했다. 충격력이 물체의 크기뿐만 아니라 속도나 밀도와도 관련되어 있다는 사실을 깨닫지 못했다.

〈테이아 7〉은 내 살 속으로 파고들어 깊은 상처를 안겼다. 그때 지진이 일어나고 충격파가 발생했다. 이 충격파는 수면으로 올라와 크고 사나운 너울을 일으켰다.

너울은 20미터, 40미터, 80미터를 거쳐 140미터 높이에 다다랐다. 그야말로 물이 산을 이루어 나아가면서, 지나는 길에 있는 모든 것을 파괴하는 형국이었다.

불행하게도 소행성이 떨어진 곳은 인류의 발상지에서 아주 가까운 곳이었다.

## 36

백사장에서 기다리는 시간이 몇 세기처럼 길게 느껴진다. 그때 갑자기 기이한 현상이 눈앞에 나타난다.

태양이 보일 듯 말 듯 움직인다 싶더니 눈에 띄게 커지며 그들 쪽으로 날아온다.

아슈콜라인은 믿을 수 없다는 표정으로 눈을 비빈다. 태양이 곧 오른쪽으로 기울어진다. 그제야 그것이 태양이 아니라 소행성임을 깨닫는다. 태양 근처 어딘가에서 날아들었기 때문에 그 불덩이 자체가 태양처럼 보인 것이다.

불덩이는 계속 커진다. 대기가 진동하고 뜨거워진다.

그들 주위에서 날아다니던 갈매기들과 가마우지들이 사라졌다. 파리 한 마리, 모기 한 마리도 보이지 않는다. 커다란 종려나무의 잎사귀들마저 바스락거리기를 멈추었다. 자연의 모든 것이 기다림 속에서 정지해 있는 느낌이다.

진동 소리가 계속 커진다.

백사장에 불타는 구체의 불빛이 비친다. 사람들은 하늘에서 날아든 그 강력한 물체를 홀린 듯이 바라본다.

활활 타는 불덩이는 멀리 바다에 떨어진다. 굉음이 울리고 땅바닥이 흔들리더니 다시 정적이 찾아든다.

백사장에 모인 사람들은 다시 기다린다.

아슈콜라인은 그것으로 모든 게 끝난 것이려니 생각한다.

그런데 곧 그것이 눈에 들어온다. 거대한 너울이 일면서 수평선이 컴컴해지고 하늘의 한 부분이 가려진다. 으르렁거리는 듯한 그 소리에 발밑의 땅이 진동한다.

육안으로 어림잡기에도 너울의 높이가 적어도 1백 미터는 될 듯하다. 너울은 그들을 홀리듯 느릿하게 굽이치며 다가온다.

아슈콜라인은 배를 타고 도망친 사람들이나 산 쪽으로 달아난 사람들도 해일을 피할 수 없으리라 생각한다. 세 번째 길을 선택한 것이 스스로 대견스럽다. 도망치는 것보다 모든 것을 놓아 버리고 설령 죽음을 맞는다 해도 운명을 그대로 받아들이는 것이 당당하지 않은가.

그는 은미얀을 돌아본다. 그녀는 미소를 지으며 그의 손을 꼭 쥔다.

푸른 벽이 굼실굼실 다가온다. 그는 시간관념을 잃어버렸다. 그 장면의 지속 시간이 1초인지 1분인지 한 시간인지 알 수가 없다. 눈앞에 보이는 것들이 희미해지고, 깊은 정적과 소음이 갈마든다. 심장이 두방망이질 치고 숨결이 거칠어진다. 얼굴에 땀방울이 송골송골 맺힌다.

그는 생애의 그 마지막 순간을 온전하게 겪기 위하여 오감을 활짝 연다. 어차피 찾아올 죽음이 눈앞에 온 것이다. 빛의 입자들을 더 많이 받아들이기 위해 그의 동공이 확대된다.

어디에서 나타났는지 모를 갈매기들이 거대한 너울의 물마루에서 비말을 맞으며 장난을 친다. 기이한 광경이다. 자세히 보니 이해가 간다. 사나운 파도에 휩쓸린 물고기들이 공중으로 솟구쳐 오르니까 먹보 갈매기들이 물마루 위를 날며 그것들을 잡아먹는 것이다.

아슈콜라인은 전율을 느낀다. 한순간에 뇌에서 척수를 거쳐 새끼발가락에 이르기까지 모든 신경계를 타고 짜르르하게 전율이 스쳐 간다. 곧 모든 게 끝날 것이다.

속에 불덩이가 들어 있는 것 같다. 목구멍에도 가슴에도 배 속에도 있다. 그는 은미얀의 손을 더욱 세게 그러쥔다.

이제는 태양도 파도에 가려 보이지 않는다. 사위가 어두워진다. 백사장에 마치 초록색 그늘이 드리우는 듯하다.

모두가 추위에 떨면서도 자리를 뜨지 않는다.

이윽고 150미터 높이의 파도가 해변을 덮친다. 차가운 물방울이 그의 이마에 닿는다.

## 37

7백만 년 동안 인내심을 갖고 가꿔 온 문명이 우주 공간에서 날아온 암석 덩어리 하나 때문에 불과 몇 초 사이에 해일에 휩쓸려 갔다.

## 38

차가운 충격. 푸른 너울이 그들을 덮친다. 아슈콜라인과 은미얀은 파도에 휩쓸려 물마루로 솟구쳤다가 소용돌이에 휘말린다. 친구, 이웃 사람, 낯선 사람, 물고기, 바위, 뿌리 뽑힌 나무 등이 한데 뒤섞여 서로 부딪친다.

아슈콜라인은 세 자녀, 케찰코아틀과 오시리스와 이슈타르를 생각한다. 그들은 다행스럽게도 오래전에 섬을 떠났다.

바다 밑바닥으로 빨려 들어가는 느낌이 든다. 그는 고개를 들어 수면을 올려다본다. 햇빛이 아스라이 멀어지다가 완전히 사그라진다.

해류가 그를 자꾸 아래쪽으로 이끌어 간다. 다시는 수면으로 올라갈 수 없으리라는 것을 그는 알고 있다.

은미얀의 손을 되도록 오랫동안 잡고 있으려 하지만, 숨을 안 쉬고 고통이 극에 달할 때까지 버티고 나니 짠물이 허파로 들어오는 것을 막을 도리가 없다.

그는 천천히 손을 놓는다. 그녀가 자기를 보며 미소를 짓고 있는 듯하다.

〈사랑해, 은미얀.〉 이것이 그의 마지막 생각이다. 바닷물이 피를 대신해 혈관 속을 흐르고 있는 느낌이다.

숨이 막힌다. 아내를 마지막으로 한 번 더 보고 싶다. 그는 마음속으로 아내에게 미소를 보내고…… 까무룩 의식을 잃는다.

## 39

다비드는 질식하기 직전에 식은땀을 흘리며 벌떡 일어난다. 숨을 가누기가 어렵다. 그는 기침을 하고 숨을 헐떡인다.

누시아가 물을 한 잔 따라서 내밀자, 그는 손을 내젓는다. 대신 기침이 잦아든 사이에 숨을 고르려고 애쓴다.

「나는 그 일을 다시 겪었어……. 대홍수를…… 나의 죽음을…… 우리 섬에 살던 모든 사람들의 죽음을…….」

「정말 엄청난 일이었을 거야. 너는 가장 중요한 역사적 순간을 현장에서 보았어. 마치 르포 작가처럼 직접 사건 현장에 가서 고고학을 하고 있는 셈이야.」

「내가 왜 물과 바다를 무서워하는지 이제 알겠어. 아주 어렸을 때부터 나는 물에 빠지는 것을 터무니없이 두려워했어. 콩고에서 너를 따라 강물을 건널 때 그토록 애를 먹었던 것도 바로 그 때문이야.」

그는 숨을 깊이 들이마신다. 허파에 공기를 들여보낼 수 있는 게 너무나 경이롭다는 듯한 표정이다.

「그 장면이 아주 생생하고 분명했어. 그게 어떻게 가능하지?」

누시아는 뿌리와 덩굴줄기와 약초를 챙겨 넣고, 파이프의 담배통을 닦는다.

「그 어두운 기억이 너의 세포들 가장 깊숙한 곳에 늘 남아 있었을 거야.」

그는 다시 공기를 흠씬 들이마신다.

「그러니까 일이 그렇게 되었던 거야. 오랜 세월 동안 가꿔 온 인류의 훌륭한 문명을 몇 분 만에 해일이 삼켜 버린 거야. 성경에서 말하는 대홍수가 바로 그거야. 고대 바빌로니아의 길가메시 서사시에도 그런 얘기가 나와. 세상의 거의 모든 신화에서 대홍수에 관한 얘기를 했어. 나는 바로 그 일을 생생하게 다시 겪었어.」

누시아는 얼굴을 찡그린다.

「고통스러웠어?」

「사실은 후회도 미련도 없이 죽었어. 내가 해야 할 일을 완수했다는 느낌이 들었어. 게다가 내가 사랑하는 여자 옆에서 죽었잖아. 나는 처음 만나던 날처럼 그녀를 사랑하고 있었어.」

누시아는 그를 바라본다.

「여전히 그 여자가 나였던 것 같지는 않아?」

「그녀 이름은 은미얀이었어.」

「그 여자가 내 전생들 가운데 하나였을 수도 있지 않

을까?」

그는 눈길을 떨군다.

「미안해.」

누시아는 빙그레 웃는다.

「걱정하지 마. 나도 마조바를 해봤고 이미 그것을 알고 있었으니까. 그런데 네 직감으로는 그게 누구였던 것 같아?」

그는 대답하지 않는다. 더 난감한 표정을 지을 뿐이다.

「네가 아틀란티스의 생물학자였을 때 만들어 낸 그 소인들은 어떻게 되었을까? 그걸 알아내는 게 이번 마조바 의식의 목표였잖아.」

## 40

〈테이아 7〉의 충돌과 그에 따른 해일은 섬을 황폐하게 만들었다. 바닷물은 평원과 언덕을 덮치고 중앙 화산까지 침수시켰다.

불과 몇 시간 사이에 섬에는 아무것도 남지 않게 되었다. 섬에 살던 인간들도 모두 죽었다.

재앙이 닥치기 전에 섬을 떠남으로써 목숨을 건진 사람들은 몇 명 되지 않았다. 그들 가운데 하나인 케찰코아틀은 해일이 휩쓸고 간 뒤에 구조대를 조직했다.

그가 소인 연구 팀을 이끌고 섬에 당도해 보니, 눈에 보이는 것은 바위섬으로 변해 버린 산봉우리들뿐이었다. 케찰코아틀은 익사한 사람들의 시신을 건져 올리게 했다. 그 시신들 사이에서 부모를 찾아내자, 그는 오시리스와 이슈타르에게 알렸다. 세 사람은 저마다의 의학 지식을 결합하여 두 구의 시신으로 보이던 것에서 생명의 불꽃을 되살려 냈다.

나는 그들이 역사의 흐름을 바꿀 수 있으리라 믿었기 때문에 그들의 행로를 주의 깊게 지켜보고 있었다.

비록 한 사람에 지나지 않을지라도 결연한 의지를 가진 사람은 많은 것에 영향을 미칠 수 있는 법이다.

## 41

### 백과사전: 여우원숭이

원숭이가 생겨나기 훨씬 전부터 지구에 살았던 동물들 중에 여우원숭이가 있다.

여우원숭이는 영장목에 속하는 동물이다. 손가락이 다섯 개 달린 손과 발가락이 다섯 개 달린 발이 있으며, 엄지손가락은 다른 손가락들과 마주 대할 수 있고, 손톱과 발톱이 있으며, 얼굴 앞쪽에 모인 눈은 양안시 기능을 한다.

이 동물을 영어로 리머, 프랑스어로 레뮈리앵이라고 부르는 것은 스웨덴의 생물학자 린네가 이 동물의 몇몇 종에 〈레무르〉라는 속명을 붙였기 때문이다. 린네는 이 동물이 밤중에 조용히 돌아다닐 뿐만 아니라 생김새도 유령과 비슷하다 해서, 유령을 뜻하는 라틴어 〈레무레스〉에서 나온 그 이름을 붙인 것이다.

옛날에 여우원숭이는 모든 대륙에 살고 있었다. 그런데 원숭이를 비롯한 다른 영장목 동물들과 생존 경쟁을 벌이게 되었다. 여우원숭이들은 경쟁자들에 비해 육식을 덜 하는 편이었고 공격성과 신속성에서도 그들에게 못 미쳤기 때문에, 점차 경쟁에서 밀려났다(덩치가 나무늘보만 했던 팔레오프로피테쿠스처럼 체구가 큰 종들이 더러 있기는 했지만 그렇다고 사정이 달라지지는 않았다).

결국 여우원숭이들 중에서 살아남은 종들은 가장 키가 작은 종들이었던 것으로 보인다. 어떤 종들은 머리에서 발바닥에 이르는 몸의 길이가

5센티미터밖에 되지 않는다. 커다란 여우원숭이들이 사라져 갈 때, 작은 여우원숭이들은 행동이 조심스럽고 눈에 띄지 않는 곳에 집을 짓는 데다가 비교적 몸이 날래서 가까스로 생존할 수 있었다.
원숭이들의 침범을 견디지 못하고 여우원숭이들은 점차 모든 대륙, 모든 서식지에서 쫓겨났다. 일이 계속 그런 식으로 진행되었다면, 경쟁에서 뒤진 여우원숭이들은 지상에서 사라졌을 것이다. 그런데 그들 가운데 일부가 바닷물에 떠다니는 나뭇가지에 올라타는 모험을 감행했다. 그 천연 뗏목들은 인근의 섬들, 특히 아프리카 동남부 해안에서 멀지 않은 마다가스카르섬까지 흘러갔다.
다행히도 마다가스카르섬에는 원숭이들이 전혀 없었다. 여우원숭이들은 평온하게 살면서 번식할 수 있었다. 그런데 지금으로부터 2천 년 전에 또 다른 영장류인 인간이 마다가스카르섬에 상륙했다.
여우원숭이들이 원숭이들의 침범에 대해서는 뗏목을 타고 도망치는 방식으로 해결책을 찾아냈지만, 인간의 침입에 대해서는 뾰족한 방책이 없는 것으로 보인다. 그저 인간들에게 잡히지 않도록 점점 더 눈에 띄지 않게 행동하는 수밖에 없다. 숲이 자꾸 파괴됨에 따라 여우원숭이들은 더 안전한 곳을 찾아 옮겨 다닌다.
현재는 서른다섯 종의 여우원숭이들이 남아 있는 것으로 알려져 있지만, 인간이 오기 전에는 1백여 종이 존재했던 것으로 보인다. 어렵게 살아남은 그 서른다섯 종 가운데 열 종은 멸종 위기에 놓여 있다고 한다.
우리는 그리 멀지 않은 미래에 여우원숭이들이 어떤 운명을 맞게 될지 상상해 볼 수 있다. 여우원숭이들은 사람들의 마음을 끄는 구경거리가 되어 그저 동물원에서만 살게 될 수도 있다. 생김새가 귀엽다는 것, 어쩌면 그것이 생존의 열쇠일지도 모른다. 어떤 종에게는 귀엽다는 것이 생존을 위한 마지막 희망이 될 수도 있는 것이다.

에드몽 웰스, 『상대적이며 절대적인 지식의 백과사전』 제7권

## 42

### 쿠르츠 사건

아이를 살해하는 끔찍한 범죄 실황이 인터넷을 통해 중계되고, 수십만 누리꾼들이 공포에 떨며 이것을 지켜보는 일이 벌어졌습니다. 반항적인 에마슈들이 집단적으로 한 소년과 고양이 세 마리를 공격했습니다. 에마슈들은 고양이들을 살해한 뒤에 소년의 머리에 못들을 박았습니다.

실시간으로 중계된 그 동영상은 시청자들을 충격에 빠뜨렸습니다.

아직 보시지 못한 분들을 위해 문제의 동영상을 보여 드리겠습니다. 심약하신 분들과 어린이들은 화면에서 멀리 떨어져 있게 하십시오. 미리 말씀드리지만, 이제부터 여러분은 매우 충격적인 장면을 보시게 됩니다.

이 동영상에서 분명히 확인할 수 있듯이 공격은 사전에 계획되었습니다. 공격자의 신원이 밝혀졌습니다. 다름 아닌 에마 109, UN 회의장에서 외계인 행세를 했고 몇몇 사람들이 영화 주인공으로 만들고 싶어 했던 바로 그 에마슈입니다. 이제 시나리오를 고쳐서 그 영화를 공포 영화로 바꾸어야 하지 않을까 싶습니다.

### 쿠르츠 사건(속보)

「오스트리아 정부는 피그미 프로덕션이 자사 제품의 부실한 프로그래밍에 책임을 져야 한다고 보고 응분의 조치를 강구하기로 결정했습니다. 빈의 현장에 나가 있는 조르주 샤라스 기자를 연결하겠습니다.」

「그렇습니다, 뤼시엔. 오스트리아 내무 장관 디터 훈터마이스터는 이렇게 말했습니다. 〈피그미 프로덕션은 다음과 같은 계율을 정하고 그것에 따라 에마슈들을 교육시킨다고 스스로 자랑해 왔습니다. 첫째, 거인들에게 해를 끼치지 말 것. 둘째, 거인들에게 언제나 순종할 것. 셋째, 거인이 어려운 상황에 놓여 있을 때는 힘닿는 대로 도울 것. 그런데 우리는 이번 사건을 통해서 그런 교육이 어떤 결과에 도달했는지 보았습니다. 아무리 좋게 말해도 에마슈들이 그런 계율들을 체화하지 못한 게 분명합니다. 사정이 이러하기 때문에 나는 피그미 프로덕션이 쿠르츠 성형외과 의원에서 벌어진 끔찍한 살인 사건에 직접적으로 책임이 있다고 생각합니다. 회사의 대표자들은 이 범죄에 대한 대가를 치러야 합니다. 이제 피그미 프로덕션이라는 상표가 안전을 보증하지 못한다는 것은 누가 보기에도 명백합니다. 나 같으면 앞으로는 경쟁사들의 에마슈를 사겠습니다.〉」

「반대쪽에서 듣기에는 매우 가혹한 말이로군요. 조르주, 옆에 경찰관 한 분이 서 계신 것 같은데, 누구신가요?」

「슈바르츠코프 경정입니다. 다행히 프랑스어를 하십니다. 경정님, 수사가 어느 정도 진척되었는지 말씀해 주시겠습니까?」

「죄를 지은 에마슈들은 숲속으로 달아났습니다. 하지만 우리는 곧 몰이사냥을 하듯이 수색 작업을 벌여 그들을 잡아들일 것입니다. 이곳 시민들은 매우 흥분해 있습니다. 쿠르츠 박사는 이곳의 존경받는 인물입니다. 박사의 이웃 사람들은 이 끔찍한 사건을 자기들 일로 받아들이면서 충격에 휩싸인 박사를 돕고 있습니다.」

「고맙습니다, 조르주. 이제 세간의 관심을 모으고 있는 다음 소식들로 넘어가겠습니다.」

### 축구

프랑스 대표 팀의 조제프 팔콘 감독은 덴마크 팀을 상대로 0 대 0 무승부를 기록한 뒤에도 은디아프 선수에 대한 신뢰를 다시 표명했습니다. 팔콘 감독의 말입니다. 〈승부의 세계에서 이런 일은 얼마든지 일어날 수 있습니다. 은디아프는 단연코 프랑스에서 가장 뛰어난 선수이고 다음 경기에서는 많은 사람들을 깜짝 놀라게 할 것입니다. 제가 보기에는 은디아프 선수가 미성년자 매춘 알선 사건으로 곤욕을 치른 데다가 경기를 일주일 앞두고 약물 복용 혐의까지 받게 되면서 평소의 차분함을 잃었습니다. 이 나라에는 그 특별한 선수의 이미지를 실추시키기 위해 행동하는 사람들이 더러 있다고 생각합니다. 그러나 저는 그런 것에 동요되지 않습니다. 우리는 우리가 예정한 길로 계속 나아갈 것입니다. 우리의 다음 상대는 룩셈부르크입니다. 저는 승리를 확신하고 있습니다. 은디아프를 비롯한 우리 선수들은 프랑스 국민에게 영광을 안겨 줄 것입니다.〉

### 중동

시리아의 여러 도시에서 이슬람 시아파의 분파인 알라위파와 수니파 사이에 또다시 분쟁이 벌어졌습니다. 특히 수니파 무슬림들이 많이 거주하는 홈스시(市)는 이리저리 이동하는 지프에서 발사한 카삼 로켓 때문에 큰 타격을 입었습니다. 중국과 러시아, 그리고 이란은 알라위파에 대한 지지를 다시 표명했습니다. 실제로 이 세 나라에서 온 무기 수송선들의 모습이 정찰 위성에 의해 포착되었습니다. 또한 레바논의 시아파 무장 단체 헤즈볼라도 알라위파를 지원하기 위해 병력을 보냈습니다. 저격병들로 이루어진 이 부대는 수니파 무슬림들 사이에 공포를 확산시키고 있습니다. 서방의 기자들은 이 분쟁의 현장을 중계하려고 했고, 그들 가운데 영국인 한 명과 프랑스인 한 명이 목숨을 잃었습니다. 인도주의 단체들의 추산에 따르면 최근 전투의 희생자가 3천여 명에 이른다고 합니다. 아비나시 싱 UN 사무총장은 외교적인 경로를 통해 조속히 평화가 회복되기를 희망한다면서, UN 감시하에 선거를 실시하여 두 공동체의 분열을 심화시키는 군사적 충돌에 종지부를 찍자고 제안했습니다.

### 인구학

최근의 한 연구에 따르면, 일본인들은 지난 50년 사이에 평균 신장이 8센티미터 커졌다고 합니다. 영양학자들은 이런 변화가 유제품 소비의 현격한 증가와 연결되어 있는 것으로 보고 있습니다. 어머니들이 칼슘이 풍부한 유제품을 아이들에게 많이 줌으로써 뼈대의 성장이 촉진되었다는 것입니다.

### 로봇 공학

유명한 로봇 공학자 프리드먼 박사에 관한 소식입니다. 다시 한국으로 돌아가서 유명 전자 회사의 지원을 받아 신세대 로봇 공학 연구소를 설립한 그는 〈단위 생식〉을 하는 최초의 로봇 〈아시모프 002〉를 제작하는 데 성공했다고 발표했습니다. 로봇이 단위 생식을 한다는 것은 인간이 〈아기 로봇〉을 만드는 단계에 전혀 개입하지 않아도 로봇 스스로 자신을 개선한 복제품을 만들어 낼 수 있다는 뜻입니다. 프리드먼 박사의 말을 직접 들어 보겠습니다.

「후쿠시마에서 로봇들이 임무 수행에 실패했지만, 저는 실망에 빠지기보다 약점을 극복하고 더 높은 단계로 나아가고 싶은 욕구를 갖게 되었습니다. 이번에 개발한 단위 생식 로봇은 우리가 그렇게 나아가기 위해 반드시 내디뎌야 할 발걸음입니다. 이것은 중대한 전진입니다. 이제 우리는 로봇들이 인간의 힘을 빌리지 않고 한 세대에서 다음 세대로 진화해 갈 수 있다고 생각합니다. 첫 단위 생식 로봇은 자신의 경험을 축적한 뒤에 거기에서 얻은 결론을 바탕으로 자신의 더 훌륭한 복제품을 만들어 낼 수 있도록 프로그래밍되어 있습니다. 로봇 공학뿐만 아니라 진화 그 자체의 신기원이 열린 것입니다. 이제부터는 우리가 로봇을 개선하지 않아도 로봇들 스스로 세대와 세대를 이어 가며 실패를 분석하고 수준 높은 연구 작업을 수행해 나갈 것입니다.」

프리드먼 박사는 자기를 환대해 준 나라에 대한 감사의 말도 잊지 않았습니다.

「한국은 오래전부터 세계의 창조적인 두뇌들을 지원해 왔습니다. 이곳에 오면 끊임없이 동료들의 비판이나 심판에 시달리던 상태에서 벗어나 비로소 제대로 된 도움을 받고 있다는 느낌이 듭니다. 그래서 나의 모든 동료들에게 권합니다. 여기에 와서 일하십시오.」

### 국가 부채

그리스의 국가 부채와 관련된 문제들이 불거진 뒤에 중국

정부가 그 빚을 대신 갚아 주겠다고 제안했습니다. 분노한 시위대가 거리를 가득 메우고 공공건물 파괴가 잇따르던 터에 이 소식을 접한 그리스 총리 파파도풀로스는 〈때맞춰 나온 해결책〉이라고 말했습니다. 중국 총리는 어려움에 처한 그리스를 돕기 위해 부채를 대신 갚아 주겠다고 선언했을 뿐, 그 대가로 무엇을 기대하는지에 대해서는 분명히 언급하지 않았습니다. 다만 이 좋은 소식을 공식적으로 발표하는 자리에서, 〈먼저 불을 끄는 게 중요하다. 화재 진압에 든 비용은 나중에 청구해도 된다〉고 농담을 한 뒤에 이렇게 덧붙였습니다. 〈유럽 친구들, 당신들의 문제가 무엇인지 우리에게 말씀하십시오. 그러면 우리가 알아서 해결책을 제시하겠습니다. 여러분을 만족시키는 것은 우리의 만족입니다.〉

### 우주 정복

인류가 우주를 향해 띄워 보내려는 노아의 방주, 〈우주 나비 2호〉를 건조하는 사업은 온갖 역경 속에도 여전히 진행되고 있습니다. 사업이 진척될수록 논란은 더욱 뜨거워집니다. 조립 작업장을 고의로 침수시키는 방식의 새로운 파괴 공작이 벌어져서 조종실의 마무리 작업이 중단되기도 했습니다. 캐나다의 억만장자 실뱅 팀시트는 어떠한 일이 있어도 프로젝트를 포기하지 않겠다고 선언했습니다. 새로운 시련이 닥치면 작업을 중단하겠다는 생각이 들기는커녕, 이 행성을 떠나야겠다는 생각이 더욱 공고해진다는 것입니다.

### 국내 정치

국회는 열띤 토론을 벌인 끝에, 무슬림 여성이 공공장소를 포함해 어디에서든 베일을 착용할 수 있게 하는 법안을 거의 만장일치로 가결했습니다. 〈신앙의 자유〉를 내세운 이 법률은 시립 수영장을 남성과 여성이 하루씩 번갈아 가며 사용할 수 있는 길을 열어 주고 있을 뿐만 아니라, 여성이 남성의 음욕을 자극하지 않기 위해 온몸에 베일을 두른 채 수영하는 것도 허용하고 있습니다. 한 의원의 설명입니다. 〈신앙의 자유라는 측면에서, 그리고 각자의 신앙을 존중한다는 측면에서 큰 진전이 이루어졌습니다. 시민들의 요구가 점증하고 있던 터에 이 법률로 그들의 요구를 충족시키는 것은 사회적 긴장을 완화한다는 점에서도 좋은 일이라고 생각합니다. 우리는 간통한 여자들에게 돌을 던지는 관습에 관해서도 민주적인 토론을 열어 볼까 생각하고 있습니다. 현재로서는 받아들이기가 쉽지 않은 생각이라는 것을 압니다. 우리가 그 주제를 놓고 이야기하자고 하면 우리의 정치적 반대자들은 목청을 높이며 아우성을 칠 것입니다. 하지만 나는 기존의 관념을 뒤흔들 만한 주제를 놓고도 아무런 선입견 없이 서로의 주장을 경청하면서 토론을 벌일 수 있는 것이 바로 민주주의의 힘이라고 생각합니다.〉

### 스포츠

올림픽 개막이 며칠 앞으로 다가왔습니다. 이번 대회는 고대 올림피아 제전의 무대로 다시 돌아가 그리스 아테네에서 열립니다.

### 주식 시장

쿠르츠 박사의 성형외과 의원에서 벌어진 살인 사건 이후에 증시가 약간의 하락세를 보였습니다. 〈피그미 프로덕션〉의 주가는 오늘 오전 파리 증권 거래소가 개장하자마자 27퍼센트나 급락했습니다. 이 회사의 신용 상실은 생명 공학과 관련된 산업 전반에 타격을 주었고, 식품 산업에까지 영향을 미쳤습니다. 투자자들은 〈피그미 프로덕션〉을 그런 분야와 관련된 기업으로 간주하고 있는 것입니다. 한편 프랑스의 이 작은 기업은 중국에서 대규모로 에마슈들을 생산하고 있는 3대 기업들을 상대로 불법 복제를 제재하기 위한 소송을 제기했습니다. 프리드먼 박사의 단위 생식 로봇, 즉 〈더 나아진 상태로 자신을 복제할 수 있는〉 로봇에 관한 소식이 알려지면서, 전자 산업과 금속 산업의 주가는 15퍼센트 급등했습니다.

### 날씨

며칠째 쌀쌀한 날씨가 이어졌습니다. 오늘부터는 기온이 조금 높아지리라고 합니다.

## 43

샤오제(小姐) 에마슈는 〈상냥함〉이 보증된 에마슈입니다. 샤오제를 구입하시면 거역을 걱정하실 필요도 없고 언짢은 기분을 느끼실 일도 없습니다. 경쟁자인 프랑스 에마슈들과 달리, 샤오제는 막혀 버린 분뇨 정화조를 뚫는 일도 꺼리지 않습니다.

샤오제는 검댕이 잔뜩 낀 굴뚝에 들어가 청소하는 것을 두려워하지 않습니다.

샤오제는 병석에 누우신 할머님이나 어린 자녀들이나 주

위 환자분들의 시중을 들 수 있습니다. 프랑스 에마슈가 싫어하는 일도 샤오제는 기꺼이 맡습니다. 프랑스 에마슈가 포기하는 일도 샤오제는 끝까지 해냅니다. 샤오제는 특별한 교육을 받은 덕에 불필요하게 수치심을 느끼지 않습니다. 따라서 청소를 시키실 때도 여러분의 취향에 맞는 복장을 착용하게 하실 수 있습니다.

여러분은 샤오제를 전적으로 신뢰하실 수 있습니다.

그렇다 해도 만약 구입하신 샤오제에게 1백 퍼센트 만족하실 수 없다면, 〈고객 만족 보장 제도〉를 활용하여 반품하시기 바랍니다. 저희는 고객들을 만족시키지 못하는 샤오제를 도로 데려다가 재교육 센터에 위임합니다. 이 시설은 위대한 영도자 마오쩌둥이 제창한 문화 대혁명 시기에 진가를 발휘한 교육 방식을 본보기로 삼아 만들어진 것입니다.

현재 샤오제 두 명을 한꺼번에 사시는 고객에게는 한 명을 더 드리고 있습니다. 특별한 제품을 특별한 방식으로 제공하는 이 기회를 놓치지 마십시오.

## 44

그녀는 텔레비전을 끄고 창가로 가서 밤하늘을 올려다본다. 변함없는 친구 같은 둥근 달이 알쏭달쏭한 얼굴을 하고 하늘 높은 곳에 떠 있다.

오로르 카메러는 럼주 한 잔을 따라 마신 다음, 하이파이 오디오를 켜고 도어스의 노래 「라이더스 온 더 스톰」을 듣는다.

그녀는 달을 바라보며 춤을 추기 시작한다. 지난 며칠 동안 벌어진 모든 일이 머릿속에서 어지럽게 뒤섞인다. 그녀는 짐 모리슨의 노랫말을 큰 소리로 번역한다.

폭풍을 타고 가는 사람들
폭풍을 타고 가는 사람들
우리가 태어난 이 집에서
우리가 내던져진 이 세계에서
뼈가 없는 한 마리 개처럼
밖에 혼자 있는 배우처럼
폭풍을 타고 가는 사람들

노상에 살인자가 한 명 있어
그의 뇌는 두꺼비처럼 꿈틀거려
긴 휴가를 가져 봐
네 아이들이 놀게 해줘
만약 네가 이 남자를 태워 주면
달콤한 추억이 죽어 버릴 거야
노상의 살인자, 아무렴

여자야 네 남자를 사랑해야 해
여자야 네 남자를 사랑해야 해
그의 손을 잡아 줘
그가 이해하게 해줘
세상은 너에게 달려 있어
우리 삶은 결코 끝나지 않을 거야
네 남자를 사랑해야 해, 아무렴

그 노랫말이 혼란스럽던 시절의 숱한 일들을 생각나게 한다.

그녀는 점점 더 격렬하게 춤을 춘다. 그때 갑자기 손 하나가 그녀의 목에 닿더니 그녀가 몸을 돌리게 만든 뒤에 진하게 키스를 한다.

펜테실레이아다.

오로르는 몸을 빼내어 음악을 끈다.

「내가 너무 심하게 질투를 했던 것 같아.」

그러면서 펜테실레이아는 오로르에게 바싹 다가든다. 오로르는 그저 덤덤한 표정이다.

「튀르키예에서 우리가 처음 만났던 때를 기억하지? 회오리바람이 몰아닥쳤고 너는 경찰관들에게 쫓기고 있었어. 나는 너를 보호해 주었고 대지의 신 가이아에게 어떻게 말을 거는지 너에게 가르쳐 주었어. 기억하지?」

오로르는 대답하지 않는다.

「우리가 처음으로 사랑을 나누었던 때를 기억하지? 우리는 인류가 장차 걸어가게 될지도 모를 진화의 길을 꿈꾸었어. 더 여성적인 쪽으로, 아니 완벽하게 여성적인 쪽으로 나아가는 길을 말이야. 그건 우리가 함께 나눈 꿈이었어. 우리는 남자들의 폭력을 더 이상 겪지 않고 우리 나름대로 삶의 법칙을 세우고자 했어. 그리고 여성성을 대표하는 우리의 어머니이신 지구, 온갖 형태의 생명체를 만들어 낸 가이아와 화해하는 길을 찾고자 했지.」

둘은 침대에 걸터앉는다.

펜테실레이아는 다시 오로르에게 키스를 한다. 오로르는 상대가 하는 대로 가만히 있을 뿐, 답례로 입맞춤을 해주지는 않는다.

「우리 사이에 그동안 무슨 일이 있었던 거야? 나는 모든 게 예전으로 돌아갔으면 좋겠어.」

오로르는 침대에서 일어나 다시 창가로 간다.

「무슨 일이 있었느냐고? 우리는 우리가 하고자 했던 일을 해냈어. 역경 속에서는 단결을 유지하다가도 승리를 거두고 나면 해체되는 경우가 종종 있지.」

펜테실레이아는 잠자코 그 말을 참아 낸다. 오로르가 말끝을 단다.

「살아 있는 존재는 모두 사계절을 겪게 마련이지. 가을이 지나면 겨울이 오는 거야.」

「그리고 겨울이 지나면 다시 봄이 오지. 추위와 어둠은 나무를 죽이지 않아. 그저 마른 잎들을 떨어뜨릴 뿐이지. 우리 여자들은 만물이 순환한다는 것을 알아. 우리의 피, 우리의 뇌, 우리의 배가 그런 섭리를 스스로 깨닫거든. 남자는 누구를 막론하고 〈순환〉이라는 말의 진정한 의미를 이해할 수 없어. 그들은 정복과 소유의 관점에서만 생각하거든. 감수성과는 거리가 먼 자들이지. 사랑을 나눈다는 게 무엇인지 남자가 상상이나 할 수 있을까? 우리는 그들보다 열 배나 더 많은 감각기를 가지고 있어.」

펜테실레이아는 오로르의 어깨에 작은 입맞춤을 퍼부어 댄다.

「우리의 오르가슴은 열 배나 더 강력해.」

그러고는 오로르의 목에 키스를 한다.

「우리는 온몸이 성감대이지만, 사내들이란 그저 가운뎃다리만 벌떡거리지.」

그녀는 오로르의 팔을 따라서 입술을 미끄러뜨린다.

「사내들은 냄새가 좋지 않아. 악취를 풍기지 않았던 사내를 한 명이라도 기억하고 있어?」

이번에는 오로르의 손가락에 입을 맞춘다.

「그들의 손에는 못이 박혀 있고 대개는 손톱에 때가 끼어 있어. 그들의 입 냄새는 어떻고…….」

오로르는 갑자기 몸을 빼낸다.

「남자는 다 혐오스럽다 이거지? 내가 다비드하고 연애라도 할까 봐 단속하는 거야?」

오로르는 한숨을 내쉰다.

「나는 예전의 내가 아냐, 펜테실레이아. 한쪽에는 감수성이 풍부하면서도 용감한 여자들이 있고 다른 쪽에는 둔하고 비겁한 사내들이 있다는 것을 이제는 믿지 않아. 이쪽에도 저쪽에도 좋은 사람들이 그만그만하게 있어. 중요한 건 영혼이지 육신이 아냐.」

「오로르, 무슨 말을 하는 거야?」

「우리에게 벌어진 일을 보면서 많은 생각을 했어. 에마슈들을 만들어 낸 것으로 끝이 아냐. 우리에게 엄청난 책무가 주어졌어. 〈새로운 종을 창조하고 간편하게 관리하는 법〉 같은 사용 설명서가 있으면 좋겠지만 우리에게는 그런 것이 없어.」

오로르는 탁자 앞에 앉더니 성냥갑에서 성냥개비 세 개를 꺼낸다. 그러고는 그것들을 가지고 네모를 만들어 보려고 이리저리 움직인다.

「누가 보기에도 불가능하지만 실제로는 가능한 일들이 더러 있어.」

「무슨 뜻으로 하는 말이야?」

「들어 봐, 펜테실레이아. 나는 세상이 달라지고 있음을 느껴. 우리 행위의 결과로 뜻하지 않은 문제들이 생겨났어. 그런 것들을 모른 척하고 우리 커플의 소소한 행복에 머물러 있을 수는 없어.」

오로르는 성냥개비 세 개의 위치를 바꾸어 본다.

「다비드가 나한테 마조바 의식을 권했어. 내가 제대로 이해했는지 모르지만, 그건 일종의 최면 상태에서 자기의 전생들을 다시 보는 의식이야. 나는 싫다고 했지만, 언젠가는 하겠다고 말하지 않을까 싶어. 그게 꼭 유쾌한 경험은 아닐 수도 있겠지만, 한 번쯤은 내 삶을 멀리에서 바라보고 싶기도 하거든. 깨닫기 위해서는 멀어져야 해. 수학자 괴델이 그것을 잘 표현했다고 생각해. 〈시스템에서 벗어나지 않고는 그 시스템을 이해할 수 없다.〉 틀에서 벗어나는 것, 모든 틀에서 벗어나는 것, 나한테 가장 절실한 게 바로 그거야. 난 숨이 막혀.」

「너는 이미 아마존들의 의식을 경험했어. 가이아가 너에게 말을 걸었잖아. 그보다 강력한 의식은 없어.」

「가이아는 그저 물거품을 일으켰을 뿐이고…… 나는 가이아의 언어를 해석할 줄 안다고 확신할 수 없어.」

펜테실레이아는 다시 그녀에게 다가들어 어깨를 잡는다. 그러고는 여전히 네모를 만들지 못한 성냥개비들을 흩뜨린 다음, 오로르의 손을 잡고 창가로 데려가서 달을 바라본다.

「우리에게 다른 의식은 필요 없어. 너는 지구에 대한 지각이 열리는 것을 이미 경험했어. 가이아는 끊임없이 우리에게 말을 걸고 있어. 가이아가 보내는 파동이 땅에서 올라와 우리 발바닥으로 스며들어.」

펜테실레이아는 눈을 감는다.

「그리고 지구는 내가 너를 사랑하듯 자기의 자매인 달을 사랑한다고 내게 말하고 있어. 오로르, 두 천체를 연결하는 그 사랑은 우리의 두 영혼을 이어 주는 사랑과 똑같은 거야.」

창백한 달빛을 받으며 펜테실레이아는 오로르의 옷을 벗기고 자기도 알몸이 된다.

「오로르, 나를 겁내지 마. 내 지구가 되어 줘. 내가 너의 달이 되게 해줘.」

## 45

다비드와 누시아의 방은 오로르와 펜테실레이아의 방 바로 아래에 있다.

그들은 사랑을 나누었다. 다비드는 오늘 회의에서 오간 이야기를 떠올리며 다시 분노에 사로잡힌다. 그는 창가로 걸어가 밤하늘을 바라본다.

「신호가 나타나기를 기다리자고? 그런 사고방식을 견딜 수가 없어. 나탈리아는 때때로 이상해. 그래서 신호가 나타나지 않으면 어쩌자는 거지? 사태가 계속 악화하면 어떻게 할 거냐고?」

누시아가 달랜다.

「이리 와, 다비드. 사랑을 더 나누고 싶어. 생각하는 것은 그만두고 사랑이나 계속했으면 좋겠어. 다들 꺼지라고 해. 우리 둘만 남아도 상관없어.」

그는 심호흡을 한다.

「우리라도 우리가 행한 모든 일에 대해서 책임을 져야 하지 않을까? 그들이 에마슈들을 모두 죽이면 어떻게 하지?」

「현재로 봐서는 에마슈들을 살리는 쪽으로 가는 것 같은데…….」

「그건 돼지고기로 햄이나 소시지를 만들기 위해 돼지들을 사육하는 것이나 진배없는 일이야.」

「일단은 믿음을 가지고…….」

누시아는 말끝을 흐린다.

「누구를 믿으라는 거야? 하느님을?」

「에마슈들을 믿어야지. 시련과 고통이 없으면 진화가 없어.」

그런 말로는 다비드를 달랠 수가 없다.

「이런 악몽 같은 일이 벌어진 것은 우리 책임이야. 우리가 그르친 일은 우리가 바로잡아야지. 그게 도리에 맞잖아.」

「다비드, 너 자신을 누구로 생각하는 거야? 네가 모든 일에 영향력을 행사할 수는 없어. 너는 무수히 많은 인간들 가운데 하나일 뿐이고, 네가 속한 인류는 광대한 우주에 딸린 한 행성에 있어. 우리의 능력으로 어찌해 볼 수 없는 에너지들이 서로 어우러지고, 너는 그 속에 끼여 있는 미세한 힘이야.」

「내 증조부 에드몽 웰스는 한 방울의 물이 대양을 넘치게 할 수 있다는 말씀을 자주 하셨어. 나는 시도하고 싶어. 한낱 시도에 그칠지라도 문제를 해결하는 일에 나서고 싶어. 포기하거나 문제 해결이 불가능하다는 것을 인정하는 건 그다음 일이야.」

누시아로서는 더 반박할 말이 없다. 그래서 침대에서 혼자 잠들어 버린다. 다비드는 성냥갑을 꺼내어 성냥개비 세 개로 네모를 만들어 보려고 한다. 머릿속으로는 한 가지 생각을 되뇌고 있다.

분명 해결책이 있을 거야. 포기하면 안 돼.

## 46

나탈리아와 마르탱은 아래층에서 사랑을 나눈다. 나탈리아는 감창소리를 길게 내지르고 옆으로 쓰러진다.

그러고는 손을 뻗어 물부리를 잡고 성냥갑을 찾는다. 성냥갑이 보이지 않는다. 그녀는 자기가 그것을 어디다 두었나 하고 생각한다.

「나탈리아, 무슨 일이에요?」

그녀는 자리에서 일어나 창가로 가서 구름 속으로 천천히 숨어드는 달을 바라본다.

「우리를 넘어서는 힘들이 곧 맹위를 떨칠 것 같은 느낌이 들어.」

달이 구름에 완전히 가려졌다. 갑자기 번갯불이 하늘을 가른다.

「이리 와서 자요. 밤이 깊었어요.」

그녀는 성냥갑 찾기를 포기하고 텔레비전을 켠 다음, 뉴스 채널을 고르고 소리를 겨우 들릴 정도로 낮춘다. 그러고는 뉴스를 들으면서 칠각형 체스 판을 가져다 놓고 말들을 움직여 보기로 한다.

〈우주 나비 2호〉의 작업장에서 벌어진 파괴 공작은 그녀가 보기에 검은색 폰 하나가 죽은 것에 해당한다. 그녀는 검은색 폰 하나를 체스 판에서 들어낸다.

마르탱이 묻는다.

「뭐 하고 있어요?」

「세상에서 벌어지고 있는 일들을 체스 판에 옮기고 있어.」

그녀는 초록색 폰 하나를 한 칸 밀어 올린다. 베일 착용에 관한 법률이 세속 사회에 관한 종교인들의 영향력을 증대시킨 것으로 본 것이다. 간통한 여자들에게 돌을 던지는 관습에 관한 토론이 열린 것과 중동에서 또다시 분쟁이 발생한 것 또한 초록색 폰들의 전진에 해당하는 것으로 보인다. 반면에 그리스의 경제 문제는 흰색 진영에서 폰 하나를 들어내야 할 만한 사태다.

유럽이 약점을 드러내기 시작하면, 주가가 하락하고 유럽 정부들에 대한 대출 금리가 올라갈 거야. 그리고 실업률이 높아지겠지? 이건 흰색 진영이 추구하는 소비 증대에 도움이 되지 않아.

프리드먼의 로봇이 자기 복제에 성공한 것은 파란색 진영의 나이트 하나가 전진하는 것에 해당한다.

나탈리아는 체스 판을 살펴본다.

인공 지능 기계들의 진영을 감시해야 해. 깜짝 놀랄 일이 벌어질 수도 있겠어.

## 47

### 백과사전: 일라이저

영국의 수학자 앨런 튜링(나치가 사용하던 에니그마라는 암호 기계의 작동 원리를 알아내어 그들이 잠수함에 보내는 군사 정보를 해독한 것으로 유명)은 1950년에 발표한 「계산하는 기계와 지능」이라는 논문에서 컴퓨터가 사람 행세를 하는 능력을 가지고 있는지 알아보기 위한 테스트를 제안한다.

이 테스트는 영국인들이 파티를 할 때 초대받은 손님들을 상대로 벌이는 〈모방 게임〉을 본떠서 고안된 것이다. 한 남자와 한 여자가 각자 이웃한 두 방에 자리를 잡으면, 손님들은 몇 가지 질문을 써서 두 남녀에게 보내고, 두 남녀는 질문에 대한 답을 타자로 쳐서 밖으로 내보낸다. 그러면 손님들은 그것을 읽고 나서 어느 쪽이 남자이고 어느 쪽이 여자인지 알아맞힌다. 두 남녀는 모두 여자처럼 보이도록 대답을 해야 한다.

앨런 튜링의 테스트에서는 두 남녀 대신 사람과 컴퓨터가 판정자들을 상대한다. 사람과 컴퓨터는 모습을 드러내지 않고 판정자들로부터 얼마쯤 떨어진 곳에서 그들의 질문에 문장을 써서 답하되, 둘 다 사람으로 보이도록 노력해야 한다. 만약 판정자들이 사람과 컴퓨터를 구별하지 못한다면, 이 컴퓨터는 튜링 테스트에 합격한 것으로 간주된다.

인간처럼 사고한다는 착각을 불러일으키는 데 성공한 최초의 프로그램은 1966년 요제프 바이첸바움이 만든 일라이저[3]이다.

엘리자(3페이지밖에 안 되는 프로그래밍 언어로 작성된 프로그램)는 피험자들의 말을 이해하는 것처럼 보이게 할 만한 자동적인 문장들을 사용했다. 예를 들어 〈아빠〉나 〈엄마〉, 〈아들〉이나 〈딸〉 같은 말이 포함된 문장들에 대해서는 〈당신의 가족에 대해서 조금 더 이야기해 주시겠어요?〉 하는 식으로 대꾸했다. 또 문장이 너무 복잡한 경우에는 〈물론 이해합니다〉라든가 〈왜 그런 말씀을 하시죠? 정말 그렇게 생각하십니까?〉 하는 식으로 대답했다.

이 프로그램은 튜링 테스트에 합격하지 못했다. 그러나 피험자들의 질

3 Eliza. 조지 버나드 쇼의 희곡 「피그말리온」의 여주인공 일라이저 둘리틀에서 따온 이름이라고 한다. 희곡 속의 일라이저는 거리에서 꽃을 파는 아가씨인데 언어학자 히긴스 교수의 교육을 받고 상류층의 교양을 갖춘 기품 있는 여자로 거듭난다.

문에 제법 그럴싸하게 대답했기 때문에 일부 피험자들은 일라이저에게 호감을 느끼기도 했고 〈재치가 넘친다〉고 평하기도 했다. 어떤 피험자들은 일라이저를 사람으로 여기면서 그 인물에게 정서적으로 의존하고 싶은 마음이 들었다고 고백하기까지 했다.

요제프 바이첸바움의 견해에 따르면, 진짜 대화를 나눌 수 없다는 것이 이 프로그램의 약점이지만 때로는 그것이 장점으로 작용하기도 했다. 그 이유는 많은 사람들이 상대방의 대답을 듣기보다 자기 이야기를 하고 싶어 한다는 데에 있다. 상대방에게 이해받고 있다는 착각을 불러일으키면서 이야기를 들어 주는 것, 일라이자는 바로 그 일을 해낸 것이다.

앨런 튜링은 128메가바이트(당시의 기준으로는 매우 큰 용량) 이상의 메모리를 가진 컴퓨터라면 5분 동안의 테스트에서 30퍼센트의 판정자들을 속일 수 있으리라고 생각했다. 그는 2000년이 되면 그런 역사적인 이행이 이루어지리라고 예상했다.

바로 그 2000년에, 일라이저를 계승한 ALICE(Artificial Linguistic Internet Computer Entity, 인공 언어 인터넷 컴퓨터 독립체)라는 프로그램이 튜링 테스트에서 훌륭한 결과를 얻어 뢰브너상을 받았다.

아직까지는 어떤 컴퓨터 프로그램도 뼈와 살을 가진 인간과 경쟁할 수 있을 만큼 긴 시간에 걸쳐 판정자들을 속이지 못했다. 그러나 프로그램들의 점수는 갈수록 좋아지고 있다. 예를 들어 2011년에 나온 어떤 프로그램은 80퍼센트의 피험자들을 속였다. 그 피험자들은 대화를 나누고 있다는 착각에 빠져 상대방을 인간으로 생각했다.

에드몽 웰스, 『상대적이며 절대적인 지식의 백과사전』 제7권
(샤를 웰스의 개정을 거친 것임)

## 48

거인들이 뒤쫓아 온다. 그들의 무거운 발걸음에 숲의 땅

바닥이 울린다. 개들이 짖어 대며 줄을 잡고 있는 주인들의 길잡이 노릇을 한다.

에마 109는 이미 뉴욕에서 도주하던 때에 그런 상황을 경험했다. 그들은 키가 작아서 웬만하면 거인들의 지각에서 벗어날 수 있지만, 냄새 때문에 후각이 예민한 개들을 따돌릴 수는 없다.

자기를 따르고 있는 열 명의 자매들을 생각해야 한다. 목숨을 잃을지도 모르는 위험한 상황으로 다시 그녀들을 내몰 수는 없다.

에마 109는 자매들에게 더 빨리 가자고 신호를 보낸다.

거인들과 개들이 거리를 좁혀 오고 있다.

에마슈들은 너무 지친 탓에 걸음이 자꾸 느려진다.

그때 에마 109는 에드몽 웰스의 백과사전에서 읽은 냄새에 관한 대목을 떠올린다. 물이 냄새를 지운다고 알려 주는 대목이다.

그녀는 조금 전부터 물소리가 들리고 있음을 알아차리고 동행자들을 소리 나는 쪽으로 이끈다. 시냇물이 나타난다. 그녀들은 첨벙거리면서 물의 흐름을 거슬러 올라간다.

이윽고 개 짖는 소리가 들리지 않게 되자, 에마 109는 나무에 올라가서 몸을 숨겨야 한다고 자매들에게 이른다. 에마슈들은 우툴두툴한 나무껍질에서 손으로 잡거나 발로 디딜 수 있는 자리를 찾아 가며 나무를 타고 올라간다.

에마 109는 나무줄기에 뚫린 구멍 하나를 발견한다. 안으로 들어가 보니 놀랍게도 바닥에 이끼가 깔려 있고 개암이 한쪽에 쌓여 있다. 그게 무엇을 의미하는지 따져 볼 새도 없이 한 가족으로 보이는 다람쥐들이 갑자기 나타나더니 일제히 식식거리는 소리를 내기 시작한다.

다람쥐들은 그들에 비해 작고 가볍다. 하지만 적갈색 털이 다보록한 꼬리의 길이만 17센티미터에 달한다.

에마 109는 배낭에 아직 남아 있는 못들을 자매들에게 나눠 준다. 수다람쥐가 마치 채찍으로 침입자들을 후려칠 듯 꼬리를 휘두르며 공격해 온다.

에마슈들은 나무껍질을 타고 이리저리 흩어진다. 하지만 한 명은 암다람쥐에게 목을 물리고 다른 한 명은 꼬리에 맞아 반쯤 정신을 잃는다.

싸우기가 쉽지 않다. 다람쥐들은 발톱을 나무껍질에 박고 매달릴 수 있어서 한결 유리하다. 에마슈들은 추락을 피하기 위해 적들을 나무줄기의 구멍 안으로 유인한다. 에마 109가 마침내 암다람쥐 한 마리를 못으로 찌르는 데 성공한다.

다른 에마슈들은 그녀가 싸우는 것을 보면서 용기를 얻고 다 같이 힘을 모아 나머지 다람쥐들을 쫓아 버린다.

에마 109는 암다람쥐의 시체를 바라보며, 굶주린 자매들에게 그 고기를 먹을 수 있다고 설명한다. 그러나 자매들은 싫은 내색을 하며 고개를 외로 튼다. 배가 몹시 고프기는 하지만, 아직 온기가 남아 있는 그 고기를 날로 먹고 싶지는 않은 것이다.

에마 109는 불을 피울 줄 알지만 연기가 나면 거인들에게 발각되리라는 것도 알고 있다. 그래서 그녀들은 시체를 땅에 묻고 좁다란 구멍 안을 청소한다. 그런 다음 모두가 구멍 안에 들어가서 서로 바싹 몸을 기댄 채 잠이 든다. 아직 살아 있음을 다행스럽게 여기면서, 그리고 되살아나는 숱한 걱정에 몸을 떨면서.

## 49

모든 게 똑같이 되풀이되는 양상이다.

옛날에 그들은 8백만 명이었고 평균적으로 1천 년을 살았다.

그들의 거주지는 대서양 한복판에 있는 섬이었다. 그들의 평균 신장은 17미터였다.

그들이 첫 번째 인류였다.

그들은 스스로 새로운 인류를 창조했다. 이 신인류의 평균 신장은 1미터 70센티미터였고, 오래 사는 자들은 1백 살까지 살 수 있었다.

그들은 모든 대륙으로 퍼져 나가 문명을 건설했다. 이제는 80억 인구가 내 표면의 전역에서 우글거린다.

이들이 두 번째 인류다.

거인들이 점차 희귀해지다가 완전히 사라진 뒤에는 이 두 번째 인류가 인간의 표준이 되었다. 최근에 그들은 키가 자기들의 10분의 1밖에 되지 않는 새로운 인류를 만들어 냈다. 17센티미터 크기의 이 신인류는 수명도 두 번째 인류의 10분의 1이다.

이들이 세 번째 인류다.

인간이라는 종은 이런 식으로 진화하는 듯하다.

그런데 인류가 작아지면 나에게 덜 해로울까? 언뜻 생각하면 크기가 작으니 식량과 석유와 에너지를 덜 소비할 것으로 보인다.

하지만 일이 그렇게 간단치 않다. 이유는 잘 모르겠으나, 그들은 크기가 작아지면서 더 이기적이고 쩨쩨할 뿐만 아니라 더 파괴적인 모습으로 변해 간다.

결국 오로르와 다비드라는 두 인간은 나를 도와주기는커녕 나에게 아주 위험할 수도 있는 인류 진화의 길을 찾아낸 셈이다.

그들을 감시하지 않으면 안 된다.

## 50

파리 상법 재판소 법정으로 기자들이 몰려든다.

판사가 판결을 내린다.

〈피그미 프로덕션〉의 패소다. 상하이에 본사를 둔 세계 최대의 에마슈 생산 기업 〈샤오제 인터내셔널 주식회사〉를 상대로 소송을 냈지만 지고 만 것이다.

상법 재판소가 이 사건을 관할한 것은 에마슈들이 여전히 일상의 소비 제품으로 간주되고 있기 때문이다.

판결이 떨어지자 다비드 웰스가 벌떡 일어나더니 방청석을 둘러보며 소리친다.

「에마슈를 누가 창조했습니까? 바로 우리입니다. 우리가 없었다면 에마슈들은 세상에 존재하지도 않았을 것입니다. 특허권은 우리에게, 우리 피그미 프로덕션에 있습니다.」

판사는 조금도 동요하지 않고 차분하게 대답한다.

「키가 작은 인간들을 만들어 낸다는 발상은 여러분의 것이 아닙니다. 증거는 얼마든지 있습니다. 〈줄어드는 남자〉나 〈애들이 줄었어요〉나 〈반지의 제왕〉 같은 영화들도 있고, 더 앞선 시대에서 찾자면 조너선 스위프트의 소설 『걸리버 여행기』도 있어요. 인간의 크기를 줄인다는 개념이 오래전부터 활용되어 왔다는 것은 누가 보기에도 분명해요.」

「하지만 예술 작품에 등장하는 소인들과 에마슈는 차원이

다릅니다. 에마슈는 실재하는 인간이고 그들을 가장 먼저 만들어 낸 것은 우리입니다. 우리가 누구보다 먼저 난생으로 변화시키는 방법을 생각해 냈습니다.」

「미안하지만 난생은 자연이 발명한 것입니다. 여러분은 그저 닭과 개구리를 모방한 것에 지나지 않아요.」

중국 기업의 변호인은 미소를 지으며 다비드 쪽을 향해 작은 손짓을 보낸다. 패배를 순순히 인정하라는 뜻의 손짓이다. 그러더니 오스트리아 법정에서 쿠르츠 박사가 한 말을 떠올리고 약을 올리듯이 내뱉는다.

「루우우우저스!」

하지만 다비드는 그대로 물러날 수가 없다.

「나는 절도죄를 벌하기 위해 고소를 할 겁니다. 상하이의 저 기업가들은 퐁텐블로에 있는 우리 회사에 하수인들을 보내서 남자 에마슈들을 훔쳐 갔어요.」

판사는 빈정거리는 말투로 대답한다.

「절도 사건은 우리 관할이 아닙니다. 그래도 말이 나온 김에 한 가지 상기시켜 드리자면, 살인자 에마 109와 그 공범들이 오스트리아의 성형외과 의원을 공격한 뒤라서 〈피그미 프로덕션〉의 고소로 형사 재판이 열린다 해도 얻을 게 없을 겁니다. 〈특허 받은 알에서 생겨난 여러분의 특허품들〉이 한 아이를 살해했고, 그 장면이 인터넷을 통해 중계되었으니, 판사들과 배심원들이 여러분에게 호감을 가질 리가 없지요.」

다비드가 반박한다.

「법원의 판결에 따르면, 에마슈는 인간이 아닙니다. 따라서 그들에게 책임을 지울 수가 없습니다. 그들이 인간의 지위를 누리지 못하는 게 도움이 될 때도 있군요.」

「그렇다면 여러분이 책임을 져야 합니다. 사용자에게 해를 끼칠 수 있는 불량 제품을 임대한 셈이니까요.」

「지금 농담하십니까?」

다비드는 판사에게 다가가기 위해 법단으로 올라가려 한다. 하지만 변호사가 그의 팔을 잡는다.

「참으세요. 이런다고 달라질 게 없어요. 경제적으로 너무 많은 것이 걸려 있는 사건이에요.」

「하지만 판사들이야 그런 것에 상관없이…….」

「중국 기업인들이 특허의 독점권이 인정되지 않도록 판사들에게 뇌물을 주었어요. 박사님이 무슨 말씀을 하시든 득이 될 게 없어요.」

「그렇다면 우리는 이 재판이 불공정하다는 것을 입증해야죠. 항소합시다!」

변호사는 난감한 표정을 짓는다.

「저보고 다시 수임을 하라고요? 저로서야 더없이 고마운 일이지만, 미리 말씀드리자면 시간과 비용만 많이 들고 승소할 가능성은 거의 없어요.」

나탈리아는 다비드를 한쪽으로 데려간다.

「그만해요, 다비드. 너무 늦었어요. 〈샤오제 인터내셔널〉은 이미 저가 제품으로 시장을 석권했어요. 현재 우리는 세계 시장의 0.5퍼센트를 차지하고 있을 뿐이에요. 가격이 너무나 빠르게 낮아지고 있어요. 우리는 임대만 하는 데다 배달이 늦기 때문에 〈구닥다리〉 취급을 당해요. 게다가 이번 소송 때문에 패배에 승복하지 않는다는 소리를 들을 판이에요. 설령 우리의 권리를 법적으로 인정받는다 해도 이런 호름을 되돌릴 수는 없어요.」

「그래도 정의가 살아 있다는 것을…….」

「세상을 지배하는 건 정의도 아니고 따뜻한 인정도 아니에요. 신종 작은 노예들을 헐값에 부려 먹는 이점을 아무도 포기하려 하지 않을 거예요. 눈을 떠요, 다비드! 우리의 경쟁 상대가 너무 막강해요. 그들을 상대로 싸울 수는 없어요. 에마슈들을 선물 받아서 장난감처럼 가지고 노는 아이들이 점점 늘어나고 있어요. 부모들은 에마슈들을 하인으로 삼고 있고요. 그들 모두에게 〈그건 좋은 일이 아니니까 에마슈들을 착취하지 마세요〉라고 말할 생각이에요? 훈계하는 사람들을 누가 좋아하겠어요? 사람들이 보기에 우리는 나쁜 진영에 속해 있어요.」

「알아요. 우리가 〈루우우우저스〉라는 거.」

다비드는 의자에 털썩 주저앉는다. 나탈리아는 그를 돌아보며 속삭인다.

「그리고 아주 고약한 일이 벌어지고 있다는 걸 알아야 해요. 빌프리트 쿠르츠가 살해된 뒤로 수많은 청소년들이 그의 후계자를 자처하면서 비슷한 폭력 장면, 또는 더 잔인한 학대 장면을 인터넷에 올리고 있어요. 이런 말이 위안이 될지는 모르지만, 그들은 이제 위험을 무릅쓰지 않기 위해 우리 에마슈들을 임차하지 않고 중국인들이 생산한 모조 에마슈들을 사용해요.」

다비드는 치미는 분노를 가까스로 억누르고 나탈리아 쪽으로 몸을 기울인다.

「대령님, 이런 상황에서 우리는 어떻게 해야 할까요? 체념할까요? 지난번에 말씀하신 대로 계속 신호가 나타나기를 기다려야 할까요?」

나탈리아는 굳은 표정으로 입술을 삐죽 내민다.

「적들은 수가 너무 많고 너무 강해요. 우리 힘만으로는 싸울 수가 없어요. 자, 돌아갑시다. 에마 109를 체포했다는 소식이 곧 들려올지도 몰라요.」

그들은 법정을 나선다.

법원 청사 앞에 나서자 기자들이 질문을 퍼붓는다.

「〈피그미 프로덕션〉이 곧 파산 절차를 밟을 거라는 소문과 관련해서 한 말씀 해주시겠습니까?」

한 기자가 아주 중요한 질문을 하겠다는 듯 다른 기자들을 떼밀며 다가든다.

「귀사의 에마슈들 가운데 일부는 화가 나면 사람들을 물어뜯는다던데, 그게 사실인가요?」

또 다른 기자가 마이크를 들이민다.

「여러분이 더 이상 공장을 통제하지 않아서 공장 내부는 에마슈들의 세상이라는 말이 돕니다. 사실입니까?」

여기저기서 아우성이 인다. 모든 기자들이 동시에 지껄이고 있다.

「전문가들조차 〈피그미 프로덕션〉의 제품을 사용하지 말라고 권하는 판국입니다. 소비자들을 어떻게 안심시킬 수 있을까요?」

「〈소비자 가이드〉는 귀사 제품의 안전성을 평가하면서 20점 만점에 5점을 주었습니다. 그들을 명예 훼손 혐의로 고소할 생각이십니까?」

「누구도 모방할 수 없는 프랑스만의 첨단 노하우를 가지고 있습니까?」

그때 〈샤오제 인터내셔널〉을 대표해서 온 중국인이 다비드 쪽으로 오더니 완벽한 프랑스어로 말을 건넨다.

「자, 이건 비즈니스일 뿐입니다. 당당하게 경쟁하자는 뜻으로 우리 인사를 나눌까요?」

그러면서 한 손을 내밀고 기자들을 향해 미소를 지어 보인다.

다비드는 주먹을 움켜쥔다. 하지만 이번에는 나탈리아가 그의 다음 동작을 예상하고 두 남자 사이로 끼어든다.

불만에 찬 군중이 〈피그미 프로덕션〉의 두 대표자에게 야유를 보낸다. 한 남자가 독일어 억양이 강하게 배인 말투로 소리친다.

「당신들은 소년을 죽였소!」

또 다른 남자가 소리친다.

「당신들은 위험한 제품을 팔고 있어!」

「당신들이 모든 걸 망친 거야!」

「모든 게 당신들 탓이야!」

군중은 점점 더 적대적인 태도를 보인다.

한 무리 시위자들이 무언가를 던진다. 흐린 주황색의 동그란 물체들이 다비드와 나탈리아를 향해 날아든다. 알껍데기가 부서지고 끈적거리는 노란 액체가 그들의 옷에 얼룩을 만든다.

## 51

알이 나오자 그것을 거두어 가기 위해 한 사람이 조심스럽게 손을 내민다.

누시아와 오로르는 짚을 바닥에 깐 바구니를 들고 〈마이크로 랜드 2〉의 집들을 돌며 갓 낳은 알들을 하나씩 거두어들인다. 에마슈들의 신세대를 맞이하는 방법으로는 아직 그보다 나은 것이 없다.

그렇게 거두어들인 소중한 알들은 포란실로 보내져 이상적인 조건에서 성장하게 된다.

누시아와 오로르는 다른 방으로 옮겨 가 일상적인 일들을 수행한다.

손상된 알들을 치우기. 바코드 찍기. 알들을 엑스선 촬영기에 넣어 검사하기.

〈피그미 프로덕션〉은 남자 에마슈들의 수를 조절하기 위해서 연간 계획을 짤 때 결정한 대로 〈여자 90퍼센트 대 남자 10퍼센트〉의 비율을 지킨다. 남자가 나올 알들의 초과분은 분쇄기로 보내고 여자가 나올 알들은 모두 포란실로 간다.

오로르는 한때 그런 자잘한 일들을 외부에서 온 조수들에게 맡기는 게 좋지 않을까 생각했다. 그러나 기업의 규모가 커지는데도 그들은 〈수공업적으로〉 생산을 직접 통제하는 방식을 유지하기로 했다. 대신 〈기계적인〉 작업에 대해서는 프리드먼의 첫 세대 안드로이드 로봇들(엄밀하게 프로그래밍된 인공 지능을 갖추고 있지만 주도성이나 심리적 문제가 없는 로봇들)을 사용하기로 했다. 이 로봇들은 그들의 보조자 노릇을 완벽하게 수행해 왔다. 어쨌거나 알을 거두어들이는 일은 여전히 수작업으로 행하고, 포란실은 외부 사람들에게 맡기지 않고 CCTV를 통해 엄격하게 감시한다.

남자 에마슈들을 도둑맞았다는 사실을 알게 된 뒤로는 외부 인력에 대한 경계심이 커지고 되도록 직원을 적게 쓰자는 생각이 강해질 수밖에 없었다.

나탈리아 오비츠는 그런 상황을 이렇게 요약했다. 〈우리는 이제 우리 자신과 우리 에마슈들, 그리고 우리가 원하는 대로 직접 프로그래밍한 로봇들만을 믿을 수밖에 없어.〉

그들 여섯 명은 둘이서 한 팀을 이루어 교대로 일상적인 업무를 수행한다.

누시아는 분쇄기로 보낼 알들을 골라 놓고 중얼거린다.

「에마 109는 경찰에 쫓기는 중이고 우리는 소송에서 패했어. 모든 게 엉망이야. 안 그래, 오로르?」

「아는지 모르지만, 우리 주가는 또다시 18퍼센트나 떨어졌어. 고객들의 주문은 갈수록 뜸해지고 있어. 예술 분야의 프로젝트는 모두 중단되었어. 위험한 임무를 맡기기 위해 우리 에마슈들을 찾던 사람들도 이제는 자기들이 원하는 대로 부릴 수 있는 중국산을 선호하고 있어.」

그녀들은 부화실로 들어간다. 다 성숙한 알들의 껍데기가 하나둘 갈라지고 있다. 누시아가 묻는다.

「지금 알을 깨고 나오는 저 애들은 어떻게 되는 거지?」

「모든 게 너무 빨리 지나갔어. 우리가 어떻게 해볼 새도 없이.」

두 여자는 알껍데기를 막 깨고 나온 아기들을 바라본다. 아기들은 스펀지 매트리스를 깔아 놓은 바닥에서 기어다니기 시작한다.

오로르가 말을 잇는다.

「우리는 어쩌면 박물관을 만들 수 있을 거야. 최초의 에마슈들을 기념하기 위한 박물관 말이야. 그런 게 생기면 사람들은 에마슈들의 모험이 어떻게 시작되었는지 돌이켜 보러

올 거야. 따로 건물을 만들 것도 없이 그냥 〈피그미 프로덕션〉 건물을 대중에게 개방하면 될 거야. 나는 아이들이 매우 좋아할 거라고 확신해.」

그녀는 억지웃음을 지으며 덧붙인다.

「그리고 어쩌면 여기가 에마슈들이 제대로 대접을 받는 마지막 장소가 될지도 몰라.」

아기들이 하나둘 그녀들 쪽으로 오더니 호기심을 보이기도 하고 벌써부터 애정을 요구하기도 한다. 누시아는 몇 명을 품에 안아 올려 가만가만 쓰다듬어 준다. 아기들은 위안을 얻고 평온한 표정을 짓는다. 울던 아기들은 울음을 그치고 방실거린다. 저마다 거인의 냄새를 맡고 그것에 후각을 길들이면서 거인을 어머니로 받아들인다.

## 52

모든 일을 할 줄 아는 작은 하녀들……. 바로 샤오제 에마슈!

사무실에서 샤오제는 복사를 하고 복사물을 분류해서 철합니다. 사무원은 저리 가라죠.

주방에서 샤오제는 여러분이 요구하기도 전에 양념 통을 가져오고 설거지를 하죠.

침실에서 샤오제는 여러분이 편안히 주무시는 동안 밤새도록 모기를 잡아 줄 수 있어요.

욕실에서 샤오제는 때밀이 수건으로 여러분의 등을 밀어 줄 수도 있고 여러분의 기분을 돋우는 부위를 문질러 줄 수도 있어요.

샤오제가 여러분보다 잘하는 일을 왜 여러분이 직접 하

세요?

샤오제, 에마슈의 새로운 이름!

여러분이 전적으로 신뢰할 수 있는 에마슈!

그런데 만약 샤오제가 일을 잘해도 여러분이 1백 퍼센트 만족하시지 않는다면, 〈고객 만족 보장 제도〉를 이용하여 저희에게 알려 주십시오. 여러분의 신고가 접수되면, 저희는 그 샤오제를 도로 데려다가 전문 센터에서 재교육을 시키겠습니다. 애프터서비스, 그 또한 저희 기업의 강점입니다.

현재 샤오제 열 명을 한꺼번에 구입하시는 분에게는 한 명을 더 얹어 드릴 뿐만 아니라, 샤오제들을 훼손하지 않고 운반할 수 있는 상자도 드립니다.

## 53

나는 기억한다.

해일이 거인들의 섬을 휩쓸고 간 뒤의 일이었다.

당시에 나는 작은 야만인들이 대양 한복판의 섬에 살았던 첫 번째 인류처럼 진화하기를 기대했다. 하지만 그들은 다른 모습을 보였다.

그들은 종교의 깊은 의미를 이해하지 못한 채 그야말로 종교의 형식주의에 얽매여 있었다.

사제들의 입을 통해서 모든 것이 엄격한 교리와 독단적인 교의로 변했다. 토론은 일절 배제되었다. 윤리를 내세운 하나의 사상과 인간들 모두가 죄인이라는 의식이 굳게 자리 잡았고 보통의 형벌은 물론이고 공개 처형이 일상적으로 행해졌다.

삶과 죽음, 시원과 우주에 관한 탐구의 첫걸음이 되고자 했던 종교가 이제는 그저 생각하기를 중단하기 위한 핑계가 되어 있었다. 인간들은 기도문을 외우거나 옛날에 조상들이 쓴 경전을 읽었지만, 그것들에 담긴 원래의 의미를 이해하지 못하고 있었다.

## 54

식물들이 그들을 보호해 준다. 아름드리나무가 그들에게 은신처를 제공하고 기력을 되찾을 수 있도록 따뜻한 기운을 준다.

에마슈들은 나무줄기의 구멍 속에 서로 바싹 붙어서 웅크리고 있다. 한쪽에는 개암들이, 다른 쪽에는 밤송이들이 쌓여 있다.

멀리서 개 짖는 소리가 들리자 에마 109가 가장 먼저 깨어난다. 최근에 갖가지 모험을 겪으면서 감각이, 특히 청각이 예민해졌다.

그녀는 너무 오래 잤다는 사실을 깨닫는다.

그들은 어제 저녁에 수색을 중단했다가 오늘 아침에 다시 시작했어. 온 숲을 샅샅이 뒤질 거야. 그들이 여기로 접근하면 경찰견들이 결국 우리를 찾아내겠지?

그녀는 자매들을 깨우고 어서 나무를 떠나자고 재촉한다. 다람쥐에게 목을 물렸던 에마슈는 부상이 너무 심해서 목숨을 잃고 말았다. 이제 에마 109가 구출한 자매들은 아홉 명만 남았다.

그들은 조심스럽게 나무에서 내려가 다시 달리기 시작한다.

개 짖는 소리가 더 가까이에서 들려온다.

에마 109의 머릿속에서는 이러저러한 생각들이 꼬리에 꼬리를 문다. 다비드의 가르침과 백과사전이 생각난다. 무엇보다 한 가지 놀라운 전술에 생각이 미친다.

때로는 적진 한복판을 지나가는 것이 가장 눈에 띄지 않게 빠져나가는 길이 되기도 한다.

그러자 에마 109는 자매들에게 새로운 목표를 가리킨다. 나뭇잎 사이로 경찰 백차 한 대가 보인다.

도망자들은 힘껏 내달아 자동차에 다가간 뒤에 차체를 타고 올라가 트렁크로 숨어든다. 그런 다음 스페어타이어 덮개 아래에 몸을 숨기고 기다린다.

한참이 지나자 수색을 나갔던 경찰관들이 허탕을 치고 돌아온다.

개들이 갑자기 흥분해서 에마슈들이 숨어 있는 백차로 다가든다. 하지만 경찰견 담당자가 개들을 진정시켜서 쇠창살을 쳐놓은 수송차에 올라타게 한다.

이제 트렁크 속의 에마슈들은 에마 109를 전적으로 신뢰한다.

한 시간쯤 달렸을까, 경찰차가 주차장에 다다르고 엔진이 꺼진다. 거인들이 차에서 내리고 불빛이 꺼진다. 수송차에 실린 개들이 짖어 댄다. 수송차는 주차장을 지나 경찰견 사육장 쪽으로 달려간다.

에마 109의 신호에 따라 도망자들은 밤이 들기를 기다린다. 얼마쯤 시간이 흐르자 에마 109는 그 정도면 조심할 만큼 했다고 판단하고 척후병처럼 과감하게 은신처 밖으로 나간다. 사위가 고요하다. 그녀는 자매들을 자기가 익히 경험한 세계인 하수도 쪽으로 이끈다.

굶주린 도망자들은 비로소 〈문명의 혜택을 입은〉 음식을 찾아낸다. 거인들이 먹다 버린 샌드위치와 비스킷과 과자가 바로 그것이다.

모두가 배불리 먹고 나자, 에마 109가 알린다.

「나한테 한 가지 계획이 있어.」

모두가 다가들어 귀를 기울인다.

「먼저 이 하수도에 안전한 거처를 마련해야 해. 거인들이나 개들이 접근할 수 없도록 좁다란 길을 통해서만 들어갈 수 있는 협소한 장소를 활용하는 게 좋을 거야.」

다른 에마슈들은 고개를 끄덕인다.

「쥐와 바퀴벌레에 맞서서 우리 자신을 지키려면 무장을 해야 해. 놈들은 무리를 이루면 공격적으로 변할 수 있거든. 우리가 공격을 해서 따끔한 맛을 보여 주는 게 최선의 방어야. 그렇게 본거지를 마련하고 무기를 확보하고 나면 우리 자매들이 갇혀 있는 모든 장소를 공격하러 가자. 그럼으로써 해방군을, 거인들에게 저항하는 군대를 결성하는 거야.」

## 55

작은 인간들은 희생의 의식을 자주 거행했다.

처음엔 짐승만을 제물로 바쳤다.

나는 〈살생이 저들의 억압된 기분을 풀어 주는 모양이니, 저러다가 말겠지〉 하고 생각했다. 그러나 그들의 행동은 갈수록 심해졌다. 처녀들을 제물로 바치는가 하면, 정복당한 백성들을 집단적으로 희생시키기도 했다.

내가 한때의 기행으로 여겼던 희생 의식이 인류의 관행이 되어 버렸다. 마치 그들 모두가 인간을 제물로 바치면 신들의 호감을 얻을 수 있으리라 생각하는 것 같았다.

그들은 마음에 들지 않는 자들의 피가 분출하는 것을 보기 위해 칼로 목을 잘랐다.

비가 오기를 빌 때도, 신전을 축성할 때도 사람의 목을 잘랐고, 아이를 낳지 못하는 여자들의 수태를 바라거나 풍작을 기원할 때도 사람을 제물로 바쳤다.

그러는 동안 사제들은 백성들의 공포와 미신에 기대어 부와 권력과 특권을 계속 늘려 나가고 희생 의식을 더욱 잔인하게 만들었다.

그들을 창조한 거인들 가운데 살아남은 사람은 극소수였는데, 그들마저 하나둘 사라지고 어딘가로 숨어 버렸다. 그러자 거인들의 대리인 행세를 하던 사제들은 이제 아이들을 광신도로 만들어 저희 부모를 배신하게 하는 짓도 서슴지 않았다.

두 번째 인류의 구성원들이 서로 죽이든 말든 그건 내가 신경 쓸 일이 아니었다. 나를 불안하게 만든 것은 그들이 저희 가운데 가장 지혜로운 자들을 모조리 희생시키고 짐승처럼 난폭하고 어리석은 자들과 철저하게 굴복하는 자들에게 혜택을 준다는 사실이었다.

나는 그들이 스스로를 파괴하는 그런 행동을 정당화하기 위해 내세우는 말이 있음을 확인했다. 그 말은 바로 〈전통〉이었다.

# 반항의 시기

## 56

불과 며칠 사이에 에마 109와 〈피 흘리는 인형들〉의 촬영실에서 살아남은 에마슈들은 하수도 내벽의 움푹 들어간 자리를 그야말로 하나의 보루로 바꿔 놓았다. 작전을 지휘하고 통솔하는 사령부를 갖춘 요새다.

도망자들은 하수도에서 주운 물건들을 모아 무기고를 만든 뒤에 거인들의 슈퍼마켓에 잠입하여 물건들을 훔쳐 온다.

그것이 에마 109가 세운 계획의 두 번째 단계다.

그럼으로써 도망자들은 컴퓨터, 휴대폰, 태블릿 PC 등 자기들에게 필요한 완벽한 상태의 전자 기기들을 확보한다.

에마 109는 인터넷을 검색하여 적당하다 싶은 첫 번째 표적을 찾아낸다. 중국인들이 대규모로 생산한 샤오제 에마슈들을 파는 가게다. 〈깜짝 놀랄 만한〉 할인 행사를 홍보하고 있는 이 가게는 반려동물을 파는 상점이기도 하다.

에마 109는 평소의 습관대로 시간을 두고 현장의 특성과 건물의 배치, 그리고 거인들의 통행 상황을 조사한다. 그 가게는 오스트리아 수도의 중심에 있고 〈샤오제 디스카운트〉라는 간판을 내걸고 있다. 간판 아래에는 빨간 형광색의 커다란 글씨로 쓴 광고 문구가 붙어 있다. 〈예쁜 샤오제 30% 할인.〉

특공대 지휘자는 밤이 되기를 기다린다. 이윽고 마지막으로 남아 있던 거인이 가게를 떠나자 공격 신호를 보낸다.

세 명의 에마슈가 통풍구의 쇠창살 사이로 몰래 숨어들어 가게 안으로 들어가더니, 불을 밝혀서 샤오제들이 어디에 있는지 확인한다.

개, 고양이, 바다거북, 햄스터, 기니피그, 토끼, 앵무새, 카나리아가 보인다. 그 동물들 옆에 샤오제 에마슈들이 나이와 전문 분야에 따라 우리에 갇혀 있다. 독일어를 할 줄 아는 에마슈가 전문 분야를 알려 주는 말들을 번역해 준다. 〈청소〉, 〈정교한 수작업〉, 〈장난감〉, 〈장식용〉, 〈힘든 일〉, 〈사무실 업무〉, 〈주방 도우미〉.

3인조 구조대는 〈장식용〉 샤오제들이 갇혀 있는 우리의 문을 열고 들어간다. 에마 109가 스무 명의 샤오제들을 향해 소리친다.

「자, 어서 우리를 따라와요!」

하지만 샤오제들은 말뜻을 이해하지 못한 듯 아무 반응도 보이지 않고 그를 살펴본다.

에마 109는 영어로 소통을 시도한다. 이윽고 한 샤오제가 말문을 연다.

「우리는 프랑스어를 알아들어요. 문제는 언어가 아니라, 우리가 당신들을 따라가고 싶어 하지 않는다는 거예요.」

「우리는 여러분에게 자유를 주러 왔어요.」

한 샤오제가 호기심 어린 표정으로 묻는다.

「자유가 뭐죠?」

에마 109는 그들에게 〈자유〉라는 말이 아무 의미가 없음을 깨닫는다. 속성 사육을 통해 성장하고 이렇다 할 삶의 지표가 없이 물건 취급을 당하며 살아온 존재들이 아닌가.

쿠르츠의 성형외과 의원에서는 에마슈들과 대화를 나누는 것이 가능했다. 외과 수술을 전문으로 하는 그 에마슈들은 〈피그미 프로덕션〉에서 태어나 제대로 교육을 받았다. 하지만 이 샤오제들은 노예처럼 임무를 수행하는 것 말고는 따로 경험한 것이 없다.

「자유란 여러분이 더 이상 이런 감옥에 갇혀 있지 않아도 되는 상태입니다.」

다른 샤오제들에 비해 외부의 영향에 조금 더 민감하고 호기심이 많아 보이는 금발 머리가 묻는다.

「아, 그래요? 어떤 고객에게 팔려 나간다는 뜻인가요?」

에마 109는 불안을 느끼기 시작한다. 거인들이 다시 오지는 않을까 걱정스럽다.

「자유란 여러분이 어느 누구에게도 속해 있지 않은 상태입니다.」

샤오제들은 저희끼리 얼굴을 맞대고 토론을 벌인다. 그러더니 모두가 속으로 생각하는 것을 한 샤오제가 큰 소리로 말한다.

「어느 누구에게도 속해 있지 않다는 것은 〈팔리지 않았다〉는 뜻이에요. 우리보고 〈아무도 갖고 싶어 하지 않는 샤오제〉가 되라는 건가요?」

다른 샤오제들은 어이가 없다는 듯 헛웃음을 짓는다.

「미안해요. 우리는 〈자유〉를 얻기보다 우리의 가치를 높여 줄 좋은 고객에게 팔려 나가고 싶어요.」

금발의 샤오제가 그렇게 말하자 다른 샤오제들도 한마디씩 거든다.

「나는 사무실 책상에 올라가서 필기구를 관리하는 일을

하는 게 꿈이에요.」

「나는 텔레비전 위에 올라앉아 있다가 주인이 신호를 보내면 리모컨을 들고 달려가는 일을 하고 싶어요.」

「나는 아기방에서 베이비 모니터 구실을 하고 싶어요. 아기가 잠에서 깨어나면 즉시 젖병을 들고 뛰어가는 일도 해야겠죠?」

「나는 욕실에서 칫솔을 들고 대령하거나 거인들의 등과 목덜미를 밀어 주는 일을 하고 싶어요.」

「나는 도서관 검색대에서 일하고 싶어요. 진열창처럼 불이 환하게 켜진 곳에서 고객들이 문의를 할 때마다 책들의 제목과 각각의 위치를 알려 주는 거죠.」

에마 109는 그들의 노예근성이 너무나 강하다는 사실에 당황해서 무슨 말을 해야 할지 갈피를 잡지 못한다.

특공대원 하나가 대신 나선다.

「하지만…… 음…… 뭐랄까요……. 자유란 굉장한 겁니다. 누구나 자유롭기를 원하고 자기가 할 일을 스스로 결정하고 싶어 합니다.」

금발의 샤오제가 불안한 표정을 지으며 말한다.

「만약 아무도 우리에게 우리가 무엇을 해야 하는지 말해 주지 않는다면, 우리는 쓸모가 없게 되잖아요!」

다른 샤오제가 비웃는 표정으로 맞장구를 친다.

「그래요. 듣고 보니까 그 〈자유〉라는 것을 얻으면 우리는 아무 일도 하지 못하고 그냥 버림받게 될 것 같아요. 그게 좋은 건가요?」

「쓸모가 없다니요, 여러분은 얼마든지 훌륭한 일을 할 수 있어요. 남들을 위해서가 아니라 여러분 자신을 위해서 말입니다. 여러분에게 유익한 일을 여러분 스스로 결정해서 하는 겁니다.」

샤오제들은 회의에 찬 표정으로 세 해방자를 살펴본다.

「나는 시키는 대로 일하면서 살고 싶어요. 만약 내가 자유를 얻게 되면, 하루하루를 어떻게 보내야 할지 알 수가 없을 거예요. 그러면 내 삶은 아무런 의미가 없게 되죠. 그보다 불안한 일이 또 있을까요?」

「나는 개인적인 결정을 어떻게 내리는지 몰라요.」

「나는 무언가를 선택해야 하는 상황을 견딜 수 없을 것 같아요. 잘못 선택하면 어쩌나 하고 두려움에 빠질 거예요. 그보다는 남들이 나 대신 결정해 주는 게 좋겠어요. 그러면 설령 그들이 그릇된 선택을 하더라도 그건 내 잘못이 아니죠.」

모든 샤오제가 고개를 끄덕인다.

에마 109는 아연한 표정을 짓는다. 더 설득할 말이 없다.

「그냥 돌아가시는 게 좋겠어요. 우리는 여기에서 아주 좋은 대접을 받고 있어요. 우리는 〈자유〉에 관심이 없어요.」

샤오제들은 나쁜 질문에 훌륭한 대답을 했다는 듯 만족스러운 표정을 짓는다. 금발 머리가 덧붙인다.

「나처럼 머릿결이 고운 샤오제한테는 조명이 중요해요. 나는 머리털을 관리하는 데 신경을 많이 써요. 거인들이 언제나 내 머리를 보면서 경탄할 수 있다면 좋겠어요.」

에마 109는 짜증을 애써 억누르면서 재빨리 대답을 찾는다. 백과사전에서 읽은 거울의 전략이 생각난다. 〈상대가 보내는 메시지를 상대에게 돌려보낼 것.〉

「만약 우리를 따라오면 좋은 고객들을 만나게 될 겁니다. 그들은 당신에게 무슨 일을 맡기든 그저 당신을 되도록 눈에 잘 띄게 만들려고 마음을 쓸 것입니다.」

이번에는 샤오제들이 관심을 보인다. 비로소 마음이 놓인다는 듯 해방자들에게 다가든다.

결국 일흔두 명의 샤오제가 가게를 떠난다.

에마 109는 한 집단의 진정한 지도자가 되기 위한 몇 가지 원칙을 경험적으로 터득한 바 있다.

첫째, 깜짝 놀라는 모습을 보이지 말 것.

둘째, 두려워하는 기색을 보이지 말 것.

셋째, 임기응변의 해결책을 재빨리 찾아낼 것. 만약 해결책을 찾아내지 못할 때는 무슨 일이든 할 것. 그러지 않으면 지도자가 상황을 통제하지 못하고 있음을 남들이 알아차리게 된다.

넷째, 무슨 일을 하든 시간을 주도적으로 결정할 것. 남의 재촉에 쫓겨서 또는 강요에 못 이겨 약속 시간이나 대결의 순간을 정하지 말 것. 남들이 언제나 지도자의 일정을 받아들이게 할 것.

일흔두 명의 샤오제들은 그들을 따라 빈의 거리로 나선다. 현기증이 날 정도로 복잡하고 놀라운 세계 속으로 갑자기 들어선 것이다. 다행히 늦은 시각이라 달리는 차들이 별로 없다.

그들은 촘촘하게 무리를 지어 달려간다.

샤오제들은 세상을 구경한 적이 없는 신출내기들이다. 공장에서 태어나 일을 하기 위한 교육을 받고 트럭에 실려서 운반되어 반려동물 가게에 갇혀 있었던 터라 거인들의 도시가 그저 놀랍기만 하다.

그러나 관광을 하느라 시간을 허비할 수는 없다. 에마

109는 가장 가까운 하수도 입구로 그들을 데려가서 인터넷에서 찾아낸 하수도 평면도를 펼친다.

하수도로 내려가 걷다가 어느 갈림길에 다다랐을 때, 쥐 한 마리가 눈앞에 나타난다. 샤오제들은 겁을 집어먹고 즉시 뒤로 물러난다. 에마 109는 벌써 못 하나를 꺼내 들고 쥐가 접근하지 못하게 위협한다.

「이리 오세요, 겁낼 것 없어요.」

금발의 샤오제가 불안한 기색으로 말한다.

「우리가 따라오기를 잘한 건지 모르겠어요. 우리 고객들이 이쪽에 있는 게 확실해요?」

다른 샤오제들이 말끝을 단다.

「나는 더 나아가고 싶지 않아요.」

「여기는 더러워요. 사납고 혐오스러운 동물들이 너무 많아요.」

「게다가 악취가 나요. 토가 나올 것 같아요. 우리까지 더러워질 판이에요. 좋은 고객들이 있다더니, 그들은 대체 어디에 있는 거죠?」

「그들이 가게로 우리를 찾으러 오면 어쩌죠?」

금발 머리는 울먹이는 소리로 그렇게 말하더니, 의심을 견디지 못하고 발길을 돌려 달음박질을 친다. 하지만 얼마 가지도 못해서 커다란 쥐 세 마리에게 포위된다. 에마 109가 어찌해 볼 새도 없이, 쥐들이 달려들어 그녀를 갈기갈기 찢어 버린다.

일흔한 명의 샤오제는 즉시 공황 상태에 빠진다. 에마 109는 서둘러 수습에 나선다.

「보세요, 우리가 서로 붙어 있는 게 낫다는 것을 알겠죠?」

에마 109는 집단적인 공포가 단결에 도움이 될 수도 있음을 깨닫는다. 그러고 보면 쥐들이 뜻밖의 동맹군 노릇을 한 셈이다.

내가 샤오제들을 과대평가한 것은 아닐까? 이들이 조금 더 자신감을 갖고 의연하게 행동하면 좋을 텐데, 어떻게 설득하지?

## 57

**백과사전: 죽음의 상수(常數)**

〈죽음의 상수〉라는 말은 앙드레 앙티비라는 학자가 고안했다. 그는 수학자이자 교육학자로서 툴루즈 폴 사바티에 대학 교육학 연구소를 이끌고 있다. 그는 먼저 학교의 성적 평가 관행에 이의를 제기한다. 교사는 자기가 가르치는 학생들을 세 등급으로 나누어, 3분의 1의 학생들에게는 좋은 점수를, 3분의 1의 학생들에게는 중간 점수를, 나머지 3분의 1의 학생들에게는 나쁜 점수를 준다. 만약 어떤 교사가 20점 만점에 12점 미만의 점수를 절대로 주지 않는다면, 사람들이 뭐라고 말할까? 사람들은 십중팔구 이 교사를 두고 지나치게 후하다고 말할 것이다. 교사가 믿을 만하다는 소리를 들으려면, 3분의 1의 학생들에게는 나쁜 점수를 주어야 한다. 그렇듯이 교사는 사회의 압력 때문에 자기 의지에 상관없이 선별자 구실을 하게 된다.

앙티비 교수가 2006년에 1천9백 명의 교사들을 상대로 조사한 바에 따르면, 95퍼센트의 교사들은 일정한 비율의 학생들에게 나쁜 점수를 주어서 열등생으로 분류하는 것을 어쩔 수 없는 일로 여긴다고 대답했다. 그렇게 학생들 가운데 일부를 열등생으로 분류하는 것, 그게 바로 〈죽음의 상수〉다. 이것은 실패한 학생들을 가려냄으로써 자신감을 잃게 하고, 학생들의 사기를 꺾음으로써 그런 평가 제도의 희생양으로 만든다.

앙티비 교수는 죽음의 상수를 피하기 위해 EPCC, 즉 〈신뢰할 수 있는 계약에 의한 평가〉라는 새로운 방식을 제안한다. 이 방식은 교사와 학생의 협력이라는 원칙에 바탕을 두고 있으며 학생에게 문제 해결에 대한 자신감을 주는 데에 그 목적이 있다.

그런데 한 집단의 구성원을 세 등급으로 나누어 승자와 중간자와 패자를 구별하는 관행은 학교에서뿐만 아니라 모든 인간 집단에서 찾아볼 수 있다. 사람들은 흔히 세계의 나라들을 선진국과 신흥국과 후진국으로 분류한다. 마치 그런 식으로 나라들을 분류해 놓아야 세계의 판도를 이해할 수 있다는 식이다.

또한 각 나라의 내부에서도 국민을 세 등급으로 나누어 부유층, 중간층, 빈곤층 하는 식으로 분류하는 관행을 찾아볼 수 있다.

마치 망델브로의 프랙털 도형에서 작은 구조가 전체 구조와 동일한 형태로 끝없이 되풀이되는 것처럼, 인간 사회의 이 3등급 도식은 크고 작은 영역에서 무한히 반복된다.

도시 주변의 빈민촌에서도(중간층이나 상류층의 내부에서와 마찬가지로) 상중하의 구분이 나타난다.

평등주의의 이상을 실현하려는 온갖 시도(아나키즘, 공산주의, 히피 문화 등)에도 죽음의 상수를 유지하려는 경향은 사라지지 않는다. 마치 승자와 패자를 가르는 것이 인류의 어찌할 수 없는 속성인 것처럼 보일 정도다. 죽음의 상수가 있는 평가 방식에서는 어떤 승리도 그 자체로 평가되지 않는다. 오로지 〈패자〉로 간주된 집단의 실패에 비추어서만 평가될 수 있다.

에드몽 웰스, 『상대적이며 절대적인 지식의 백과사전』 제7권

## 58

### 에마슈 사건(속보)

「에마슈들이 빈의 반려동물 가게를 불법 침입한 사건에 이어 또 한 차례의 심각한 불상사가 오스트리아에서 벌어졌습니다. 보청기를 제조하는 한 업체의 경비원이 공장 건물에 잠입하던 에마슈들 한 무리를 발견했습니다. 나노 공학의 전문가로서 보청기 제작에 참여하고 있던 샤오제들을 해방시키려고 찾아온 에마슈들이었습니다. 경비원은 침입자들 열 명을 쓰러뜨리고 나서 다른 에마슈들의 집단적인 공격을 받았습니다. 에마슈들은 뒤쪽에서 못을 가지고 경비원을 습격했습니다. 경비원은 곳곳에 상처를 입은 채 저항하다가 숨을 거뒀고, 보청기 공장의 에마슈들은 모두 달아났습니다. 현재의 추산으로는 도주한 에마슈들의 수가 195명 이상이라고 합니다. 사람들은 이번에도 에마 109가 공격을 주도했을 것으로 보고 있습니다. 오스트리아 내무 장관은 도저히 묵과할 수 없는 심각한 사건이 벌어졌다면서 이런 사태가 재발되지 않도록 대책을 마련하라고 경찰에 지시했습니다. 그런데 대중은 이 사건을 어떻게 보고 있을까요? 그것을 알아보기 위해 조르주 샤라스 기자가 빈 시내로 나갔습니다.」

「그렇습니다, 저는 지금 빈의 한복판에 나와 있습니다. 이제부터 행인들의 의견을 들어 보겠습니다. 먼저 저 신사분하고 이야기를 나눠 볼까요? 에마슈들의 공격과 도주에 관한 최근 소식을 들으셨을 텐데요, 보시기에 어떻습니까? 에마슈들을 두려워해야 할까요?」

「아뇨, 전혀 그렇지 않습니다. 저희 집에도 에마슈가 여러 명 있습니다. 저희 아이들은 에마슈들과 잘 놉니다. 그래서 제가 아주 편하죠. 제가 보기에 에마 109 사건은 예외적인 불상사입니다. 대중 매체들이 부추기는 편집증에 굴복해서는 안 됩니다.」

「그럼 선생님은 어떻게 생각하십니까?」

「저희 집에도 정원을 가꾸거나 청소를 하는 에마슈들이 다섯 명 있는데, 다들 아주 깔끔합니다. 게다가 우리 가족이 칭찬을 많이 해줬더니 우리에게 애정 어린 태도를 보입니다. 고양이들보다 한결 나아요. 또 새처럼 노래하는 에마슈도 한 명 있는데, 같은 말을 반복하는 재주가 앵무새보다 낫습니다. 저는 에마슈들을 경보 장치 대용으로 쓸 생각도 하고 있습니다. 누가 밤중에 우리 집에 침입하면, 에마슈들이 몰래 나를 깨우러 올 겁니다. 개보다 낫죠. 에마슈들은 나중에 경찰에서 도둑의 인상착의를 말할 수도 있을 테니까요.」

「그래도 에마 109 패거리가 야간에 불법 침입한 것은…….」

「그건 특이한 경우죠. 잠깐 그러다가 수그러들 광기예요. 인간 세상에도 그런 일이 있을 수 있어요. 나는 에마슈들이 우리에게 맞서서 반란을 기도할 수 있으리라 생각하지 않아요. 이유는 아주 간단해요. 에마슈들이 우리를 좋아한다는 거죠.」

「그럼 여사님께서는요?」

「나는 경찰이 한시라도 빨리 에마 109와 그 범죄자 패거리를 잡았으면 좋겠어요. 하지만 에마슈들 때문에 걱정할 필요는 없다고 봐요. 에마슈들, 특히 중국산 샤오제들은 고분고분하고 온순해요. 나는 작은 레스토랑을 운영하고 있는데 샤오제들이 주방에서 온갖 일을 다 해요. 아주 깔끔하고 꼼꼼하죠. 때로는 자기들이 먼저 나서서 요리를 개선하기까지

해요.」

「뤼시엔, 보시다시피 최근의 불상사에도 대중은 불안해하지 않습니다. 그리고 에마슈들은 여전히 소비자들의 전폭적인 신뢰를 받고 있습니다.」

「고맙습니다, 조르주. 그 작은 도망자들이 곧 잡히는 게 좋겠군요. 하지만 에마슈들이 점점 불어나고 잠재적인 위험을 안고 있다 할지라도 그것을 일반화해서는 안 된다고 생각합니다. 빈에서 벌어진 사건들은 시민들이 제대로 보고 있는 것처럼 예외적인 사건들일 뿐입니다.」

### 북극

지구의 에어컨으로 간주되는 북극의 빙모가 녹고 있습니다. 1900년에 4백만 제곱킬로미터의 면적을 유지하고 있던 북극의 얼음이 2000년에는 3백만 제곱킬로미터로 줄었고, 현재는 2백만 제곱킬로미터밖에 남지 않았다고 합니다. 그에 따라 동쪽 나라들과 서쪽 나라들을 잇는 새로운 바닷길이 열렸습니다. 이 북극 항로는 거리와 시간을 단축시킨다는 점에서 경제성이 높기 때문에 국제 무역의 관행에 큰 변화를 가져올 것으로 보입니다. 하지만 일부 전문가들은 이 항로가 열림으로써 북극해의 자원 개발을 둘러싼 전쟁의 가능성이 높아질 것으로 내다보고 있습니다.

### 체르노빌

오늘은 슬픈 기념일입니다. 1986년 4월 26일, 체르노빌 원자력 발전소의 원자로 4호기가 폭발하여 열흘 동안 불탔고, 방사성 원소가 대기권으로 방출되어 며칠 동안 유럽 전역의 상공을 떠돌았습니다. 사고 직후에 원전 주변 30킬로미터 이내 지역은 출입이 금지되었고, 13만 5천 명의 주민들이 당국의 소개 명령에 따라 다른 곳으로 이주했습니다. 그런데 과학자들의 조사에 따르면, 원전 주변 지역의 자연은 점차 자신의 권리를 되찾았다고 합니다. 방사능을 견디고 살아남을 수 있는 곤충이며 설치류며 초식 동물의 여러 종들이 나타나고 있을 뿐만 아니라 일부 야생 동물들은 인간이 사라진 그 지역을 피난처로 삼아 번성하고 있는 모양입니다. 최근에는 멧돼지, 사슴, 노루, 늑대, 스라소니는 물론이고 완전히 사라진 것으로 알려졌던 야생마의 어느 종까지 목격되었다고 합니다.

**축구**

프랑스 축구 대표 팀이 아르메니아를 상대로 졸전을 벌인 끝에 0 대 1로 패했습니다. 주장 은디아프 선수는 인터뷰에 일절 응하지 않고 스위스에 있는 저택으로 돌아갔습니다.

**주식 시장**

프랑스의 주가 지수 CAC 40은 1.2퍼센트, 뉴욕의 다우존스 지수는 1.5퍼센트의 소폭 상승을 보였습니다. 아마조니아 열대 우림의 벌채에 관한 새로운 사업 계획이 발표됨에 따라 부동산 개발과 연관 산업에 관한 기대 심리가 나타난 것으로 보입니다.

## 59

도망자들은 빈 근처의 키얼링어 숲 속을 달린다.

반려동물 가게와 보청기 공장을 공격한 뒤에 그들은 어느 시계 공장에 잠입해서 스무 명의 샤오제들을 데리고 나왔다. 이번에도 샤오제들을 설득하는 데 시간이 걸렸다.

그러는 사이에 경찰은 이미지를 대조 검증하는 새로운 소프트웨어를 활용해서 그들의 위치를 알아냈다. 그 뒤로는 도시 곳곳에 설치된 감시 카메라를 통해 그들의 도주로를 따라갈 수 있었다.

에마 109는 자기네 은신처가 안전하지 않음을 알아차리고 또다시 자기 직감에 의지하여 임기응변의 해결책을 찾아내야만 했다. 그녀는 즉시 대피할 것을 명령했다. 하지만 수백 명이 무리를 짓고 있으니 몇 명이 움직일 때보다 이동 속도가 느릴 수밖에 없었다. 에마 109는 모든 반란자들과 장비를 이동시키기 위해 급히 방석들을 서로 잇대어 임시 뗏목을 만들게 했다. 그들은 서둘러 뗏목에 올라탔고, 하수도의 더러운 물에 실려 캄캄한 터널을 통과했다. 쥐들은 그들이 지나가는 것을 그냥 지켜보기만 했다. 그러나 방석들이 그들의 무게를 견디지 못하고 조금씩 가라앉기 시작했다. 때마침 그들은 하수도의 출구를 찾아냈다. 더러운 물은 어떤 수조로 흘러들고 있었다. 그들은 수조에 다다르기 전에 하수도를 빠져나오는 데 성공했다.

에마 109는 자기들이 도착한 장소가 어디인지 스마트폰으로 확인했다. 키얼링어 숲이었다.

하지만 그들은 느긋하게 쉴 수가 없었다. 경찰 병력이 다시 추격에 나섰기 때문이다. 빌프리트 쿠르츠의 원수를 갚고 싶어 하는 자원자들 1백여 명도 경찰을 따라나섰다.

결국 달리고 또 달려야 하는 상황이다.

달음박질에 서툰 샤오제 두 명이 비틀거린다. 에마 109는 그들을 도와주고 싶지만 그럴 수가 없다. 벌써 개들을 몰고 온 경찰관들이 쓰러진 샤오제들을 에워싸고 있다.

경찰 병력을 따돌리려면 풀과 나무가 우거진 수풀 속으로 달아나야 한다.

도망자들은 계속 달음박질을 친다. 개들이 으르렁대는 소리가 점점 가까이서 들린다. 에마 109는 선두에서 도망자들을 이끈다.

내가 거인들을 과소평가했어.

또 다른 샤오제가 비틀거리며 쓰러지더니 다시 일어나지 못한다.

개들은 이제 바로 뒤에서 짖어 댄다. 쓰러진 샤오제 주위에서는 독일어로 외치는 소리가 울린다.

에마 109는 그 샤오제가 더 고통받지 않고 빨리 숨지기를 빌어 준다.

그러는 사이에 다른 에마슈들은 마지막 남은 힘을 다하여 더 빨리 내닫는다. 추격자들의 왁자지껄한 소리가 다시 울린다.

이번엔 도망치기가 어렵겠는걸.

그때 사륜구동의 유개 트럭 한 대가 눈앞에 나타나더니, 차 문이 홱 열린다.

「어서 타! 자리를 좁히면 뒤쪽에 다 탈 수 있어.」

에마 109는 그 거인을 알아보고 에마슈들에게 트럭에 올라타라고 신호를 보낸다. 모두가 정신없이 트럭 안으로 몰려든다.

에마 109는 운전석 옆자리로 뛰어 올라간다.

그들은 위험 지역에서 멀어지기 위해 전속력으로 달린다.

「다비드, 어떻게 여기까지 오셨어요?」

「너희가 수가 많아서 눈에 잘 띄리라고 생각했어. 비행기를 타고 빈에 와서 이 사륜구동 차를 빌렸지. 그다음에는 스마트폰으로 텔레비전을 보면서 너희가 어디에 있는지 알아냈어. 너희가 체포되는 장면을 중계해 주기로 되어 있었거든. 다행히 바람이 너무 심하게 불어서 그들이 방송용 헬리콥터를 띄우지는 못했지만, 너희가 있는 곳은 잘 알려 주더라고.」

에마 109는 고개를 끄덕인다.

「그런데 왜 이런 일을 벌이시는 거죠?」

다비드는 농담으로 응대한다.

「대장장이 신으로서 내 신자들에게 최소한의 도움을 주는 건 당연한 일이지. 인간의 새로운 종을 공동으로 창조했으니 그에 따른 책임이 막중할 수밖에.」

창밖으로 풍경이 빠르게 스쳐 간다. 에마 109는 호기심 어린 표정으로 다비드를 살펴보다가, 가늘고 높은 목소리로 말한다.

「알고 보니 거인들이 모두 우리의 적인 것은 아니로군요.」

트럭의 뒤쪽에서는 252명의 에마슈들이 재주껏 틈새를 줄여 좁은 공간에 모두 자리를 잡고 앉는다.

에마 109가 묻는다.

「그런데 어디로 가는 거죠?」

다비드는 한쪽 눈을 찡긋해 보인다. 에마 109는 똑같은 방식으로 대답하려 하지만 뜻대로 되지 않는다.

유개 트럭은 시속 120킬로미터로 고속 도로를 질주한다.

방향은 프랑스가 있는 서쪽이다.

## 60

나는 기억한다.

송수신기 구실을 하는 그들의 피라미드를 이용해서 나는 오시리스며 이슈타르와 함께 계속 대화를 나눌 수 있었다. 나는 그들 두 사람에게 특별한 관심을 가지고 있었다. 그들은 최초의 인류에 속해 있었고, 지나간 사건들에 관한 기억을 간직하고 있었다. 게다가 그들은 내 말에 주의를 기울일 줄 알았다.

하지만 목자들은 훌륭해도 그들이 이끄는 야만적인 소인들의 무리는 그들과 같지 않았다.

소인들은 오래 살아도 1백 살을 넘기지 못했고(위생 상태가 불량해서 실제로는 쉰 살을 넘기는 경우도 드물었다), 기억력도 신통치 않았다.

그들은 저희가 누구인지, 저희가 어디에서 왔는지를 잊고 있었다.

세월이 흐를수록 그들의 평균 연령은 낮아지고 신들에 대한 존경심은 희박해졌다. 그와 동시에 사제들은 정치를 장악하고 권력을 강화해 갔다.

나는 머지않아 올 것이 오리라 예감했다.

먼저 사람들이 훗날 〈이스터섬〉이라고 이름 붙인 곳에서 반란이 일어났다. 소인들은 자기들이 〈큰 귀〉라고 부르던 거인들을 죽였다.

그다음에 그리스에서는 제우스가 자기 종족을 배신하고 소인들의 도움을 받아 권력을 쟁취했다. 이것이 이른바 〈티탄의 전쟁〉이다. 하지만 그리스인들이 말하는 티탄은 사실 아틀란티스섬이 물에 잠긴 뒤에 그리스로 피난했던 거인들이다.

이집트에는 세트가 있었다. 그는 권력을 열망한 나머지 자기편에 합류한 소인들의 도움을 받아 그들 문명의 창시자인 오시리스를 물에 빠뜨려 죽였다. 그런 다음 아무도 오시리스를 되살리지 못하도록, 시신을 토막 내면서 〈이로써 옛 세계는 끝났다〉고 선언했다.

메소포타미아에서는 이슈타르가 일곱 소인들이 파놓은 함정에 빠져 죽임을 당했다. 소인들은 이슈타르 대신 그녀의 후계자를 자처하던 두무지드를 왕위에 앉혔다.

곳곳에서 소인들은 거인족의 배신자들과 공모하여 자기들을 창조한 거인들을 죽였다.

시원의 섬에서 빠져나온 극소수의 거인들은 대부분 수백 살에 달해 있었고 투지를 상실해 가고 있었다. 그들은 도처에서 소인들의 공격을 받고 목숨을 잃었다.

나는 소인들을 벌하기 위해 몇 차례 지진을 일으켰지만, 소인들은 저희의 배은망덕한 행위와 내 분노 사이에 관련이 있다는 사실조차 알아차리지 못했다.

마지막으로 남아 있던 천문대들은 폐허로 변하고, 로켓과 핵무기에 관한 과학 기술은 인간의 기억에서 사라졌다.

나는 다시 눈이 멀고 소행성들의 습격에 취약한 처지가 되었다.

한동안 잊고 살았던 달마저 내 지독한 악몽을 다시 따라다녔다.

## 61

그녀는 탁자를 탁 치며 소리친다.

「그들을 받아들인다는 것은 있을 수 없는 일이야! 설령 우리가 받아 준다 해도, 경찰이 곧 찾아내고 말 거야.」

다비드는 실망한 기색으로 오로르를 바라본다. 나탈리아가 담담한 어조로 오로르를 거든다.

「인터폴이 벌써 추적에 나섰어요.」

「도망자들이 붙잡히면 어떻게 되리라는 것은 어렵지 않게 짐작할 수 있어요. 당국은 소비자들을 안심시키기 위해 도망자들을 모두 안락사시킬 거예요.」

펜테실레이아의 말에 누시아가 덧붙인다.

「사람들은 최근 들어 안락사 대신 〈비활성화〉라는 말을 쓰더군요.」

다비드는 오스트리아에서 차를 몰고 오느라고 지쳐서 곧바로 대답하지 않는다.

펜테실레이아가 말을 잇는다.

「에마슈들을 죽인다는 사실조차 인정하지 않으려는 거예요. 그저 〈산업의 위기〉라든가 〈에마슈 사육 업계의 비극〉에 대해서만 말하고 있죠.」

「광우병 사태가 벌어졌을 때, 사람들은 소 떼를 구덩이에 묻고 석회로 덮어 버렸어요. 조류 독감이 급속하게 퍼지던 때는 수백 마리의 닭과 오리를 산 채로 구덩이에 묻어 버렸지요. 그런 다음에 기자들의 인터뷰에 응한 사육업자들은 수입에 큰 차질이 생겼다면서 보상을 요구했어요.」

말수 적은 마르탱 중위가 평소가 다르게 달변이다. 그는 재킷 앞자락을 젖혀서 티셔츠에 적힌 오늘의 문장들을 보여 준다.

78. 어떤 사람에게 우리 은하에 3천억 개의 별이 있다고 말해 보라. 그러면 그는 당신 말을 그대로 믿을 것이다. 그 사람에게 벤치에 방금 페인트칠을 해놓았다고 말해 보라. 그러면 그는 당신 말을 확인하기 위해서 벤치를 만져 볼 것이다.

79. 가장 쓸모 있고 적용 가능성이 가장 높은 이론은 지독한 바보가 가장 어리석은 질문으로 공격하는 것을 견디지 못한다.

다비드는 창가로 가서 마당을 살핀다. 253명의 도망자들이 눈에 들어온다. 그들은 빈에서 퐁텐블로까지 오느라고 생긴 노독을 풀고 있다. 모두가 차에서 내려 심호흡을 하고 뻣뻣하게 굳은 몸을 가벼운 체조로 유연하게 만든다.

쿠르츠의 성형외과 의원에서 탈출한 에마슈 하나는 이곳이 자기가 자란 곳임을 알아보고, 자기들의 도시를 구경시켜 주겠다며 샤오제 몇 명을 커다란 창고 쪽으로 데려간다.

그리하여 유리 벽을 사이에 두고 안쪽의 에마슈들과 바깥의 에마슈들이 말없이 서로 바라본다.

샤오제들이 그렇게 작은 도시를 보는 건 이번이 처음이다. 에마슈들의 작은 키에 맞게 지어진 도시에서 자매들이 움직이고 있다. 드물게 남자들도 보인다. 샤오제들은 홀린 듯이 그들을 살펴본다. 집을 짓거나 들판에서 일하는 에마슈들이 있는가 하면 거리를 걷고 있는 에마슈들도 있다. 배낭에 알을 담아서 지고 가거나 놀이터에서 아이들과 놀고 있는 여자들도 보인다.

샤오제 하나가 감격에 찬 표정으로 소리친다.

「이런 게 가능하다는 것을 몰랐어!」

한 샤오제는 눈물을 흘린다.

그러는 사이 〈피그미 프로덕션〉의 회의실에서는 이제 어떻게 할 것인가를 놓고 의견이 갈리고 있다.

펜테실레이아가 목청을 높인다.

「다비드, 당신 지금 우리 얘기를 듣고 있는 거야, 아니면 창가에서 몽상에 젖어 있는 거야? 오로르 말이 맞아. 여기는 도망자들을 보호하는 성역이 아냐. 그들은 경찰에 쫓기고 있어. 여기에 숨어 살 수 있는 처지가 아니라고.」

다비드는 몸을 돌려 침착하게 묻는다.

「여러분이 원하는 게 뭐죠? 저 에마슈들을 포기하자는 건가요? 저들을 밖으로 내보내서 경찰의 몰이사냥에 다시 쫓기게 하자고요?」

오로르가 상기시킨다.

「저들은 범죄자들이야.」

「저들은 우리…… 자식들이야!」

오로르는 빈정거리듯 입술을 내민다.

「천만에, 우리 자식들이 아냐. 저들은 나탈리아 오비츠가 주도한 정보기관의 전위적인 프로젝트를 실현하기 위해 연구소에서 벌인 실험의 산물이야.」

다비드는 그녀와 정면으로 맞선다.

「그래, 나는 우리 연구소의 실험을 기억하고 있어. 에마 109는 리야드를 향해 날아가던 핵미사일을 저지했어. 그걸 막지 못했다면 수백만 명이 죽었을 것이고 아마 제3차 세계대전이 일어났을 거야. 그것 하나만으로도 우리는 에마슈들에게 감사해야 해. 〈피그미 프로덕션〉 사람들뿐만 아니라 모든 사우디아라비아 사람들과 온 인류가 감사해야 하는 거야. 오로르, 네 기억은 단기적이고 선택적이야.」

오로르는 눈도 깜짝하지 않는다.

「네가 그렇게 기억력이 좋다면, 이런 분명한 사실도 잊지 말아야지. 그렇게 고마운 에마슈들도 우리가 없었다면 존재하지 않았을 거야.」

「하지만 에마슈들은 존재하게 해달라고 요구한 적이 없어. 그건 우리의 선택이지 그들의 선택이 아니었어.」

「어쨌거나 에마슈들은 모든 것을 우리에게 빚지고 있어. 에마 109는 이미 UN 회의장에서 우리를 웃음거리로 만들었고, 인간을 죽이지 말라는 계율을 어겼어. 그녀는 계획적인 범죄를 태연하게 저지르고 있어. 녹슨 못들을 가지고 사람들을…….」

「그건 정당방위였어.」

「빌프리트 쿠르츠는 사춘기 소년이었어.」

「그저 즐거움을 얻기 위해 에마슈들을 괴롭혔고 그 장면을 인터넷에 올린 소년이지. 그건 여기에 모인 우리 모두가 잘 아는 사실이야.」

「그래도 미성년자였어. 그런 행위에 대해서 법적으로 책임을 질 수 없었다고.」

두 과학자는 서로 노려본다.

「에마 109와 그 반란자들은 우리가 정한 첫 번째 계율을 어겼어. 〈거인들에게 해를 끼치지 말라〉는 계율 말이야.」

「빌프리트는 변태적인 가학증 환자였어. 사이코패스였다고.」

「그 애는 열네 살이었어.」

「그래, 가학증에 걸린 열네 살짜리 사이코패스였어.」
「에마 109가 개입하는 바람에 수백 명의 청소년들이 그 애를 따라 하고 있어. 인터넷에 접속하면 그 애들을 볼 수 있어. 그 애들은 에마슈들을 죽임으로써 빌프리트의 원수를 갚고 있다고 생각해.」
「오로르! 너는 여자들의 권익을 위해 싸웠어. 펜테실레이아, 나탈리아, 마르탱, 누시아, 여러분은 모두 어리석음과 야만성에 맞서서 투쟁했어요. 우리가 창조한 생명체들이 다른 어느 때보다 우리의 도움을 원하고 있는데, 그들을 그냥 저버리겠다는 건가요? 내가 이렇게까지 얘기하는데, 계속 모른 척할 건가요?」
긴 침묵이 이어진다. 이윽고 오로르가 대답한다.
「너야말로 우리를 버리려 하고 있어.」
다비드는 그들을 차례로 바라보며 눈을 맞추려고 하지만, 그들은 눈을 피한다.
「두려워서 그러는 건가요?」
오로르가 맞받는다.
「우리는 법을 존중하는 거야.」
「아냐, 다들 겁을 먹고 있어. 그런 공포가 발전의 동인이 될 수도 있어. 물고기들을 생각해 봐. 물속에서 공포를 느낀 물고기들은 물 밖으로 나와서 땅을 디디기에 적합하지 않은 지느러미에 의지해서 뭍으로 올라왔어. 결국 소수만이 위험을 무릅쓰고 부모 세대의 습관을 거스르고, 다른 물고기들의 반대에 아랑곳하지 않았기 때문에 그런 일을 해낸 거야. 나는 그렇게 확신해.」
「아냐, 우리가 이런 입장을 보이는 것은 공포 때문이 아니라 윤리 때문이야. 에마 109는 살인자야. 우리는 그녀를 경찰에 넘겨야 해, 다비드. 살인은 죄악이야. 살인을 하면 죽어서 지옥에 간다고 가르친 게 우리 자신이야. 더 무슨 말을 하겠어? 우리가 계율을 존중하지 않는다면, 계율을 정하는 게 무슨 의미가 있어?」

오로르는 어조를 높여 말을 잇는다.

「네가 오스트리아에 가서 개입하는 바람에 무슨 일이 벌어졌는지 알아?」

오로르는 텔레비전을 켠다. 아나운서가 프롬프터를 읽으면서 뉴스를 보도한다.

「……정체를 알 수 없는 자동차가 나타나 에마슈들을 태우고 도주한 뒤에, 사람들은 그 도망자들에 대해 불안감을 느끼기 시작했습니다. 그들은 어디에나 있을 수 있고 찾아내기가 어렵습니다. 그들은 조금밖에 먹지 않고, 전자 기기를 사용하지 않으며, 작은 동굴에 숨을 수도 있습니다. 다만 그들을 이끄는 에마슈의 신원은 확인되었습니다. 바로 이란의 핵 시설을 공격하도록 훈련 받은 에마 109입니다. 이제 2백 명 이상의 에마슈들이 에마 109의 휘하에 들어가 주인들에게 맞서 투쟁을 벌이고 있습니다. 게다가 몇몇 사람이 그들과 공모하고 있는 것으로 보입니다. 도덕적인 진리나 가치를 부정하는 사람들이 인류를 배신하고…….」

다비드는 리모컨을 집어 들고 텔레비전을 꺼버린다.

「설령 온 세상이 그들을 적대한다 할지라도 나는 그들을 버리지 않을 겁니다.」

그는 문의 손잡이를 잡는다.

「나와 생각이 같은 분들은 저를 따라오십시오.」

아무도 반응을 보이지 않는다.

그는 그대로 서서 기다린다. 마침내 누시아가 일어서더니 조금 망설이다가 도로 앉는다.

다비드가 묻는다.

「누시아, 뭐 하는 거야?」

「미안해, 다비드. 이번엔 네가 지나친 것 같아. 혼자서 온 세상을 상대로 싸울 수는 없어.」

「누시아?」

「나는 우리가 이런 상황에 몰릴 줄 몰랐어. 나로서는 감당하기가 어려워. 너의 선택을 이해는 하지만 나는 못 하겠어…….」

누시아는 다른 사람들을 둘러본다. 다들 굳은 표정으로 침묵을 지키고 있다. 그녀의 머릿속에서는 다소 상반되는 여러 가지 생각들이 떠올라 씨름을 벌인다. 그녀는 얼굴을 찡그린다.

「이런 젠장! 너랑 다시는 마조바 의식을 치를 수 없으리라 생각하니 너무 안타까워. 좋아! 너랑 같이 가겠어, 다비드!」

그녀는 그가 내밀고 있는 손을 잡는다. 그 반란자 커플은 함께 침실로 올라가서 짐을 꾸린 뒤에 거실로 내려온다.

나머지 사람들은 그들을 그저 지켜볼 뿐이다. 다비드가 씁쓸한 표정으로 작별 인사를 건넨다.

「안녕히 계세요. 그동안 고마웠습니다. 적어도 이 모험의 초기에는 저희를 많이 도와주셨지요.」

「곧 인터폴의 추격을 받게 될 거예요.」

나탈리아가 상기시키자, 오로르가 소리친다.

「어디로 가는데? 뭘 어떻게 하려고?」

「그건 우리 일이야.」

「바보 같은 짓이야. 쓸데없는 오기라고.」

「남과 다른 사람을 바보라고 부르는 거라면, 나는 바보가 맞아. 나는 〈괴물들〉을 보호하러 떠나는 바보야. 괴물을 뜻하는 프랑스어 〈몽스트르〉는 어원으로 보면 〈손가락으로 가리키며 경탄할 만한 존재〉라는 뜻이지.」

그는 펜테실레이아에게 다가가서 품에 꼭 끌어안고 뺨에 입을 맞춘다.

「아마존들의 왕, 우리는 서로를 잘 알지 못하지만, 난 영원히 당신을 잊지 않을 거예요.」

그는 마르탱과도 포옹을 나눈다.

「마르탱, 당신은 아마도 우리들 가운데 가장 정신이 온전한 사람일 거예요. 칭찬으로 하는 말이에요. 그리고 당신의 어떤 티셔츠에도 아직 적혀 있지 않은 머피의 법칙 하나를 가르쳐 줄게요.」

58. 어느 회사에서 한 직원이 실제로 일이 어떻게 돌아가고 있는지 이해하게 되었다면, 그는 회사를 떠나야 한다.

마르탱은 미소를 지으며 그 문장을 종이에 적어 둔다.

이어서 다비드는 나탈리아를 번쩍 안아 올린다.

「대령님, 이 모든 일을 시작해 주신 것에 감사드립니다. 당신은 놀라운 일들을 많이 해내셨어요. 하지만 그 일들을 끝까지 감당할 준비가 되어 있는 것 같지는 않군요. 이해합니다. 당신 덕분에 몽상과 이상주의에 빠져 있던 한 연구자가 생명의 창조자로 바뀌었습니다. 그 점을 영원히 잊지 않겠습니다.」

「내가 고맙죠. 당신의 선택이 우리가 여기에서 이루어 낸 모든 일과 긴밀하게 연결되어 있다는 것을 알아요. 비록 찬성하지는 않지만, 그 선택을 존중해요.」

누시아도 동료들과 작별 인사를 나눈다. 그러는 동안 다비드는 오로르에게 다가가서 귀엣말로 속삭인다.

「내가 잘못 생각한 것 같아. 우리는 전생에서 만난 적도 없고, 같은 가족에 속해 있지도 않아. 우리가 함께 할 일은 아무것도 없어. 하지만 이제 떠나는 마당이라 이런 말을 해도 되겠다 싶어. 별로 중요한 건 아니지만, 사실…….」

그는 말을 중단한다.

「사실 뭐?」

「……나는 너를 사랑했어.」

오로르는 한쪽 눈썹을 치켜올린다.

「그 말을 이제 해?」

「나는 너에게 눈치를 주었다고 생각했어. 그러나 우리가 갈 길이 완전히 갈리고 있어. 그래서 이 말을 분명히 해두고 싶었어.」

다비드가 휘파람을 불자, 그 신호를 기다리던 에마 109는 252명의 자매들을 불러 모아 유개 트럭에 올라타라고 이른다.

그러고는 가늘고 높은 목소리로 묻는다.

「이제 어디로 가죠?」

「중요한 건 장소가 아냐. 우리가 어디로 가든 무엇을 해낼 것이냐가 중요하지.」

그러자 에마 109는 뜻밖의 몸짓을 보여 준다. 다비드의 한 손을 잡고 마치 악수를 하고 싶다는 듯 그의 손가락 마디를 구부린다. 그러고는 누시아의 한 손을 잡고도 똑같은 동작을 한다.

이어서 에마 109는 두 사람을 바라보다가 조금 애를 쓴 끝에 한쪽 눈을 찡끗해 보인다.

「두 분이 위험을 무릅쓰고 우리를 구해 주시려 한다는 것을 알고 있어요. 두 분을 실망시키지 않도록 노력할게요. 언젠가는 이 은혜를 갚을 날이 올 거예요.」

에마 109의 목소리에는 진한 감동이 배어 있다.

## 62

나는 기억한다.

소인들은 남은 거인들을 제거한 뒤에, 그 창조주들에 대한 자기들의 행동을 정당화하기 위해 신화와 전설을 지어냈다.

그 이야기들은 지역과 문명에 따라 서로 다르지만, 한 가지 공통된 생각이 담겨 있다. 즉, 거인들은 권력을 남용하고 소멸을 자초했다는 것이다.

## 63

드루앵 대통령은 벌거벗은 세 여자에게 둘러싸여 있다. 여자들은 그에게 입맞춤을 퍼붓고 있지만, 그는 그냥 무덤덤하다.

내 나이가 몇인가? 아버지는 말씀하셨다. 가장 젊은 애인의 나이가 자기 나이라고. 그렇다면 나는 스무 살인가? 제라르 살드맹의 연구가 더 진척되면 나이 따위는 문제가 되지 않는 세상이 올까? 늙어 버린 장기들을 하나씩 새것으로 갈아 치우면 다시 젊은이로 돌아갈 수 있는 것일까?

한 여자가 섹스를 하자고 권한다. 그는 조금 생각하고 나서 거절한다. 그러고는 어수선한 생각의 미로를 헤매는 듯한 표정으로 손님들에게 그만 가달라고 부탁한다.

그는 실내복을 걸치고 칠각형 체스 판 쪽으로 다가간다. 그런 다음 시가에 불을 붙이고 정신을 집중하려 애쓴다. 그는 먼저 흰색 말들을 바라본다.

나탈리아가 말한 대로 흰색 진영이 조금 복잡해지고 있어. 흰색이라고 다 똑같은 게 아냐. 연한 색과 진한 색이 있어. 야만적인 자본주의의 두 가지 전망, 미국인들의 전망과 중국인들의 전망. 내가 최근에 들은 보고에 따르면, 세계에서 생산되는 음식의 3분의 1은 소비되지 않고 버려진다고 한다.

다음은 초록색 진영.

이쪽에도 연한 초록색과 진한 초록색이 있어. 수니파와 시아파. 이들은 다른 모든 진영을 누르고 승리를 거두겠다는 의지로 충만해 있어.

파란색 진영.

파란색 진영에 대해서는 판단하기가 너무 일러. 안드로이드 로봇은 아직 걸음마 단계야. 언젠가는 진한 파란색과 연한 파란색, 즉 강한 안드로이드와 순한 안드로이드가 나타날 거야.

그는 그 생각을 스스로 재미있게 여긴다.

노란색 진영. 현재로서는 이 진영이 알게 모르게 승리를 거두고 있어. 도처에서 노인들이 권력을 강화하고 젊음을 되찾아 가고 있어. 늙은 여자가 젊은 남자와 짝을 짓는 일도 유행처럼 번져 가는 중이야.

빨간색 진영은 어떤가? 여성화의 길…… 현재 이 진영은 수로 보나 영향력으로 보나 쇠퇴하는 양상을 보이고 있어.

그는 검은색 진영을 살핀다.

외계 행성을 개척하러 가는 도망자들. 이들은 앞으로 훨씬 더 많은 문제에 봉착하게 될 거야.

마지막으로 연보라색 진영.

에마슈들의 도주와 동족을 해방시키기 위한 그들의 공격을 어떻게 해석해야 할까? 한편에서 보면 에마 109는 대중의 경계심을 불러일으킴으로써 상품 시장을 망쳐 버렸어. 그러나 다른 한편에서 보면 에마슈들은 이제 독립적인 행위자의 면모를 보이고 있어. 다비드 웰스가 인류를 배신하고 그들을 지지하는 것 또한 그들에게 이점으로 작용할 거야.

전화벨이 울린다. 비서가 오스트리아 대통령이 통화를 원한다고 알려 준다. 드루앵 대통령은 전화기를 들고 정중하게 상대방의 말을 듣고 나서 대답한다.

「대통령님, 제 말씀을 믿어 주십시오. 저도 대통령님과 같은 생각을 하고 있습니다. 만약 쿠르츠 군을 살해한 자들이 프랑스에 있다면, 제가 할 수 있는 모든 것을 다해서 그들을 체포하겠습니다. 아니, 그들을 제거하겠습니다. 그리고 필요하다면, 공장을 닫고 예방 차원에서 모든 에마슈를 안락사시키겠습니다. 저를 믿으셔도 됩니다.」

그는 전화를 끊는다. 곧이어 전화벨이 다시 울린다. 이번에는 나탈리아 오비츠다. 그는 한참 보고를 듣고 나서 대답한다.

「이봐요, 대령. 나는 당신들을 버리지 않을 거요. 나는 〈피그미 프로덕션〉에 많은 것을 걸었고 그 기업의 잠재력을 믿고 있소. 오스트리아에서 온 에마슈들이 체포되지 않도록 최선을 다하겠소. 그리고 퐁텐블로 연구소의 문을 닫거나 에마슈들을 죽이지 못하게 할 거요. 나를 믿어도 좋소.」

그는 두 차례 통화를 만족스럽게 여긴다. 스스로 정치 9단의 책략을 쓰고 있다고 생각하는 것이다.

「이제 그냥 기다리면서 둘 가운데 어느 쪽이 이기는지 지켜보기만 하면 돼.」

그는 시가를 빨고 칠각형 체스 판을 들여다본다. 그러면서 오스트리아 대통령과 나탈리아가 저마다 열의를 갖고 문제를 해결하려 하고 있음을 생각한다.

굳이 다른 책략을 쓸 필요가 없어. 모두에게 거짓말을 하고 아무것도 주지 않는 것, 그리고 저마다 내가 자기편이라고 믿게 하는 것, 이게 바로 진정한 정치적 재능이야.

그는 일곱 색깔의 말들을 바라보며 한 손을 마치 체스 판 위로 지나가는 구름처럼 움직인다.

지구적인 체스 경기에서 승자가 되려면 이런 식으로 나가야 해. 모든 진영의 대표자들을 개별적으로 불러서 내가 그들과 생각이 같다고 주장할 필요가 있어. 그리고 다른 진영에 맞서 은밀하게 그들을 지원하겠다고 약속하는 거야.

그는 해결책을 찾아냈다는 사실에 스스로 흐뭇해한다.

정치를 하다 보면 한없이 영악해지게 마련이지. 나탈리아조차도 우리가 이런 식으로 행동할 수 있다는 사실을 몰라. 거리를 두고 냉정하게 게임을 바라봐야 하는데, 〈착한 쪽〉과 〈나쁜 쪽〉으로 나눠서 옛날식으로 생각하니까 그러질 못하는 거야. 게다가 나탈리아는 게임에 감정을 개입시켜. 그래도 나한테 게임을 설명하면서 진정한 법칙을 깨우쳐 주기는 했지. 어떤 진영에도 속하지 않으면서 동시에 모든 진영에 속해야 한다는 법칙 말이야.

그는 이 게임에서 자기가 어떤 역할을 수행해야 하는지, 그리고 그 역할에 어떤 의미가 있는지 다시금 생각해 본다. 패배할 위험을 줄이고 승리를 확보하기 위해서는 어느 한편에 서서 게임을 하지 말아야 하고, 개입을 하되 자신의 책임으로 돌아오지 않을 말들을 해야 한다.

그는 시가를 내려놓고, 비망록을 집어 자기가 만나고 싶은 사람들의 명단을 작성하기 시작한다. 그리고 그 이름들 옆에는 음식 맛이 좋기로 소문난 레스토랑의 이름을 적는다.

그는 먼저 어떤 진영의 사람들을 만나는 게 좋을까 하고 망설이다가, 눈을 감고 손으로 체스 판을 짚어 파란색 진영을 선택한다. 로봇 공학, 전자 공학, 컴퓨터 공학을 통해 세계를 혁신하고자 하는 진영이다.

이들은 아직 많은 권력을 가지고 있지 않지만, 미래의 열쇠인 것은 분명해. 프리드먼을 불러 단위 생식을 한다는 그 새로운 인공 지능 로봇을 보여 달라고 요구해야겠어. 프리드먼하고는 철갑상어 알젓과 송로를 먹으러 갈 것이고, 그 장소는 이미 내가 알고 있는…….

## 64

### 백과사전: 나노 테크놀로지

물리학자 리처드 파인만은 1959년에 행한 〈바닥에는 공간이 넉넉하다〉라는 제목의 강연에서, 만약 우리가 모든 원자를 분리해서 다루게 되면 분자의 조합이 아니라 원자의 조합을 통해 전자 장치를 만들 수 있을 것이고, 그럼으로써 초소형의 도구를 얻을 수 있으리라고 말했다. 이런 발상은 반도체 집적 회로의 크기를 줄이는 데 기여했다(무어의 법칙에 따르면 집적 회로의 트랜지스터 수는 18개월마다 두 배로 늘어나고 그에 따라 컴퓨터의 성능도 두 배로 좋아진다). 이런 초소형화의 원리가 적용된 예를 하나 들자면, 바로 RFID(전파에 의한 개체 식별) 칩이 있다. 미세한 크기의 이 전자 칩은 갈수록 용도가 많아지면서 우리가 일상적으로 사용하는 많은 물건들에서 찾아볼 수 있게 되었다. 여권, 회원 카드, 고속 도로 통행료 카드뿐만 아니라, 자동차와 휴대폰에도 이 칩이 들어가 있다. 우리는 RFID 칩을 이용해서 물건들이 어디에 있는지 그리고 어떻게 사용되고 있는지 상시적으로 확인할 수 있다.

얼마 전부터 나이트클럽의 일부 고객들은 RFID 칩을 피하에(엄지와 집게손가락 사이의 살 속에) 삽입하는 것에 기꺼이 동의한다. 이들은 회원제 클럽에 입장할 때 자동으로 신원이 확인된다. 우리는 가까운 미래에 이 칩이 서명과 바코드와 QR 코드와 암호문을 대체할 것으로 상상할 수 있다. 또한 상품에 RFID 칩을 부착하는 것도 생각해 볼 수 있다. 그런 상품들은 어디로 이동하는지 스스로 알려 준다. 따라서 우리는 슈퍼마켓에서 판매대를 거치지 않고 상품을 구입할 수 있다. 그냥 물건을 들고 나오면 거기에 부착된 RFID 칩이 컴퓨터 수신기에 신호를 보낼 것이고, 고객은 나중에 집에서 계산서를 받게 된다. 그런 식으로 RFID 칩은 상품의 유통과 재순환 경로를 추적할 수 있게 해줄 것이다.

이 칩은 다른 분야에서도 활용될 수 있다. 예를 들어 사령관은 휘하의 장병들이 싸움터에서 어떻게 움직이는지를 판단할 수 있을 것이다.

이런 나노 테크놀로지는 우리를 언제 어느 때든 모든 것의 위치를 파악할 수 있고 모든 것의 정체를 알아낼 수 있는 세계로 옮겨 가게 해줄 것이다. 그럼으로써 우리가 예전에 살던 세계는 온갖 무리가 우글거리는 혼란스럽고 통제하기 어려운 세계였다는 느낌을 갖게 하리라.

에드몽 웰스, 『상대적이며 절대적인 지식의 백과사전』 제7권
(샤를 웰스의 개정을 거친 것임)

## 65

새벽 4시. 펜테실레이아는 잠을 이루지 못한다. 다비드와 누시아에 대한 생각 때문이다. 그들이 떠남으로써 〈피그미 프로덕션〉은 개척자 정신을 상실해 버린 게 아닌가 싶다.

옆에 누운 오로르는 깊은 잠에 빠져 있다. 펜테실레이아는 얼굴을 찡그린다. 둘의 사이가 예전 같지 않다. 다비드가 떠난 뒤로 오로르는 냉소적인 여자로 변했다. 그녀들은 이제 사랑을 나누지 않고 저마다 침대의 자기 자리에서 잔다. 오로르는 잠들기 전에 대화하는 것을 피하기 위해 수면제를 먹는다. 그야말로 경멸을 노골적으로 드러내는 것이다.

펜테실레이아는 튀르키예 쪽의 상황이 진정되어 자기 자매들을 만나러 갈 수 있고 거기에서 가이아 숭배자들의 공동체를 재건할 수 있으리라고 생각한다. 가이아와 대화를 하던 때가 그립다. 여기에서는 우리의 어머니이신 지구를 몸으로 느끼는 것이 불가능하다. 조상들의 거룩한 땅으로 돌아갈 때가 된 것이다.

그녀는 베이비 돌 원피스를 입고 실내화를 신은 다음 아래층으로 내려간다. 건물 밖으로 나가서 달을 보며 담배를 피우려는 것이다.

갑자기 어떤 소리가 그녀의 관심을 끈다. 자동차 엔진이 붕붕거리는 것과 비슷한 소리다. 건물을 돌아 소리 나는 쪽으로 가보니 마당에 이삿짐 트럭 한 대가 연기를 뿜어 대며 서 있다.

그녀는 무슨 일인가 하고 마이크로 랜드가 들어 있는 커다란 창고 쪽으로 간다. 마이크로 랜드의 두꺼운 아크릴 유리 벽에 동그란 구멍 하나가 뚫려 있다.

에마슈들이 보인다. 옷을 차려입고 손에 가방을 들거나 등에 배낭을 진 차림새다. 어떤 에마슈들은 소중한 알을 품에 안고 있다. 멀리서 보면 개미 떼가 알들을 옮기면서 이주를 하는 것처럼 보일 법하다. 에마슈들은 집을 떠나 유리 벽을 지나고 긴 행렬을 지어 트럭으로 나아간다.

초록색 위장복 차림의 반란자들이 행렬을 감독하고 있다.

「스톱!」

펜테실레이아의 목소리가 또렷해서 에마슈들이 일제히 걸음을 멈춘다.

그러자 멀리서 작전을 지휘하던 에마 109가 확성기 대용의 뿔을 입에 대고 소리친다.

「나서지 마, 펜테실레이아! 우리를 내버려 둬. 너무 늦었어. 시대가 달라졌어. 우리는 이제 온순하고 고분고분한 어린 양들이 아니야. 우리는 자유인이야.」

「이런다고 달라질 게 없어.」

「우리가 가는 길을 막지 마.」

에마슈들은 자기들의 자매 하나가 거인의 이름을 부르며 대등하게 대거리를 벌인다는 사실에 깊은 인상을 받는다. 무엇보다 놀라운 것은 에마 109가 거인에게 반말을 한다는 사실이다.

에마슈들은 가방과 배낭을 내려놓고 설전의 결과를 기다린다.

펜테실레이아가 다시 말한다.

「우리를 믿어야 해.」

「텔레비전에서 다 봤어. 다비드는 온갖 기관과 단체를 찾아다니면서 우리가 존중받는 생명체로 존재할 권리가 있음을 인정하게 하려고 애썼어. 하지만 당신들은 종의 이기주의를 앞세웠어. 당신들은 우리를 대등한 존재로 여기기보다 우리를 부리고 싶어 하지. 우리는 당신과 맞붙어 싸울 이유가 없어. 그러니까 우리 민족이 그냥 떠나도록 내버려 둬.」

펜테실레이아는 경보 장치의 버튼을 누르려고 한다. 그러나 전선이 이미 잘려 있다. 그래서 소화기를 번쩍 들어 자기 장딴지 높이에 닿을까 말까 하는 도망자들을 향해 던지려고 한다.

「나는 끝까지 우리 기업을 지킬 거야. 우리가 긴 세월에 걸쳐 건설한 것을 5분 만에 잃어버릴 수는 없어.」

「우리라고 해서 이렇게 떠나는 것을 쉽게 생각하는 건 아냐. 여기 이 에마슈들은 그냥 여기에 있으면 편하게 지낼 수 있을 거야. 나는 바깥세상에 있는 자매들에게 무슨 일이 벌어지고 있는지 이야기해 주지 않을 수 없었어. 이들이 나를 따르는 것은 단지 도망치기 위해서가 아니라 세상의 모든 에마슈를 구원하기 위해서야.」

그러자 찬동의 웅성거림이 도망자들 사이로 퍼져 간다.

펜테실레이아는 아주 빠르게 생각을 굴리고 나서 대답한다.

「웰스 박사도 왔지? 그가 이삿짐 트럭을 운전하는 거야?」

그러고 나서 크게 소리친다.

「다비드! 거기 있어?」

하지만 에마 109의 대답은 다르다.

「저 트럭은 내가 혼자 운전할 수 있도록 개조되었어. 이제 시간을 허비할 만큼 허비했으니, 우리가 떠나도록 길을 비켜 줘. 우리는 중요한 일들을 수행해야 해.」

펜테실레이아는 위협적인 태도로 소화기를 더 높이 들어 올린다.

「거기 그대로 있어!」

그녀는 소화기를 던질까 말까 망설이다가 도로 내려놓더니 휴대폰을 꺼내 든다. 그러고는 빠른 손동작으로 번호를 누른다.

「경찰이죠? 여기는 〈피그미 프로덕션〉이에요. 반란을 일으킨 에마슈들의 공격을 받고 있으니까 빨리 오세요. 반란자들은…….」

말을 끝맺을 시간이 없다. 특공대 복장을 한 에마슈 한 무리가 그녀를 타고 올라간다. 그중 가장 날랜 에마슈가 눈 깜짝할 사이에 그녀의 손에 다다라 피가 맺히도록 물어 버린다. 그녀가 휴대폰을 놓치자, 그것이 땅바닥에 떨어지기도 전에 다른 에마슈가 받아 들어 전원을 끄고 전리품으로 챙겨 간다.

에마슈들은 그녀의 옷을 잡고 매달린다. 그녀는 마치 개 떼의 공격을 받는 곰처럼 몸을 흔들어 댄다. 그때 바로 그런 상황을 예상하고 비치해 놓은 권총이 눈에 띈다. 그녀는 유리창을 깨고 권총을 꺼내서 에마 109를 겨눈다.

한순간 동요가 인다.

「어쩌려고? 날 죽이고 싶어? 그 총으로 나를 죽이고 우리 가운데 열 명을 죽일 수는 있겠지. 하지만 5천 명이 이 유리 감옥을 떠나는 것을 막을 수는 없을 거야.」

「너를 죽이면 이들은 사태를 제대로 파악하고 포기할 거야. 너는 이들의 우두머리야. 네가 없으면 이들은 목자를 잃은 양 떼일 뿐이지.」

「잘못 생각하는 거야. 이들은 모두 자유 의지를 지니고 있어.」

펜테실레이아는 겨냥을 하고 방아쇠를 당긴다. 하지만 과녁이 작아서 맞히기가 쉽지 않다. 벌써 다른 에마슈들이 달려들어 그녀를 타고 올라간다.

펜테실레이아는 권총 손잡이로 에마슈들을 때리려고 애쓴다.

에마 109는 휘파람을 불어 〈마이크로 랜드 2〉의 주민들에게 서둘러 떠나야 한다는 뜻을 알린다.

에마슈들이 무리를 지어 트럭으로 달려가는 동안, 특공대원들은 상대를 제압하려고 안간힘을 쓴다. 그들은 대오를 정비해서 세 번째 공격을 시도한다. 펜테실레이아는 가까스로 그들을 떼어 내고 다시 에마 109의 머리를 겨눈다.

반란자들의 우두머리는 몸을 피하지 않고 오히려 다가들어 총구를 마주 본다. 그러고는 의연하게 소리친다.

「나는 정말이지 이런 사태를 피하기 위해 최선을 다했어.」

에마슈와 거인은 서로 노려본다. 펜테실레이아는 방아쇠에 집게손가락을 대면서 말한다.

「이제 선택의 여지가 없어.」

「선택의 여지는 언제나 있어. 아직 늦지 않았으니까 그릇된 결정을 하지 않도록 해.」

「너를 죽이는 것이야말로 그릇된 결정을 피하는 길이지.」

「그렇다면 이후에 일어날 일은 너 자신이 결정한 거야.」

펜테실레이아는 방아쇠를 당기려다가 멈칫거린다. 하지만 그녀는 에마 109의 턱이 살짝 움직이는 것을 보지 못했다. 방아쇠를 당길 새도 없이 격렬한 고통이 온몸으로 퍼져 나간다. 그녀는 입을 벌리고 눈을 휘둥그렇게 뜬다.

한 특공대원이 어느새 창고 천장으로 기어 올라갔다가 끝이 날카로운 기다란 못을 들고 뛰어내리면서 마치 작살을 박듯 그녀의 어깨를 찌른 것이다.

펜테실레이아는 얼굴을 찡그리며 권총을 놓친다.

벌써 다른 특공대원들이 그녀를 향해 뛰어내린다. 빗줄기가 쏟아지듯 한꺼번에 덮치는 바람에 그녀는 눈앞을 볼 수가 없다. 그녀의 목에 다다른 에마슈들은 손에 손을 잡고 죽음의 목걸이를 이루어서 빠르게 간격을 좁히며 목을 옥죈다. 펜테실레이아는 벗어나려고 애를 쓰지만 기도가 눌려서 숨을 쉴 수가 없다. 그녀는 무릎을 꿇고 목을 짓누르는 에마슈들을 떼어 내려고 한다. 그러나 아무 소용이 없다.

결국 펜테실레이아는 털썩 널브러진다. 에마 109는 조금 전에 한 말을 되뇐다.

「나는 이런 사태를 피하기 위해 최선을 다했어.」

마이크로 랜드의 에마슈들은 자기네 신이 눈알을 뒤집은 채 죽어 있는 모습을 바라본다.

「이자는 신이 아니라, 그저 우리와 똑같은 인간이었어.」

에마 109는 마치 묘비명을 읽듯 그렇게 말하고, 그녀에게 다가들어 눈을 감겨 준다.

「생각이 짧은 인간이었지.」

그러고 나서 신호를 내리자 특공대원들이 죽은 자의 어깨에 박힌 못을 빼낸다.

에마 109는 자기들이 다녀갔다는 것을 알리기 위해 붓과 빨간 페인트를 사용하여 바닥에 〈MIEL〉이라고 쓴다. 그러고는 잠깐 망설이다가 〈자유 에마슈 국제 운동〉이라고 그 이니셜의 뜻을 덧붙여 놓는다.

그녀의 지시에 따라 에마슈들은 포란실과 부화실에 남아 있는 알들을 가지러 간다. 특공대원 하나가 불안한 얼굴로 상기시킨다.

「조금 전에 거인이 전화를 걸었어. 경찰이 곧 들이닥칠 거야.」

에마 109는 모두 들으라는 듯 외친다.

「조급하게 굴지 마. 아직 아무도 오지 않은 걸 보면, 아무도 오지 않을 거야. 우리가 시작한 일을 계속하자고.」

그러자 에마슈들은 이사를 떠나는 개미 행렬처럼 줄을 지어, 소중한 생명을 담고 있는 알들을 품에 안아서 옮긴다. 그들은 그 알들을 이미 트럭에 자리를 잡고 앉아 있는 에마슈들의 무릎에 올려놓는다.

에마 109가 이른다.

「알들을 잘 보호해야 해. 특히 차가 굽이를 돌 때 한쪽으로 쓰러질 염려가 있으니까 조심해.」

알들을 다 운반하고 나자, 왕 에마 2세와 교주가 모습을 드러낸다. 에마슈들은 본능적으로 그들을 맨 마지막에 나오게 했다. 가장 중요한 두 인물을 위험에 빠뜨리지 않기 위해서 마지막 순간을 기다린 것이다. 왕과 교주는 주위를 둘러보고 상황을 파악한다.

왕이 묻는다.

「에마 109?」

「네, 그렇습니다.」

교주가 나선다.

「우리는 오래전부터 당신을 기다렸어요. 비록 막연한 기대이긴 했지만…….」

「일단 도망쳐야 해요. 그동안 무슨 일이 있었는지, 그리고 앞으로 어떻게 할지에 대해서는 나중에 이야기하기로 해요.」

한편 거기에서 몇 미터 위쪽에 있는 침실에서는 침대 시트 속에 웅크리고 있던 오로르가 현관문을 요란하게 닫는 소리에 잠에서 깨어난다. 그녀는 무슨 일인가 하면서 재빨리 옷을 입고 1층으로 내려갔다가 중앙 마당으로 뛰어나간다.

오로르와 에마 109의 눈길이 서로 마주친다. 그들은 걸음을 멈추고 멀리서 서로를 살핀다. 그들이 주고받는 눈빛에는 놀라움과 실망과 분노가 뒤섞여 있다.

먼저 행동에 나선 쪽은 에마 109이다. 그녀는 트럭 쪽으로 달려가면서 소리친다.

「이제 시간이 없어. 뒤쪽에 있는 사람들은 가방을 포기해. 뛰어! 모두 올라타! 빨리 빠져나가야 해!」

모두가 올라타자 그녀가 소리친다.

「문 닫아!」

즉시 에마슈 하나가 자동 개폐 장치의 버튼을 누른다.

오로르는 서둘러 달려 나갔지만 한발 늦었다. 그녀가 붙잡을 새도 없이 트럭의 문이 잠겨 버린 것이다. 차 유리에 선팅이 되어 있어서 내부를 들여다볼 수가 없다.

에마 109는 트럭의 대시보드에 자리를 잡고 자기 키에 맞게 특별히 제작된 핸들을 잡는다. 이 핸들의 축은 동력 전달

벨트에 연결되어 있고, 이 벨트가 트럭 핸들의 축을 움직이도록 되어 있다.

에마 109가 흥분한 기색으로 소리친다.

「시동 걸어!」

밖에서는 그들의 신이었던 자가 문을 주먹으로 쾅쾅 두드린다. 문을 숫제 부숴 버릴 기세다.

한 에마슈가 대답한다.

「시동 걸었어!」

「1단 기어!」

밖에서 거인이 소리친다.

「안 돼!」

에마 109가 초조한 목소리로 되뇐다.

「1단 기어!」

오로르가 다시 소리친다.

「가지 마!」

마침내 한 에마슈가 알린다.

「1단 기어 넣었어.」

「액셀은 30퍼센트만 밟고 곧 2단으로 넘어갈 준비해! 그리고 뒤쪽의 동지들에게 다들 쓰러지지 않도록 안정되게 자리를 잡으라고 말해.」

보통의 인간들은 혼자서 손발을 움직여 차를 운전하지만, 에마슈들은 그럴 수가 없기 때문에 여럿이 각기 다른 역할을 맡아 유기적으로 움직여야 한다. 그들은 다 같이 손발을 맞춰 보는 연습을 숱하게 했다. 그래서 저마다 남들과 어떻게 동작을 맞춰야 하는지 완벽하게 알고 있다.

「스톱! 스톱!」

오로르의 반복적인 외침에 아랑곳하지 않고 에마 109가 지시한다.

「브레이크를 풀어!」

브레이크 담당자는 여객선의 닻을 끌어올리는 뱃사람처럼 지시에 따른다.

「브레이크 풀었어!」

「다들 잘 붙들어, 간다!」

트럭이 검은 연기를 내뿜으며 〈피그미 프로덕션〉의 정문을 지나 도로로 나선다. 5천 명의 도망자를 태운 채, 그들의 알과 대부분의 짐을 실은 채 대장정을 떠나는 것이다.

「전조등! 그리고 2단!」

에마 109는 태코미터에서 눈을 떼지 않고 계속 지시를 내린다.

두 에마슈가 전조등을 켜고 2단 기어를 넣었다고 대답한다. 에마 109는 이제 거인들의 여객선을 지휘하는 미니 선장이다.

「액셀, 40퍼센트로!」

밀도 높은 금속으로 된 지상의 여객선이 빠르게 나아간다.

선장은 뒷거울을 통해 두 개의 불빛이 따라오고 있음을 확인하고, 오로르가 추격에 나섰음을 알아차린다.

「3단! 액셀은 70퍼센트로!」

트럭은 자유를 찾는 한 민족을 구원하기 위해 어둠 속을 질주한다.

## 66

### 백과사전: 1054년 초신성

우리는 이해할 준비가 되어 있는 것만 이해할 수 있다.

1054년에 초신성 하나가 폭발하여 낮에도 보일 만큼 강렬하게 빛났고, 2년에 걸쳐 밤하늘에서 관측되었다. 분명 지구의 모든 나라 백성들이 그 사건을 목격했을 것이다. 하지만 유럽의 문헌에서는 그것에 관한 기록을 어디에서도 찾아볼 수 없다. 유럽의 주민들은 프톨레마이오스와 아리스토텔레스 같은 고대의 학자들이 제공한 우주관의 틀을 벗어나지 못하고 있었다. 그들이 보기에 우주는 불변이었고 새로운 현상은 일어날 수 없었다. 하늘은 그저 순환적인 사건들이 갈마드는 공간일 뿐이었다.

볼 수 있음에도 보지 않으려 하는 사람은 장님 중의 장님이다.

서양의 천문학자들은 일체의 과학적 설명에서 벗어나 있는 그 사건을 관찰했지만 그것을 기록하지 않았다. 그들에게는 그것이 존재하지 않는 것이나 마찬가지였다.

반면에 중국의 역사책에서는 그 초신성을 아주 상세하게 묘사한 대목을 많이 찾아볼 수 있다. 『송회요』, 『송사 천문지』, 『속자치통감장편』 같은 송나라 때의 사료를 종합해 보면 그 사건은 이렇게 요약될 수 있다.

〈송나라 인종 지화 원년 음력 5월에 객성(客星) 하나가 천관의 남동쪽에 나타났다. 이 별은 아주 밝아서 한낮에도 볼 수 있었고, 그 빛깔은 붉은 기운이 도는 백색이었으며, 1년 넘게 빛나다가 사라졌다.〉

초신성 SN1054가 폭발했다는 증거는 오늘날에도 아직 남아 있다. 그 폭발의 잔해들이 우리가 게성운이라 부르는 것을 이루고 있기 때문이다. 이 성운은 아마추어 천문가들도 쉽게 관찰할 수 있다.

에드몽 웰스, 『상대적이며 절대적인 지식의 백과사전』 제7권

## 67

여명이 밝아 온다. 새벽 5시. 하늘이 차츰 연보라색을 띠더니 황토색으로 변해 간다. 커다란 트럭이 전조등을 밝힌 채 동부 고속 도로를 질주하고 승용차 한 대가 그 뒤를 쫓는다.

에마 109는 불안하다. 트럭이 엔진은 강력해도 덩치가 너무 크기 때문에 승용차만큼 빨리 달릴 수가 없기 때문이다.

불안하기는 오로르도 마찬가지다. 몇 시간 전에 먹은 수면제의 분자들이 아직 몸에 영향을 미치고 있어서 모든 반사 신경이 더디게 반응한다. 이따금 눈꺼풀이 스르르 감기기 때문에 졸지 않기 위해 눈을 부릅떠야만 한다. 게다가 서둘러 나오느라고 휴대폰을 챙겨 오지 못해서 경찰에 도움을 요청할 수도 없다. 그녀는 정신을 바짝 차리기 위해 혀를 깨문다.

트럭의 뒤쪽에 타고 있는 5천 명의 에마슈들은 신경이 훨씬 더 날카로워져 있다. 그들은 이 흔들리는 금속 육면체가 자기들을 어디로 데려가는지 궁금하게 여긴다. 그냥 마이크로 랜드에 남아서 평온하고 짜임새 있는 삶을 계속 사는 게 나을 뻔했다고 생각하는 에마슈들이 벌써 적지 않다. 운 좋게 창턱에 올라앉은 에마슈들은 창밖을 내다볼 수 있지만, 무엇을 봐도 도통 이해할 수 없는 것들뿐이다.

꼭두새벽부터 일터로 나가는 거인들의 승용차와 트럭이 양옆으로 나타나기 시작한다. 교통량이 점점 많아지고 있다.

트럭 한 대가 왼쪽 차선을 질주하여 다른 트럭을 추월해 간다.

에마 109는 작은 핸들을 잡은 채 소리친다.

「왼쪽 깜빡이!」

한 에마슈가 손잡이를 누르고 대답한다.

「왼쪽 깜빡이 작동!」

「상향 전조등!」

「상향 전조등 켰어.」

「계속 켜두라는 게 아니고 깜박거리라고.」

조수가 시키는 대로 한다. 하지만 거대한 트럭 한 대가 계속 추월 차선을 달리며 그들의 앞길을 막고 있다.

「좋아, 클랙슨! 반복해서!」

몇 차례 경적이 울린다.

드디어 거대한 트럭이 차선을 바꾸어 앞길을 틔워 준다.

에마 109는 살피고 생각하고 가늠한 뒤에 결정을 내린다.

「4단으로 바꿔. 액셀은 80퍼센트!」

「하지만 차들이 점점 많아지고 있어.」

그러면서 조수 하나가 쌍안경으로 도로를 살핀다. 그 쌍안경은 이란에서 첫 임무를 수행하기 위해 퐁텐블로에서 제작한 것이다.

에마 109는 자동차들이 얼마나 다니고 있는지 살펴본다.

「클랙슨 팀, 너희가 힘을 써야겠어. 클랙슨을 계속 눌러.」

트럭은 경적을 울리며 내달리고 작은 승용차는 그 뒤를 계속 따라붙는다.

「다들 쓰러지지 않게 꽉 잡아! 뒤쪽의 동지들에게는 차가 많이 흔들릴 거라고 말해!」

에마 109는 작은 핸들 앞에서 자세를 바로잡고 마치 폭풍우를 뚫고 가려는 선장처럼 자신도 안전벨트를 맨다.

이제 트럭은 다른 트럭들을 추월할 뿐만 아니라 자동차들 사이로 지그재그를 그리며 달리기 시작한다.

5천 명의 승객들은 이리저리 흔들린다. 알을 무릎에 올려 놓고 있는 에마슈들은 알이 깨질까 봐 전전긍긍한다. 안타깝게도 몇몇 알들은 이미 깨져 버렸다. 끈적거리는 양수가 바닥으로 흘러내려 생명의 냄새와 죽음의 냄새를 동시에 풍긴다.

트럭은 자동차들을 아슬아슬하게 스치며 내달린다. 일부 자동차들의 사이드 미러가 떨어져 나간다.

1백 미터쯤 거리를 두고 따라오던 오로르는 에마 109가 무엇을 노리는지 알아차린다. 트럭의 난폭한 주행에 놀란 운전자들이 브레이크를 밟으면서 도로가 혼잡해진다. 오로르는 충돌을 피하기 위해 지그재그로 차를 몰아간다. 그러다가 도저히 안 되겠다 싶어 긴급 대피로를 이용해 트럭을 따라잡는다.

오른쪽 사이드 미러를 살피는 조수가 알린다.

「승용차가 계속 따라오는걸.」

에마 109는 핸들을 돌린다. 자기도 긴급 대피로를 이용하는 게 좋겠다고 판단한 것이다.

「승용차가 바싹 따라왔어.」

「좋아! 작전을 준비해. 기름을 뿌려.」

그러자 한 에마슈가 두 에마슈에게 그 지시를 전달한다. 두 에마슈는 바람에 맞서 싸우면서 트럭의 지붕을 기어 뒤쪽으로 간다. 그런 다음 트럭의 뒷문에 설치된 사다리에 매달린 채로 기름통을 떨어뜨린다. 긴급 대피로에 기름이 번져 간다.

오로르는 위기일발의 순간에 함정을 발견하고, 왼쪽 차선의 빈 곳으로 끼어들어 긴급 대피로의 기름 웅덩이를 가까스로 피한다.

「실패!」

오른쪽 사이드 미러 담당자가 알려 주자, 에마 109는 흥분한 기색으로 이마를 훔친다.

「5단!」

「5단 넣었어!」

「액셀을 끝까지 밟아!」

앞으로 나아갈수록 차들이 늘어난다.

에마 109는 오로르가 조금 전처럼 왼쪽으로 피할 수 없을 만한 구간으로 들어오기를 기다렸다가 소리친다.

「좋아, 이건 저 여자가 원한 일이야. 못들을 뿌려!」

다른 에마슈들이 지붕으로 올라가 뒤쪽으로 가더니 자루를 열어 못들을 쏟아 버린다.

에마 109의 예상대로 오로르는 왼쪽으로 끼어들지 못한다.

타이어들이 터지자, 그녀는 1백 미터쯤 더 달리다가 차를 더 이상 통제할 수가 없어서 따라붙기를 포기하고 만다.

그녀는 히치하이킹을 시도한다. 마침내 승용차 한 대가 멈춰 선다. 그녀는 차에 올라타서 운전자에게 휴대폰을 빌려 경찰에 전화를 건다. 상황을 설명하고 경찰이 출동하여 트럭을 잡도록 설득하는 데 시간이 걸린다. 불행하게도 트럭의 등록 번호를 알려 줄 수가 없다. 번호판이 불투명한 플라스틱에 가려져 있었기 때문이다.

그녀가 이러저러하게 생긴 트럭이라고 설명하자, 경찰관은 그렇게 생긴 트럭이 한두 대냐면서 가장 간단한 방법은 지구대로 가서 고속 도로 CCTV를 보고 찾아내는 것이라고 대답한다.

그녀는 지구대로 가서 녹화 기록을 확인한다. 비슷비슷하게 생긴 트럭들이 1백여 대에 이른다. 결국 아무 성과도 없이 시간만 허비한 셈이다. 담당 경찰관은 트럭을 다시 찾아내기가 쉽지 않으리라고 혀를 찬다.

## 68

### 에마슈 사건(속보)

「최초의 에마슈들을 만들어 낸 퐁텐블로 연구소에서 뜻밖의 중대한 불상사가 발생했습니다.

〈피그미 프로덕션〉의 연구원들 가운데 하나인 펜테실레이아 케시시안이 반란에 가담한 에마슈 무리의 공격을 받고 숨졌습니다. 공격자들은 연구원의 목 주위에 일제히 달라붙어 목을 졸랐습니다. 에마슈들이 저지른 이 탈주 살인극은 오스트리아 빈에서 벌어진 빌프리트 쿠르츠 살해 사건을 생각나게 합니다. 경찰은 두 사건의 연관성을 배제하지 않고 있습니다. 쿠르츠 박사에게 신체적인 공격을 가할 만큼 에마슈들을 공개적으로 지지했던 다비드 웰스 박사의 실종도 이 사건과 관련이 있는 것으로 보입니다. 에마 109가 여전히 잡히지 않은 채 공범들과 행동을 같이하고 있다는 점, 그리고 이 에마슈가 특공 훈련을 받았다는 점을 기억하실 필요가 있습니다. 경찰은 이 사건을 심각하게 받아들이고 에마슈 소유주들에게 주의를 촉구했습니다. 에마슈들을 감시하고 야간에는 안심할 수 있는 곳에 가둬 두라는 것입니다. 퐁텐블로 사건 현장에 나가 있는 기자를 불러 보겠습니다. 조르주 샤라스 기자.」

「네, 뤼시엔. 최초의 에마슈가 태어난 장소인 여기 〈피그미 프로덕션〉에는 아직 충격의 여파가 가시지 않고 있습니다. 아시다시피, 피해자 펜테실레이아 케시시안의 장례식에 스칼레즈 내무 장관이 직접 참석하여, 반란에 가담한 에마슈들에게 맞서 시민들을 보호하기 위한 특별 조치를 검토하고 있다고 밝혔습니다.」

카메라가 뒤로 빠지며 에마슈 다섯 명이 매달려 있는 작은 교수대를 보여 준다.

「이들은 도망자들의 트럭에 타기를 거부하고 위기가 지나가기를 기다리면서 숨어 있던 에마슈들입니다. 은신처에서 나왔다가 위생 당국의 직원들에게 붙잡힌 것입니다.」

「그런데 무슨 일이 있었기에 교수형을 당한 거죠?」

「장례식이 끝난 뒤에 오로르 카메러라는 연구원이 자기들의 〈피조물〉에 대한 〈인간들〉의 권위를 회복해야 한다면서, 〈추가적인 정화 조치〉를 취한 것입니다. 마이크로 랜드의 한복판에서 벌어진 이 교수형은 에마슈들에게 경각심을 불러일으키기 위한 것으로 보입니다. 거인들을 존중하지 않으면 어떻게 되는지를 보여 주기 위해서 본보기로 몇 명을 처형했다는 것입니다.」

「고맙습니다, 조르주. 야권은 〈나쁜 결과에 도달한 이 실험〉이 스타니슬라스 드루앵 대통령의 주도로 이루어졌다는 점을 상기시키면서 비판을 쏟아 냈습니다. 야당 대표의 말을 직접 들어 보겠습니다. 〈오스트리아의 14세 소년 빌프리트 쿠르츠의 피, 그리고 젊은 튀르키예 연구원 펜테실레이아 케시시안의 피는 대통령의 5년 임기에 오점을 찍고 있습니다. 대통령은 결과를 예상하지 못한 채로 에마슈라는 바이러스를 퍼뜨렸습니다. 이 바이러스의 전파를 중단시키는 것은 대통령의 의무입니다. 내가 보기에 그 작은 괴물들은 대통령이 몇 해 전에 제대로 관리하지 못했던 A-H1N1 독감보다 더 유해한 것으로 드러날 것입니다.〉 드루앵 대통령은 이런 공격에 대해 〈악의에 찬 비방〉이라며 대응하고 싶지 않다고 했습니다.」

### 축구

프랑스 대표 팀이 크로아티아를 상대로 경기를 벌여 0 대 0으로 비겼습니다. 두 팀은 상대에게 골문을 열어 주지는 않았지만, 서로 비슷하게 아까운 득점 기회를 놓쳤습니다. 조제프 팔콘 감독은 이 경기의 결과에 큰 의미를 둘 필요는 없다고 말했습니다. 프랑스 팀이 평소의 실력을 되찾는 데는 시간이 조금 걸리겠지만 자신은 선수들을 여전히 신뢰하고 있다는 것입니다.

### 수단

북수단 정부의 지원을 받는 이슬람 무장 단체가 남수단의 난민 수용소와 인도주의 구호 센터를 잇달아 공격하고 있습니다. NGO들은 만약 아무도 대응하지 않는다면 수백만 명의 난민들이 아사할 것이라고 우려합니다. 몇몇 단체들은 인도주의에 입각한 국제적인 개입이 필요하다고 호소합니다. 그에 대해 러시아와 중국은 이 사태를 국내 문제로 규정하면서 서방 국가들의 개입에 제동을 걸고 나섰습니다. 서방 국가들이 자기들과 무관한 사건에 참견함으로써 식민주의 정책을 이어 나가서는 안 된다는 것입니다.

### 의학

한 연구 팀이 꿈속의 이미지를 기록할 수 있는 장치를 개발했습니다. 꿈의 세계로 들어가는 길이 열림에 따라 마침내 우리는 꿈에 관하여 모호하고 감정적인 방식이 아니라 엄격하고 과학적인 방식으로 말할 수 있게 되었습니다. 이제는 꿈을 꾸고도 잠에서 깨어나자마자 잊어버리는 일을 막을 수 있습니다. 최근에 열린 학회에서 정신 분석가들은 심리 치료에 관한 밝은 전망을 내놓았습니다. 꿈을 기록함으로써 고통받는 환자들을 돕기 위한 소중한 자료를 얻게 되리라는 것입니다.

### 로봇 공학

과학부 장관은 에마슈에 대한 불신이 갈수록 팽배해지는 사정을 감안하여, 의식을 가진 로봇과 단위 생식 로봇의 개발에 박차를 가하기로 결정했습니다. 그 임무를 맡기기 위해 과학부가 선정한 인물은 그 유명한 프리드먼 박사입니다. 프랑스 정부는 몇 해 전부터 한국에서 일하고 있는 프리드먼 박사에게 파격적인 조건을 제안하면서 귀국을 권유했습니다. 프랑스에 돌아와서 일하는 것에 동의한다면, 소르본 대학 안에 국가 재정으로 운영되는 연구소를 설립해 주겠다는 것이 제안의 핵심입니다. 프리드먼 박사는 아직 공식적인 대답을 내놓지 않았습니다. 다만 서울의 생활 조건과 창조 활동에 대한 지원이 매우 훌륭하다면서, 프랑스 정부가 예전 같지 않게 갑자기 신뢰를 보이는 것에 놀라움을 느낀다고 말했습니다. 나아가 그는 이런 말도 했습니다. 〈내가 보기에 그 갑작스런 방향 전환은 에마슈들과 연관되어 있다. 그런 점에

서 나는 간접적으로 에마슈들의 덕을 보고 있는 셈이다.〉

### 생태학

어선들의 남획이 계속되면서 일부 바닷물고기들이 갈수록 희귀해지고 있습니다. 포획되어 있는 상태에서는 번식을 제대로 하지 못하는 참치와 황새치 같은 어종은 개체 수가 급감하여 완전히 사라질 위기에 놓여 있습니다. 이런 추세가 계속된다면 다음 세대에게는 그저 추억으로만 남게 될지도 모릅니다. 한편으로 바다에서 그런 포식자들이 사라짐에 따라 해파리가 증식하고 있습니다. 피서객들이 많이 찾는 해안치고 해파리 떼의 공격을 받지 않는 곳이 거의 없을 정도입니다.

### 날씨

평년 기온을 크게 웃도는 온난 현상은 오늘도 이어지겠습니다.

## 69

드루앵 대통령은 신문을 찢는다. 자신에 대한 지지율이 35퍼센트 아래로 떨어졌음을 알려 주는 기사가 실린 신문이다. 그는 찢어 낸 종이를 돌돌 말아 대롱을 만든 다음 코카인을 빨아들이는 데 사용한다.

책상 위에 놓인 아내의 사진이 눈에 들어온다.

베네데타가 있어서 다행이야. 그녀가 없다면 나 혼자 하이에나 무리와 맞서 싸워야 할 판이야. 에마슈들이 반란을 일으키는 바람에 적들이 나를 만만히 보고 있어. 벌써부터 저희가 이긴 것처럼 호들갑을 떨어. 하지만 나에겐 아직 몇 가지 비책이 남아 있어.

〈피그미 프로덕션〉의 에마슈 몇 명이 직원 복장을 하고 책상 위에서 일하고 있다. 필통을 지키거나 스탠드를 관리하는 에마슈가 있는가 하면, 책들을 정리해 주는 에마슈도 있다.

빌어먹을! 이 에마슈들에게 익숙해져서 이제는 아예 신경도 안 쓰는구먼. 마치 장식품을 대하듯 하잖아.

그는 심드렁하게 묻는다.

「다들 잘 지내지?」

제복 차림의 에마슈들은 열의를 보이며 한목소리로 대답한다.

「물론입니다, 대통령님.」

그는 붙박이장을 열어 에마슈들을 하나씩 우리 안에 넣는다. 그러고는 작별 인사를 대신해서 말한다.

「그냥 조심하자는 뜻이야.」

그런 다음 붙박이장 문을 닫고, 혹시 몰라서 열쇠를 돌려 잠가 버린다.

코카인 때문에 내가 망상에 빠졌는지는 모르지만, 주인의 목을 에워싸고 교살을 한다는 에마슈들의 이야기를 듣고 나니 마음이 불안해.

인터폰 벨 소리가 울린다. 그는 버튼을 누른다.

「누가 왔지?」

비서가 대답한다.

「나탈리아 오비츠 대령입니다, 대통령님.」

「만나고 싶지 않아. 바쁘다고 해.」

그러고는 몇 분이 지나서 다시 인터폰의 버튼을 누른다.

「아냐, 잠깐은 만날 수 있다고 말해.」

문이 열리고 작은 여자가 들어와 그를 마주하고 선다. 그는 칠각형 체스 판 쪽으로 몸을 돌리더니 연보라색 킹을 잡아 패배의 뜻으로 체스 판에 누인다. 그녀에게는 눈길조차 주지 않는다.

「오비츠 대령, 당신 프로젝트가 온전히 성공했다고 볼 수는 없소.」

「창의적인 발상을 가지고 일을 하다 보면 문제를 해결할 수도 있고 새로운 문제를 야기할 수도 있습니다. 모든 게 그런 식입니다. 아무 일도 하지 않으면 아무 일도 일어나지 않겠지요.」

오비츠 대령은 당황하지 않고 반박했다.

「나의 주된 정적은 별로 한 일도 없는데 지지율이 높소. 그걸 보고 있으면 이런 의문이 들어요. 무언가를 해보겠다고 기를 쓴들 무슨 소용이 있는가? 이 나라 또는 이 행성에서 무언가를 개선하려고 애쓸 이유가 무엇인가? 내가 무슨 아이디어를 내면 국민들이 툴툴거리고 내 지지율이 떨어지오. 이 세계에서 무언가를 바꾸고 싶어 하는 것은 한낱 허영이 아니겠소?」

그는 수니파나 시아파의 폭력이 재발할 때마다 그랬던 것처럼 초록색 폰 하나를 한 칸 밀어 올린다. 그다음에는 파란색 폰 하나와 노란색 폰 하나를 전진시킨다. 전체적인 판세를 보면 초록색 진영이 약진하고 있는 형국이다.

「그렇다면 굳이 이해하려 애쓰지 말고 그냥 관객으로 남아 세상사의 필연적인 진행을 지켜보면서 한순간 한순간을 즐기는 게 낫지 않겠소?」

그는 다시 코카인을 훅 빨아들인 다음, 그녀에게는 권하지도 않고 위스키 한 잔을 따라 마신다.

「〈나 죽은 뒤에 세상이 망하든 말든〉이라는 말도 있잖소. 어쨌거나 우리는 모두 죽게 되어 있소. 이 모든 게 결국 권태에서 벗어나기 위한 몸짓이라고 생각지 않소? 전쟁, 사랑, 과학, 테러리즘, 우주 정복, 학살, 축구, 올림픽, 영화, 문학, 아이들 교육, 이런 게 다 뭐요? 시간은 가차 없이 흐르고 우리는 그 흐름 앞에서 무력할 수밖에 없음에도 그저 그 무력감에서 벗어나려고 발버둥치는 것 아니겠소? 우리를 심연의 밑바닥으로 끌어들이는 시간에 맞선 다양한 투쟁 방식이 아니냔 말이오.」

대통령은 느닷없는 감정에 휩싸여 떠들고 있지만, 나탈리아 오비츠는 그저 덤덤할 뿐이다. 대통령은 미소를 짓고 갑자기 표정을 바꾸더니 연보라색 킹을 집어 들고 진지한 어조로 말한다.

「결국 에마슈들이 우리에게 가져다준 영광은 벌써 잊힐 만큼 덧없는 것이었소. 이제는 그들에 대한 불신이 자꾸 커져 가는 상황이오. 우리 적들은 곧 모두가 힘을 합쳐 우리를 공격할 거요. 당신이 그러지 않았소? 알타 체스에서는 동맹이 승리를 만든다고.」

「대통령님의 심려를 이해합니다.」

「뭘 이해한다고요? 내 심려를? 내가 정보기관을 통해서 무슨 보고를 받고 있는지 알고나 있소?」

「십중팔구는 터무니없는 정보를 들으셨을 겁니다. 그들은 자기네 관할 밖에서 벌어지는 일에 대해서는 시샘을 많이 부립니다.」

대통령은 파란색 진영에서 폰 하나를 들어낸다.

「그들은 우리가 점잖게 〈산업 재해〉라고 부르는 반란 사건들이 계속 증가한다고 말하고 있소.」

「요즘엔 모든 일이 금방 지나갑니다.」

「말 잘했소. 그런 정보는 대중에게 즉각적인 영향을 미치는 법이오. 당신이 직접 확인해 볼 일이지만, 에마슈들의 시장은 계속 줄어들고 있소.」

「그거야 중국 복제품들이 판치고 있기 때문이죠.」

「내 말 끝나지 않았소, 대령. 사람들은 이제 스스로 안전하다고 느끼지 않소. 다들 겁을 먹고 있는 거요. 이런 상황이 수익에 도움이 될 리가 없소. 베네데타가 그럽디다. 당신네 재정 상태가 최악이라고. 〈피그미 프로덕션〉의 이미지 역시 실추되어 버렸소.」

「과장할 필요는 없다고 봅니다.」

「내가 과장하고 있소?」

대통령은 서랍을 열고 서류철을 꺼내더니 신문 기사의 스크랩들을 보여 준다. 그러고는 소리를 내어 읽는다.

「〈인터폴은 에마 109를 공공의 적 1호로 선포했다. 몇몇 증인은 에마슈들이 여러 공장을 공격할 때 에마 109를 알아보았다고 말한다. 에마슈들은 정교한 특공 전술을 개발했다. 현장에 잠입하여 아주 빠르게 작전을 벌이고 거기에 갇혀 있던 에마슈들을 데리고 사라진다. 만약 인간이 나서서 자기들의 작전을 방해하면 지체 없이 인간을 살해한다. 벌써 다섯 명이 목숨을 잃었다. 그리고…….〉」

「어떤 증거도 없습니다.」

「기다리시오…… 다른 기사를 읽어 주겠소. 〈다비드 웰스 박사는 피그미 프로덕션의 주요 임원 가운데 한 명이고, 이미 에마슈와 관련된 여러 사건 때문에 유명해진 인물이다. 그의 갑작스런 실종은 그가 에마슈들과 행동을 같이하고 있으리라는 추측을 낳게 한다. 그는 에마슈들을 보호하고 자동차로 그들을 무력행사의 현장으로 데려다 주고 있을 것이다.〉」

「그것 역시 한낱 추정일 뿐입니다.」

「이런 기사도 있소. 〈마지막 공격에 대해서는 한 비밀 단체가 자기들의 소행임을 스스로 밝혔다. 그 단체의 이름은 MIEL, 즉 자유 에마슈 국제 운동이다.〉 MIEL이라니! 이건 해도 너무하는 것 아니오? 경찰 당국의 보고에 따르면, 에마109와 다비드 웰스와 MIEL의 반란자들은 이미 스무 군데의 공장을 습격하여 다섯 사람을 죽이고 2천 명 이상의 에마슈들을 훔쳐 갔소.」

대령은 그런 수치를 듣고도 별로 놀라지 않은 기색이다.

「에마슈들을 부리고 있는 공장주들은 반란자들의 움직임에 신속하게 대처했소. 어떤 사장들은 에마슈들이 들고일어나자 폭력적으로 진압해 버렸고, 어떤 사장들은 일벌백계 차원에서 반항적인 노동자들을 공장 입구에서 공개적으로 처형했소.」

「반란으로 추정했을 뿐 확인된 바는 없습니다.」

대통령은 연보라색 킹을 체스 판에 내려놓고 옆으로 쓰러뜨린다.

「그건 중요하지 않소. 공장주들이 그렇게 나오는 데는 이유가 있을 거요. 도주나 파괴 활동의 위험을 막기 위해 작업장에서 에마슈들을 사슬로 묶어 놓는 기업들이 점점 늘어나고 있소.」

「그건 과도한 대응입니다.」

「과도하다고요! 사람들은 아이들이 다칠까 봐 겁내고 있소. 아이들이 에마슈를 장난감처럼 가지고 노는 경우에는 더더욱 그렇지 않겠소? 에마슈를 파는 사람들이 고객들에게 뭐라고 하는지 아시오? 조금이라도 불안한 느낌이 들면 에마슈를 반품할 수 있다고 한답디다. 그런 에마슈들은 재활용 센터로 보내는 모양이오. 수상쩍은 행동을 하는 에마슈들에게 비활성화 처분을 내리는 시설이 있다고 들었소.」

「저도 그런 센터에 관한 얘기를 들었습니다. 에마슈들을 상대로 잔인한 짓을 벌인다고 하더군요. 〈재활용〉이라는 것은 듣기 좋게 둘러대는 말입니다. 실제로는 에마슈들을 모조리 죽이는 것이죠.」

「그편이 나을 수도 있소. 그야말로 사필귀정이오. MIEL의 영향력이 갈수록 커지고 있소. 벌써 에마슈 판매소들과 사육장들이 공격을 받았소.」

「작용에는 반작용이 따르게 마련입니다.」

「경영자 총협회 회장은 회원들에게 냉정을 유지하되 안전 장비를 갖추고 어떤 위기 상황에도 대처할 수 있도록 만반의 준비를 하라고 당부했소. 반항적인 에마슈들을 대신 처리해 주는 전문 기업이 성행하는 중이오.」

대통령은 또 다른 기사를 그녀의 면전에 들이댄다.

「여기엔 뭐라고 씌어 있는지 아시오? 〈도망친 에마슈들의 수는 계속 증가하고 있다. 경찰은 그들이 비밀 장소에 모여 있을 것으로 보고 있다. 문을 닫은 공장이나 동굴 같은 곳을 은신처로 삼고 있으리라는 것이다.〉」

나탈리아는 물부리를 꺼낸다. 하지만 담배 연기가 대통령에게 불쾌감을 줄 수 있으리라 생각하고, 궐련 대신 전자 담배를 끼운다. 충전기 끝에 달린 발광 다이오드에 불이 들어온다. 그녀는 캐러멜 향의 니코틴을 함유한 증기를 빨아들인다.

「무슨 말씀을 하시려는 것인지요?」

「내 말뜻을 못 알아듣겠소? 이 모든 문제를 만들어 낸 사람은 오비츠 대령 당신이오. 그러니까 당신이 이 문제들을 해결하시오.」

그는 문득 무엇에 생각이 미쳤는지, 붙박이장을 열고 새장처럼 생긴 우리들을 꺼낸다. 직원 복장을 한 에마슈들이 들어 있는 우리들이다.

「이것들을 도로 가져가시오. 더 이상 데리고 있을 마음이 없소.」

나탈리아는 짐짓 못 본 척하고 등을 돌려 칠각형 체스 판을 들여다본다.

「언젠가 제가 이 집무실에 와서 일곱 가지 진화의 길에 관해 말씀을 드렸던 때가 생각납니다. 그때 저는 소형화와 여성화의 길에 흥미를 느낀다고 말씀드렸고, 대통령님은 그런 쪽의 연구를 지원하는 것에 동의하셨습니다.」

「정말이지 나는 그것을 후회하고 있소.」

「제가 보기에는 훌륭한 선택을 하셨습니다. 지금 벌어지고 있는 것은 사업을 추진하는 과정에서 나타난 돌발 사태일 뿐입니다. 우리는 인류 진화의 나무에 새로운 가지가 나게 했습니다.」

「그게 알고 보니 썩은 가지요!」

「저는 일이 쉬울 거라고 말씀드린 적이 없습니다.」

나탈리아는 연보라색 킹을 세워 놓고 다른 연보라색 말들이 저마다 자기 칸의 한복판에 놓이도록 조금씩 움직인다.

「대령은 이런 부작용이 생길 거라는 말도 하지 않았소. 당신이 제안한 것은 키가 작은 첩보원을 만들자는 것이었지…… 우리 종의 포식자를 만들자는 게 아니었소.」

「그들은 포식자가 아니라 우리 종의 계승자입니다.」

그녀가 뱉어 낸 차가운 증기가 체스 판을 덮는다.

「우리 자리를 빼앗을 수도 있는 새로운 인류라는 뜻이오?」

우리 속의 에마슈들은 관심을 가지고 대화에 귀를 기울이고 있다.

「아닙니다. 우리를 구원할 수도 있는 인류라는 뜻입니다. 그들은 이미 해낸 일을 앞으로도 할 수 있습니다. 이란의 핵 시설을 파괴하고 세계 대전을 막은 것처럼, 또는 후쿠시마와 칠레의 광산에서 한 것처럼 말입니다.」

「알다시피 이란은 〈시온주의자들과 공모한 그 흉물들〉을 불신한 것이 옳았다면서 다시 기세를 올리고 있소. 이란에서는 에마슈들을 사용하는 것이 금지되어 있고, 밀수입하다가 들킨 자들을 사형에 처하고 있소. 이따금 그들이 훌륭한 선택을 한 것이 아닌가 하는 생각이 들 정도요.」

「굽잇길에서는 브레이크를 밟으면 안 됩니다. 오히려 액셀을 밟아야 합니다.」

「오비츠 대령, 내가 당신과 생각이 다르지 않다는 것을 알 거요. 하지만 앞으로 어떻게 하겠다는 것인지 구체적인 제안이 있어야 할 것 아니오? 일껏 명성을 쌓아 온 〈피그미 프로덕션〉마저 재정적으로 파탄에 직면해 있는 판국이오.」

그는 다시 체스 판 위로 몸을 기울인다.

「제가 제안드리고 싶은 것은 다음 단계를 염두에 두시면서 에마슈들의 인권을 인정하시라는 겁니다. 그러면 에마슈들은 적이 아니라 동맹군이 될 것입니다.」

대령은 연보라색 나이트를 조심스럽게 집어서 그 앞을 막고 있는 폰들의 울타리 너머로 전진시킨다.

「지금 농담하는 거요?」

「아닙니다. 언젠가 우리는 그들을 우리와 동등한 존재로 인정할 수밖에 없을 것입니다. 저는 그렇게 믿습니다. 다비드 웰스는 누구보다 먼저 그 점을 깨달았습니다.」

「그들이 우리와 동등한 존재란 말이오?」

「비록 체구는 작지만 우리를 닮은 존재라는 뜻입니다. 성경에 나와 있는 것처럼 하느님은 당신의 형상대로 인간을 창조하셨고, 우리는 우리의 형상대로 에마슈들을 창조했습니다.」

대통령은 머뭇거리다가 에마슈가 갇혀 있는 새장들을 도로 붙박이장 안에 넣고 열쇠를 두 번 돌려 문을 잠근다.

그러고는 나탈리아 쪽으로 돌아온다.

「대령, 보아하니 당신은 상황을 이해하지 못한 것 같소. 사람들은 이제 에마슈들을 원하지 않소. 에마슈들은 아이들뿐만 아니라 어른들에게까지 공포감을 주고, 기업가들을 불안하게 만들고 있단 말이오. 에마슈들은 새로운 크로크미텐[4]이 될 것이고, 머잖아 어머니들은 아이들한테 이렇게 말할

4 프랑스의 전설에 나오는 상상의 괴물. 프랑스인들은 아이들이 말을 듣지 않을 때, 이 괴물이 와서 잡아갈 거라며 겁을 준다.

거요. 〈지금 잠을 자지 않으면, 한밤중에 에마슈들이 올 거야. 그런 다음 네 침대에 올라가서 하나의 목걸이처럼 네 목을 에워싸고 숨이 막힐 때까지 조를 거야.〉」

나탈리아는 심드렁한 표정을 지으며 뿌연 증기를 한 모금 뱉어 낸다.

「이해하실 수 있도록 말씀을 드리지 못한 모양입니다. 제 말씀은 앞을 더 멀리 내다보자는 것입니다.」

「아니오, 당신 말을 완벽하게 이해했소. 이제 내가 구체적으로 명령을 내리겠소, 오비츠 대령. 반란자들이 숨어 있는 비밀 장소를 찾아내서 그들을 모두 죽이시오. 다만 에마 109는 산 채로 내게 데려오시오. 나는 그자를 심판할 것이고 모든 에마슈에게 경각심을 불러일으키기 위해 공개 처형을 할 것이오. 처형 방법은 단두대든 전기의자든 재판 때에 가장 적합한 것을 선택하면 될 거요. 당신이 말한 〈인류 진화의 새로운 가지〉를 전지가위로 잘라 버리는 것, 그게 바로 내가 바라는 바요.」

나탈리아는 멈칫거리다가 마침내 문서 하나를 대통령에게 내민다.

「예상했던 일입니다. 제 사직서입니다, 대통령님.」

대통령은 종이를 집어 쓱 훑어보고는 북북 찢어서 재떨이에 놓고 태워 버린다.

「배가 침몰하는 판국에 배를 버리고 혼자 떠나겠다는 거요? 그건 너무 안이한 태도요. 당신이 일을 엉망으로 만들어 놓았으니, 이제 당신이 모든 것을 깨끗하게 청소하시오. 나는 신속하고 효과적인 결과를 원하고 있소. 당신한테서 금방 소식이 오기를 기다리겠소. 나는 이미 알고 있소. 좋은 소식이 오리라는 것을.」

대통령은 등을 돌려 창문 너머로 엘리제궁의 정원을 바라본다. 많은 정원사들이 분주하게 움직이며 낙엽을 쓸고 과거 지도자들의 먼지 앉은 동상을 닦고 있다.

## 70

### 백과사전: 루이 16세

루이 16세는 국정을 개혁하려 애를 쓰고도 민심을 얻지 못한 군주의 전형이다. 금속 공예 애호가, 뚱보, 통풍 환자, 바람둥이 여자의 남편, 단두대의 이슬로 사라진 프랑스 혁명의 피해자인 그는 역사책에 〈패자〉로 기록되어 있다.

하지만 그를 〈승자〉로 통하는 군주들, 예컨대 그의 유명한 조상인 루이 14세와 객관적으로 비교해 보면, 아마도 우리의 생각이 달라질 것이다.

루이 14세는 귀족 계급의 지지를 받았고 귀족들을 베르사유궁에 자주 초대하였으며 전대미문의 사치를 누리며 살았다. 또한 루이 14세는 막대한 군비만 드는 무용한 전쟁을 벌였고, 군대가 네덜란드에서 익사하는 등 패전을 거듭함으로써 프랑스 재정을 파탄 상태로 몰아갔다. 게다가 그는 민생을 제대로 보살피지 않아서 두 차례의 기아가 온 나라를 휩쓸게 했고(2백만 명 사망), 민중의 모든 반란(특히 세벤에서 위그노파 신교도가 일으킨 카미자르의 난)을 잔인하게 진압했다. 그는 스스로를 〈태양왕〉이라고 칭했지만, 국고를 바닥내고 백성을 도탄에 빠트린 채로 죽었다.

그의 후계자인 루이 15세는 나라가 망하는 것을 막기 위해 최선을 다했다.

루이 16세는 국가 재정이 나날이 악화하는 상황에서 왕위를 이어받았다. 그는 먼저 나라의 경제 상황을 면밀하게 검토하고 귀족에게 세금을 면제해 주는 것이 부당하다고 생각했다. 그는 장관들의 도움을 얻어 더 합리적인 경제 정책을 추진하고자 했다. 재정 문제를 해결하기 위해 삼부회를 소집했고, 백성들의 의견을 듣기 위해 청원서를 작성하게 했다. 어느 마을에서나 백성들은 불만과 고충을 토로하도록 권유받았고, 그들의 진술은 청원 문서에 기록되었다. 군주가 이렇게 백성들에게 직접 의견을 묻고, 그럼으로써 지방의 백성들이 어떻게 살아가는지를 진정으로 알게 된 것은 역사에 전례가 없는 일이다.

하지만 루이 16세는 개혁을 시도하다가 적들을 많이 만들었다. 그리고 마침내 자기의 불행을 말로 표현하기 시작한 백성들은 점차 목소리를 높여 나갔다.

루이 16세는 계몽주의 철학자들과 경제학자들의 글에 공감하면서 프랑스를 새로운 시대에 걸맞은 나라로 만들고 싶어 했고 국정 개혁을 계속 추진하고자 했다. 그는 고문을 공식적으로 금지한 임금이다. 그는 농노제와 인두세와 부역 제도(아직 널리 행해지고 있던 중세의 관행)를 폐지했고, 종교적인 관용을 재확립하였으며(프로테스탄트들은 그때까지 박해를 받고 있었다), 자의적인 체포를 금지했고, 결혼한 여자들이 남편의 허락 없이도 보조금을 받을 수 있게 해주었으며, 평등주의적인 직접세를 도입했다. 또한 백성들이 기아에 시달리지 않도록 감자 재배를 장려하기도 했다.

루이 16세는 멀리 앞을 내다볼 줄 알았고 지리와 항해에도 관심이 많았다. 미지의 대륙들을 탐험하기 위한 사업을 추진하여 많은 식민지를 개척하는 데 기여했고, 〈선주민을 학대하지 말고 동등한 인간으로 대우하라〉는 지시를 처음으로 내렸다. 또한 라파예트를 매개로 삼아 최초의 근대 혁명인 미국 독립 전쟁을 지원했다.

1789년 파리에서 시민들이 처음으로 궐기했을 때, 그는 군대가 시민에게 사격하는 것을 금지했다. 프랑스인들에게 다른 프랑스인들을 죽이라는 명령을 내리지 않겠다는 게 그의 뜻이었다.
결국 그는 혁명을 막지 못했고 일시적으로 입헌 군주의 지위를 유지하다가 구금된 뒤에 국민 공회에서 유죄 판결을 받고 단두대에 올랐다. 그가 사형 집행인에게 마지막으로 한 말은 〈라페루즈 백작에게서는 아무 소식이 없는가?〉였다. 라페루즈 백작은 루이 16세의 명을 받고 태평양 탐험에 나섰다가 몇 해 전에 실종된 탐험가였다.
오랜 세월이 흐른 지금에 와서 평가해 보면, 루이 16세는 혁명가를 자처했던 숱한 사람들 못지않게 백성의 이익을 지켜 주려 노력했고 국정 개혁에 단호한 의지를 보였다고 말할 수 있다. 하지만 역사는 그를 정당하게 평가해 준 적이 없다.
반면에 〈태양왕〉 루이 14세는 과대망상에 빠진 난폭한 독재자일 뿐이었고, 그런 점에서 루이 16세와 정반대였다.

에드몽 웰스, 『상대적이며 절대적인 지식의 백과사전』 제7권

## 71

나탈리아 오비츠는 특공대 제복 차림이다. 그 옆에 있는 마르탱 자니코 역시 전투복을 입고 있지만, 상의 앞자락이 열려 있어서 티셔츠에 적힌 머피의 법칙들이 보인다. 오늘의 법칙들은 군사적인 주제와 관련된 것들이다.

5. 가슴에 난 상처는 걸음을 늦추라는 자연의 뜻이다.
6. 어리석어 보이는 게 통하면, 그건 어리석은 게 아니다.
7. 하찮게 보이려고 노력하라. 적은 탄약이 부족할지도 모르고, 그러면 당신 때문에 총알을 낭비하려 하지 않을 것이다.

오로르 카메러는 그 어설픈 유머를 시큰둥하게 여기며, 탁자 위에 사진들을 늘어놓는다.

「자, 이게 우리가 받은 사진들이에요. 경찰이 동부 고속 도로의 CCTV 기록을 조사해서 문제의 트럭을 찾아냈어요. 그러고 나서 다른 카메라들에 잡힌 영상과 대조해서 맞는다는 것을 확인했죠.」

오로르는 지도 한 장을 펼친다.

「그들은 여기에 있어요. 여기가 그들의 은신처인 게 분명해요.」

「거기가 어디죠?」

나탈리아가 그렇게 묻고는 에멜무지로 덧붙인다.

「동부 지방인가요?」

오로르는 딱딱한 어조로 대답한다.

「아뇨, 중남부예요. 추위와 눈과 바람의 땅이죠.」

「더 정확히 말하면?」

오로르는 프랑스 지도 위로 몸을 기울여 집게손가락으로 한 지점을 짚는다.

「여기요.」

「스키 리조트가 있는 곳이로군.」

「여름엔 주민들이 별로 없는 곳이죠. 그들은 일부러 외딴 곳을 선택한 게 분명해요.」

나탈리아와 마르탱은 주변 지역을 살펴보고 나서, 그곳이 중앙 산악 지대에 속해 있음을 알아차린다.

나탈리아가 놀라서 묻는다.

「그들이 트럭을 타고 여기까지 갔을까?」

「여정의 마지막 부분은 걸어서 갔을 거예요. 내가 보기에 그들은 어떤 자동차도 접근할 수 없는 곳, 심지어는 보통 사람들이 걸어서 도달하기도 어려운 곳에 있어요. 우리 병력이 얼마나 되죠?」

「대통령께서는 사건의 중대성을 감안하여 기동대원들과 장비와 개들을 필요한 만큼 동원하라고 하셨어요. 작전을 빨리 진행해야 하니까, 기동대원들은 예순 명쯤 데리고 갈 생각이에요.」

마르탱이 지도를 들여다보는 동안, 나탈리아는 오로르를 한쪽으로 데려간다.

「이 일에 개인적인 감정을 개입시키면 안 돼요.」

「펜테실레이아가 살해되었고, 나는 그 범죄를 저지른 자들에게 응분의 벌을 내리지 않고 그냥 넘어가는 것을 원하지 않아요. 거기에 〈개인적인〉 감정이 끼어 있나요?」

「음…… 그 어조가 마음에 걸려요. 훌륭한 병사는 감정에 휩쓸리면 안 돼요.」

「나는 병사가 아니에요.」

나탈리아는 오로르의 손목을 잡는다.

「내가 보기에 당신은 거기에 가지 않는 게 좋겠어요. 마르탱하고 나는 이런 일에 미립이 나 있기 때문에 신중하고 효과적인 방식으로 행동해요. 우리는 이런 일을 하도록 훈련된 프로예요. 우리를 믿고 모든 걸 맡겨요.」

마르탱은 그 말을 듣고 고개를 끄덕인다. 오로르는 이를 앙다물고 있다가 맞받는다.

「나는 거기에 갈 거예요. 나 역시 〈피그미 프로덕션〉을 책임지고 있는 사람이에요. 사실 자유를 얻은 우리 에마슈들에게 무슨 일이 벌어지고 있는지 알고 싶은 마음도 있어요.」

나탈리아는 그녀의 기색을 살피고 나서 손목을 놓아준다.

「그리고 다비드에게 무슨 일이 생겼는지 알고 싶은 마음도 있는 거죠?」

상대가 허를 찔러 오자 오로르는 얼른 되받는다.

「다비드에겐 관심 없어요.」

「다른 여자의 침대에서 남편을 발견한 여자처럼 말하네요. 두 사람 사이에 무슨 일이 있었나요?」

「없었어요. 정말 아무 일도 없었어요.」

「그렇다면 이런 거로군요. 당신은 그를 원망하고 있어요.」

「내가 뭐 때문에 그를 원망해요?」

「두 사람 사이에 아무 일도 일어나지 않은 것을 그의 탓이라고 생각하는 거죠.」

「잘못 짚으셨네요, 나탈리아. 당신은 뭐든지 다 안다고 생각하고, 우리의 어머니나 대장이라도 되는 것처럼 굴지만, 알고 보면 그저…….」

「난쟁이라고요?」

「자기 확신이 너무 강한 사람이에요.」

「어쨌거나 내가 보기에 당신은 다비드라는 이름만 나오면 즉각 반응을 보여요. 그러니 다비드가 당신한테 중요한 사람이라고 생각할 수밖에요.」

나탈리아는 다시 지도가 있는 곳으로 가서 도망자들이 숨어 있다는 지점을 뚫어져라 바라본다.

「기분이 찜찜해. 꼭 이런 일을 벌여야 하는 건지, 원.」

오로르가 응수한다.

「알을 깨뜨리지 않고는 오믈렛을 만들 수 없어요. 알을 낳게 해야 할 때도 있고, 그 알을 깨뜨려야 할 때도 있는 거죠.」

## 72

에마슈들을 믿을 수 없다고요? 당신이 등을 돌리고 있을 때 에마슈들이 공격할까 봐 두려우세요? MIEL의 반란자 무리가 에마슈 일꾼들을 빼앗아 갈까 봐 무서우세요? 이제부터는 위험을 무릅쓰지 마시고 에마슈 덫 〈클라페트〉를 설치하세요.

〈클라페트〉는 쥐덫처럼 작동하는 초고성능 덫입니다. 튜브 내부에 작은 비디오 화면이 있고 이 화면을 통해서 미리 녹화된 장면을 보여 줍니다. 한 에마슈가 〈누구 없어요? 도와주세요, 거인들이 나를 괴롭히고 있어요!〉 하고 소리치는 장면이죠.

MIEL의 반란자가 그 소리를 듣고 화면을 발견하면, 그 영상을 진짜 에마슈로 여기고 튜브 안으로 들어갑니다. 그와 동시에 문이 닫히고 반란자는 포로가 되는 겁니다.

그렇게 반란자가 〈클라페트〉에 갇히면 빨간 다이오드에 불이 들어오고, 고객님이 현장에 계시지 않을 때는 고객님의 스마트폰으로 신호가 갑니다.

고객님은 투명한 감옥에 갇힌 에마슈를 둘 중의 한 가지 방식으로 처리하실 수 있습니다. 감수성이 예민한 분들이라면 에마슈를 〈재활용〉 센터로 데려가서 뒤처리를 맡기시면 됩니다. 직접 처리하기를 원하시는 분들은 〈딜리트〉 버튼을 누르세요. 그러면 면도날 세 개가 덫에 걸린 에마슈를 무해한 상태로 만들어 버릴 것입니다.

에마슈 잡는 〈클라페트〉. 정원, 지하실, 주방, 침실, 공장 등 어디에서나 고객님을 안전하게 지켜 드릴 것입니다. 건전지를 제공해 드리는 것은 물론이고, 〈클라페트〉 두 개를 한꺼번에 구입하는 분들에게는 에마슈를 유인하는 데 쓰실 미끼 한 봉지를 덤으로 드립니다. 이 미끼는 강낭콩 꼬투리를 곁들인 연어 구이나 감자튀김을 곁들인 스테이크 냄새가 나는 고농축 비소가 함유된 먹이입니다.

## 73

나는 기억한다.

거인들이 사라지자 나에게 한 가지 문제가 생겼다. 나에게 소행성이 접근해 올 때마다 우주선을 보내어 파괴해 왔는데, 그런 일을 다시 벌이기가 불가능해진 것이다.

그래도 마지막으로 생존해 있던 세 거인과는 텔레파시 파동으로 소통하는 것이 아직 가능했다. 그 세 거인은 미니 인간의 창조자인 아슈콜라인과 그의 아내 은미얀, 그리고 그의 아들 케찰코아틀이었다.

그들은 나에게 의식이 있다는 사실을 기억하고 있었고, 나에게 닥친 문제가 자기들의 보잘것없는 운명보다 훨씬 중대하다는 것을 알고 있었다.

그들은 오늘날의 볼리비아에 해당하는 나라에 있던 티아우아나코 피라미드로 피신했다. 그러나 야만적인 소인들은 그 사실을 알아내고 피라미드를 포위했다. 나는 지점을 잘 겨누고 지진을 일으켜서 그들이 탈출하는 것을 도왔다. 그 거인들이 자기들 발목에 닿을까 말까 한 소인들에게 쫓기는 것은 참으로 기이한 광경이었다.

그들이 배를 타고 떠난 뒤에도 야만적인 소인들은 〈거인들을 죽여라!〉 하고 소리치면서 추격을 계속했다. 소인들은 그들이 바로 자기들의 창조주이자 신이라는 사실을 까맣게 잊고 있었다.

작은 배들은 추격을 포기하려 하지 않았다. 나는 폭풍우를 일으켜서 다시 개입하지 않을 수 없었다. 큰 배는 폭풍우를 이겨 냈고 작은 배들은 침몰했다.

세 거인들이 숨어 지낼 만한 장소를 찾아내는 일이 남아 있었다. 나는 오랫동안 찾아보았다. 하지만 빠르게 수를 불려 나가던 소인들이 모든 대륙을 지배하고 있었다. 도망자들이 피신할 만한 곳은 어디에도 없었다. 소인들이 살아갈 수 없을 만큼 기후가 혹독한 땅이 아니라면 어디로도 갈 수가 없었다. 선택의 여지는 너무 좁았다. 나는 소인들이 도저히 접근할 수 없는 지역에 그들을 숨겨야 했다. 그들은 남극을 향해 항해했다.

거기에서는 추위와 바람이 그들의 가장 좋은 동맹군이었다. 당시에는 어떤 미니 인간도 그토록 혹독한 기후를 견디며 그쪽 해안에 상륙하는 모험을 감행하지 않았다.

얼음처럼 차가운 바람이 부는 나의 남극에는 유순한 펭귄들만이 무리를 지어 살고 있었다.

# 제2막 대결의 시대

# 응전의 시기

## 74

**백과사전: 인간을 상대적으로 바라보기 위한 몇 가지 수치**

2010년에 인간은 매일 37만 명이 태어나고 16만 명이 죽었다. 그러니까 세계 인구는 매일 21만 명씩 증가한 셈이다. 이는 매일 유럽의 큰 도시 하나를 채울 만한 인구가 늘어났음을 뜻한다.

2010년의 세계 인구는 전년에 비해 7천9백만 명 증가했다.

그 가운데 15억 명은 과체중과 비만으로 고생하고 9억 명은 영양실조에 시달린다.

해마다 360만 헥타르의 숲이 파괴되어 경작지로 바뀐다. 그런데 830만 헥타르의 경작지는 누구도 돌보지 않는 황무지로 변해 간다.

마약으로 벌어들이는 수입은 의약품 판매로 벌어들이는 수입과 거의 비슷하다.

에드몽 웰스, 『상대적이며 절대적인 지식의 백과사전』 제7권
(샤를 웰스가 추가한 항목임)

## 75

지평선에 산이 우뚝 나타난다.

거뭇한 구름장이 산꼭대기를 가리고 있다. 그들은 브레이크를 밟고 차를 세운다.

「저기가 확실해요?」

오로르는 망원경으로 에마슈들의 은신처로 여겨지는 장소를 살핀다.

기동대의 트리스탕 말랑송 대위가 설명한다.

「위성 관측에 따르면, 트럭이 여기에서 주행을 멈췄어요.」

「아름다운 곳이로군요.」

마르탱 자니코 중위의 목소리에는 경탄이 어려 있다. 그가 이날의 임무를 염두에 두고 골라 입은 티셔츠에는 이 사태를 한발 물러서서 바라보게 하는 머피의 법칙들이 적혀 있다.

36. 절대로 사격하지 마라. 당신 주위에 있는 사람들을 흥분시킬 뿐이다.

37. 적이 사정거리 안에 있다면 당신도 적의 사정거리에 들어 있는 것이다.

38. 앞장도 서지 말고 뒷장도 서지 말 것이며, 임무를 자원하지도 마라.

39. 우두머리가 어리석을수록 그가 수행해야 할 임무는 더 중요하게 마련이다.

「저 산이 높은가요?」

오로르의 질문에 말랑송 대위는 턱을 문지른다.

「퓌이드콤 화산이요? 꽤 높죠. 해발 1,252미터입니다. 오베르뉴 지방에서 가장 볼 만한 화산들 가운데 하나죠.」

「문명과 동떨어진 깊은 두메에 들어온 느낌이 드는군요.」

그러면서 마르탱은 경탄하는 눈길로 주위를 둘러본다.

「옛날에는 프랑스에서 가장 큰 은광이 여기에 있었어요. 오늘날에는 폐광이 되었지만.」

나탈리아가 묻는다.

「화산이라고 하셨지요? 분화한 적이 있나요?」

「마지막으로 분화한 게 7천 년 전입니다. 퓌이드콤은 폭발성 화산이 아니라 이른바 〈붉은 화산〉, 다시 말해서 유동성 높은 용암이 조용하게 유출하는 화산입니다. 지금은 잠들어 있다고 봐야죠. 마지막 화산 활동 때 흘러나온 용암은 저 아래에 있는 퐁지보라는 마을까지 내려갔어요.」

그는 종탑이 높이 서 있는 마을을 가리킨다.

「그런 일이 다시 일어나지는 않을 겁니다. 용암이 굳어서 화구를 꽉 막아 버렸거든요.」

「네, 그렇군요.」

「어쨌거나 2002년부터는 정상에 올라가는 것이 금지되었습니다. 스키장도 이제는 운영하지 않아요. 다만 양치기들이 거기에서 양을 방목하는 것은 허용됩니다.」

오로르가 조바심을 감추지 못하고 묻는다.

「대위님이 보시기에 다비드와 에마슈들은 왜 여기로 왔을까요?」

「제2차 세계 대전 때 레지스탕스 대원들도 그렇게 했습니다. 그들은 베르코르나 사부아나 글리에르 같은 산악 지대에 숨어 지내면서 나치에게 저항했어요. 산속에다 나라 안의 나라라고 할 만한 비밀 공동체를 만들었죠. 독일인들과 친독 협력자들은 그들을 제압하려고 엄청나게 고생을 했어요.」

말랑송 대위는 역사와 지리에 관심이 많은 듯 자신 있게 설명하고 나서 덧붙인다.

「하지만 당시에는 오늘날 우리가 보유하고 있는 것과 같은 장비가 없었지요.」

그들 뒤에 줄지어 서 있는 버스에서는 기동대원들이 명령을 기다리고 있다.

대위는 태블릿 컴퓨터를 꺼내 들고 화면에 나타난 지도상의 한 지점을 가리킨다.

「우리가 얻을 수 있었던 가장 정확한 정보에 따르면, 당신이 뒤쫓던 트럭은 바로 여기에서 멈췄습니다. 이건 막다른 길이에요. 이 근처에서 트럭을 금방 찾아낼 수 있을 거라고 봅니다.」

그들은 각자 자기들이 타고 온 차로 돌아가서 외길을 따라 더 나아가다가 암석이 많은 평원에 다다른다.

그들은 일대를 샅샅이 수색한 끝에 푸나무의 장벽 뒤에서 널따란 천연 동굴에 버려져 있는 도망자들의 트럭을 찾아낸다.

오로르가 확인해 준다.

「맞아요, 이게 바로 그 트럭이에요.」

나탈리아는 운전석으로 펄쩍 뛰어 올라가서 조사를 벌인다. 운전에 필요한 갖가지 장치들이 개조되어 있다. 특히 작은 핸들이 벨트를 통해 큰 핸들과 연결되어 있는 것으로 보아 에마슈들에게 맞춰서 개조된 게 분명하다.

마르탱은 땅바닥에서 작은 발자국들을 찾아낸다.

「그들은 이쪽으로 달아났어요.」

말랑송 대위가 명령을 내리자, 검은 제복 차림의 대원들과 개의 목줄을 잡고 있는 대원들이 적당한 간격으로 산개한다.

「기습 효과를 노려야 합니다. 우리는 1944년에 독일군이 글리에르 고원의 레지스탕스 대원들을 공격했을 때와 똑같은 전략을 사용할 겁니다. 에마슈들을 에워싸고 마지막으로 남은 자들을 잡을 때까지 포위망을 점점 좁혀 나가겠다는 것이죠.」

「다만 에마슈들은 인간이 아니니까, 그들을 생포할 필요는 없겠지요?」

부사관 하나가 묻자, 말랑송 대위가 상기시킨다.

「내가 아는 한, 독일군은 글리에르 고원을 공격할 때 생포에 신경을 쓰지 않았어.」

나탈리아가 끼어든다.

「그들 중에 인간도 있어요. 다비드 웰스와 누시아 말이에요. 그들만은 산 채로 잡아야 해요. 그들은 금방 눈에 띌 거예요.」

말랑송 대위가 고개를 끄덕인다.

「당연해요, 당연히 생포해야죠. 그들 두 사람과 에마 109를 심판할 수 있도록 생포해 오라는 명령을 받았습니다. 게다가 저것도 있네요.」

그는 먼지구름이 이는 도로를 가리킨다. 버스 세 대가 멈춰 서고 기자들이 내린다.

「내가 기자들을 불렀어요.」

오로르가 나서며 덧붙인다.

「체포 장면을 시청자들이 지켜보는 게 좋을 거라고 생각했죠. 그 장면을 보면 모두가 알게 될 겁니다. 우리 〈피그미 프로덕션〉 사람들이 스스로 실수를 바로잡고 소비자들의 안전을 확보하는 데 앞장서고 있다는 사실을.」

나탈리아는 그런 식으로 일을 크게 벌여 놓은 게 마뜩하지 않지만, 마음을 다스리고 아무 대꾸도 하지 않는다. 낯선 사람들 앞에서 언쟁을 벌일 때가 아니라는 것을 알기 때문이다.

말랑송 대위는 짧은 수염이 희끗희끗한 턱을 문지르며, 뜻밖에 찾아온 기자들을 의아한 표정으로 바라본다.

오로르가 말끝을 단다.

「이 임무를 성공적으로 수행하는 모습을 보여 주는 것은 대위님의 앞길에도 도움이 될 거예요.」

나탈리아는 굳은 얼굴로 대위를 돌아본다.

「에마슈들이 작다고 과소평가하면 안 됩니다. 에마 109는 우리의 특별 훈련을 받고 특공대원으로 활약했다는 사실을 잊으면 안 돼요. 마이크로 랜드 출신의 에마슈들 가운데 여러 명은 우리 군사 학교를 나온 뛰어난 전투원들이에요.」

오로르는 보충 설명이 필요하다고 느끼면서 다시 나선다.

「에마 109는 주로 파괴 활동 훈련을 받았어요. 전략과 전술을 구사하는 전쟁은 경험한 적이 없어요.」

「그들이 못으로 머리를 찌르고 한꺼번에 달라붙어 목을 조른다고 들었습니다만, 우리는 헬멧을 쓰고 보호복을 입기 때문에 그게 쉽지 않을 겁니다.」

말랑송 대위가 덧붙이자, 나탈리아가 설명을 보탠다.

「아마 젊은 〈거인들〉이 그들과 합류했을 것입니다. 청소년들이나 무정부주의자들 말입니다.」

말랑송 대위는 계속 턱을 문지른다.

「그런 경우에 대비를 하고 있습니다. 우리는 에마슈들을 소탕하는 동안 거인들이 나서지 못하도록 최루탄을 던질 것입니다. 카메라를 든 우리 대원들에게 이미 지시를 내렸습니다. 거인들이 저항하는 경우에는 찍지 말라고요. 작전이 끝나면 미디어를 상대로 인터뷰를 할 것이고, 에마슈들의 시체는 따로 준비해 온 검은 비닐 봉투에 담을 것입니다. 에마

109는 3호 차의 우리에 가둬서 데려갈 것이고요. 별문제가 없다면 정오에 모든 일이 끝날 것이고 우리는 1시쯤 다시 모여서 점심을 먹게 될 것입니다. 이미 아주 좋은 식당을 하나 봐두었어요. 오베르뉴식 돼지고기 스튜와 내장 요리, 감자 퓌레에 치즈를 섞어서 만드는 〈알리고〉, 소금에 절인 돼지고기에 퓌이 특산 렌즈콩을 곁들인 〈프티 살레〉 같은 향토 음식을 먹을 수 있는 식당이죠.」

부사관들이 마지막 지시를 받기 위해 다가온다.

기자들은 조금 떨어진 곳에서 마치 무기를 정비하듯 카메라들을 살피고 있다.

말랑송 대위는 손목시계를 들여다본다.

「이렇게 합시다. 내 시계로는 지금 시각이 6시 11분 35초. 내가 땡 하면 다들 6시 12분에 시계를 맞추세요. 하나, 둘, 셋, 땡! 6시 30분 정각에 공격을 개시합시다.」

## 76

나는 기억한다.

내 보호를 받던 세 거인, 아슈콜라인과 은미얀과 케찰코아틀이 남극의 춥고 황막한 해안에 다다랐을 때, 나는 바위에 뚫린 통로 하나를 드러내 주었다. 이 비탈진 석굴을 따라 내려가면 깊은 동굴이 나오고 이 동굴에는 거대한 호수와 기온을 따뜻하게 해주는 용암의 분출구가 있었다.

그렇게 나는 그들을 내 품속의 안전한 곳에 데려다 놓고, 그들의 자리가 사라진 세계의 소동으로부터 그들을 지켜 줄 수 있었다. 그곳은 최초 인류의 마지막 생존자들을 보호하기 위한 나의 작은 성소였다.

## 77

퓌이드콤 화산의 봉우리가 구름의 외투를 두른 듯 조금씩 모습을 감춘다.

하늘에서 이슬비가 내리고, 물기를 잔뜩 머금은 땅은 다시 하늘을 향해 증기를 토해 낸다. 푸나무는 물기가 흥건한 잎을 늘어뜨리고, 버섯들은 갓을 부풀린다. 구두 하나가 버섯을 밟아 풍선 터지는 소리를 낸다.

동녘 하늘이 불그스름하게 물들어 간다.

그들은 권총을 쥔 채로 나아간다. 앞에서는 에마슈들을 추적하도록 훈련받은 셰퍼드들이 사납게 짖어 댄다.

갑자기 셰퍼드 한 마리가 흥분한 기색을 보인다.

말랑송 대위가 자기 뒤에서 촬영하고 있는 기자에게 말한다.

「저 개가 무언가를 찾아냈어요.」

아닌 게 아니라 개가 찾아낸 것은 아주 작은 신발 한 짝이다. 거기서부터 작은 발자국들이 화산 꼭대기 쪽으로 죽 나 있다.

말랑송 대위가 소리친다.

「좋아, 이제 잡은 거나 다름없어.」

셰퍼드들이 코를 땅에 대고 킁킁거리면서 기동대원들을 바위에 뚫린 구멍 쪽으로 이끈다.

대위가 기자들에게 알려 준다.

「옛 은광의 입구입니다.」

「그런데 매우 좁은걸요.」

「19세기에는 이곳에 주로 아이들을 데려다가 일을 시켰습니다. 보시다시피 어른들이 다니기에는 갱도의 높이가 너무 낮습니다.」

나탈리아가 얼굴에 그늘을 드리우며 말한다.

「그들이 왜 이런 곳을 선택했는지 조금은 알겠어.」

기동대원들은 몸을 잔뜩 구부리고 석굴로 들어간다. 굴은 갈수록 좁아진다. 높이가 낮아질 뿐만 아니라 너비도 줄어들고 있기 때문에 처음에 다섯 명씩 옆으로 늘어서서 나아가던 기동대원들은 세 명씩, 그다음에는 두 명씩, 나중에는 한 명씩 전진해 간다.

갑자기 개들이 짖기를 멈추고 선두에서 외치는 소리가 들려온다.

「조심해요, 저들이…….」

앞장선 대원은 말을 끝맺지 못하고 쓰러진다. 뒤따르는 대원들은 손을 쓸 수가 없다. 좁다란 통로에서 한 줄로 나아가고 있는 터라 앞을 볼 수도 없고 동료들이 다칠까 봐 사격을 할 수도 없다.

구급대원 하나가 쓰러진 대원에게 가까스로 다가가서 검사를 한 다음 대위 쪽으로 돌아온다.

「그냥 잠들었을 뿐입니다.」

그는 피해자의 살갗에서 뽑아 온 아주 작은 화살을 보여 준다.

「대롱에 넣고 입으로 불어서 쏜 화살인가?」

나탈리아가 화살을 살펴보고 나서 설명한다.

「아뇨, 쇠뇌로 쏜 겁니다. 끄트머리에 오늬가 있잖아요. 활시위에 끼도록 끄트머리를 에어 낸 거예요.」

구급대원이 보고를 이어 간다.

「속이 비어 있는 화살입니다. 속에 무슨 약품이 들어 있는

지는 모르겠지만, 화살을 맞은 대원은 그대로 쓰러져서 잠이 들어 버렸습니다. 개들도 마찬가지입니다.」

나탈리아가 화살의 냄새를 맡으면서 알려 준다.

「누시아가 최면 작용을 하는 물질을 만들어 냈을 거예요. 식물학에 조예가 깊거든요.」

그들은 화살을 맞은 대원을 구급차가 있는 곳으로 내보내고, 다시 한 줄로 늘어서서 조심스럽게 좁은 석굴 속을 나아간다.

선두에 선 대원이 문득 걸음을 멈춘다. 휘파람 소리가 난다 싶더니 마치 모기에 물린 것처럼 목이 따갑다. 그는 목에 한 손을 댄 채로 쓰러진다.

그를 대신해서 앞장을 선 대원 역시 쓰러진다.

한 장교가 뒤쪽의 말랑송 대위를 향해 묻는다.

「대위님, 어떻게 할까요?」

「통로를 연기로 가득 채워.」

대원들은 최루탄을 던지고 방독면을 쓴 채로 나아간다. 위험을 무릅쓰고 깊이 들어가자 더 넓은 동굴이 나온다. 하지만 동굴 벽에 불빛을 비추는 순간, 작은 화살들이 빗발친다.

대원 8명이 목에 화살을 맞고 잠들어 버린다.

말랑송 대위가 소리친다.

「에마슈들은 숨어 있어. 바로 저기 맞은편에 있으니까, 그냥 쳐들어가면 돼. 쇠뇌로 우리를 조준할 시간이 없을 거야.」

즉시 대원 열 명이 폴리카보네이트 방패를 들고, 화살에 맞지 않도록 목을 잔뜩 움츠린 채 돌진한다. 다른 대원들도 그 뒤를 따른다.

갈수록 동굴이 넓어진다. 그들은 간격을 벌려 나아간다. 선두에 선 대원이 소리친다.

「조심해! 에마슈들이 코앞에 있는 것 같아.」

무슨 소리가 들린다 싶더니 금세 잠잠하다. 마치 쥐들이 바위를 타고 달아난 것만 같다.

대원들은 다시 최루탄을 던지고 뿌연 연기 속을 나아간다. 그때 갑자기 발밑의 바닥이 꺼진다. 스무 명쯤 되는 대원들이 깊은 구덩이에 빠진다. 뒤따라온 대원들은 그들이 다시 올라오도록 도와주기 위해 방패를 내려놓는다. 그 순간 동굴 위쪽에서 화살이 비처럼 쏟아진다. 도와주려던 대원들도, 구덩이에서 간신히 빠져나온 대원들도 화살을 피할 수가 없다.

마침내 정신을 차리고 보니 작은 공격자들은 벌써 어딘가로 사라졌다.

이 임무에 동원된 기동대원 예순 명 가운데, 최면 화살을 맞지 않은 사람은 이제 스무 명뿐이다.

나탈리아가 일침을 놓는다.

「아무래도 오베르뉴의 향토 요리를 먹으려면 조금 더 기다려야 하겠는걸.」

오로르도 짜증을 낸다.

「독 안에 든 쥐가 따로 없네요. 우리가 여기서 뭘 하고 있는 거죠?」

「계속 이 미궁 속에 있다가는 우리도 당하고 말 거야.」

나탈리아는 결심이 선 듯 덧붙인다.

「갑시다. 다른 통로를 찾아야겠어요. 애초에 길을 잘못 들었어요. 이 동굴에는 덫이 너무 많아요.」

그리하여 마지막 남은 기동대원들이 기자들을 뒤에 달고 옛 은광의 어두운 갱도 속을 조심조심 나아가는 동안, 오로르와 나탈리아와 마르탱은 다른 통로를 찾는다.

「저도 같이 갈 수 있을까요?」

카메라를 어깨에 멘 적갈색 머리 기자가 묻는다.

「안 돼요.」

마르탱은 대뜸 잘라 말했지만, 나탈리아의 생각은 다르다.

「안 될 이유가 있나요? 에마 109를 생포하는 장면이 중계되면 우리에게 도움이 될 수도 있어요.」

그 둘과 기자가 화산의 사면을 따라 걷는 동안, 마르탱은 자동차로 돌아가서 자기들이 새로 키워 온 치와와를 데려온다.

「치와와가 셰퍼드만큼 후각이 발달한 것은 아니지만 훨씬 영리하죠.」

그 말을 입증하기라도 하듯 1백 미터쯤 지나자 치와와가 짖어 댄다. 무언가를 찾아냈다는 뜻이다. 덕분에 그들은 바위에 뚫린 또 다른 통로를 발견한다. 첫 번째 것보다 천장이 낮고 너비도 더 좁은 통로다.

오로르가 마르탱을 보며 말한다.

「밖에 남아서 우리를 기다리세요. 키가 너무 큰 사람은 들어갈 수 없을 것 같네요.」

오로르, 나탈리아와 기자는 석굴로 들어간다. 오로르가 앞장을 선다. 한 손에는 회중전등을 들고, 다른 손으로는 치와와의 목줄을 잡고 있다.

조심스럽게 몇 분을 나아가자 벽에 구멍들이 숭숭 뚫려 있는 동굴이 나온다. 자세히 살펴보니, 그냥 동굴이 아니라 동혈 주거지이다.

「놀랍네요. 그들은 개미처럼 땅속에 숨어 살았어요.」

나탈리아는 그런 주거지를 건설하기 위해 얼마나 큰 공사를 벌였을까 생각하며 입을 다물지 못한다.

멀리에서 폭발음이 들려온다. 또 다른 덫에 걸린 기동대원들이 최루탄을 쏘아 대는 모양이다.

「기동대의 이미지에 먹칠을 하는군요.」

적갈색 머리 기자가 안타깝다는 표정으로 덧붙인다.

「모기를 잡겠다고 착암기를 들고 나대는 꼴이에요. 그런 건 언제 봐도 우스꽝스럽죠. 카메라들 앞에서는 더더욱 그렇고요.」

「그건 그렇고, 당신은 누구세요?」

「니콜라 르베르입니다. 독립적으로 활동하는 기자이지만, 지금은 〈채널 13, 익스트림 여행 방송〉과 직접 연결되어 있습니다.」

나탈리아가 격려한다.

「좋아요, 르베르 기자님. 계속 촬영하세요. 곧 특종 영상을 잡으실 것 같군요.」

기자는 카메라의 투광기를 사용해서 암벽에 층층이 뚫려 있는 구멍들을 천천히 찍어 나간다.

「암벽에 뚫린 구멍의 수로 보건대 우리가 생각했던 것보다 그들의 수가 많아요.」

그러고 나서 나탈리아는 동굴의 벽을 손으로 가리킨다.

「보세요. 에마슈 수만 명이 살 수 있을 만한 주거지예요. 마이크로 랜드보다도 커요.」

「당신네 에마슈들과 최근에 공장과 사육장에서 해방된 샤오제들이 모두 여기에 있는 게 분명해요. 이러다간 여기에 하나의 도시가 만들어지겠는걸요.」

카메라의 투광기 불빛에 회랑과 문, 발코니, 첨두아치를 이고 있는 창문이 드러난다. 기자가 탄성을 지른다.

「건축 양식이 특별한데요. 이런 건 어디에서도 본 적이 없어요.」

「에마슈들에게 적합한 문명을 건설하기 시작한 것 같군요. 자기들 나름의 무기도 만들었어요.」

나탈리아도 상자에 담긴 쇠뇌와 작은 화살을 발견하고 경탄한다. 그러고는 스마트폰을 꺼내어 말랑송 대위에게 전화를 건다.

「말랑송 대위, 그쪽 길을 포기하고 대원들과 함께 이리 오세요. 북쪽 암벽을 끼고 돌면 통로가 보일 거예요. 내가 안표 삼아 빨간 목도리를 두었으니까, 그걸 보고 찾아오세요.」

얼마 지나지 않아 아직 무사한 기동대원 여남은 명과 흥분한 기자들 한 무리가 그들과 합류한다.

니콜라 르베르는 선두에 남아 있겠다고 고집을 부린다. 그들은 석굴 속으로 계속 나아간다. 이번에는 쇠뇌로 쏘는 화살이나 함정도 없고 어떤 종류의 덫도 없다.

치와와가 앞장서서 그들을 이끈다. 짖는 소리도 내지 않고 그냥 조용히 나아간다. 그때 나탈리아가 바닥에서 아주 작은 발자국들을 발견한다. 최근에 생긴 것으로 보이는 발자국들이다.

「그들은 달음박질을 쳤어요.」

「그걸 어떻게 아시죠?」

「발끝이 발뒤꿈치보다 선명하게 찍혔잖아요.」

그런 뒤 나탈리아는 조금 생각하다가 말을 잇는다.

「그들이 어떤 책략을 쓰고 있는지 알 것 같아요. 그들은 우리가 산기슭에 도착했을 때 이미 그 사실을 알아차렸을 거예요. 그런 다음 곧바로 방어책을 마련했어요. 일부러 발자국을 남겨서 은광의 주된 갱도 쪽으로 우리를 이끈 겁니다. 우리가 갖가지 함정에 빠져서 시간을 허비하는 동안, 그들은 다른 출구로 달아났어요. 하지만 우리가 이렇게 그들의 퇴로를 알아낸 겁니다.」

그들은 산허리를 뚫고 구불구불 이어지는 석굴 속을 나아간다. 이윽고 빛이 나타나더니 석굴이 끝나고 풀이 무성하게 자란 공터가 나온다.

오로르와 치와와는 작은 발자국들을 계속 따라간다. 나탈리아는 위험이 도사리고 있음을 직감했지만, 오로르에게 알려 줄 겨를이 없다. 오로르는 벌써 기동대원들의 선두에 서서 웃자란 풀들이 무성한 수풀 속으로 들어갔다.

그들은 문득 이상한 느낌에 사로잡힌다. 무언가 다리 사이로 요리조리 빠져나가는 게 있는 듯하다. 기동대원들은 겨냥할 새도 없이 땅바닥을 향해 총을 쏜다. 한 대원이 비명을 지른다. 총알이 자신의 발에 맞은 것이다.

말랑송 대위가 고함을 지른다.

「사격 중지!」

이어지는 정적이 한없이 길게 느껴진다. 개들의 헐떡이는 소리와 까마귀 한 마리의 이상한 울음소리가 유독 크게 들린다.

그들의 다리 사이로 어떤 형체들이 빠르게 나타났다가 사라진다. 무슨 영문인가 따져 볼 겨를도 없다. 벌써 그들의 발

주위로 무언가가 스쳐 갔다. 까마귀가 다시 운다. 그들은 발목이 묶여 있음을 비로소 알아차린다. 결박에서 벗어나려고 애를 쓰는데, 까마귀가 다시 울더니 밧줄이 팽팽해지면서 발목을 꽉 죄어 온다. 거인들은 바닥에 벌렁벌렁 나자빠진다.

까마귀가 네 번째로 울자 풀숲에서 복잡한 안무가 펼쳐진다.

말랑송 대위는 유독 눈에 잘 띄는 적병을 향해 반사적으로 권총을 쏜다. 짧은 비명이 터져 나온다.

즉시 에마슈 한 무리가 어딘가에서 튀어나오더니 말랑송 대위에게 덤벼들어 총을 빼앗고 그를 꽁꽁 묶어 버린다.

이윽고 다비드가 모습을 드러낸다.

그는 피해자를 안아 올린다. 손을 쓰기에는 이미 늦었다. 누시아가 가슴 한복판에 총을 맞은 것이다. 외과 수술 전문 에마슈들이 분주하게 움직인다.

한편 자동차 안에서 기다리고 있던 마르탱 역시 공격을 받았다. 몇백 미터 떨어진 곳에서 무슨 일이 벌어지고 있는지 모르는 채로 앉아 있다가 최면 화살을 맞고 어떤 공격에도 참가할 수 없는 상태가 되어 버린 것이다. 에마슈들은 거인 포로들을 은광의 거대한 지하실로 끌어다가 가둬 놓는다. 여럿이 힘을 합치면 포로 한 명을 너끈히 끌고 갈 수 있다.

말랑송 대위는 뒷짐결박을 당한 채로, 역시 소시지처럼 꽁꽁 묶여 있는 오로르를 돌아본다.

「이상한 낌새가 있다는 것을 먼저 알아차렸을 텐데, 왜 우리한테 알려 주지 않았어요?」

오로르는 너무 화가 나서 그 말은 들은 체도 하지 않고 그저 결박을 풀기 위해 안간힘을 쓴다.

나탈리아 역시 결박을 당한 채로 다비드를 살펴본다. 그는 열 명의 외과 수술 전문 에마슈들에게 둘러싸인 채로 누시아를 치료하려 애쓰고 있다.

나탈리아가 소리친다.

「미안해요, 다비드. 정말이지 이건 내가 원했던 일이 아니에요.」

그는 대답하지 않고 수술을 맡은 에마슈들에게 가위며 핀셋 따위를 건네준다.

누시아는 미소를 짓고 있다. 하지만 입에서 한 줄기 피가 흘러내린다. 에마슈들은 더 이상 출혈을 막을 수 없다는 뜻을 알린다.

다비드는 누시아가 숨을 쉴 수 있도록 머리를 들어 준다.

그녀가 무언가를 말하려고 하자, 다비드는 몸을 기울인다. 숨소리에 이어 말소리가 들린다.

「끝났어, 다비드. 나는 이 게임을 그만두고…… 자연 속에 있는…… 나의 진정한 자리로 돌아갈 거야. 부탁인데, 나를 여기에 묻어 줘……. 이 아름다운 산속에…… 우리가 낡은 세계를 상대로…… 첫 승리를 거둔 이곳에.」

그는 대답하려 하지만 목이 메어서 아무 소리도 내지 못한다. 대신 그녀의 이마에 입을 맞춘다.

「다비드…… 언제부턴가 네 사랑이 식었다는 거 알아……. 하지만 넌 내 인생의 동반자였어…… 완벽한 동반자…….」

그는 누시아를 꼭 안아 준다. 누시아는 그의 한 손을 잡는다.

「이젠 내가 없어도…… 마조바를 할 수 있을 거야. 내 방에…… 덩굴줄기와 뿌리를 혼합해 놓은 약이…… 한 봉지 있어.」

「더 버텨 봐, 누시아.」

「난 죽는 게 두렵지 않아……. 다비드, 잊지 마, 영혼은 비탈을 흐르는 물줄기야. 우리가 그 물줄기를 돌아 나가게 하거나 흐름을 늦출 수는 있어도…… 그것을 막을 수는 없어……. 그것은 결국…… 대양에 다다르게 마련이야. 우리 다른 생애에서 다시 만나. 다시 만나서…… 우리가 함께 시작한 일을 계속…….」

그는 누시아의 머리카락을 쓸어 준다.

「안녕…… 나의 비페네 다비드.」

누시아는 미소를 지어 보이고 눈을 감는다.

## 78

아니, 이게 무슨 일이지?

소인들이 또다시 거인들을 해치고 있어.

세 번째 인류에 속하는 자들이 두 번째 인류에 속하는 자들을 공격하고 있어. 마치 옛날에 두 번째 인류에 속하는 소인들이 거인들을 공격했던 것처럼.

8천 년 전에 소인들이 그랬던 것처럼, 새로운 소인들도 저희보다 열 배나 큰 인간들을 두려워하지 않아.

결국 내가 잘못 생각한 거야. 소형화에는 아무런 이점이 없어. 인간의 뇌가 작아지면 의식 수준이 낮아지는 것 같아.

저렇게 작고 공격적인 존재들을 거쳐 가는 것은 진화의 길이 아니라는 생각을 받아들여야 해.

재앙은 한 번으로 족해. 이번에는 똑같이 재앙이 벌어지도록 내버려 두지 않을 거야. 내가 나서야 해. 거인들이 배은

망덕한 소인들을 물리칠 수 있도록 도와주어야 해.

하기야 저들은 잠들어 있는 화산에 제 발로 숨어든 자들이야. 저들은 그저…….

## 79

그저…… 뾰루지일 뿐이야. 스타니슬라스 드루앵 대통령은 거울을 들여다보며 두 손가락으로 꽉 눌러 노르스름한 고름을 짜낸다.

그러고는 얼굴을 찡그리며 상처에 70도 알코올을 바르고 하얀 실내 가운을 걸친다. 그의 이니셜 〈SD〉를 프랑스 국기의 색깔인 청색, 백색, 적색의 실로 수놓은 가운이다.

그가 소리친다.

「준비해, 나의 암양들. 다 됐어. 크고 사나운 늑대가 나가신다.」

두 여자가 한목소리로 화답한다.

「매, 매, 매애애…….」

대통령이 집무실에 딸린 방에 불쑥 나타난다. 커다란 침대를 들여놓은 방이다. 집권당의 청년 위원회에 속해 있는 두 여자는 벌써 알몸으로 시트 속에 들어가 있다.

그는 가운을 벗고 괴성을 내지른다.

「우우우우 우우우! 내가 바로 크고 사나운 늑대다.」

그는 두 여자를 끌어당겨, 마치 단것을 빨듯 쪽쪽거리며 입맞춤을 퍼붓는다.

전화벨이 울린다.

「일 따위는 잊어버려. 우리가 어디까지 했지? 우우우 우우우 우우우우, 암양들아, 내가 너희를 잡아먹겠다.」

하지만 전화벨이 계속 울린다.

그는 결국 전화를 받는다.

「누구야? 나를 방해하는 자가.」

전화선 너머에서 한 목소리가 속사포처럼 말을 쏟아 낸다.

대통령은 자기가 제대로 이해했다는 것을 확인하려는 듯 상대의 말을 기계적으로 되뇐다.

「에마슈들이 퓌이드콤 화산에서 우리 기동대원들과 맞서 승리를 거두었고, 온 세상이 그 장면을 중계방송으로 지켜보았다고? 게다가 에마슈들이 말랑송 대위와 기동대원들, 그리고 그들과 동행했던 〈피그미 프로덕션〉의 대표들을 모두 생포했다고…….」

그는 잠시 아연한 표정을 짓더니 전화기를 내려놓고 여자들 쪽으로 돌아선다.

「그만 돌아가!」

그러고는 인터폰의 버튼을 누른다.

「영부인이 어디 계신지 알아내서 당장 내 집무실로 오시라고 전해 드려.」

그는 코카인 가루를 한 줄로 늘어놓고 훅 들이마신다.

잠시 후, 그의 아내가 집무실로 들어와 그를 마주하고 앉는다.

「이번엔 바보 같은 일을 벌이셨더군요.」

「숲속의 요정만큼이나 작은 에마슈들 한 무리가 기동대원들 예순 명을 꼼짝 못 하게 만들었어요. 고도의 훈련을 받고 좋은 장비를 갖춘 기동대원들을 말입니다. 그런 일이 벌어지리라는 것을 누가 예상할 수 있었겠습니까?」

「저한테 말씀을 하셨어야죠. 제가 이 사건에 관심이 많다는 걸 아시잖아요. 제가 〈피그미 프로덕션〉을 중요하게 생각했던 것은 그 기업에 활력이 넘치기 때문이에요. 하지만 활력이 넘칠 때는 통제를 해야 하고, 특히 불필요하게 위험을 무릅쓰지 않도록 조심해야 해요. 잘 알지도 못하는 곳에 소규모의 병력을 파견하고, 게다가 전투 실황을 중계하는 기자들까지 데리고 간 것은 애초부터 위험천만한 일이었어요.」

「미안해요, 여보. 당신이 해수 요법을 받던 중이라서 굳이 방해할 필요가 없다고 생각했어요. 나는 텔레비전을 통해 그 작전을 지켜보지도 않았어요. 아무 문제가 없을 거라고 확신했거든요. 모든 게 잘 돌아갈 거라고 담당자들이 장담하기에 그만…….」

「지난 일에 대해서는 길게 말할 필요가 없어요. 중요한 것은 현재예요. 여기에서 포기하면 안 돼요. 오리의 목을 조르기 시작했으면 끝을 봐야죠.」

「뭐, 생각하고 있는 게 있어요?」

그녀는 안경을 고쳐 쓴다.

「그 에마슈들을 철저하게 적으로 간주해야 해요. 애초에 그들을 과소평가한 게 실수였어요. 그들은 작고 90퍼센트가 여성이에요. 우리를 불안하게 하는 적군의 이미지가 아니죠. 사고방식을 바꿔야 해요. 상황을 요약하자면 이래요. 수천 명의 반란자들이(그들의 크기는 중요하지 않아요) 기동대원 예순 명과 싸워서 승리를 거뒀다.」

「하지만 그들은…….」

「그들은 우리 기동대원들에게 패배를 안김으로써 하나의 선례를 만들고 있어요. 전 세계의 다른 에마슈들이 그 선례를 따른다면 어떻게 되겠어요?」

「그들은 그저 작은…….」

「메뚜기 떼가 들판을 덮친다고 생각해 봐요. 메뚜기는 작지만 들판은 폐허로 변해요.」

「그래요, 당신 말이 맞아요.」

그녀는 다정한 손짓을 보낸다.

「그러니까 확실하게 승리하고 싶다면, 예순 명을 보내서 5천 명의 소인들을 상대하게 할 것이 아니라 적어도 5백 명을 보내야 해요.」

그는 두 손으로 얼굴을 문지른다.

「1개 대대 병력을 동원하란 말입니까?」

「그래요. 그것도 중무장을 시켜서 보내야 해요. 여론 조사 결과가 어떻게 나왔는지 보셨어요? 정치적으로 볼 때 우리는 또 다른 패배를 허용하면 안 돼요. 게다가 에마슈들이 우리 기동대원을 한 명도 죽이지 않고 모두 생포한 사실을 고려해야 해요. 그건 또 하나의 모욕이에요. 우리 기동대원들을 인질로 잡은 거라고요! 아프가니스탄에서 우리 적들은 포로들의 목을 벱니다. 포로들에게는 안된 일이지만 우리에게는 그게 도움이 돼요. 야만에 맞서 문명을 수호하는 우리의 역할이 분명하게 드러나니까요. 그런데 이번 경우에는…… 에마슈들이 문명인으로 보이고 오히려 우리가 야만인으로 비치고 있어요.」

그녀는 그를 향해 몸을 숙이며 안타까워하는 표정을 짓는다.

「우리는 작고 영악한 자들에게 속아 넘어간 덩치 큰 뒤듬바리 꼴이 되었어요. 그런 게 여론 조사에 좋은 영향을 미칠 리가 없죠. 게다가 〈피그미 프로덕션〉에는 재앙이나 다름없어요.」

그는 결연한 표정으로 자리에서 일어선다.

「5백 명을 보내라고요? 좋아요. 지체 없이 엘리트 부대를 보내겠어요. 공수 부대원들을 말입니다.」

「이제야 말이 통하네요.」

그는 코카인의 효과를 느낀다. 코카인은 뇌의 둔해진 부위를 자극하면서 동시에 조금씩 더 파괴해 간다.

베네데타는 호기심 어린 표정으로 칠각형 체스 판을 살펴본다. 그는 아내에게 그것의 용도를 설명해 준다. 그녀가 말을 잇는다.

「최선의 결과는 이런 거예요. 그들을 공격하는 동안 그 작은 오비츠와 네안데르탈인처럼 생긴 그녀의 남편, 그리고 충직한 생물학자 오로르 카메러를 산 채로 되찾아야 해요. 그 다음엔 그들 모두에게 훈장을 주세요. 그리고 살아남은 에마슈들은 모두 처형하도록 지시하세요. 그래야 모든 게 깔끔해져요.」

그녀는 초콜릿 한 통을 꺼내서 하나씩 먹는다. 코코아 중독자라서 매일 일정량을 먹어야 하는 것이다.

「이후에 생산될 에마슈들이 다시는 이런 문제를 일으키지 않도록 하기 위해서 그들의 몸에 직접 삽입하는 안전장치를 개발할 생각이에요. 예를 들면 RFID 칩과 비슷한 나노 폭탄을 그들의 몸에 이식해서 필요한 경우에 무선 조종으로 폭파시킬 수 있게 하자는 거예요. 그러면 그들이 반란을 일으키거나 수상쩍은 행동을 하는 경우에 소유자가 쉽게 그들을 〈비활성화〉할 수 있죠.」

「대단해요. 당신은 정말 어느 것 하나 빠뜨리지 않고 두루

두루 생각하는군요.」

그는 아내에게 다가가서 입술에 가볍게 입을 맞춘다.

「내 사랑 베네.」

그녀는 한숨을 내쉰다.

「당신이 무슨 말을 할지 알아요. 당신 대신 대통령 노릇을 하라는 거죠? 하지만 저는 당신 뒤에 숨어 있는 게 더 좋아요. 막후의 실력자 역할이 무척 마음에 들어요.」

그는 아내의 두 손을 잡고 끌어당긴다.

「사랑해요.」

「저도 당신을 사랑해요.」

그들은 키스를 나눈다.

그가 말을 잇는다.

「나는 오로지 당신 한 사람만을 사랑했어요.」

「알아요.」

「당신이 없으면 난 아무것도 아니에요. 모든 게 당신 덕분이에요.」

그녀는 체스 판을 바라보다가 무의식적으로 연보라색 퀸을 집어 자세히 살펴본다.

「한 가지 더요. 승리를 거둔 뒤에, 그리고 에마슈들의 반란을 막기 위한 안전장치를 개발한 뒤에는 에마슈란 무엇인가를 다시 따져 보면서 공식적인 정의를 내릴 필요가 있어요. 그들의 지위가 모호하다는 점 때문에 많은 문제가 생겨나거든요.」

그는 어정쩡한 태도를 보인다.

「그들은 동물이 아닌가요?」

「그들을 동물이라 정의하면, 모든 동물 보호 단체가 우리를 성가시게 할 겁니다.」

「그렇다고 그들을 식물이라 할 수도 없고…….」

「에마슈는 물건입니다. 필요한 경우에 언제든지 그들을 파괴할 수 있는 RFID 칩을 내장시키는 것으로 그치지 말고, 알을 깨고 나오자마자 목덜미에 바코드 같은 식별 표시를 찍어야 합니다. 하는 김에 〈메이드 인 프랑스〉라는 말을 문신처럼 새겨 넣을 수도 있겠네요. 스스로를 지키고 싶어 하는 자들의 감상주의를 막으려면 우리가 처음부터 분명하게 나가야 해요.」

그녀는 연보라색 퀸을 꽉 움켜쥔다. 그것의 목을 조르기라도 하는 듯하다.

「그리고 용어에도 신경을 써야 해요. 아픈 에마슈라고 말하기보다 〈고장 난 에마슈〉라고 말해야 해요. 에마슈는 치료하는 게 아니라 〈수리〉하는 거예요. 또 에마슈가 죽으면 그냥 〈쓸모가 없어졌다〉고 말하면 돼요.」

「당신은 정말 모든 것을 두루두루 생각하는군요.」

「쓸모가 없어진 에마슈는 정원이나 묘지에 묻지 않고 감염을 막기 위한 비닐봉지에 담아서 쓰레기통에 버립니다. 아니면 퇴비로 만들어서 재활용을 하든지요.」

「그런데 조금 전에는 우리가 에마슈들을 과소평가했기 때문에 우리 기동대원들이 패배했다고 했잖아요.」

「그건 우리만 아는 사실이에요. 대중에게 그걸 알리는 것은 위험해요. 그런 위험을 무릅쓰기보다는 법률을 제정해서 에마슈들에게 권리를 부여하려는 시도를 차단해야 해요.」

그녀는 연보라색 퀸을 내려놓고 연보라색 비숍을 집어 든다.

「에마슈를 인간으로 느끼게 할 수 있는 것이 있다면 무엇이든 막아야 해요. 그런 점에서 에마라는 이름을 없애 버리고, 번호만 남겨 두는 게 나아요. 미래에 생겨날 에마슈들은 그냥 3만 또는 10만이라고 부르자는 거죠.」

그는 잊지 않기 위해서 그녀의 말을 종이에 적어 둔다.

「일종의 등록 번호로군요. 다른 게 또 있나요?」

「에마슈들의 교육과 독서를 제한해야 해요. 독서는 그들의 진정한 상태에 대한 의식을 갖게 하고 자유를 추구하는 마음과 반항심을 부추겨요. 에마슈가 카를 마르크스의 책을 읽는다고 생각해 보세요. 또는 스파르타쿠스나 로빈 후드나 바운티호의 반란이나 프랑스 혁명에 관한 역사를 읽는다고 생각해 봐요. 그런 에마슈는 반란의 유혹에 쉽게 굴복할 수밖에 없어요. 그러니 에마슈들이 교양을 쌓지 못하게 하는 편이 나아요. 북아프리카 여러 나라들이나 시리아나 이란에서 무슨 일이 벌어졌는지 잘 아시잖아요. 그곳의 젊은이들은 교육 수준이 높아지자 독재와 종교적 광신을 거부했어요.」

「사실 대부분의 혁명은 젊은이들의 교육과 관련되어 있어요.」

「또한 에마슈들이 인터넷에 접속하는 것도 금지해야만 해요.」

「어떻게 금지하죠?」

영부인은 조금 생각하다가 대답한다.

「RFID 칩 옆에 일종의 방해 장치를 심어 두면 되지 않겠어요? 그들이 컴퓨터에 접근할 때마다 편두통이 일어나게 하는 장치 말이에요. 물론 그런 것을 만들자면 약간의 테크놀로지가 필요하겠지만, 우리의 공학자들에게는 완벽한 도전이죠.」

그는 공감을 표시하기 위해 그녀의 초콜릿 하나를 먹고 나서 묻는다.

「음…… 그런 것이 내 지지율을 끌어올리는 데 도움이 될까요?」

## 80

다비드 웰스는 누시아의 유언에 따라 퓌이드콤 화산의 평평한 땅을 골라 묏자리로 삼고 그녀의 시신을 묻었다. 그런 다음 무덤에 나무 한 그루를 심었다. 그는 밤이 이슥하도록 무덤 앞을 떠나지 않는다.

에마 109가 와서 그와 나란히 선다.

「누시아는 정말 대단한 분이었어요.」

「나는 누시아가 여기에서 안식을 누릴 거라고 생각해. 화산을 좋아했거든.」

「두 분 모두 훌륭했어요.」

「누시아는 내 인생에서 가장 중요한 여자였어. 나를 키우고 가르치고 높이 끌어올려 주었지.」

에마 109는 다비드와 더 가까이서 눈을 맞추려고 비석 위로 올라간다.

「언제부턴가는 그녀의 연인이 아니었다면서요?」

다비드는 둘 사이의 거리를 더 좁히기 위해 책상다리를 하고 앉는다.

「그녀가 애인이라기보다는 내 가족의 일원이라는 느낌이 들었어. 누이 같기도 하고 뜻이 서로 잘 맞는 친구 같기도 했어. 사랑의 또 다른 형태라고나 할까.」

에마슈는 그 고백을 놀랍게 여기면서, 말이 나온 김에 물어본다.

「그럼 누군가에 대해서 사랑의 감정을 온전하게 느껴 본 적이 있어요?」

「그래.」

「그게 누구인데요?」

「오로르.」

에마슈는 깜짝 놀란 기색을 숨기지 않는다.

「우리의 적을 사랑했다고요?」

「그러고 보면 사랑이란 마약과 비슷한 거야. 살다 보면 나쁜 사람에게 사랑을 느끼는 경우도 있어. 뭔가에 씐 것처럼 이루어질 수 없는 사랑에 매달릴 때가 있다는 거야. 그런 사랑은 우리를 파괴하지. 머피의 법칙 중에 이런 말이 있어. 〈사랑이란 지성에 대한 상상력의 승리이다.〉」

「상상력에 이끌려 자기를 높이 끌어올려 주는 사람을 사랑하기보다 기동대원들과 개들을 데리고 와서 자기에게 총을 쏘려는 사람을 사랑한다는 말인가요?」

다비드는 빙그레 웃는다.

「우리는 어쩌면 사람과 사람 사이의 공간을 채우고 싶어 하는지도 몰라. 그 공간이 크면 클수록 그것을 채우고자 하는 욕망이 강렬해지는 건 아닐까?」

「그러니까 자기를 사랑하는 사람들보다 자기를 사랑하지 않는 사람들을 더 열렬하게 사랑한다는 건가요?」

「그래, 사실 그게 멍청해 보일 수는 있어.」

「어쨌거나 오로르는 다른 포로들과 마찬가지로 옆의 동굴에 묶여 있어요. 당신 처분에 달려 있는 사람이죠.」

그는 한숨을 내쉰다.

「그게 그리 간단하지 않아. 사랑에는 상대방의 동의도 필요하거든.」

「그렇다면 그 여자가 생각을 바꿀 수 있도록 노력하겠다는 건가요?」

그는 난감한 표정을 짓는다.

「그건 그렇고 누시아의 무덤 앞에서 이런 얘기를 해도 되는 건가요? 누시아는 당신 인생에서 가장 중요한 여자였다면서요.」

에마 109는 어깨를 으쓱하고 나서 말을 잇는다.

「거인들의 삶에서 사랑이라는 것이 무엇인지 저로서는 도저히 이해할 수 없을 것 같아요.」

「우리는 모순적이고 불완전한 동물이야. 우리 종은 앞으로도 많은 변이를 겪게 될 거야. 우리는 더 나은 인류를 향해 나아가고 있고, 너희도 그 진화의 길에 동참하고 있는 거야.」

에마 109는 무심코 애교 섞인 몸짓을 하고 손으로 자기 머리카락을 매만진다.

「듣기 좋으라고 하는 말인가요?」

「나는 정말 그렇게 생각해. 에마슈들은 인류의 진화를 이끌 수 있어. 주요한 진화들은 일견 하찮아 보이는 사건들을 통해 이루어지는 거야.」

그들은 무덤과 거기에 비뚜름하게 심어진 관목을 바라본다. 관목은 튼실해 보이지 않고 가지도 몇 개 없지만, 벌써 잎이 나고 꽃눈이 맺혀 있다.

「인류가 장기적으로 어떻게 진화할 거라고 생각하세요?」

「글쎄, 10년쯤 지나면 아마도…….」

「아뇨, 정말 장기적인 관점에서요.」

그는 고개를 들어 하늘을 본다.

「관건은 우주 정복이야. 우리는 태양계의 다른 행성으로 이주할 수도 있고, 이 행성에 갇혀 있을 수도 있어. 우리 행성은 요람에서 감옥으로 변했다가 나중에는 관이 되지 않을까?」

「그래서 〈우주 나비 2호〉 프로젝트가 얼마나 진척되고 있는지 그토록 많은 관심을 가지고 지켜보는 건가요?」

「나는 우리 종의 진화가 단지 지구의 삶에 국한된 것은 아니라고 생각해.」

에마 109도 별들이 빛나는 암청색 하늘을 올려다본다.

「훨씬 먼 미래를 상상해 봐요. 수십 년이나 수백 년 뒤가 아니라 수백만 년 뒤를 생각해 봐요. 거인 다비드, 인류가 어떻게 될 것 같아요?」

그는 〈거인 다비드〉라는 말에 피식 웃는다.

「오존층이 사라짐으로써 태양의 자외선이 전혀 걸러지지 않은 채로 지구로 쏟아지면, 우리는 땅속에서 개미처럼 살거나 물속에서 물고기처럼 살아야 해. 땅과 물은 죽음의 광선을 약화시키는 훌륭한 필터이거든.」

「흥미롭네요. 그러면 인류의 두 아종이 생겨나는 건가요?」

에마 109는 무의식적으로 머리를 다시 매만지고 가슴이 봉긋해지도록 몸을 바로 세운다.

「지하 생활을 하는 아종과 수중 생활을 하는 아종이 생기겠지.」

「그렇게 서로 다른 환경에 적응하다 보면 형태학적으로도 차이가 생기지 않겠어요? 지하 인간들은 통로를 팔 것이고, 그러다 보면 손이 두더지의 앞발처럼 변하지 않을까요?」

그는 조금 생각하다가 말을 잇는다.

「그들은 아마도 앞을 못 보게 될 거야. 기능이 기관을 만들고, 기능이 사라지면 기관이 제구실을 못 하게 되는 법이야. 그들의 이는 뿌리를 씹기 좋게 변할 것이고 아래턱이 돌출하게 될지도 몰라. 그리고 흙이 소리가 퍼져 나가는 것을 막기 때문에 냄새를 통해 의사소통을 하게 될 것이고 그럼으로써 후각이 발달하게 될 거야.」

「페로몬을 내보내고 받아들이는 더듬이가 나타날 수도 있겠네요.」

「그건 내 증조부 에드몽 웰스의 생각이었어. 미래를 그런 식으로 내다보셨기 때문에 개미들에게 관심이 많으셨던 거야.」

「네, 알아요. 저도 그분의 백과사전을 읽었어요. 개미형 인류에 대한 전망이 독특하더군요. 그분은 땅속 깊은 곳에 거대한 도시를 건설하는 지중 인류에 관한 이야기도 하셨어요. 하지만 그건 〈가능성의 나무〉에 달려 있는 하나의 가지일 뿐이죠.」

「무슨 나무?」

「아, 그건 안 읽었군요. 〈가능성의 나무〉란 미래를 예측하고 대비하자는 뜻에서 그분이 제안하신 것들 가운데 하나예요. 인류에게 일어날 법한 미래의 일들을 도표로 만들자는 것이죠.」

「듣고 보니, 그걸 읽은 것 같아. 그분의 백과사전은 너무나 방대해서 통째로 읽고 기억할 수가 없어.」

에마 109는 계속 애교가 섞인 태도를 보인다. 다비드는 비로소 깨닫는다. 그는 에마슈가 자그마한 여자라고 생각해 본 적이 없었다. 에마슈들에게 애교가 있으리라는 생각은 더더욱 하지 않았다. 에마 109는 책에서 얻은 지식을 과시함으로써 그에게 깊은 인상을 주려는 듯하다.

「그분은 물속에서 살아갈 인간들의 손이 지느러미로 변하리라는 얘기도 하셨어요. 당신도 아시겠지만, 돌고래는 한때 물에서 나와 육지에서 살다가 다시 바다로 돌아간 포유동물이에요. 우리는 인간의 또 다른 아종을 상상해 볼 수 있어요. 박쥐처럼 날개가 달려 있어서 공중을 날아다닐 수 있는 인간들 말이에요. 그들은 손이 커지고 손가락들이 서로 얇은 막으로 연결될 것이고, 그것을 날개처럼 저어서 날아다닐 수 있을 거예요.」

다비드는 에마 109가 박식하다는 사실에 내심으로 놀란다.

「음…… 그 모든 것을 백과사전에서 읽었어?」

「저는 책을 읽을 시간이 많았어요. 책을 읽고 나면 생각의 지평이 열리죠. 〈가능성의 나무〉는 우리 자신의 눈으로 미래를 내다보도록 권하고 있어요.」

그들은 별이 총총한 밤하늘을 바라본다.

「그럼 너는 수천만 년 뒤의 인류가 어떠하리라고 상상하지?」

「만약 지구의 온도가 계속 올라간다면, 인류의 세 아종은 나름대로 적응할 거예요. 수생 인간들은 심해의 물고기들처럼 더 깊은 물속에서 살아갈 것이고, 땅속에서 사는 인간들은 더 깊은 곳에 도시를 건설하겠지요. 또 공중을 날아다니는 인간들은 아마도 휴식이 필요할 때마다 동굴에 숨어서 박쥐처럼 머리를 아래로 두고 자지 않을까요?」

다비드는 자기 스마트폰을 가리킨다.

「에마 109, 너는 기계를 잊고 있어. 로봇 역시 진화하고 있어. 알다시피 프리드먼 박사의 유명한 로봇 〈아시모프〉는 한국에서 처음으로 제작되었고 혼자서 자신의 〈아들〉을 만들어 냈어. 말하자면 자신의 성능을 스스로 계속 향상시키는 수준에 도달한 거야. 의식을 지니고 있을 뿐만 아니라 자신을 점점 개선해 가는 로봇들이 진화의 새로운 길을 열어 가고 있어. 그게 인류의 네 번째 아종이 될 수도 있어.」

「그 로봇들을 잊고 있었네요. 그들 역시 우주 개척에 나설 수도 있을 것이고, 돔 모양의 투명 방패 같은 것을 발명해서 우리 인간을 태양의 자외선으로부터 지켜 줄 수도 있을 거예요.」

「인류의 앞길에는 아주 많은 종류의 미래가 펼쳐질 수 있어.」

그들은 유성 하나가 불타다가 홀연히 사라지는 것을 바라본다.

「재앙이 벌어질 가능성도 많아……. 한바탕의 전쟁, 단 하나의 핵폭탄, 단 한 차례의 유행병, 단 하나의 소행성이 모든 것을 사라지게 할 수도 있어. 만약 생명체를 가진 다른 행성들이 존재하지 않는다면, 지구에서 모든 생명이 사라진다는 건 우주 어디에도 생명이 남아 있지 않게 된다는 뜻이야.」

「그런 일은 일어나지 않을 거예요. 인간은 어떤 위험이 닥치든 반드시 해결책을 찾아낼 거예요. 우리는 특별한 생명체예요. 지력이 뛰어나고 스스로를 지켜 내는 능력이 있어요.

상상력도 풍부하고요. 그런 것들이 있었기에 현재까지 살아남았고, 앞으로도 여기에서든 다른 곳에서든 살아남을 거예요.」

다비드는 〈우리〉라는 말이 아직 익숙지 않지만 굳이 토를 달지 않는다.

그들은 별이 빛나는 천공을 계속 바라본다. 머나먼 미래에 인류가 어떻게 될 것인가를 놓고 이야기하다 보니, 억겁의 시간 속에서 자기들은 그저 보잘것없는 시대의 하찮은 배우들이라는 데에 생각이 미친다. 갑자기 정신이 아득하고 어지러운 기분이 든다.

에마 109가 묻는다.

「그나저나 단기적인 관점으로 돌아와서, 내일은 무얼 하죠? 군사적으로, 정치적으로, 외교적으로 대책이 필요하지 않나요?」

다비드는 무덤을 향해 마지막으로 한 번 더 인사를 올리고 은광의 갱구를 거쳐 동굴로 들어간다. 에마슈들은 거인들에게 음식을 주고 나서, 다친 동료들을 치료하고 자기들도 식사를 한다. 한쪽 구석에서는 몇몇 에마슈가 화살들을 헤아리고 수면제가 담긴 약병들을 정돈한다.

다비드가 말한다.

「내일 그들이 우리에게 협상 대표를 보낼 거라고 생각해. 그들은 인질들을 되찾아 가고 싶어 할 거야.」

「그럼 우리는 뭐라고 대답하죠?」

「협상을 하고 그들을 돌려보내야지.」

「그 대가로 우리는 무엇을 얻죠? 돈? 사면 조치?」

「나는 너희의 정당한 요구를 세상에 널리 알리기 위해 UN

의 연단에서 연설할 권리를 요구하려고 해.」

「아, 그래요? 정확히 무엇을 요구할 건데요?」

다친 전투원들이 한자리에 모여서 자발적으로 형성된 의료 팀의 치료를 받고 있다.

「이를테면 방해받지 않고 평화롭게 살 권리를 요구해야지. 내 나름대로 그런 생각을 어떤 말로 표현해야 할지 숙고하고 있어.」

「다시 상상력의 문제로 돌아왔군요. 다비드, 어떻게 할 생각이에요?」

「다른 사람의 도움을 받으려고.」

「그게 누구죠?」

「8천 년 전의 나 자신. 그는 분명 이런 문제에 맞닥뜨린 경험이 있을 거야. 그리고 누시아가 남겨 준 약을 사용하면 그가 자기 시대에 문제를 어떻게 해결했는지 알아낼 수 있어.」

에마 109가 묻는다.

「저도 그 약을 먹으면 사태를 제대로 파악하게 될까요?」

그는 아버지처럼 자애로운 동작으로 그녀의 정수리를 쓰다듬는다.

「그러자면 전생들이 있어야 해. 내가 알기로 너는 과거의 영향을 전혀 받지 않은 새로운 영혼이야. 그래서 너는 참신하고 독창적일 수 있어. 옛날의 상처나 실수에 매이지 않거든. 네 영혼이 그토록 깨끗한 것을 좋게 생각해야 해.」

불가에 둘러앉은 에마슈들이 누시아가 가르쳐 준 노래를 부르기 시작한다. 가는 목에서 나오는 날카롭고도 강한 소리가 동굴 안을 가득 채운다.

「어떠한 일이 있어도 나는 너희를 저버리지 않을 거야.」

에마 109는 숨을 깊이 들이마신다.

「정말이지 우리에게 닥치는 문제들을 제대로 해결하자면 상상력이 필요한 것 같아요. 당신이 UN에서 연설을 하게 되는 경우에 그들을 상대로 무엇을 요구해야 하는지 우리도 오늘 밤에 생각해 볼게요. 저도 곰곰이 생각해 보겠어요.」

에마 109는 다비드의 손을 잡고 그에게 서툰 윙크를 보낸다.

「우리의 의무는 성공하거나 승리하는 것이 아니라 시도하는 거야. 일의 성사를 좌우하는 요인은 너무나 많아. 우리가 그 모든 요인을 통제할 수는 없어.」

「하고 싶은 말이 있어요. 당신 같은 이와 나 같은 사람 사이에 이런 말은 아무 의미가 없다는 것을 알아요. 그리고 누시아가 죽은 직후라서 계제가 좋지 않다는 것도 알아요. 하지만…… 앞으로 며칠 사이에 일이 고약하게 돌아갈 수도 있기 때문에 지금 말하는 게 좋겠다 싶어요. 당신은 대답하지 말고 그냥 듣기만 해요.」

그녀는 심호흡을 하고 눈을 떨군다.

「나는 당신을 사랑해요, 다비드.」

그러고는 한마디 덧붙인다. 쑥스러움을 덜기 위해서, 그리고 자기가 지하 생활을 하던 시절에 많은 교양을 쌓았고 셰익스피어의 『리어 왕』도 읽었다는 사실을 보여 주기 위해서.

「……〈제가 당신을 사랑하는 것은 딸로서 아버지를 사랑하는 게 당연하기 때문이에요.〉」

## 81

### 백과사전: 리틀빅혼 전투

캘리포니아 골드러시의 광기가 사그라든 1870년대 초, 새로운 노다지를 찾던 사람들이 사우스다코타주와 와이오밍주의 경계에 있는 블랙힐스에서 금이 나는 광맥을 발견한다. 미국 정부는 금을 캐는 사람들이 몰려들 것을 예상하고, 거기에 살고 있던 수족(族) 인디언들에게 그들이 합법적으로 소유하고 있던 땅을 사들이겠다고 제안한다. 땅값을 놓고 협상을 벌이지만 합의가 이루어지지 않는다(그도 그럴 것이 미국 정부가 제안한 금액은 인디언들이 요구한 금액의 100분의 1밖에 되지 않았다).

그러자 테리 장군은 수족 인디언들에게 최후통첩을 보낸다. 만약 인디언들이 땅을 내주지 않으면 무력을 사용해서 쫓아내겠다는 것이다.

인디언들은 굴복하지 않는다. 그리하여 조지 암스트롱 커스터 중령이 이끄는 미 육군 제7기병대가 〈문제 해결〉의 임무를 띠고 파견된다.

수족 인디언들과 그들을 도우러 온 샤이엔족 인디언들은 1천5백 명의 전사로 부대를 결성하여 기병대에 맞선다. 인디언 부대의 사령관은 〈시팅 불〉이라 불리던 위대한 추장이다.

기병대 척후병들이 몬태나주 리틀빅혼강 근처에서 여자와 아이와 노인을 포함한 6천 명의 인디언들이 야영하고 있는 것을 발견하자, 커스터 중령은 포위 작전을 펼치기로 하고 병력을 셋으로 나눈다. 본대는 커스터가 직접 지휘하고, 두 분견대는 리노 소령과 벤틴 대위가 이끌기로 했다.

전투는 1876년 6월 25일 오후 3시 25분에 시작되었다. 리노가 이끄는 170명의 파견대는 남쪽 방면에서 야영지를 기습함으로써 기선을 잡는다. 하지만 리노는 적진으로 돌진했다가 강력한 저항에 부딪히자 가까운 숲으로 후퇴한다. 숲에서는 나무들 때문에 병사들에게 명령을 내리는 것조차 쉽지 않다. 그의 부대는 투 문, 크레이지 호스, 레인 인 더 페이스, 크로우 킹 같은 추장들이 이끄는 인디언 전사들의 공격에 시달린다. 리노는 결국 퇴각을 결정한다.

그러는 동안 커스터는 리노의 분견대가 남쪽에서 인디언들과 대치하고 있으리라 생각하고 북쪽에서 공격을 개시한다. 하지만 그들을 기다리고 있던 인디언 전사들 수백 명이 당당하게 공격을 저지한다. 커스터는 언덕 쪽으로 달아났다가 포위를 당하고 만다. 마땅한 은폐물을 찾을 수가 없는 상황이라서, 그는 말들을 죽여 바리케이드를 친다.

제7기병대의 본대와 두 분견대는 서로 연락을 취할 수 없어서 다른 쪽에 무슨 일이 벌어지고 있는지 파악하지 못한다. 벤틴 대위는 뒤늦게 리노가 퇴각했다는 사실을 전해 듣고 그의 분견대와 합류한다. 고립 상태에 빠진 커스터의 본대는 안간힘을 다하여 인디언들의 공격에 저항한다.

해거름에 커스터 부대의 방어선이 무너진다. 샤이엔족의 레임 화이트맨이 이끄는 인디언들이 마지막 공격에 나선다. 커스터 중령과 그의 모든 병사들이 이 공격을 견디지 못하고 죽는다.

결국 전투는 인디언들의 승리로 끝났다. 미군 측에서는 263명이 죽고 38명이 부상을 당했다. 인디언 진영의 인명 피해는 2백 명 정도에 달했던 것으로 보인다.

리틀빅혼 전투를 분석한 전략가들은 커스터 중령의 전술에 실수가 있었기 때문이 아니라 리노 소령과 벤틴 대위가 책임을 방기했기 때문에 미군이 패배했다고 생각한다.

두 장교는 커스터 중령을 제때에 돕지 않은 혐의로 1879년에 재판을 받는다. 벤틴 대위는 〈커스터 중령이 혼자서 헤쳐 나갈 수 있으리라 생각했다〉고 진술한다. 리노 소령은 〈커스터를 돕는 것은 자살행위였다〉고 주장한다.

사고방식이 고루했던 이들 두 장교는 전투 전날 커스터와 언쟁을 벌였던 것으로 보인다. 그들은 자기들보다 어린 커스터가 명령을 내릴 때 쓰는 〈말투〉를 마뜩잖게 여겼다고 한다.

위대한 추장 〈시팅 불〉은 훗날 이렇게 술회한다. 〈커스터는 명예로운 지휘관이었고 그의 부하들은 내가 싸워 본 병사들 가운데 가장 용감했다는 사실을 인정하지 않을 수 없다. 인디언들은 내가 굳이 요구할 필요도 없이 커스터를 존경했고 그래서 그의 머리 가죽을 벗기지 않았다.〉

에드몽 웰스, 『상대적이며 절대적인 지식의 백과사전』 제7권

## 82

### 에마슈 사건

「그럼 작전 현장에 나가 있는 조르주 샤라스 기자를 불러 보겠습니다. 조르주, 오베르뉴의 화산 지대 한복판에서 기이한 전쟁이 벌어지고 있는데, 이제 곧 결말이 나는 건가요?」

「네, 뤼시엔. 저는 이른바 〈퓌이드콤 전투〉의 생생한 이미지를 전해 드리기 위해 현장에 나와 있습니다. 먼저 하늘을 보십시오. 둥근 꽃들이 하늘을 가득 덮은 채 빙빙 돌면서 떨어집니다. 제3 공수 특전대의 낙하산병들이 퓌이드콤 화산 주위로 내려오는 중입니다. 부대의 지휘를 맡은 라주아니 장군과 이야기를 나눠 보겠습니다. 장군님, 반란을 일으킨 에마슈들이 은광의 갱도에 숨어 있는 것으로 아는데요, 그들을 어떻게 토벌하실 건가요?」

「앞선 공격에 미숙한 점이 있었습니다. 우리는 거기에서 얻은 교훈과 새로운 정보를 바탕으로 병력의 수를 늘리고 더 좋은 장비를 갖췄습니다. 이번에는 기동대원 예순 명이 아니라 고도의 훈련을 받고 첨단 장비로 무장한 공수 부대원 5백

명이 작전에 참가합니다.」

「작전을 어떤 식으로 펼칠 생각이신지요?」

「우리는 기동대 동료들의 첫 공격 실황을 담은 영상을 다시 봤습니다. 기동대는 적을 과소평가했고 마치 동물을 사냥하듯이 그들을 추적했습니다. 내가 보기엔 그것이 주된 실수였습니다. 여기에서 벌어지고 있는 일은 1988년 누벨칼레도니에서 카나크족 독립운동가들이 벌인 우베아섬 동굴 인질 사건과 비슷합니다. 그때도 서른 명 가까운 기동대원들이 인질로 잡혔고, 우리 특공대가 쳐들어가서 인질들을 구출했습니다. 현재 우리의 주된 질문은 〈에마슈 포로들을 어떻게 할 것인가? 그들을 살려 줄 것인가 아니면 죽일 것인가?〉 하는 것입니다. 이 물음에 대한 답은 작전 현장에서 직접 확인하시기 바랍니다. 나는 우리 대원들을 잘 압니다. 만약 에마슈들이 잘 싸운다면, 우리 대원들은 그들을 살려 주고 싶어 할 것입니다. 이건 이를테면 군인 대 군인으로 상대를 존중하는 것입니다. 민간인에게는 설명하기 어려운 개념이죠.」

「작전을 마치기까지 시간이 얼마나 걸릴까요?」

「모든 대원이 제자리를 잡으면 공격 신호를 보낼 것입니다. 별문제가 없다면 오후 6시에 공격을 시작해서 저녁을 먹기 전에 작전을 마치지 않을까 생각합니다. 잘하면 8시 뉴스 시간에 좋은 결과를 알려 드릴 수 있을 겁니다.」

「라주아니 장군님, 고맙습니다. 뤼시엔, 저는 한순간도 놓치지 않고 작전을 지켜보면서 모든 것을 전해 드리겠습니다. 기자들이 한 장소에 모여 있다 보면 모든 채널에서 똑같은 장면을 내보내는 일이 벌어집니다. 그래서 저는 하늘에서 본 영상을 제공하기 위해 헬리콥터에 오를 채비를 하고 있습니다.」

「고맙습니다, 조르주. 조금 뒤에 다시 부를 테니 〈퓌이드콤 전투〉의 시작 장면을 중계해 주시기 바랍니다. 이제 다음 뉴스를 전해 드리겠습니다. 먼저 축구 소식입니다. 프랑스 대표 팀의 경기 결과가 매우 실망스럽습니다. 몇 차례나 좋은 기회를 놓치고 잇달아 불운을 겪으면서…….」

## 83

손이 태블릿 컴퓨터의 버튼을 누르자 텔레비전 뉴스가 꺼진다.

「저들의 공격이 임박했어요. 다비드, 어떻게 하죠?」

에마 109가 물었다.

「늘 하던 대로 해결책을 찾아야지.」

「당신 증조부의 표어가 생각나요. 〈먼저 정보를 얻고 생각한 뒤에 행동하자.〉」

「이미 확립된 원칙을 뒤집어야 할 때도 있어. 우선 행동하고 나중에 그 결과를 따져 본 다음, 문제를 해결할 방도가 있는지 알아봐야 하는 경우도 있다는 거야.」

에마슈는 진담인지 농담인지 갈피를 잡지 못한다. 거인들은 유머를 좋아하는 모양이지만, 그녀는 그것을 접할 때마다 당혹감을 느끼기가 일쑤였다.

그녀가 보기에는 다비드에게 한 가지 문제가 생긴 듯하다. 에마슈들과 함께 지하 활동을 시작한 뒤로 빈정거리는 어투를 쓰거나 초탈한 사람처럼 말하는 경우가 많아졌다. 누시아가 죽은 뒤로는 냉소적인 태도가 더욱 심해졌다.

주위의 에마슈들은 이제 노래를 부르지 않는다. 모두 지친 것이다. 몇몇 커플은 구석에 숨어서 사랑을 나눈다. 죽음에 대한 공포가 생명을 이어 가려는 욕구를 불러일으키는 것이다. 하지만 성비가 9 대 1에 이를 만큼 여자들의 비율이 높다 보니, 남자들이 매우 인기가 높고 정신없이 바쁘다.

조금 떨어진 곳에서는 어머니들이 만약의 사태에 대비해서 돌과 흙으로 쌓은 가짜 벽 뒤에 알들을 감추고 있다.

전투원들은 쇠뇌의 화살들을 살통에 담는다. 곧 전투가 벌어지리라는 것을 모두가 예감하고 있다.

동굴 한쪽에는 거인 포로들 일흔다섯 명(기동대원 예순명에다 〈피그미 프로덕션〉의 세 사람, 그리고 기자들 열두 명)이 모여 있다. 모두가 지친 기색으로 선잠을 자고 있는 듯하다.

「다비드, 항복하는 게 좋을 거야.」

다비드는 목소리의 주인공이 누구인지 금방 알아차린다.

뒷짐결박에다 발까지 묶인 채 앉아 있는 오로르. 옆에서 나탈리아와 마르탱은 풋잠에 들어 있는데, 그녀는 깨어 있다.

다비드는 그녀에게 다가가서 묻는다.

「우리가 항복하면 무슨 일이 벌어질까?」

「항복하는 조건으로 협상을 할 수 있어. 우리를 풀어 주고 자수해.」

「1943년 바르샤바 게토 봉기 때, 유대인들은 몇 달 동안 독일군에 맞서 싸우고 포위 공격을 견뎌 냈어. 마지막까지 저항하던 유대인들은 굶주림에 시달리다가 결국 항복했지만, 모두 학살당했지.」

다비드는 포로들의 결박 상태를 확인한다. 오로르가 말을 잇는다.

「어느 진영에 설지를 분명하게 선택한 모양이네.」

「나는 어중간하게 행동하는 것을 좋아하지 않아. 선택을 했다기보다 그저 책임을 받아들였을 뿐이야.」

「네가 잘못 생각하는 거야, 다비드. 이들은 새로운 인류가 아냐. 이들을 봐. 교황님 말씀대로 우리가 실험실에서 만들어 낸 동물들일 뿐이야. 우리가 실험에 사용하는 동물이나 학교에서 아이들에게 생체 해부를 가르칠 때 사용하는 개구리와 다를 게 없어. 모두가 그렇게 말하는데 너는 진실에 귀를 막고 있어. 이미 패배한 쪽을 옹호하는 셈이야.」

「이들은 지능과 의식을 지닌 생명체야. 그것만으로도 존중을 받아 마땅해.」

몇몇 에마슈가 다가와서 대화에 귀를 기울인다.

오로르는 옛 동료와 대적하는 것을 두려워하지 않는 기색이다.

「펜테실레이아가 살해되었어. 네가 옹호하는 〈새로운 인간들〉이 그녀의 목을 에워싸고 교살한 거야. 그게 존중받아 마땅한 종의 명예로운 행동이야? 우리와 동등한 존재로 간주되는 종이 어떻게 그런 행동을 할 수 있지?」

「에마슈들은 선택의 여지가 없었어. 네가 끌고 온 기동대원들은 누시아를 죽였어. 전투가 끝난 상황이라서 그럴 필요가 없었는데도 그런 짓을 했어.」

그녀는 머리채를 흔들어 어깨 위로 흘러내리게 한다.

「다비드, 나는 이제 널 인정하지 않아. 너는 인류를 배신하고…….」

「……새로운 인류의 편에서 싸우고 있지.」

얼마 전까지만 해도 동료였던 두 사람은 눈에 모를 세우고 서로 노려본다.

「변화는 우주의 법칙이야. 모든 게 변화하고 모든 게 진화해. 나는 진화했지만 너는 그대로야.」

「아무튼 네가 잘못 생각하는 거야, 다비드. 너는 곧 패배할 거야. 진화의 법칙에 따르면 패자는 사라지게 되어 있어.」

「그건 다윈의 이론이지. 나는 라마르크주의를 믿어. 진화란 가장 강한 자가 우위를 차지하는 것이 아니라 개체들이 변화하는 거야. 오로르, 너와 다르게 나는 개인적인 변화를 이루어 냈어.」

「넌 그저 미치광이로 변했어.」

「사람들은 갈릴레이를 미치광이로 여겼지.」

「이젠 너 자신을 갈릴레이로 생각하는 거야?」

「내가 생각하기에 나는 한 가지 이상을 품었던 사람이고 그것을 현실로 만들기 위해 투쟁할 준비가 되어 있는 사람이야.」

「가엾은 다비드, 이미 진 싸움이라니까.」

「절망적인 싸움이야말로 가장 아름다운 싸움일 수도 있지.」

한 에마슈가 와서 다비드의 어깨로 올라가더니 귀엣말로 무언가를 속삭인다.

다비드는 스마트폰을 켠다. 〈퓌이드콤 현장 생중계〉라는 말과 함께 뉴스 영상이 나타난다.

「거인들의 원군이 왔어. 지금 동쪽 입구에 있으니까 여기에 도달하려면 한 시간쯤 걸릴 거야. 모두에게 알려. 서쪽으로 달아나야 해.」

에마 109가 묻는다.

「인질들은 어떻게 하죠?」

「두고 가야지. 이들을 끌고 갈 수는 없잖아. 이들은 너무 무겁고 덩치가 커. 통로가 막혀 버릴 거야.」

에마슈들은 서둘러 짐을 챙겨서 서쪽 출구로 통하는 갱도로 달려간다.

「도망가는 거야?」

오로르가 놀란 표정을 지으며 빈정거린다.

「이런 게 너희의 용기야?」

다비드가 응수한다.

「도망가는 게 아니라 눈앞에 닥친 위험에 대처하는 거야.」

5천 명의 에마슈들이 완벽하게 질서를 유지하며 옆쪽 갱도로 들어간다.

에마 109는 선두에서 행렬을 이끌고, 다비드는 후미에서 스마트폰으로 뉴스를 보며 추격자들의 동태를 살핀다.

## 84

### 백과사전: 헉슬리 대 윌버포스 논쟁

1859년 찰스 다윈이 『종의 기원』을 출간한다.

일곱 달 뒤, 옥스퍼드의 주교 새뮤얼 윌버포스는 다윈에게 인류의 진화라는 주제를 놓고 토론을 벌이자고 제안한다. 다윈은 건강에 문제가 있다고 핑계하면서 참가를 거절한다. 그 대신 자기와 같은 관점을 가진 벗이자 언변이 뛰어난 생물학자인 토머스 헨리 헉슬리를 보낸다.

토론 장소인 옥스퍼드 대학 자연사 박물관 대강당은 1천 명이 넘는 청중으로 초만원을 이룬다. 대강당에 들어가지 못한 사람들은 토론에 관한 이야기를 듣기 위해 밖에 남아서 기다린다.

윌버포스 주교는 이렇게 포문을 연다.

「인간 친구들, 나는 이 자리에 모인 청중과 여기에 참석하지 못한 많은 이들을 대표해서 말하고 있다고 확신합니다. 나는 원숭이를 마주하거나 원숭이가 내 조상이라는 믿음을 갖게 하려는 이를 만나면 불안을 느낍니다.」

청중은 열띤 반응을 보인다. 주교의 견해에 찬성하든 반대하든 반응이 뜨겁기는 마찬가지다. 윌버포스는 성경에 반하는 갖가지 어리석은 주장을 고발하는 것으로 연설을 이어 간다.

「다윈 씨는 말합니다. 파타고니아의 석회암 동굴에서 거대한 동물들의 화석을 발견했는데, 이 동물들이 자기가 아마조니아 정글에서 만난 더 작은 동물들의 조상이라는 것입니다.  그 화석들은 그저 대홍수 이전에 살았던 동물들의 뼈일 뿐입니다. 그 동물들이 대홍수 때 살아남지 못한 것은 너무 덩치가 커서 노아의 방주에 들어갈 수 없었기 때문입니다. 다윈은 그런 사정을 이해하지 못하는 것일까요?」

윌버포스 주교는 이렇게 말을 맺는다.

「헉슬리 선생, 나는 당신에게 이렇게 묻고 싶습니다. 당신의 주장대로 당신이 원숭이의 후손이라면, 당신의 부계와 모계 중에서 어느 쪽이 원숭이인가요?」

그런 공격에 대해 토머스 헉슬리는 이렇게 반박한다.

「종교적인 원리와 과학적인 이론이 서로 대립하는 것은 처음 있는 일이 아닙니다. 만약 다윈 선생님이 4백 년 전에 살았다면, 틀림없이 감옥에 갇혔을 것이고 종교 재판소에서 고문을 받다가 화형을 당했을 것입니다. 다행히도 우리는 더 개명한 시대에 살고 있습니다. 볼 수 있는 눈과 생각할 수 있는 뇌를 가진 사람들에게 다윈 선생님은 자연이 무엇을 이루어 냈는지 설명하기 위한 이론을 제안하고 있습니다. 윌버포스 주교님, 당신 자신이 어떻게 변화해 왔는지 생각해 보십시오. 당신은 육

안으로 볼 수 없는 아주 작은 씨였다가 수십 년이 지나서 지금과 같은 어른이 되었습니다. 이런 변화를 하나의 증거로 받아들이셨으면 좋겠습니다. 자연은 수백만 년에 걸쳐서 그런 식으로 우리에게 작용해 왔습니다. 그리고 윌버포스 주교님, 저희 조상에 대해서 관심이 많으신 모양이니 이 말씀을 꼭 드려야겠습니다. 저는 먼 조상이 원숭이라는 사실을 부끄러워하지 않겠습니다. 반면에 자연의 은총을 입어 많은 능력과 영향력을 갖게 된 어떤 인간과 혈연으로 연결되어 있다 하더라도, 만약 그가 자신의 지성을 사용해서 진실을 호도하려 한다면 그것을 부끄러워하겠습니다.」

이 토론에 대한 양쪽 진영의 평가는 서로 엇갈렸다. 저마다 자기네 대표자가 더 설득력이 있었다고 주장했다. 신문들도 각자 자기네와 의견이 같은 쪽의 손을 들어 주었다.

그 뒤로 과학이 계속 발전하고 우리 종의 과거를 밝혀 주는 화석들이 많이 발견되었다. 하지만 오늘날에도 나라와 종교를 막론하고 인류의 80퍼센트가 인간이 신 또는 신들에 의해 창조되었다고 생각한다. 그리고 적지 않은 사람들이 그런 주제에 관한 토론을 종결짓기 위해 살인을 저지를 준비가 되어 있다.

에드몽 웰스, 『상대적이며 절대적인 지식의 백과사전』 제7권

## 85

### 퓌이드콤 현장 생중계

「시청자 여러분, 현장에 나가 있는 조르주 샤라스 기자를 다시 불러 보겠습니다.」

「네, 뤼시엔, 드디어 공격 신호가 떨어졌습니다. 라주아니 장군이 예상했던 대로 에마슈들은 진압군이 은광의 동쪽 입구로 진입하자마자 서쪽으로 달아났습니다. 하지만 서쪽 출

구에서는 1백 명의 대원들이 에마슈들을 포획하기 위해 특별히 제작한 그물을 들고 꼭꼭 숨어서 기다리고 있었습니다. 에마슈들은 최루탄 연기 때문에 앞을 보지 못하고 숨을 제대로 쉴 수 없는 상황에서도 안간힘을 다해 저항했습니다. 지금 이 순간에도 퓌이드콤 광산의 서쪽 출구에서는 여전히 전투가 벌어지고 있습니다.」

「주동자 에마 109는 어떻게 됐나요?」

「라주아니 장군은 포로들 사이에서 에마 109를 보았다고 말합니다. 그러나 이 정보는 아직 확인된 것이 아닙니다.」

「그럼 다비드 웰스는요?」

「그는 아직 갱도에서 나오지 않았지만, 십중팔구는 전투 지역에서 아주 가까운 곳에 있을 것입니다. 애석하게도 여기 이 헬리콥터에서는 갱도의 내부를 전혀 볼 수가 없습니다. 어쨌거나 라주아니 장군의 계략은 훌륭했던 것으로 보입니다. 기자들에게 동쪽 입구로 쳐들어가는 장면을 공개함으로써 에마슈들을 서쪽 출구로 유인했으니까요. 장군은 반란자들이 스마트폰을 이용해 텔레비전 뉴스를 보고 있으리라 확신했던 것입니다.」

「그렇다면 아직 갱도에 남아 있는 에마슈들은 이 뉴스를 보고 있겠군요? 결국 우리도 그들이 서쪽으로 도망가도록 유인하는 데 일조를 한 셈인가요?」

「맞습니다. 그게 이 전황의 아이러니입니다. 양자 역학에서 말하는 것처럼 관찰자가 관찰 대상에 영향을 미치고 있습니다. 다시 말하면 카메라 기자의 렌즈가 사건의 향방을 결정하고 있는 셈입니다. 지금 은광 서쪽 출구에서 연기가 솟아오르고 있습니다. 헬리콥터에서는 아쉽게도 전투 장면을 볼 수가 없습니다. 지상에서 직접 촬영하고 있는 프랑크가 더 생생한 영상을 제공할 수 있으리라 생각합니다.」

「아주 좋은 제안입니다. 그럼 곧바로 프랑크를 불러 보겠습니다. 프랑크, 전투가 한창 벌어지고 있는 서쪽 출구에 나가 있죠? 그쪽 상황은 어떻습니까?」

「아시다시피 최전선에서 싸우는 병사는 오히려 전투 상황을 제대로 볼 수 없습니다. 최루탄 연기 때문에 앞을 볼 수 없고 그저 폭음과 비명이 들릴 뿐입니다. 에마슈들이 모두 함정에 빠진 것으로 보입니다.」

「프랑크, 뒤쪽에 군인들이 모여 있는 것 같은데요.」

「맞습니다. 서쪽 갱구로 진입하려는 군인들입니다. 저는 저 부대를 따라 들어가서 전투 장면을 실시간으로 중계해 드리려고 합니다.」

「고맙습니다, 프랑크. 다시 조르주 샤라스를 불러 보겠습니다. 조르주, 뭔가 새로운 것이 있습니까?」

「헬리콥터에서 보기에는 전황에 이렇다 할 변화가 없습니다. 다만 전투가 예상보다 길어질 것으로 보입니다. 우리가 에마슈라고 부르는 그 작은 생명체들이 놀랍게도 자기들보다 열 배나 크고 훨씬 강력한 진압군 병사들과 맞서서 끈질기게 저항하고 있습니다.」

「그렇군요. 그럼 조금 뒤에 다시 연결할 테니 계속 수고해 주십시오. 이 대목에서 시청자 여러분께 한 가지 사실을 상기시켜 드리고자 합니다. 진압군이 생포한 에마슈들은 정부의 명령에 따라 모두 안락사시킬 것이라고 합니다. 그들이 반란을 부추기는 사상에 〈오염되어〉 있다는 것이 그 이유입니다. 이는 엘리제궁에서 나온 결정입니다. 이 사건을 종결

짓고 고객들을 안심시킴으로써 정부가 그동안 깊이 관여해 온 〈피그미 프로덕션〉을 재가동하자는 것이 정부의 의도인 것 같습니다. 그럼 전투 현장에 나가 있는 기자를 다시 연결하겠습니다. 프랑크, 상황에 진전이 있습니까?」

「전투의 기세가 맹렬합니다. 저는 멀리에서 전투 현장을 지켜볼 수 있었습니다. 에마슈들은 사력을 다해 저항하고 있습니다. 사실 그들로서는 이제 물러날 곳도 없고 더 잃을 것도 없는 상황입니다. 저는 칼로 무장한 작은 여전사들이 진압군 병사의 몸에 달라붙어 모두가 동시에 공격을 가하는 장면을 여러 번 보았습니다. 하지만 이번 작전에 참가한 대원들은 탄소 섬유로 된 전투복을 입고 있기 때문에 에마슈들의 그런 공격이 위력을 발휘하지 못합니다. 그 작은 괴물들 가운데 하나가 저에게도 달려든 적이 있습니다. 하지만 손등으로 툭 치니까 금방 떨어져 나갔습니다. 그물을 든 대원들은 별로 어렵지 않게 에마슈들을 포획하여 특별히 제작된 커다란 우리에 쏟아붓고 있습니다.」

「에마슈들이 어떤 식으로 저항하고 있는지 더 자세하게 말씀해 주시겠습니까?」

「아직 잡히지 않은 에마슈들은 저마다 자기 판단에 따라 싸우고 있습니다. 동료들과 협의하거나 신호에 따라 일사불란하게 움직일 겨를이 없어 보입니다. 엄폐물이 없는 노지에 나오니까 효과적인 공격을 하지 못하는 것 같습니다.」

「잠깐만요, 프랑크. 조르주가 방금 중계 마이크를 넘겨 달라고 요구했습니다. 새로운 변화가 있는 모양입니다.」

「그렇습니다, 뤼시엔. 아연실색할 일이 벌어지고 있습니다. 저희는 헬리콥터에서 놀라운 현상을 내려다보고 있습니다.」

「그게 뭐죠? 또 다른 출구에서 전투가 벌어졌나요? 아니면 새로운 무기가 등장하기라도 했나요?」

「제가 생각하기엔…… 아니, 이건 확실합니다. 제 눈에 분명히 보입니다. 여러분께도 보여 드리겠습니다……. 퓌이드콤 화산이 방금 분출했습니다.」

## 86

나는 내 진영을 선택했다.

소인들이 저희를 창조한 거인들에게 해를 끼치려 하는데, 그것을 또다시 묵과하는 것은 있을 수 없는 일이다.

이번에는 싸움에 제대로 개입해야 한다. 정확하게 조준할 필요가 있다.

## 87

주위의 모든 것이 진동하고 이곳저곳이 무너져 내린다.

다비드 웰스의 뒤에 에마슈들이 모여 있다.

군인들은 화산의 갑작스런 분출에 놀라서 그물과 우리를 버리고 달아났다. 에마슈 포로들은 그물과 우리를 빠져나와 갱도 안에 숨어 있는 자매들과 합류했다.

에마 109는 다비드의 배낭에 매달린 채 동료들을 살핀다.

반란자들은 추격자들을 피하기 위해 더 깊은 석굴로 내려가기로 결정한다. 그들은 창자 속 같은 미로로 들어가서 달음박질을 친다. 퓌이드콤 화산 전체가 흔들린다. 그들은 주황색으로 번쩍이는 지하의 강물 앞에 다다른다.

고체와 액체의 중간쯤 되는 물질이 유독한 고름처럼 솟아

나와 그들의 길을 막고 있다.

다비드는 오른쪽으로 방향을 틀어 아직 마그마가 흘러들지 않은 통로로 접어든다. 그들은 다시 달린다. 온도가 계속 높아지고 있다.

몇몇 에마슈가 무너져 내리는 돌 더미에 깔린다.

목자의 의무는 자기가 보살피는 양들을 되도록 잃지 않는 것이지만, 나는 이들 모두를 구할 수 없을 거야.

그들 주위로 뻗어 나간 통로들이 모두 막히는가 싶더니, 무너져 내린 벽 너머로 다른 통로들이 나타난다.

에마 109가 소리친다.

「저쪽으로!」

호모 사피엔스가 달리고 호모 메타모르포시스들이 그 뒤를 따라 달린다.

이윽고 통로 끝에 빛이 보인다. 북쪽 출구다.

그들은 비탈을 내리닫는다. 그들 주위로 용암이 주황색 실개천처럼 흘러내린다. 땅바닥은 점점 심하게 진동하면서 이따금 증기를 분출한다. 마치 폭발 직전의 압력솥 같다.

거인들이 눈에 들어온다. 그들은 거추장스러운 무기를 버리고 더 빠르게 달아난다. 어떤 거인들은 허리를 구부린 채 가쁜 숨을 가눈다. 용암은 화산의 사면에 기다란 줄무늬를 그리기 시작한다.

기자들도 자동차들 주위로 몰려들어서 앞다투어 차에 오른다. 그 놀라운 장면을 찍을 것이냐 자기 목숨을 구할 것이냐를 놓고 머뭇거리는 기자들도 더러 있다.

주황색 용암은 산비탈을 타고 더욱 빠르게 흘러내린다. 사람, 에마슈, 동물 할 것 없이 모두가 내닫는다. 땅에 뚫린 모든 구멍에서 마멋, 스컹크, 토끼, 들쥐, 뱀, 개구리 등이 튀어나와 붉은 액체를 피해 달아난다.

그때 갑자기 다비드가 소리친다.

「잠깐!」

「뭔데요?」

「오로르, 나탈리아, 마르탱…… 기동대원들.」

「그들에 대해서는 걱정하지 말아요. 아까 들이닥친 군인들이 벌써 풀어 주었을 거예요.」

에마 109가 대꾸하자, 다비드는 쌍안경을 꺼내어 자동차들 주위에 모여 있는 사람들을 살핀다.

「초록색 제복을 입은 사람들은 보이는데, 기동대의 파란 제복은 전혀 보이지 않아.」

다비드는 에마슈들에게 집결 장소를 일러 주고 나중에 거기에서 다시 만나자고 한 뒤에, 에마 109를 자기 배낭 속에 밀어 넣고 산비탈을 도로 올라간다. 그러다가 너덜겅을 에돌아가면서 동쪽 갱구 쪽으로 갈 수 있는 통로를 찾아본다. 아직 용암이 흘러들지 않은 통로를 찾아야 하는 것이다.

상공에는 헬리콥터 한 대가 정지 비행을 하며 떠 있고, 안전 장비를 갖춘 남자 하나가 창밖으로 몸을 내민 채 그 모든 장면을 찍고 있다.

다비드는 통로 하나를 찾아내어 인질들이 모여 있는 쪽으로 내닫는다.

이윽고 비명 소리가 들려온다.

「사람 살려! 여기요, 우리 여기 있어요!」

몇 사람이 콜록거리면서 계속 소리친다.

하지만 천장이 무너져 내려서 더 나아갈 수가 없다. 에마

109는 배낭에서 뛰어내려 혼자 포로들이 모여 있는 곳으로 들어간다. 포로들은 결박을 풀어내지 못한 채로 버둥거리고 있다.

동굴에 스며든 화산 가스 때문에 숨을 쉬기가 쉽지 않은 상황이다. 오로르와 나탈리아와 마르탱은 바닥에 쓰러져 있다. 그들 주위에는 트리스탕 말랑송 대위와 기동대원들, 그리고 첫 번째 공격에 동행했던 기자들이 있다. 나탈리아 부부의 치와와도 보인다.

에마 109는 그들 가운데 가장 건장해 보이는 마르탱을 먼저 풀어 주기로 하고, 그에게 다가가서 날이 톱니처럼 되어 있는 칼로 밧줄을 자른다. 마르탱은 결박에서 풀려나자마자 스스로 나서서 다른 사람들의 밧줄을 잘라 준다.

에마 109는 자기가 들어온 통로를 가리키며 소리친다.

「다들 나를 따라오세요!」

그들은 천장이 무너져 내린 좁다란 통로 앞에 멈춰 선다. 묶여 있다가 풀려난 치와와는 사람들이 왜 나아가지 않는지 이해할 수가 없어서 컹컹 짖어 대기 시작한다.

「여기서 포기할 수는 없어.」

마르탱은 기동대원 몇 명의 도움을 받아 바윗돌을 치워 내고 길을 틔운다. 그들은 울퉁불퉁한 바위에 긁혀 가면서 엉금엉금 기어 빠져나간다. 가장 좁은 구간을 지나 높은 포복 자세로 팔다리를 빠르게 움직이며 나아가자 다비드가 기다리고 있는 곳에 다다른다.

다비드는 그들에게 출구를 가리킨다.

모두가 달려 나가 산비탈을 타고 내리닫는다. 산꼭대기에서 솟은 용암은 뱀처럼 구불거리며 흘러내린다.

혼자서 다른 통로를 찾아 나섰던 치와와는 바닥에 생긴 틈새로 떨어져서 마지막으로 날카로운 울음을 토하며 연기로 사라진다.

조금 떨어진 곳에서는 땅바닥이 갈라지고 한 무리의 에마슈가 빠져 들어간다. 그중 하나가 가까스로 가장자리에 매달린다. 에마 2세다.

「사람 살려!」

왕의 외침을 듣고, 근처에 있던 에마슈들이 소리친다.

「우리 전하가 위험에 처해 있어!」

에마슈들은 왕을 구출하려 하지만, 땅이 다시 진동하면서 왕을 삼켜 버린다.

그 순간 다비드는 모든 감각이 예민해진 채로 주위를 둘러보다가 텔레비전 중계차 한 대가 버려져 있는 것을 발견한다.

그는 에마슈들에게 빨리 올라타라고 신호를 보낸다. 에마슈들은 즉시 지시에 따른다. 다비드는 시동을 걸고 곧장 차를 몰아간다.

뒤에서는 화산이 요란하게 진동하고 용암이 점점 빠르게 흘러내린다.

다비드는 운전에 정신을 집중하고 온갖 장애물을 피하기 위해 핸들을 이리저리 돌린다. 중계차가 좌우로 심하게 흔들린다. 에마슈들은 모두 좌석을 붙잡고 매달린다. 열기가 점점 높아 가고 뜨거운 증기가 피어오른다. 차창 밖으로 주위의 모든 형체가 어른어른 지나간다.

다비드는 엔진 브레이크가 걸리지 않도록 기어를 중립에 놓는다. 중계차는 저절로 가속도가 붙어 가파른 산비탈을 빠르게 내달린다. 다비드는 스키를 타고 활강했던 경험을 떠올리며, 공포를 잊고 10분의 몇 초라도 시간을 벌겠다는 일념으로 장애물을 요리조리 피해 나아간다. 에마슈들은 뒷거울로 질겁한 눈길을 보낸다. 죽음의 액체가 그들을 따라 산비탈을 내려오고 있다.

## 88

공격이 통했다.

배은망덕한 소인들을 벌하고 그들을 창조한 거인들을 구출해 냈다. 8천 년 전에도 이런 식으로 했어야 하는 건데.

그건 그렇고 내가 어디까지 했더라? 아, 그래…… 기억난다. 나는 거인족의 마지막 생존자 3명, 즉 아슈콜라인과 그의 아내 은미얀과 그들의 아들 케찰코아틀을 남극의 깊숙한 곳에 정착시켰다.

나는 지상의 소동으로부터 그들을 지켜 주었고 내가 바라는 바를 알려 주었다. 〈너희의 문명이 잊히지 않게 해라. 후세가 잊지 못하도록 너희의 역사를 기록으로 남겨라. 그 기록을 보면 언젠가 소인들은 깨달을 것이다. 저희가 어디에서 왔는지, 그리고 저희가 내 표면에 자리를 잡기 위해 어떤 대가를 치렀는지…….〉

# 변혁의 시기

## 89

「인간이란 무엇입니까?」

다비드 웰스는 UN 총회 홀의 대리석 연탁을 마주하고 서서 청중을 향해 물었다.

연보라색 정장 안에 연보라색 셔츠를 받쳐 입고 조금 더 진한 연보라색 넥타이를 맨 차림이다. 얼굴에는 퓌이드콤 전투 때 입은 화상과 찰과상의 흔적이 아직 남아 있다. 손에는 굳은살과 흉터가 가득하다.

앞에는 세계 199개국 대표들이 앉아 있다. 홀이 거대하고 모두의 눈길이 자기에게 쏠려 있어서 자꾸 주눅이 든다.

그는 잠시 뜸을 들인다. 그의 질문이 긴 여운을 남기며 청중의 호기심을 자극한다.

「여러분 모두에게 묻고 싶습니다. 누가 인간입니까? 누가 인간의 칭호를 받을 수 있습니까? 고대 로마에서 여자와 노예와 이방인은 인간의 지위를 누리지 못했습니다. 그들을 죽여도 살인자로 간주되지 않을 수 있었습니다. 지리상의 발견이 이루어진 대항해 시대에 아프리카 선주민과 아메리카 선주민 역시 인간의 대접을 받지 못했습니다.」

그는 넥타이를 고쳐 매고 청중을 바라보며 숨을 고른다.

「기나긴 세월 동안 인간이라는 명칭은 차별적으로 부여되었습니다. 그러다가 인류의 범위가 확장되었고, 여자와 노예와 이방인도 존엄성을 지닌 존재로 인정받게 되었습니다. 그들이 존중을 받아 마땅하고 그들에게도 기회가 균등하게 보장되어야 한다는 것은 이제 당연하고 명백한 사실입니다. 하지만 이런 상태에 도달하기까지 얼마나 많은 죽음, 얼마나 많은 고통, 얼마나 많은 투쟁이 있었는지 모릅니다.」

그는 알맞은 리듬을 찾기 위해 심호흡을 하고 물잔을 들어 단숨에 마신다. 청중은 그의 다음 말을 기다린다.

「인류의 범위를 확장함으로써 무엇이 달라졌을까요? 인간의 지위를 요구하는 사람들을 높여 준 것이 아니라, 인류가 스스로를 높인 것입니다. 인류가 새로운 범주의 사람들을 동등한 존재로 받아들일 때마다 인류의 다양성이 높아졌기 때문입니다.」

다비드는 그 생각이 청중의 머릿속을 파고들도록 잠시 침묵을 지키다가 말을 잇는다.

「그런데 새로운 범주를 받아들이고 나면 이내 또 다른 후보자들이 나타납니다. 최근에 나타난 후보자들을 예로 들자면, 먼저 클론이 있습니다. 우리가 복제 인간, 다시 말해 모든 점에서 생물학적으로 동일한 쌍둥이를 만들어 낸다면, 우리는 그를 인간이라 불러야 할까요? 둘째는 태아입니다. 태아를 죽이는 것은 살인인가요? 만약 태아가 얼마나 자랐느냐에 따라 살인일 수도 있고 아닐 수도 있다면, 언제부터가 그 기준이 될 수 있을까요? 9개월, 6개월, 3개월인가요? 아니면 수태한 지 한 시간 후, 또는 3초 후가 기준인가요? 수정란은 어느 순간부터 인간이라는 칭호를 얻을 만한 지능과 의식과 영혼을 지닌 존재로 간주될 수 있을까요?」

일부 청중이 웅성거린다. 주로 인공 임신 중절에 반대하는 법률을 시행하고 있는 나라들을 대표하는 사람들이다.

「셋째는 코마 상태에 빠진 환자들입니다. 만약 어떤 사람이 몇 해 전부터 혼수상태에 빠져 있다면, 그래서 말하거나 움직이지 못하고 수액 주입을 통해서 또는 인공 심장이나 인공 허파를 통해서 생명을 이어 가고 있다면, 그는 여전히 인간일까요?」

이번에는 그런 문제와 관련된 법률을 제정한 나라들에서 온 사람들이 반응을 보인다.

「넷째는 로봇입니다. 안드로이드 로봇이 우리처럼 사고하고 우리처럼 행동하고 우리와 똑같은 교육을 받는다면, 그리고 최근에 제 친구 프리드먼 박사가 개발한 〈아시모프 002〉처럼 자아를 의식할 수 있고 혼자서 생식을 할 수 있다면, 이 로봇도 인간일까요?」

청중석에서 조롱과 야유가 터져 나온다. 한 사람이 소리친다.

「그럼 세탁기와 토스터도 인간입니까?」

그러자 몇 사람이 키득거리며 그 헤살꾼을 거든다.

다비드는 동요하지 않고 연설을 이어 간다.

「지금 들으시기엔 순전한 망상 또는 SF에나 나오는 이야기로 비칠 수도 있습니다. 하지만 분명히 말씀드리거니와 여러분은 장차 이런 문제에 봉착하시게 될 것입니다. 언젠가는 미치광이 로봇이나 사랑에 빠지는 로봇이 출현할 것이고, 어쩌면 성생활을 하는 기계들이 나타날지도 모릅니다. 저는 제 동료 프리드먼 박사를 믿습니다. 그의 연구는 우리에게 근본적인 문제를 제기할 것입니다. 우리는 무엇을 근거로 그런 로봇들이 인간임을 부정하겠습니까? 너희는 우리와 다르다고 하시겠습니까? 너희는 우리보다 열등하다고 하시겠습니까? 아니면 너희는 그저 말없이 우리에게 봉사하도록 되어 있는 아종이라고 말씀하시겠습니까?」

여기저기서 야유가 터져 나온다. 이번에는 그냥 무시하고 넘어갈 수 없을 만큼 소란해서, 다비드는 청중이 조용해지기를 기다린다.

청중이 귀담아듣게 하기 위해서는 이따금 말허리를 끊고 침묵할 필요가 있다는 생각이 든다. 그래야 말에 무게가 더 실릴 듯하다.

「오늘 제가 여기에 온 것은 〈인간〉의 지위를 누리고 싶어 하는 새로운 후보자를 소개하기 위해서입니다. 그들의 이니셜은 초소형 인간*Micro-Humain*을 줄인 MH입니다. 보통은 이 머리글자를 프랑스어 알파벳 이름으로 읽어서 에마슈라고 부릅니다. 우리 과학자들이 부르는 이름은 호모 메타모르포시스입니다. 탈바꿈한 인간이라는 뜻이지만, 그래도 인간인 것은 분명합니다.」

다시 몇 사람이 불평을 토로한다. 프랑스 과학자는 아랑곳하지 않고 침착하게 말을 잇는다.

「에마슈들은 모든 점에서 우리와 동일합니다. 인간에 대한 인류학자들의 정의에 완벽하게 들어맞습니다. 포유류이고 직립 보행을 하며, 손가락이 다섯 개 달린 손이 있고, 엄지손가락과 다른 손가락들이 마주 닿을 수 있으며, 양안시 기능을 가진 눈으로 사물을 입체적으로 볼 수 있고, 식물성 먹이와 동물성 먹이를 가리지 않으며, 대뇌 피질이 발달하여 추상화의 능력을 지니고 있습니다. 또한 본능적으로 위생을 중시하고, 도구를 사용할 줄 알며, 대화와 추론의 능력을 지니고 있습니다.」

다비드는 입 안이 바싹 말라서 물을 한 모금 마신다.

「프랑스의 한 작가가 했던 말이 생각납니다. 작가의 이름은 잊었습니다만, 그는 인간이 세 가지 점에서 다른 동물들과 다르다고 말했습니다. 첫째는 유머, 둘째는 사랑, 셋째는 예술입니다. 저는 이것을 판단 기준으로 삼을 수 있으리라고 생각합니다. 저는 에마슈들과 함께 살았기 때문에 이렇게 장담할 수 있습니다. 에마슈들은 웃기도 하고 농담을 하기도 합니다. 말에 감춰진 의미를 담거나 자기 조롱의 형식을 사용해서 웃음을 유발할 줄도 압니다.」

다비드는 청중의 회의적인 반응을 감지하고 설명을 보탠다.

「현재 그들이 주로 농담의 소재로 삼는 것은 바로…… 우리입니다. 여러분의 이해를 돕기 위해 제가 에마슈들에게서 들은 우스갯소리 하나를 소개하겠습니다.」

이번에는 청중이 깊은 관심을 보인다. 사람들의 마음을 사로잡는 데는 역시 우스갯소리가 최고야 하고 다비드는 생각한다. 그는 효과를 높이기 위해 신경을 쓰면서 차분하게 말을 잇는다.

「한 에마슈가 말합니다. 〈내가 문제를 낼 테니까 맞혀 봐. 세상의 동물 중에서 가장 빨리 자라는 것은?〉 다른 에마슈들이 모른다고 하면 문제를 낸 에마슈가 답을 알려 줍니다. 〈답은 거인들의 아내야. 그 이유가 뭐냐고? 거인들의 가정에서는 밤에 남편이 아내한테 《잘 자, 내 애기》 하고 말해. 그런데 이튿날 아침에는 《어서 일어나, 뚱뚱이 암소야》 하고 말하지.〉」

피식 웃는 사람들도 있고, 나오려는 웃음을 참으려다 킥킥거리는 사람들도 있다. 여자들은 불쾌한 기색을 드러낸다. 그래도 전체적으로는 청중석의 긴장이 누그러졌다.

「이런 우스갯소리는 에마슈들이 우리의 텔레비전 방송을 보았기 때문에 생겨난 것입니다. 사실 에마슈들의 세계에서는 성차별이나 여성 혐오를 찾아볼 수 없습니다. 아시다시피 여성이 절대다수를 차지하고 있으니까요.」

다시 청중이 웅성거린다. 다비드는 속으로 아차 한다. 그런 차이를 들먹이면 남성 우월주의에서 벗어나지 못하는 나라들의 반발을 살 수밖에 없다.

「그다음은 사랑입니다. 동물의 어떤 종이 사랑이라는 그 비합리적인 감정을 느낀다고 할 때, 그것을 어떻게 확인할 수 있을까요? 제가 말하는 사랑이란 생식 본능이나 성적인 욕구의 충족이 아니라 어떤 느낌에 의해서 촉발되는 마음의 움직임을 가리킵니다. 저는 에마슈들을 많이 관찰했습니다. 그들은 자식을 사랑하고 자기들끼리 서로 사랑합니다. 에마슈들뿐만 아니라 어떤 거인들을 사랑하기도 합니다. 남들은 어떻게 생각하는지 모르지만 제가 보기에는 그렇습니다. 저는 그들 가까이에 살면서 그들이 저를 사랑한다고 느꼈습니다. 한 가지 예를 들어 보겠습니다. 퓌이드콤 화산의 동굴에서 제 생일을 맞아 조촐하게 잔치를 벌인 적이 있습니다. 그들은 저에게 선물을 주었습니다. 단지 그게 우리 거인들의 관습이라는 것을 알고 있었기 때문이 아니라, 저를 기쁘게 해주기 위해서였습니다. 그들은 저를 기쁘게 함으로써 스스로 기쁨을 느꼈습니다. 무슨 말씀인지 아시겠습니까? 오늘날 사람들이 주장하는 것과는 달리, 그들은 감수성이 풍부하고 남을 잘 이해하며 어떤 대상을 아끼고 귀중히 여길 줄 압니다. 그들은 아침마다 서로 입맞춤을 나눕니다. 거기에 성적인 요소는 전혀 없고 그냥 화목과 호의의 몸짓입니다. 에마슈들은 구애 행동이라 할 만한 것을 합니다. 비록 남자들의 수가 아주 적기는 하지만, 성행위를 하기에 앞서 이야기를 나누기도 하고 꽃이나 다른 선물을 주기도 합니다. 우리 거인들의 표현을 빌리자면 그들도 자기네 방식으로 〈작업을 건다〉는 것이죠. 사실대로 말씀드리자면, 남자들이 거절을 당하는 경우는 거의 없습니다. 워낙 남자들의 수가 적으니까요.」

이번에는 몇몇 사람이 스스럼없이 웃음을 터뜨린다.

다비드는 잠깐 말을 멈추고 생각을 모으기 위해 물잔 쪽으로 손을 내민다.

「제가 보기에 여자 에마슈들은 매우 낭만적입니다. 이미 이해하셨겠지만, 에마슈들은 원숭이들이 아닙니다. 암컷이 발정 났는지 알아보기 위해 엉덩이에 코를 대고 킁킁거리는 원숭이들과는 다르다는 것입니다. 그들은 커플을 이루면 질투를 하고 말싸움을 벌입니다. 우리와 별로 다를 것이 없습니다.」

청중석에서 다시 웃음이 터져 나온다. 다비드는 그런 느슨함이 호감으로 이어지기를 기대하며 말을 잇는다.

「그들에겐 유머가 있고 사랑이 있습니다. 그러면 예술을 이해하고 창조하는 능력은 어떨까요? 이 점에 대해서는 긴 설명을 피하고, 대신 제가 가져온 사진들을 보여 드리겠습니다. 에마슈들이 단기간에 걸쳐 스스로 퓌이드콤 화산에 건설한 동혈 주거지를 찍은 사진들입니다.」

그는 리모컨을 집어 들고 슬라이드를 작동시킨다. 바위에 구멍을 내서 만든 주거지의 모습이 화면에 나타난다.

「이 사진들을 보십시오. 첨두아치를 이고 있는 창문들, 발코니, 시멘트 다리, 아치 등이 보입니다. 방들의 형태가 독특합니다. 에마슈 건축가들의 창의성을 말해 주고 있습니다. 그들은 우리 세계에 있는 것을 모방하지 않고 자기들 나름의 예술 양식을 창안했습니다. 그들이 바위에 무엇을 새기고 무엇을 그렸는지 보십시오. 정말 훌륭한 예술가들입니다.」

그는 벽면을 찍은 사진이 나타나게 한다. 키가 아주 큰 남자와 자그마한 여자가 나란히 서 있는 모습을 그려 놓은 벽면이다.

「이것은 사실주의 미술입니다. 어떤 화가들이 저를 그리고 싶어 했습니다. 그들은 추상 미술도 하고 음악도 합니다.」

그는 동영상 하나를 작동시킨다. 에마슈 합창단이 노래하는 모습을 담은 동영상이다. UN 총회 홀의 스피커들에서 고음의 다성 음악이 흘러나온다.

「이건 그들이 만든 노래입니다. 그들은 숨어 지내는 동안에도 위험을 무릅쓰고 함께 노래를 하면서 결속을 다졌습니다. 잘 들어 보십시오. 후렴이 있는 노래입니다. 그레그리오 성가를 더 높은 음으로 바꾸고 거기에 새들의 지저귀는 소리를 섞어서 새로운 선율을 만들어 냈습니다. 이들도 우리처럼 음악을 합니다. 들어 보십시오.」

듣기 좋은 선율이 스피커에서 흘러나온다. 청중은 주의 깊게 듣고 있다.

다비드는 음악이 끝나기 전에 말을 잇는다.

「이처럼 그들에게는 유머와 사랑과 예술이 있습니다. 저는 그들이 완벽한 문명을 가꾸어 간다고 말씀드릴 수 있습니다. 사진에서 보신 것처럼 그들은 스스로 아이디어를 내어 필요한 도구들을 제작했습니다. 어떤 도구들은 저조차도 그 작동 원리를 이해할 수 없을 만큼 정교합니다. 제가 생각하기에 우리는 우리의 눈높이에서 자연을 보고 거기에서 영감을 얻어 기계들을 만들어 냅니다. 그리고 에마슈들은 자기들의 눈높이에서 다른 형태를 보고 다른 아이디어를 얻습니다.」

그는 경작지의 모습을 담은 슬라이드 사진들을 보여 준다.

「이것은 그들의 경작지입니다. 그들은 우리가 재배할 생각을 해본 적이 없는 야생 곡물을 파종하고 재배하는 데 성공했습니다. 그들은 이 곡물을 〈가루 내는 곡식〉이라고 부릅니다.」

그는 청중이 지루함을 느낄 때가 되었다고 느낀다. 그래서 어조를 바꾸어 연설을 이어 간다.

「이제 그들이 정말 인간이라는 사실을 입증하는 요소를 한 가지 더 말씀드리겠습니다. 그들은 기동대원들과 전투를 벌여서 승리를 거뒀습니다. 이것이 아마도 현재로서는 여러분을 설득할 수 있는 가장 확실한 논거일 것입니다. 통설에 따르자면, 한 민족의 가치를 판단하는 가장 결정적인 요인은 힘으로 다른 민족을 정복하는 능력이니까요.」

반발하는 목소리가 터져 나오면서 청중석이 소란해진다.

「여러분은 퓌이드콤 전투가 벌어지는 장면을 생중계를 통해 지켜보셨을 것입니다. 에마슈들은 스스로 무기를 만들어 냈고, 수비와 공격의 기술을 개발했습니다. 뿐만 아니라 자기들의 승리가 살생으로 이어지면 거인들이 원한을 품게 되리라 짐작했습니다. 그래서 살인을 피하기 위해 최면 화살을 사용하는 방안을 생각해 냈습니다. 반면에 기동대원들은 기관 단총으로 무장하고 있었고, 움직이는 모든 것을 향해 거리낌 없이 실탄 사격을 가했습니다. 사전에 경고도 하지 않고 말입니다.」

다시 청중이 격렬하게 반응을 보인다. 긍정적인 반응인지 부정적인 반응인지 가늠하기가 쉽지 않다.

「에마슈들은 그런 관대한 행동을 통해 자기들이 군사적인 능력에서 우리와 대등할 뿐만 아니라 생명 존중의 측면에서 우리보다 낫다는 사실을 보여 주었습니다. 에마슈들은 자기들보다 열 배나 큰 기동대원 예순 명을 제압하여 포로로 삼은 뒤에, 그들을 치료하고 먹을 것을 제공해 줌으로써 전시의 인도적 대우에 관한 기준을 정립한 제네바 협약을 준수했습니다.」

일부 청중이 적의를 드러내며 웅성거린다.

「에마슈들의 관대한 행동은 그것에 그치지 않았습니다. 화산이 분출하여 포로들의 생명이 위태로울 때 그들을 구출하기도 했습니다.」

웅성거리는 소리가 계속 높아 간다.

「여러분은 그 중계방송을 보지 못하셨을 줄로 압니다. 여러분에게는 그 장면들이 존재하지 않는 거나 다름이 없습니다. 하지만 기동대를 지휘했던 말랑송 대위의 증언이 여기에 있습니다. 자기가 겪은 일을 진솔하게 들려주는 소중한 기록입니다.」

그는 말랑송의 증언이 적힌 종이를 두 손으로 들어서 보여 준다.

「에마 109는 거인들이 진입할 수 없는 곳에 들어가서 말랑송 대위를 구출했습니다. 이렇듯 에마슈들은 위험을 무릅쓰고 자기들의 적으로 간주되는 사람들의 목숨을 구해 줌으로써 자기들에게 측은지심이 있다는 것을 보여 주었고…….」

홀의 뒤쪽에서 한 남자가 일어나 소리친다.

「그들에게 지시를 내린 것은 웰스 박사 당신입니다. 당신은 그들의 전략가 노릇을 함으로써 인류를 배신하고 그 괴물들과 맞서 싸우던 사람들에게 패배를 안겼어요.」

「말씀하시는 분이 누구신가요? 자기소개를 해주실 수 있을까요?」

다비드는 청중석을 둘러보며 목소리의 주인공을 찾아보려고 한다. 하지만 스포트라이트의 불빛 때문에 손차양을 해도 청중의 얼굴을 분간할 수가 없다.

「에마슈들이 자발적으로 그런 행동을 했지만, 제가 그것을 증명할 방도는 없습니다. 그래도 제가 분명히 말씀드릴 수 있는 것은…….」

「그들은 알에서 나왔습니다! 인간은 절대로 알에서 태어날 수 없습니다!」

그 남자가 다시 목청을 높였다.

「왜 인간은 알에서 태어날 수 없다고 단정하시는지요? 그 이유를 말씀해 주시겠습니까?」

「그야…… 우리는 새가 아니기 때문이죠!」

일부 청중이 빈정거리는 소리를 보태어 헤살꾼에게 동조한다.

다른 남자가 소리친다.

「그들은 지능을 갖춘 존재들일 리가 없습니다. 뇌의 용적이 너무 작아요. 우리 뇌와 비교하면 용적이 10분의 1밖에 되지 않아요.」

「그 주장은 사실이 아닙니다! 컴퓨터 공학에서는 소형화가 오히려 계산 능력을 증가시키고 있습니다. 크기가 작다고 해서 지능이 낮으리란 법은 없습니다.」

「설령 그들에게 지능이 있다는 것을 받아들인다 해도, 그게 곧바로 영혼이 있다는 것을 의미하는 것은 아닙니다. 그 문제에 관해서는 이미 교황님께서 분명한 답을 주신 것으로 압니다. 언론에 보도된 바에 따르면 그렇습니다.」

그 말에 동조하는 사람들이 다시 아우성을 친다.

「영혼이란 인간의 주관적인 개념입니다. 그리고 제가 아는 한, 〈영혼 탐지기〉는 아직 존재하지 않습니다. 가이거 계수기처럼 작동하면서 영혼이 있는지 없는지를 알아낼 수 있는 장치는 없다는 것입니다.」

몇몇 사람이 하하 웃으면서 다비드의 말에 힘을 실어 준다. 종교에 전혀 매여 있지 않은 나라들을 대표하는 사람들일 법하다. 그러고 보면 모든 청중이 단합해서 다비드에게 반대하고 있는 것은 아니다. 다비드는 다시 용기를 얻는다. 하지만 또 다른 사람이 공격에 나선다.

「당신네 에마슈들은 대다수가 여자입니다. 여성의 비율이 90퍼센트에 달하는 종이죠. 성비의 균형이 맞지 않습니다. 우리 인류의 성비는 대략 50 대 50입니다.」

다비드는 당황하지 않고 응수한다.

「성비를 문제 삼으셨으니, 그와 관련된 제 견해를 말씀드리겠습니다. 조금 엉뚱한 얘기처럼 들리실지 모르지만, 개미의 예를 들어 보겠습니다. 개미들의 경우에도 암컷이

90퍼센트를 차지합니다. 그런데 개미들이 지상에 출현한 것은 1억 2천만 년 전이고, 인류가 나타난 것은 길게 잡아도 7백만 년 전입니다. 그러니까 개미들은 인류의 선배이고 그들의 선택은 기나긴 역사의 산물입니다. 개미들이 거쳐 온 길을 보면 우리가 어떤 방향으로 진화할지 가늠할 수 있을지도 모릅니다. 개미들도 아득한 옛날에는 수컷의 비율이 50퍼센트였지만, 이제는 10퍼센트로 줄었습니다. 그것이 문명을 건설할 줄 아는 종들이 선택하는 진화의 방향일 수도 있습니다.」

홀 뒤쪽에서 첫 번째로 이의를 제기했던 남자가 소리친다.

「개미들이 문명을 건설했단 말입니까?」

「개미들은 5천만 이상의 주민들이 모여 사는 도시를 건설합니다. 농사를 짓고 버섯을 재배합니다. 우리가 젖소의 젖을 짜듯이, 진딧물을 사육하여 꿀물을 얻습니다. 전쟁을 하고 다른 종들과 동맹을 맺기도 합니다. 대양을 건너 모든 대륙으로 퍼져 나갔고 어디에나 자기들의 도시를 건설합니다. 현재 개미들은 우리보다 백배나 수가 많습니다. 그래서 만약 외계인이 지구를 방문한다면, 인간보다 개미들을 지구의 대표적인 종으로 여길지도 모릅니다.」

이번에는 청중이 조용하다.

첫 번째 남자가 빈정거린다.

「우리보고 개미들을 본보기로 삼으라는 겁니까?」

다비드는 자기가 제풀에 너무 열을 올렸다는 사실을 깨닫는다. 하지만 내친걸음이니 말을 되돌릴 수가 없다.

「그래서 안 될 것도 없지 않습니까? 어쨌거나 개미들은 많은 인간들에 비해 소통을 더 잘하고 더 굳건하게 연대합니다.」

「그렇다면 이왕 말이 나온 김에 그 잘난 개미들에게도 인간의 지위를 부여하라고 요구하지 그러시오?」

온 청중이 대놓고 웃음을 터뜨린다.

다비드는 일이 잘못 돌아가고 있음을 깨닫는다.

내가 너무 어리석게 굴었어. 이제 이들은 에마슈와 개미를 한 묶음으로 생각할 거야. 내 제안을 거절할 핑계가 또 하나 생긴 셈이지. 키가 17센티미터밖에 안 된다는 이유로 에마슈들을 존중하지 않는 사람들에게 개미들은 얼마나 하찮아 보이겠어? 내가 누구를 상대로 말하고 있는지 고려하지 않았어. 이들은 과학자들도 아니고 호기심이나 탐구심이 강한 사람들도 아냐. 이들은 정치와 외교에 종사하는 사람들이야. 그저 자신의 영향력을 높이고 권력을 강화하는 데에만 관심이 있는 사람들이야. 이제 어떻게 하지? 하는 수 없잖아. 이왕 이렇게 된 것 어쩌겠어? 계속 가는 거야.

다비드는 얼른 물을 한 모금 마신다.

「조금 전에 말씀드린 것처럼 개미들은 우리보다 1억 1천 3백만 년 앞서 출현했습니다. 이런 유구한 역사는 우리에게 경멸이 아니라 존경심을 불러일으키지 않습니까? 개미는 아득한 과거에서 온 〈선배 종〉이고, 우리가 미래에 어떻게 진화할 수 있는지를 보여 주는 종입니다. 개미는 인간이 아닙니다. 하지만 우리와 마찬가지로 지구의 생명체입니다.」

그가 이해할 수 없는 언어로 몇 사람이 조롱 섞인 말을 내뱉는가 싶더니, 일부 청중이 휘파람을 불고 야유를 보낸다.

그는 소란한 청중석이 잠잠해지기를 기다렸다가 말을 잇는다.

「생명체를 겉모습만 보고 판단해서는 안 됩니다. 크기를 가지고 가치를 논하는 것은 더더욱 안 될 일입니다. 저는 여러분의 의식이 그 정도로 편협하리라고는 생각하지 않습니다.」

휘파람과 야유가 이제 온 청중석에서 터져 나온다.

내가 한 번뿐인 기회를 망치고 있는 것일까? 그렇다고 포기할 수는 없는 노릇이다.

「에마슈들은 아마도 〈거대하고 이기적인 인간〉과 〈작고 연대적인 개미〉를 이어 주는 중개자일 것입니다.」

그 순간, 조명이 바뀌어 홀의 뒤쪽이 환해진다. 맨 처음에 이의를 제기하고 나섰던 남자는 알고 보니 오스트리아의 대표다. 그가 비난의 뜻으로 다비드를 손가락으로 가리키며 소리친다.

「문제는 인간과 개미의 중개자라는 그 에마슈들이 자연히 생겨난 것이 아니라 실험실에서 만들어졌다는 사실입니다! 여느 아이디어 상품이나 화학 제품처럼 말입니다.」

「정작 비난하고 싶으셨던 게 바로 그거로군요. 대표님은 에마슈들이 우리의 피조물이라서 경멸하시는 겁니까? 그렇다면 그건 우리 자신에 대한 경멸이고, 우리의 상상력과 노동에서 나온 것에 대한 경멸입니다.」

「웰스 박사, 당신은 이 시대의 프랑켄슈타인 박사요!」

청중의 반응이 엇갈리고 이편저편이 서로 대립한다.

UN 총회 의장은 정숙을 요구하기 위해 어쩔 수 없이 의사봉을 두드린다.

「우리의 연사가 연설을 제대로 끝낼 수 있게 해주십시오. 부탁드립니다!」

청중이 점차 조용해진다.

「연설을 계속하시지요, 웰스 박사님.」

「제가 오늘 여러분께 부탁드리는 것은 우리의 미래에 대해서 깊이 생각해 보시라는 것입니다. 현재는 숙고보다 반사적인 태도를 앞세우시는 것 같습니다. 그런 반응은 공포에서 비롯됩니다. 미지의 것과 새로운 것에 대한 두려움, 변화와 발전에 대한 공포를 이겨 내셔야 합니다. 미래의 세대들은 분명코 이날의 표결을 기억할 것이고 여러분을 심판할 것입니다. 만약 여러분이 제가 제공하는 단 한 번의 기회를 놓치신다면, 여러분의 자녀들과 손자 손녀들은 여러분을 반동적인 사람들로 여길 것입니다. 옛날에 노예와 이방인과 여자의 인권을 인정하지 않았던 사람들과 똑같은 부류로 기억되고 싶으십니까?」

그가 알아듣지 못하는 온갖 언어로 욕설과 독설이 쏟아져 나온다. 그는 마음을 다잡으려 애쓴다.

어떠한 일이 있어도 메시지를 끝까지 전달해야 한다. 증조부가 시작하시고 아버지가 계승하신 일을 생각하자. 미래의 세대들을 위해서, 그리고 에마슈들의 미래를 위해서 포기하면 안 된다. 내가 준비한 말들을 다 쏟아 내야 한다.

의장은 의사봉을 쾅쾅 두드려 정숙을 요구한다.

다비드는 마이크를 향해 몸을 숙인다.

「이렇듯이 제가 여기에 온 것은 관점의 변화를 공식적으로 요구하기 위함입니다. 현재 우리가 〈초소형 인간〉이라고 부르는 존재들을 우리와 똑같은 인간으로 보아 주십시오. 이제 표결의 시간이 왔습니다. 에마슈들이 온전한 인간임을 인정해 주십시오. 더 나아가서 그들의 주권과 독립권을 인정해 주십시오. 그들은 모든 학대자에게서 벗어나 독립된 나라에서 살아갈 권리가 있습니다. 여러분께서 찬반 투표로 결정해 주십시오. 에마슈들을 위한 진정한 나라, 누구도 그들을 해치러 오지 못하도록 안전하게 지켜 주는 나라를 세워야 합니다. 에마슈들의 나라가 출현하여, UN 회원국이 2백 개국으로 늘어나도록 여러분의 뜻을 모아 주십시오.」

그는 두근거리는 가슴을 진정시키기 위해 숨을 깊이 들이마신다.

「세계 모든 나라의 대표들이 모인 이 중대한 회의장의 위쪽에서 〈과거의 문명들이 우리를 지켜보고 있다〉고는 말하지 않겠습니다. 대신 저는 〈미래의 세대들이 우리를 심판할 것〉이라고 말하고 싶습니다. 그들을 실망시키지 마십시오. 우리 조상들의 낡은 사고방식에서 벗어나 미래를 내다보며 결정해 주십시오. 우리는 앞선 세대의 잘못을 답습할 것이 아니라 우리 자식들에게 무엇을 남겨 줄 것인지 고민해야 합니다.」

의장이 그에게 신호를 보낸다. 연설을 마무리하라는 뜻이다.

「……경청해 주셔서 감사합니다.」

다비드는 달리 어떻게 해야 할지 몰라서 그냥 그렇게 말을 맺는다.

박수갈채 대신 홀의 곳곳에서 아우성이 날아든다. 의장은 다시 정숙을 요구한다.

「이제 표결에 들어가겠습니다. 에마슈들을 인간으로 인정하고 그들에게 UN의 2백 번째 가입국이 될 독립 국가를 허용하자는 제안에 대해 찬반을 묻겠습니다. 알파벳순으로 의견을 말씀해 주십시오.」

의장은 아프가니스탄을 시작으로 나라 이름을 차례로 부르고 각 나라의 대표가 대답한다. 하지만 알바니아와 방글라데시와 부르키나파소를 거쳐 카메룬에 이르도록 찬성한다고 말하는 나라는 아르메니아뿐이다.

199개 회원국의 찬반 표시가 이어진다. 의장은 집계를 하고 결과를 발표한다.

「199개 회원국 가운데 183개국 대표가 반대의 뜻을 밝혔습니다. 6개국(아르메니아, 덴마크, 이스라엘, 대한민국, 페루, 남수단) 대표는 찬성을 표시했습니다. 10개국(오스트레일리아, 불가리아, 핀란드, 프랑스, 모로코, 네덜란드, 사우디아라비아, 태국, 영국, 미국) 대표는 기권했습니다. 따라서 에마슈들에게 인간의 지위를 부여하자는 제안은 거부되었습니다. 이제 다음 의제로 넘어가겠습니다. 태국과 말레이시아 국경에서 벌어진 분쟁에 관한 토론입니다. 이 분쟁으로 열 명이 사망하고 1백여 명이 부상을…….」

다비드가 다시 나선다.

「한 가지 더 말씀드리고 싶습니다, 의장님.」

「미안합니다, 웰스 박사님. 발언 시간을 다 쓰셨으니 이제 자리로 돌아가 주십시오.」

그러자 다비드는 마음을 접고 조금 얼이 빠진 기색으로 연단을 내려가 자기 자리에 털썩 주저앉는다.

## 90

손이 텔레비전 소리를 낮추고 칠각형 체스 판 쪽으로 가더니 연보라색 비숍을 쓰러뜨린다.

「이자가 무언가를 해낼 줄 알았더니 일을 망쳐 버렸어. 이제 일곱 진영 가운데 하나는 탈락한 거나 다름없어.」

그러면서 스타니슬라스 드루앵은 쓰러져 있는 비숍을 바라본다.

「다른 연보라색 말들도 곧 이자의 뒤를 따르겠군.」

그는 다음 판세를 예상하고 나이트와 두 개의 루크에 이어 모든 연보라색 폰들을 쓰러뜨린다.

「나탈리아 말이 맞아. 한 진영이 아무리 전투를 잘해도, 다른 진영들이 동맹을 맺고 덤벼들면 쓰러질 수밖에 없어. 칠각형 체스에서는 전술보다 외교가 더 중요해.」

그는 앞서 벌어진 사건들을 떠올린다. 복잡한 안무와도 같았던 퓌이드콤 전투의 여러 장면이 뇌리를 스쳐 간다. 그는 이 전투에서 연보라색 진영이 진격하여 백색 진영의 말들을 잡았다고 생각했다.

베네데타가 들어오며 묻는다.

「뉴스 보셨어요?」

「우리 나라가 축구에서 패한다 해도 이보다 맥이 빠지지는 않을 겁니다.」

「그래도 다비드 웰스가 애를 쓰기는 했어요.」

「너무 일찍 옳은 생각을 하는 건 그른 생각을 하는 것만 못할 수도 있어요.」

「다비드가 옳다고 생각하세요?」

「어쨌거나 다른 사람들이 전혀 이해하지 못한 건 분명해요. 그들은 이 세계에서 무슨 일이 벌어지고 있는지, 그 과학자들이 우리에게 얼마나 멋진 길을 열어 주고 있는지 깨닫지 못했어요.」

베네데타는 지구의를 바라본다.

「정치인들은 대개 새로운 것을 두려워해요. 인류의 미래를 상상하려고 하지 않죠.」

「그러니 무엇이 달라지겠어요?」

「요즘 세상에 진정으로 변화를 갈망하는 정치인이 누가 있겠어요?」

베네데타는 그의 무릎에 앉아 그의 뺨을 다정하게 어루만진다.

그가 대답한다.

「내가 있잖아요.」

「우리는 너무 늦게 왔어요. 선사 시대에는 아마 변화다운 변화가 가능했을 거예요. 오늘날 우리는 조상들의 기세에 그냥 끌려가고 있어요. 우리 문명은 너무나 거대한 유조선처럼 돌진해 가고, 우리는 그것의 속도를 늦추거나 방향을 바꿀 수가 없어요.」

그는 무의식적으로 붙박이장을 열고 에마슈 직원들을 새장에서 꺼내 준다. 에마슈들은 즉시 저마다의 활동을 재개한다.

대통령 내외는 호기심 어린 눈으로 그들을 살펴본다.

「어떤 종의 구성원들이 공통적으로 가지는 의식이 있는 걸까요? 이들은 지금 무슨 일이 벌어지고 있는지 짐작하고 있을까요?」

한 에마슈가 미소를 지으며 절을 올리자, 스타니슬라스는 슬픈 미소로 대답한다. 그러고는 칠각형 체스 판의 연보라색 말들을 상자에 담아 붙박이장에 넣어 둔다.

대통령 내외는 소파에 앉아 텔레비전 소리를 다시 키우고

UN 총회의 토론에 귀를 기울인다.

## 91

그들의 소리가 들린다.

그들의 모습이 보인다.

내가 수신할 수 있는 파동을 통해서 나는 그들을 지각한다.

그리고 확인한다.

보아하니 이번에는 일이 반대로 돌아가고 있다.

소인들이 증식하기는커녕 위험에 빠져 있다. 곧 사라질지도 모른다. 하나도 남김없이 지상에서 자취를 감출지도 모른다.

나는 옛날에 인류의 소형화를 원했고 그것을 장려했다. 하지만 그로 인해 무슨 일이 벌어졌는지 생각하면 소인들을 없애 버리는 편이 낫지 않을까 싶다. 어쨌거나 8천 년 전에는 그런 일이 벌어져야 했으리라는 생각이 든다.

생각하면 할수록 아쉬움이 더해 간다. 만약 첫째 인류가 슬기롭게 둘째 인류를 없애 버렸다면, 오늘날 일이 이렇게까지 되지는 않았으리라.

## 92

**백과사전: 제멜바이스**

상당한 세월이 흐른 지금에 와서 돌이켜 보면, 그는 누구보다 인류에게 큰 도움을 주었고 인명을 구하는 데 누구보다 많이 기여했다. 그 사실을 어찌 부정할 수 있으랴.

이그나츠 제멜바이스.[5] 헝가리 출신의 산부인과 의사였던 그는 손 소독의 중요성을 가장 먼저 인식하고 분만 시술을 앞둔 의사들과 산파들에게 손을 씻으라고 요구했다. 산과 병원에서 수많은 여자들이 산욕열 때문에 죽어 가는 것을 그저 운명으로 받아들이던 시절이었다. 당시 프랑스에서는 산욕열이 추위나 달의 영향에 기인하는 것으로 생각하고 있었다.

1846년 제멜바이스 박사는 빈 종합 병원의 산과에서 교수를 보좌하는 의사가 되었다. 동료인 해부학자 야코프 콜레츄카가 사망했을 때, 그는 야코프를 치료하려던 의사들이 더러운 손으로 병원균을 감염시킴으로써 환자를 죽음에 이르게 했다는 사실을 알아차렸다.

세균의 정체를 아직 모르던 시절이라 제멜바이스는 〈눈에 보이지 않는 독〉이라는 용어를 사용했다. 그는 그 독을 없애기 위해 염소화 석회 용액으로 손을 씻자고 권유했다. 1847년부터 그의 지시를 따랐던 산과에서는 환자들의 사망률이 12퍼센트에서 2.4퍼센트로 낮아졌다.

당시에는 부검을 하던 의사가 손도 씻지 않고 분만실로 들어가는 경우가 흔했다. 제멜바이스는 그런 관행을 없애기 위해 분만에 관여하는 모든 의료진에게 손 소독을 권장했다. 그의 권고를 충실하게 이행한 산과에서는 사망률이 1.3퍼센트로 더 내려갔다.

하지만 그의 성공은 동료들의 질시와 증오를 야기했다. 빈의 의료계에서 그는 갖가지 조롱의 대상이 되었다. 어떤 사람들은 손을 깨끗하게 씻자는 그의 권고를 〈유대인들의 미신〉으로 간주했다(모세의 율법에 환자를 보살피기 전에 손을 씻으라는 말이 있기는 하다). 제멜바이스는 이론의 여지가 없는 성과에도 유럽의 다른 지역에서도 지지를 얻지 못했고 오히려 놀림을 당하는 처지가 되었다.

그는 결국 빈의 병원에서 쫓겨나 아버지가 태어난 도시인 페슈트[6]의

5 이것은 독일어 발음으로 표기한 것이고, 성을 먼저 말하는 헝가리인들의 방식을 따르면 멜베이시 이그너츠.

산과 병원으로 근무지를 옮겼다. 헝가리 정부는 그의 의견을 수용하여 손 소독을 널리 권장했지만, 빈을 비롯한 다른 지역에서는 여전히 그것을 어리석은 주장으로 여겼다.

1865년 그는 페슈트 대학에서 그 문제를 놓고 발표를 하려던 차에 경찰에 붙잡혔다. 그의 동료들은 신경 쇠약에 걸린 그를 억지로 빈에 보내어 정신 병원에 입원시켰다. 당시의 증언에 따르면, 제멜바이스는 〈손을 씻는 것〉에 너무 집착한 나머지 의료진을 짜증 나게 하고 남자 간호사들과 싸움을 벌이기가 일쑤였다. 무엇보다 기이한 아이러니는 그가 심하게 싸움을 벌이다가 여러 곳에 상처를 입고 한 의사의 치료를 받았는데, 이 의사가 손을 씻지 않은 탓에 그에게 세균을 감염시켰다는 사실이다. 그 세균 때문에 그는 괴저에 걸렸고 끔찍한 고통을 겪다가 세상을 떠났다.

그 뒤로 20년이 지나서 살균법이 개발되었고, 그럼으로써 제멜바이스의 직관을 비로소 논리적으로 설명할 수 있게 되었다. 놀림을 받던 그의 주장은 자명한 사실로 바뀌었고, 이후로 수백만 환자들의 목숨을 구하는 데 기여하게 된다.

에드몽 웰스, 『상대적이며 절대적인 지식의 백과사전』 제7권

## 93

다비드 웰스는 망연자실한 모습으로 의자에 앉아 있다. 이제 아무 소리도 귀에 들어오지 않는다.

UN 총회에 참석한 각국 대표들은 주제를 바꿔 가며 계속 토론을 벌인다. 주제는 다양하다. 어로 구역 확정, 핵폐기물을 비롯한 유독성 폐기물의 처리, 무장 단체의 공격을 피해

6 도나우강 서안의 부더와 동안의 페슈트가 통합되어 부다페스트가 된 것은 1873년의 일이다.

수단의 난민들에게 식량을 공급하기 위한 방안, 중국의 침략에 항의하는 티베트 승려들의 분신, 미국산 쇠고기에서 검출된 환경 호르몬, 팜 오일 플랜테이션의 확대를 위한 파푸아뉴기니의 열대 우림 훼손.

오후 5시. 모두가 피로와 허기를 느끼기 시작한다. 의장은 오늘의 토론이 종결되었음을 알린다.

그때 갑자기 두 여자와 한 남자가 결의에 찬 걸음걸이로 청중석의 통로를 지나 연단으로 올라간다.

「아무도 나가지 마세요! 모두 자리에 앉아 주십시오.」

한 여자가 소리치자 의장이 맞받는다.

「당신들 누구요? 당신네들은 여기에 들어올 권리가 없어요.」

「에마슈들의 지위에 관한 결정을 내리기에는 한 가지 중요한 정보가 빠졌어요. 표결을 다시 해야 합니다.」

모두가 오로르 카메러 박사와 나탈리아 오비츠 대령과 마르탱 자니코 중위를 알아본다.

다비드가 그들에게 다가가더니 나탈리아에게 속삭인다.

「여기를 어떻게 들어왔어요?」

「직원 출입구를 이용했어요. 작은 생쥐가 우리를 도와주었죠.」

나탈리아는 자기 배낭 밖으로 비죽 나와 있는 작은 머리를 가리킨다.

「에마 109! 너도 왔어?」

「이 친구 정말 대단해요. 어디든 교묘하게 잠입해서 우리에게 문들을 열어 주었죠. 게다가 이미 와본 적이 있어서 이곳을 훤히 꿰고 있어요. 사실 에마 109는 당신보다 먼저 여기에서 연설을 했잖아요.」

의장은 바로 대응하지 않고 뜸을 들이다가 마침내 마음을 정하고 더듬더듬 소리친다.

「당신들은 오늘의 의제와 아무 상관이 없어요. 당장 회의장에서 나가 주세요! 설령 하고 싶은 말이 있다 해도 오늘은 안 돼요. 회의가 끝났어요.」

나탈리아가 받아친다.

「우리는 여러분 모두가 진실을 알기 전에는 나가지 않을 겁니다.」

의장은 보안 요원 한 사람에게 신호를 보낸다. 그러자 보안 요원이 위협적인 태도로 다가온다. 하지만 의장은 청중의 호기심을 의식하고 보안 요원을 제지한 다음 오로르에게 발언권을 준다. 오로르는 마이크 앞에 선다.

「각 나라를 대표하여 오신 여러분들, 저는 먼저 여러분의 기억에 도움을 청하고자 합니다. 바로 이 회의장에서 이란 대통령이 리야드를 공격하려 했다는 이유로 비판을 받은 바 있습니다. 그는 그 사실을 인정하지 않았습니다. 하지만 증거들이 있습니다. 당시에 이란의 군사 시설이 어떻게 배치되어 있었는지를 보여 주는 국방부 극비 문서도 있고 리야드 공격 계획을 담은 문서도 있습니다. 뿐만 아니라 이웃 나라들, 특히 카타르와 쿠웨이트, 오만, 아랍 에미리트 연방을 침공하려 했음을 입증하는 자료도 있습니다.」

오로르는 그 증거들을 보여 주기 위해 휴대용 컴퓨터에 USB 플래시 드라이브를 꽂고 대형 화면을 켠다. 그러자 여러 평면도와 위성 사진, 그리고 몇몇 문서가 클로즈업되어 나타난다.

이란 대표가 즉시 소리친다.

「그건 가짜입니다!」

「리야드는 하마터면 핵폭탄 공격을 당하여 잿더미가 될 뻔했습니다. 다행히도 저희가 특공대원으로 파견한 에마슈가 그 공격을 막았습니다. 이제는 하나의 전설이 된 그 에마슈가 바로 에마 109입니다. 이 뛰어난 전사는 임무를 완수하고 돌아오다가 비행접시에 문제가 생겨 키프로스 해안에 착륙했습니다.」

「거짓말입니다!」

이란 대표가 다시 소리쳤다. 청중석이 술렁거린다.

「에마 109가 막지 못했다면 리야드는 파괴되었을 것입니다. 그로 인해 어떤 연쇄 반응이 일어났을지는 여기에 계신 분들 모두가 상상하실 수 있으리라 생각합니다. 십중팔구는 제3차 세계 대전이라는 무시무시한 결과로 이어졌을 것입니다. 에마 109가 임무를 수행하면서 직접 찍은 영상을 보여 드리겠습니다.」

영상이 펼쳐진다. 마지막 장면에서는 핵 기지가 폭발하고 미사일이 추락한다. 이번에는 청중석에 무거운 침묵이 감돈다.

이란 대표가 웃음을 터뜨린다.

「그건 특수 효과를 넣어서 완전히 날조한 영상입니다. 그런 것으로 누구를 속이려 하는 겁니까?」

오로르는 아랑곳하지 않고 말을 잇는다.

「에마 109는 최근에 공공의 적 1호로 선포되었지만 사실은 인류가 고맙게 여겨야 할 공공의 벗 1호가 되어야 합니다. 하지만 인류는 단 한 번도 그녀에게 감사를 표시하지 않았습니다.」

오로르는 에마 109를 마이크 앞으로 들어 올린다. 에마 109는 스포트라이트를 받으며 이란 대표를 향해 일침을 가한다.

「당신들이 내 자매 에마 523에게 고문을 가했던 사실을 잊지 마십시오. 당신들은 당신네 비밀을 알고 있는 사람이 얼마나 더 있는지 확인하기 위해서, 그리고 아무도 당신들의 진정한 계획을 알아내지 못하게 하기 위해서 에마 523을 고문했어요.」

에마 109는 마이크에 더 가까이 다가간다.

「후쿠시마에서 제 자매들은 원전 폭발을 막음으로써 무수한 인명을 구했습니다.」

오로르가 다시 나서서 연설을 이어 간다.

「에마슈들을 노예로 만들거나 제거하는 것은 우리에게 도움을 주는 소중한 존재들을 없애 버리는 행위입니다. 다비드 웰스의 말이 옳습니다. 에마슈들은 단지 실험의 산물이 아니라 인류의 모험을 이어 가려는 우리의 의지에서 나온 우리의 자녀들입니다. 그들을 동물처럼 다룬다는 것은 있을 수 없는 일입니다. 우리가 그들을 학대한다면 언젠가 혹독한 대가를 치르게 될 것입니다. 그들이 없다면 장차 누가 핵미사일을 막겠습니까? 그들이 없다면, 누가 폭발 직전의 원전에 들어가고, 누가 땅속 깊은 곳에 갇힌 광부들을 구출하겠습니까?」

「샤오제들을 시키시면 됩니다!」

중국 대표가 일어서며 소리쳤다.

「샤오제들은 당신네 에마슈와 비슷하지만 더 안전하죠. 무슨 일을 시키든 고분고분 따를 것이고 절대로 거역하지 않을 것입니다.」

「그건 그릇된 교육의 결과입니다. 그것을 자랑하시면 안 됩니다. 저는 상품이 아니라 인간에 관해서 말하고 있습니다!」

오로르는 그렇게 일침을 놓고 청중을 향해 호소한다.

「이 총회를 더욱 빛내 주시는 각국의 대표자 여러분, 저희는 조금 전에 말씀드린 그 진실을 여러분께서도 꼭 아셔야 한다고 생각했습니다. 여러분께서는 진정으로 중요한 문제를 빠뜨린 채 토론을 벌이신 셈입니다. 따라서 이제는 표결을 다시 하고 싶다는 생각이 드실 것으로 저는 확신합니다.」

의장은 실수를 저지를까 저어하며 다시 머뭇거린다. 금빛 눈의 과학자는 그 틈을 놓치지 않고 말을 잇는다.

「자, 나라별로 대표님들의 의견을 다시 묻겠습니다. 알바니아 먼저 할까요? 에마슈들의 인권을 인정하고 독립국 건설을 허용하자는 데에 찬성하십니까?」

「음…… 아니요.」

「아르메니아?」

「찬성합니다.」

「아제르바이잔?」

「반대합니다. 죄송하지만, 이유를 모르겠습니다. 왜 우리가…….」

그때 나탈리아가 가방에서 기관 단총을 꺼내어 청중을 겨눈다. 그러더니 천장을 향해 냅다 총을 갈긴다. 석회 조각이 우수수 떨어지자 각국의 대표들은 저마다 탁자 밑으로 몸을 숨긴다.

「여러분, 제가 보기엔 저희의 주장이 제대로 전달되지 않은 것 같습니다. 그래서 통역이 더 유창하게 이루어지도록 도와주는 이 작은 도구를 사용하도록 하겠습니다.」

오로르와 마르탱도 무기를 꺼낸다. 나탈리아의 기관 단총보다 더 커다란 총들이다. 그들은 총구를 청중 쪽으로 돌린다.

보안 요원 두 사람이 달려든다. 하지만 마르탱이 그들의 머리보다 몇 센티미터 높은 쪽을 겨냥하고 한바탕 사격을 가하자 바닥에 납작 엎드린다.

마르탱은 그들에게 다가가서 총을 겨누며 경고의 뜻으로 나직하게 말한다.

「머피의 법칙 알지? 잘못될 가능성이 있는 일은 까딱하면 정말로 잘못될 수 있으니까 함부로 나서지 마.」

그러면서 자기 티셔츠에 적힌 문장들을 보여 준다.

84. 적은 언제나 두 가지 경우에 공격해 온다. 자기가 준비되어 있을 때, 그리고 우리가 준비되어 있지 않을 때.

85. 어떤 전투 계획도 적을 만난 뒤까지 그대로 유지되지 않는다.

86. 세상에 완벽한 작전이란 없다.

보안 요원들은 그 생뚱맞은 유머에 당황하여 잠시 머뭇거리다가 자기들이 미치광이들을 상대하고 있는 것이려니 생각한다. 일이 어떻게 돌아가는지 알 수도 없고 진짜로 총을 맞을까 두렵기도 해서 그들은 그냥 엎드려 있는 쪽을 선택한다.

마르탱이 명령한다.

「그러고 있지 말고 다른 요원들이 들어오지 못하도록 문들을 잠가.」

두 보안 요원은 순순히 지시에 따른다.

오로르와 나탈리아는 수갑을 꺼내어 그들의 손목에 채우고, 밖에서 문들을 부수고 들어오지 못하도록 커다란 팔걸이 의자들을 받쳐 놓는다.

「이제 여러분의 휴대폰을 모두 압수하겠습니다.」

마르탱은 그렇게 말하고 천장을 향해 다시 총을 갈긴다. 혹시라도 겁 없이 나대는 자들이 나올까 봐 경고를 하는 것이다.

다비드가 화를 낸다.

「왜들 이래? 머리가 어떻게 된 거 아냐? 이러다 우리 모두 감옥에 가게 생겼어! 이건 내 뜻과 달라. 나는 에마슈들의 비폭력성과 평화주의를 논증하려고 했는데…….」

「다비드, 퀴이드콤 전투가 내 눈을 뜨게 해주었어. 우리가 아무것도 하지 않고 가만히 있는다는 건 말이 안 돼. 매듭이 저절로 풀리기를 기다릴 수도 없고, 사람들의 생각이 바뀌기를 기대할 수도 없어. 아인슈타인은 편견을 부수기보다 원자의 핵분열을 일으키기가 더 쉽다고 했어. 모두가 에마슈를 작은 노예로 여기고 있어. 그런 사고방식은 정중하게 요구한다고 해서 달라지는 게 아냐. 혁명은 탁자에 둘러앉아 노닥거리는 사람들하고 하는 게 아니라 이걸 가지고 하는 거야.」

그러면서 오로르는 자기 총을 가리킨다.

나탈리아는 마르탱과 마주 보는 쪽을 감시하기 위해 홀을 건너지른다. 오로르는 열의에 찬 혁명 투사 같은 어조로 말한다.

「우리는 시간을 허비할 만큼 허비했어. 반동적인 의식들의 녹슨 문을 여는 데는 공포만큼 빠른 게 없어.」

「네가 그런 말을 해?」

「믿거나 말거나이지만, 최근의 몇 가지 일을 겪고 난 뒤에 내 시각에 변화가 생겼어. 짐 모리슨 말대로 문득 〈의식의 문들〉이 열리고 생각이 바뀐 거야. 다비드, 네가 옳았어. 나는 눈먼 사람처럼 사태를 제대로 보지 못했어.」

다비드는 경계심을 풀지 않고 그녀를 흘깃거린다.

「펜테실레이아가 죽었다고 날 원망하더니 이제 괜찮은 거야?」

「우리는 옳지 않은 쪽에 서 있었어.」

「그걸 갑자기 깨달았어?」

「전쟁이 벌어지고 화산이 분출했어. 에마슈들은 막판까지 포기하지 않고 사람들의 목숨을 구했어. 그런 것을 보면서 깊이 생각하지 않는 게 이상하지. 저절로 나 자신을 다시 생각하게 되더라고.」

「정말이야?」

「자, 경계심을 풀고 날 믿어. 나는 너를 도우러 온 거야, 다비드. 언젠가 네가 그랬잖아. 우리가 함께 이루어 내야 할 일들이 있는 것 같다고. 지금이 바로 우리가 함께 행동할 때야. 우리가 어떻게 하느냐에 따라 인류 역사의 흐름이 달라질 수 있어.」

그때 마르탱은 한 남자가 옆문으로 슬그머니 도망치려 하는 것을 보고, 침착하게 그의 머리 위쪽으로 드르륵 위협사격을 가한다. 남자는 질겁한 표정으로 용서를 빌며 엉금엉금 기어 자기 자리로 돌아가더니 다시금 용서를 빈다.

나탈리아가 마르탱에게 신호를 보낸다. 다음 단계로 넘어가야 한다는 뜻이다.

마르탱은 가방을 열더니, 몇 가지 물건을 꺼내어 점검하고 전원에 연결한 뒤에 약간의 조정을 가한다.

다비드는 그것들이 영상 장비임을 알아본다. 카메라 여섯 대와 받침대, 그리고 그것들이 촬영한 영상을 무선으로 전송해 주는 장치이다.

나탈리아와 마르탱은 에마 109의 도움을 받아 장비들을 적당한 자리에 설치한다. 카메라 네 대는 청중석의 서로 다른 부분을 촬영하도록 놓이고, 나머지 두 대는 연단을 향하도록 설치된다. 나탈리아는 영상 조정실 역할을 하는 컴퓨터 앞에 앉고, 에마 109는 음향을 조절하기 위한 컴퓨터 앞에 자리를 잡는다.

그녀들이 준비가 되었다는 뜻으로 오로르에게 신호를 보낸다.

한 카메라의 빨간 다이오드에 불이 들어오자 오로르는 마이크에 대고 말한다.

「각 나라를 대표하여 UN 총회에 참석하신 여러분, 제가 한 가지 좋은 소식과 나쁜 소식을 알려 드리려고 합니다.」

오로르는 짐짓 가벼운 어조를 취한다.

「나쁜 소식은 만약 여러분께서 구태의연한 행동을 고집스럽게 되풀이하신다면 그로 인해 우리 인류가 혼돈 속으로 빠져들게 되리라는 것입니다. 우리 인류는 아주 오랜 옛날에 공룡들이 그랬던 것처럼 소멸의 길로 나아가게 될지도 모릅니다.」

오로르는 빙그레 웃는다.

「좋은 소식은 만약 여러분께서 낡은 세계를 포기하신다

면, 그리고 위험을 무릅쓰고 과감하게 미지의 것과 대면하신다면 우리 인류를 진화시키는 특권을 누리시게 되리라는 것입니다.」

그러고는 상냥한 어조로 덧붙인다.

「저는 당연히 두 번째 길을 선택하시도록 권하고 싶습니다. 저의 그런 바람을 어찌 말로 다 표현할 수 있겠습니까? 자, 그럼 다시 표결을 하도록 하겠습니다. 에마슈들이 인간임을 인정하고 그들이 이 행성에서 평온하게 살아갈 수 있도록 독립국 건설을 허용하는 문제에 관하여 찬반을 말씀해 주십시오. 이 표결의 전 과정이 저 카메라들을 통해 여러 인터넷 사이트에서 생중계될 것입니다. 그러니 되도록 미소를 많이 지어 주시면 고맙겠습니다.」

오로르는 나라 이름을 알파벳순으로 적어 놓은 목록을 집어 든다.

「제가 나라 이름을 부르면, 그 나라의 대표께서는 자리에서 일어나 그냥 〈찬성〉이라고 한마디만 하십시오. 그런 다음에는 두 손을 머리에 대고 바닥에 누우십시오. 보시다시피 규칙은 간단합니다. 다만 한 가지 부탁드릴 것은 빠르게 진행해 달라는 것입니다. 이 표결 때문에 몇 시간을 더 보낼 수는 없는 노릇이니까요.」

오로르는 아프가니스탄을 시작으로 나라 이름을 불러 나간다. 아프가니스탄 대표는 깍지 낀 두 손을 뒤통수에 댄 채 창백한 얼굴로 일어나더니 더듬더듬 대답한다.

「에…… 찬성합니다.」

「아, 대단히 훌륭하십니다. 낡아 빠진 사고방식에서 벗어난 합리적인 분이십니다. 표결이 어느 방향으로 가야 하는지를 보여 주셨습니다. 아프가니스탄 대표님께 감사드립니다. 자, 이렇게 해서 찬성이 한 표 나왔습니다.」

그렇게 출석을 부르듯이 표결이 진행된다. 아르메니아 대표는 주저 없이 대답한다. 이미 첫 표결 때 찬성을 표시했으니 망설일 이유가 없다. 아제르바이잔 대표는 조금 머뭇거린다. 그러다가 오로르의 총구가 자기 쪽을 향하자 얼른 찬성을 외친다.

그 뒤로는 일사천리다. 방글라데시도 부르키나파소도 카메룬도 모두 찬성이다.

이윽고 199개 회원국 대표들이 모두 의견을 표시하자, 오로르는 청중이 자기 말을 잘 알아듣도록 지나치다 싶을 만큼 또박또박한 소리로 선언한다.

「이로써 만장일치로 결정이 났습니다. 에마슈들의 인권과 독립국을 이루어 평화롭게 살 권리를 인정하는 데에 모두가 찬성하셨습니다. 반대나 기권이 전혀 없었으니 그저 경이로울 따름입니다. 이제 UN은 곧 2백 번째 회원국을 맞이하게 될 것입니다. 그 나라를 어디에 세울 것인가 하는 문제가 남아 있긴 하지만, 그건 부차적이고 형식적인 절차만 거치면 해결될 수 있는 문제라고 봅니다. 몇 가지 좋은 안들이 이미 나와 있습니다.」

그때 에마 109가 다가와서 그녀의 귀에 대고 무언가를 속삭인다. 그러자 오로르가 소리친다.

「여러분, 우리가 바라던 대로 되었습니다. 대다수 뉴스 채널이 인터넷으로 중계된 회의 장면을 받아서 그대로 방송했고, 덕분에 이 행성의 주민들 가운데 반 이상이 표결 과정을 지켜볼 수 있었다고 합니다.」

그러더니 다비드를 돌아보며 말을 잇는다.

「어쨌거나 형식적인 절차에 얽매여서 시간을 낭비한다는 것은 어리석은 일이야. 안 그래, 다비드?」

하지만 의장이 그녀 쪽으로 오더니 카메라에 얼굴이 비치도록 마이크로 다가들면서 선언한다.

「강압 속에서 이루어진 표결은 무효입니다. 당신들이 각국 대표들에게 총을 겨누고 있었다는 사실을 모두가 영상을 통해 확인했을 것입니다.」

오로르는 자기 기관 단총을 바라본다. 마치 그게 왜 자기 손에 들려 있지 하는 표정이다. 하지만 총을 내려놓지는 않고 그저 총구를 아래로 내릴 뿐이다.

나탈리아는 휴대폰을 꺼내 들고 이어폰을 꽂은 뒤에 누군가와 몇 마디 말을 나누더니 의장에게 다가간다.

「의장님 말씀대로 모두가 우리의 무력행사를 지켜보았습니다. 하지만 시청자들의 반응은 한결같습니다. 자니코 중위, 벽면에 설치된 대형 화면을 뉴스 채널에 연결해서 우리의 적극적인 행동이 어떻게 받아들여지고 있는지 이분들이 보실 수 있게 해주겠어요?」

대형 화면에 표결을 지켜보기 위해 대도시의 광장에 모여 있는 군중의 모습이 나타난다. 군중의 박수갈채가 우렁차다.

오로르가 다시 마이크 앞으로 나선다.

「각 나라를 대표하여 오신 여러분, 여러분 나라의 국민들은 여러분의 〈자발적인 표결〉에 만족하시는 것 같습니다.」

몇몇 대표가 볼멘소리를 터뜨리자, 그녀가 덧붙인다.

「여러분의 많은 기업가 친구들이 불쾌하게 여기리라는 것을 모르는 바가 아닙니다. 그들은 공짜나 다름없는 에마슈

노동력을 포기해야 한다는 사실에 화를 낼 것입니다. 하지만 낡은 관행에 연연하지 마시고 새로운 관계가 가져다줄 이익을 생각하십시오. 에마슈들의 독립국이 건설되면, 여러분은 그 나라의 기업가들과 유익한 계약을 맺으실 수 있을 것입니다.」

아무도 이의를 달지 않는다.

「다비드 웰스는 오늘 이 자리에서 여성과 노예가 해방되어 온 역사를 논했습니다. 긴 세월을 두고 생각해 보면, 여성이 해방되고 노예가 해방되었다고 해서 나라의 경제가 정체하거나 퇴보하지는 않았습니다. 오히려 사람들이 자유로워지고 존중과 신뢰를 받게 되면, 억압당하던 때보다 훨씬 더 훌륭하게 일을 하기 때문에 나라 경제에 큰 도움이 됩니다.」

오로르는 잠시 침묵을 지킨다. 각 나라의 대표들이 자기 말을 곱씹을 수 있도록 시간을 주고 싶은 것이다.

그때 덴마크 대표가 일어선다. 이왕 일이 이렇게 되었으니 남들보다 먼저 상황을 받아들이는 게 좋겠다고 판단한 것이다. 그는 박수를 치기 시작한다. 처음에는 동작이 수줍고 느리다. 대형 화면에 보이는 군중은 열렬하게 박수를 보내고 있지만, UN 총회 홀 안에서는 그 사람만 홀로 박수를 치고 있다.

이어서 싱가포르 대표가 일어선다. 벨기에 대표와 페루 대표도 가세한다. 그들은 천천히 박수를 친다.

같은 생각을 가진 사람들이 이쪽저쪽에서 일어난다. 덴마크 대표를 따라 하는 사람들은 이내 스무 명이 되고 쉰 명을 거쳐 1백 명으로 늘어난다.

오로르는 안도의 한숨을 내쉬고 다비드에게 속삭인다.

「솔직히 말하자면 마지막 순간까지도 일이 제대로 돌아가지 않을 거라고 생각했어.」

그때 경찰관들이 문들을 부수고 진입한다. 그들을 지휘하는 경관이 소리친다.

「당장 무기를 버려!」

오로르와 나탈리아와 마르탱과 에마 109는 즉시 총을 내려놓고 손을 들어 올린다.

경찰관들이 그들을 제압하려는데, UN 총회 의장이 경찰관들에게 신호를 보낸다. 그들을 그대로 두라는 뜻이다. 그러면서 의장은 그 장면을 찍고 있는 카메라들과 대형 화면에서 그들을 지켜보고 있는 듯한 군중을 가리킨다.

동요와 망설임의 순간이 이어진다.

그때 한국 대표가 남들보다 먼저 사태의 중요성을 간파하고 소리친다.

「2백 번째 회원국 만세!」

이 외침은 하나의 불티가 되어 짚 더미에 불을 붙인다. 다른 대표들도 일제히 일어나 아낌없이 박수를 보낸다.

「2백 번째 회원국 만세! 마이크로 랜드 만세!」

다비드는 오로르의 귀 쪽으로 몸을 기울인다.

「어떻게 군중을 광장에 모은 거야?」

「예전에 내 어머니가 소개해 준 여성 해방 운동 단체들의 힘을 빌렸어. 이 단체들은 반응이 빠르고 정보들을 광범위하게 전파할 줄 알지.」

「그들을 어떻게 설득해 냈지?」

「에마슈들이 온전한 인간으로 인정받게 되면 억압의 층층구조에 대한 인식이 높아지면서 여성의 지위가 자동적으로 개선될 거라고 말했어.」

「피억압자에게 다른 피억압자를 돕자고 호소한 셈이군.」

「그다음에는 극좌파 단체들과 아나키스트들과 생태주의자들의 조직망을 활용했지.」

「모두 내 요구를 거부했던 사람들인데!」

「그들의 언어로 말해야지, 다비드. 나는 그들이 우리 일에 협조함으로써 희귀한 기회를 얻게 되리라고 설득했어. 그 소수파 단체들은 청년층의 광범위한 지지를 갈망하고 있어. 만약 그들이 새로운 인류를 해방시키는 세계적인 운동을 방관한다면, 시대에 뒤떨어진 집단으로 비치게 될 거라고 말했지.」

「그랬더니 그들이 행동에 나섰어?」

「선택의 여지가 없잖아. 그들 역시 생존의 문제에 직면해 있어. 게다가 내가 한 가지 협박을 곁들였으니 말을 들을 수밖에.」

「뭐라고 협박했는데?」

「간단해. 만약 우리가 그들의 도움을 받지 않고 성공한다면, 그들이 우리를 거부했다고 만천하에 알리겠다고 했지.」

UN 총회 홀에서는 박수갈채가 이어지고, 대형 화면에 등장한 군중은 환희에 찬 모습으로 〈에마슈들을 지지한다〉, 〈에마슈들은 우리의 자매, 우리의 형제〉라고 쓴 손팻말들을 흔들어 댄다.

다비드는 감격한 표정으로 중얼거린다.

「지도자들은 대중을 대신해서 말한다고 주장하지만, 지도자들이 하지 못하는 일을 때로는 대중이 해낼 수 있어.」

「다비드, 경우에 따라서는 힘으로 밀어붙이기도 해야 해.

여자가 아니라서 잘 모르는 모양인데, 당돌하고 단도직입적인 게 잘 통할 수도 있는 거야.」

오로르는 그에게 은근한 윙크를 보낸다.

나탈리아가 그들 쪽으로 오더니, 감격한 마음을 내색하지 않고 간결하게 말한다.

「임무 완수.」

UN 총회 참석자들은 표정이 딴판으로 바뀌었다. 겁에 질린 표정은 오간 데 없고 모두가 열의에 차 있다. 서로 축하의 말을 주고받으며 만족스러운 표정을 짓는다. 마치 자기들이 원하던 일을 성사시킨 사람들 같다.

오로르가 빈정거린다.

「나중에 가면 저 외교관들은 자기들이 용기를 내어 이 역사적인 표결을 이루어 냈다고 떠벌릴 거야. 이 모든 일이 그런 식으로 기록되어 누구나 인정하는 사실로 후대에 전해지겠지?」

그런데 정말 행복을 느껴야 할 에마 109는 불안에 사로잡혀 있다. 고단한 삶, 전투, 생존을 위한 투쟁에 너무 익숙해진 탓일까? 승리감에 도취할 새도 없이 다음에 벌어질 일을 걱정하는 것이다.

모두가 축하의 말을 건넨다. 승리한 것이 분명하다. 벗들은 성공을 자축하고 있다. 그런데 이상하게 마음이 허전하다. 생전 처음 느껴 보는 기분이다.

## 94

**백과사전: 싸움닭 이야기**

주나라 선왕은 매우 강력한 싸움닭을 갖고 싶어 했다. 그래서 기성자라는 조련사에게 싸움닭 한 마리를 훈련시키라고 명했다.

열흘이 지나 임금이 물었다.

「그 닭을 싸움판에 내보낼 수 있겠소?」

기성자가 대답했다.

「아닙니다. 기운이 왕성하기는 하나 아직 교만하여 그 기운을 헛되이 쓰려 합니다. 더 훈련을 시켜야 합니다.」

다시 열흘이 지나 임금이 물었다.

「그래, 이제는 싸움을 시켜도 되겠소?」

「아닙니다. 아직 때가 되지 않았습니다. 투지가 너무 강해서 다른 닭을 보기만 하면 싸우려고 덤빕니다.」

열흘이 더 지나 임금이 물었다.

「이제 싸움판을 벌여도 되겠소?」

「아닙니다. 아직 기운이 너무 성합니다. 다른 닭의 울음소리, 심지어는 이웃 마을의 닭이 우는 소리만 들어도 허공으로 뛰어올라 싸우는 시늉을 합니다.」

열흘이 또 지나 임금이 물었다.

「어떻소? 이제 준비가 되었소?」

「이제 제풀에 날뛰지 않습니다. 다른 닭이 울어도 전혀 동요하지 않고 차분한 태도를 유지합니다. 자세가 반듯하고 기운을 잘 조절합니다. 어느 닭보다 힘이 좋지만, 그 힘을 밖으로 드러내지 않습니다. 마치 나무를 깎아 만든 닭을 보는 듯합니다.」

임금이 조바심을 내며 재차 물었다.

「그러니까 싸움을 시켜도 좋다는 뜻이오?」

「그렇습니다.」

신하들이 싸움닭 여러 마리를 데려와 싸움판을 벌였다. 그런데 다른 닭들은 기성자가 훈련시킨 닭에게 감히 덤벼들지 못하고, 겁을 먹은 채

달아났다. 기성자의 싸움닭은 싸울 필요조차 없었다.

이 싸움닭은 전투 기술을 익히는 것에 그치지 않고 내적인 힘을 키웠다. 그 힘은 아주 강력했다. 굳이 밖으로 드러내지 않아도 남들이 감지할 수 있을 정도였다. 그래서 다른 수탉들은 강한 기운을 감추고 있는 그 의연하고 차분한 싸움닭 앞에서 투지를 잃고 만 것이었다.[7]

에드몽 웰스, 『상대적이며 절대적인 지식의 백과사전』 제7권

## 95

수탉이 운다. 국기 게양이 시작됨과 동시에 나무랄 데 없는 제복 차림의 관악대가 마이크로 랜드의 국가를 연주한다.

비단 깃발이 바람에 펄럭인다. 연보라색 깃발 한복판에는 하얀 동그라미가 있고 이 동그라미 안에는 검은 개미를 도안한 무늬가 들어가 있다. 깃발의 연보라색은 새날이 밝아 오는 시간을 뜻한다.

깃발에 그런 상징과 의미를 담자는 구상은 에마 109에게서 나왔다. 그녀는 다비드가 UN 총회에서 연설할 때 개미를 두고 했던 말에 깊은 감명을 받았다. 개미들이 아득한 과거에서 온 〈선배 종〉이고 〈개미들이 거쳐 온 길을 보면 인류가 미래에 어떻게 진화할지 가늠할 수 있다〉는 말이 특히 인상적이었다. 그러니까 개미를 토템으로 삼고 새로운 시대를 예고하는 연보라색을 선택한 것은 그녀가 보기에 아주 당연한 일이었다.

에마 109는 새 나라의 슬로건도 생각해 냈다. 〈우리는 스스로 진화하면서 세계를 진화시킨다.〉

7 『장자』 달생편과 『열자』 황제편에 나오는 〈태약목계〉 이야기에 약간의 살을 붙인 것. 『장자』에는 주나라 선왕이 그냥 임금이라고 되어 있다.

UN 총회의 표결 이후에 모든 일이 아주 빠르게 진행되었다.

199개 회원국들은 협의를 거친 후에 에마슈들의 자유로운 나라를 아소르스 제도에 설립하기로 의견을 모았다. 이 제도는 유럽 대륙과 아메리카 대륙 사이의 대서양 한복판에 자리한 외딴 섬들이다. 에마슈들이 거기에 모여 살면 아무 문제를 일으키지 않으리라는 것이 모두의 생각이었다.

공식적인 기록에 따르면 아소르스 제도는 1427년에 발견되었다. 크리스토퍼 콜럼버스는 아메리카 대륙을 발견하고 돌아올 때 여기에 기항했다. 그 뒤에 이곳은 포르투갈인, 스페인인, 플랑드르인, 프랑스인 들이 아메리카 쪽 무역로를 통제하기 위해 실력을 겨루는 숱한 해전의 장소가 되었다. 하지만 정치적으로, 군사적으로 여러 차례 분쟁을 겪은 끝에 결국 포르투갈의 영토가 되었다.

이 제도의 섬들 가운데 에마슈의 나라로 선택된 곳은 〈꽃의 섬〉이라는 뜻을 지닌 플로르스이다. 이 섬은 유럽의 서쪽 끝에 있는 아소르스 제도에서도 맨 서쪽에 있다.

이 섬을 에마슈들의 나라로 삼자고 제안한 사람은 오비츠 대령이었다. 그녀는 이 섬의 주민들이 옛날에 주로 포경업과 고래 관련 제조업(수염, 기름, 뼈)에 종사했다는 것을 알고 있었다. 생태주의자들의 압력에 따라 고래잡이가 금지된 뒤로 주민들은 점차로 이 섬을 떠났다. 1982년 국제 포경 위원회가 상업적인 포경을 중단하자는 결의안을 채택한 뒤로 이 섬의 인구는 2만 명에서 3천 명으로 줄었고, 그 수는 해마다 줄어들었다. 섬의 주된 경제 활동은 프랑스군의 탄도 미사일 발사 실험을 위해 땅을 빌려 주는 것으로 바뀌었지만, 이마저도 오래가지는 못했다.

기후 조건이 좋지 않고 구릉이 너무 많다는 점을 고려할 때, 그리고 거액의 보상금이 지급된다는 점을 고려할 때, 마지막 남은 주민들(대개는 고래잡이들의 직계 후손)을 같은 제도에 속한 피쿠섬으로 이주하도록 설득하는 데는 어려움이 없었다. 피쿠섬은 플로르스섬보다 크고 개발이 더 잘되어 있는 곳이다. 하지만 주민들 가운데 1백여 명은 에마슈들의 요청을 받아들여 섬에 남았다. 에마슈들은 아직 자기네 힘만으로는 해낼 수 없는 일들이 있다는 것을 알고 있기에 그들에게 〈거인들의 임무〉를 맡기고자 했던 것이다. 그리하여 이 〈소인들 속의 예외적인 거인들〉은 마이크로 랜드와 포르투갈의 국적을 아울러 가지게 되었다.

나탈리아의 견해에 따르면, 플로르스섬은 평온한 새 나라를 건설하기에 적합한 점들을 두루 갖추고 있었다. 이웃 나라가 침입할 가능성이 매우 낮고, 천연자원이 없으니 경제적인 이해관계에 얽힐 염려도 없었다. 면적은 142제곱킬로미터밖에 되지 않지만, 백사장과 산도 있고 경작이 가능한 평원도 있었다. 한복판에 사화산이 우뚝 서 있다는 것도 자랑거리였다.

에마슈 건축가들이 보호용 유리 돔을 건설하자고 제안했을 때 에마 109는 대답했다.

「기상이 변덕을 부리더라도 우리의 안전을 위해 돔을 세울 필요는 없어. 자연은 우리의 진화를 요구하고 있어. 갓 생겨난 종이라고 해서 계속 보육기 안에 갇혀 있으면 우리 문명이 성장하지 않을 거야. 알껍데기를 깨뜨려야 해. 예전의 마이크로 랜드는 보호용 유리로 둘러싸여 있었지만, 우리의 새로운 수도 마이크로폴리스는 노천에 건설될 것이고 우리는 새로운 기후 조건에 적응해 나갈 거야.」

그런 다음 에마 109는 덧붙였다.

「플로르르스섬에 이런 속담이 있더라고. 〈여기에서는 하루에 사계절이 펼쳐진다.〉 그만큼 날씨가 변덕스럽다는 얘기겠지. 하지만 나는 자연의 원소들이 아무리 험악하더라도 그 속에서 사는 것이 좋다고 생각해. 어쨌거나 옛날에 비해 하루하루가 지루하지는 않을 거야.」

2백 번째 UN 회원국의 영토와 영해가 정해지고 국제 사회가 이를 공인함에 따라 마이크로 랜드는 새로 작성된 모든 세계 지도에 이름을 올리게 되었다.

독립 직후에 에마 109는 이렇게 선언했다.

「우리는 곧 여느 나라와 다름없는 나라를 건설하게 될 것이다. 하지만 우리의 우선적인 과제는 되도록 빠르게 자급자족에 도달함으로써 더 이상 외부 세계에 의존하지 않는 것이다.」

그런 선언에 따라 대규모 공사가 시작되었다.

에마슈 개척자들의 거주지는 당분간 수도와 인접한 변두리 지역에 한정되었다. 수도의 남쪽에 있는 플로르르스의 유일한 공항은 정기 노선 운항을 통해 건축 자재와 천연자원을 수입할 수 있도록 현대화되었다. 마이크로폴리스에서 훨씬 더 남쪽에 있는 지역에는 독립 이후 몇 달 동안 경작지와 목초지가 나타났다. 목초지에서 사육하는 초소형 소들과 양들과 말들은 모두 프랑스의 〈피그미 프로덕션〉에서 들여온 것들이었다. 마이크로 랜드의 목축업자들은 섬에 바람이 너무 세게 불기 때문에 일부 미니 동물들이 바람에 날아가지 않도록 묶어 두거나 무거운 것을 달아 주어야 한다는 사실을 깨달았다.

수도의 서쪽 변두리에 있던 거인들의 건물은 개수 공사를 거쳐 행정 관청으로 바뀌었다(에마슈들은 거인들이 사용할 때는 2층이었던 건물을 8층으로 개조했다). 서쪽으로 더 떨어진 곳에는 산업 지구가 마련되었다. 이곳에는 거인들의 출입이 일절 허용되지 않았다. 마이크로 랜드의 엔지니어들은 아무런 방해를 받지 않는 작업 환경에서 자기들 나름의 소형화 기술을 발전시키겠다는 결의를 보였다.

주거 지구로 정해진 수도의 북쪽에는 원형 정원들 주위로 높다란 건물들이 세워졌다.

그 모든 일이 보통의 나라에서처럼 원만하게 이루어졌다.

독립 축하 행사를 한 달 앞두고 민주적인 선거가 실시되었고, 모두가 예상한 대로 에마 109가 퓌이드콤 화산에서 죽은 에마 2세의 뒤를 잇는 새 왕으로 선출되었다.

왕은 먼저 행정 조직을 정비했다. 경찰, 사법, 교육, 의료, 세금, 에너지 관리, 교통에 관한 제도가 새로 마련되고, 국군이 창설되었다.

지구상의 여느 나라와 다름없는 에마슈들의 나라를 건설하는 작업이 착착 진행되었다. 에마슈들은 이 작업이 어느 단계에 오르자 대규모 독립 축하 행사를 열기로 했다.

마이크로폴리스 전체가 거대한 공사장을 방불케 하는 상황이라서 그들은 수도 근처에 있는 축구장을 행사장으로 선택했다. 관람석의 4분의 3은 에마슈들을 위한 작은 의자로 대체되었고, 나머지 4분의 1은 초대받은 거인들을 위해 그대로 남겨 두었다.

타원형 경기장의 한쪽 끝에는 높다란 연단이 세워졌고, 그 위쪽에는 더 작은 연단이 마련되었다.

마이크로 랜드의 국가가 울려 퍼진다. 이 노래의 선율은 드보르자크의 「신세계 교향곡」 제4악장에서 따온 것(이 또한 나탈리아의 아이디어였다)이지만, 음조가 매우 높다. 국가 연주가 끝나자 행사에 초대받은 거인들은 안도감을 느낀다. 더 낮은 소리에 길들여져 있는 고막이 고통을 느끼던 참이다.

왕이 연탁으로 다가간다. 2백 번째 UN 회원국을 통치하는 국가 원수로서 전 세계를 상대로 최초의 연설을 하려는 것이다.

군중이 잠잠해진다.

에마 109는 승리를 거둔 이후 편안하게 지내며 잘 먹은 덕에 몸이 통통해졌다. 어떤 임무든 척척 수행하는 특공대원의 날씬한 몸매를 잃은 대신 군주에게 어울리는 육덕을 얻었다. 사실 비만이 심해져서 공처럼 굴러가는 처지가 된다 해도 그녀의 인기에는 아무 지장이 없으리라. 호리호리한 자매들은 오히려 그녀의 풍만함을 부러워할 것이다.

에마 109는 금실로 가장자리를 장식한 연보라색 비단 드레스를 입고 있다. 머리에는 왕관을 쓰고 한 손에는 임금의 권위를 상징하는 지팡이를 들었다.

전 세계 텔레비전 방송사들과 마이크로 랜드 공영 방송 〈텔레 M〉의 카메라들이 취재 경쟁을 벌이는 가운데, 에마 109는 국민들을 내려다보며 연설을 시작한다.

「친애하는 마이크로 랜드 국민 여러분, 우리는 〈거인들〉이 얼마나 큰 어려움을 겪은 끝에 우리 〈소인들〉을 존중하게 되었는지 잘 압니다. 그들이 보기에 우리는 낯선 존재들일 뿐만 아니라 그들의 피조물이기도 합니다. 자기가 만들어 낸 존재들에 대해서 우월감을 느끼지 않으려면 어떻게 해야 할까요? 다비드 웰스가 UN 총회 연설 도중에 말했던 은유를 다시 사용하자면, 우리와 키가 큰 인간들의 관계는 아이와 어른의 관계와 같습니다. 우리는 몸집이 작습니다. 우리는 더 늦게 세상에 왔고, 그래서 뒤처진 존재로 보이기 쉽습니다. 하지만 아이는 어른의 미래입니다. 우리가 아이를 믿어 주면 아이는 자기 부모를 넘어서는 능력을 발휘할 수 있습니다. 반대로 아이에게 군말 없이 복종하기만을 요구한다면, 아이는 그저 시키는 일만을 수행하는 로봇이 되고 맙니다.」

일부 청중이 박수갈채로 예의를 차린다. 에마 109의 모습이 제법 의젓하다. 제2차 세계 대전 때 영국 군중에게 연설을 하던 윈스턴 처칠도 이보다 멋져 보이지는 않았으리라.

「거인 세계의 일부 〈친구들〉이 왕림해 주신 것을 좋은 기회로 삼아 온 세상의 인류에게 나의 제안을 상기시키고자 합니다. 여러분, 우리를 믿어 주십시오. 우리는 여러분을 실망시키지 않겠습니다.」

조금 더 세찬 박수갈채가 인다.

「UN의 2백 번째 회원국으로 우리를 받아 주신 199개국 대표들에게 이 자리를 빌려 다시 감사의 말씀을 드립니다. 아, 이런, 연설을 짧게 할 생각이었는데 말이 길어지고 있습니다. 어쨌거나 나는 거창한 말로 정치를 논하는 데는 재주가 없으므로 곧장 본론으로 넘어가겠습니다.」

에마슈들도 거인들도 어조의 변화에 깜짝 놀란다.

「나는 우리의 독립을 축하하기 위한 이 첫 번째 행사를 통해 마이크로 랜드의 첫 정부가 구성되었다는 소식을 알려 드리고자 합니다. 여러분도 곧 확인하시겠지만, 나는 우리 정부가 과거에 바탕을 두고 있을 뿐만 아니라 바깥 세계와 미래를 향해 열려 있기를 바랐습니다. 먼저 외국인으로서 우리 정부의 중책을 맡게 되실 분들을 발표하겠습니다. 나는 나탈리아 오비츠 대령을 외무부 장관으로 임명하겠습니다. 오비츠 대령은 키만 놓고 보아도 외무부 장관이 되기에 마침맞습니다. 신장이 우리와 거인들의 중간쯤 되니까요. 다들 기억하시겠지만, 그녀는 UN 총회의 의거에 참여하여 우리나라의 창설에 기여했고 아소르스 제도의 맨 서쪽에 있는 이 섬을 우리의 영토로 삼자는 의견을 냈습니다.」

에마 109는 유압식 리프트를 작동시키는 버튼을 눌러 연단을 높인다. 나탈리아 오비츠와 눈높이를 맞추기 위함이다.

왕은 훈장과 임명장을 수여하고 나탈리아의 목을 가볍게 끌어안는다. 나탈리아가 말한다.

「이런 영예에 합당한 모습을 보여 드리기 위해 노력하겠습니다.」

「다음으로 나는 다비드 웰스를 과학부 장관에 임명하겠습니다. 내가 보기에 이건 아주 약소합니다. 다비드 웰스는 가장 먼저 초소형 인류를 구상하고 우리를 만들어 냈기 때문입니다.」

왕의 말에 장단을 맞추듯이 박수갈채가 쏟아진다.

왕은 다시 버튼을 눌러 연단을 20센티미터쯤 다시 높인다.

다비드는 왕의 손에 입을 맞춘다. 왕은 그에게 훈장을 달아 주고 명함 크기의 임명장을 수여한 다음, 군중의 박수갈채를 받으며 그의 목을 끌어안는다.

「키 순서에 따라 다음 분으로 넘어가겠습니다. 만약 오로르 카메러가 사양하지 않는다면, 나는 그녀를…… 국방부 장관에 임명하겠습니다.」

이번에는 군중이 불만을 드러내며 웅성거린다. 금빛 눈의 그 여자가 기동대를 이끌고 퓌이드콤 화산으로 쳐들어왔다는 사실을 모두가 알고 있는 것이다.

「다들 기억하겠지만, 오로르 카메러 역시 우리를 세상에 나오게 한 사람들 가운데 한 분입니다. 퓌이드콤 전투 때 나는 그녀가 얼마나 의연하고 굳센지 확인할 수 있었습니다. 이런 분은 적으로 삼기보다 동맹군으로 우리 곁에 두는 편이 낫다고 생각합니다.」

다시 웅성거리는 소리가 일고 일부 청중의 휘파람 소리가 뒤따른다.

「나는 UN 총회에서 우리의 인권과 주권을 놓고 표결할 때 그녀가 얼마나 기민하게 상황에 대처하는지 잘 보았습니다. 거인들의 속담에 이르기를 〈생각을 바꾸지 않는 사람은 바보들 말고는 없다〉고 합니다. 오로르 카메러는 우리에 관한 견해를 바꿨습니다. 그러니까 그녀에 관한 우리의 생각을 바꾸는 것이 온당합니다. 우리는 이전에 말한 것과 반대되는 것을 말할 수 있습니다. 그런 변화가 시간을 두고 깊이 생각한 데서 나온 것이라면 그것이야말로 내적인 탈바꿈이라 할 만합니다.」

청중의 웅성거림이 잦아든다.

「내가 오로르 카메러를 선택한 데는 또 다른 이유가 있습니다. 나는 퓌이드콤 화산에서 그녀의 목숨을 구해 주었습니다. 그런데…… 그러기를 잘했다는 생각이 듭니다.」

이번에는 청중 사이에서 약간의 웃음이 솟는다.

오로르는 우아한 걸음걸이로 나아간다. 왕은 버튼을 눌러 연단을 몇 센티미터 더 높인다.

오로르가 대답한다.

「기쁜 마음으로 받아들이겠습니다.」

그러고는 훈장과 임명장을 받고 가벼운 포옹을 나눈 다음, 크고 또렷한 목소리로 말을 잇는다.

「마이크로 랜드의 왕권을 합법적으로 계승하신 명망 높은 국가 원수께서 이런 중책을 맡겨 주시니 저로서는 크나큰 영광입니다. 솔직하게 고백하거니와 과거에 저는 그릇된 판단을 했습니다. 그러다가 잘못을 깨닫고 생각을 혁신한 뒤에 행동을 바꾸고 진영도 바꿨습니다.」

일부 청중이 마침내 조심스럽게 박수를 보낸다. 왕이 다시 나선다.

「내가 우리 정부의 장관으로 임명하고자 하는 외국인이 한 분 더 있습니다. 바로 마르탱 자니코입니다. 나는 그를 문화부 장관으로 삼고자 합니다. 그는 세상만사의 모든 이치를 유머가 섞인 짤막한 문장으로 요약하는 재주가 비상합니다. 그런 재능은 우리에게 매우 유용할 것입니다. 그리고 우리 정부에 마르탱 자니코 같은 거인이 있다는 것은 다른 점에서도 유익하리라고 생각합니다. 예를 들어…… 우리가 어디로 가야 할지 몰라서 고민하는 경우가 생긴다면, 앞을 더 멀리 내다볼 수 있는 그가 도움을 주지 않겠습니까?」

이번 농담에는 대다수 청중이 웃음으로 화답했다. 왕은 마르탱의 얼굴을 마주 볼 수 있도록 연단을 훨씬 더 높이 올렸다.

아주 인상적인 장면이다. 유압식 리프트를 갖춘 연단에 자그마한 자가 올라서 있고 거구의 남자가 다가와서 훈장과 임명장을 받는다. 거인 세계와 마이크로 랜드의 사진 기자들은 이 장면을 놓치지 않고 영상에 담는다.

마르탱은 재킷의 앞자락을 젖혀 티셔츠에 적힌 머피의 법칙들을 보여 준다. 행사의 성격에 맞춰 특별히 선정한 문장들이다. 청중이 그 문장들을 더 쉽게 읽을 수 있도록 스포트라이트가 그의 건장한 가슴을 비춰 준다.

8. 모든 것이 제대로 돌아가는 것처럼 보인다면, 당신은 무언가를 빠뜨린 것이다.

9. 바보들의 공격을 이겨 내는 무언가를 구상하는 것은 불가능하다. 바보들은 창의력이 매우 풍부하기 때문이다.

10. 당신이 무엇을 하기로 결정하든, 먼저 해야 할 다른 일이 있다.

11. 하나의 문제를 해결할 때마다 새로운 문제들이 생겨나게 마련이다.

왕은 유압식 리프트를 작동시켜 에마슈 청중의 시선에 맞게 연단을 다시 내린다.

「우리 정부의 다른 장관들은 모두 마이크로 랜드의 국민입니다. 다만 나는 평등의 원칙을 고려하여 남성 장관과 여성 장관의 수가 같아지도록 신경을 썼습니다.」

모두가 깜짝 놀랄 만한 소식이다. 성비의 불균형이 심하지 않은 샤오제들이 마이크로 랜드에 통합되었다고 해도, 에마슈 사회에서 남성이 소수라는 것은 주지의 사실이기 때문이다.

「나는 우리 사회에서 남성이 열등한 존재로 간주되는 것을 원치 않습니다. 나는 일부 여성이 남성을 그저 성적인 대상이나 생식 기능을 하는 존재로 여기는 것을 보아 왔습니다. 그것은 그릇된 생각입니다. 남자든 여자든 우리는 모두 똑같은 권리와 의무를 가지고 있습니다.」

장관들이 차례로 나와서 훈장과 임명장을 받는다. 모든 장관이 연단에 올라 공식적인 기념사진을 찍고 나자 왕은 다시 마이크 앞으로 다가간다.

크고 작은 카메라들이 다시 촬영 경쟁을 벌인다.

「나는 거인 세계의 기업가들에게 전하는 특별한 메시지로 연설을 마무리할까 합니다. 에마슈들과 함께 일하는 데 익숙해진 기업들은 앞으로도 마이크로 랜드의 회사들과 계약을 맺음으로써 계속 우리 에마슈들을 고용할 수 있습니다. 그럼으로써 거인들과 다른 방식으로 사고하는 이점을 지닌 우리 에마슈들의 창의력을 활용할 수 있을 것입니다.」

이번에는 청중이 열띤 박수로 화답한다.

다비드가 왕에게 다가간다.

「다비드 웰스 장관이 여러분에게 한 말씀을 드리고 싶답니다.」

다비드는 연단 한복판에 자리를 잡고 주먹을 입에 대어 헛기침을 한다. 그런 다음 미리 준비한 것으로 보이는 연설을 시작한다.

「제 증조부가 지으신 백과사전의 한 항목에 따르면, 인류는 자존심을 상하게 하는 사건들을 세 차례 겪었다고 합니다. 첫째는 코페르니쿠스가 그때까지 사람들이 주장하던 것과는 반대로 지구가 우주의 중심이기는커녕 태양의 둘레를 돌고 있을 뿐이라고 선언한 일입니다. 둘째는 다윈의 연구를 통해 인류가 원숭이에서 나왔다는 사실이 밝혀진 일입니다. 그로써 인류는 다른 동물들의 위에 있는 특별한 동물이 아니라, 태어나서 영양을 섭취하고 생식을 한 뒤에 죽어 가는 무수한 동물들 가운데 하나임이 분명해졌습니다. 셋째는 프로이트가 인간 행동의 주된 동기를 성욕과 자손을 통한 불멸의 추구에서 찾아야 한다고 선언한 일입니다. 이제 저는 인류의 자존심을 상하게 한 네 번째 사건에 관해서 말씀드리고자 합니다. 우리 인류가 과도기의 종임을 알게 되었다는 것이 바로 그 사건입니다. 우리는 원숭이와 미래에 올 영적인 인간의 중간에 있을 뿐만 아니라, 거인들과 또 다른 크기의 인간들 사이에 있습니다. 저 자신이 그들을 세상에 나오게 하는데 참여하기도 했던 그 새로운 인류의 이름은 바로 에마슈입니다.」

에마슈 청중은 크게 감동하는 기색이다. 다비드는 그들이 자기 말을 음미할 수 있도록 뜸을 두었다가 말을 잇는다.

「우리 호모 사피엔스는 스스로를 인간의 〈표준〉이라 여겼고 동물 진화의 정점에 있음을 자처했습니다. 그런 우리가 또 다른 인류의 도래를 예비하기 위해 존재한다는 생각을 받아들이기는 쉽지 않을 것입니다. 하지만 제가 보기에 우리는 충분히 성숙했기 때문에 다음과 같은 말을 이해할 수 있을 것입니다. 〈인류의 미래는 아마도…… 바로 여러분일 것입니다.〉」

침묵이 이어진다.

「저는 피그미들을 관찰하면서, 그리고 여러분이 상징으

로 삼으신 개미들을 관찰하면서 그 사실을 깨달았습니다. 제가 보기엔 앞으로 몇 해 동안 우리 거인들의 세계에서든 여러분의 나라에서든 그것을 깨닫는 사람들이 점점 늘어날 것입니다. 인간은 변화하는 중입니다. 생김새와 생각도 달라지고 자연과 맺고 있는 관계도 달라집니다. 다만 저는 그 변화가 평온하고 조화롭게 이루어지기를 바랍니다. 경청해 주셔서 감사합니다.」

에마슈 청중은 열렬한 박수갈채를 보낸다.

하지만 거인들의 세계에서 온 일부 손님은 신중한 태도를 버리지 못한다. 〈저 친구 말에 일리가 없는 건 아냐〉라고 말하는 사람이 있는가 하면, 〈어쨌거나 저자는 자신의 종을 배신하고 있는 거야〉라고 볼멘소리를 하는 사람도 있다.

왕 에마 109가 다시 마이크 앞에 선다.

「연설은 이것으로 마치겠습니다. 에마슈 나라 만세! 마이크로 랜드 만세! 우리 수도 마이크로폴리스 만세! 이제 축제의 시간입니다. 먹고 마시고 편하게 즐기십시오. 우리는 그럴 자격이 있습니다. 오늘은 마음껏 노시고 새로운 인간 사회를 건설하기 위한 작업은 내일부터 다시 시작합시다.」

왕이 신호를 보내자 경찰관들이 가리고 있던 뷔페 식탁들이 드러난다. 축구 경기장의 왼쪽에는 에마슈들을 위한 뷔페가, 오른쪽에는 거인들을 위한 뷔페가 차려져 있다.

군중은 앞다투어 접시를 챙겨 들고 마이크로 랜드의 새로운 조리법으로 만들어진 맛있는 음식들 앞에 줄을 선다.

거인들의 귀빈석에서는 두 남자가 접시를 손에 든 채 인사를 나눈다.

「안녕하십니까, 프랭크.」

「안녕하세요, 스탄. 프랑스의 총선 전망은 어떻습니까?」

프랑스 대통령은 눈길을 떨군다.

「나는 승리를 자신하고 있습니다. 여론 조사 결과를 보더라도 나에 대한 지지율이 높아졌습니다. 다만 한 가지 문제가 되는 것은 그 기자 사건입니다. 인터뷰를 잘 하고 가더니 내가 성희롱을 했다는 식으로 떠들어 댔습니다. 마치 내가 누구인지는 안중에도 없다는 듯이 행동하더군요. 그래서 내 아내의 심기가 조금 불편합니다. 〈당신이 누구와 잠자리를 하든 상관이 없는데 제발 들키지는 말아요. 내가 남편에게 속아 사는 여자로 비치면 안 돼요〉라고 하더군요. 이제 아내는 방을 따로 쓰고 있어요. 끔찍한 일이죠. 아내를 미치도록 사랑하는데 남남처럼 지내야 하니 말입니다.」

미국 대통령은 우정의 뜻을 담아 그의 등을 토닥인다.

「어쩌다 그런 고약한 일에 휘말렸어요? 정치를 벗어나면, 이런 경제적이고 외교적인 문제를 떠나면 당신과 나는 그저 공식적인 아내를 사랑하는 낭만적인 사내들일 뿐입니다. 에마슈들을 지지하러 온 이 방문을 포함해서 우리가 수행하는 모든 일은 아내들에게 감동을 주기 위한 것이에요. 우리가 어렸을 때 예쁜 그림을 그려서 우리 어머니들에게 기쁨을 드렸던 것과 다를 게 없지요.」

「프랭크, 듣고 보니 내 삶을 잘 요약하셨다 싶어요.」

두 남자는 껄껄 웃으며 자기들의 접시에 갖가지 색깔의 기이한 음식들을 담는다.

조금 떨어진 곳에서는 왕 에마 109가 마르탱의 두 손에 올라선 채로 나탈리아와 이야기를 나누고 있다.

「에드몽 웰스의 백과사전을 읽다가 당신네 오비츠 가문의 역사를 알게 되었어요. 그 뒤에 당신네 조상이 쓴 『마음속으로 우리는 거인이었다』를 읽었죠. 고백하건대 매우 충격적이었어요. 며칠 동안 악몽을 꿀 정도였어요. 거인들 속에서 나치 같은 자들이 생겨날 수 있다면, 우리가 그들의 유해성을 과소평가했다는 생각이 들더군요.」

「거인들이 다 그런 것은 아니에요. 그리고 결국 나치는 패망했고 우리 가족은 살아남았어요. 나치는 진화의 길을 역행했고 우리 헝가리 유대계 소인들은 그러지 않았다는 사실을 보여 주는 것이죠. 내 남편 같은 거인들도 진화의 순리를 따르고 있어요. 사실 자연은 다양성을 좋아하죠. 차이를 없애고 모든 것을 획일화하려는 자들은 응징을 당하게 마련이에요. 우리의 진짜 적은 온갖 형태의 전체주의예요. 국가를 내세우는 것이든 종교를 내세우는 것이든 전체주의를 용납하면 안 돼요. 종의 이익을 운위하는 전체주의도 마찬가지죠.」

「당신은 우리가 그저 서로 다른 인간들일 뿐이라고 생각합니까?」

나탈리아는 조금 생각하다가 대답한다.

「진심으로 그렇게 생각합니다. 언젠가 사람들은 당신네가 어떻게 세상에 생겨났는지 잊게 될 것이고, 당신들은 그냥 우리와 더불어 살게 될 것입니다. 네안데르탈인이 어떻게 사라지고 크로마뇽인이 어떻게 나타났는지를 오늘날 대다수 사람들이 잊어버린 것처럼 말입니다.」

그때 갑자기 성조가 높은 지그풍의 경쾌한 음악이 흘러나온다. 다 같이 춤을 추자고 권하는 음악이다.

에마슈 경찰관들은 거인 세계에서 온 손님들에게 당부한다. 에마슈들을 위해 마련된 무도장에서 춤을 추지 말라는 것이다. 에마슈가 거인의 발에 밟히면 다치거나 죽을 수도 있으니 당연한 요구라 아니할 수 없다. 거인들을 위한 무도장은 축구 경기장 인근의 백사장에 따로 마련되어 있다.

거인들과 소인들은 서로 헤어져 두 무도장을 가득 채운다.

축구 경기장을 벗어나니 공기가 한결 삽상하다. 백사장에 마련된 플로어에서는 은은한 달빛이 비치는 잔잔한 바다가 보인다.

거인들의 표정과 태도가 한결 편안해 보인다. 자기네 크기에 맞는 익숙한 환경에서 키가 비슷비슷한 사람들끼리 어울리게 되자 저절로 기분이 편해지는 모양이다.

스피커를 통해 흘러나오는 음악에 맞춰 몇 사람이 춤을 추기 시작한다.

오로르가 다비드에게 다가간다. 그때 그녀의 휴대폰 벨소리가 울린다. 그녀는 무심코 수신 버튼을 누르고 전화기를 귀에 가져다 댄다.

「당신에게 알려 줄 좋은 소식 한 가지와 나쁜 소식 한 가지가 있습니다.」

오로르가 무어라 대꾸할 새도 없이 상대방이 덧붙인다. 분명코 아는 사람의 목소리다.

「좋은 소식은 당신이 방금 아버지를 되찾았다는 것입니다. 그는 텔레비전에서 당신을 보았고, 당신과 당신의 성공을 매우 자랑스러워하고 있습니다. 나쁜 소식은 그가 지난날의 잘못을 몹시 후회하고 있지만 그 마음을 어떻게 표현해야 할지 모른다는 것입니다.」

오로르는 화상 통화 기능을 작동시킨다. 한 남자의 얼굴이 화면에 나타난다. 비쩍 마르고 쇠약해져서 나이보다 훨씬 늙어 보인다. 남자는 열에 들뜬 표정으로 애써 웃음을 지으며 말한다.

「보다시피 나는 독감의 대유행을 피하고 살아남았어.」

오로르가 우물쭈물하자 그가 말을 잇는다.

「네가 활약하는 모습을 텔레비전에서 보았어. UN 총회 장면도 보았지. 너는 참으로 용감했고 아주…… 아름다웠어. 게다가 이젠 장관이 되었네.」

그녀는 머뭇거리다가 숨을 길게 들이마시고 나서 마침내 말문을 연다.

「미안해요, 아빠. 한번 깨진 꽃병은 다시 붙일 수 없어요. 내가 기회를 드렸는데 아빠는 잡지 않으셨어요.」

「한 번만 기회를 더 줘. 부탁한다, 오로르. 내가 얼마나 깊이 생각하고 얼마나 큰 고통을 겪었는지 너는 모를 거야. 독감이 창궐하던 때에 내가 너를 내 집에 들이지 않은 것은 사실이지만, 그건 두려움 때문이었어. 이젠 두렵지 않아.」

「아빠가 올라탈 수 있도록 기차가 속도를 늦추고 있었는데, 아빠는 기차를 그냥 보내셨어요. 이젠 기차가 너무 빨리 달리기 때문에 아빠가 올라타실 수 없어요.」

「하지만 나는…….」

오로르는 다음 말을 듣지 않고 전화를 끊어 버린다. 곧이어 벨 소리가 다시 울린다. 오로르는 휴대폰을 완전히 꺼서 핸드백 속에 넣는다.

그런 다음 샴페인 두 잔을 들고 다비드를 찾아 두리번거린다. 다비드는 어느새 플로어에서 멀찌감치 물러나 벤치에 홀로 앉아 있다.

오로르는 술잔을 내밀며 담담하게 말한다.

「이로써 우리는 〈행복한 승자〉가 된 셈이야. 소르본 대학에서 열린 진화 학술 대회에서는 우승을 놓쳤지만, 마이크로랜드의 장관이 되었어. 이게 더 멋지잖아?」

그는 섬의 서부를 융단처럼 덮고 있는 파란 수국이며 만병초며 생강꽃 들을 바라본다. 식물들이 달빛을 받아 형광색 장식처럼 반짝거린다.

오로르가 경탄한다.

「꽃들이 정말 끝도 없이 펼쳐져 있네. 꽃의 섬이라는 말이 딱 어울려.」

「아소르스 제도에는 포르미가스라는 섬도 있어. 개미들의 섬이라는 뜻이지. 이건 내 생각이지만, 에마슈들이 그 섬을 자기네 나라로 삼았다면 아귀가 착착 맞는 느낌이 들지 않았을까 싶어.」

「나는 지도에서 포르미가스섬을 찾아봤는데, 너비가 몇 킬로미터밖에 되지 않는 작은 섬이더라고. 에마슈들의 인구가 늘어나고 도시가 커질 것을 감안하면 면적이 적어도 1백 제곱킬로미터는 되어야 해.」

오로르는 어깨를 들썩이고 나서 말을 잇는다.

「아소르스 제도는 내가 상상하던 것과 달라. 야자수가 자라는 더운 섬인 줄 알았거든. 그런데 막상 와보니까 프랑스의 브르타뉴 해안과 비슷해. 바람과 돌과 깎아지른 해안 절벽이 많고, 모래가 고운 백사장도 더러 있어.」

「우리 주위에 보이는 바윗덩어리 하나하나가 아틀란티스의 잔해인 것은 아닐까? 아주 오랜 옛날 바다에 잠겨 버렸다는 그 섬의 산들이 저렇게 흔적을 남겼는지도 몰라.」

오로르는 멀리 달빛 속에 우뚝 솟아 있는 화산을 가리

킨다.

「내가 보기에는 대서양의 모리셔스나 레위니옹 같은 화산 섬들과 똑같은 방식으로 생겨난 섬인걸.」

얼굴이 검게 그을린 선주민들도 축제에 참여하고 있다. 그들은 음식 카트를 밀고 다니면서 손님들에게 초밥이며 음료 따위를 권한다.

오로르가 말한다.

「저들은 고래를 학살하던 사람들의 후손이야.」

「이 섬의 주민들은 오랫동안 그런 살생을 업으로 삼았어. 고래들과 돌고래들이 근처에 와서 번식을 했기 때문이야. 여기엔 아직 작살로 고래를 잡던 전통이 남아 있고, 선주민들의 전설에는 심해의 괴물과 맞서 싸우는 영웅들의 이야기가 나와.」

「그렇다면 선주민들 앞에서는 그린피스나 고래 보호 단체 얘기를 하지 않는 게 좋겠네.」

「그들의 입장에서 생각해야지. 자기네 전통을 포기하도록 강요한 서구의 〈감상주의〉를 받아들이기가 괴로웠을 거야. 그리고 이제는 에마슈들이 시키는 일을 해야 하는 처지가 되었어. 자기들 말로 〈땅꼬마〉라 부르는 사람들의 고용인 노릇을 한다는 것도 쉬운 일은 아니겠지.」

불꽃이 솟구쳐 오른다. 밤하늘이 찬란하다. 드보르자크의 「신세계 교향곡」이 다시 울린다. 이번에는 관악대가 아니라 에마슈들의 교향악단이 연주하는 음악이다.

오로르와 다비드는 마이크로폴리스에서 울리는 소리가 더 이상 들리지 않을 때까지 걸어간다. 이윽고 그녀가 자기 마음에 드는 장소를 가리킨다. 그들은 물기가 아직 남아 있는 백사장에 앉는다.

그는 그녀를 살펴본다. 처음 만났을 때와는 많이 달라진 모습이다. 금색이었던 눈빛은 연한 갈색으로 보일 만큼 진해졌고, 짧았던 머리는 어깨 아래로 흘러내릴 만큼 치렁거린다. 예전에는 늘 밑창이 평평한 신발만 신더니 웬일로 하이힐을 신었고, 몸에 착 달라붙는 드레스 아래로 드러난 긴 다리는 완벽한 각선미를 보인다. 드레스 때문에 풍만한 가슴이 두드러져 보이는 것도 평소와 다른 모습이다.

그녀가 다가들자 다비드는 조금 뒤로 물러난다.

「너랑 하고 싶어, 다비드. 지금 당장.」

「나는 네가 아직 펜테실레이아를 생각하고 있는 줄 알았는데.」

그녀가 키스를 하려고 하자 다비드는 제지하며 말한다.

「조금 더 기다려 주겠어?」

「얼마나?」

「글쎄…… 10분쯤?」

그녀는 눈썹을 찡그린다.

「10분 동안 뭘 하게?」

「진도를 더 나가기 전에 알아보고 싶은 게 있어. 전생에 우리 사이가 어떠했는지 알면 왜 우리가 이번 생에서 서로 사랑하는 데 그토록 많은 어려움을 겪었는지 이해할 수 있지 않을까? 사람과 사람이 만나는 것의 깊은 이면에는 영혼과 영혼의 만남이 있어.」

「뉴에이지풍의 그런 얘기를 들으면 짜증이 나. 여자가 자기 욕망을 솔직하게 표현하면 거북함을 느끼는 모양이지?」

그는 조심스럽게 그녀의 손을 잡는다.

「호텔에 돌아가서 마조바 의식을 함께 시도해 볼까?」

「피그미들의 그 마약 말이야?」

「열대 밀림의 덩굴과 뿌리를 혼합한 거야. 양을 잘 맞춰서 조합하면 우리 정신을 열어 주고 우리가 진정 누구인지를 깨닫게 해주는 약이 되지. 그걸 해보면 비로소 우리 영혼이 소통할 수도 있어.」

오로르는 실망한 기색으로 어깨를 들썩인다. 그러고는 몸을 돌리더니 그가 알아들을 수 있을 만한 소리로 중얼거린다.

「바보 같은 짓이야. 나는 그딴 것을 원하지 않아.」

그런 다음 아까보다 더 밝게 빛나는 달을 바라보며 체념어린 표정으로 한숨을 내뱉는다.

## 96

### 백과사전: 식물의 힘

우리는 식물에 의식이 없다고 생각한다. 그러나 때로 식물들은 고도로 진화한 생명체들의 정신에 영향을 미치기도 한다.

대다수 동물이 식물을 먹는다. 식물이 대단한 영양을 제공하는 것은 아니지만, 동물의 신경계에 매우 강력한 효과를 발휘할 수 있다. 예를 들어 가봉에서는 코끼리들과 원숭이들이 〈이보가〉라는 관목을 먹는데, 이 관목의 뿌리에는 신경계를 자극해서 환각을 일으키는 성분이 들어 있다. 아프리카의 개코원숭이들은 〈마룰라〉라는 나무의 발효된 열매를 삼키는데, 때로는 그것을 너무 많이 먹은 나머지 술에 만취한 것처럼 비틀거리거나 쓰러지기도 한다.

캐나다의 순록들은 붉은 버섯을 먹는다. 자작나무 껍질에 기생하는 이 버섯은 순록에게 현기증과 경련이 일어나게 한다.

미국 남부에서는 양들과 말들이 자운영속에 딸린 풀을 먹는다. 그러고는 몇 시간이 지나도록 과도하게 흥분하여 펄쩍펄쩍 뛰거나 온갖 장애물을 뛰어넘으려고 한다.

유럽에서는 사람들에게 버림받은 고양이들이 네페타 카타리아, 즉 개박하라 불리는 풀을 씹는다. 이 풀은 환각제와 비슷한 효과를 일으킨다. 그래서 고양이들은 눈에 보이지 않는 쥐를 잡으러 내달리는 시늉을 하기도 한다.

인간 역시 식물에 중독된다. 〈정신적인 위안을 주는 식물들〉에 의존하며 살아가는 사람들이 무수히 많다. 담뱃잎이나 커피콩이나 찻잎이나 카카오나무 열매에 의존하는 사람들도 있고, 포도 같은 과일이나 홉이나 쌀을 발효시킨 액체에 중독된 사람들도 적지 않다. 사탕수수나 사탕무에서 나온 단것은 우리에게 즉각적인 심리적 위안을 준다. 그런 위안을 전혀 받지 않고 살아갈 수 있는 사람은 많지 않을 것이다. 어떤 식물들은 인간의 정신을 완전히 지배하여 심리적인 노예로 만들기도 한다. 대마의 잎이나 코카의 잎, 아편의 원료가 되는 양귀비 열매의 진, LSD의 원료가 되는 맥각 따위가 그런 무서운 위력을 발휘한다.

하지만 그것들은 신경계가 없는 식물들일 뿐이다. 따라서 우리처럼 복잡하고 정교한 기관들을 가진 동물들에 대해서 어떤 의도도 가지고 있지 않다.

에드몽 웰스, 『상대적이며 절대적인 지식의 백과사전』 제7권

## 97

연한 갈색의 섬유질 덩어리일 뿐인데 냄새가 여간 고약하지 않다. 나무 썩는 냄새에 흙내와 시취가 뒤섞여 있다.

플로르스섬에 있는 거인들을 위한 호텔의 객실에서 다비드는 마치 선물이라도 주듯이 그 이상한 혼합물을 오로르에

게 내민다.

오로르는 그저 냄새만 맡고도 토할 것 같은 기분을 느낀다. 그래서 얼굴을 찡그리며 묻는다.

「정말 이걸 삼키라고?」

그는 난처한 표정으로 고개를 끄덕인다.

「로켓의 발사대 같은 거야. 일단 이륙하면 잊게 돼.」

「이게 정확히 뭐야?」

「말했잖아. 덩굴과 뿌리를 혼합한 거라고. 나는 네가 요리한 카술레를 먹을 때 너한테 아무것도 묻지 않았어. 그냥 너를 믿고 먹은 거야.」

「그렇게 비교해 줘서 고마워. 그러니까 이걸 입 안에 넣으라 이거지?」

「내가 이 혼합물을 처음 먹을 때는 방법이 조금 달랐어. 피그미들이 고릴라의 뇌를 조금 섞어서 먹였거든. 나중에 알고 보니까 그 뇌는 그저 맛을 조금 부드럽게 하기 위해 넣은 것이더라고. 그러니까 이대로 그냥 먹어도 된다는 얘기지.」

오로르는 이상한 물질을 다시 살펴본다. 그런 다음 코를 킁킁거리며 냄새를 맡고, 손가락을 대어 점도를 가늠해 본다.

「솔직히 말해서 이게 혐오감을 준다는 것은 너도 인정해야 해.」

다비드는 미소를 지으며 달랜다.

「우리는 갖가지 경험을 하면서 세상을 살아가는 거야.」

「경험이라고 해서 다 필요한 건 아니고 다 유쾌하거나 긍정적인 것도 아냐. 나는 마약을 복용한 적이 없지만, 마약이 이보다 고약할 것 같지는 않은걸.」

「이건 마약과 달라. 이걸 먹는다고 환각이 생기지는 않아. 이렇다 할 쾌감이 있는 것도 아니고 중독성도 없어. 머릿속의 문을 열기 위한 피그미들의 비방일 뿐이야. 이제 와서 생각해 보면, 의지와 상상력을 발휘하는 것만으로도 그 문을 열 수 있겠다 싶어. 하지만 처음엔 이것의 〈도움〉을 빌려야 더 쉬울 거야.」

오로르는 사발을 밀어낸다.

「나는 그런 것을 믿지 않아. 한 생애가 끝나면 다른 생애가 시작된다는 것도 믿지 않고, 환생이나 영혼이나 신도 믿지 않아. 나는 과학자야, 다비드. 이런 것은 요정 이야기를 좋아하는 순진한 사람들에게나 어울려.」

다비드는 잠시 생각하다가 사발을 내려놓는다.

「요정 이야기라는 말이 나온 김에 내가 얘기 하나를 들려줄게.」

오로르는 안도의 한숨을 내쉰다. 시간을 벌었으니 그 악취 나는 물질을 삼키지 않아도 될 적당한 구실을 찾아낼 수 있으리라 생각하는 것이다.

「쌍둥이 태아가 배 속에서 서로 이야기를 나누고 있어. 첫째 태아가 묻기를 〈너는 배 속을 나간 뒤에도 삶이 있을 거라고 생각하니?〉 하니까, 둘째 태아가 〈그럴 가능성은 거의 없어 보이는데. 배 속을 나가서 살 수 있으리라는 생각이 들지 않아. 너는 어떻게 생각하는데?〉 하고 되물어. 〈내가 보기에는 터널 같은 것을 이용해서 배 속을 빠져나갈 수 있을 것 같아. 터널 끝에 다다르면 눈부신 빛이 비쳐 들 것이고 사람들이 애정 어린 손길로 우리를 맞아 주지 않을까?〉 하고 첫째가 대답하자, 둘째가 반박해. 〈배 속을 나간 뒤의 삶에 대해서는 아무런 증거가 없어. 우리보다 먼저 배 속을 빠져나간 사람들은 있지만 다시 돌아와서 바깥세상에 관한 이야기를 해준 사람은 아무도 없어. 어쨌거나 우리가 살고 있는 이 세계 밖에 다른 세계가 존재할 수 있으리라는 생각은 들지 않아. 우리는 탯줄을 통해 영양을 섭취하고 있어. 이 탯줄을 무한히 늘일 수는 없을 거야.〉 그러자 첫째 태아가 다시 말해. 〈나는 밖에 나가면 우리 엄마가 우리를 먹여 줄 거라고 생각해.〉 그 말에 둘째는 〈엄마〉라는 존재를 믿느냐며 코웃음을 치고 첫째는 당연히 믿는다고 대답하지. 둘째가 그 〈엄마〉라는 존재를 본 적이 있느냐고 묻자, 첫째는 〈아니, 본 적은 없어. 하지만 엄마가 있다고 믿어. 엄마는 어디에나 있고 우리가 생겨난 것도 엄마 덕분이라고 생각해〉 하고 대답해. 그러자 둘째는 엄마가 정말로 존재한다면 왜 모습을 드러내지 않느냐며 빈정거리고, 첫째는 이따금 엄마의 목소리가 들리는 듯하다고 말하지. 둘째는 이렇게 결론을 내려. 〈나는 그런 헛소리를 믿지 않아. 이 배 속을 벗어나면 아무것도 없어. 그리고 엄마 따위는 존재하지 않아.〉」

오로르는 어이가 없다는 듯 실소를 짓더니, 웃음기를 거두고 엄마 같은 손길로 다비드의 얼굴을 쓰다듬는다.

「세상에! 다비드, 너 설마 종교인이 된 건 아니겠지?」

「종교인이라서 하는 소리가 아냐. 우리는 에마슈들을 위한 종교를 만든 적이 있어. 그래서 그것이 약한 사람들을 굴복시키고 그들이 책임감과 자유 의지를 갖지 않게 하기 위한 인위적인 속임수일 뿐이라는 것을 알아. 나는 종교가 아니라 구도의 차원에서 말하는 거야. 나는 자연을 믿고 삶의 기적을 믿어. 내가 지금 들이마시고 있는 이 공기와 별이 빛나는 저 하늘, 이 행성, 이 우주, 비록 물리적으로 도달할 수는 없지만 내가 바라볼 수 있는 모든 것을 믿어. 나는 이 순간을 믿어. 지금 여기, 내 주위에 있는 것과 눈앞에 보이는 것을 믿어. 무엇보다 나는…… 너를 믿어.」

「그리고 우리 주위에서 엄마 같은 존재가 우리를 보살피고 있다는 것도 믿는 거야?」

「내 기억이 맞는다면, 너는 아마존들의 땅에 답사를 갔을 때 가이아에게 말을 걸었어. 우리 모두의 어머니이신 지구에게 말이야.」

그러자 오로르는 대꾸할 말을 찾아내지 못한다.

모기 한 마리가 빙빙 날아다닌다. 그러다가 다비드의 손에 앉아 살갗에 침을 박는다. 하지만 다비드는 아무 반응을 보이지 않는다. 그것을 보고 오로르가 놀라서 묻는다.

「모기가 피를 빠는데 가만히 있는 거야?」

「이런 것쯤은 이제 아무렇지도 않아.」

오로르는 이해할 수 없다는 표정으로 그를 바라본다.

「모기도 하나의 생명체야. 다른 생명체와 다를 게 없지. 내가 온갖 일을 겪고 났더니 웬만한 일은 그냥 덤덤하게 받아들이는 능력이 생겼나 봐. 모기는 이제 내 적이 아니라, 나와 더불어 살아가는 다른 형태의 생명이야.」

오로르는 아무 방해를 받지 않고 피를 빨아 대는 모기를 홀린 듯이 바라본다.

모기는 배가 볼록해진 채로 다시 날아간다.

오로르는 다비드를 살펴보다가 다시 말문을 연다.

「좋아, 받아들이겠어. 생김새로 보면 짐승의 똥과 비슷하고, 먹고 나면 마약과 유사한 효과를 낼 것 같은 이 혼합물을 먹을 거야. 대신 한 가지 약속해 줘.」

「무얼 약속할까?」

「내가 바보 같은 소리나 듣기 거북한 소리를 지껄이더라도 나를 놀리지 않겠다고.」

그는 고개를 끄덕인다.

오로르는 악취 나는 물질을 조금 맛보고 나서 얼굴을 찡그린다.

다비드가 다시 권하자, 오로르는 순순히 한 입을 베어 문다. 그러고는 욕지기를 느끼며 화장실로 달려가서 뱉어 내고 돌아온다.

그는 잠시 기다리다가 다시 해보자고 권한다.

「처음엔 다 그래.」

오로르는 심호흡을 하고 나서 다시 시도한다. 마침내 혼합물이 식도를 지나 위에 다다른다. 이번에는 욕지기 대신 전율이 스쳐 간다.

「느낌이 정말 고약한걸.」

다비드는 담뱃대를 꺼내 담배통에 마른 잎들을 채우고 불을 붙인다. 그러고는 담뱃대의 갈래진 끄트머리를 오로르의 콧구멍 속에 넣는다.

그가 입김을 훅 불자, 연기가 그녀의 코와 기도를 거쳐 허파에 다다른다. 오로르는 효과가 나타나기를 기다린다.

「미안하지만 이것이 나한테는 전혀 힘을 발휘하지 못하는걸. 그저 토하고 싶은 기분이 조금…….」

그는 다시 연기를 불어 넣는다. 오로르는 소스라치며 눈을 감더니 갑자기 잠잠해진다.

그는 그녀의 뒤에 자리를 잡고 그녀가 뒤로 넘어지지 않도록 받쳐 준다.

「오로르, 내 목소리 들려?」

오로르는 대답 대신 빙그레 웃는다.

「오로르?」

「그래…… 들리긴…… 이상하게…… 몽롱…….」

「내 목소리를 계속 듣고 있어야 해. 그리고 내가 하는 말에 대답해야 해. 너는 무의식의 세계를 처음으로 방문하는 것이고 나는 너의 안내인 노릇을 할 거야.」

오로르는 눈을 계속 감고 있다. 입가에 어리던 미소는 사라지고 대신 입술을 모아 앞으로 내민다.

「눈앞에 통로가 나타날 거야. 처음엔 흐릿하지만 점점 분명하게 보일 거야. 내가 카운트다운을 하다가 제로라고 말하면 너는 그 통로에 있게 될 거야. 자, 시작한다. 10…… 통로가 보이기 시작하지? 9, 8, 7…… 통로가 점점 분명하게 눈에 들어와. 5, 4, 3…… 준비해, 곧 거기에 다다를 거야. 2, 1, 제로. 통로에 들어섰어?」

오로르는 잠시 뜸을 들이다가 대답한다.

「그래……. 들어섰어.」

「나무로 된 문들이 보여? 글자를 새긴 동판들이 박혀 있는 문들이야.」

「응.」

「동판 하나에 다가가서 거기에 무어라고 씌어 있는지 읽어 봐.」

「세르게이 알리노비치라고 쓰여 있어.」

「그 문을 열고 무엇이 보이는지 말해 줘.」

눈꺼풀에 덮인 그녀의 눈알이 되록되록 움직인다.

「한 남자가 시체 더미 속에 누워 있어. 장소는 폐허로 변한 스탈린그라드야. 그는 피를 흘리며 구조를 기다리고 있지만, 위생병들은 그를 보지 못하고 멀리 지나가. 그들은 다른 부상자를 들것에 실어 옮겨. 세르게이가 불러도 너무 일에 열중한 나머지 듣지 못해. 그는 다시 부르지만, 목소리가 잦아들더니 그만…….」

「도로 나와. 네 전생의 단말마를 지켜보며 측은한 마음을 가질 때가 아냐. 그냥 네가 어디에 있는지 깨닫게 하기 위해서 열어 보라고 한 거야.」

「다른 이름들이 보여. 문 하나를 또 열어 볼까? 크리스 캘러헌이라는 이름이 적혀 있어. 문을 열게.」

「그가 무엇을 하고 있어?」

「말을 타고 칼을 높이 든 채로 적진을 향해 달려가고 있어. 미국에서 남북 전쟁이 한창 벌어지던 때인 것 같아. 맞은편에서는 적들이 사격을 가하고 있어. 그는 가슴에 총알을 맞고 말에서 떨어져.」

「다시 나와.」

「다른 문을 열어 볼게. 아실 바티스티라는 이름이 적힌 문이야. 그는 마르세유 항구에서 채소 장사를 하는 사람이야. 페스트가 창궐해서 숱한 사람들이 죽어 나가고 있어. 그는 집으로 돌아가다가 갑자기 비틀거려. 피부가 흑자색으로 변해 있고 허파가 불타듯이 아파서 가슴을 쥐어뜯고 있어.」

「이제 통로의 문들을 열지 마.」

「흥미진진한걸. 또 다른 문을 열어 보겠어. 발렌티나 멘도자라는 이름이 적힌 문이야. 그녀는 브라질에서 농사를 짓는 여자야. 그런데 늪지 근처에서 일하다가 뱀에 물렸어.」

「그만 나와. 그리고 다시는 문을 열지 마. 알았지?」

「통로로 다시 나왔어.」

「맞은편에 문이 하나 보일 거야. 맞은편 끄트머리에 있는 유일한 문이야. 보여?」

얇은 눈꺼풀에 덮인 눈알이 다시 움직인다.

「보여.」

「거기로 가. 그 문 뒤에 네가 지상에서 겪은 최초의 삶이 있어. 우리가 관심을 가지고 있는 것은 바로 그 삶이야.」

오로르는 문들에 적힌 전생들의 이름을 읽으면서 앞으로 나아간다. 통로를 막고 있는 문 앞에 다다라 보니, 이름이 로마자로 적혀 있지 않다.

「그 문을 열어.」

그런 다음 다비드가 묻는다.

「뭐가 보여?」

오로르는 다시 흥분한 기색을 보인다. 옴찔옴찔 얼굴에 경련이 인다.

「나는 눈 속에 뚫린 차가운 동굴에 들어와 있어.」

그녀의 얼굴에는 불안한 기색이 역력하다.

「산에 있는 동굴이 아니라 땅속에 있는 얼음 동굴인 것 같아. 그런데 놀랍게도 추위가 느껴지지 않아. 어떤 비밀스런 은신처에 와 있는 느낌이야. 바깥세상에서 벌어지는 나쁜 일들의 영향을 받지 않도록 보호를 받고 있는 듯해서 기분이 무척 좋아……. 내 옆에 두 남자가 있어. 젊은 남자와 나이가 더 많은 남자. 그리고…….」

「이제 나와서 문을 닫아.」

「네가 원하는 게 뭐야? 나보고 이 첫 생애를 다시 겪어 보라는 거야, 말라는 거야?」

다비드는 그녀의 다음 말을 막는다.

「그 삶 속으로 들어가는 건 맞는데, 삶의 시기가 달라. 그래서 다른 방식으로 들어가야 해. 문을 다시 열면 덩굴을 엮어서 만든 다리가 보일 거야. 그 다리를 건너면 다시 그 삶 속으로 들어가되 특정한 시점을 선택할 수 있어. 내가 시점을 말해 줄 테니까 그것에 정확하게 맞춰서 들어가면 좋겠어.」

「어떤 시기를 고를 건데?」

「네가 가장 아름다운 사랑을 경험했던 시기야.」

오로르는 눈을 감은 채로 눈썹을 찡그리더니 그의 지시를 따른다.

「좋아. 방에서 나왔다가 다시 문을 열었어. 정말 덩굴로 엮은 다리가 보여. 주위에는 안개가 자욱해.」

「이제 다리를 건너가서 그 순간으로 돌아가 봐.」

「어떤 순간?」

「조금 전에 말한 그 사랑의 대상을 처음으로 만난 순간으로 직접 가라는 거야.」

잠시 후 그녀의 입술이 움직인다. 그런데 아무 소리도 나오지 않다가 이윽고 말문이 트인다.

「나는…… 어떤 술집에 있어. 무대에서 춤을 추는 중이야. 나는 춤추는 것을 무척 좋아해. 몸이 물결치듯 구불거리고 살갗은 땀에 젖어 있어. 내가 고개를 흔들 때마다 가늘게 땋아 늘인 머리카락이 얼굴을 스쳐 가. 나는 허리를 하늘하늘 흔들어. 이 동작이 무척 마음에 들어. 음악의 리듬이 점점 강해지고 있어. 그때 테이블을 마주하고 앉은 손님들 속에서 한 사람이 눈에 띄어. 내가 알고 있지만 한 번도 다가간 적이 없는 사람이야.」

다비드는 자기도 모르게 묻는다.

「나이가 많은 남자야?」

「사실 그 남자를 마음에 둔 지는 오래되었어. 그는 카리스마가 넘치고 정말 특별해.」

다비드는 다시 목청을 가다듬고 묻지 않을 수 없다.

「머리가 조금 벗겨졌어?」

「아니, 갈색 머리를 길게 기르고 있는걸.」

「생물학 실험을 많이 하는 것으로 유명한 사람이야?」

「그보다 훨씬 중요한 인물이야. 샤먼이거든.」

다비드는 침을 꿀꺽 삼킨다.

「확실해?」

「나는 이미 이 술집에서 그를 본 적이 있어. 보자마자 사랑에 빠졌지. 아주 잘생겼고 기품이 있어. 어머니이신 지구와 이야기를 나누는 특권을 가진 사람이야. 나는 그 사람과 사랑을 나누고 싶어. 그래서 그에게 다가가서 내가 그를 어떻게 생각하는지 솔직하게 말해.」

다비드는 점점 더 당황한 기색을 보이며 묻는다.

「아, 그래? 그다음에는?」

「우리는 얘기를 나눠. 그는 정말 매력적이야. 나는 그의 집으로 따라가서 그와 사랑을 나눠.」

「그래서?」

「굉장해. 그의 생명력이 나한테 옮겨 오는 느낌이야. 사랑을 나눈 다음 우리는 샤먼의 일에 관해서 이야기를 나눠. 그는 지구에게 말을 거는 것이 얼마나 대단한 특권인지 설명해. 자기가 인류의 대표자가 되어 우리를 입주자로 받아 준

거대한 실체를 상대한다는 느낌이 든다는 거야.」

다비드는 더듬거린다.

「하지만…….」

「나는 그의 안내를 받아 피라미드 내부를 구경해. 우리는 통신을 위해 마련된 방에서 키스를 해. 그는 천천히 내 몸을 뒤로 젖히면서 내 머리카락과 목을 애무해. 그의 살갗이 닿는 것만으로도 기분이 황홀해. 그야말로 마법 같아.」

「그다음엔?」

「그런 다음 우리는 피라미드 내부에서 다시 몸을 섞어. 이건 내가 늘 꿈꿔 온 일이야. 마치 우리의 어머니이신 지구에 접속된 채로 사랑을 나누는 기분이야. 생명이 더 거대한 생명과 연결되어 있고, 사랑이 모든 사랑의 원천과 연결되어 있는 기분이랄까. 나는 경이롭고도 감미로운 순간을 경험하고 있어.」

「정말…… 그 샤먼이…… 네가 사랑하는 사람이야? 그러니까 네가 경험한 위대한 사랑의 상대가 바로 그 남자인 게 확실하냐고.」

「그래. 나는 오래도록 그와 사랑하기를 꿈꿨어. 그토록 활기차면서도 통찰력이 있는 남자는 본 적이 없어. 게다가 그는 아는 게 정말 많아. 내 육체를 벗어나 우주를 여행할 수 있도록 영혼을 자유롭게 만드는 법, 내 정신을 유체로 변화시켜 내가 원하는 대로 옮겨 다니는 법을 가르쳐 줘. 그래서 나는 어디든 갈 수 있어. 지구의 중심으로 가서 지구와 접속할 수도 있어. 이 엄청난 기분을 어떻게 설명해야 할지 모르겠어.」

다비드로서는 실망스럽기 그지없는 소리다. 내가 얼마나

순진했던가? 내가 최초의 생애에서 사랑했던 여자가 오로르일 수도 있다고 오래도록 믿었으니 말이다. 그녀가 오로르일 가능성은 매우 희박하다. 나는 참으로 어리석었다. 이제 그녀를 다른 곳에서 찾아보는 수밖에 없다. 누시아 말대로 우리는 영혼의 가족을 이루고 있으므로 서로 만나게 될 것이다.

오로르는 여전히 눈을 감은 채 미소를 짓고 있다. 사랑의 행복감에 흠뻑 젖은 표정이다. 그러다가 갑자기 그녀의 표정이 달라진다. 화가 나서 얼굴을 찡그리는 듯하다. 그녀가 소리친다.

「안 돼…….」

「무슨 문제가 생겼어?」

「안 돼, 안 돼, 안 돼!」

그녀의 얼굴에는 미련을 버리지 못하고 아쉬워하는 표정이 어려 있다.

「무슨 일이야?」

「알고 보니 나 혼자가 아냐. 그는 다른 여자들하고도 잠자리를 해. 심지어는 내 여자 친구들 가운데 몇몇 하고도 관계를 가져. 나와 사귀면서 어떻게 그럴 수 있지? 도저히 견딜 수가 없어!」

「너는 독점욕과 질투를 싫어했잖아. 내가 잘못 알고 있었나?」

「연모의 눈길로 그를 바라보는 여자들이 너무 많아!」

「나쁜 일에 한 여자가 매달리는 것보다 좋은 일에 여러 여자가 매달리는 게 낫지 않아?」

오로르는 대꾸하지 않고 차분하게 말을 잇는다.

「나는 그와 이야기를 나누고 그냥 친구 사이로 지내자고 합의해. 만족스럽지는 않지만, 언제든지 그를 따를 준비가 되어 있는 숱한 예찬자들 무리에 끼고 싶지 않아. 그건 내 스타일이 아냐. 그는 말해. 내 마음을 이해한다고, 우리가 함께 한 순간들을 결코 잊지 않겠다고. 내 손이 근질거려. 그의 따귀를 때려 주고 싶어.」

다비드는 태연을 가장하느라 애쓴다.

「그러고 나서는 어떻게 되지?」

「그런 다음 나는 다시 공부를 하고 계속 무대에서 춤을 춰. 그러면서 그를 잊으려고 애쓰지.」

「그래서?」

「당연히 쉽지 않아. 그는 정말 멋있고 매력이 넘쳐. 게다가 아는 것도 많잖아. 어쨌거나 우리 도시의 샤먼이야. 유일한 사람이고 비할 데 없는 사람이지. 그리고 그는…….」

오로르는 말을 멈추고 자기 전생의 새로운 장면들이 그냥 지나가도록 내버려 둔다.

「한마디로 나쁜 남자야! 그러다가 나는 다른 남자를 만나.」

다비드는 희망을 되살리며 묻는다.

「누군데?」

「생명체 연구를 전문으로 하는 과학자야. 경험이 많아. 내 눈에도 그게 보여. 명성이 대단한 생물학자야.」

다비드는 흥분을 억누른다.

「우리가 처음 만난 곳은 이번에도 그 술집이야. 나는 춤을 추고 있어. 나를 바라보는 그의 눈길이 느껴져. 나는 평소보다 낭창낭창하게 허리를 움직이며 배꼽으로 8자를 그리고,

땋아 늘인 머리채를 차랑차랑 흔들어. 나를 바라보는 남자들의 시선에서 번득이는 탐심의 빛이 좋아. 춤이 끝나자 나는 앞으로 쓰러지며 두 손으로 무대 바닥을 짚고 버티다가 박수갈채를 받으면서 다시 일어서. 나는 그에게 다가가서 말을 걸어.」

다비드가 앞질러 말한다.

「〈당신이랑 함께 일하고 싶어요〉라고 말했어?」

「그래, 그렇게 말했어. 남의 방해를 받지 않고 샤먼과 일할 수 있다면 좋겠지만 그건 이미 기대할 수 없는 일이야. 그래서 더 욕심 부리지 않고 그 생물학자와 일하는 것으로 만족할 수 있다고 느껴.」

「그 생물학자도 중요한 인물이잖아.」

「나이가 많고 머리가 벗겨지긴 했지만 나름대로 매력이 있어. 물론 샤먼에 비하면 아무것도 아니지만.」

「그 〈머리가 벗겨진 늙은 생물학자〉의 반응은 어때?」

「놀란 기색이야. 나는 그에게 설명해. 나 역시 생물학을 공부한다고, 만약 그가 함께 일하는 것을 허락한다면 나는 시간을 벌게 된다고, 그와 함께 일하는 것은 나에게 큰 영광이라고. 그는 겁을 먹은 표정이야. 나는 그 이유를 알아. 나한테 어떤 감정을 느끼지만 스스로 나이가 너무 많다고 생각하는 거야. 사실 그는 아주 서툴러. 그가 내 나이를 묻기에 나는 대답하지.」

「27세라고?」

「그래, 27세라고. 이번엔 내가 그의 나이를 물어. 그의 대답은…….」

「821세?」

「맞아. 당시에는 사람들이 지금보다 열 배나 더 오래 살았어. 왜냐하면 그들은…….」

「키도 열 배나 크고 수명도 열 배나 길었지. 그래, 그 남자가 마음에 들어?」

「별로야. 나는 대머리를 좋아하지 않거든. 게다가 나이 차이가 무려 794세야. 짝을 이루기에는 차이가 너무 많이 나지 않아? 하지만 나는 마음이 급해. 다른 모험을 통해 샤먼과 나눈 사랑을 잊고 싶어.」

「단지 그것 때문이야?」

「나에게 중요한 일은 밤마다 더 이상 샤먼 꿈을 꾸지 않는 거야. 나는 그 이별 때문에 너무 고통을 받고 있어. 그래서 그 과학자에게 관심을 가지려고 애쓰는 거야. 열정에 끌려가는 것을 대신하는 이성의 선택이야.」

「아, 그래? 그런데 둘이서 무슨 얘기를 나누지?」

「우리는 그가 최근에 벌인 생물학 연구에 관해서 이야기를 나눠. 그의 설명에 따르면, 그는 초소형의 새로운 인간을 만들어 내기 위한 독창적인 프로젝트를 진행하고 있어. 그 새로운 인간들은 보통 크기의 사람들이 들어갈 수 없는 비좁은 공간에서 정확한 동작을 요하는 임무들을 수행할 수 있을 거래. 특히 우주 비행 분야에서 말이야.」

오로르는 말을 멈춘다. 자기 머릿속에서 누가 말하는 것에 귀를 기울이는 듯한 표정이다.

「내가 처음부터 그 프로젝트에 관심을 가진 건 아냐. 하지만 흥미를 느끼는 척하는 게 그 사람한테는 매우 중요해. 그는 자기 연구에 대한 집념이 대단한 사람이야. 그리고…… 내 가슴에도 관심이 많은 것 같아. 이따금 내 가슴을 흘깃거리거든. 성적으로 약간의 욕구 불만 상태에 빠져 있는 게 아닌가 싶어.」

「아, 그래? 그가 자기의 연구에 대해서는 무슨 이야기를 하지?」

「실험들에 관한 이야기가 끝이 없어. 나는 예의상 질문을 하지. 식물과 동물을 어떤 식으로 소형화하느냐고. 그는 요리를 할 때처럼 재료에 약간의 손질을 가할 뿐이라고 대답해. 그 말이 재미있게 들려. 나는 요리를 무척 좋아하거든. 온갖 재료를 넣어서 일종의 스튜를 만드는 게 내 특기야. 소화가 아주 잘되는 음식은 아니지만 맛은 일품이지.」

다비드는 얼른 화제를 바꾼다.

「그래서…… 두 사람 사이가 좋아지고 있어?」

「그의 태도가 어색해. 그리고 내가 조리법을 설명하는데 별로 관심을 보이지 않아. 이대로는 안 되겠다 싶어서 내가 먼저 키스를 하려고 다가들었지.」

「아, 그래?」

「그는 깜짝 놀라는 눈치야. 나를 밀어낼 듯하더니 마음을 바꾸고 결국 내 키스를 받아 줘.」

오로르는 말을 멈춘다. 눈꺼풀에 덮인 눈알은 계속 움직이는데 입술은 달싹이지 않는다.

「그다음엔?」

오로르는 한참 뜸을 들이다가 대답한다.

「그의 키스는 신통치 않아. 나로서는 샤먼이 그리울 수밖에. 그 박력 있고 세련되고 달큰한 땀내를 풍기는 키스가 그리워. 하지만 그건 아무래도 좋아…… 이어서 우리는 사랑을 나눠. 하지만 그의 태도가 훨씬 어색하게 느껴져. 마치 나한테 겁을 먹고 있는 사람 같아.」

다시 침묵.

「음…… 해보니까 어때?」

「놀랍다고나 할까……. 821세나 된 남자가 사랑을 할 줄 몰라. 나보다 경험이 적은 것 같아. 마치 사춘기 소년을 대하는 느낌이야. 나는 내가 주도하면서 그에게 자극을 줘. 그와 살을 맞대고, 내가 춤출 때 사용하는 기술을 모두 동원해서 구불구불 몸을 움직여. 그는 이것을 무척 좋아해. 나는 좋지도 나쁘지도 않지만, 그는 무척 행복해하는 기색이야. 처음으로 섹스를 한다는 느낌이 들 정도야.」

오로르는 다시 입을 다물고 다비드는 다음 말을 초조하게 기다린다.

「그다음엔?」

「그러고 나서 그는 자기 실험실을 구경시켜 주겠다면서 나를 거기로 데려가. 미니 동물들과 분재처럼 작은 식물들이 많아. 아주 앙증맞은 모습들이야. 체고가 1.5미터밖에 되지 않는 말들은 일찍이 본 적이 없어. 체고가 50센티미터밖에 안 되는 개들도 마찬가지야.」

오로르는 전생의 세계에 깊이 들어가 있는 나머지 그게 현실 세계의 말과 개의 보통 크기라는 사실을 잊은 듯하다.

다비드는 그 점을 굳이 지적하지 않는다.

「다른 건 뭐가 있어?」

「기다란 선반들에 온갖 크기의 알들이 가지런히 놓여 있어. 그는 인간을 소형화하기 위한 자기의 실험에 관해서 말하고 있어. 곧 우리에 비해서 키가 10분의 1밖에 되지 않는 인간들을 만들어 낼 수 있으리라는 거야. 인류는 거인과 소인이라는 두 가지 크기로 존재하게 된다는 얘기지. 뿐만 아니라 미래에는 인류가 신장에 따라 셋 또는 네 종류로 나뉠 수도 있대. 그는 나한테 그림 하나를 보여 줘. 커다란 손 안에 중간 크기의 손이 들어 있고 다시 그 안에 작은 손이 들어 있는 그림이야. 그래서 내가 묻지. 어떻게 인류가 지금과 다른 형태로 존재할 수 있는가, 그것도 크기가 서로 다른 두 가지 또는 서너 가지 형태로 존재한다는 것이 어떻게 가능한가 하고 말이야. 그러자 그가 대답하기를…….」

하지만 다비드가 그녀의 말을 자른다.

「됐어, 오로르. 그 점에 대해서는 우리가 충분히 알고 있어. 이제 그 전생에서 빠져나와도 돼. 안개에 휩싸여 있는 그 다리로 돌아가.」

「아냐, 기다려. 나는 여기에 더 있고 싶어. 알고 싶은 것이 있어.」

「그 정도면 충분해. 어쨌거나 그 뒤에 벌어진 일은 내가 알고 있잖아. 네가 원하면 내가 이야기해 줄 수도 있어.」

오로르는 참으로 〈이국적인〉 그 시공간을 떠나기가 아쉽다. 하지만 다비드가 이르는 대로 다시 다리를 건너고 문을 찾아낸다. 문을 열고 통로로 들어서자 수를 세는 소리가 들린다. 오로르는 현실로 돌아갈 채비를 한다.

「7, 8, 9…… 10! 이제 눈을 떠!」

오로르는 천천히 눈을 뜬다. 그러고는 그를 바라보다가 느닷없이 그의 뒷덜미를 잡고 자기 쪽으로 끌어당기더니 진하게 입맞춤을 한다. 긴 입맞춤이다.

「다비드, 지금 나랑 하자. 8천 년 전 네가 821세이고 내가 27세일 때 했던 것처럼. 우리가 멈춘 시점에서 다시 시작하는 거야.」

그는 몸이 뻣뻣하게 굳어 버린다.

「왜 그래? 설마 나한테 겁을 먹은 건 아니겠지?」

「그게 그러니까…….」

「아유, 귀여워라. 그 어색한 표정이 내가 전생에서 본 모습과 똑같아.」

오로르는 짜르르한 쾌감에 몸을 떤다.

「이거 정말 흥분되는걸.」

「괜히 말로만…….」

그녀가 말을 자른다.

「아냐. 나는 우리 영혼들이 다시 만나기를 원한다고 생각해. 유대인들 말마따나 너는 〈나의 나머지 반쪽 오렌지〉야.」

그러더니 그의 옷을 벗기고 그를 침대로 확 밀어 버린다.

「이제 입 다물고 내가 하는 대로 가만히 있어. 8천 년 전처럼 나를 믿어. 남자가 먼저 덤벼 주기를 바라는 수동적인 여자 따위는 잊어버리고, 내가 주도하는 것을 받아들여. 보면 알겠지만 이게 무척 마음에 들 거야.」

오로르는 그에게 입맞춤을 퍼붓고 스스로 옷을 벗는다. 그는 자기 살의 여기저기에 그녀의 살이 닿는 것을 느낀다. 마치 다리 여덟 개 달린 문어가 서서히 덮쳐 오는 느낌이다.

그녀의 몸짓은 조금 거칠다. 만약 다비드가 여자였다면 그녀가 자기를 상대로 억지로 성행위를 하려 한다는 느낌을 받았을지도 모른다.

이렇듯 페미니즘을 끝까지 밀고 가면 역할 바꾸기에 도달하는 것은 아닐까?

오로르는 자기 무릎으로 그의 두 팔을 꽉 누른 채 그의 입에 아귀아귀 키스를 해댄다. 그러고는 그의 몸 여기저기에 더 얌전한 입맞춤을 퍼붓는다.

다비드는 눈을 감고 조금 버둥거리다가 그녀가 하는 대로 가만히 있는다. 그의 입가에 미소가 점점 크게 번져 간다.

## 98

나는 기억한다.

남극의 빙상 밑 3천 미터에서 내가 구해 낸 세 명의 마지막 거인, 즉 아슈콜라인과 은미얀과 케찰코아틀은 조용히 작업에 몰두했다.

그들의 작업은 피라미드 내벽에 인류 역사의 주요 장면을 새긴 샤먼의 작업과는 달랐다. 샤먼의 벽화는 초벌 작품이고 미완성의 습작이나 다름없었는데, 그마저도 그들의 섬이 사라질 때 함께 물속에 잠기고 말았다. 반면에 마지막 세 거인은 정교한 솜씨로 자기네 문명의 역사를 훨씬 충실하고 상세하게 새길 수 있었다.

물론 당시에도 나는 우주 어딘가에서 느닷없이 소행성이 날아올 수 있다는 점을 우려하고 있었다. 하지만 나의 공포에 변화가 생겼다.

나는 예전만큼 소행성에 대한 두려움에 시달리지 않았다. 대신 그 세 거인을 생각하며 처음으로 수심에 잠겼다.

달은 나에게 공포감을 주었고, 생명은 나에게 하나의 프로젝트를 구상하게 했다. 인간들은 나에게 눈을 제공하여 우주를 바라볼 수 있게 해주었고, 미니 인간들은 우주선을 타고 날아가 소행성들이 나에게 접근하기 전에 폭파시키는 장관을 보여 주었다. 그런데 그 마지막 생존자들은 나에게……

공감을 가르쳤다.

그건 처음 있는 일이었다. 나는 단지 어떤 종의 대표자들에게 마음을 쓴 것이 아니라, 이름과 자기 나름의 역사를 가진 개인들의 안전을 걱정했고 그들을 구원하고 싶었다.

내가 그들에게 애정을 느꼈다고 말할 수는 없으리라. 하지만 나는 그들에 대해 어떤 의무가 있다고, 피조물에 대한 창조자의 의무가 있다고 느꼈다.

따지고 보면 어느 날 영장류의 동물 하나와 멧돼지 한 마리가 만나도록 유도한 것은 바로 내가 아니었던가? 그 만남을 통해서 이종 교배가 이루어지고 훗날 〈인간〉이라는 이름으로 불리게 된 새로운 생명이 생겨나지 않았던가?

# 회수의 시기

## 99

### 경축일

정확히 1년 전 바로 오늘, 바로 이 시각에 에마슈들의 국가가 탄생했습니다. 돌이켜 보면, 당시에 거인들은 정치적으로, 경제적으로, 그리고 군사적으로 막다른 골목에 몰려 있었습니다. 만약 우리 에마슈들이 개입하지 않았다면, 특히 8백 명의 여전사들로 이루어진 특공대가 무인 정찰기를 개조한 비행접시를 타고 작전을 벌이지 않았다면, 제3차 세계 대전을 피할 수 없었을 것입니다. 또한 거인들은 환경 문제에서도 심각한 위험에 직면해 있었습니다. 만약 우리 에마슈들의 희생이 없었다면 일본 후쿠시마의 원자력 발전소는 폭발하고 말았을 것입니다. 그런 사건들을 겪고 1년 넘게 우여곡절을 겪은 끝에, UN은 우리 에마슈들에 대한 감사의 표시로 마이크로 랜드라는 독립국의 창설을 만장일치로 의결했습니다.

### 축하 행사

우리 신생국의 독립 1주년을 기념하는 행사가 오늘 저녁 마이크로폴리스 왕궁 정원에서 열립니다. 우리의 지나온 삶을 돌이켜 볼 수 있는 좋은 기회를 놓치지 마시기 바랍니다.

### 인구

우리의 출생률 제한 정책에 따라 마이크로 랜드의 인구는 현재 3백만 명 수준을 유지하고 있고, 인구의 90퍼센트는 마이크로폴리스에서 살고 있습니다.

### 경제

우리 경제는 지난 한 해 동안 42퍼센트의 성장을 기록했습니다. 최근에 〈10제곱〉이라는 기업은 기존 전자 칩의 크기를 10분의 1로 줄이는 새로운 공법을 개발했습니다. 우리 전문가들의 견해에 따르면, 〈10제곱〉의 첨단 칩들은 이제껏 알려진 컴퓨터들의 성능을 열 배나 향상시킬 수 있으리라고 합니다.

### 국민 소득

국민 총생산을 인구수로 나눈 1인당 국민 소득을 놓고 보면, 우리는 주민이 가장 부유한 나라들에 속합니다. 마이크로폴리스 증권 거래소도 출범을 눈앞에 두고 있습니다. 증권 거래소가 문을 열면 우리 나라 기업에 대한 거인들의 투자가 촉진될 것으로 보입니다.

### 국내 정치

왕 에마 109는 〈10제곱〉의 젊은 대표 이사 아메데 1835와 결혼하기로 결정했습니다. 왕의 말씀입니다. 〈그는 신세대에 속하는 젊은이입니다. 그런 점에서 저와 다른 점들이 있고 나이 차이가 많이 나는 것도 사실입니다. 하지만 이 아메데는 컴퓨터 공학 분야에서 초소형화 기술을 개발하여 빛나는 명성을 얻었습니다. 컴퓨터 공학과 전자 공학에 혁명을 가져올 P10이라는 칩을 발명한 사람이 바로 그입니다. 이건 공적인 말씀은 아닙니다만…… 나는 그를 사랑합니다. 나는 우리의 후세가 더 유능하고 강해져야 하리라고 생각합니다. 그래서 그토록 많은 과학적 진보를 이루어 낸 남자의 유전 인자를 보존하는 차원에서 되도록 많은 자식을 낳고자 합니다.〉

### 국내 정치(계속)

우리 정부에서 활동하던 네 명의 거인 장관, 즉 오로르 카메러와 다비드 웰스, 나탈리아 오비츠, 마르탱 자니코가 이제 에마슈들 스스로 국정을 온전히 책임질 때가 되었다고 판단하고 장관직에서 물러나기로 결정했습니다. 그렇지만 그들은 마이크로 랜드 국민들과 특별한 연대 관계를 계속 유지할 것이고, 프랑스에 돌아가더라도 우리 나라의 발전 과정을 지켜보기 위해 자주 돌아올 것이라고 합니다. 다비드 웰스 장관은 자기들의 사임이 에마슈 나라의 진정한 독립에 기여하리라는 점을 강조하면서 이렇게 말했습니다. 〈없어서는 안 되는 사람, 누가 감히 그런 사람을 자처하겠습니까? 저희도 예외가 아닙니다. 부모도 때가 되면 자식이 스스로 성장하도록 뒤로 물러나야 합니다.〉 그들은 비록 우리 나라를 떠나지만 프랑스`마이크로 랜드 친선 단체를 결성하여 두 나라의 우호 증진에 노력하겠다고 약속했습니다.

### 스포츠

마이크로 랜드의 축구 대표 팀은 다음 월드컵에 참가하지 않을 것입니다. 체육부 장관 아메데 456은 국제 축구 연맹 관계자들을 상대로 우리 선수들이 거인 선수들과 경기를 벌일 수 있도록 중간 크기의 공을 사용하는 방법을 제안했지만, 그들을 설득하는 데 실패했습니다. 체육부 장관의 말입니다. 〈사정이 이러하기 때문에 우리는 우리 자신의 크기에 맞는 경기장에서 우리 나름의 국제 축구 선수권 대회를 개최하는 방안을 검토하고 있습니다.〉

## 과학 기술

로봇 공학자 프랜시스 프리드먼 박사는 우리 기업 〈10제곱〉이 제조한 새로운 칩들을 로봇 제작에 이용함으로써 인공 의식을 갖춘 안드로이드 프로젝트를 한 단계 더 발전시켰습니다. 그는 이 새로운 로봇에 〈아시모프 003〉이라는 이름을 붙였습니다. 자아를 의식하는 최초의 모델을 개발한 데 이어, 마침내 신경증과 정신병을 앓을 정도로 심리가 발달한 첫 세대 로봇을 완성 단계로 끌어올린 것입니다. 프리드먼 박사는 〈아시모프 003〉 로봇들에게서 편집증과 우울증의 초기 증상들이 나타났다고 자랑스럽게 주장하고 있습니다. 박사의 말을 직접 들어 보겠습니다. 〈제가 보기에 이 로봇들에게 인간의 자격을 부여할 수 있는가 없는가 하는 문제는 이들이 우리처럼 미칠 수 있는가 없는가 하는 것과 관련되어 있습니다. 에마슈들에 관한 토론을 지켜본 뒤에 저는 한 인간을 구성하는 것이 무엇인가를 다시 규정할 때가 되었다고 생각했습니다. 인간에 관한 저의 정의는 자아를 의식하는 능력, 그리고 신경증 환자가 될 수 있는 능력에 바탕을 두고 있습니다. 그런 능력은 우리 종의 특성입니다. 우리 창조력의 근저에도 바로 그런 능력이 있을 것입니다. 저는 머지않아 과대망상이나 허언증이나 색정 과다증에 걸릴 수 있는 로봇을 만들어 낼 수 있으리라 기대하고 있습니다. 그런 로봇은 제 작업의 절정이 될 것입니다.〉 한편 프리드먼 박사의 한 동료는 익명을 요구하면서 이렇게 설명했습니다. 〈안드로이드의 정신을 프로그래밍하겠다는 프리드먼 박사의 작업을 지켜보노라면, 그가 자신의 신경증을 재생산함으로써 일종의 정신적 단위 생식을 하는 게 아닌가 하는 생각이 듭니다.〉

### 의학

〈청춘의 샘〉이라는 이름이 붙은 제라르 살드맹 박사의 프로젝트가 더 진행될 수 없게 되었습니다. 프랑스 보건부의 발표에 따르면, 병든 장기 대신 새 장기를 이식 받았던 노인들이 몇 해가 지나자 그 장기들이 암을 일으킨다면서 반발하고 있다고 합니다. 반면에 프랑스 사회 보험국의 책임자는 그 진단을 반박하면서 암이 발생한 경우는 소수에 지나지 않고 보건부의 발표는 정치적 선택이라고 설명했습니다. 노인들의 장수가 사회 보험의 막대한 적자를 야기하고 있기 때문에 그런 선택이 이루어졌다는 것입니다. 사회 보험국 책임자의 말을 직접 들어 보겠습니다. 〈보건부 장관은 생산 능력이 없는 은퇴자들이 장기를 바꿔 가며 수명을 연장해 가는 상황에서 그들의 연금과 치료비를 계속 지급하는 것은 바람직하지 않다고 생각하는 게 분명합니다.〉 그런가 하면 익명을 요구하는 또 다른 정부 소식통의 설명은 이러합니다. 〈현재의 사회당 정부는 노인들이 우파에게 투표하는 성향이 강하다는 사실을 알고 있습니다. 그러니까 노인들의 수가 늘어나는

것이 그들에게 도움이 될 리 없습니다.〉

### 이란

이란 혁명 수호 위원회가 이제껏 알려진 핵폭탄들보다 1백배나 강력한 신세대 핵폭탄의 제조를 승인했습니다. 위원회의 발표에 따르면, 이 핵폭탄은 〈지구 전체를 파괴할 수 있는 성능〉을 지닌 것이며 그 이름은 〈모두를 위한 낙원〉이라고 합니다. 미국과 유럽은 그런 기도를 〈모두를 공멸로 몰아가는 행위〉로 규정하고 즉각적인 경제 제재를 통해 이란 정부의 의지를 꺾어야 한다고 천명했습니다. 반면에 러시아와 중국은 이란의 주권을 내세우며 경제 제재 결의 요구에 대해 거부권을 행사하겠다고 맞섰습니다. 〈자국의 영토에서 스스로 원하는 것을 만드는 일〉에 간섭할 수 없다는 것이 그들의 논리입니다. 그에 대해 미국 대통령은 불을 가지고 노는 자들은 불에 데고 말 것이라 경고하면서, 자기들의 첨단 무기를 팔기 위해서라면 어떤 타협도 사양하지 않겠다는 태도에 대해 심각한 우려를 표명했습니다. 윌킨슨 대통령이 러시아와 중국의 지도자들을 겨냥해서 한 말입니다. 〈당신들은 우리 모두의 목을 매달 밧줄을 꼬고 있습니다.〉 하지만 중국 국가 주석의 대답은 이러합니다. 〈미국이 세계의 경찰 행세를 하던 시대는 끝났다. 이제 미국인들은 자기들의 이익에 부합하는 정책을 세계에 강요하기를 중단하고 자기들의 관점과 다른 관점이 존재한다는 것을 인정해야 한다. 세계에서 첫째가는 채무국이 된 마당에는 더더욱 그래야 한다.〉

### 〈우주 나비 2호〉 프로젝트

광자 추진 항성 간 우주선을 건조하겠다는 〈우주 나비 2호〉 프로젝트는 온갖 방해와 반대에도 계속 추진되고 있습니다. 종교인들과 탑승자의 국가별 안배를 요구하던 국가주의자들, 그리고 정치적이거나 경제적인 목적을 가지고 활동하는 여러 단체들은 이 프로젝트를 추진하는 사람들을 〈지구에서 도망치려는 비겁자들〉이라 주장하고 있습니다. 캐나다의 억만장자 실뱅 팀시트는 그런 방해가 자신의 의욕을 꺾기보다 오히려 동기를 더욱더 강화시키고 있다면서, 거듭되는 반대와 파괴 공작은 경화증에 걸린 이 늙은 인류를 떠나 멀리 우주의 다른 곳에서 새로운 인류 문명을 건설해야겠다는 생각을 공고하게 만들어 줄 뿐이라고 말했습니다.

### 마이크로 랜드·프랑스 공동 탐사

최근 멕시코만에서 지진이 발생한 뒤에 우리 탐사선이 아소르스 제도와 아메리카 대륙 사이의 대서양에서 해저 탐사를 벌였고, 〈10제곱〉사가 개발한 첨단 기술을 활용하여 해저에 지진으로 인한 균열이 생긴 사실을 알아냈습니다. 곧이어 에마슈 연구자들을 태운 심해 관측용 잠수정이 그 틈새로 접근했다가 인간의 손으로 만든 것으로 보이는 물건들을 발견했습니다. 그 물건들은 수천 년 전에 그 근방에서 수몰된 어떤 섬의 문명인들이 남긴 것으로 추정됩니다. 그 고대 도시는 바닷속 깊은 곳에 감춰져 있습니다. 하지만 우리의 첨단 기술로 만들어 낸 새로운 잠수 기구들을 사용한다면 음파 탐지기를 통해 그 존재가 드러난 틈새 속으로 내려갈 수 있으리라고 합니다. 우리 정부와 〈10제곱〉사의 후원을 받는 본격적인 심해 탐사대가 구성되어, 항간에서 성급하게 〈아틀란티스섬의 유적〉이라 부르고 있는 옛 문명의 흔적을 찾아 나설 것입니다. 탐사대는 며칠 내로 출발하여 해저에 정말로 고고학적인 유적이 있다는 소식을 전해 줄 수도 있을 것입니다.

### 천문학

지름 수백 킬로미터의 소행성 하나가 우리 행성으로 접근해 오고 있습니다. 하지만 마이크로 랜드의 천문학자들은 〈10제곱〉사의 새로운 컴퓨터들을 이용하여 충돌 가능성을 계산한 결과 그 소행성이 지구 표면에 떨어질 위험성은 매우 낮다고 말합니다. 〈테이아 8〉이라는 이름이 붙은 그 소행성은 지구의 인력에 영향을 받지 않고 우리 대기권에서 멀리 떨어진 곳으로 지나가리라는 것입니다.

### 날씨

오늘부터 기온이 오름세로 돌아서면서 평년보다 따뜻한 날씨가 당분간 이어질 것으로 보입니다.

## 100

마이크로 랜드의 선녀선남들이여, 생식을 하고자 하는 멋진 남녀들이 모이는 장소를 찾고 계십니까?

그렇다면 새로 문을 연 〈빨간 개미집〉이라는 레스토랑에 가보십시오. 〈빨간 개미집〉은 왕궁 근처, 시립 공원 북쪽 모퉁이에 있으니 눈에 금방 띌 것입니다. 이곳은 유행의 첨단을 걷는 레스토랑이며 생식을 원하는 에마슈들이 즐겨 찾는 곳입니다. 남성 에마슈들은 이곳에 가면 동기가 충만한 젊은 여자들의 제안을 받게 됩니다. 때로는 그녀들이 약간의 교태를 부리기도 합니다.

어쨌거나 중요한 것은 인생이 너무 짧으니 즐길 수 있을 만큼 즐겨야 한다는 사실입니다.

3세 미만의 에마슈에게는 입장이 금지되어 있습니다.

남자들은 무료로 입장합니다.

밤 11시 이후에는 술과 음료가 무료로 제공되고, 에마슈 스타 그룹 〈찌르륵거리는 귀뚜라미들〉이 마이크로 랜드의 최신 유행 가요들을 연주하는 가운데 레스토랑이 나이트클럽으로 변합니다.

## 101

### 백과사전: 종들의 소형화

생물의 역사를 돌이켜 보면, 동물들이 끊임없이 크기를 줄여 왔다는 사실을 확인할 수 있다.

공룡은 도마뱀으로 변했고, 매머드는 코끼리로 바뀌었으며, 잠자리는 2미터에 달하던 날개 폭이 12센티미터로 줄었다.

지구의 기온이 높아지면 이런 현상은 더욱 두드러지게 나타난다.

예를 들어 5천5백만 년 전, 지구의 온난화가 시작되어 2만 년 동안 기온이 6도 정도 상승하는 일이 벌어졌을 때, 얼음이 녹고 해수면이 높아졌으며 동식물의 일반적인 소형화가 이루어졌다. 벌이나 개미나 딱정벌레 같은 곤충들은 원래 크기의 70퍼센트에 이를 정도로 작아졌고, 쥐나 다람쥐 같은 포유류도 40퍼센트가량 크기가 줄었다.

현재 벌어지고 있는 새로운 지구 온난화도 그와 마찬가지 방식으로 영향을 미친다. 몇몇 학자들이 여든다섯 종의 동물을 놓고 연구한 결과 지난 20년 동안 마흔 종의 동물이 상당한 정도로 소형화의 길을 걸어왔다고 한다. 거북이, 도마뱀, 이구아나, 뱀, 두꺼비, 갈매기, 방울새, 비둘기, 북극곰, 사슴, 양 등이 그런 동물에 속한다.

지구 온난화에 따라 그렇게 동식물의 크기가 줄어드는 현상을 어떻게 설명할 수 있을까? 현재로서는 미국 앨라배마 대학의 생물학자 제니퍼 A. 셰리든과 싱가포르 국립 대학 교수 데이비드 빅포드가 공동 연구를 통해 그 문제와 관련된 유일한 가설을 제시하고 있다. 기온이 상승하면 가뭄이 심해지고 풀과 열매와 곡식의 크기가 줄어든다(기온이 1도 올라가면 열매의 크기는 3퍼센트에서 17퍼센트까지 줄어든다). 또한 이산화탄소가 많아지면서 대양이 산성화하고 플랑크톤과 해조류, 산호, 연체동물의 크기가 작아진다. 그러면 그것들을 먹이로 삼는 동물들의 영양이 부족해지면서 성장이 정체하거나 심지어 크기가 작아진다.

에드몽 웰스, 『상대적이며 절대적인 지식의 백과사전』 제7권
(샤를 웰스의 개정을 거친 것임)

## 102

뱃머리가 물결을 가르며 은빛 물보라를 일으킨다. 이물 앞쪽으로 날치들이 쏜살같이 달아난다. 수면 위로 낮게 날아가는 모양이 물에 사는 동물 같기도 하고 공중을 나는 동물 같기도 하다.

이 배는 원래 거인들이 심해를 탐사하러 갈 때 타던 것이다. 그런데 마이크로 랜드 기술자들이 모든 선구와 기계를 다시 장비하여 에마슈의 크기에 맞는 탐사선으로 개조했다. 배의 이름도 에마슈의 특성을 고려하여 〈릴리퍼트 빅토리〉로 바꾸었다.

탐사선은 며칠 전에 마이크로폴리스 항구를 떠나 아소르

스 제도와 멕시코 해안 사이에 새로 생겨난 해저의 균열을 향해 나아가고 있다. 바로 거기에서 에마슈의 잠수 팀이 인간 문명의 흔적을 찾아냈다. 인간의 손으로 만든 물건들을 건져 올린 것이다. 방사성 탄소 연대 측정법을 사용한 결과 그 물건들은 8천여 년 전에 만들어진 것으로 밝혀졌다.

〈릴리퍼트 빅토리〉호는 마이크로 랜드의 국기를 펄럭이며 나아간다. 깃발의 연보라색 바탕 한복판에는 하얀 동그라미가 있고 그 동그라미 안에는 검은 개미가 그려져 있다.

배에는 에마슈 승조원들 외에 〈인류의 다른 갈래〉(일부 에마슈들이 〈구닥다리 종〉이라고 빈정거리는 갈래)에 속하는 손님들도 동승해 있다. 다비드 웰스, 오로르 카메러, 나탈리아 오비츠, 마르탱 자니코가 바로 그들이다.

최초의 에마슈들을 만들어 낸 두 과학자는 이제 공공연하게 커플임을 드러내는 데에 주저하지 않는다. 서로 손을 잡고 틈만 나면 키스를 나눈다. 마치 끊임없이 신체적인 접촉을 하지 않고는 살아갈 수 없는 사람들인 것만 같다.

나탈리아 역시 자기의 거대한 동반자를 향해 다정한 몸짓을 보내지만 그녀의 태도는 한결 절제되어 있다.

「사실 저 남자가 너무 〈높긴〉 하죠.」

나탈리아는 승조원들에게 농을 던지며 덧붙인다.

「그래도…… 나는 키가 크다고 해서 사람을 차별하지는 않아요.」

그러자 마르탱은 짐짓 기분이 상한 척한다. 나탈리아는 그의 볼을 꼬집으며 말한다.

「이 사람이 사라져 가는 종의 마지막 대표자들 가운데 하나라는 점을 고려해야 해요. 안 그래, 나의 매머드?」

마르탱은 못마땅하다는 듯 무언가를 구시렁거리더니, 갑자기 그녀를 끌어안고 다정하게 키스를 한다.

그가 아침에 일어났을 때의 기분에 맞춰 골라 입은 티셔츠에는 몇 가지 머피의 법칙이 적혀 있다. 그는 커플을 주제로 선택했다.

111. 괜찮은 여자들과 괜찮은 남자들에게는 이미 임자가 있다. 만약 임자가 없다면, 그들에게 무언가 감춰진 문제가 있는 것이다.

112. 어떤 사람에게 매력이 있다면, 그 매력의 30퍼센트는 그가 가진 것과 관련되어 있고, 나머지 70퍼센트는 그가 가졌으리라고 남들이 믿는 것과 관련되어 있다.

113. 사랑은 지성에 대한 상상력의 승리이다.

114. 결혼은 경험에 대한 희망의 승리이다.

115. 한 여자는 한 남자의 장점에 끌려 가까워지지만, 그 장점이란 대개 3년이 지나면 여자가 더 이상 견딜 수 없는 단점으로 변한다.

〈릴리퍼트 빅토리〉호의 식당에 저녁이 차려졌다. 티크 목재에 무늬를 새겨 만든 식탁 주위에 거인을 위한 의자들과 에마슈를 위한 의자들이 놓여 있다. 식탁과 의자들은 인간이든 에마슈든 서로 눈높이를 맞출 수 있도록 설계되어 있다.

이날 저녁에 모인 사람들은 거인 손님 네 명과 〈릴리퍼트 빅토리〉호의 선장 에마 103, 그리고 에마슈 탐사대원 몇 명이다.

나탈리아가 인사말을 건넨다.

「선장님, 우리의 동승을 기꺼이 받아 주셔서 대단히 영광스럽습니다. 당연한 얘기지만, 우리는 왕년에 선장님이 칠레 광부들을 구조하는 놀라운 활약상을 지켜보았습니다.」

선장은 배에 탄 것을 환영한다는 듯 두 팔을 펼치며 대답한다.

「여러분을 이 배에 모시게 되어 저야말로 기쁘기 그지없습니다. 여러분은 마이크로 랜드의 장관들 중에서도 가장 명망 높은 분들이었을 뿐만 아니라 우리를 창조하신 분들이기도 하니까요.」

다비드는 식당 안을 휘휘 둘러본다.

「웰스 박사님, 저는 당신을 생각하면서 이 방의 벽들을 꾸몄습니다.」

거인 손님들은 그제야 알아차린다. 벽에 걸린 그림들이 모두 진화라는 동일한 주제를 담고 있다. 그림들은 인류의 진화 과정을 행렬의 형태로 나타낸 여러 계통도로 구성되어 있는데, 각각의 행렬이 원숭이로 시작하여 현대의 인간으로 끝나는 것은 동일하지만 결말이 서로 다르다. 한 행렬에서는 가장 진화한 인간이 비만에 걸린 소년의 모습을 하고 있다. 소년은 안경을 낀 채 컴퓨터 앞에 앉아 햄버거를 먹고 있다. 둘째 행렬은 한 외계인이 인간에게 도구 사용법을 가르치는 것으로 끝난다. 셋째 행렬은 서 있는 인간으로 끝나지만, 이 인간은 원숭이 시절로 돌아가려는 듯 등을 구부리고 있다. 넷째 행렬의 인간들은 갈수록 작아진다. 다섯째 행렬에서는 마지막 단계의 인간이 바다로 뛰어들어 돌고래와 비슷한 존재로 변한다. 여섯째 행렬에서는 인류가 더듬이나 뿔 같은 것으로 땅을 파는 곤충형 인간으로 진화한다. 일곱째 행렬에서는 마지막 단계의 인간이 박쥐처럼 날아다닌다.

선장은 포도주를 담당하는 에마슈에게 신호를 보내어 술

을 따르게 한다. 나탈리아가 묻는다.

「친애하는 에마 103, 우리가 당신을 그냥 103이라고 불러도 될까요?」

에마 103은 나탈리아가 에마슈들의 관행을 알고 있다는 사실에 빙긋 웃는다. 사실 얼마 전부터 에마라는 말은 프랑스어의 〈마담〉에 해당하는 경칭이 되었고, 아메데라는 말은 〈므시외〉에 해당하는 경칭처럼 쓰이게 되었다. 그러니까 나탈리아가 그녀를 에마 103 대신 그냥 103이라 부르겠다는 것은 경칭을 생략하고 더 친근하게 대하겠다는 뜻이 되는 셈이다. 에마슈들의 이름과 관련된 관행이 또 하나 있다. 에마슈들의 번호가 네 자릿수 이상이 되면 이름을 부르기가 번거로워진다. 그래서 끝의 세 자리를 생략하고 1천 이상의 수만 부르는 관행이 생겨났다. 예를 들어 에마 103,683은 에마 103의 까마득한 후배이지만, 혼동의 여지가 없다면 일상생활에서는 둘 다 103이라 불릴 수 있다는 얘기다.

에마 103이 대답한다.

「여부가 있겠습니까?」

「그렇다면 친애하는 103, 우리가 당신의 환대를 아주 높이 평가하고 있다는 점을 알아주세요. 우리는 이 탐사가 우리 문명과 당신네 문명의 상보성을 입증하는 기회가 되기를 바랍니다.」

나탈리아는 술잔을 높이 든다. 술잔에 담긴 포도주는 마이크로 랜드에서 생산된 당도가 매우 높은 초소형 포도를 발효시켜 만든 것이다.

선장의 오른쪽에는 에마슈 두 사람이 앉아 있다. 특수한 훈련을 받고 해저 동굴 탐사의 전문가가 된 여자들이다. 선장이 그들을 가리키면서 알려 준다.

「내일 해저 단층의 틈새로 내려갈 대원들이 바로 이 친구들입니다.」

두 대원은 거인 손님들과 자리를 같이해서 주눅이 들었는지 저녁 식사 내내 아무 말도 하지 않고 그저 소리를 적게 내려고 애쓰면서 먹고 마시기만 했다.

오로르가 술잔을 들면서 말문을 연다.

「우리는 이 항해를 일종의 허니문으로 생각하고 있어요.」

모두가 다시 건배를 한다.

「허니문을 위하여!」

선장이 다비드 쪽으로 몸을 돌린다.

「친애하는 다비드 웰스, 듣자 하니 당신 아버님이 남극 탐사 도중에 돌아가셨다고 하더군요. 혹시 남극에 가서 아버님의 자취를 찾아보겠다는 생각은 안 하셨는지요?」

다비드는 술을 잘못 삼키는 바람에 냅킨을 입에 대고 한참이나 기침을 해댄 뒤에 숨을 가눈다.

「음…… 미안해요……. 아버지가 남극으로 떠나신 것은 사실입니다. 대륙빙 아래 3천 미터 깊이에 있는 빙저호에 공룡의 화석이 묻혀 있으리라 생각하시고 그것을 찾으러 가셨죠. 하지만 공룡의 화석을 찾아내지는 못하셨어요.」

「그래요? 그것 참 흥미롭군요. 그럼 뭘 찾아내셨나요?」

「그러니까…… 음…… 거인들의 유골요.」

선장은 그 말이 농담인가 싶어 긴가민가하는 표정으로 다비드를 살피다가 웃음을 참으며 다시 묻는다.

「당신들보다 더 큰 사람들의 유골을 찾아냈단 말인가요?」

「아버지의 기록에 따르면, 열 배나 더 크고 열 배나 더 오래 살았던 사람들이랍니다. 사실인지는 알 수 없지만, 아버지가 남극의 보스토크 호수에서 찾아냈다고 생각하신 게 바로 그들의 유골입니다. 그런 내용을 수첩에 기록하셨어요. 만약 아버지가 이 방의 벽에 그려진 것과 같은 행렬 그림을 기록에 첨가하셨다면, 그 그림은 원숭이에서 시작하여 어떤 거인에 도달하는 행렬이 되지 않았을까 싶어요. 인간이 점점 작아지다가 다시 커지는 식으로 그려졌으리라는 것이죠.」

선장은 속마음을 감추고 묻는다.

「작아지다가 다시 커진다고요? 참으로 놀라운 생각이군요. 그런데 왜 그런 정보를 공표하지 않으셨나요?」

다비드가 대답하려는데, 오로르가 먼저 나선다.

「그건 한낱 가설일 뿐이에요. 우리 인류에 앞서 거인들이 존재했다는 주장은 있지만 그것을 입증할 만한 분명한 증거는 전혀 없었어요. 우리는 과학자인 만큼 증거가 없이 무언가를 주장할 수 없어요. 수첩에 써놓은 글은 개인적인 견해일 뿐 객관적인 증거는 아니죠. 그 수첩은 소설적인 망상과 다를 게 없어요.」

「그렇다면 당신들에 앞서 거인들이 존재했다는 게 진실인지 거짓인지 누구도 확신할 수 없다는 얘기로군요.」

에마슈 승조원들이 대접하는 음식의 양은 식탁에 둘러앉은 사람들의 크기에 따라 다르다. 그래서 에마슈들이 초소형 닭의 다리를 하나씩 먹을 때, 거인들은 자두보다 크지 않은 그 초소형 닭들의 다리를 여남은 개씩 먹는다.

「어쨌거나 우리에 앞서 당신들이 존재해 온 것처럼 당신들에 앞서 거인들이 존재했다면, 그건 정말 굉장한 일이에요. 그 거인들은 당신들보다 훨씬 크고 훨씬…… 뭐랄까요…… 훨씬…….」

자니코가 조롱기 어린 말투로 끼어든다.

「심하게 환경을 오염시키는 존재들이었겠죠.」

「아뇨, 내 말은 훨씬 경험이 풍부했으리라는 거예요.」

「키가 17미터나 되는 인간들이 80억 명이나 된다고 상상해 봐요! 지구가 미어터질 게 분명해요.」

다비드가 거든다.

「게다가 그들은 수명이 1천 년이었대요.」

「먹어 치우는 음식의 양이 어마어마했겠네요. 동물이고 식물이고 남아나는 게 있었을지 모르겠군요.」

나탈리아도 그 주제에 흥미를 느낀 듯 말을 보탠다.

「그래도 그들이 스스로 절제할 줄 알았다면, 그래서 자연과 조화롭게 살 줄 알았다면 얘기가 달라지죠.」

「교육이나 도덕의 힘을 믿는 건가요? 그렇다면 진지하게 생각해 봐요. 우리가 잘 알고 있다시피 그런 것은 일시적으로만 통하고 결국엔 이기주의가 득세해요. 인간은 근본적으로 쾌락을 좋아해요. 키가 17미터나 되고 1천 년 동안이나 사는 이기적인 향락주의자들이라면 지구와 다른 생물들에게 지독한 해를 끼쳤을 게 분명해요. 그렇게 생각하지 않으세요?」

모두가 생각에 잠긴다. 이윽고 선장이 다시 말문을 연다.

「그거야 지구에 정말로 거인들이 존재했을 때의 얘기죠.」

나탈리아가 말한다.

「인간과 환경의 관계는 생활 양식의 문제도 아니고 소비주의의 문제도 아닌 것 같아요. 인간은 크기가 어떠하든 쩨쩨하거나 관대할 수도 있고, 이기적이거나 연대를 중시할 수도 있어요. 눈앞의 일만을 생각하는 사람들이 있는가 하면 멀리 앞을 내다볼 줄 아는 사람들도 있죠. 그건 뇌의 크기에 따라 달라지는 문제도 아니에요. 중요한 건…… 의식이죠.」

선장은 세심하게 손을 놀려 닭의 다리를 먹다 말고 깜짝 놀란다.

「의식이라고요? 의식이라는 말은 잡동사니를 넣어 두는 창고처럼 갖가지 뜻을 담고 있는 말 같아요. 뉴스를 보셔서 다들 아시겠지만, 프리드먼 박사도 자기가 개발한 〈아시모프〉 로봇들을 놓고 의식이라는 말을 하더군요. 의식을 지닌 로봇을 만들겠다면서 그가 일껏 찾아낸 것이…… 신경증이더군요. 마치 신경증에 걸리는 것을 진화의 한 징표로 생각하는 모양이에요.」

그러면서 선장은 방의 한쪽 구석을 가리킨다. 손님들이 방에 들어서면서 보지 못한 그 구석에는 원숭이로 시작하여 핵폭탄으로 끝나는 진화의 행렬이 그려져 있다.

에마 103은 재치 있는 응수를 했다는 생각에 스스로 흡족해하는 기색이다.

그들은 감자를 먹는다. 거인들의 눈에는 올리브처럼 보이는 감자들이다.

선장이 다시 말문을 연다.

「어쨌거나 우리에 앞서 지구에 거인들이 존재했다면, 그건 인류가 점점 작아지는 것이 진화의 방향임을 말해 주는 것입니다.」

밖에서는 바람이 포효하고 배가 파도에 흔들리기 시작한다. 그들은 술잔이 쓰러지지 않도록 붙잡는다.

오로르가 상기시킨다.

「종들의 소형화는 다비드의 논문 주제였어요. 자기 증조부의 백과사전에 나오는 한 대목에서 영감을 얻었죠.」

선장이 말을 받는다.

「내가 보기에 다비드의 주장은 당신들의 공식적인 전망과는 반대가 되는 것 같더군요. 예전에 내가 당신네 텔레비전에서 보았던 것이 생각나요. 전문가들이 인간의 키가 더 커질 것으로 예상하고 있었고 아기들의 영양 상태가 더 좋아지는 것을 주된 원인으로 꼽더군요.」

거인 손님들은 아주 작은 감자들을 포크 대신 숟가락으로 퍼먹는다.

「그리고 그 전문가들은 사회가 더 남성화하리라는 전망도 내놓았어요. 중국과 인도 등지에 아들을 선호하는 전통이 남아 있고, 초음파 검사를 통해 태아의 성별을 알아낼 수 있기 때문에 남성의 비율이 더 높아지리라는 얘기였습니다. 그런 점에서 보면 우리 에마슈들이 생겨난 것은 진화 과정에서 벌어진 일종의 사고인 셈이죠. 당신네 전문가들이 예견한 것을 거스른 셈이니까요.」

선장은 인류가 점점 작아지는 쪽으로 진화하는 모습을 나타낸 그림을 가리킨다. 다른 에마슈들은 고개를 끄덕인다. 선장은 분위기를 누그러뜨릴 양으로 건배를 제안한다.

「〈진화 과정에서 벌어진 사고〉를 위하여!」

그러더니 갑자기 거인들을 빤히 바라보다가 말을 잇는다.

「어쨌거나 네 분이 역사의 흐름을 바꾸셨습니다. 이건 진심으로 드리는 말씀입니다만…… 네 분은 선구자들입니다. 아니 그 이상입니다. 네 분이 아니었다면 우리가 바라보는 거인들의 이미지가 더 나빠졌을 것입니다. 솔직히 고백하자면, 요즘에 우리 나라에서는 거인들에 대한 평판이 좋지 않습니다.」

거인들은 놀란 표정을 짓는다. 마이크로 랜드의 미디어에서 무슨 얘기들을 하고 있는지 잘 모르고 있는 것이다.

「거인들을 신격화하던 시대는 끝났습니다. 우리의 유력한 언론인들 가운데 다수는 거인들을 비판합니다. 특히 젊은 이들은 더 자유분방한 태도를 보이고 있습니다.」

「그게 무슨 뜻이죠?」

「그들은 거인들이 서툴고 난폭한 동물이라고 생각합니다. 충동을 조절할 수 없는 사람들이라고 보는 것이죠. 거인들의 위생이 불완전하고, 그들의 땀샘이 너무 비대해서 나쁜 냄새가 난다고 생각하는 에마슈들이 적지 않습니다.」

긴 침묵이 이어진다.

선장이 말을 잇는다.

「이것을 아셔야 합니다. 젊은 에마슈들은 여러분이 우리를 위해서 하신 일을 잊어 가고 있어요.」

선장 옆에 앉은 탐사대원이 고개를 끄덕인다.

「MIEL, 즉 자유 에마슈 국제 운동이라는 단체가 여전히 활동하고 있어요. 이제는 하나의 정당이 되어 우리 의회에서 의석을 차지하고 있습니다.」

나탈리아는 눈썹을 찡그린다. 동석한 에마슈들이 음식을 씹는 소리가 들린다. 선장은 그 얘기를 화제에 올리지 않는 편이 나았음을 알아차린다. 하지만 이야기를 되돌릴 수 없으니 사정을 제대로 설명하는 수밖에 없다.

「저는MIEL 당원들처럼 과격하지 않습니다. 여러분에 앞서 또 다른 거인들이 있었다는 이론은 제가 보기에 일부 거인들이 우리가 아직 알지 못하는 것들을 이해하고 있다는 증거입니다. 우리는 〈선배 종〉으로부터 가르침을 받아야 할 것이 많습니다. 젊은이들이 무어라고 생각하든, 우리는 거인들이 무수한 세대의 경험을 통해 얻은 지혜를 불과 몇 세대만에 따라잡을 수 없습니다. 만약 거인들이 자기들보다 앞선 또 다른 거인들의 경험과 연결되어 있다면 더더욱 그러하죠.」

선장은 다시 술잔을 들어 손님들에게 경의를 표한다. 에마슈들은 속으로 안도하며 얼른 선장을 따라 한다.

「하긴 우리가 이 배에 함께 탄 것도 옛 거인들의 흔적을 찾기 위해서입니다. 저는 며칠 내로 우리가 그 미스터리에 관한 답을 찾아내리라고 기대합니다. 아무튼 내일이면 목적지에 다다를 것입니다. 우리의 첫 탐사 팀이 잔해를 발견했던 바로 그곳에 말입니다.」

바람이 강해지고 파도가 높아지자 배가 심하게 흔들린다.

선장은 가방 하나를 뒤져 정교한 무늬가 새겨진 갈색 판들을 꺼낸다.

「이것은 바다 밑바닥에서 건져 올린 물건들입니다. 아직 우리가 해독하지 못한 퍼즐의 조각들이죠. 하지만 이것들을 발견한 지점의 주변을 샅샅이 뒤져 보면 더 많은 것을 말해 주는 다른 조각들을 찾아낼 수 있을 것입니다.」

너울 때문에 배가 요동치고 그들도 심하게 흔들린다. 쓰러진 물건들을 다시 세우고 나자, 오로르가 공격에 나선다.

「선장님, 말씀하시는 것을 듣다 보니 기분이 썩 좋지는 않아요. 혹시 에마슈들이 우리 거인들보다 영리하다고 생각하시는 건 아닌가요?」

한순간에 긴장이 고조된다.

「저는 그렇게 말하지 않았습니다. 다만 이 점을 인정하셔야 한다고…….」

「정말 에마슈들이 똑똑하다고 생각하시는 모양인데, 그렇다면 내가 수수께끼 하나를 낼 테니 맞혀 보세요. 진화의 정도를 가늠할 수 있는 수수께끼예요.」

에마 103은 분위기를 바꿀 기회가 생겼다 싶어 반색을 한다.

「저는 수수께끼를 무척 좋아합니다.」

「자, 이거예요. 〈성냥개비 세 개를 가지고 네모를 만드는 방법은?〉」

오로르는 나탈리아의 호주머니에 손가락 두 개를 집어넣어 성냥갑을 빼내더니 거기에서 성냥개비 세 개를 꺼내어 선장에게 내민다.

에마 103은 좌중을 둘러보고 조금 멈칫거리다가 성냥개비들을 받아 식탁 위에 놓고는 그것들을 이리저리 움직여 기하학적인 형태를 만들기 시작한다. 세모를 만들기는 쉽지만 네모는 만들어지지 않는다.

「좋아요, 한번 해볼 테니 생각할 시간을 조금 주세요.」

모두가 입을 다물고 지켜보는 가운데, 에마 103은 다시 답을 찾아보려고 한다.

오로르가 빈정거린다.

「어때요, 여전히 확신에 변함이 없나요? 에마슈들의 정신이 거인들에 비해 더 진화한 거 맞아요?」

「그런데 정말 답이 있는 거 확실해요? 제가 보기엔 좀…… 뭐랄까…… 답이 없을 것 같은데요.」

「어떤 뇌를 가진 사람에게는 답이 없는 것처럼 보일 수도 있죠. 뇌가 다르면 문제 해결 능력에 차이가 나게 마련이에요.」

에마 103은 그 도발에 대꾸하지 않는다.

「성냥개비 세 개로 네모를 만드는 건 불가능해요. 아무래도 당신이 나를 속이는 것 같군요.」

다비드가 오로르를 거든다.

「내가 장담하건대 답이 있어요. 내 증조부께서 답을 찾아내셨어요.」

오로르가 말끝을 단다.

「현재만 놓고 보면 두뇌 게임의 측면에서 당신들은 아직 우리의 적수가 되지 못하는 것 같네요.」

에마 103이 대답한다.

「정말 답이 있다면, 제가 찾아보겠습니다.」

그러고는 인간이 점점 작아지는 쪽으로 진화하는 모습을 그린 그림을 뚫어져라 바라본다. 마치 스스로 해낼 수 있다는 확신을 얻으려는 듯하다.

손님들은 방 안에 갑자기 긴장이 감도는 것을 느끼고 애써 미소를 지으며 예의를 차린다. 하지만 선장의 말은 그들의 마음에 찜찜한 여운을 남겼다.

선장은 눈썹을 찌푸린 채로 식탁에 놓인 성냥개비들을 계속 바라본다.

## 103

거인들 사이로 돌아다닐 때 불안을 느끼시지 않습니까? 발 디디는 자리를 살피지 않고 걸어가는 거인들을 보면 그들의 커다란 신발 밑창에 깔려 박살이 날 수도 있겠다는 생각이 들지 않습니까? 저녁이 되어 어둠이 내리면 더더욱 그런 느낌이 들 것입니다. 거인들은 심한 뒤듬바리이거든요.

하지만 〈반딧불 신호기〉를 사용하시면 사정이 달라집니다. 여러분 주위에서 빛이 깜박거리기 때문에 사방으로 몇 미터 떨어진 곳에서도 누구나 여러분을 볼 수 있습니다. 거인들이 술에 취하거나 근시라 해도 문제될 것이 없습니다.

〈반딧불 신호기〉를 사용하시면 거인들 세계에 관광을 가셔도 부주의한 발길에 차이거나 신발 밑창에 깔리는 것에 대한 두려움에서 벗어날 수 있습니다.

## 104

그렇게 내가 구해 낸 마지막 세 거인은 사라진 문명의 기억을 한 장면 한 장면 새겨 나갔다.

그런데 불사의 능력을 지닌 나와는 달리 그들은 죽음을 피할 수 없는 존재들이었다. 소인들에 비하면 수명이 훨씬 길었지만, 세월이 그들을 공격하는 것은 막을 길이 없었다.

먼저 가장 나이가 어린 케찰코아틀이 죽었다. 그는 동굴의 서늘한 구역에서 오랫동안 작업을 하다가 감기에 걸렸고, 신열에 신음하다가 어느 날 밤 세상을 떠났다.

그다음은 은미얀이었다. 그녀는 심장병을 앓았고 무언가 잘못되어 혈관이 막혀 버렸다. 결국 가슴이 빠개지는 통증에 시달리다 숨을 거뒀다.

가장 나이가 많은 아슈콜라인이 홀로 남았다. 그는 아들에 이어 아내를 잃고 오래도록 울었다. 하지만 임무를 포기하고 싶지 않았기에, 자기네 문명의 위대한 역정을 더욱 악착스럽게 벽에 새겼다. 마치 자기가 살아남은 것의 의미는 오로지 벽화를 완성하는 데 있다고 생각하는 듯했다.

동굴 벽을 따라서 길게 이어진 벽화는 호수 가장자리에 있는 방에서 완성되었다. 거기에서 아슈콜라인은 손이 뻣뻣해지거나 물집이 생기는 것을 막기 위해 천으로 손을 둘둘 만 채로 작업을 계속했다. 하얗게 센 머리는 치렁치렁하고 수염도 덥수룩했다. 그는 네 번째 재앙, 즉 소행성 〈테이아 7〉이 떨어져 자기네 섬과 민족이 바닷속에 잠겨 버린 사건을 벽에 새겼다.

마지막 끌질을 하고 나서 그는 모든 예술가가 그러듯 자기 작품을 조금 떨어져서 바라보고 싶었다.

그는 뒤로 물러섰다. 그러다가 호수 가장자리에서 미끄러져 물속에 빠졌다. 그는 다시 둑으로 올라오지 못했다. 대홍수 때는 가까스로 죽음을 면했지만 이번에는 물에서 헤어날 수 없었다.

나는 그곳의 온도를 낮추어 그의 시신이 얼음 속에서 영원히 보존되도록 만들었다.

그는 내가 창조한 인류의 마지막 생존자였다.

그는 자기 임무를 완수했다.

## 105

〈릴리퍼트 빅토리〉호의 갑판 앞쪽에서 다비드와 오로르는 은빛 달을 바라본다.

「내가 어리석었어. 선장한테 그런 식으로 도발을 하는 게 아니었는데. 내일 선장한테 우리 역시 성냥개비 수수께끼의 답을 찾아내지 못했다고, 어쩌면 답이 없을지도 모른다고 고백해야 하는데, 그러면 우리가 얼마나 우스꽝스러워 보이겠어?」

「증조부가 백과사전에 그 수수께끼를 올려놓으셨다는 것은 답이 존재한다는 뜻이야. 다만 어딘가에 답을 적어 놓으셨을 법한데 그러지 않으셨다는 게 이해가 되지 않아. 책을 아무리 뒤져 봐도 답이 나오지 않더라고.」

「에마 103에게 뭐라고 말하지? 〈좋아요, 답을 못 찾았군요. 사실은 우리도 답을 몰라요. 결국 우리 문명과 당신네 문명이 동일한 난관에 부딪친 셈이군요〉 하는 식으로 말할까?」

「너의 도발에 담긴 의미가 중대했어. 내가 에마 103을 알기에 하는 말이지만, 그녀는 이 일화를 널리 알리려고 할 거야. 우리 거인들이 허풍을 많이 치는 것에 비하면 실속이 없다는 것을 보여 주기 위해서 말이야. 오로르, 도대체 무슨 생각으로 그런 일을 벌인 거야?」

「그 잘난 척하는 태도가 못마땅했어. 사람들은 제복을 입혀 놓으면 자기에게 모든 권한이 주어진 것처럼 착각을 한다니까.」

「이왕 수수께끼를 낼 바에는 답이 있는 걸 내지 그랬어. 성냥개비 여덟 개로 정삼각형 네 개를 만드는 문제 같은 거 말이야. 그 문제의 답은 너도 알 거야. 사각뿔을 만들면 정삼각형이 네 개 나오잖아.」

「그보다는 네모를 만드는 수수께끼가 더 어려워. 네가 그 문제를 낸 뒤로 줄곧 내 머릿속을 떠나지 않았던 모양이야. 나도 모르게 그 말이 튀어나왔어. 게다가 요즘 들어서는 누가 내 말에 반박하는 게 싫어지더라고.」

오로르는 알 듯 말 듯 한 표정을 짓는다.

「보아하니 나한테 뭔가를 감추고 있는 것 같은데.」

「좋은 소식 한 가지와 나쁜 소식 한 가지가 있어.」

「좋은 소식부터 말해 봐.」

「나…… 임신했어.」

그는 침을 꿀꺽 삼킨다. 그녀가 말을 잇는다.

「한때 실험실에서 새로운 인간을 창조한 우리가 마침내 너와 내가 섞인 우리 자식을 만들어 낸 거야. 8천 년 전에 그랬듯이.」

그는 숨을 깊이 들이마신다.

「그런데 나쁜 소식은?」

「8천 년 전에 그랬듯이 우리 자식은 세 명이야. 세쌍둥이를 가졌거든.」

그는 달을 올려다본다. 달이 자기들을 놀리는 듯하다.

「음…… 언제부터 알고 있었어?」

「항해를 떠나기 전에 알았어. 하지만 탐사에 동참하지 못하게 할까 봐 말하지 않았어. 이미 초음파 검사도 받았어. 현재는 아직 태아도 아니고 세 개의 〈배아〉일 뿐이야. 하지만 셋 다 자리를 잘 잡은 모양이야.」

「와, 굉장한 소식인걸.」

「너한테는 그럴 수도 있겠지만, 나한테는 그렇지 않아. 나는 곧 오크 통처럼 뚱뚱해질 거야.」

그들은 서로 바라보다가 웃음을 터뜨리고 키스를 나눈다.

「세상에, 이보다 좋은 소식은 없어. 네가 전해 줄 수 있는 최고의 희소식이야. 우리는 이제 불멸의 존재가 되었어. 우리 유전자가 결합하여 우리 역사를 다음 세대로 이어 줄 거야.」

유성 하나가 떨어진다. 그들은 눈으로 유성을 좇는다. 그녀가 말한다.

「소원을 빌어.」

「아냐, 빌지 않겠어. 소원이 방금 이루어졌거든. 이제 한동안 소원을 빌 필요를 느끼지 않을 거야.」

오로르는 그의 품에 안긴다.

「오, 다비드, 넌 모를 거야. 내가 얼마나 행복한지.」

「나도 행복해. 네가 더할 나위 없이 좋은 소식을 알려 줬잖아.」

「이 〈올챙이들〉이 자라서 배가 불룩해지고 모습이 흉해져도 여전히 날 사랑할 거야? 벌써 입덧이 나. 하지만 나는 물속으로 함께 내려갈 거야. 어떤 일이 있어도.」

그는 얼굴을 찡그린다.

「그건 권할 만한 일이 아닌걸.」

「내가 이럴 줄 알았어! 너한테 절대로 말하지 말았어야 했어. 남자들은 다 똑같아. 임신한 여자를 환자 취급하거든. 하지만 이건 내가 알아서 할 일이야.」

「좋아. 네가 결정해. 〈올챙이들〉은 네 배 속에 있으니까 네가 누구보다 판단을 잘할 거라고 생각해. 그리고 사실 올챙이들은 물을 좋아하지.」

아이오딘을 품은 공기가 그들의 허파를 가득 채운다.

그녀가 속삭이듯 묻는다.

「나를 사랑해?」

「왜 지금 그걸 묻는 거야?」

「네 증조부의 백과사전에서 사랑이 기적을 만든다는 대목을 읽었어. 〈1+1=3〉, 그게 에드몽 웰스의 슬로건이더라고.」

다비드는 그녀의 뺨을 어루만진다.

「나는 너와 앞으로 태어날 세 아이를 모두 사랑해. 내가 사랑하는 사람이 한 명에서 네 명으로 늘었네.」

그들은 갑판에 놓인 커다란 궤짝에 걸터앉는다. 다비드는 생각에 잠긴 표정이다.

「1…… +1…… +1…… +1.」

그러다가 느닷없이 소스라친다.

「세상에! 알아냈어.」

「뭘?」

「수수께끼! 성냥개비 세 개로 네모를 만드는 문제 말이야!」

그는 스마트폰을 꺼내어 바닥에 불빛을 비추고 성냥갑에서 성냥개비 세 개를 꺼내어 하나를 바닥에 놓는다.

「하나.」

그다음에는 두 번째 성냥개비를 놓아 십자 모양을 만든다.

「둘.」

오로르는 마지막 성냥개비를 어떻게 놓아서 문제를 해결할 것인지 궁금증을 느끼며 지켜본다.

그는 십자를 이루고 있는 두 성냥개비의 끄트머리를 연결하듯 세 번째 성냥개비를 대각선 방향으로 놓는다.

「그리고 셋.」

오로르는 비로소 형태를 알아본다.

「이렇게 하면 4가 만들어져. 4는 숫자일 뿐만 아니라 동서남북, 즉 사방을 가리키는 방위표이기도 하지.」

「뭐라고? 그게 답이었어? 네모라는 말이 사각형이라는 뜻과 사방이라는 뜻을 아울러 지니고 있다는 점을 활용한 수수께끼였던 거야?」[8]

「말 속에 답이 있지만 의외로 사람들은 그 답을 보지 못한다는 점에 착안한 수수께끼 같아. 〈릴리퍼트 빅토리〉호의 에마슈들도 그런 쪽으로 문제를 풀고 있으리라 확신해.」

오로르는 믿기지 않는다는 듯 도리머리를 흔든다.

「그게 답이란 말이야? 하지만 생각해 봐, 이건…… 사기야!」

그는 놀리듯이 웃는다.

「나는 이게 정직한 수수께끼라고 말한 적도 없고 대단한 지력을 요구하는 수수께끼라고 말한 적도 없어.」

「이건 분명 속임수야.」

「아냐, 말들이 다른 의미를 갖는 또 다른 차원으로 옮겨 가야 하는 거야. 그게 때로는 문제를 해결하는 가장 좋은 방법 아니겠어? 그건 너도 잘 알고 있을 것 같은데.」

그가 다시 안아 주려고 하자, 오로르는 뒤로 물러난다.

「내 생각은 달라. 나는 감히 이렇게 말하겠어. 네 증조부 에드몽 웰스는 한낱 사기꾼이었어.」

8 프랑스어 원문의 수수께끼는 성냥개비 세 개로 〈카레*carré*〉를 만들라는 것이다. 영어의 〈스퀘어*square*〉에 해당하는 〈카레〉는 정사각형과 제곱수(1, 4, 9, 16……)를 아울러 가리킨다. 우리말에는 그 두 가지 뜻을 동시에 지닌 낱말이 없지만, 공교롭게도 〈네모〉라는 말이 있다. 국어사전을 찾아보면 확인할 수 있듯이, 네모는 사각형이라는 뜻과 네 개의 모, 즉 사방이라는 뜻을 동시에 지니고 있다. 그러니까 제곱수 4를 만드는 원문의 수수께끼가 방위표 4를 만드는 수수께끼로 번역되는 것이 가능하다. 풀이 과정은 다르지만, 기하학적 도형을 만들도록 유도하는 수수께끼의 취지와 해답은 동일하다. 또한 원문의 수수께끼는 성냥개비 세 개를 한 줄로 늘어놓아 1을 만들어도 답이 된다는 점에서 결함이 있지만, 네모라는 번역어를 선택한 우리말 수수께끼에는 다행히도 그런 문제가 없다.

그는 웃으면서 다시 다가든다.

「아냐, 그분은 사기꾼이 아니라…… 익살꾼이었어. 나는 백과사전에 실린 그분의 글을 모두 읽었지만, 그분이 스스로를 대단한 존재로 여겼다고 생각하지 않아. 그분은 호기심과 신경 세포들의 팔딱거림을 유지하고 싶어 하셨어. 이 수수께끼의 답이 〈엉뚱하다〉는 점은 인정하지만, 이것 역시 우리의 뇌를 활발하게 하는 데 도움을 주었어. 그분의 백과사전을 보면 이런 말이 나와. 〈우리에게 진정 유익한 것은 질문 그 자체이지 대답이 아니다.〉 그분은 대답이 우리를 실망시키기 십상이라는 것을 알고 계셨던 거야.」

오로르는 힐난하던 눈빛을 거두고 다정한 표정을 짓는다.

「하기야 프리드먼의 로봇들은 절대로 이런 것을 할 수 없을 거야. 생각하는 방식을 바꿔서 문제를 해결하는 것 말이야.」

「하지만 에마슈들은 해낼 수 있을 거야. 그런 점에서 그들은 인간이지.」

오로르는 한 손을 자기 배에 올려놓는다.

「이 배 속에 있는 올챙이들이 자라 인간이 되면, 그들에게 에드몽 웰스의 가르침을 전수해 줄 거야. 백과사전에 실린 수수께끼들도.」

다비드도 마치 그 말이 자기에게 새로운 전망을 열어 주기라도 한 것처럼, 그녀의 배에 한 손을 올려놓는다.

유성 하나가 또 밤하늘을 가른다. 그녀가 다시 중얼거린다.

「어쨌거나 나는 그럴 수 있기를 진심으로 바라고 있어.」

## 106

마이크로 랜드 투자가 여러분, 거인들을 고객이나 동업자로 삼고자 하실 때 경계심을 품으십니까? 그들의 기업이 그들 스스로 주장하는 것만큼 건전하지 않을까 봐 걱정되십니까? BNM, 즉 마이크로 랜드 국립 은행의 도움을 받으시면, 상대편 거인의 신뢰도에 대한 분석을 바탕으로 사업을 추진하실 수 있습니다.

장차 경험해 보시면 아시겠지만, 그들에 대한 나쁜 평판과는 달리, 거인들 모두가 도둑이나 착취자인 것은 아닙니다. 서로 존중할 수 있다면, 우리는 그들과 함께 일할 수 있습니다. 바로 그 존중을 BNM이 여러분에게 보장해 드립니다.

BNM, 까다로운 에마슈 투자가들을 위한 상담처입니다.

## 107

〈릴리퍼트 빅토리〉호의 사이렌이 울린다. 모두가 잠에서 깨어난다.

다비드는 오로르의 따뜻한 몸에서 자기 몸을 떼어 낸다. 사이렌이 계속 울린다. 두 과학자는 재빨리 옷을 입는다.

선장 에마 103은 조타실에 손님들을 모아 놓고, 한 대원을 시켜 헝겊에 싼 물건을 가져오게 한다.

「이제 장막을 걷을 때가 되었습니다.」

그러면서 선장은 헝겊을 걷는다. 거뭇한 형체가 드러난다.

「이것은 오늘 새벽 6시 15분에 우리가 발견한 것입니다. 유망(流網)에 걸린 물건을 건져 올린 것이죠.」

그 기이한 보물이 손에서 손으로 건네진다. 분명 매우 가치가 높은 고고학적 유물이다. 다비드는 그 물건에서 세모꼴을 이룬 채 앉아 있는 사람의 형상을 구별해 낸다. 그 형상의 머리에서 나온 줄 하나가 땅속 깊은 곳에 묻힌 심장과 연결되어 있다.

선장이 설명한다.

「피라미드 속에 있는 남자가 지구의 중심과 연결되어 있는 것으로 볼 때, 인간과 지구의 소통을 형상화한 것이 아닌가 싶습니다.」

오로르는 사람의 형상을 자기가 전생을 여행할 때 보았던 샤먼의 모습과 동일시하면서 그리움이 담긴 듯한 손길로 어루만진다.

나탈리아가 나선다.

「해저 단층에 틈새가 생긴 것은 마치 지구가 재채기를 한 뒤에 거죽이 갈라진 것과 비슷하다고 볼 수 있겠군요.」

선장이 대답한다.

「아닙니다. 재채기는 퓌이드콤 화산에서 벌어진 일이고요, 이건 〈하품〉이라고 해야 하지 않을까 싶군요.」

나탈리아도 돌을 받아 들고 새김무늬를 살펴본다.

「지구가 우리에게 말을 건다…… 재미있는 발상이군요.」

오로르는 은근한 동작으로 다비드의 손을 잡더니 그를 끌어당겨 길게 입을 맞춘다.

에마슈들은 거인들의 성 풍속이 약간 과시적이라고 여기면서 고개를 돌린다. 원숭이들이 서로 이를 잡아 주듯 입술을 서로 핥아 대면서 관계를 공고히 하는 장면을 보느니 딴전을 피우는 게 낫다고 생각한 것이다.

오로르는 에마슈들의 그런 수치심이 남자가 너무 적어서 성행위를 제대로 하지 못하는 것과 관련되어 있다고 생각한다. 그녀가 보기에 에마슈들이 성행위를 할 때는 희귀한 기회를 얻은 만큼 강렬하게 해야 한다.

사실 선장 에마 103은 속으로 그와 비슷한 생각을 하고 있다.

우리는 성행위의 양을 질로 대체했다. 거인들에 비해서 횟수는 적지만, 우리의 성관계가 더 강렬하다. 그리고 우리는 서로 사랑하는 모습을 남들에게 보여 줄 필요를 느끼지 않는다. 스스로 구경거리가 되어 남들을 자극할 이유가 어디에 있는가?

선장은 거인들의 성 풍속을 두고 에마슈들이 무슨 말을 하는지 알고 있다. 〈그들은 그 일에 관해서 떠벌리고 그 일을 남들에게 보여 준다. 하지만 그러는 사람일수록 실제로는 행위를 적게 한다.〉

나탈리아는 계속 돌을 바라보며 말한다.

「이거야말로 다비드가 근거 없는 말을 한 게 아니라는 증거로군요. 바닷물 속으로 사라진 문명의 잔해가 정말로 저 아래에 있어요. 우리 눈앞에 있는 이것이 첫 번째 증거예요.」

선장은 손목시계를 들여다본다.

「시간을 낭비하지 맙시다. 빨리 준비들 하세요. 한 시간 뒤에 잠수하겠습니다. 잠수를 할 때는 거인들이 만든 잠수정을 이용할 것입니다. 그래야 여러분과 우리 에마슈들이 함께 탈 수 있으니까요.」

나탈리아가 말을 받는다.

「고맙습니다. 우리를 이 탐사에 동참시키기 위해 애를 많이 쓰셨군요.」

선장은 제모를 고쳐 쓴다.

「음…… 솔직히 말씀드리겠습니다. 만약 저 혼자 결정하라고 했다면, 여러분을 모시지 않고 우리끼리 갔을 것입니다. 하지만 왕께서 여러분의 협조를 얻어 탐사를 실시하라고 특별히 당부하셨습니다.」

나탈리아는 예의를 차리며 대답한다.

「전하의 명예에 누가 되지 않도록 하겠습니다.」

선장은 제복의 허리띠를 고쳐 맨다.

「그런데 당연한 얘기지만, 여러분이 끝까지 우리와 동행하실 수 있는 것은 아닙니다. 틈새 근처까지는 모두가 함께 내려가지만, 잠수정이 들어갈 수 없는 좁다란 구멍이 나타나면 우리 대원 가운데 두 명이 수중 추진기를 등에 달고 잠수정을 빠져나갈 것입니다. 그들 두 대원은 우리가 음파 탐지기를 통해 발견한 그 좁다란 구멍을 통과하여 바위 장벽 너머로 들어갈 겁니다.」

선장은 잠시 말을 끊었다가 설명을 이어 간다.

「여러분은 잠수부들의 헬멧에 장착된 카메라를 통해서 그들의 진로를 따라갈 수 있을 것입니다. 그들에게 말을 거실 수도 있고 지시를 내리실 수도 있습니다.」

오로르가 묻는다.

「우리도 잠수복을 입고 내려갈 수 있지 않나요? 그것이 불가능하다는 게 확실해요?」

「설령 우리가 그런 시도를 허락한다 해도, 몸집이 너무 커서 높은 압력을 견디지 못하실 겁니다.」

그러고 나서 에마 103은 그녀에게 눈짓을 보낸다. 잘 알면서 왜 그러느냐는 뜻이 담긴 눈짓이다.

「이제부터는 질문을 하지 마시고 우리가 여러분과 다른

점을 활용하십시오. 우리는 몸집이 작습니다. 그래서 여러분이 도저히 들어갈 수 없는 곳에도 우리는 들어갈 수 있습니다. 바다 밑바닥에 뚫린 작은 틈새로 내려가는 경우라면 더더욱 그러하지 않겠습니까?」

선장은 대원들에게 잠수복을 가져오라고 지시한 다음 그들의 동작을 감독한다.

「그건 그렇고 카메러 박사님, 저를 속이셨더군요. 하마터면 제가 함정에 빠질 뻔했습니다.」

「그게 무슨 말이죠?」

「성냥개비 세 개로 네모를 만드는 수수께끼 말입니다. 솔직히 말씀해 보세요. 그건 풀 수 없는 수수께끼가 아닌가요?」

오로르는 알쏭달쏭한 표정을 짓는다.

에마슈 대원들이 크고 작은 잠수복들로 가득 찬 커다란 카트를 밀고 온다.

모두가 연보라색 잠수복을 입는다. 잠수복에는 〈10제곱〉이라는 회사명이 하얀 형광색 글씨로 새겨져 있고 그 아래에는 검은 글씨로 〈10분의 1 크기로 열 배의 성능을 발휘하는 컴퓨터〉라는 광고 문구가 검은 글씨로 적혀 있다.

오로르가 묻는다.

「우리는 잠수정 밖으로 나가지 않는다면서 왜 이것을 입으라고 하는 거죠?」

「불상사가 생기는 경우에는 이런 복장을 하고 잠수정 밖으로 나갈 수 있는 것을 다행스럽게 생각하실걸요.」

선장의 대답이다. 자명한 것을 무엇하러 물어보느냐는 투다.

다비드는 잠수복을 입으면서 아드레날린이 솟구치는 것

을 느낀다. 위험할 수도 있다는 생각에 신경이 흥분하는 것이다.

그에게 모험에 대한 취향을 물려주신 조상들도 그와 똑같은 기분을 느꼈을 것이다.

그는 남극에서 거인들의 유골을 발굴하다가 돌아가신 아버지를 떠올린다. 숲에서 개미들을 관찰하다가 돌아가셨다는 증조부에게도 생각이 미친다.

어쩌면 그분들보다 훨씬 앞선 시대에 대담한 탐험가들이 모험을 좋아하는 자기들의 유전자를 후손들에게 물려주었을지도 모를 일이다.

그렇다면 그는 그저 가문의 전통을 계승하고 있을 뿐이다. 그의 조상들은 문명과 문명을 서로 소통시키려고 애썼다. 말을 못 하고 듣지 못하고 보지 못하는 사람들처럼 서로 소통할 수 없는 문명들 사이에 대화가 이루어지게 하려고 노력했다. 그는 이제 과거의 문명과 현재의 문명을 서로 이어 주려고 한다. 어쩌면 이 작업은 미래의 문명과 연결될 수도 있다.

다비드는 잠수복 등판에 달린 지퍼를 올린다. 한 가지 생각이 뇌리를 스친다.

혹시 이집트학의 선구자인 프랑스의 샹폴리옹은 자기보다 2천 년 앞서 로제타석에 글을 새긴 이집트 서사의 환생이 아니었을까?

다비드는 심해에서 건져 올린 돌조각을 다시 집어 들고 물끄러미 바라본다.

샹폴리옹이 정말 이집트 서사의 환생이라면, 그의 로제타석 해독은 그저 자기가 쓴 글을 다시 찾아낸 것에 지나지 않는다. 그와 비슷하게 나는 곧 나 자신이 이루어 낸 일을 다시 보게 될지도 모른다. 꿈속에서가 아니라 현실에서.

## 108

### 백과사전: 로제타석

1799년 7월15일, 나폴레옹 보나파르트의 이집트 원정에 학예 위원회의 일원으로 참가한 피에르프랑수아 부샤르 중위는 나일강 델타 지역의 로제타 근처에 있는 한 요새에서 긴 글이 새겨져 있는 진회색 판석을 발견한다. 판석의 크기는 가로 72센티미터에 세로가 114센티미터이다. 이 돌은 원래 한 신전에 세워져 있던 송덕비인데 중세에 이집트를 점령한 튀르키예인들이 요새를 지을 때 가져다가 건축 자재로 쓴 것이다. 이 비석에는 매우 희귀한 점이 한 가지 있다. 비문이 한 가지 문자가 아니라 그리스 문자를 비롯한 세 가지 문자로 새겨져 있다는 점이다.

나폴레옹의 원정군이 영국군에게 패함에 따라 이 비석은 영국의 전리품이 되어 런던으로 옮겨진다. 이미 프랑스 학자들이 시작한 로제타석의 탁본 작업은 더욱 활발하게 이루어져 그 사본들이 고대 언어 연구자들 사이로 퍼져 나간다.

비문의 고대 그리스어 번역은 1803년에 이루어진다. 하지만 두 가지 문자로 새겨진 나머지 글을 해독하는 과제가 남아 있다. 그 두 문자는 이집트 백성들이 사용하던 민용 문자와 사제들이 기념물이나 무덤에 새기던 히에로글리프이다.

그 뒤로 20년 가까운 세월이 흘러서 히에로글리프를 해독하기 위해서는 각각의 그림을 음절에 대응시켜야 한다는 새로운 가설이 나온다. 그 가설을 가장 먼저 제시한 사람은 프랑스의 언어학자 장프랑수아 샹폴리옹이다.

로제타석이 발견되었을 때 샹폴리옹은 열 살이 채 되지 않은 소년이었다. 하지만 그는 아주 어려서부터 세상의 언어들과 이집트 문명에 관심이 많았다. 열여섯 살 무렵에는 형 자크 조제프의 주선으로 나폴레옹의 이집트 원정에 참가했던 학자를 만나기도 했다. 샹폴리옹은 로제타석의 비문이 세 가지 문자로 새겨져 있다는 점에 흥미를 느끼고, 그것을 해독하는 데 진력하기로 결심한다.

샹폴리옹은 열여덟 살의 젊은 나이에 라틴어, 그리스어, 히브리어, 아랍어, 아람어, 중국어 등을 구사하는 언어의 달인이 된다. 고대 이집트어에서 파생한 이집트 기독교인들의 언어인 콥트어도 익혔다.

1822년 그는 이집트 신전들의 새김글 탁본을 비교하고 검토한 끝에 히에로글리프의 특성과 사용 원리를 알아낸다. 그의 추론은 이런 식으로 이루어진다. 먼저 그는 한 탁본에서 되풀이하여 나타나는 파라오의 이름에 주목한다. 파라오의 이름에는 네모난 테두리가 쳐져 있기 때문에 금방 알아볼 수 있다. 예를 들어 와 같은 히에로글리프를 보자. 샹폴리옹은 이미 다른 탁본들을 통해 지팡이처럼 생긴 마지막 두 글자가 s의 음가를 가지고 있음을 알고 있다. 그렇다면 앞의 두 그림은 어떻게 읽어야 할까? 첫 번째 그림은 해를 가리키는 게 분명하다. 샹폴리옹은 태양이 콥트어로 〈레〉라는 것을 알고 있다. 이로써 〈R + ? + s + s〉라는 조합이 생기고, 이집트 역사에 밝은 샹폴리옹은 람세스라는 유명한 파라오를 떠올리면서 두 번째 그림이 m의 음가를 가졌으리라고 가정한다.[9] 이 가정은 다른 탁본과의 비교를 통해 검증된다. 이런 과정을 거쳐 샹폴리옹은 이 히에로글리프가 고대 이집트 파라오의 이름을 소리 나는 대로 적은 표음 문자인 동시에 〈태양신 라(또는 레)의 자식〉이라는 뜻을 담은 표의 문자임을 알아낸다.

9 실제로는 ms의 음가를 가진 것으로 밝혀진다. 하지만 이 차이는 별로 중요하지 않다. 샹폴리옹의 중요한 업적은 히에로글리프가 뜻글자인 동시에 소리글자임을 알아냈다는 데에 있다.

샹폴리옹의 이 발견은 이집트 신전들의 모든 히에로글리프를 해독하는 열쇠가 된다. 그는 로제타석에 새겨진 글의 의미를 해독해 낼 뿐만 아니라(이 비문은 기원전 196년에 이집트 신관들이 작성한 것으로 당시의 임금인 프톨레마이오스 5세가 신전들을 위해 베풀어 준 은전을 칭송하면서 임금에게 경배를 바치는 내용을 담고 있다), 히에로글리프로 쓰인 새김글들을 무엇이든 번역할 수 있게 된다.
잊혀 가던 문명, 신비의 너울에 가려진 문명이 일거에 역사학자들 앞에 모습을 드러낸다.
하지만 샹폴리옹은 번역에 늘 신중을 기한다. 어떤 글들의 경우에는 그것들이 새겨진 시대가 3천 년이나 4천 년도 더 된 것으로 밝혀진다. 이는 이집트의 역사가 당시 기독교인들이 아담과 하와의 시대라고 간주하던 시대보다 훨씬 먼저 시작되었다는 이야기로 받아들여질 수 있다. 그래서 샹폴리옹은 종교계의 반발을 사지 않을까 저어한 것이다.
그 뒤에 샹폴리옹은 프랑스인들이 이집트 신전의 천장에서 떼어 온 〈덴데라의 황도대〉라는 부조(현존하는 가장 오래된 천문도들 가운데 하나)를 분석하여 책을 내기도 하고, 『사자의 서』를 연구하여 이 문헌이 죽은 이들의 세계를 거쳐 환생에 이르는 여행을 묘사하고 있음을 알아내기도 한다. 그는 이 여행에 관한 묘사가 곤충의 탈바꿈에 관한 관찰에서 영향을 받았다는 사실도 간파한다(특히 띠로 칭칭 감은 시신은 개미의 애벌레와 유사하고 피라미드 속의 무덤은 개미집에 있는 여왕의 거처와 비슷한 자리에 있다).
그는 신성 갑충(히에로글리프의 발음은 케프리)이 지닌 상징적인 의미도 알아낸다. 고대 이집트인들이 쇠똥구리를 신성하게 여겼던 것은 이 곤충이 굴리고 다니는 쇠똥의 덩어리가 태양을 닮았다고 보았기 때문이다. 무덤과 신전에서 찾아낸 문헌에서 케프리라는 말은 문맥에 따라 변화, 진화, 변신 등을 의미한다.

고대 이집트의 문헌들이 번역되기 시작하자, 이집트에 대한 프랑스인들의 열광은 이집트학으로 발전한다. 유행을 좇는 부르주아들의 호사 취미에서 진정한 학문으로 옮겨 간 것이다. 그리하여 곤충의 탈바꿈에서 사후 세계와 영생의 가능성을 보았던 사라진 문명과 현재의 문명이 관계를 맺게 된다.

에드몽 웰스, 『상대적이며 절대적인 지식의 백과사전』 제7권

## 109

산란모 여러분, 알을 직접 품는 문제 때문에 고민하십니까? 직무와 가사 때문에 바쁘고 여기저기 다녀야 할 곳도 많아서 알을 품을 시간이 없으십니까? 그렇다면 온도 조절 장치를 갖춘 개인 포란기 〈쿠비〉를 이용해 보세요.

〈쿠비〉가 있으면, 초음파 검사기를 통해 알 속의 아기가 자라는 모습을 지켜볼 수 있습니다. 알에 엉덩이를 붙인 채로 꼼짝 않고 있다 보면 치질이 생기기 십상이지만, 〈쿠비〉가 있으면 아무 문제가 없습니다.

〈쿠비〉, 책임감이 강하고 깐깐한 어머니들의 상표, 엉덩이가 민감해서 직접 알을 품지는 못해도 수준 높은 포란을 바라는 어머니들의 상표입니다.

## 110

〈릴리퍼트 빅토리〉호의 이물 기중기가 심해 잠수정을 들어 올리더니, 강철 팔을 빙 돌려 해수면에 닿을락 말락 하는 높이로 잠수정을 내린다. 수압을 견딜 수 있도록 온통 티타늄으로 만들어진 이 심해 잠수정에는 〈다프네〉[10]라는 이름

10 다프네는 아폴론이 사랑했으나 그를 피해 달아났다는 님프. 뒤쫓아 오

이 붙어 있다.

네 거인은 커다란 사다리를 타고 내려가 차례차례 잠수정 안으로 들어간다. 그다음에는 선장 에마 103이 두 잠수부를 데리고 더 작은 사다리를 이용해 내려간다.

선실은 비좁다. 탑승자들은 저마다 자기에게 할당된 자리에 앉는다.

오로르는 자기 동반자의 귀에 대고 속삭인다.

「만약 바다 밑바닥에서 옛날에 우리가 만났던 장소를 다시 보게 된다면, 그곳을 알아볼 수 있을 것 같아?」

이어서 해치가 닫힌다. 탑승자들은 저마다 안전벨트를 맨다. 반원 모양의 커다란 현창으로 밖이 보인다.

에마 103의 명령에 따라 점검 작업이 완료되고 〈릴리퍼트 빅토리〉호와 연락을 유지할 수 있게 하는 천장의 화면에 불이 들어온다.

에마 103이 화면을 보며 묻는다.

「준비됐어?」

「네, 준비됐습니다.」

〈릴리퍼트 빅토리〉호에 남아서 선장 역할을 대신하고 있는 에마 555372 대원의 대답이다.

「그럼 이제 잠수하도록 해주게.」

「네, 〈다프네〉를 수면에 내리겠습니다.」

는 아폴론에게 잡히기 직전 아버지인 강의 신에게 자기 모습이 변하게 해달라고 애원한다. 그리하여 신들이 사랑하는 나무 월계수로 변한다. 〈다프네〉는 움베르토 에코의 소설 『전날의 섬』에서 주인공 로베르토 델라 그리바가 홀로 승선하여 〈전날의 섬〉을 바라보며 지내던 배이기도 하다. 우리 주인공들도 이제 〈다프네〉라는 심해 잠수정을 타고 먼 옛날 대양 속으로 사라졌다는 〈섬〉을 찾아간다.

기계 장치의 달그락거리는 소리가 들리더니, 심해 잠수정이 〈릴리퍼트 빅토리〉호에서 분리된다.

「이제 압축 공기 탱크의 공기를 빼내고 바닷물을 채우십시오.」

그러자 선장은 밸러스트의 공기 배출 밸브를 열고 탱크에 바닷물이 들어차는 것을 지켜본다. 그런 다음 전기 방향 조절 장치를 작동시킨다. 〈다프네〉는 약간 비스듬하게 하강하기 시작한다.

처음에는 앞쪽 탐조등을 사용하지 않고 내려간다. 선장의 설명대로 〈배터리의 전기를 되도록 아껴야 하는 것〉이다.

옆쪽 화면에 〈수심 2백 미터〉라는 말이 나타난다.

바닷물이 아직은 연한 푸른색이다. 하지만 조금씩 어두워지더니 어스름을 닮은 빛깔로 변해 간다.

〈수심 5백 미터〉.

나탈리아 오비츠가 말문을 연다.

「2백 미터보다 더 깊이 내려가면 수압과 어둠과 추위 때문에 생명체가 살아갈 수 없는 줄 알았어요.」

그들은 눈이 퉁방울 같고 반짝반짝 빛을 내는 작은 물고기들을 바라본다.

「그런데 자연은 언제나 해결책을 찾아내는 모양이에요.」

현창 너머로 이상하게 생긴 생물이 나타난다. 마르탱 자니코가 묻는다.

「저게 뭐죠? 길이가 몇십 미터에 달하는 저 동물 말이에요.」

다비드가 생물학자답게 설명에 나선다.

「관해파리라는 거예요.」

「커다란 밀 이삭이 춤추고 있는 것 같아요. 길이가 40미터는 족히 될 듯하고…….」

「초대형 유기체죠. 관해파리는 수천 마리 개체가 마치 차량들을 길게 이어 놓은 열차처럼 달라붙어 있어요.」

나탈리아도 호기심을 느끼며 묻는다.

「군체를 이루어 사는 동물인가요?」

「보통의 군체보다 훨씬 강력하죠. 관해파리가 기다란 군체를 이루면, 각 개체들의 기능이 분화합니다. 말하자면 살아 있는 열차의 차량들이 저마다 하나의 구실을 맡아 움직인다는 것이죠. 생식을 전문으로 하는 개체들이 있는가 하면, 뒤쪽에서 추진기 노릇을 하는 자들, 앞쪽에서 물어뜯는 자들, 옆쪽에서 독을 만들어 내는 자들도 있어요. 융합의 측면에서만 보면 개미나 흰개미나 꿀벌의 사회보다 대단하죠.」

「듣다 보니 수천 명의 사람들로 이루어진 초유기체를 상상하게 되는걸. 서로 손을 잡고 항상 한 몸을 이루고 살면서 각자 서로 다른 영역에서 전문적이고 상보적인 역할을 수행하는 유기체 말이야.」

그러면서 오로르는 꿈꾸는 듯한 표정을 짓는다. 다비드가 말을 받는다.

「글쎄, 그건 별로 좋아 보이지 않는걸. 구성원들이 일종의 가족을 이루어 항상 붙어 산다는 건데, 그건 그야말로 악몽이야. 나는 한때 어머니와 나를 연결하는 심리적 탯줄을 잘라 내느라고 무척 애를 먹었거든.」

심해 잠수정은 계속 아래로 내려간다.

〈수심 1천 미터〉.

현창 너머의 빛이 더욱 약해진다.

〈수심 1천2백 미터〉.

빛이 점차 사라진다.

〈수심 1천5백 미터〉.

그들은 칠흑 같은 어둠 속에 잠긴다. 선장은 그제야 탐조등을 켠다.

현창 너머로 물고기들이 보인다. 빛깔이 점점 하얘지고 눈들이 점점 커져서 마치 괴물의 캐리커처 같다. 다비드는 동물학에 늘 관심을 가져온 사람답게 백장어, 심해 장어, 은색 곰치, 투라치 등을 알아본다.

나탈리아가 묻는다.

「저건 뭐예요?」

「흡혈오징어예요. 눈에서 사파이어 같은 빛이 나는 게 특징이죠.」

「그럼 저거는요?」

「랜턴피시예요. 크게 발달한 이마에 작은 램프 같은 것이 달려 있죠. 보세요, 빛의 세기를 조절하기도 하고 먹이를 유인하기 위해 깜박거리기도 해요.」

「눈에 보이는 듯하다가 금방 사라져 버리는 이상한 물고기도 있네요. 저게 가능한 일인가요?」

「이런 극한 환경에서는 동물들의 생존 전략이 특이해요. 군체를 이루거나 스스로 빛을 내는 동물들이 있는가 하면, 자기 몸을 투명하게 만드는 동물들도 있죠. 저것은 비트로넬라오징어라는 동물인데, 자기가 원하면 거의 눈에 보이지 않는 상태로 변할 수 있어요.」

마르탱이 생각에 잠긴 표정으로 말을 받는다.

「사람의 피부가 저렇게 투명하다고 상상해 보세요. 그러면 몸속에서 심장이 팔딱거리고 허파 꽈리가 부풀어 오르는 것을 볼 수 있겠지요?」

심해 잠수정은 캄캄한 물속으로 계속 내려간다. 선장 에마 103은 거인들의 대화에 마음을 쓰지 않고 소리친다.

「파노라마 음파 탐지기 작동!」

그러면서 키보드의 버튼을 누르자 몇 개의 화면에 그녀가 알고자 하는 정보들이 나타난다.

하강이 계속된다.

〈수심 1천9백 미터〉.

잠수정 주위로 하얀 눈송이 같은 것들이 떠다닌다. 자세히 살펴보니 새우들이다.

〈수심 2천6백 미터〉.

하얀 게들이 다닥다닥 붙은 가느다란 원통 모양의 생물체들 사이로 희끄무레한 물고기들이 돌아다닌다.

나탈리아가 그 모습을 보며 중얼거린다.

「칠흑 같은 어둠 속에서도 동물과 식물이 이렇게 번성하고 있다는 사실이 놀랍구먼. 나는 이제껏 모든 생명체가 직접적으로든 간접적으로든 햇빛을 필요로 한다고 생각했거든.」

내려갈수록 주위 환경이 기이해 보인다. 선장은 정면과 측면의 탐조등을 더욱 밝게 한다. 그러자 끝없이 널려 있는 고래들의 시체가 나타난다.

다비드가 놀란 표정으로 말한다.

「고래들이 모두 여기에 와서 죽는 모양이군.」

「죽을 때가 되면 자기들만의 묘지로 향한다는 코끼리들이나 사르가소해의 뱀장어들이 생각나는군요. 이유는 알 수 없지만 지구의 특정 장소를 자기들끼리 만나는 장소로 삼고 있는 종들이 있어요.」

「그런데 고래 시체에 덤벼드는 저 물고기들은 뭔가요?」

다비드가 대답한다.

「그르나디에라 불리는 물고기들입니다. 고래 시체들이 바닷속 깊은 곳에서 이런 식으로 재순환되는군요. 그르나디에들이 청소부 노릇을 하고 있어요. 저기 보세요, 그르나디에 말고 칠성장어들도 있네요.」

마르탱이 다시 나선다.

「모든 인간이 죽을 때가 가까워지면 무의식적인 부름에 이끌려 지구의 특정 장소에 모인다고 상상해 보세요.」

그렇게 또다시 사람의 이야기로 화제를 돌리려 하자, 오로르가 묻는다.

「왜 자꾸 인간을 저 이상한 동물들과 비교하는 거예요?」

「저 동물들은 어려운 환경을 딛고 경이로운 생존 전략을 찾아냈어요. 우리 역시 저렇게 해야 할 가능성이 없지 않기 때문에…….」

「그러고 보니 내가 머피의 법칙 하나를 잊고 있었네요. 〈만사는 점점 나빠질 것이니, 인간은 몸을 투명하게 만들어야 하며 서로 손을 잡고 군체를 이루어야 하고 죽을 때는 같은 장소에서 만나야 한다.〉」

선실이 비좁아서 마르탱 같은 거구는 옹색함을 느낄 수밖에 없다. 그는 불편하지 않은 자세를 취하려고 애쓰지만 뜻대로 되지 않는다.

「그래요, 나는 그런 것에 관해서 생각하는 것을 좋아해요. 인간이 그런 식으로 변하는 것 역시 진화의 방향일 수 있어요.」

〈수심 3천2백 미터〉.

온갖 종류의 흰 물고기들과 빛을 발하는 물고기들이 잠수정 주위로 돌아다닌다. 다들 입이 거대하고 형상이 기이하다. 히에로니무스 보스의 그림들에서 곧장 헤엄쳐 나온 듯한 모습들이다.

다비드가 카메라를 집어 들면서 소리친다.

「굉장하군요. 화면에 나온 걸 보면 수압이 3백 기압이고 수온은 1도예요. 빛도 열기도 없고, 산소도 희박해요. 하지만 저 종들은 저마다 이 지옥을 견디어 내기 위한 전략을 찾아냈어요.」

나탈리아가 말을 받는다.

「그렇게 어렵사리 적응하다 보니 생김새가 괴물과 비슷해졌어요. 그런데 저기, 저건 뭐예요?」

그러면서 램프 같은 것을 달고 있는 동물을 가리킨다.

「이마에 기다란 줄이 달려 있는 저 납작한 물고기 말인가요? 저건 채찍물고기입니다. 랜턴피시와 마찬가지로 불빛으로 먹이를 유인하지만, 저 기다란 채찍을 이용해서 멀리에서도 먹이를 잡을 수 있죠.」

그렇게 설명하는 다비드의 얼굴에 경탄의 표정이 어린다.

또 다른 물고기 한 마리가 현창으로 다가든다.

「저 물고기의 부레는 특이합니다. 그 부레 덕분에 마치 추진기를 단 것처럼 빠르게 헤엄칠 수 있죠.」

이번에는 오로르가 바늘처럼 길고 뾰족한 이빨들이 달린 물고기를 가리키며 묻는다.

「이무깃돌처럼 생긴 저 무시무시한 물고기는 뭐야?」

「긴이빨물고기야. 이빨들이 너무 길어서 입을 완전히 다물 수가 없어.」

「그러면 늘 입을 벌린 채로 사는 거야?」

「입이 어마어마하게 크구먼. 저것도 적응인가?」

「이곳에는 먹이가 많지 않아요. 그러니까 먹이를 잡으면 놓치지 말아야죠. 펠리컨 장어라 불리는 저 물고기는 턱이 몸의 반만큼이나 크죠.」

나탈리아가 말끝을 단다.

「자연은 우리와 똑같은 미학을 가지고 있지 않아요.」

「저기, 피부가 투명한 물고기를 보세요. 내장이 불투명한 검은색이에요. 그래서 빛을 내는 먹이를 먹어도 다른 물고기들의 눈에 띄지 않죠.」

그때 갑자기 거대한 물고기 한 마리가 그들 앞에 나타난다. 마르탱이 소리친다.

「상어다! 상어가 이렇게 깊은 곳에서 뭘 하고 있는 거죠?」

「뭉툭코여섯줄아가미상어예요. 길이가 8미터는 족히 되겠어요. 저 상어는 그야말로 살아 있는 화석이에요. 1억 8천만 년 전부터 저 모습을 그대로 유지해 왔어요. 진화할 필요를 느끼지 않았던 거죠. 저 상어는 수심 3천 미터까지 잠수할 수 있어요. 이 깊이에서는 모든 물고기가 수압을 견디기 위해 형태를 바꿀 수밖에 없었는데, 저 상어는 그럴 필요가 없었어요.」

상어는 잠수정을 몇 차례 물어뜯으려고 하더니 먹을 수 없는 것임을 알아차리고 조용히 멀어져 간다.

하강이 계속된다.

〈수심 3천4백 미터〉.

관처럼 생긴 생명체들이 점점 굵어지더니 빽빽한 대숲 같은 군집을 이루고, 그 안에서 장어들과 흰 게들이 우글거린다.

그 모습을 보고 있으니 마치 다른 행성에 와 있는 기분이 든다. 형태로 보나 색깔로 보나 지상의 동식물과는 전혀 닮은 구석이 없는 미지의 생명체들이 많다.

마르탱이 다시 영감에 사로잡힌 표정으로 묻는다.

「만약 인간이 심해로 피신해야 하는 사태가 벌어진다면 이토록 혹독한 환경에 적응할 수 있을까요?」

그들은 저마다 그런 상황을 상상하며 갖가지 적응 방식을 열거한다.

「투명한 피부를 가진 인간이 나오지 않을까요?」

「이마에 랜턴 같은 불빛을 달게 될지도 모르죠.」

「서로 떨어지지 않는 군집을 이루게 될 수도 있고요.」

「엉덩이에 추진력이 강한 부레가 달리지 않을까요?」

「입 안에 들어온 먹이가 다시 나가지 않도록 이들이 길어질 거예요.」

하강이 계속된다. 그들은 깨닫는다. 자연은 생명의 모험을 이어 가기 위해 인간이 상상할 수 없는 숱한 해결책을 찾아냈다.

## 111

**백과사전: 작은보호탑해파리**

장년에 도달하면 노화가 시작되기 전에 다시 젊어질 수 있는 존재, 자연에는 그런 존재가 있다. 작은보호탑해파리가 바로 그것이다.

길이가 5밀리미터쯤 되고 카리브해에서 처음 발견된 이 동물은 다음과 같은 특성을 지니고 있다.

동물 세포들은 시간이 흐르면 늙고 죽게 마련이지만, 이 해파리의 세포들은 마모시키고 훼손시키는 시간의 힘에 저항할 수 있다. 성적인 완숙기에 다다르면, 세포들의 프로그래밍이 역전되어 다시 젊어진다. 그렇게 해서 유체로 돌아가면(다시 말해서 바위에 붙어 있는 원통 모양의 폴립이 되면) 다시 나이를 먹기 시작하고, 장년에 도달하면 또다시 젊어진다. 작은보호탑해파리는 유년과 장년을 오가는 이런 삶을 무한히 되풀이할 수 있다. 생명 과학에서는 이런 현상을 〈전환 분화〉라고 부른다.

이 해파리가 발견되기 전까지, 우리가 알고 있던 그와 유사한 현상은 도마뱀이 꼬리를 자르고 도망간 뒤에 새 꼬리를 자라게 하는 것뿐이었다. 하지만 이 해파리는 몸의 일부가 아니라 세포들 전체를 다시 젊게 할 수 있다. 그것도 무한정으로.

그러니까 이론적으로 말하면 작은보호탑해파리는 불사의 존재다. 하지만 현실적으로 보면 이 해파리는 파괴될 수 없는 존재가 아니다. 세상의 모든 동물처럼 병에 걸려 죽을 수도 있고 포식자에게 잡아먹힐 수도 있다.

몇 해 전부터 이 해파리들이 크게 증식하는 현상이 목격된다. 십중팔구는 기후 온난화와 관련되어 있을 것이고, 참치나 상어 같은 천적들이 남획으로 인해 사라지기 때문이기도 할 것이다. 불사의 능력을 지닌 이 작은 해파리들이 모든 대양으로 퍼져 나가는 데는 잠수함들이 크게 한몫을 하고 있다. 잠수함들은 한 바다에서 빨아들인 해파리들을 다른 바다에 가서 뱉어 낸다.

에드몽 웰스, 『상대적이며 절대적인 지식의 백과사전』 제7권

## 112

〈다프네〉는 심해 속을 계속 나아간다.

선장 에마 103은 앞쪽 탐조등을 이리저리 움직여 어둠 속을 뒤지고 나서 마침내 소리친다.

「좌현 12도 전방에서 목표물 발견!」

탑승자들은 현창 너머를 바라본다. 바다 밑바닥이 주름진 것처럼 울퉁불퉁해 보인다. 마치 낡은 카펫이 불룩불룩 일어나 있는 모습이다.

선장이 다시 소리친다.

「저기 보세요!」

바닥의 주름 주위로 꽃병이며 접시며 술 단지 같은 물건들이 떠다닌다. 모두가 엄청나게 큰 물건들이다.

화면에 수심이 3,442미터라고 나와 있다.

에마 103이 〈다프네〉의 방향을 돌리자 탐조등 불빛이 바닥의 주름을 비춘다. 검은 구멍이 보인다. 구멍 안쪽에서 탐조등 불빛을 받은 물건들이 반짝인다.

「저 구멍으로 들어가야 합니다. 그런데 우리 잠수정은 너무 커서 들어갈 수가 없습니다.」

나탈리아가 묻는다.

「그럼 입구를 폭파시켜서 넓히면 되지 않을까요?」

「저 안에 무엇이 감춰져 있는지 모르는 터라, 함부로 폭탄을 사용할 수 없습니다.」

「구멍이 꽤 깊어 보이는걸요.」

「우리 친구 에마 678912와 에마 453223이 저 구멍으로 들어가서 탐사를 계속할 겁니다.」

다비드는 구멍의 크기를 가늠해 본다. 지름이 기껏해야

10센티미터쯤 될 법하다. 보통 체구의 사람은 누구도 들어갈 수 없는 구멍이다. 나탈리아조차 언감생심이다.

두 잠수부는 재빨리 밖으로 나갈 채비를 한다. 유리 공처럼 생긴 헬멧을 쓰고 물이 새어 들지 않도록 단단히 봉한 다음, 허리에 납으로 된 밸러스트를 두르고 등에 수중 추진기를 매어 단다. 그러고는 물갈퀴를 발에 낀다.

이어서 그들은 제1 감압실에 들어갔다가 제2 감압실로 넘어간다. 그들 주위로 천천히 물이 차오른다.

두 사람이 완전히 물에 잠기자, 선장은 〈다프네〉의 개폐장치를 작동시킨다. 두 탐사대원은 심해의 어두운 세계로 빠져나간다.

그들은 수중 추진기를 작동시키고 물갈퀴를 사용해서 앞으로 나아간다. 그들의 투명한 헬멧 꼭대기에는 램프와 비디오카메라가 달려 있다. 덕분에 빛을 비추고 나아가면서 영상을 촬영할 수 있다.

두 에마슈는 빛을 발하는 물고기처럼 변하여 진짜 물고기들 사이로 섞여 든다.

그때 갑자기 커다란 심해 아귀 한 마리가 길고 날카로운 이빨을 드러낸 채로 나타난다. 덩치가 에마슈들보다 두 배나 크고 잠수부들처럼 이마에 램프를 달고 있다.

「젠장! 저들을 작살 총으로 무장시켰어야 하는 건데 그랬어요.」

나탈리아가 아쉬워하자 선장이 말한다.

「걱정하지 마세요. 저들이 투명하지는 않아도 잘 헤쳐 나갈 겁니다. 해결책을 찾아낼 수 있는 친구들이에요.」

심해 아귀는 더 위협적인 모습을 보인다. 커다란 입을 벌려 바늘처럼 생긴 긴 이빨들을 모두 드러낸다. 〈다프네〉의 현창 앞에서 두 잠수부와 그들을 잡아먹으려는 심해 아귀가 추격전을 벌인다.

두 에마슈는 몇 차례 방향을 바꾸며 이리저리 도망치다가 서로 헤어진다. 그러자 심해 아귀는 한쪽 에마슈를 뒤쫓고 다른 에마슈는 고래의 머리뼈에 뚫린 틈새에 몸을 숨긴다.

그녀는 도망치는 동료가 심해 아귀를 자기 쪽으로 유인해 오기를 기다린다. 그러다가 심해 아귀가 가까이 오자 단검을 치켜들고 놈의 등으로 뛰어내려 말을 타듯 두 다리를 벌려 앉은 다음 놈의 발광기 바로 아래쪽의 이마를 찌르려고 한다.

하지만 심해 아귀는 그녀를 떨쳐 내고 곧바로 덤벼든다. 그때 무언가 심해 아귀의 관심을 끄는 것이 나타난다. 심해 아귀의 수컷이다. 이 수컷은 크기가 암컷의 10분의 1밖에 되지 않는다. 암컷처럼 턱이 발달하거나 이맛등이 달린 것도 아니다. 그러나 화학적인 메시지를 보내어 암컷을 흥분시킨다.

암컷이 가까이 다가오자 수컷은 아주 빠르게 덤벼들어 암컷의 등허리에 제 이빨을 박는다.

마르탱이 중얼거린다.

「사랑이 우리 대원들을 살렸구먼.」

「어쨌거나 별나군. 심해 아귀들의 교접 방식 말이야.」

다비드가 백과사전에서 읽은 것을 떠올리며 설명한다.

「심해 아귀들의 특이한 점이 바로 그거예요. 수컷이 암컷의 살에 박혀서 한 몸을 이루고 나면 절대로 떨어지지 않아요.」

오로르는 호기심을 느끼며 심해 아귀에게서 눈을 떼지 못한다. 그들의 계획을 망칠 뻔한 심해 아귀는 잠시 황홀한 순간을 경험하고 있는 듯하다.

두 에마슈는 공격자들이 없는 구역을 통과한다. 오로르는 그 모습을 보면서 다비드에게 말한다.

「신기한걸. 심해 아귀에 대해서 더 이야기해 봐.」

「미안해, 지금은 그럴 때가 아냐. 우리 탐사대원들을 지켜보고 싶어.」

## 113

### 백과사전: 심해 아귀

심해 아귀는 수심 1천 미터에서 4천 미터 사이로 내려가 칠흑 같은 어둠 속에서 살아간다. 이 물고기는 무시무시하게 생긴 동물이다. 커다란 입에는 날카로운 이빨들이 나 있고 이마에는 낚싯대 구실을 하는 긴 돌기 끝에 먹이를 유인하기 위한 발광체가 달려 있다.

암컷의 크기가 멜론만 하다면 수컷의 크기는 체리만 하다.

암컷이 수컷 옆으로 지나가면, 수컷은 암컷에게 덤벼들어 돌출한 두 이빨을 암컷의 살에 박고 다시는 암컷에게서 떨어지지 않는다.

이렇게 암컷에 붙어 버리면 수컷은 암컷과 피가 통하여 모든 것을 암컷에게서 얻는다. 하지만 이제 자기에게 없어도 되는 지느러미며 소화기며 눈 따위는 점차로 모두 퇴화해 버린다. 그저 암컷에 달라붙은 불알로 바뀌는 것이고, 암컷은 이 불알을 자기 마음대로 사용한다.

수컷의 덩치가 크지 않기 때문에, 암컷은 자기 살에 박힌 수컷을 그대로 둔 채로 사냥을 계속한다. 수컷은 한낱 불알로 전락하여 정자를 계속 만들어 내고, 암컷은 그 정자를 마음껏 가져다가 알을 낳는다.

어부들이 그물에 걸린 심해 아귀를 건져 올리면, 암컷의 옆구리나 등이

나 뺨이나 이마에 여러 마리의 수컷이 다소 퇴화한 채로 매달려 있는 것을 흔히 볼 수 있다. 이 물고기는 흉측한 머리가 잘린 채로 〈아귀 꼬리〉라는 이름으로 생선 가게를 거쳐 우리 식탁에 올라온다.

에드몽 웰스, 『상대적이며 절대적인 지식의 백과사전』 제7권

## 114

드루앵 대통령은 커다란 안락의자에서 일어나 송수화기를 내려놓은 다음 방 안을 서성인다.

「그들이 거기로 갔답니다. 귀국의 탐사대원들과 우리 연구자들 말입니다. 모든 게 잘 돌아가고 있는 것 같습니다.」

그는 방 안을 한 바퀴 돌더니 활기찬 태도로 다시 의자에 앉아 손님을 빤히 바라본다. 손님은 마이크로 랜드의 왕 에마 109이다. 왕은 예전에 오비츠 대령이 앉던 의자보다 훨씬 좁은 의자에 앉아 있다. 대통령은 두 사람의 시선이 같은 높이에 오도록 특별히 왕을 생각해서 의자를 만들게 했다.

「다비드, 오로르, 나탈리아, 마르탱이 멀리 대양에 나가 있어요. 대서양의 해저 지각에 생긴 균열을 탐사하기 위해 수심이 3천 미터나 되는 곳으로 내려간 모양입니다. 그들에겐 중요한 작업입니다. 이제 정치에서 손을 떼었으니 뭔가 새로운 일을 찾아야죠. 해저 동굴 탐사는 기분 전환에 크게 도움이 될 겁니다.」

왕은 집무실을 둘러본다.

「예전에 에마슈 직원들을 책상 위에 두고 만년필을 관리하게 하셨다는 얘기 들었습니다. 보아하니 이제는 에마슈들을 안 쓰시는 모양이군요.」

대통령은 의자에서 일어나 칠각형 체스 판이 놓인 탁자 쪽

으로 간다. 그러고는 체스 판 말들 위쪽으로 한 손을 뻗는다.

「상황이 좋아지고 있어요. 게임에서 배제되었던 에마슈들이 돌아왔으니까요. 에마 109, 이젠 전하라고 불러야 하나요?」

「전하가 좋겠습니다. 우리 나라에서는 다들 그렇게 부르니까요.」

그는 농담을 건넬까 하다가 에마슈의 진지한 표정을 보고 말한다.

「좋습니다…… 전하.」

그와 동시에 대통령은 연보라색 킹을 제자리에 놓는다.

「감사합니다…… 대통령님.」

대통령은 다른 말들도 제자리에 놓고 폰들을 움직여 연보라색 진영이 중앙으로 진출하고 있음을 나타낸다.

「이 게임은 무엇인지요? 체스와 비슷한데, 진영이 더 많고 다채롭군요.」

「나탈리아 오비츠가 고안한 것입니다. 일곱 진영이 벌이는 일종의 체스 게임인데, 각 진영은 미래의 일곱 가지 길 가운데 하나를 상징합니다.」

「그렇다면 우리 에마슈들은…….」

「연보라색입니다.」

왕은 호기심을 느낀다.

「나는 체스를 둘 줄 모릅니다.」

「금방 배울 수 있습니다. 따로 배우지 않고 그냥 어깨 너머로 한두 번 보고 원리를 터득하는 사람도 있습니다. 나는 여섯 살 때부터 두었는데 지금도 무척 좋아합니다. 소년 시절에는 대회에 나가기도 했습니다. 더 큰 사람들…… 그러니까 어른들을 상대로 게임을 벌였죠.」

왕은 작은 안락의자에 가만히 앉아 있으려니 좀이 쑤신다. 상대방처럼 방 안을 돌아다닐 수 없는 게 아쉽다.

「대통령님, 단둘이 만나고자 하신 이유가 무엇인지요?」

「판세가 바뀌어서 에마슈들이 다시 게임에 참가하고 있기 때문입니다. 에마슈들은 미래의 길 가운데 하나입니다. 나는 에마슈들과 좋은 관계를 맺고 싶고, 나아가서는 같은 편이 되고 싶습니다.」

「대통령님은 어느 진영에 속해 계신가요?」

그는 어정쩡한 손짓을 한다.

「딱히 어느 진영이라고 말하기는 어렵습니다. 현재는 에마슈들의 진영에 가장 큰 관심을 가지고 있습니다. 우리 자식들이 행복하게 살 만한 세상을 건설하는 것, 그것이 국가 원수의 가장 고결한 야망처럼 보이기 때문에 그렇습니다.」

그는 체스 판 주위를 돈다.

「그렇다면 우리의 적은 누구인가요?」

그는 숨을 깊이 들이마신다.

「실제적인 적은 없다고 봐야 합니다. 다른 진영들은 적이라기보다 경쟁자들입니다. 어느 진영이나 자기네야말로 미래를 위한 최선의 선택이라고 생각합니다.」

「그렇군요.」

「그리고 모든 진영이 동시에 승리할 수도 있고 동시에 망할 수도 있습니다. 그런 점에서 이 게임은 흑백으로 나뉘어 겨루는 체스보다 훨씬 미묘합니다.」

왕은 조금 망설이다가 의자에서 일어나더니 대통령의 책상으로 뛰어내린다. 그러고는 두꺼운 책 위에 올라가 앉는다. 프랑스 헌법의 전문과 해설이 실려 있는 책이다.

「연보라색이 우리라면, 다른 색깔들은 어느 진영인가요?」

「간단히 말씀드리자면, 흰색은 대량 소비의 길, 녹색은 종교의 길, 파란색은 기계의 길, 검은색은 우주 정복의 길, 노란색은 수명 연장의 길, 빨간색은 여성화의 길, 그리고 연보라색은 소형화의 길입니다.」

왕은 책 몇 권을 쌓아 더 편안한 의자를 만들고 거기에 앉는다.

「내가 전하를 오시게 해서 이렇게 대담을 나누고 싶었던 것은 우리의 결속을 강화하자는 제안을 하기 위해서입니다.」

「그럼 말씀을 더 들어 볼까요?」

「정직하게 말해서 인류는 지구 전체에 걸친 대재앙을 향해서 나아가고 있는 게 아닌가 싶습니다.」

그는 심호흡을 하고 나서 말을 잇는다.

「나는 그저 게임을 하는 사람에 머물지 않고, 한 진영이 아니라 모든 진영을 구원하고 싶었습니다.」

그는 책상 위에 놓인 지구의 쪽으로 걸어간다.

「사실 이 게임은 불완전합니다. 여덟 번째 경기자를 참가시켜야 합니다.」

그는 지구의를 돌린다.

「여덟 번째 경기자란…… 우리의 행성인 지구입니다. 일주일 전 인도네시아에서 또다시 지진이 일어났다는 소식을 들었을 때 문득 그것을 깨달았습니다. 지구는 한 진영을 맡은 경기자라기보다 체스 판 그 자체입니다. 우리는 말들의 움직임에만 신경을 쓰고 있기 때문에 체스 판을 보지 못하죠.」

왕은 한쪽 눈썹을 치켜올린다.

「참 재미있는 생각이군요. 하지만 지구는 신경계가 없고, 따라서 지능도 의식도 없지 않나요?」

「지구는 말이 없을 뿐, 지능과 의식이 있으리라 확신합니다. 지구는 숨을 쉬고 반응하고 회전 운동을 합니다. 지구도 자기 나름의 방식으로 사고를 하지 말란 법이 없습니다.」

왕도 대통령을 따라 지구의를 살펴본다.

「지구라…….」

왕은 생각에 잠긴 표정으로 덧붙인다.

「지구를 지키는 일은 생태주의자 진영이 맡고 있지 않나요? 그들도 게임에 참가해야 하는 것 아닌가요?」

「그들은 진영이라고 할 만한 것을 따로 형성하고 있지 않습니다. 일곱 진영에 생태주의를 표방하는 정치가들이 포함되어 있다고 봐야 합니다. 그런데 정치적 이해관계를 떠나 진정한 의미로 지구를 수호하는 것은 참으로 어려운 일입니다. 그런 사람들이 얼마나 될지 모르겠군요.」

「그렇다면 대통령님과 제가 그 일을 맡았으면 하시는 건가요?」

「안 될 것도 없지 않습니까?」

왕은 웃음을 터뜨린다.

「하지만 우리 에마슈들은 갓 세상에 나타났어요. 우리 자신의 삶도 불안정한 상황입니다.」

「바로 그런 점에서 에마슈들의 역할을 기대하는 겁니다. 에마슈들은 가장 새롭고 가장 현대적입니다. 그리고 가장 깨끗하죠. 전쟁이나 학살이나 전체주의로 인한 때가 묻지 않았으니까요. 에마슈들은 역사적인 관점에서 순결합니다. 생각하면 할수록 확신이 깊어 갑니다. 에마슈들과 선의로 가득 찬 일부 거인들이 적극적으로 나서면 단지 한 진영이 아니라 체스 판 전체를 지킬 수 있습니다.」

에마 109는 당황스러운 기분을 느낀다. 강대국의 국가 원수가 그토록 많은 관심을 가져 주는 것은 고마운 일이지만, 지구의 생존보다 더 걱정스러운 것은 자기네 허약한 소국의 생존이 아닌가 하는 생각이 드는 것이다.

「더 구체적으로 말해서 우리 에마슈들이 지구를 구하기 위해 무슨 일을 할 수 있다고 생각하시는지요?」

대통령은 자기 의자에 돌아가서 앉더니 지구의 내부에 있는 전구를 켠다.

「솔직히 말씀드리자면, 그 점에 대해서는 아직 아는 바가 없습니다. 내 아내랑 이야기를 나누고 나서 문득 그런 생각이 들었습니다. 에마슈들을 도와서 지구를 구해야 하리라는 생각이 들긴 했지만, 구체적인 아이디어는 아직 없습니다.」

「사실, 대통령님이 우리에게 다가오시는 것은 다른 여섯 진영에 대한 경계심 때문이 아닌가요?」

대통령은 긴 한숨을 내쉰다.

「아마 그럴 겁니다. 이건 내 느낌이지만, 몇 해 전에 세계를 휩쓴 독감은 요한의 묵시록에 나오는 첫 번째 재앙을 닮았어요. 그래서 앞으로 세 가지 재앙이 더 닥치지 않을까 두려워하고 있어요. 나는 우리가 지평선에 갑자기 나타날 세 기사들의 감시자가 되기를 바랍니다.」

왕은 머리를 쓸어 올린다.

「무슨 말씀인지 알겠습니다. 대통령님의 신뢰에 감사드립니다. 사실을 말씀드리자면, 나는 오랫동안 거인들이 우리를 대등한 존재로 대해 주지 않으리라 생각했습니다. 오늘 뜻하지 않은 제안을 받고 보니, 처음으로 대통령님이 저를 정치적인 파트너를 넘어서서 상당한 힘을 가진 사람으로 대하고 있다는 느낌이 듭니다. 그 신뢰와 기대에 걸맞은 모습을 보여 드리도록 노력하겠습니다.」

왕은 자리에서 일어나 불이 켜진 지구의에 손을 댄다.

「결국 우리는 이 지구의 새로운 입주자입니다. 자꾸 생각해 보니 대통령님을 돕고 〈여덟 번째 경기자〉를 도울 만한 독창적인 제안을 내놓을 수 있으리라는 느낌이 듭니다.」

## 115

대서양의 거대한 해령에 있는 어느 습곡에서 노란 점 하나가 반짝인다.

심해 아귀의 기이한 교접에 관한 다비드의 간단한 설명을 듣고 나자, 모두가 얼굴을 찡그린다. 다시는 다비드에게 동물학적 지식을 떠벌리도록 권유하지 않는 게 좋겠다는 생각이 들 정도다.

마르탱이 먼저 말문을 연다.

「덩치 큰 암컷이 수컷들의 시체를 전리품처럼 목에 두르고 있는 형국이로군요. 그러고 보면 자연은 우리와 똑같은 미학 원리나 도덕률을 가지고 있지 않은 게 분명해요.」

오로르는 심해 아귀가 페미니즘을 뒷받침하는 자연의 훌륭한 사례를 보여 주고 있다고 생각하면서 빈정거리듯 말한다.

「아니에요, 어머니이신 자연은 실용성을 지향해요. 심해 아귀에 대해서는 수컷을 꼭 필요한 기능만 하도록 만든 거죠.」

「그나저나 그 모든 게 에드몽 웰스의 백과사전에 나오나요?」

에마 103이 마르탱의 그 말을 받는다.

「나는 책들을 좋아하지 않아요. 거인 세계 작가들의 책을 읽을 때마다 그들이 매우 오만하고 다른 책에서 읽은 것들을 자랑한다는 생각이 들더군요.」

다비드가 반박한다.

「누가 썼느냐가 중요한 것이 아니라 그것을 어떻게 이해하느냐가 중요하죠.」

선장은 바로 되받지 않고 대답할 말을 찾다가 다비드의 말에 미묘한 암시가 담겨 있음을 인정한다.

그들은 현창 너머로 탐조등 불빛을 받고 있는 탐사 현장을 바라본다.

두 잠수부는 시간을 더 허비하지 않고 구멍 쪽으로 나아간다.

그들이 바위에 뚫린 구멍으로 사라지자, 〈다프네〉의 탑승자들은 선실에 설치된 화면으로 눈길을 돌린다. 잠수부들 앞에 펼쳐지는 세계의 이미지들이 화면에 나타난다.

잠수부들의 이맛등이 머리빗 하나를 비춘다. 누가 보기에도 인간의 손으로 만든 머리빗이다.

잠수부들이 암굴 속을 나아갈수록 유물들이 점점 많아진다. 포크와 물잔 같은 물건들도 보인다. 세월과 산호의 공격을 견디지 못해 반쯤 삭아 버린 물건들이다.

「엄지 동자가 우리에게 길을 가르쳐 주기 위해 조약돌을 놓았군요.」

마르탱의 말에 나탈리아가 장단을 맞춘다.

「저 터널의 끝에서 우리가 무엇을 발견하게 될지 궁금하네요.」

그때 암벽이 통로를 막아선다. 에마슈들이 아무리 침투에 능하다 해도 암벽을 뚫고 나갈 수는 없다. 잠수부들은 단검으로 벽을 두드려 보지만 아무 소용이 없다. 그래서 가방에서 곡괭이를 꺼내 구멍을 내보려고 한다. 그러나 곡괭이 날은 도로 튕겨 나올 뿐이다.

선장이 실망한 표정으로 말한다.

「거기서 멈춰야겠어. 구멍이 점점 넓어질 줄 알았는데 그게 아니로군.」

다비드는 그냥 포기하고 싶지 않아서 목청을 높인다.

「계속 나아갈 방법이 분명 있을 겁니다.」

「아니에요, 모험은 여기까지예요, 웰스 박사님. 하나밖에 없는 통로가 막혀 버렸어요. 이제 우리가 할 일은 잠수부들이 가져올 물건들을 분석하는 겁니다.」

나탈리아가 제안한다.

「장애물을 파괴하고 통로를 내면 되지 않을까요?」

선장은 확신이 서지 않는 표정으로 잠시 생각하다가 대답한다.

「우리는 그럴 수 없습니다.」

「정말 할 수 없어요?」

「극단적인 해결책이 있긴 합니다. 폭발물 말입니다. 하지만 그건 위험이 따르는 일입니다.」

오로르가 나선다.

「우리가 저기에 있다면, 위험을 무릅쓸 것 같군요. 빈손으로 돌아가는 것보다 그게 낫지 않을까요?」

선장은 망설이다가 잠수부들에게 폭발물을 사용하라고 명령한다. 잠수부들은 암벽의 오목한 자리에 폭발물을 설치하고 뒤로 물러나 터널을 완전히 빠져나온다. 그 정도면 충분히 거리를 두었다고 판단하고 그들은 폭파 장치의 버튼을 누른다.

## 116

아야.

따끔하다. 멕시코만에서 멀지 않은 대서양 밑바닥에서 저들이 일을 벌이고 있다. 깊은 바닷속에서 폭발물을 터뜨린 것이다.

저들은 이미 2010년 4월 멕시코만에서 시추 작업을 벌이다가 시추선이 폭발하는 바람에 수백만 배럴에 달하는 내 검은 피를 대양에 흘려 버린 적이 있었다.

저들은 늘 분주하게 돌아다니며 구멍을 파고 탐사를 하고 빛과 소리와 열기를 도처에 퍼뜨린다.

저들은 도저히 차분해질 수 없는 종족인가?

저 해역은 저들의 호기심이 미치지 못하는 곳인 줄 알았는데, 저기에서 도대체 무엇을 찾고 있는 것일까?

저곳은 단지 깊은 바닷속일 뿐만 아니라 아주 특별한 구역이다.

최초 인류의 옛 거주지가 저기에 숨어 있지 않은가.

## 117

스테인드글라스로 보라색 빛살이 새어 든다.

왕 에마 109는 칠각형 체스 판을 만들게 해서 그것을 새 왕궁의 특별한 방에 가져다 놓았다. 한쪽 망루의 꼭대기에 마련된 이 방은 모양이 둥글고 창문들은 섬의 꽃들을 나타내는 스테인드글라스로 장식되어 있다.

왕은 단것을 입에 넣고 오물거린다. 예전에는 그러지 않았지만 이제는 단것을 무척 좋아한다. 긴장을 풀어 주고 기력을 돋워 주기 때문이다. 그래서 자꾸 먹고 몸이 통통해졌지만, 지적인 활동을 강도 높게 수행하기 위해서는 그런 대가를 치러야 한다고 생각한다. 뇌가 활발하게 움직이기 위해서는 당분과 지방이 필요한 것이다.

왕은 체스의 규칙을 금방 익혔다. 그리고 이제는 눈에 보이는 대결의 이면에 어떤 문제가 감춰져 있는지 이해할 듯하다.

왕은 칠각형 체스 판 주위를 돈다.

그때 에마 666이 방 안으로 들어온다.

「전하…….」

에마 666은 레이스로 장식한 화려한 주홍색 법의를 입은 차림이다.

「어서 오세요. 이것을 보십시오. 일부 거인들이 어떤 식으로 세상을 보는지 짐작할 수 있을 겁니다. 일곱 진영이 승부를 겨루는 전략 게임입니다. 미래에 관한 서로 다른 관점을 가진 일곱 진영은 승리할 수도 있고 패할 수도 있습니다.」

왕이 프랑스 대통령에게서 들은 대로 설명해 주자, 에마 666은 즉시 게임의 취지를 이해한다.

왕이 설명을 마무리한다.

「그렇게 일곱 경기자에다가 체스 판 자체가 추가됩니다.

우리 행성이 여덟 번째 경기자가 되는 셈이죠. 우리는 원하든 원하지 않든 이 게임에서 한 진영을 맡고 있습니다.」

「우리가 어느 색깔인가요?」

「연보라색입니다.」

왕은 자기들 진영의 말들을 가리키며 말을 잇는다.

「이 게임의 한 진영을 차지하는 것이 첫 단계였다면, 계속 남아서 경기를 벌이는 것이 둘째 단계입니다. 그리고 셋째 단계는…….」

「다른 진영들을 물리치고 승리하는 것인가요?」

두 에마슈는 이심전심으로 서로 바라본다. 한쪽은 통통하고 무거운 반면, 다른 쪽은 날씬하고 가볍다.

왕이 단것을 권하자 에마 666은 정중하게 사양한다. 그러자 왕은 창문을 열고 수평선을 바라본다. 수평선 너머로 저무는 해가 바다를 주황색과 분홍색으로 물들인다.

왕이 다시 말문을 연다.

「우리를 위한 이상적인 미래, 바람직한 진화를 상상해야 해요. 그래야 게임을 연보라색 진영에 유리한 쪽으로 이끌어 갈 수 있어요.」

에마 666은 홀린 듯한 표정으로 체스 판을 말끄러미 바라본다. 왕이 말을 잇는다.

「우리는 선택의 여지가 없어요. 이기지 않으면 사라지는 겁니다. 이기는 것이 우리 종의 진화 방향입니다. 전진하지 않는 것은 정체하는 것이 아니라 퇴보하는 것입니다.」

에마 666은 체스 판의 말들이 중앙으로 진출해서 서로 싸우려고 안달을 낸다고 느끼며 조심스럽게 대답한다.

「빨리 가는 것만이 능사는 아닐 것입니다. 단계를 밟아 가면서 천천히 나아가는 방법도 있습니다. 급격한 변화를 겪거나 폭력을 사용하지 않고도 나아갈 수 있을 것입니다. 그래야 실수를 줄일 수 있습니다.」

「우리는 다른 진영의 실수를 거울 삼아 전진할 겁니다. 나는 이제 거인들이 어떤 존재인지 압니다. 그들은 폭력적이고 서로 협력할 줄 모릅니다. 남보다 더 많이 갖기 위해 기를 쓰고, 쉽게 쾌락을 얻으려고 합니다.」

왕은 최근에 벌어진 사건들을 반영하기 위해 이미 체스 판의 말들을 움직여 놓았다.

「느리게 가는 것이 나쁘다는 것은 아닙니다. 필요하다면 그렇게 해야지요. 하지만 때로는 더 화려하게 해야 합니다. 그래야 사람들을 일깨울 수 있으니까요.」

「전하, 무엇을 생각하고 계신지요?」

「내 나름대로 한 가지 계획하고 있는 것이 있습니다.」

왕의 입가에 미소가 번진다. 왕은 분홍색 사탕이 담긴 그릇에 손을 집어넣는다.

## 118

폭발의 잔해들이 부옇게 떠다니다가 몇 분이 지나서야 흩어진다. 마치 느릿느릿 떨어지던 우박이 눈송이로 변하고 다시 먼지구름이 되었다가 안개로 바뀌는 것만 같다. 이윽고 탐조등 불빛을 받는 바닷물이 다시 맑아진다.

두 잠수부는 다시 바위에 뚫린 통로 쪽으로 나아간다.

〈다프네〉의 탑승자들은 두 개의 화면을 통해 잠수부들의 헬멧에 달린 카메라들이 전해 오는 영상을 바라본다.

잠수부들은 좁다란 통로 속으로 전진한다. 그런데 갑자기 그들의 이맛등 불빛이 벽에 막히지 않고 그냥 앞으로 퍼져 나간다. 공간이 넓어진 것이다. 그들은 캄캄한 물속을 나아간다.

오로르가 묻는다.

「이제 아무것도 보이지 않아요. 어떻게 된 거죠?」

「다른 공간으로 넘어간 것 같은데 그 공간이 너무 넓은가 봐요. 주위에 벽이 없으니까 불빛이 반사되지 않는 겁니다.」

선장은 화면을 통해 잠수부들이 수심 3,607미터로 내려가 있음을 확인한다.

「해저 지각 속에 빈 공간이 있는데, 그 공간이 정말 엄청나게 큰 모양입니다.」

「최근에 일어난 지진과 관련된 것일까요?」

다비드가 설명에 나선다. 해저 지형에 대해서도 나름대로 아는 바가 있다는 듯 자신만만한 표정이다.

「입구 쪽 통로의 침전물로 판단하건대, 훨씬 오래전에 생긴 공간이에요. 내가 보기엔 소행성이 떨어질 때 생겨난 구멍이 아닌가 싶은데요.」

오로르가 생각에 잠긴 얼굴로 되받는다.

「소행성이라고?」

「6천5백만 년 전에 멕시코 유카탄 반도의 칙술루브에 떨어져서 공룡의 멸종을 야기했다는 소행성 얘기 들었지? 바로 그 소행성과 비슷한 것이 8천 년 전에 여기로 떨어져서 아틀란티스섬과 그 주민들을 사라지게 하지 않았을까?」

그들은 두 잠수부가 캄캄한 동굴 속으로 계속 나아가는 모습을 지켜본다.

나탈리아가 놀라서 소리친다.

「정말 거대한 공간인가 봐요. 아무리 가도 벽이 보이지 않네요.」

그때 갑자기 위로 솟은 구부슴한 물체가 화면에 나타난다.

「저게 뭐지? 석순인가?」

「공룡의 뼈가 아닐까?」

「아냐, 다른 거야.」

잠수부들이 그 구부스름한 물건에 다가가서 불빛을 비춘다. 선장이 소리친다.

「갈비뼈예요! 어마어마하게 큰 흉골에 붙어 있는 뼈로군요.」

잠수부들이 다른 갈비뼈들과 척추와 머리뼈를 비춘다.

「해골이 아주 큰데요.」

「보세요, 저 둥근 전두골, 각진 하악골, 세모나게 뚫린 코 부위의 구멍. 저건 틀림없이 거인의 해골이에요.」

나탈리아의 목소리는 확신에 차 있다.

해골의 입에서 흰 해파리 두 마리가 나온다. 마치 만화의 말풍선 같다.

스피커를 통해 잠수부들의 숨소리가 들려온다. 리듬이 점점 빨라지고 있다. 그 소리를 듣고 있는 탑승자들마저 숨이 가빠지는 기분을 느낀다.

두 잠수부는 해골의 눈구멍 속으로 들어간다.

오로르가 중얼거린다.

「아틀란티스 사람인가?」

「뭐라고요?」

선장의 물음에 나탈리아가 대답한다.

「전설에 따르면 먼 옛날 유럽과 아메리카 사이에 아틀란티스라는 섬이 있었는데, 그 주민들이 찬란한 문명을 건설했답니다. 그들이 저런 거인들이었는지는 몰랐습니다.」

「드디어 내 아버지의 견해가 옳았다는 것을 보여 주는 명백한 증거가 나왔군요.」

다비드가 그렇게 말하자, 오로르는 그의 한 손을 꼭 잡는다.

잠수부들은 첫 번째 해골을 찾아낸 데 이어 두 번째 해골과 세 번째 해골에 불빛을 비춘다. 유골들은 바다 밑바닥의 모래와 진흙에 반쯤 묻힌 채 누워 있다. 푸르스름한 빛을 발하는 물고기들이 따라와서 그 주위를 헤엄친다. 언뜻 보면 마치 유골들이 음산한 빛을 내는 것 같다.

갑자기 에마 678912의 정면에 심해 아귀가 나타난다. 아까 잠수부들과 추격전을 벌인 바로 그 심해 아귀다. 수컷을 만난 감동이 스러지자, 이 고집스런 암컷은 수컷을 옆구리에 단 채로 다시 추격에 나서 그들을 찾아낸 것이다.

심해 아귀가 잠수부들에게 돌진한다. 입을 쩍 벌려 길고 날카로운 이빨들을 드러내고 있다. 에마 678912는 반사적으로 추진기를 작동시키고 단검 두 개를 꺼내 든 뒤에 심해 아귀의 머리 위쪽으로 올라가더니 단번에 칼날 두 개를 툭 불거진 눈들에 박아 넣는다. 하얀 피가 분출한다. 암컷에 달라붙은 수컷이 소스라친다. 제 몸으로 암컷의 고통을 느낀 것이다. 하지만 수컷은 암컷에게서 떨어져 나갈 수 없다.

암수가 하나로 붙어 버린 심해 아귀는 추격을 포기한다. 벌써 피 냄새를 맡은 포식자들이 심해 아귀를 잡아먹으러 몰려온다.

두 잠수부는 이제 안심하고 탐사를 계속할 수 있다.

해골들에 이어, 의자나 탁자나 장롱 같은 인간 문명의 흔적들이 나타난다. 잠수부들의 불빛에 거리가 나타난다. 거대한 집들의 잔해도 보인다. 아무도 살지 않는 도시이지만, 무수한 발광성 심해어들이 돌아다니고 있으니 마치 축제가 열리고 있는 느낌이 든다.

다비드는 척추에 전율이 흐르는 것을 느낀다. 전생을 여행할 때 그곳을 보았던 것 같은 기분이 드는 것이다. 마조바 의식을 치를 때 보았던 이미지들이 화면에 나타나는 이미지들과 겹친다.

오로르는 먼 옛날의 동반자이자 오늘날의 동반자인 그의 손을 더욱 세게 그러쥔다. 굳이 말을 하지 않아도 그녀는 알고 있다. 자기와 다비드가 같은 시대로 돌아가 같은 것들을 생각하고 있다는 사실을.

3층짜리 집들이 불빛에 드러난다. 높이가 수십 미터나 되는 건물들이다.

두 잠수부는 어느 집의 문턱을 지나 안으로 들어간다. 층층대의 단 하나하나가 너무 높아서 에마슈들에게는 단 하나가 절벽처럼 보인다. 다행히도 등에 달린 추진기가 강력해서 그들은 2층과 3층을 거쳐 지붕까지 올라갈 수 있다.

잠수부들이 건물 위로 올라가자 그들의 눈앞에 도시의 모습이 펼쳐진다. 빛을 내는 물고기들이 헤엄치고 있어서 마치 가로등을 켜놓은 도시를 보는 듯하다. 바닷속 깊은 곳에서 그토록 인상적인 장면을 만나게 될 줄 누가 알았으랴.

오로르가 잠수부들에게 소리친다.

「그 대로로 곧장 나아가면 피라미드와 마주치게 될 거예요.」

선장이 놀라서 묻는다.

「그걸 어떻게 아시죠?」

「직감이에요…… 강한 직감. 저기에 살았던 것 같은 느낌이 들었어요. 아니, 내 말은 〈꿈속에서〉 그랬다는 거예요.」

잠수부들은 오로르의 지시에 따라 넓은 골짜기 같은 대로를 나아간다. 금빛 눈의 과학자가 다시 이른다.

「조금 더 가다가 왼쪽 세 번째 길로 접어드세요.」

두 에마슈는 시키는 대로 나아간다. 그들의 눈앞에 건물 하나가 나타난다. 건물에는 거대한 홀이 있고, 홀 여기저기에 식탁들과 의자들이 보인다. 무대도 마련되어 있었던 듯하다.

오로르가 샤먼과 나눈 사랑을 떠올리며 중얼거린다.

「저건 술집이에요. 내가…… 꿈에서 봤어요. 저기에서 〈가장 위대한 사랑〉을 경험했죠.」

다비드가 맞장구를 친다.

「나도 그래요. 나도 저것을 꿈에서 봤어요.」

바닥에는 술잔이며 접시 같은 물건들이 흩어져 있다. 홀 안쪽에는 높다란 단이 설치되어 있고 양쪽에 둥근기둥들이 서 있다.

다비드는 남들에게 자기 말이 이상하게 들리든 말든 상관하지 않고 오로르에게 속삭인다.

「저기서 네가 춤을 추었어.」

그 말을 기다렸다는 듯 30미터나 되는 관해파리가 느닷없이 나타나더니 기다란 군체를 흐늘흐늘 흔들어 댄다. 마치 무희를 흉내 내기라도 하는 듯하다. 이 관해파리는 수천, 아니 수백만 개체가 모여 하나의 군체를 이루고 있을지도 모른다. 그렇다면 하나의 관해파리가 아니라 하나의 도시가 한 몸처럼 춤추고 있는 셈이다.

에마 453223은 가까이 다가들어 그 장면을 촬영한다. 다비드가 소리친다.

「조심해요, 관해파리는 맹독을 쏘아서 공격해요.」

아니나 다를까, 기능이 고도로 분화된 작은 개체들로 이루어진 그 관해파리가 채찍처럼 움직이며 공격해 온다. 잠수부는 아슬아슬하게 공격을 피한다.

이어서 두 잠수부는 오로르의 지시에 따라 술집을 나서 중앙 대로로 다시 나갔다가 새로운 길로 들어선다.

그들의 헬멧에 달린 전등 불빛에 3층 건물이 드러난다. 모든 점에서 앞서 본 건물들과 비슷하다. 다비드가 소리친다.

「그 집으로 들어가요.」

잠수부들은 3층 창문으로 들어가서 내부에 불빛을 비춘다. 오로르가 자기도 모르게 다시 나선다.

「저 방이 우리의 식당이었어요. 미안하지만 안쪽으로 더 가보세요.」

오로르는 그토록 정확한 정보를 기억하고 있다는 사실에 스스로 놀란다. 두 탐사자는 거대한 거처 안으로 나아간다. 다비드 역시 자기 기억이 정확하다는 사실에 놀라며 설명한다.

「저기가 우리 침실이었어요. 저게 우리 침대였고요.」

침대 밑에서 은색 곰치 한 마리가 나온다. 하지만 두 방해자를 잡아먹는 것의 이점을 따져 보고는 공격을 포기한다.

오로르가 중얼거린다.

「우리는 8천 년 전에 저 침대에서 사랑을 나눴어요. 그리고 우리보다 작은 인류를 구상하고 실제로 만들어 냈죠.」

긴 침묵이 이어진다. 그저 잠수부들의 숨소리만 들릴 뿐이다.

랜턴피시들이 잠수부들을 동족으로 여기고 짝짓기를 하자며 이마의 불빛을 반짝거리기 시작한다. 침실은 순식간에 나이트클럽으로 변한다. 랜턴피시들의 불빛이 나이트클럽의 조명처럼 스트로보스코프 효과를 낸다.

이윽고 선장이 침묵을 깬다.

「죄송하지만, 두 분이 〈꿈〉에서 보셨다는 것을 다시 보며 회상에 젖을 때가 아닙니다. 우리는 〈진지한〉 탐사를 계속해야 하고 저 친구들을 곧 불러들여야 합니다. 우리 허파가 여러분의 허파에 비해 10분의 1밖에 되지 않는다 해도 산소통이 바닥나는 것은 피할 수 없는 일입니다.」

두 잠수부는 거인들의 지시에 따라 그 집을 나온다. 그런 다음 대로를 따라 나아가서 그 끄트머리에 있는 거대한 피라미드에 다다른다. 에마슈들에게는 피라미드가 산처럼 높은 건물이지만, 이번에도 등에 달린 추진기가 성능을 발휘한다.

다비드가 설명한다.

「피라미드 외부에 건물 한 채가 있고 그 건물에 들어가면 작은 문이 보일 거예요. 그 문으로 들어가야 해요. 그게 유일한 출입구예요. 내가 가라는 대로 가면 그 문을 찾을 수 있어요.」

잠수부들은 문을 찾아낸다. 그런 다음 다비드가 이르는 대로 피라미드 안으로 들어가서 첫 번째 방에 다다른다.

오로르가 기억을 되살리며 알려 준다.

「거기는 영혼의 비행실이었어요. 우리는 거기에서 육체

를 벗어나 영적인 세계를 여행했어요. 때로는 혼자서, 때로는 둘이 커플을 이루어, 때로는 대여섯 명이 무리를 지어. 샤먼이 우리의 안내자였죠.」

다비드는 위층에 있는 샤먼의 거처로 올라가라고 이른다. 잠수부들이 그 방으로 올라가자 한 사람의 유골이 불빛에 드러난다.

오로르가 소리친다.

「그 사람인가?」

석벽에는 그림이 새겨져 있다. 다비드가 말을 받는다.

「샤먼이 피라미드 안에서 일을 하다가 죽었군요.」

두 에마슈가 벽에 불빛을 비춘다. 모두가 화면을 통해 벽화를 볼 수 있다.

「아름답군요.」

잠수부들을 따라온 랜턴피시들도 벽화를 따라가며 불빛을 반짝인다. 덕분에 〈다프네〉의 탑승자들은 화면을 통해 벽화의 세부를 살펴볼 수 있다.

선장이 말한다.

「두 분이 샤먼이라고 부른 저 사람은 자기네 문명이 사라지기 전에 그 역사를 이야기하고 싶었던 모양입니다.」

나탈리아가 경탄하며 말을 받는다.

「저 장면들을 보면 아틀란티스 사람들은 자기네보다 훨씬 작은 사람들을 만들어 냈어요. 그러고는 우주선에 소인들을 태워 보내서 소행성들을 파괴하게 했나 봐요.」

아틀란티스 사람들의 일상적인 장면들을 나타낸 그림들이 이어진다. 사라진 세계의 역사를 이야기하는 그림들이다.

선장은 고화질 녹화 기능을 작동시키고, 두 잠수부에게

벽화들을 한 장면씩 천천히 촬영하라고 이른다.

〈다프네〉의 탑승자들은 조금씩 조금씩 벽화의 전모를 구경한다.

한 장면이 지나갈 때마다 오로르와 다비드는 자기들의 과거를 다시 경험한다. 오로르가 지적한다.

「이 벽화는 불완전해. 내가 보기에 샤먼은 대홍수 때문에 작업을 중단했어.」

「그렇다면 다른 사람들이 더 안전한 어딘가에서 작업을 계속했을 거야.」

「그래, 지진이나 해일을 피할 수 있는 어딘가에서.」

다비드는 문득 깨닫는다.

「남극이야. 내 아버지가 보스토크 호수에서 발견하신 것이 바로 그 벽화야. 그러니까 아틀란티스 사람들은 자기네 문명의 존재를 증언하기 위해 두 군데에 벽화를 그린 거야. 아틀란티스에는 짧은 벽화를, 남극에는 긴 벽화를 남겼어.」

나탈리아가 끼어든다.

「생각을 잘했구먼. 그럼으로써 후대에 발견될 가능성을 높인 거로군요.」

한 잠수부가 샤먼의 유골 쪽으로 돌아간다. 샤먼의 한쪽 손 근처에는 스프레이와 비슷하게 생긴 도구가 놓여 있다.

「마지막 장면에는 도시를 덮치는 파도가 그려져 있군요.」

나탈리아가 말끝을 단다.

「그다음에는 벽에 아무것도 새겨져 있지 않아요. 마치 그 뒤에 이어지는 이야기를 기다리는 백지처럼.」

잠수부들이 산소가 바닥나 간다고 알려 온다. 선장은 그들에게 〈다프네〉로 돌아오라고 명령한다.

다비드는 오로르의 손을 잡고 눈을 감는다. 마치 먼 옛날부터 자기에게 가장 중요한 사람이었던 여자 옆에서 그 발견들이 불러일으킨 모든 감동을 마음에 새기려는 듯하다.

다비드는 그녀에게 키스를 한다. 그들의 두 영혼이 하나가 된다.

비록 짧은 시간이지만, 그사이에 다비드의 마음속에서는 자기를 바로 이 순간으로 이끈 모든 일이 섬광처럼 스쳐 간다.

그는 소르본 대학의 강당에서 오로르를 처음 만나던 순간을 떠올린다.

이어서 온갖 사건들이 슬라이드 쇼처럼 펼쳐진다.

얼음덩어리에 갇힌 채 돌아가신 아버지.

콩고 여행.

마냥개미들을 피해 도망친 일.

누시아가 나타나 그를 구해 준 일.

피그미 마을의 발견, 그리고 추장과 함께 치른 첫 번째 마조바 의식.

아틀란티스로 돌아간 전생 여행.

나이트클럽 〈아포칼립스 나우〉에서 춤추던 오로르.

최초의 인간 알이 갈라지던 순간과 거기에서 나오던 에마슈의 손.

세계를 휩쓴 A-H1N1 유형의 독감.

혼돈의 와중에 파리에서 세상을 떠난 어머니.

오스트리아에서 도망친 에마슈들을 구조한 일.

퓌이드콤 전투와 막판의 승리.

그의 품에서 죽어 간 누시아.

UN 총회 회의장에서 벌인 무력 행사.

아소르스 제도 플로르스섬에 마이크로 랜드 건국.

심해 잠수와 바닷속으로 사라진 아틀란티스 발견.

오로르 역시 자기를 이 순간으로 이끈 모든 일을 생각한다.

소르본 대학에서 다비드를 처음으로 만난 일.

어머니와 헤어진 아버지를 찾아가자 딸이 존재한다는 사실에 깜짝 놀라던 일.

튀르키예 여행과 호텔을 폐허로 만든 회오리바람.

펜테실레이아를 만나 〈요정들의 굴뚝〉이라는 바위산에서 말을 탄 일.

아마존 의식에 참여하여 꿀벌들에 덮인 채로 지구에게 말을 건다고 느꼈던 일.

나이트클럽 〈아포칼립스 나우〉에서 만난 다비드의 어색한 시선.

혼돈에 휩싸인 파리 한복판에서 아버지에게 거부당한 일.

다비드와 나눈 첫 키스.

펜테실레이아의 죽음.

〈인간이란 무엇인가?〉에 관한 다비드의 연설.

플로르스섬에서 나눈 두 번째 키스.

그들의 키스가 이어진다. 둘이서 함께 경험한 한 순간 한 순간이 분명한 의미를 담은 채 다가온다. 그들은 그 의미를 마음에 새기고 현재를 더욱 풍요한 느낌으로 가득 채운다.

그들을 키스를 마치고 꼭 쥐고 있던 상대의 손을 느슨하게 잡는다.

오로르가 묻는다.

「만사가 끝없이 다시 시작된다고 생각하지 않아? 한 번 일어난 일은 다시, 또다시 일어나는 것일까?」

「내 아버지는 묵시록의 네 기사가 미래에 대한 예언이 아니라 과거에 대한 묘사라고 생각하셨어. 어쩌면 묵시록에 묘사된 일들이 아틀란티스에서 벌어졌는지도 몰라. 대홍수, 이상 기후, 전쟁, 소행성 충돌 같은 일들 말이야. 아틀란티스 문명뿐만 아니라 모든 문명이 그런 재앙을 겪어야 하는 것은 아닐까? 어떤 재앙은 인류를 깨어나게 하고, 어떤 재앙은 인류를 죽일 수도 있어.」

나탈리아가 끼어든다.

「이제 우리는 알고 있어요. 앞으로 크나큰 시련들이 더 닥칠 것이고 인류는 그 시련들을 통해 더욱 진화하게 될 거예요. 하지만 어느 시련이든 인류를 사라지게 할 수 있다는 점을 잊지 말아야죠.」

다비드는 문득 크리스 4중 날 면도기의 광고를 떠올린다. 〈첫째 날은 털을 잡아당깁니다. 둘째 날은 털을 조금 더 잡아당깁니다. 셋째 날은 털을 자릅니다. 넷째 날은 모근을 뽑아 줍니다.〉 그가 보기에 독감의 대유행은 인류가 첫째 날의 공격을 받은 것에 지나지 않는다. 나머지 세 날도 장차 인류에게 닥쳐올 것이다.

그는 잠수복 차림의 두 탐사자를 바라본다. 그들은 두 개의 감압실을 거쳐 투명한 유리문 앞에 모습을 드러낸다. 밸러스트 탱크를 채우고 있던 바닷물은 점점 줄어들고 있다. 선장 에마 103은 지친 잠수부들을 위로한다.

다비드는 그 모습을 보면서 말한다.

「그래요, 인류가 사라질 수도 있어요……. 하지만 〈다른〉 인류가 뒤를 잇는다면 얘기가 달라지겠죠.」

오로르는 빙그레 웃으며 동의를 표한다.

「그게 우리 종의 진화 방향일지도 모르지…….」

## 119

나는 인간들이 저토록 깊은 곳까지 내려와서 성가시게 구는 것을 좋아하지 않는다.

저들을 얌전하게 만들기 위해서 나는 무엇을 할 수 있을까?

또다시 지진을 일으킬 수 있을 것이다. 그건 흔하지만 잘 통하는 방식이다.

그런데…… 안 되겠다. 내가 탐지해 보니 잠수정에 오로르와 다비드가 타고 있다. 나에겐 그들 두 사람이 필요하다. 그들은 〈어머니이신 행성 구하기〉 프로젝트를 위해 내가 특별히 선택한 사람들이다.

하는 수 없다. 이번에는 저들을 벌하지 않겠다. 나중에 다른 곳에서 다른 방식으로 혼내 줄 생각이다.

저들을 얼마나 더 죽여야 철이 들까?

저들에게 얼마나 더 겁을 주어야 나를 존중할까?

저들이 얼마나 더 고생을 해야 나를 보호할까?

나에게 귀를 기울일 줄 아는 두 사람을 드디어 찾아내기는 했지만, 그들은 내가 보내는 정보들을 너무 느리게 받아들인다.

그리고 나는 이 광대한 우주에서 나 자신이 참으로 외롭고 허약하다고 느낀다.

내가 원하든 원하지 않든, 내 운명은 저들의 운명과 연결되어 있다.

먼 옛날에도 그랬듯이 저들의 의식이 진화하느냐 마느냐에 따라 모든 것이 달라질 것이다.

그렇다면 남는 문제는 이것이다. 인류는 진화할 수 있는가?

내 역사의 현 단계에서 나는 인류가 진화하리라고 믿는다. 하지만 나는 알고 있다. 저들에게도 그렇고 나에게도 그렇고 가장 고된 시련은 미래에 오리라는 것을.

제2부 끝

옮긴이 **이세욱** 1962년에 태어나 서울대학교 불어교육과를 졸업하였으며, 현재 전문 번역가로 활동하고 있다. 옮긴 책으로 베르나르 베르베르의 『개미』, 『웃음』, 『신』(공역), 『인간』, 『나무』, 『상대적이며 절대적인 지식의 백과사전』(공역), 『뇌』, 『타나토노트』, 『아버지들의 아버지』, 『천사들의 제국』, 『여행의 책』, 움베르트 에코의 『프라하의 묘지』, 『로아나 여왕의 신비한 불꽃』, 『세상의 바보들에게 웃으면서 화내는 방법』, 『세상 사람들에게 보내는 편지』(카를로 마리아 마르티니 공저), 장클로드 카리에르의 『바야돌리드 논쟁』, 미셸 우엘벡의 『소립자』, 미셸 투르니에의 『황금 구슬』, 카롤린 봉그랑의 『밑줄 긋는 남자』, 브램 스토커의 『드라큘라』, 파트리크 모디아노의 『우리 아빠는 엉뚱해』, 장자크 상페의 『속 깊은 이성 친구』, 에리크 오르세나의 『오래오래』, 『두 해 여름』, 마르셀 에메의 『벽으로 드나드는 남자』, 장크리스토프 그랑제의 『늑대의 제국』, 『검은 선』, 『미세레레』, 드니 게즈의 『머리털자리』 등이 있다.


# 제3인류 2

발행일 **2014년 1월 22일 초판(제3권) 1쇄**
**2022년 1월 15일 초판(제3권) 31쇄**
**2014년 3월 20일 초판(제4권) 1쇄**
**2021년 12월 30일 초판(제4권) 25쇄**
**2023년 11월 15일 신판 1쇄**

지은이 **베르나르 베르베르**
옮긴이 **이세욱**
발행인 **홍예빈·홍유진**
발행처 **주식회사 열린책들**

**경기도 파주시 문발로 253 파주출판도시**
전화 **031-955-4000** 팩스 **031-955-4004**
**www.openbooks.co.kr**





ISBN 978-89-329-2376-5 04860
ISBN 978-89-329-2378-9 (세트)